CAREN BENEDIKT

CLUB PARADIES

Im Glanz der Macht

Band 1

Roman

blanvalet

MIX
Papier | Fördert gute Waldnutzung
FSC® C014496

Klimaneutral*
Druckprodukt
ClimatePartner.com/14044-1912-1001

Penguin Random House Verlagsgruppe FSC® N001967

1. Auflage

Redaktion: Diana Schaumlöffel
Umschlaggestaltung: www.buerosued.de
Umschlagmotiv: © SZ Photo / Gert Mähler / Bridgeman Images
© Shelley Richmond / Trevillion Images
NG · Herstellung: sam
Satz: Uhl + Massopust, Aalen
Druck und Bindung: GGP Media GmbH, Pößneck
Printed in Germany
ISBN 978-3-7645-0772-5

www.blanvalet.de

Ich widme dieses Buch meiner Familie!
Ihr seid die Besten!

Prolog

Bahnhof Savignyplatz, Berlin-Charlottenburg

Heiligabend des Jahres 1976

Wer als Wolf unter Wölfen Schwäche zeigt,
wird von den anderen gerissen.

Hanns Borchardt

Er stand auf dem Bahnsteig und wartete auf die S-Bahn. Den ganzen Tag über war es bedeckt gewesen mit vereinzelten Schneeregenschauern. Vor einer Stunde hatte es dann kräftig zu schneien begonnen, und die Flocken, die auf dem Weg von seinem Auto hierher auf seinen mit Fellkragen besetzten Wintermantel gefallen waren, schmolzen gerade erst. Er fand, dass es kälter geworden war, doch er mochte sich auch täuschen.

Auf dem Bahnsteig waren für einen Heiligabend überraschend viele Menschen. Oder vielleicht war es auch normal, nur wusste Hanns es eben nicht besser, war er doch in den vergangenen Jahren um diese Uhrzeit stets zu Hause gewesen.

Ein Stück von ihm entfernt stand eine junge Frau mit einem Kind an der Hand. Der Junge mochte nicht älter als vier oder fünf Jahre sein. Ein kurzes Lächeln kam über Hanns' Lippen. Sein eigener Sohn war längst ein erwachsener Mann, doch irgendwie erinnerte ihn der Kleine, der sich immer wieder vorbeugte, um zu sehen, ob der Zug kam, an Holger. War er damals auch so blond gewesen wie der Kleine hier neben ihm? Nein, wohl doch ein wenig dunkler. Genau erinnerte er sich jedoch nicht daran. Wahrscheinlich, weil er zu wenig Zeit mit seinem Sohn verbracht hatte und ihm die Jahre, wie er nun erkannte, irgendwie durch die Finger geronnen waren. Er hatte gearbeitet, immer, unentwegt und fast rund um die Uhr. Alles andere hatte in seinem Leben dahinter zurückstehen müssen. Schließlich hatte er etwas erreichen wollen, und das war ihm gelungen. Er war wer, der Name Hanns Borchardt stand für etwas. Wer in Berlin und auch darüber hinaus seinen Namen nannte, verband damit Geld, Erfolg und Macht. Politiker, Bankiers, hochgestellte Persönlichkeiten und sogar der Adel gaben sich bei Hanns Borchardt die Klinke in die Hand und liebten es, an seiner Seite abgelichtet zu werden und ihr Konterfei neben dem seinen in der Presse wiederzufinden.

Hanns sah auf, als die Gleise zu vibrieren begannen und so die einfahrende S-Bahn ankündigten. Er trat weiter vor und sah in die Richtung des herannahenden Zuges, konnte sogar schon die Lichter erkennen. Nun musste er nicht mehr lange warten. Er blickte noch einmal kurz zu der Mutter mit dem Jungen, die diesen nun ein Stück zurückzog, damit das Kind nicht zu nah an die Gleise geriet. Hanns lächelte sie an, was sie erwiderte. Dann sah er wieder in Richtung der S-Bahn. Gleich war sie da. Zum Glück! Hanns konnte die Ankunft kaum mehr erwarten.

Im Monat zuvor …

1. Kapitel

Villa Borchardt, Koenigsallee 75, Berlin-Grunewald

Freitag, 19. November 1976

Ich bin der Marionettenspieler, und ihr seid die Puppen, die an meinen Strippen hängen und sich genauso bewegen, wie ich es will.

HANNS BORCHARDT

Alles war vorbereitet, er hatte an alles gedacht. Wie immer. Was er plante, gelang, dafür sorgte Hanns schon. Es hatte ihn tatsächlich einige Mühe gekostet, Maria über die Stunden zu beschäftigen und bei Laune zu halten, um sie möglichst weit und lange von zu Hause wegzubekommen. Natürlich hatte sie es ihm nicht abgeschlagen, immerhin hatte er ihr gesagt, dass es darum ging, ihr an ihrem fünfzigsten Geburtstag eine besondere Freude machen zu wollen. Also war er mit seiner Frau zunächst zur Damenausstatterin gefahren, wo eine Modenschau mit den neuesten Modellen an Tagesgarderobe und Abendkleidern für Maria veranstaltet worden war und sie sich nach Herzenslust hatte einkleiden können. Kurz war Hanns verärgert gewesen, meinte seine Frau doch, dass sie genug schöne Kleider besaß und sie eigentlich gar nichts hätte haben wollen. Natürlich hatte er ihre Argumente nicht gelten lassen. Was für ein Unsinn aber auch. Am Ende hatte sie dann zwei Kostüme und ein Abendkleid bestellt, und Hanns hatte, Marias Einwände ignorierend, noch einmal fünf weitere Modelle zusätzlich in Auftrag gegeben. Dann war er mit seiner Frau im Helikopter an die Nordsee geflogen, und sie hatten dort zu Mittag gegessen, weil Maria aus einem Dorf in der Nähe von Bremerhaven stammte und bis heute behauptete, dass man nirgendwo besser Fisch essen konnte. Hanns hatte es zwar missfallen, dass seine Frau sich lediglich eine gemischte Fischplatte bestellt hatte und den Hummer mit dem russischen Kaviar und den Austern, die Hanns geordert und extra vorbestellt hatte, ablehnte. Da es aber ihr Geburtstag war, sagte er nichts. Doch manchmal, so musste er feststellen, gelang es Maria einfach nicht, den provinziellen Mief des Gewöhnlichen hinter sich zu lassen, auch nach all den Jahren des Reichtums und Überflusses nicht. Aber er wollte sie an diesem Tage nicht dahingehend belehren.

Für den Abend, so dachte Maria, würde es ein gemütliches Essen zu Hause im engsten Familienkreis geben. Nur Hanns, Maria und die gemeinsamen Kinder Holger und Hanna. Das hatte seine Frau sich gewünscht. Doch natürlich hatte Hanns etwas ganz anderes geplant und würde seine Frau hiermit überraschen. Wenn sie gleich mit dem Helikopter landeten, würden bereits fast hundert Gäste auf sie warten. Immerhin zählte seine Familie zur besseren Gesellschaft, und mit dieser umgab man sich nun mal zu einem Anlass wie dem fünfzigsten Geburtstag, wenn man weiterhin dazugehören wollte. Und das wollte Maria schließlich auch, selbst wenn sie manchmal so tat, als würde ihr all das nichts bedeuten.

Hanns lenkte seine Frau ab, als sein Privatpilot Harald Flenske mit dem Helikopter zur Landung ansetzte. Schließlich sollte Maria nicht auf die vielen Autos aufmerksam werden, die im hinteren Bereich des Geländes und um das Grundstück herum abgestellt worden waren. Zwar war es zu dieser Jahreszeit in den Abendstunden bereits dunkel und die Fahrzeuge damit nicht auf den ersten Blick zu erkennen, doch er wollte lieber nichts riskieren. Zu ihrer Überraschung zog er seine Frau an sich und gab ihr einen langen Kuss, den er abbrach, als der Helikopter aufsetzte.

»Da sind wir«, verkündete er.

»Hanns«, sagte Maria und sah ihn glücklich an. »Du hast dir wirklich viel Mühe gegeben heute, und ich weiß, dass es für dich nicht leicht war, den ganzen Tag mit mir zu verbringen und deine Arbeit einfach liegen zu lassen.« Sie beugte sich vor und gab ihm noch einen Kuss. »Danke. Das bedeutet mir wirklich viel.«

»Für dich tue ich doch alles.« Er küsste sie noch einmal kurz und sah dann auf ihren Mund. »Du solltest deinen Lippenstift nachziehen, meine Liebe«, bemerkte Hanns.

»Ich glaube, unsere Kinder wird es nicht stören«, lachte Maria auf.

Aber Hanns kramte schon in ihrer Handtasche und holte den Lippenstift hervor. »Hier. Tu es für mich. Du bist viel zu schön, um nicht perfekt zu sein.«

Etwas zögernd ergriff sie den Lippenstift, nahm einen kleinen Spiegel zur Hand und zog sich die Lippen nach. »Besser?«, fragte sie.

Hanns sah seine Frau an. Ihre langen blonden Haare ließen sie jünger aussehen, und es hatte ihr über die Jahre gutgetan, nur die besten Pflegeprodukte nutzen zu können. Sie hatte kaum Falten, nur ein paar um die Augen, vor allem aber strahlte sie noch immer die überlegene Schönheit aus, wegen derer er sich damals in sie verliebt hatte. Ja, Maria war eine schöne Frau. Seine Frau. Und was sie ihm an Aussehen voraushatte, vermochte er heute mit Geld auszugleichen. Als er sie vor über siebenundzwanzig Jahren kennengelernt hatte, hatte er längst noch nicht so viel besessen. Doch Hanns war es trotzdem gelungen, Maria für sich zu gewinnen, denn eines konnte er wie kein zweiter: Verkaufen und die Menschen von sich überzeugen! Das hatte er schon früh bemerkt, ganz früh sogar, bei der alten Frau Schmelzer, deren Hof ein Stück von dem seiner Eltern entfernt gelegen war. Er hatte ihr eine Holzleiter verkauft, die er beim Spielen im Bach gefunden hatte. Wie diese dorthin gekommen war, wusste er nicht. Er war damals erst neun oder zehn Jahre alt gewesen und erinnerte doch immer noch, wie modrig das Holz gerochen hatte und wie glitschig es war, als er die Leiter herausgefischt hatte. Zunächst wusste er noch nicht, was er damit anfangen würde und hatte sie erst einmal mit einem Lappen gereinigt und eine Weile trocknen lassen. Dann war er auf die Idee gekommen, sie Frau Schmelzer anzubieten, und aus welchem Grunde auch immer, hatte die Bäuerin sich auf den Handel eingelassen. Zwei Mark fünfzig hatte er für die Leiter bekommen, und eigentlich war es ein gutes Geschäft gewesen. Nur dass das elende Ding so morsch gewesen war, dass die Stufen brachen, als Herr Schmelzer sie sich gegriffen hatte und daraufgestiegen war. Er war wohl unsanft auf dem Hosenboden gelandet, und im Grunde war nichts weiter geschehen, doch die Schmelzers hatten ein riesiges Theater veranstaltet, als sie zu Hanns' Eltern gegangen waren und ihnen davon erzählten. Nicht nur, dass er von seinem Vater sofort eine schallende Ohrfeige bekommen und zu erklären gehabt hatte, woher die Leiter überhaupt stammte. Ärgerlicherweise hatte er auch die zwei Mark fünfzig zurückgeben müssen, was ihn weit mehr geschmerzt hatte als die Backpfeife. Sogar mehr als die zweite, die er kassiert hatte, als er sich zunächst weigerte, das Geld wieder herauszugeben. Er hatte es schlicht als ungerecht empfunden, war es doch ein fairer Handel gewesen, bei dem Hanns keinerlei Zusicherungen über die Stabilität oder Herkunft der Leiter gegeben hatte. Aber damals war er noch nicht gegen seinen Vater angekommen und hatte sich schließlich fügen müssen. Doch er hatte hierbei die Erkenntnis gewonnen, dass es ihm lag, die Menschen von sich zu überzeugen und ihnen etwas zu verkaufen. Und hierbei war es ihm völlig egal, was es war.

Nach seinem Volksschulabschluss hatte er dann erst mal auf dem elterlichen Hof gearbeitet, auch wenn ihm immer klar gewesen war, diesen keinesfalls übernehmen zu wollen. Doch er war noch nicht einmal volljährig gewesen und damit zu jung wegzugehen, konnte er doch nicht einmal einen Vertrag rechtssicher unterschreiben. Dann kam der Krieg, und er wurde eingezogen, doch er machte dort vollkommen andere Erfahrungen als seine Kameraden, die kampfwillig waren und letztendlich doch wie die Fliegen starben. Hanns hatte es geschafft, über die gesamte Zeit nicht einen einzigen Schuss abgeben zu müssen. Wenn er zurückdachte, fragte er sich, ob er überhaupt jemals ein Gewehr in der Hand gehalten hatte. Denn Hanns' Kommandeur hatte sehr schnell mitbekommen, dass Hanns' Talent ganz gewiss nicht darin bestand, mit der Waffe in der Hand dem Feind gegenüberzutreten. Hanns war ein Meister im Beschaffen von Gegenständen aller Art. So wurde er auch nicht an die Front geschickt, sondern in ein Arbeitslager bei Berlin, in dem er für die Organisation von Materialien und deren Verwaltung, Verteilung und die Logistik innerhalb Deutschlands zuständig war. Keine Frage, dass er sich hierbei einen recht ergiebigen eigenen Nebenhandel aufbaute und somit durch die schwärzeste Zeit des Landes tatsächlich nicht nur unverletzt kam, sondern sogar mit einem recht satten Gewinn herausging. Es war eher Zufall, dass er dort Benjamin Rebers, einen inhaftierten jüdischen Arzt kennenlernte, der ein Grundstück in

Berlin-Grunewald besaß und dies Hanns anbot, wenn dieser ihm half, dessen Frau und Tochter aus dem Arbeitslager herauszuschaffen. Es war eine heikle Angelegenheit gewesen, doch zu dem Zeitpunkt verfügte Hanns bereits über ein so dichtes Netzwerk von Leuten, mit denen er regelmäßig Geschäfte machte, dass es nicht so schwer war, die Sache abzuwickeln, wie er anfangs dachte. Hanns hielt seine Zusage, Ava und Rachel Rebers wurden befreit, und er bekam das Grundstück samt Haus übertragen. Und zwar rückwirkend und unter falschem Datum, damit es so aussah, als hätte seinem Vater das Haus bereits im Jahr 1932 gehört und dass dieser es seinem Sohn schon im Jahr 1942 überschrieben hätte. Natürlich hatte sein Vater nicht die geringste Ahnung von diesem Handel und Hanns dessen Unterschriften schlicht gefälscht. Das hätte ihm gerade noch gefehlt, dass sein alter Herr die Früchte seiner Machenschaften geerntet hätte. Doch so war Hanns in den Besitz seines ersten Hauses gekommen, dem weitere repräsentable Anwesen folgen sollten, nachdem die Sache mit Benjamin Rebers so hervorragend funktioniert hatte. Gleich nach der Überschreibung war Hanns dann in das frühere Rebers-Haus eingezogen und hatte dort sogar noch die ersten Ehejahre mit Maria und den Kindern gelebt, bevor es Hanns nicht mehr als angemessen erschien und er es schließlich verkaufte. Zu der Zeit war er schon gut im Immobiliengeschäft etabliert, und bis zum heutigen Tag hatte ihn nie jemand gefragt, wie es ihm gelungen war, an so viele Grundstücke und Immobilien zu kommen, deren Besitzer früher fast ausschließlich Juden gewesen waren. Es hatte Hanns vor allem zwei Dinge gezeigt: Wie einfach sich Menschen blenden ließen und – und das war für ihn noch viel wichtiger – dass man auch aus den schlechtesten Situationen stets ein gutes Geschäft herausholen konnte, wenn man sich nur anstrengte und mutig genug war.

»Warum ist denn das Haus so dunkel?«, fragte Maria etwas beunruhigt, als sie nun auf die stattliche Villa zugingen.

»Wahrscheinlich sind Holger und Hanna oben in ihren Zimmern«, gab Hanns zurück.

»Aber Frau Kasper lässt doch immer die Halle beleuchtet, bis wir ins Bett gehen«, hielt Maria dagegen.

»Nun hat sie heute aber mal alles ausgemacht, Maria.« Hanns nahm ihre Hand und legte sie in seine Armbeuge. »Mach dir doch nicht immer gleich Gedanken. Bestimmt ist Frau Kasper bei Monsieur Petit in der Küche und hilft ihm, ein wunderbares Essen für uns zu zaubern.«

Maria gab einen verächtlichen Laut von sich. »Du weißt genau, dass sie den Koch nicht leiden kann. Freiwillig würde sie ihm ganz sicher nicht helfen.«

Hanns bedachte seine Frau mit einem milden, wissenden Lächeln, ging aber nicht auf ihren Einwand ein.

Anders als sonst, wenn Frau Kasper, ihre Haushälterin, hörte, dass der Hubschrauber gelandet war, wurde heute nicht die Tür von dieser geöffnet, sondern Hanns ging darauf zu und schloss auf. Er konnte seiner Maria anmerken, wie eigenartig ihr auch dies erschien, doch sie sagte nichts.

»Tritt ein, Liebes«, forderte Hanns sie auf und zog sie sanft in die komplett dunkle Villa. Im nächsten Moment betätigte jemand den Lichtschalter, und die Gäste, die sich allesamt in der Eingangshalle versammelt hatten, riefen wie aus einem Munde: »Überraschung!«

Maria schlug erschrocken und verdutzt die Hand vor den Mund.

»Na, damit hast du nicht gerechnet, was?« Hanns lachte laut auf und sah seine Frau an, die noch immer nicht recht zu verstehen schien, was hier gerade geschah. Er umarmte sie und gab ihr schließlich einen Kuss. »Alles Gute zum Geburtstag, Liebling!«

Kaum, dass sie sich voneinander gelöst hatten, kamen die Gäste auf Maria zu und gratulierten. Hanns trat ein wenig beiseite, verschaffte sich einen Überblick. Der Konsul war zusammen mit seiner Ehefrau gekommen, außerdem der Bundestagsabgeordnete Seidel, der Bezirksbürgermeister, Bankiers, Rechtsanwälte, Unternehmer, allesamt in Begleitung. Ja, sie alle waren seiner Einladung gefolgt – genauso, wie Hanns es von ihnen erwartete. Er drehte sich um, sah Magdalena Kasper, die Haushälterin, die ein wenig abseitsstand. Auf einen kurzen Wink von ihm kam sie zu ihm herüber.

»Ist alles im Saal vorbereitet?«

»Selbstverständlich, Herr Borchardt. Alles genau wie von Ihnen gewünscht. Das Büfett steht bereit, ist jedoch noch abgedeckt. Sobald Sie das Zeichen geben, lasse ich die Abdeckungen entfernen.«

»Sehr gut, Frau Kasper. Wie viele Kellner haben wir?«

»Zwei männliche und vier weibliche Kellner und natürlich auch noch Anna«, gab sie Auskunft.

»Sorgen Sie bitte dafür, dass die Kellnerinnen mit besonderer Aufmerksamkeit die Bankiers um Herrn Huber bedienen, und lassen Sie reichlich Alkohol ausschenken.«

»Ja, Herr Borchardt.«

»Gut. Ich bin so weit zufrieden«, entließ er die Haushälterin.

»Vielen Dank, Herr Borchardt.«

Hanns wandte sich Gerhard Lohmüller zu, dem Bankdirektor, der soeben Maria gratuliert hatte und nun mit seiner Frau zu Hanns herüberkam.

»Hanns, darf ich dir meine Frau vorstellen? Viktoria, Hanns Borchardt.«

»Es freut mich wirklich sehr, Herr Borchardt, Sie kennenzulernen«, sagte Lohmüllers Frau. »Vielen Dank für die Einladung. Ihre Villa ist einfach überwältigend.«

»Bitte, einfach nur Hanns. Hanns mit Doppel-N.« Borchardt beugte sich vor und gab Viktoria Lohmüller einen Handkuss.

»Sehr gern«, erwiderte diese charmant lächelnd.

»Viktoria.«

Hanns betrachtete sie. Viktoria Lohmüller war vermutlich nicht älter als Ende zwanzig, höchstens Anfang dreißig, während Hanns ihren Mann und sich etwa gleich alt schätzte und damit auf Mitte fünfzig. Wie er wusste, war Viktoria nicht die erste Frau Lohmüller. Und so, wie er es anhand des Schmucks, den Viktoria Lohmüller trug, vermutete, ließ der Bankier es sich eine hübsche Stange Geld kosten, seine junge Frau bei Laune zu halten. Er erinnerte sich noch gut an die letzten Empfänge und Wohltätigkeitsveranstaltungen, zu denen Lohmüller beinahe jedes Mal mit einer anderen Frau erschienen war. Sie hatten nur gemeinsam, dass sie alle deutlich jünger und deutlich hübscher als der Bankdirektor waren. Hanns fand das durchaus nicht verwerflich oder auch nur ungewöhnlich, hatten doch viele Geschäftsleute, mit denen er zu tun hatte, weit jüngere Frauen, die darüber hinaus nach einigen Jahren auch wieder ausgetauscht wurden. Insoweit war eher Hanns in diesen Reihen der Exot, hatten Maria und er doch im letzten Jahr bereits ihre Silberhochzeit gefeiert. Aber tatsächlich gefiel es Hanns, dass er auf eine so lange Ehezeit zurückblicken konnte, strahlte dies für ihn doch auch ein gewisses Maß an Verlässlichkeit aus. Und hieran war ihm tatsächlich sehr gelegen, wollte er doch von seinen Geschäftspartnern als ein Mann wahrgenommen werden, der wusste, wie man Menschen dauerhaft an sich bindet.

»Die Überraschung ist dir aber wirklich geglückt«, befand Gerhard Lohmüller nun. »Deine Maria war ja ganz perplex.«

»Sie hat wirklich nichts geahnt«, bestätigte Hanns zufrieden und beugte sich dann etwas weiter vor. »Hast du dir die Pläne schon ansehen können, Gerhard?«

Der Bankier nickte. »Ja, aber nur kurz. Mir wurde ein bisschen schwindelig, als ich die Summe sah.«

»Das wird ein gewaltiges Ding, Gerhard. Das größte, das wir bisher in Angriff genommen haben.«

Gerhard Lohmüller sah sich um, als wollte er nicht, dass jemand ihn hören konnte. »Es braucht bei einer so großen Sache einiges mehr an Unterlagen, und ich kann die Entscheidung auch nicht allein treffen.«

Hanns zog die Augenbrauen in die Höhe, als wollte er so neben seiner Verwunderung ein gewisses Maß an Missbilligung zum Ausdruck bringen. Er lächelte kurz Viktoria an, als er einen Schritt weiter vortrat, um sich so ganz nah an Gerhard Lohmüllers Ohr zu bringen. »Ich wollte heute hier bekanntgeben, dass etwas Großes, Neues geplant ist. Bei aller Freundschaft, Gerhard, werde ich dich dann nicht erwähnen können, sodass Huber mit Sicherheit Morgenluft wittern wird.« Hanns deutete in die Richtung, in der Robert Huber von der Westbank stand, Gerhard Lohmüllers größter Konkurrent in Berlin.

»Entschuldigst du uns bitte kurz?«, bat Lohmüller nun an seine Frau gewandt. Viktoria zögerte, dann nickte sie und ging.

»Du musst mich verstehen«, zischte Lohmüller, als Viktoria außer Hörweite war. »Mensch, Hanns, wir bewegen uns hier im hohen zweistelligen Millionenbereich, am Ende womöglich eher im dreistelligen.«

»Und?«, entgegnete Hanns. »Wie viel verdient deine Bank jeden Monat mit mir, Gerhard?« Er streckte den Rücken durch.

Lohmüller zögerte. »Ich kann dir hier und jetzt keine Zusage geben«, erklärte er nun. »Doch wir haben schon so viel zusammen auf die Beine gestellt. Du weißt, dass ich alles tun werde, damit es auch dieses Mal funktioniert«, sicherte der Bankier nun zu.

Hanns musterte ihn. »Ich werde Ende der nächsten Woche

in einem Pressegespräch die neuen Pläne bekanntgeben«, kündigte Hanns an. »Ich brauche bis spätestens Mittwoch kommende Woche Bescheid, ob deine Bank im Boot sein will oder nicht. Danach kriegt Huber den Zuschlag.«

»Danke, Hanns. Ich weiß das wirklich zu schätzen.«

Hanns hob erneut die Augenbrauen. »Ich will offen zu dir sein, Gerhard, ich hatte mehr von dir erwartet.«

»Aber Hanns, versteh mich doch. Wenn es nur meine Entscheidung wäre. Doch bei solchen Summen genügt mein Einverständnis nicht. Da müssen noch drei weitere aus dem Vorstand ihre Unterschriften daruntersetzen.«

»Geld ist Geld, Gerhard«, stellte Hanns entschieden fest. »Und ich baue schließlich im ganz großen Stil.«

»Ja, und die Förderung ist hier ja auch nicht ohne«, stimmte Lohmüller zu. »Doch die große Unbekannte ist und bleibt nun einmal die Rentabilität. Wenn du das Grundstück daneben hättest und wir hier in die weiteren Planungen gehen könnten«, erklärte Lohmüller. »Dann wäre es eine ganz andere Geschichte.«

»Ich habe dir gesagt, dass ich dran bin.« Hanns' Stimme klang harscher, als er es beabsichtigt hatte.

»In aller Freundschaft Hanns, aber diese Stern wird dir das Grundstück nicht verkaufen, da bin ich sicher. Ganz gleich, was du ihr bietest.«

»Wenn ihr die Behörden endlich die notwendigen Lizenzen entziehen würden, hätte ich das Grundstück längst.« Die Verärgerung war Hanns' Stimme deutlich anzuhören.

»Du weißt genau, was los wäre, wenn ihr die Schankgenehmigung so mir nichts, dir nichts, entzogen und ihr Club dichtgemacht würde«, hielt Lohmüller dagegen. »Wenn du die Stern nicht auf irgendeine andere Art überzeugst, wird das nichts. Und damit steht und fällt auch das ganze Bauvorhaben.«

Hanns ballte die Hand zur Faust, öffnete sie aber gleich wieder, weil er nicht wollte, dass man ihm die Verärgerung ansehen konnte. Er sah, wie der Bundestagsabgeordnete Seidel und dessen Frau auf ihn zukamen. »Entschuldige mich, Gerhard. Ich muss mich jetzt um die weiteren Gäste kümmern.« Er sah dem Bankier in die Augen. »Mittwoch nächste Woche habe ich deine Zusage, sonst macht das Geschäft ein anderer.«

Lohmüller war anzusehen, dass ihm noch eine Erwiderung auf den Lippen lag, doch er schluckte sie herunter.

»Mein sehr verehrter Herr Seidel, willkommen in meinem Hause«, begrüßte Hanns nun den Bundestagsabgeordneten und beachtete Lohmüller weiter nicht. Dieser kleine Feigling sollte sich ruhig so seine Gedanken machen und spüren, dass Hanns alles andere als erbaut war. Er brauchte dieses verdammte Bauprojekt und konnte es sich nicht leisten, dass die Sache kippte. Und tatsächlich bezweifelte er, dass Huber die Finanzierung bei der Westbank durchbrachte. Er würde ihn nachher, wenn Huber wie so oft dem Alkohol stark zugesprochen hatte, zu einem Gespräch bitten und versuchen, ihn zu überzeugen, doch große Hoffnung hatte er nicht. Und anderswo solche Summen zu bekommen war nahezu aussichtslos. Lohmüller musste es machen, daran führte kein Weg vorbei.

»Herr Borchardt, haben Sie vielen Dank für Ihre Einladung. Kennen Sie meine Ehefrau Rita?«

»Ich hatte noch nicht das Vergnügen.« Hanns beugte sich vor und reichte Rita Seidel die Hand. »Hanns Borchardt, gnädige Frau. Herzlich willkommen. Ich hoffe, dass Sie sich wohl bei uns fühlen.«

Rita Seidel lächelte ihn an. »Vielen Dank für die Einladung. Ich freue mich wirklich sehr, hier zu sein. Bisher kannte ich Sie ja nur aus der Zeitung.«

»Es wurde wirklich Zeit, dass wir uns kennenlernen«, befand Hanns. »Bitte, fühlen Sie sich ganz wie zu Hause.«

»Hanns, mein Lieber.« Bezirksbürgermeister Rippe kam zusammen mit seiner Gattin hinzu.

»Heinrich, Vera, wie schön, dass ihr hier seid! Ihr kennt doch den Bundestagsabgeordneten Helmut Seidel und seine Ehefrau Rita?«

Die Paare reichten einander die Hand, während Hanns seiner Haushälterin einen Wink gab. »Frau Kasper, unsere Gäste hier haben gar nichts zu trinken. Lassen Sie uns ein Tablett mit Champagner bringen.«

»Sehr wohl, Herr Borchardt«, sagte sie und ging sogleich wieder davon. Kurz darauf kam einer der Kellner mit einem Tablett voller Champagnergläser zu der kleinen Gruppe und reichte ihnen die Getränke. Hanns sah, dass Gerhard Lohmüller noch immer nur ein Stück weit entfernt stehen geblieben war.

»Gerhard!«, rief Hanns und bedeutete ihm dazuzukommen.

Der Bankier eilte sogleich herbei.

»Ich möchte dich mit dem Bundestagsabgeordneten Helmut Seidel und dessen reizender Ehefrau Rita bekanntmachen. Und unseren Bezirksbürgermeister kennst du ja?« Er lächelte ihnen zu. »Gerhard Lohmüller ist der Vorsitzende der Maximus Privatbank und ein sehr guter Freund, auf den ich mich immer verlassen konnte.« Er lächelte Lohmüller an, der sichtlich angetan war, dem Bundestagsabgeordneten und dessen Frau vorgestellt zu werden.« Hanns hob den Kopf. »Bitte entschuldigen Sie mich einen Moment. Ich habe unseren Regierenden Bürgermeister Schütz noch gar nicht begrüßt.« Er prostete seinen Gästen zu, dann ging er und hörte, wie Lohmüller und Seidel lobende Worte über den Gastgeber sprachen.

Er selbst hieß sodann den Regierenden Bürgermeister und dessen Frau willkommen, dann einige Senatoren, Beamte der Stadtverwaltung und andere Gäste. Es dauerte eine Weile, bis alle Maria gratuliert hatten und Hanns sich schließlich an ihre Seite stellte, allen Gästen für die Überraschung, die sie seiner Frau beschert hatten, dankte und in den Saal bat, wo das Büfett bereitstand. Er gab Frau Kasper das Zeichen, worauf diese wiederum die Kellner anwies, nunmehr die Abdeckungen zu entfernen. Nach und nach begaben sich die Gäste in den Saal.

»Guten Abend, Hanns«, sagte nun Klaus Schröder, Hanns' Rechtsanwalt, und schüttelte Hanns die Hand.

»N'Abend, Klaus. Na, was sagst du? Hier ist jeder, der in Berlin Rang und Namen hat.«

Klaus sah zu Maria, die kurz den Kopf senkte.

»Ja, so ist es wohl«, erwiderte Klaus knapp, was Hanns auf eine gewisse Weise ärgerte. Klaus Schröder hatte nun wirklich schon gut an Hanns und dessen Geschäften verdient. Er konnte sich ruhig ein wenig beeindruckt zeigen.

»Ist Peter auch da?«, erkundigte sich Hanns nun.

»Ja, er muss irgendwo im Saal sein.«

»Sorg dafür, dass Hanna und er ins Gespräch kommen«, forderte Hanns. »Schließlich wird es langsam mal Zeit, dass die beiden sich näherkommen.«

»Ich habe da wenig Hoffnung«, gab Schröder zu bedenken. »Wenn du mich fragst, ist eure Hanna nicht besonders interessiert, und Peter scheint es ähnlich zu gehen.«

»Was soll das denn heißen?«, begehrte Hanns auf. »Glaubt dein Sprössling etwa, dass unsere Hanna nicht gut genug für ihn ist?«

»Aber das hat Klaus doch gar nicht gesagt«, brachte sich nun Maria ein. »Die jungen Leute lassen sich nicht mehr so einfach lenken wie früher.«

Hanns warf ihr einen warnenden Blick zu. »Solange unsere

Tochter ihre Füße unter meinen Tisch stellt, entscheide immer noch ich, mit wem sie Umgang hat. Und Peter ist der Richtige für sie.«

Maria seufzte nur.

»Ich habe übrigens vor, gleich das neue Projekt bekanntzugeben«, wechselte Hanns nun abrupt das Thema. »Ich will, dass du dabei bist, sollte es Rechtsfragen hierzu geben«, erklärte er Klaus Schröder gegenüber. »Das wird das größte Ding, was wir je gemacht haben.«

»Bitte, Hanns, nicht«, wandte Maria nun eilig ein. »Du kennst meine Ansicht hierzu, und ich habe Klaus auch schon darauf angesprochen. Ich denke, nun – wie soll ich es sagen?«

Sie sah hilfesuchend zum Anwalt hinüber.

»Meinst du nicht, dass das eine Nummer zu groß für dich ist?«

Hanns' Kopf fuhr herum. Die Wut, die in ihm aufstieg, konnte er kaum mehr im Zaum halten. Was fiel seiner Frau ein, ihn derart vor dem Anwalt bloßzustellen? Kurz musste er sich sammeln, um nicht die Contenance zu verlieren. Er beugte sich zu seiner Frau herunter. »Ich werde gleich dort hineingehen und das Großprojekt verkünden«, zischte er ihr leise, aber bestimmt ins Ohr. »Und du wirst dabei an meiner Seite sein und laut applaudieren und dich begeistert zeigen. Ist das klar?« Er trat etwas zurück, um ihr in die Augen sehen zu können. Ihre Lippen waren nur noch ein schmaler Strich, und jede Farbe schien aus ihrem Gesicht gewichen zu sein.

»Komm, Hanns, deine Gäste warten bestimmt schon«, sagte nun Schröder und berührte ihn kurz am Jackett. Hanns fixierte Maria noch einen Moment lang mit den Augen.

»In Ordnung«, sagte er und stellte zufrieden fest, dass seine Einschüchterung funktioniert hatte, nahm Marias Hand und legte sie in seine Armbeuge. »Gehen wir hinein und verkünden Großes.«

2. Kapitel

Villa Borchardt, Koenigsallee 75, Berlin-Grunewald

Freitag, 19. November 1976

> *Ich habe alles und sollte glücklich sein. Doch das bin ich nicht. Nicht einen einzigen Tag.*
>
> MARIA BORCHARDT

Sie hatte größte Mühe, die Fassung zu wahren, als sie am Arm ihres Mannes den Saal betrat. Das Lächeln, das sie wie eine Maske auf ihrem Gesicht trug, kam ihr unendlich falsch vor, und sie wäre am liebsten einfach in ihr Schlafzimmer gegangen und hätte sich unter der Bettdecke verkrochen, statt weiter und weiter lächeln zu müssen und so zu tun, als freue sie sich, den Abend mit diesen vielen fremden Menschen zu verbringen.

Sie hatte nur einen Wunsch gehabt, einen einzigen Wunsch zu ihrem Geburtstag, und das war ein gemeinsamer Abend mit ihrem Mann und ihren Kindern gewesen, an dem sie sich in aller Ruhe hätten unterhalten und all die Schwierigkeiten, die sich in letzter Zeit wie meterhohe Wellen aufgetürmt hatten, womöglich ein wenig hätten abbauen können. Nun jedoch hatte sie sowohl von ihrer Tochter als auch ihrem Sohn nur einen kurzen Glückwunsch und eine flüchtige Umarmung erhalten und diese dann in der Menge aus den Augen verloren. Ihr war wirklich zum Heulen zumute. Sie war jetzt fünfzig Jahre alt. Fünfzig! Und so wenig sie sonst auf die Zahl in ihrem Ausweis gab, war es nun doch etwas anderes. Nicht, weil sie sich ganz plötzlich alt fühlte, sondern vielmehr, weil sie nicht das Leben führte, das sie wollte. Sie fand in ihrem eigenen Leben überhaupt nicht statt, vor allem aber hatte sie das Gefühl, einen Teil ihrer Lebenszeit einfach vergeudet zu haben. Die Jahre waren an ihr vorbeigezogen, einfach so, und sie hatte es gar nicht wirklich bemerkt. Sie war damals so verliebt in Hanns gewesen, so beeindruckt von ihm und seinem Auftreten. Er wusste, was er wollte und machte keine Kompromisse. Hätte sie ihn gebeten, dass er ihr den Mond herunterholen sollte, er hätte es möglich gemacht. Und das hatte Maria so unglaublich anziehend gefunden, dass es nach ihrem Kennenlernen nur einige Tage gebraucht hatte, um zu wissen, dass sie diesen Mann und keinen anderen würde heiraten wollen. Und viele Jahre waren sie auch glücklich miteinander gewesen, überglücklich sogar. Natürlich hatte der Alltag auch bei ihnen Einzug gehalten. Vor allem seit Holger und Hanna geboren worden waren, hatte Maria für sich selbst kaum noch Zeit und die ersten Jahre quasi rund um die Uhr mit den Kindern zu tun gehabt. Doch sie hatte jeden Moment genossen. Es war ihr eine einzige Freude gewesen, jede Entwicklung ihrer Kinder miterleben zu können und ihnen eine rundum glückliche Kindheit zu ermöglichen. Und da war immer das Gefühl, dass dies nur deshalb möglich gewesen war, weil Hanns sich um alles andere gekümmert hatte und Maria, als Hanna gerade einmal drei Jahre alt gewesen war, sogar eine Haushaltshilfe an die Seite gestellt bekommen hatte. Ja, Hanns hatte ihr jeden Wunsch von den Augen abgelesen und sein Möglichstes getan, damit es ihr und den Kindern an nichts fehlte. Und damals hatte Maria noch verstanden, weshalb ihr Ehemann keine Gelegenheit ausließ, um nur ja so viel Geld wie möglich zu verdienen. Kinder waren teuer, und auch wenn sie nicht viel über Hanns' eigene Kindheit wusste und er es auch vermied, darüber zu sprechen, so war da doch dieses Gefühl in Maria, dass ihr Ehemann es als Kind nicht immer leicht gehabt hatte. Vor allem war es ihm wichtig, dass immer genug Geld da war, und er tat alles, um dies zu gewährleisten. So war Maria über die Jahre auch mehr als stolz auf ihn gewesen, wenn er immer mehr und mehr Grundstücke kaufte, darauf baute und diese dann überaus gewinnbringend wieder verkaufte. Damit hatte er sich über die Jahre einen überaus guten Namen in Berlin gemacht. Er galt als Immobilienmogul und Garant dafür, dass das, was Hanns Borchardt in die Hand nahm, am Ende für jeden der Beteiligten zu einem guten Geschäft wurde. Und gleichzeitig versuchte er auch noch, der Stadt etwas zurückzugeben. Er veranstaltete regelmäßig große Spendengalas für soziale Projekte und engagierte sich persönlich noch weit mehr. Doch irgendwann, so hatte Maria das Gefühl, war ihr Hanns falsch abgebogen. Dass er in den jungen Jahren der Kinder keine Zeit für diese hatte erübrigen können, weil er immer nur gearbeitet hatte, verstand Maria nur allzu gut. Doch dann später, als mehr und immer mehr Geld da war, hatte sie den Eindruck, dass es längst nicht mehr darum ging, sie, die Kinder und sich selbst zu ernähren. Hanns strebte vielmehr danach, alle um sich herum zu beeindrucken. Maria fand es geradezu absurd, dass ihr Mann darauf bestand, mit seinem eigenen Helikopter täglich ins Büro zu fliegen, statt die Strecke mit dem Auto zu fahren. Außerdem musste es auch auf den vielen Feiern und Empfängen immer nur das Beste vom Besten geben, und Hanns ließ das Essen oftmals aus der Eifel oder auch aus München einfliegen, obwohl doch Berlin über ebenso gute Restaurants verfügte. Doch um das Essen selbst schien es Hanns hierbei überhaupt nicht mehr zu gehen. Er wollte auffallen, wollte besonders sein. Er war wie besessen davon, dass man staunend über ihn sprach und ihn bewunderte. Vor allem aber wollte er Macht haben, immer mehr Macht, und sein größtes Glück schien darin zu bestehen, mit den wichtigsten Menschen der Stadt und des ganzen Landes in der Zeitung abgelichtet zu werden, ganz gleich, was der Anlass hierfür war.

Maria kam das alles inzwischen nur noch falsch vor. Sie hatte den Bezug zu ihrem gemeinsamen Leben mit Hanns verloren, und auch die Beziehung zu ihren Kindern wurde immer schlechter. Holger verabscheute den gelebten Kapitalismus seines Vaters so sehr, dass er es kaum eine Viertelstunde in einem Raum mit Hanns aushielt, und Hanna, die im Juli zwanzig geworden war, entglitt der Mutter auch immer mehr. Im März vor zwei Jahren war die Volljährigkeit von einundzwanzig auf achtzehn gesenkt worden, und Hanna galt somit als erwachsen. Genau das bereitete Maria jedoch gewisse Sorgen. Hanna war ihrer Meinung nach noch nicht so weit, aber von Gesetzes wegen konnte sie der Tochter keine Vorschriften mehr machen. Ihr Einfluss war auf das begrenzt, was Hanna selbst zuzulassen bereit war – und das war nicht viel. Immer öfter spürte Maria, dass Hanna nicht länger gewillt war, die Grenzen zu akzeptieren, die ihre Eltern ihr aufzeigten. Und Hanns' polterige Art, sein Spruch, dass Hanna zu tun und zu lassen hätte, was er sagte, solange sie ihre Füße unter den elterlichen Tisch stellte, schien genau das Gegenteil von dem zu bewirken, was Hanns sich erhoffte. Hanna wurde nur bockig und immer unzugänglicher. Maria spürte deutlich, dass es nicht mehr lange dauern würde, bis ihre Tochter die Verbindung endgültig kappte und ihren eigenen Weg ging – fernab des gemeinsamen Zuhauses. Und bei ihrem Sohn Holger, der inzwischen dreiundzwanzig Jahre alt war, verhielt es sich sogar noch schlimmer. Holger und

Hanns waren wie Hund und Katze. Es gab im Grunde nichts, in dem sie übereinstimmten, und keiner von beiden war bereit nachzugeben, wenn es darum ging, seine politische Einstellung zu vertreten. Auch wenn Maria es noch immer nicht ganz wahrhaben wollte, so wusste sie doch, dass es nur noch eine Frage der Zeit war, bis Holger ihnen endgültig den Rücken zukehrte. Und hieran mochte sie nicht einmal denken.

Vor allem aber wusste Maria nicht, wie ihr eigenes Leben weitergehen sollte, sobald die Kinder aus dem Haus waren. Schon jetzt verbrachte sie nur noch selten Zeit mit ihnen. Und wann es das letzte Mal gewesen war, dass sie zu viert gegessen und sich in Ruhe unterhalten hatten, daran konnte Maria sich nicht einmal mehr erinnern. Deshalb war ihr ja auch das geplante Familienessen heute so wichtig gewesen. Aber diesen Wunsch, ihren einzigen Geburtstagswunsch hatte Hanns schlichtweg ignoriert. Einfach so, als zähle eben nicht, was Maria sagte. Diese bittere Wahrheit musste sie sich eingestehen: Sie zählte nicht, ihre Worte verhallten. Hatte Hanns sie früher des Öfteren um ihre Meinung, manchmal sogar ihren Rat gebeten, umgab er sich inzwischen nur noch mit Menschen, die ihm nach dem Mund redeten und ihre Bewunderung ihm gegenüber zum Ausdruck brachten. Da war für die Liebe seiner eigenen Ehefrau einfach kein Platz.

Sie erreichten das Podium im Saal, auf dem die von Hanns engagierte Band spielte, und Hanns half ihr hinauf. Wieder eine Rede, die er zu halten gedachte, wieder das Zurschautragen ihres einstudierten Lächelns, das sich so unendlich falsch anfühlte. Maria hätte laut schreien mögen, doch natürlich tat sie es nicht.

»Liebe Freunde«, begann Hanns und zog das Kabel des Mikrofons ein Stück näher zu sich heran. Maria stand an seiner Seite, lächelte über die Besucher hinweg. Sie erblickte Hanna, die sich recht weit hinten im Saal mit einem Mann unterhielt, den Maria noch nie gesehen hatte. Peter Schröder, der Sohn des Rechtsanwalts Klaus Schröder, mit dem vor allem Hanns die Tochter gern liiert gesehen hätte, war es nicht. Peter war zwei Jahre älter als Hanna und studierte Jura. Der Mann, mit dem Hanna sich so angeregt unterhielt, mochte jedoch eher um die vierzig sein. Am liebsten wäre Maria zu ihnen gegangen und hätte die beiden unterbrochen, doch das war natürlich ausgeschlossen. Aber es wurmte sie, gerade so gar nichts unternehmen zu können. Hanna war wirklich eine bildschöne junge Frau, und Maria wollte keinesfalls riskieren, dass sie sich mit dem Falschen einließ. Es mochte ja seit den Achtundsechzigern überall die Rede von freier Liebe sein und dies in gewissen Kreisen auch als schick gelten. Doch Maria war allein der Gedanke daran, dass ihre Tochter sich so billig hergab, ein Graus. Einer der wenigen Punkte, worin sie und ihr Ehemann sich einig waren.

»Ich danke euch allen von Herzen dafür, heute hierhergekommen zu sein und meiner Maria diese überwältigende Überraschung bereitet zu haben.« Er legte den Arm um ihre Schultern und zog sie kurz an sich. »Ihr habt es ja selbst gesehen, meine Maria hat nicht das Geringste geahnt.« Er lachte auf, und die meisten Gäste stimmten ein.

»Doch wir haben nicht nur auf Marias Geburtstag anzustoßen, sondern noch auf etwas Weiteres, das ich heute in dieser Runde bekanntgeben möchte.« Er legte eine bedächtige Pause ein, während der man eine Stecknadel hätte fallen hören können. »Wie alle hier wissen«, fuhr er dann fort, »habe ich mich über viele Jahre bemüht, der Wohnungsknappheit in unserem schönen Berlin entgegenzuwirken und eine große Anzahl sozialer Projekte verwirklicht, die dazu beigetragen haben, auch Menschen, die nicht so auf Rosen gebettet sind wie wir hier, zu einem schönen, bezahlbaren Zuhause zu verhelfen.«

Einige Anwesende klatschten.

Hanns hob abwehrend die Hände, als wollte er den Applaus nicht zulassen.

»Es war mir ein persönliches Anliegen, im Märkischen Viertel und in Gropiusstadt funktionale Bauten zu errichten, die dem Wohl einfacher Leute zugutekamen. Oder aber Gebäude in der Nähe vom Kottbusser Tor zu sanieren und wiederaufzubauen, um auch dort den vielen eingewanderten Menschen einen guten Start in ihr neues Leben hier in unserer Metropole zu ermöglichen.« Wieder klatschten einige Gäste.

»Doch der Krieg, der so vieles in unserer schönen Stadt in Schutt und Asche gelegt hat, ist nun über dreißig Jahre her. Der Wiederaufbau ist uns gelungen, und ich denke, es ist an der Zeit, nunmehr wieder stärker auf das Schöne, das im Großen liegt, zu sehen, und sowohl die Kaufkraft innerhalb Berlins zu halten als auch Bauten entstehen zu lassen, die nicht nur groß, sondern etwas fürs Auge sind.« Er deutete zu einigen anwesenden Politikern hinüber. »Also haben wir beschlossen, ein Großprojekt zu realisieren, das seinesgleichen suchen wird.« Auf ein Zeichen Hanns' wurde ein Rolltisch hereingefahren und in die Mitte des Raumes gestellt. Auf einen weiteren Wink von ihm zog einer der beiden Männer, die den Tisch hereingerollt hatten, das darüberliegende Laken herunter.

»Darf ich vorstellen: Berlins neues Einkaufszentrum mit Wohnungen direkt am Kurfürstendamm, mitten im Herzen von Berlin.«

Ah- und Oh-Rufe waren zu hören, begeisterter Applaus brandete auf. Hanns stieg vom Podium herab und ging zu dem Baumodell hinüber. Maria sah ihm etwas hilflos nach. Er hatte sie einfach stehen lassen, sie keines Blickes mehr gewürdigt. Nun begann er, am Modell den umstehenden Gästen die Planungen zu erklären, und Maria hörte, wie er immer wieder Millionenbeträge nannte, die in die einzelnen Bereiche investiert würden. Sie sah auf, als sie eine Bewegung weiter hinten wahrnahm. Holgers und ihr Blick trafen sich. Sie konnte die Wut über das Verhalten des Vaters in seinen Augen lesen. Dann verließ Holger den Saal. Hanna hatte es ebenfalls bemerkt, denn kurz sahen Maria und die Tochter sich an. Hanna wandte sich an ihren Gesprächspartner, dann folgte sie ihrem Bruder aus dem Saal heraus. Maria richtete ihre Augen wieder auf Hanns, der ganz und gar in seinem Element war und mit ausschweifenden Armbewegungen laut von seinem neuesten, größten bisher dagewesenen Projekt berichtete. Die Gäste hingen förmlich an seinen Lippen, und Maria kam sich in diesem Moment dort oben auf dem Podium so einsam vor wie noch nie in ihrem Leben. Es war ihr Geburtstag, alle im Saal waren aus diesem Grunde eingeladen. Doch die Einzige, die von niemandem Beachtung erhielt, war sie selbst. In diesem Augenblick überkam sie eine geradezu überwältigende Müdigkeit. Sie legte das Mikrofon, das Hanns ihr in die Hand gedrückt hatte, auf den Boden und stieg vom Podium. Kurz blickte sie noch zu der Menschentraube, die sich um ihren Ehemann gebildet hatte, dann verließ sie genau wie ihre Kinder den Saal und ging auf direktem Weg zur Treppe, die zum Obergeschoss führte. Oben angekommen, wandte sie sich nach links zu Holgers Zimmer und klopfte an die Tür.

»Herein!«, hörte sie die Stimme ihres Sohnes und öffnete.

Holger und Hanna saßen mit ausgestreckten Beinen auf dem Bett und unterhielten sich. Maria drückte die Tür hinter sich ins Schloss und sah ihre Kinder an. Ihr war zum Heulen zumute.

»Komm her, Mama«, sagte Hanna, klopfte neben sich auf das Bett und rückte ein Stück näher an ihren Bruder heran, um Maria Platz zu machen. Kurz zögerte sie, dann ging Maria zu den beiden, setzte sich neben Hanna auf das Bett ihres Sohnes und lehnte sich wie ihre Kinder mit dem Rücken an die Wand.

»Na, hältst du die große One-Man-Show auch nicht mehr aus?«, fragte Holger.

»Ihr wisst doch, wie er ist«, sagte Maria nur.

»Für ihn ist alles immer nur eine Bühne«, gab Holger wütend von sich. »Es ist dein Geburtstag, Mama. Mal ehrlich: Wie viele von den Leuten, die da sind und dir gratuliert haben, kennst du überhaupt?«

Maria seufzte. »Ich hätte es mir auch anders gewünscht.«

»Wir hatten sogar überlegt, dich vorzuwarnen«, sagte Hanna. »Doch wir wussten, dass es nichts ändern würde und es nur Ärger gegeben hätte, wenn wir Papa in den Rücken gefallen wären.«

»Ist nicht so schlimm«, log Maria. »Fünfzig ist auch nur eine Zahl.«

»Darum geht es doch überhaupt nicht«, hielt Holger dagegen. »Ob nun fünfzig, einundfünfzig oder was weiß ich. Er hat dich einfach nur benutzt, Mama, wie er es mit jedem tut. Und als er eben auch noch erzählte, wie viel er für den sozialen Wohnungsbau getan hat, hätte ich kotzen können.«

»Holger!«, ermahnte Maria.

»Nichts Holger«, fauchte dieser. »Ist doch wahr. Du weißt selbst genau, dass der Erlös seiner großen Spendengalas für das überteuerte Büfett und die Band, die er extra einfliegen lässt, draufgeht. Mag ja sein, dass er soziale Bauten unterstützt, aber jetzt dieser kapitalistische Scheiß, den er mit dem Einkaufszentrum und den Snob-Wohnungen vorhat. Dadurch gehört den Reichen der Ku'damm, so wie alles andere. Und er lässt sich dafür auch noch feiern. Es geht ihm immer nur ums Geld, auch wenn die Leute um ihn herum verrecken. Aber das sieht er ja nicht, weil er sich mit Champagner zuschüttet und sich mit einem solchen Pöbel nicht abgibt«, schimpfte Holger weiter.

Maria seufzte schwer. »Ich habe das Gefühl, dass euer Vater unter einem gewaltigen Druck steht«, sprach Maria nun den Gedanken aus, den sie schon seit Wochen mit sich herumtrug. Sie beugte sich vor und sah erst Hanna und dann Holger an. »Ich habe die Befürchtung, dass er sich übernimmt.«

»Meinst du gesundheitlich oder finanziell?«, fragte Hanna.

»Finanziell«, antwortete Maria sofort und fragte im selben Atemzug erschrocken nach: »Weshalb? Denkst du, dass dein Vater krank sein könnte?«

»Krank im Kopf ist er auf jeden Fall«, schnaubte Holger.

»Bitte.« Maria zog die Stirn in Falten und sah nun wieder Hanna an. »Also, was meintest du damit?«

»Findest du nicht, dass Papa irgendwie schlecht aussieht?«, fragte Hanna. »Ich meine, er ist so aufgequollen und hat auch ziemlich zugenommen. Ist ja schön, dass ihr einen französischen Koch beschäftigt, der nun wirklich gesund und lecker kocht. Aber Papa isst ja vor allem außerhalb, und Holger hat schon recht: Er schüttet den Champagner ja nur so in sich rein, als wäre es Traubensaft.«

Maria überlegte kurz. Wenn sie so darüber nachdachte, hatte Hanns tatsächlich vor allem in den letzten Monaten noch einmal einiges an Gewicht zugelegt. Er war ein großer Mann und war auch immer schon kräftig gewesen, doch mit den Jahren war er mehr und mehr aus dem Leim gegangen. Aber sie hatte ihn deshalb nicht als ungesund betrachtet, sondern nur gedacht, dass er es sich einfach gut gehen ließ. War sie womöglich zu oberflächlich gewesen und hatte nicht bemerkt, dass er gesundheitliche Probleme hatte? Sie mochte den Gedanken nicht einmal zu Ende führen.

»Glaubt ihr, Papa könnte ernsthaft krank sein?«, fragte sie nun ihre Kinder und sah von einem zum anderen.

»Dir darf man aber auch wirklich nichts sagen«, stöhnte Hanna, »ohne dass du dir gleich die unmöglichsten Gedanken machst.« Sie griff Marias Hand. »Er ist nicht schwer krank oder so was«, beruhigte sie ihre Mutter. »Er lebt nur ungesund.«

Maria war tatsächlich ein wenig erleichtert.

»Schon aus Bosheit wird der uns alle überleben«, sagte Holger, und Maria wusste nicht einzuschätzen, ob es als aufmunternder Scherz gemeint war oder einfach eine bösartige Bemerkung.

»Was würdet ihr an meiner Stelle tun?«, fragte Maria und musterte ihre Kinder eindringlich.

»In Bezug worauf?«, hakte Hanna nach.

»Auf mein Leben.« Maria spürte, wie ihr die Tränen in die Augen stiegen.

»Ach, Mama.« Hanna legte den Arm um Marias Schultern und zog diese kurz an sich. »Seien wir doch mal ehrlich, es ist sowieso egal, was wir sagen. Du würdest Papa nicht verlassen und allenfalls kurz aufbegehren, nur damit er dich dann wieder einlullt und alles nach kurzer Zeit wieder beim Alten ist.«

»Das denkst du?«

Hanna zuckte die Schultern. »Stimmt es denn nicht?«

»Er hat immer alles für die Familie getan«, wandte Maria ein.

»Pfff«, machte Holger. »Er hat immer genug Geld verdient, meinst du wohl?«

»Du bist undankbar. Euch hat es nie an etwas gefehlt«, widersprach Maria.

»Uns hat es an nichts gefehlt, weil du für uns da warst«, stellte Holger fest. »Und auch wenn es einfach scheint, das jetzt zu sagen, glaube ich doch, dass wir auch mit weit weniger Geld glücklich gewesen wären. Ich hätte mir einen Vater gewünscht, der nur ein einziges Mal mit mir Ball gespielt hätte oder bei meinen Schulaufführungen dabei gewesen wäre. Doch da warst immer nur du anwesend.« Holger hob abwehrend die Hände. »Keine Sorge, ich habe keinen psychischen Knacks davongetragen. Aber einen Vater, wie ich ihn mir gewünscht hätte, hatte ich nicht.«

Eine tiefe Trauer nahm von Maria Besitz. Sie hatte das Gefühl, dass nichts in ihrem Leben so geworden war, wie sie es sich ersehnt hatte. Und nun saß sie hier, mit ihren zwei erwachsenen Kindern, umgeben von Geld und Prunk und der Erkenntnis, nichts Eigenes zu haben, das sie erfüllte.

»Es tut mir leid, dass ihr nicht die Kindheit hattet, die ihr gebraucht hättet.«

»Ach, Mama.« Hanna zog sie erneut an sich. »Ist schon alles gut. Du hast getan, was du konntest, und das wissen wir.« Sie gab der Mutter einen Kuss auf die Wange. »Mach dir jetzt keine Gedanken darum. Heute ist dein Geburtstag, und unten sind deine Gäste, die sich bestimmt schon fragen, wo du abgeblieben bist.«

Maria presste die Lippen aufeinander, nickte und setzte sich dann an die Bettkante. »Vermutlich hast du recht«, sagte sie und stand auf. »Ich sollte wohl wieder runtergehen.« Sie warf einen Blick in den Spiegel und richtete ihre Haare. »Könntet ihr mir einen Gefallen tun?«

»Sicher«, sagte Holger sogleich. »Wenn du nicht verlangst, dass wir auch wieder runterkommen.«

Maria schüttelte den Kopf. »Nein, bleibt ruhig hier. Meine Bitte wäre, dass wir in Kürze mal wieder ein gemeinsames Essen haben, nur euer Vater, ihr beide und ich.«

Holger und Hanna tauschten einen Blick. »Bist du sicher, dass du das willst?«, fragte nun ihre Tochter. »Ich glaube kaum, dass das gut gehen wird.«

»Ich bin sicher«, bekräftigte Maria. »Bitte. Mir zuliebe.«

»Na, gut. Für dich, Mama.« Holger lächelte sie an, doch sie konnte in seinen Augen lesen, dass er mehr als skeptisch war.

»Danke.« Sie warf abermals einen Blick in den Spiegel. »Dann gehe ich mal wieder runter.«

»Mach das. Und immer schön lächeln«, riet Hanna ihr schelmisch.

Maria war wirklich zum Heulen zumute, als sie sich von ihren Kindern verabschiedete und wieder nach unten ging. Als sie in den Saal zurückkam, schien niemand auch nur bemerkt zu haben, dass sie für eine Weile verschwunden gewesen war. Der Tisch mit dem Bauprojekt war wieder entfernt worden, und die Musik spielte nun etwas lauter. Einige Gäste tanzten auch bereits. Hanns stand in der Nähe des Büfetts und unterhielt sich lautstark mit einigen Politikern.

»Na, genießt du deinen Abend?«

Hanns' Rechtsanwalt Klaus Schröder war von Maria unbemerkt an ihre Seite getreten.

Maria sah ihn an. »Offen gesagt, nicht besonders, Klaus. Und du?«

»Kann ich dich kurz sprechen?«, fragte er und blieb ihr die Antwort schuldig.

»Sicher.«

»Komm«, bat Klaus. »Ich möchte nicht, dass uns jemand hören kann.« Zusammen verließen sie den Saal und gingen noch ein Stück in die leere Eingangshalle. Dann blieb Schröder stehen.

»Ich mache mir Sorgen, Maria.«

»Sorgen weshalb?« Maria fürchtete, dass nun womöglich auch der Rechtsanwalt etwas zu Hanns' Gesundheitszustand äußern würde.

»Du hast völlig recht mit dem, was du vorhin zu Hanns sagtest. Das neue Bauprojekt«, setzte dieser nun an und schüttelte dann den Kopf. »Es ist selbst für Hanns eine Nummer zu groß und steht auf tönernen Füßen.«

»Wie meinst du das?«, fragte Maria beunruhigt.

»Ich dürfte gar nicht mit dir darüber sprechen«, erklärte der Rechtsanwalt. »Doch Hanns investiert gerade zu viel in etwas, das sich auch wieder nicht tragen wird.«

»Was meinst du mit *auch wieder nicht*?«, begehrte Maria zu erfahren.

»Ich habe im Grunde schon zu viel preisgegeben«, erklärte Schröder. »Wenn du das Gefühl hast, noch irgendeinen Einfluss auf deinen Mann zu haben, dann solltest du ihn stoppen.«

»Du machst mir Angst, Klaus. Soll das heißen, dass Hanns in finanziellen Schwierigkeiten steckt?«

Klaus Schröder suchte nach Worten.

»Ich hätte gar nichts sagen sollen. Ich bitte dich nur um eines, Maria: Egal, was dein Mann dir in nächster Zeit vorlegt, unterschreibe nichts.«

»Um Himmels willen, Klaus. Rede endlich Klartext mit mir! Was genau ist los?«

»Ich bin nicht befugt, dir weitere Informationen zu geben. Ich habe dir eh schon zu viel gesagt. Tu mir einfach den Gefallen, und lass meinen Namen da raus. Du weißt, wie dein Mann aufbrausen kann. Vor allem aber unterschreibe nichts.«

»Du weißt genau, dass ich in der Vergangenheit immer alles unterzeichnet habe, was er mir vorgelegt hat«, gab Maria nun aufgebracht zurück. »Sag mir bitte, ob das ein Fehler war.«

»Das musst du mit deinem Mann besprechen, Maria, nicht mit mir. Wenn er von unserem Gespräch hier erfahren sollte, bin ich ohnehin die längste Zeit sein Anwalt gewesen.«

»Er wird nichts davon erfahren, und ich bin nicht so dumm, ihn mit meinem Wissen zu konfrontieren.« Sie schüttelte den Kopf. »Obwohl man ja nicht mal von Wissen sprechen kann.«

Klaus Schröders Miene hatte sich verändert. »Ich wünschte

wirklich, mehr tun zu können.« Er senkte den Blick. »Komm, gehen wir wieder hinein, bevor uns noch eine Affäre angedichtet wird.«

Maria nickte und hakte sich bei ihm ein, doch die Gedanken, die nun wie in einer Zentrifuge durch ihren Kopf wirbelten, wollten sich einfach nicht mehr beruhigen lassen.

3. Kapitel

Villa Borchardt, Koenigsallee 75, Berlin-Grunewald

Freitag, 19. November 1976

Ich weiß nicht, was vor mir liegt. Doch ich freue mich darauf.

Hanna Borchardt

Hanna hatte noch etwa eine Stunde mit ihrem Bruder geplaudert, nachdem ihre Mutter wieder nach unten zu den Gästen gegangen war. Sie tat ihnen beiden einfach nur leid, war den Geschwistern doch vollkommen klar, dass sie sich nicht gegen den Vater würde durchsetzen können. Hatte dieser früher öfter mal gesagt, dass er doch alles nur für die Familie täte und einzig deshalb so viel arbeitete, war dies nun schon seit Jahren kein Thema mehr. Die Familie wusste, dass für Hanns nichts so wichtig war wie seine Arbeit, oder genauer, Geld und Macht. Alles andere hatte hintanzustehen.

So jedoch, wie er sich nun schon seit einigen Monaten aufführte, war es über all die Jahre nie gewesen. Er schien geradezu besessen zu sein, musste immer mehr und mehr erreichen, größere Häuser bauen und überall im Mittelpunkt stehen. Es war fast schon krankhaft, wie erpicht er darauf war, dass die Menschen um ihn herum ihn als DEN Macher wahrnehmen sollten, ganz so, als könnte er nicht mehr ohne diese Anerkennung leben.

Dass seine Familie hierbei auf der Strecke blieb, schien ihm entweder egal zu sein, oder aber er bemerkte es gar nicht. Wie auch immer man es drehte und wendete: Ihr Vater war in Hannas Augen einfach zu einem Menschen geworden, den sie nicht ausstehen konnte. Punkt!

Sie lag in ihrem Bett und blätterte noch in der aktuellen *Bravo*. Eigentlich hatte sie sich die Zeitschrift gar nicht kaufen wollen, weil auf dem Cover die Bands Bay City Rollers und The Sweet abgebildet waren und es in dieser Ausgabe vor allem darum ging, wer den Goldenen Otto, einen Preis, den die Zeitschrift auslobte, erhalten sollte. Weder die Bay City Rollers noch die Bandmitglieder von The Sweet fand Hanna besonders attraktiv. Und erst recht stand sie nicht auf Sänger wie Shaun Cassidy oder noch schlimmer, Chris Roberts, die regelmäßig den Titel der Zeitschrift zierten. Sie fand die Rolling Stones, vor allem Mick Jagger, aufregend und wäre nur zu gern zu dem Konzert gefahren, das die Band im Frühjahr in Frankfurt gegeben hatte. Doch das hatte ihre Mutter nicht erlaubt. Natürlich wusste Hanna, dass sie sich einfach darüber hätte hinwegsetzen können. Aber das hatte sie nicht getan. Ihrer Meinung, vor allem aber ihrem Gefühl nach, war ihre Mutter ohnehin schon unglücklich genug. Da wollte nicht ausgerechnet sie ihr weiteren Ärger bescheren.

Etwas lustlos überflog Hanna die Seiten. Am interessantesten fand sie ohnehin immer die Dr.-Sommer-Rubrik, bei der junge Leserinnen und Leser Fragen zu sexuellen Themen stellen konnten. Eigentlich, das wusste Hanna, war sie für diese Zeitschrift schon zu alt. Viele ihrer Freundinnen hatten bereits vor einem oder sogar zwei Jahren aufgehört, die *Bravo* zu lesen. Doch Hanna hatte das Gefühl, dass sie die Zeit, in der ihre Freundinnen ihre rebellischen und wilderen Phasen gehabt hatten, irgendwie übersprungen hatte und stets eher angepasst und ruhig gewesen war. Aber sie spürte, dass ihr Wunsch, aus diesem behüteten Leben auszubrechen, größer und größer wurde. Sie war im Gegensatz zu den meisten ihrer Freundinnen noch Jungfrau. Nicht, weil sie keine Gelegenheit gehabt hätte. Es hatte sich für sie einfach bisher nicht richtig angefühlt, weil sie schlicht in niemanden wirklich verliebt gewesen war beziehungsweise immer dann, wenn sich etwas Ernstes entwickelt hatte, die Sache auch schon wieder vorbei war, bevor es zum Äußersten kam. So las sie also nur über die Leidenschaften und Probleme junger Leute, statt sie selbst zu erleben.

In diesem Heft schrieb ein Junge (13, ohne Ortsangabe), dass er glaubte, schwul zu sein, weil es ihn erregte, nach dem Sport die anderen Jungen nackt zu sehen.

Die Antwort des Dr.-Sommer-Teams lautete: *Nur weil du bei nackten Jungen ein steifes Glied kriegst, glaubst du, schwul zu sein? Wenn du erst mal Erfahrungen mit Mädchen gemacht hast, sieht die Sache gleich ganz anders aus. Also mach dir vorerst keine Sorgen.*

Hanna hob die Augenbrauen. Was für eine dämliche Antwort. Sie war da völlig anderer Ansicht. Nicht, dass der Junge wirklich zwangsläufig schwul war. Nur sah sie, selbst wenn es so war, überhaupt kein Problem darin. Ob nun jemand auf das gleiche oder das andere Geschlecht stand, war doch vollkommen egal, und sie verstand nicht, weshalb darum ein solches Theater gemacht wurde. Sollte doch jeder lieben, wen und wie er wollte. Was scherte das die anderen? Es waren genau solche Ansichten, die sie nicht leiden konnte. Auch ihre Mutter neigte dazu, alles zu verbieten, was sich ihrer Ansicht nach für junge Menschen, besonders für junge Frauen, nicht gehörte. Und ihr Vater erst, der sie so schnell wie möglich mit einer »guten Partie«, wie er es nannte, verheiraten und sie damit in eine Rolle zwingen wollte, die ihrer Meinung nach so gar nicht zu ihr passte.

Sie las noch einige weitere Fragen und Antworten, blätterte dann aber um. Wahrscheinlich würde sie das Heft wirklich nicht mehr kaufen. Die Zeit hierfür war einfach vorbei.

Sie hörte von unten Stimmen heraufdringen. So, wie es klang, verabschiedeten ihre Eltern die letzten Gäste. Hanna sah auf die Uhr, es war bereits kurz vor zwei. Hoffentlich würde da unten bald Ruhe herrschen. Sie konnte absolut nicht einschlafen, wenn sie das Gefühl hatte, dass noch immer fremde Menschen im Haus waren, die darüber hinaus dann auch noch lärmten.

Das Knarren der Treppe war zu hören. Es war die dritte Stufe von oben, die dieses Geräusch machte. Ihr Vater hatte schon einige Male deshalb den Handwerker kommen lassen, doch das Knarren kam in regelmäßigen Abständen wieder durch. Hanna schmunzelte bei dem Gedanken. Es war eben doch nicht so, dass ihr Vater alles kontrollieren konnte. Ob er nun meckerte und den Handwerker beschimpfte – die Treppe ließ sich hiervon nicht beeindrucken.

»Bitte Hanns, nicht so laut«, hörte Hanna nun ihre Mutter zischen. »Die Kinder schlafen.«

»Die Kinder! Wenn ich das schon höre. Du tust, als hätten wir noch Babys im Haus. Bleib jetzt stehen!«

Hanna lauschte. Ihre Eltern standen offenbar unmittelbar vor ihrer Tür.

»Dein Benehmen war unmöglich!«, schnauzte ihr Vater nun. »Du glaubst doch wohl nicht, dass ich es nicht mitbekommen habe, wie du einfach so den Saal verlassen hast, als ich mein neues Projekt präsentierte.«

»Hanns, nicht so laut«, bat die Mutter erneut.

»Das ist mein Haus, und ich kann hier so laut reden, wie ich will.«

»Lass meine Hand los! Du tust mir weh.«

»Ach, ich tu dir weh? Du hast mich bloßgestellt. Was denkst du, wie es mir damit geht?«

»Ich bin überrascht, dass du überhaupt bemerkt hast, dass ich nicht mehr da war.«

Hanna hörte anhand der Stimmen, dass die Eltern weitergegangen waren.

»Was willst du damit sagen?« Hanns war lauter geworden, und offenbar hatten die beiden noch immer nicht ihr Schlafzimmer erreicht.

»Ich hatte einen Wunsch, Hanns. Einen einzigen Wunsch, und zwar ein Abendessen mit dir und den Kindern. Doch du musstest ja meinen Geburtstag zum Anlass nehmen und einen solchen Zirkus veranstalten, nur um dich und deine großen Pläne präsentieren zu können!«, schrie Maria ihren Mann an.

Hanna fragte sich, ob sie ihre Mutter jemals schreien gehört hatte. Sie konnte sich nicht daran erinnern.

»Ach, so ist das. Das ist nun der Dank für alles, was ich für dich tue?«, brüllte Hanns zurück. »Ich habe eine Modenschau für dich veranstalten lassen, habe dir Kleider gekauft, bin mit dir an die See geflogen und habe diesen Abend organisiert, was mich ein Vermögen gekostet hat. Und nun muss ich mir von dir anhören, dass das alles noch nicht genug ist?«

Hanna schluckte schwer.

»Aber ich habe all das doch gar nicht gewollt!«, hörte sie nun ihre Mutter kleinlaut erwidern, worauf sie die Decke beiseiteschlug und zur Tür ging, ohne diese jedoch gleich zu öffnen.

»Jetzt pass mal gut auf!« Hanna sah ihren Vater geradezu vor sich, wie er hochrot angelaufen war, während er die Worte durch die Lippen presste. »Du hast mich blamiert, und das machst du kein zweites Mal, hast du mich verstanden? Sonst hat dein schönes Luxusleben hier ganz schnell ein Ende.«

»Reagierst du so, weil du es nicht ertragen kannst, die Kontrolle zu verlieren?«, gab nun Maria zurück, worauf Hanna die Tür öffnete, um dazwischenzugehen. Als sie auf den Flur trat, sah sie ihren Bruder, der offenbar denselben Gedanken gehabt hatte, denn auch dieser kam soeben aus seinem Zimmer.

»Das reicht jetzt!«, schritt Holger ein, und Hanna folgte ihm, als er zu den Eltern ging.

»Na, sieh mal an, der feine Herr Sohn bequemt sich aus seinen Gemächern. Noch so einer, der mir in den Rücken gefallen ist. Ihr könnt alle machen, dass ihr wegkommt.«

»Du bist betrunken«, stellte Holger betont ruhig fest, doch Hanna spürte, dass es in ihrem Bruder brodelte.

»Er hat recht, Hanns, es reicht. Wir sollten schlafen gehen und morgen weitersprechen«, sagte Hannas Mutter, sichtlich um Fassung bemüht und legte ihre Hand auf den Arm ihres Mannes.

»Du schreibst mir nicht vor, was ich zu tun und zu lassen hab.« Hanns riss den Arm hoch, um sich frei zu machen. Maria machte einen Schritt rückwärts, fasste dann aber nach, worauf Hanns ausholte und ihr eine schallende Ohrfeige verpasste. »Nimm deine Finger von mir!«

Hanna schrie auf, während Holger die Mutter beiseiteschob und sich zwischen sie und den Vater stellte. Maria hielt sich die Wange und brach in Tränen aus.

»Bist du wahnsinnig?«, brüllte nun Hanna und warf einen ängstlichen Blick auf ihren Bruder, dem grenzenloser Zorn ins Gesicht geschrieben stand.

»Rühr sie noch einmal an und ich prügle dich windelweich«, presste Holger wütend hervor.

»Du?«, brüllte Hanns verächtlich. »Du drohst mir Schläge an? Solange du deine Füße unter meinen Tisch stellst, sage ich dir, was hier geschieht und was nicht.«

»Bitte, Holger«, flehte Maria. »Nicht.« Sie ergriff seine Hände.

»Bist du verrückt geworden?«, schrie Hanna ihren Vater an, der ganz übel war wegen der Szene, die sich ihr bot.

Dieser machte ein paar Schritte rückwärts, taumelte dann zum Schlafzimmer, während Holger die Mutter stützte. Hanna sah ihrem Vater zornerfüllt nach, dann ging sie auf die andere Seite, sodass Maria rechts und links von ihren Kindern flankiert wurde. »Komm. Gehen wir in mein Zimmer«, sagte Hanna.

Langsam gingen sie zu dritt über den Flur. Maria zitterte am ganzen Körper, und Hanna konnte nicht verhindern, dass ihr die Tränen über die Wangen liefen. Ihr Vater war schon manches Mal aufbrausend gewesen und bestimmt nicht immer gerecht. Doch er hatte nie die Hand gegen die Mutter, Holger oder sie selbst erhoben. Niemals.

Als sie das Zimmer erreichten, setzten sie die Mutter auf den Stuhl vor dem Schminktisch. Maria schluchzte und weinte bitterlich. Hanna griff sich ein Glas, ging in das neben ihrem Zimmer gelegene Bad und holte Wasser. Dann gab sie das Glas ihrer Mutter, die in kleinen Schlucken trank. Eine Weile sagte keiner etwas. Es war, als ständen sie alle unter Schock.

»Ich weiß nicht, wie es weitergehen soll«, brachte Maria irgendwann leise hervor.

»Ganz einfach. Du nimmst dir einen Anwalt und lässt dich scheiden«, erwiderte Holger sofort.

Hanna legte ihre Hand auf die Schulter der Mutter. »Es tut mir so leid, Mama.«

Maria trank das Glas leer, worauf Hanna sogleich ins Bad ging und es erneut füllte. Als sie es der Mutter reichte, meinte diese nachdenklich: »Ich kann ihn nicht einfach verlassen.«

»Wie bitte?«, entfuhr es Holger. »Er hat dich geschlagen.«

Sofort fasste Maria an ihre Wange. »Es war nicht doll.«

»Und das möchtest du als Entschuldigung nehmen?«, fragte Hanna fassungslos.

Maria senkte den Kopf. »Das da eben, das war nicht er. Hanns ist so nicht.«

»Doch Mama, das genau war er!«, hielt Holger wütend dagegen. »Du willst oder kannst es nur nicht sehen, weil du die Augen so fest vor der Wahrheit verschließt, dass es schon wehtut.« Er ballte die Hand zur Faust. »Es ist deine Sache, wenn du bleiben und das hier weiter durchziehen willst. Doch ich werde gehen.«

»Nein.« Maria griff eilig seine Hand. »Bitte, Holger, nicht. Noch kann alles wieder gut werden, du wirst sehen. Er wird sich entschuldigen, und dann können wir …«

»Nein, Mama. Es wird nicht wieder gut werden. Nie mehr. Mit der Ohrfeige hat er eine Grenze überschritten. Er demütigt dich, und du lässt es zu. Und bei allem Verständnis für deine Situation: Wenn du so etwas mit dir machen lässt, musst du dich auch über alle anderen Demütigungen nicht mehr wundern.«

»Wie meinst du das?«, fragte Maria und sah zu ihm hoch.

Holger schüttelte nur den Kopf.

»Ja, wie meinst du das?«, fragte nun auch Hanna.

Holgers Blick wanderte zwischen den beiden hin und her.

»Eure Ehe ist schon länger am Ende«, stellte er fest. »Doch du willst das nicht sehen.« Es lag Bedauern in seinem Blick. »Wenn du nicht gehen willst, ist das deine Entscheidung. Aber ich bleibe keine Sekunde länger in diesem Haus.«

»Wo willst du denn hin?«, fragte nun Hanna.

Holger zuckte die Achseln. »Ich weiß es noch nicht, mal sehen. Vielleicht erst mal zu Thomas, bis ich weiß, wie es weitergeht.«

»Aber du hast doch selbst kaum Geld. Und was ist mit deinem Studium? Dein Vater wird sich weigern, weiter dafür zu bezahlen«, jammerte Maria.

»Und wenn schon. Andere haben auch keine reichen Eltern und schaffen es trotzdem.« Holger ging in die Hocke und sah der Mutter in die Augen. »Ich hätte längst gehen sollen und meinen eigenen Weg beschreiten. Vielleicht musste es so kommen, damit ich endlich aufwache.«

»Bitte, Holger, geh nicht.«

»Ich ertrage es nicht mehr, Mama. Und offen gesagt, solltest du das auch nicht tun.« Er sah erst Maria an, dann Hanna. »Doch das ist eure Sache. Ich sage keiner von euch, was das Richtige für sie ist. Doch ich weiß, was für mich falsch ist.« Er machte eine Handbewegung in den Raum hinein. »Das hier. Seht ihr nicht, wie krank das hier ist?« Holger blickte wieder zu seiner Mutter. »Er ist Teil eines Systems der Unterdrückung; es ist nur für dich das erste Mal, dass du auf der Seite der Verlierer stehst und nicht auf der der Gewinner.«

Maria schluchzte auf.

»Glaub mir, es ist besser, wenn ich gehe, Mama. Denn ich weiß wirklich nicht, was geschieht, wenn Vater und ich erneut aufeinanderprallen.«

Hanna sah ihren Bruder erschrocken an. Hatte sie soeben noch widersprechen wollen, wusste sie nun, dass es wirklich besser war, wenn er ging.

»Ich werde gleich ein paar Sachen packen, und dann bin ich weg.«

»Jetzt? Mitten in der Nacht?«, fragte Maria erschrocken.

»Jetzt oder morgen früh macht ja keinen Unterschied. Ich will nicht mehr da sein, wenn er wieder aufwacht.«

Maria schlug die Hände vors Gesicht und begann wieder, heftig zu weinen. Hanna riss einige Kosmetiktücher aus der Packung auf dem Schminktisch und reichte sie ihr.

»Kann ich dir was helfen?«, fragte sie dann an ihren Bruder gewandt.

Holger schüttelte den Kopf. »Ich nehme nur eine kleine Tasche und hole den Rest, wenn ich weiß, wo ich unterkommen kann.«

»Es tut mir so leid«, sagte Maria unter Tränen. »Ich hätte früher etwas tun müssen.«

»Mach dir keine Gedanken, Mama, und fühl dich erst recht nicht schuldig für etwas, das du nicht zu verantworten hast.« Holger berührte kurz in einer tröstenden Geste ihren Arm.

»Und sehe ich dich dann überhaupt noch?«, schluchzte die Mutter.

»Aber klar«, versicherte er. »Wir treffen uns in der Stadt, oder aber ich komme vorbei, wenn er zur Arbeit ist. Das wird schon alles«, versicherte er seiner Mutter, und kurz trafen sich Hannas und sein Blick. Sie konnte ihrem Bruder ansehen, dass er selbst nicht daran glaubte.

Maria nickte und stand dann auf. »Warte hier. Ich hole etwas.«

Hanna sah sie besorgt an. »Woher? Du willst doch wohl hoffentlich nicht in euer Schlafzimmer gehen?«

»In dem Zustand, in dem euer Vater war, wird er vermutlich, ohne sich ausgekleidet zu haben, ins Bett gefallen sein und schlafen.«

»Ich komme mit«, entschied Hanna, die in diesem Moment wirklich Angst um ihre Mutter hatte. Wie falsch es sich anfühlte, nicht im eigenen Zuhause sicher zu sein.

Maria nickte nur, dann ging sie zur Tür. Hanna folgte ihr, und während die Mutter entschlossenen Schrittes zum elterlichen Schlafzimmer ging, schlich Hanna hinter ihr her, bemüht, nur keinen Laut von sich zu geben. Ihre Mutter schien ihr weit furchtloser, machte diese doch nicht die geringsten Anstalten, besonders leise zu sein.

Maria öffnete die Tür, durchquerte das Schlafzimmer bis zum Ankleideraum und verschwand kurz darin. Als sie wieder herauskam, hielt sie einen Umschlag in der Hand. Hanna sah, dass sie einen kurzen, verächtlichen Blick auf ihren Mann warf, der laut schnarchend und mit ausgebreiteten Armen auf dem Bett lag und schlief. Ihre Mutter blieb kurz stehen, betrachtete ihn. Dann bedeutete sie Hanna, dass sie den Raum wieder verlassen sollten.

Ohne ein Wort gingen sie zurück in Hannas Zimmer, wo Holger am Fenster stand und auf die Frauen wartete.

Die Mutter ging zum Kosmetiktisch, öffnete den Umschlag und holte einen Batzen Geldscheine hervor. Sie zählte die Scheine ab und gab jeweils die Hälfte Holger und Hanna.

»Hier«, sagte sie. »Das habe ich mir im Laufe der Jahre beiseitegelegt. Es wird euch helfen, in Zukunft zurechtzukommen.«

Die Geschwister sahen sich überrascht an. »Aber ich ziehe doch gar nicht aus«, wandte Hanna ein. »Zumindest noch nicht.«

»Wie du schon sagst, noch nicht«, antwortete ihre Mutter, die sichtlich ihre Fassung wiedererlangt hatte.

»Danke«, sagte Holger nur, als er das Geld annahm. »Aber was ist mit dir?«, fragte er nun die Mutter.

»Ich werde klarkommen. Irgendwie habe ich tief in mir wohl immer gewusst, dass so eine Situation eintreten würde.« Maria seufzte. »Das Geld wird eine gute Weile reichen, auch um dein Studium weiterführen zu können.«

»Bist du sicher, Mama? Ich meine, ich würde auch mit weit weniger auskommen.«

»Nehmt es«, forderte sie. »Ihr beide.«

»Und was hast du jetzt vor?«, fragte Holger.

Maria zuckte die Achseln. »Offen gesagt, weiß ich das noch nicht.« Sie sah zu Hanna. »Ich denke, wir müssen erst mal abwarten, was als Nächstes geschieht.«

»Wenn es nicht noch schlimmer wird«, sagte Hanna, »werde ich bleiben, bis ich meine Ausbildung beendet habe.«

Holger sah auf das Geld in seiner Hand. »Das wird mir sehr helfen. Ich danke dir, Mama.« Er ging auf sie zu, umarmte sie und danach Hanna.

»Dann werde ich mal packen gehen«, kündigte er an.

»Ich helfe dir«, bot Hanna an, doch Holger schüttelte den Kopf. »Offen gesagt, wäre mir lieber, wenn ihr hierbleibt.« Hanna wurde das Herz schwer, als sie sah, dass die Augen ihres Bruders sich mit Tränen füllten. »Ich werde dann einfach gehen und mich in den nächsten Tagen bei euch melden.«

Hanna nickte stumm, berührte kurz die Wange ihres Bruders. »Versprochen?«

»Ja.« Er umarmte jede von ihnen noch mal, dann ging er hinaus.

Hanna und ihre Mutter setzten sich aufs Bett, hielten sich umschlungen wie zwei Ertrinkende und weinten leise, ohne noch ein Wort zu sprechen. Als sie nach einer Weile Holgers Schritte auf dem Flur hörten und schließlich das Knarren der Treppenstufe, schnürte es Hanna die Kehle zu: Ihr Bruder war weg. Raus aus ihrem Leben.

4. Kapitel

Unter den Eichen 100, Berlin-Lichterfelde

Mittwoch, 24. November 1976

Zum ersten Mal in meinem Leben bin ich Teil von etwas. Endlich kann ich etwas bewirken.

Holger Borchardt

Ein lauter Knall ließ ihn hochfahren. Kurz lauschte er, dann stand er auf und rieb sich die Augen. Auf den ersten Blick konnte er nicht erkennen, was das Geräusch verursacht hatte. Zumindest schien in der Wohnung alles so weit in Ordnung zu sein. Er drückte seinen schmerzenden Rücken durch. Seit der Auseinandersetzung mit seinem Vater hatte er bei seinem Studienfreund Thomas auf der Couch geschlafen. Für einen wie ihn mit seinen eins fünfundachtzig nicht gerade ideal, doch es war ihm um einiges lieber, als wieder bei seinem Vater angekrochen zu kommen. Nein! Es war endgültig Zeit, auf eigenen Beinen zu stehen. Viel zu lange hatte er sich blind dem gefügt, was sein Vater ihm befohlen hatte. Genau genommen, hatte er nur seinetwegen überhaupt begonnen, Wirtschaftswissenschaften zu studieren. Sein Vater hatte ihm eingeredet, dass er die Welt da draußen verstehen müsste, wenn er sie kontrollieren wollte. Doch je mehr er über die Wirtschaft gelesen und gehört hatte, desto weniger hatte er sie verstanden. Wie konnten sich Menschen freiwillig in ein System begeben, das ihre Arbeitskraft ausnutzte und sie selbst unterdrückte?

Holger zog sich an, dann trat er ans Fenster und öffnete es. Nun erkannte er, was den Lärm verursacht hatte. Ein Lkw war in einen rot-schwarzen Opel Manta B SR gekracht und blockierte nun die viel befahrene Kreuzung Unter den Eichen/Drakestraße. Holger interessierten Autos im Grunde nicht, doch er war bei den zahlreichen Empfängen seiner Eltern lieber rausgegangen und hatte die Autos angesehen, als sich mit den Gästen über ihren enormen Erfolg und Reichtum unterhalten zu müssen. Der Manta-Fahrer, ein Mann, den Holger kaum älter als sich selbst schätzte, schien mit dem Lkw-Fahrer zu streiten und gestikulierte wild. Hinter ihnen hatte sich bereits eine lange Schlange an Autos gebildet, von denen einige immer wieder hupten. Holger schüttelte den Kopf. Wie Ameisen waren sie alle dabei, ihrer Arbeit nachzugehen, und wurden wütend, wenn sich ihr Tagesablauf auch nur leicht änderte. Vor allem aber, wenn ihnen jemand ihr Hab und Gut streitig machte oder beschädigte. Dann flippten sie richtiggehend aus.

»Guten Morgen«, hörte er Thomas hinter sich sagen. Holger drehte sich um und sah ihn im Türrahmen stehen. Gerade zündete Thomas sich eine Zigarette an. »Auch eine?«

»Guten Morgen«, antwortete Holger. »Nein, danke.«

»Was ist da draußen los?«, fragte Thomas und kam ebenfalls zum Fenster herüber.

»Das Übliche: Der eine fährt dem anderen rein, und alles steht.«

In diesem Moment war aus einiger Entfernung eine Polizeisirene wahrzunehmen. »Ah, die Kavallerie rückt an«, grinste Thomas, nahm dann einen tiefen Zug von seiner Zigarette und musterte Holger.

»Ich hab Kaffee gemacht. Hol dir am besten gleich einen. Du siehst beschissen aus.«

Holger streckte sich abermals und gähnte. »Mach ich.«

»Und beeil dich. Wir müssen bald los.«

»Zur Uni?«, fragte Holger überrascht. »Ich dachte, da gehst du nicht mehr hin?«

Thomas war genau wie viele andere Germanistikstudenten seit einigen Wochen im Streik, nachdem sein Professor Gerhard Bauer und der Assistenzprofessor Friedrich Rothe suspendiert worden waren.

»Für heute ist die Vollversammlung geplant.« Thomas grinste breit. »Jetzt kriegen wir sie dran, Holger.«

»Das ist heute?«, fragte Holger überrascht und sah an sich herab. Er war nur mit einer Unterhose bekleidet. »So ein Mist. Das habe ich völlig vergessen. Ich hole mir nur schnell den Kaffee, zieh mir was an, und dann können wir los.«

Holger ging in die Küche, füllte sich den Kaffee in eine der herumstehenden Tassen, stürzte den ersten Schluck herunter und kehrte dann wieder ins Wohnzimmer zurück, wo sich seine Tasche mit den wenigen Klamotten befand, die er aus der Villa mitgenommen hatte. Er würde irgendwann in den nächsten Tagen waschen oder schlicht zur Villa fahren müssen, wenn sein Vater nicht da war, um sich etwas Frisches zum Anziehen zu holen. Denn so sehr ihn das kapitalistisch-snobistische Leben seiner Eltern auch nervte – stinken wollte er nicht. Er zog sich eilig an, trank den Kaffee aus, nahm sich Schal und Mantel und verließ zusammen mit Thomas die Wohnung. Ob sich heute endlich etwas ändern würde? Er hoffte es.

Als sie das Unigebäude erreichten, in dem die Versammlung der Studenten stattfinden sollte, herrschte dort bereits emsiges Treiben. Das Stimmengewirr aus dem Audimax war schon im Eingangsbereich zu hören. Holger öffnete die Tür, an der bereits einige Studenten standen. Thomas nickte ihnen kurz zu, dann gingen sie die Stufen hinauf, bis sie einen der Eingänge des großen Hörsaals erreicht hatten. Dieser war so voll, dass Thomas und Holger Mühe hatten, überhaupt hineinzukommen. Sie drängten sich an den anderen Studenten vorbei. Thomas blickte Holger vielsagend an. Es war so laut, dass Thomas fast schreien musste, damit Holger ihn verstand. »Sieh dir das an, Holger! Der größte Hörsaal der Uni und er platzt aus allen Nähten. Das hier werden die da oben nicht mehr ignorieren können.«

Holger sah sich die großen Banner an, die bereits aufgehängt worden waren: *Bundesweiter Streik*, *100 DM mehr für alle Bafög-Empfänger* oder *Gegen politische Unterdrückung*. Einige Studenten hatten Plakate bei sich, die sie jetzt noch locker in der Hand hielten. Wahrscheinlich würden sie diese erst hochhalten, sobald die Versammlung begonnen hatte.

Holger wurde auf eine junge Frau aufmerksam, die in der Nähe des Rednerpultes gestanden hatte und nun eilig die Treppenstufen zu ihnen heraufkam.

»Thomas, da bist du ja!« Sie strahlte über das ganze Gesicht. »Was sagst du? Gar nicht schlecht, oder?«

»Hallo, Simone. Es ist unglaublich, dass so viele gekommen sind«, sagte Thomas begeistert. »Wir müssen sie überzeugen, dass wir gemeinsam streiken, damit diese Ungerechtigkeit nicht länger hingenommen wird. Das schulden wir Professor Bauer und Rothe.«

Simone hatte eifrig genickt, während Thomas gesprochen hatte. Noch einmal blickte Thomas sich um. »Es ist echt nicht zu fassen, was du hier auf die Beine gestellt hast«, stellte er anerkennend fest.

Simone, deren Wangen leicht gerötet waren, bedankte sich. Für

Holger war offensichtlich, dass sie etwas für Thomas empfand, auch wenn der es gar nicht zu bemerken schien.

»Das ist übrigens Holger. Er wohnt zurzeit bei mir«, erklärte Thomas nun. Simone musterte Holger skeptisch.

»Lass dich von seinen noblen Klamotten nicht täuschen. Er ist einer von den Guten«, fügte Thomas hinzu, und sofort veränderte sich Simones Miene. Sie streckte ihm die Hand entgegen.

»Freut mich, dich kennenzulernen, Holger. Ein Freund von Thomas ist auch mein Freund. Was studierst du?«

Holger nahm Simones Hand und schüttelte sie. »Wirtschaftswissenschaften.«

Simone hob die Augenbrauen.

»Ich weiß, was du denkst«, fuhr Holger fort. »Ich habe den Mist nur wegen meines Vaters angefangen. Inzwischen bin ich schlauer.« Er sah sich um. »Würde mich wundern, wenn noch andere aus meiner Fakultät hier wären. Die sind etwas anders orientiert als die meisten hier.«

Simone lachte. »Ich verstehe. Aber es ist gut, dass du hier bist. Wir brauchen Studenten aller Fachbereiche, um wirklich etwas zu bewirken. Wenn wir alle zusammenarbeiten, dann müssen sie reagieren. Wir können hier heute tatsächlich etwas verändern.«

Ein warmes Gefühl breitete sich in Holgers Brust aus. Ja, sie könnten wirklich etwas bewirken. Vielleicht würden sie endlich die Menschen dazu kriegen, aufzuwachen und ein System zu hinterfragen, das nichts tat, als sie auszubeuten und ihnen falsche Versprechungen zu machen.

In diesem Moment kam ein junger Mann angelaufen.

»Thomas, kannst du schnell mitkommen?«, fragte er völlig außer Atem.

»Was ist denn los, Volker?«

»Es sind so viele gekommen, dass nicht alle hier reinpassen. Wir müssen die Reden in die anderen Hörsäle übertragen, in denen sich auch Studenten versammeln, dann können wir noch mehr erreichen. Und wir müssen uns abstimmen, wer es übernimmt, alle über die bisherigen Ereignisse zu informieren.«

»Alles klar. Das kriegen wir hin. Simone, kommst du auch?«

Simone lächelte Holger zu, dann folgte sie Thomas und Volker die Stufen hinunter.

Holger drängte sich in eine der Sitzreihen und nahm auf einem freien Stuhl Platz. Durch die vielen Leute war es schon jetzt ordentlich warm im Saal, weshalb er sich beeilte, Schal und Mantel abzulegen. Die Stimmung war irgendwie aufgeheizt, geradezu knisternd. Er konnte es kaum erwarten, bis es losging.

Holger musste an seine Schwester denken. Auch wenn sie nicht besonders politisch interessiert war, würde er ihr hiervon erzählen, denn eine solche Veranstaltung war ganz nach ihrem Geschmack. Sie liebte es, wenn alte Strukturen aufgebrochen wurden, und eine solche Studentenversammlung würde ihr bestimmt gefallen. Ganz im Gegenteil zu seinem Vater, der ihm höchstens Naivität und Dummheit vorwerfen und sagen würde, dass er nur noch nicht hart genug für etwas hatte arbeiten müssen, um zu begreifen, worum es in der Welt wirklich ging. Und seine Mutter? Vielleicht würde sie seinem Vater nicht zustimmen, aber ihm widersprechen würde sie vermutlich auch nicht. Er hatte vorgestern zu Hause angerufen und mit Hanna geredet. So, wie seine Schwester die Lage einschätzte, wurde die Ohrfeige, die sein Vater der Mutter an deren Geburtstag gegeben hatte, einfach totgeschwiegen. Womöglich fühlte sein Vater sich sogar im Recht, hatte seine Frau doch gewagt, ihn und seine großartigen Pläne anzuzweifeln. Ihn, den größten Baulöwen Berlins, wie es erst letztens im *Tagesspiegel* gestanden hatte. Er konnte einfach keine andere Meinung zulassen als die, dass das Erwerben von Geld, Macht und Reichtum die wichtigsten Eigenschaften waren, die ein Mann in sich vereinen musste. Was verstand der schon von Schriften großer Denker wie Marcuse und Horkheimer? Für seinen Vater war Holger nichts als ein Träumer, womöglich auch einfach nur ein rebellischer Junge, der sich mehr aus Theorien machte als daraus, sich ein gutes Leben zu schaffen.

Holger spürte, wie sein Puls seine Halsschlagader zum Hervortreten brachte. Sein Vater verstand es einfach nicht. Er wollte nicht begreifen, dass er selbst das Problem war. Zwar kaufte er massenweise Sozialwohnungen auf, um sie zu sanieren und Arbeitern ein besseres Leben zu ermöglichen, doch er ging nicht weit genug. Er akzeptierte ebenso sehr wie seine reichen Freunde, die Anwälte und Politiker auf seinen Feiern, dass dieses kapitalistische Hamsterrad weiterrollte, während sie im Überfluss lebten.

Holger wurde aus seinen Gedanken gerissen, als Thomas an das Mikrofon trat und mehrfach darauf klopfte, worauf aus den Lautsprechern ein lauter schriller Ton erklang. Thomas räusperte sich. Dann erklärte er laut, dass Gerhard Bauer und Friedrich Rothe suspendiert worden waren, weil sie einen Wahlaufruf für die KPD gestartet hatten. Buhrufe kamen auf, Beschimpfungen wurden gerufen, und es wurde um einiges lauter. Je länger Thomas und auch andere Studenten, die abwechselnd ans Mikrofon traten, sprachen, desto mehr heizte sich die Stimmung auf. Es war deutlich zu spüren, dass auch die anderen Studenten gegen die Ungerechtigkeit vorgehen wollten. Für Holger war es ein Gefühl, als ginge er mehr und mehr in etwas Größerem, etwas Bedeutsamem auf. Hier und jetzt war er Teil einer Gemeinschaft, wie er es nie zuvor an der Universität erlebt hatte. An der Fakultät für Wirtschaftswissenschaften studierten einige Anwaltssöhne, die er durch seinen Vater kannte. Sie waren der Meinung, dass sie den Reichtum, den sie besaßen, schlicht mehr verdienten als andere Menschen. Doch zu seiner Überraschung sah er hier auch einige genau dieser Studenten, die in den frenetischen Beifall einstimmten, der sich erhob, als beschlossen wurde, dass die gesamte Studentenschaft streiken würde. Holger war begeistert. Er hätte nicht damit gerechnet, dass tatsächlich alle Fachbereiche mitziehen würden.

Wieder traten abwechselnd Redner ans Mikrofon, die dem Grunde nach jedoch nur das wiederholten, was ohnehin schon gesagt beziehungsweise lautstark herausgebrüllt worden war. Holger fand, dass es weit souveräner gewirkt hätte, wenn die Forderungen klar formuliert, jedoch nicht aggressiv hervorgebracht worden wären. Doch sobald ein Redner die Forderungen erneut bekräftigte, brandete frenetischer Beifall auf. Holger sah sich in dem übervollen Saal um. War das hier heute womöglich wirklich der Anfang von etwas, von dem er später einmal mit Stolz würde sagen können, dabei gewesen zu sein? Dabei, als der Wind des Umbruchs durch Deutschland geweht war und ein neues Denken mit sich brachte? Waren sie alle hier die künftigen Macher des Landes, die mit ihren Idealen und Zielen dafür einstanden, für mehr Gerechtigkeit in der Bundesrepublik zu sorgen? War es der Anfang vom Ende des Kapitalismus, der Unterdrückung und des Regimes? Eine Gänsehaut überkam seinen Körper. Was, wenn es wirklich so war und das Korn, das sie heute hier in die Erde pflanzten, zu etwas wurde, das sich überall verbreitete und neue Samen hervorbrachte, die schon bald das ganze Land veränderten? Holger lächelte bei dem Gedanken.

Die Versammlung fasste den Beschluss, dass der Streik nun sofort und ohne weitere Verzögerung in den Instituten vorbereitet werden sollte, was erneut zu stürmischem Jubel führte. Danach löste sich die Versammlung rasch auf. Holger wusste nicht, ob er Thomas helfen sollte, anstatt ins Institut zu gehen, schließlich würde der jetzt einiges zu tun haben. Er war ein wenig unschlüssig, wie das, was soeben festgelegt worden war, in die Tat umzusetzen sei und versuchte, sich zu Thomas durchzukämpfen, der umringt von Journalisten und Studenten Fragen beantwortete.

»Thomas, kann ich dir helfen?«, fragte Holger, als er ihn endlich erreicht hatte. Thomas schlug Holger freundschaftlich auf die Schulter und atmete tief durch.

»Wir sollten nachher in der Wohnung planen, wie wir weiter vorgehen«, antwortete Thomas offensichtlich erleichtert darüber, welch breite Unterstützung deutlich geworden war.

»Es kommen noch ein paar andere mit«, fuhr er fort und nickte zu Simone und einigen Studenten hinüber, die eilig Plakate in Taschen stopften. »Erst mal müssen wir aber in die Institute, um Abstimmungen durchzuführen. Ich habe gerade mit ein paar Studenten aus dem Institut für Publizistik gesprochen; sie wollen auswerten, wie groß die Zustimmung ist und die Ergebnisse im uniweiten Streikkurier veröffentlichen. Wir versuchen jetzt, möglichst schnell auch andere Unis und Hochschulen zum Streik zu bewegen, damit klar wird, dass sie uns nicht mehr ignorieren können.«

»Alles klar. Dann sehen wir uns nachher in deiner Wohnung?«

»Okay!« Thomas nickte und reckte dann die Faust in die Höhe. »Ja, Mann! Jetzt geht's los!«

Holger nickte, dann wurde er von anderen, die sich zu Thomas durchzuarbeiten versuchten, beiseitegedrängt. Er ließ es geschehen, wandte sich ab und ging.

Er machte sich auf den direkten Weg zum Fachbereich Wirtschaftswissenschaften, um dort die Abstimmung zu verfolgen, die ebenfalls für einen Streik ausfiel. Dann ging er zu einem Bäcker in der Nähe und kaufte sich eine Schrippe. Erst als er das erste Mal abbiss, stellte er fest, wie hungrig er war. Er sah auf die Uhr. Es war bereits Nachmittag und die Schrippe das Erste, was er heute zwischen die Zähne bekam. Er lief eine Weile durch die Stadt, bevor er sich auf den Weg zu Thomas' Wohnung machte und den Schlüssel hervorzog, den sein Freund ihm netterweise überlassen hatte. Er öffnete die Haustür und ging die drei Stockwerke hinauf. Im gesamten Treppenhaus stank es wie immer nach Alkohol und Rauch, die meisten Stufen knarrten, und das Geländer wackelte. Aus der Wohnung drang Musik, offenbar war Thomas bereits da. Holger schloss auf. Die Wohnung war von Rauch durchzogen. Er rauchte selbst gelegentlich, doch das hier war mehr als unangenehm. Wahrscheinlich würden alle seine Klamotten nach Zigarettenqualm stinken.

Holger betrat das Wohnzimmer, in dem er schlief und stieß beim Hereinkommen mit dem Fuß gegen eine leere Bierflasche, die über den Boden rollte. Im Wohnzimmer saßen gut zehn Leute um den kleinen Tisch herum.

»Ah, Holger, mein Freund!«

Holger war überrascht, dass Thomas in der relativ kurzen Zeit, die sie sich nicht gesehen hatten, offenbar so viel getrunken hatte, dass er schon ordentlich einen sitzen hatte. Er stand auf, wankte auf ihn zu und umarmte ihn.

»Es war ein wirklich großer Erfolg heute, das muss gefeiert werden«, verkündete Thomas und hob die Bierflasche in die Höhe, die er in der Hand hielt. »Setz dich, mach es dir bequem, ich stelle dich vor.«

Holger sah in die Runde.

»Simone kennst du ja schon.« Sie streckte die Hand aus, um Thomas zurück zu sich auf das Sofa zu ziehen. »Dann haben wir hier noch Volker, Manfred, Renate, Sabine, Micha, Peter, Uwe, Reiner und Elke.«

Holger hob kurz die Hand zum Gruß. Die meisten nahmen kaum Notiz von ihm, einige lächelten ihn aber auch an.

»Thomas, hat sich dein Anwalt hierherverirrt?«, hörte Holger in diesem Moment eine Stimme hinter sich. Er drehte sich um und sah die junge Frau an, die gerade das Zimmer betrat. Sie hatte kurze dunkle Haare, dunkle Augen, hohe Wangenknochen und musterte ihn noch kritischer, als Simone es vorhin getan hatte. Dann begann sie zu lachen.

»Was starrst du denn so?«, fragte sie und lachte erneut.

»Ich bin Holger«, brachte er hervor und streckte ihr die Hand entgegen.

»Du bist ja total verklemmt«, antwortete sie, umarmte ihn und gab ihm einen Zungenkuss.

»Holger, das ist Monika«, lallte Thomas. »Monika, sei nett zu ihm!«

»Bin ich doch!« Sie presste ihren Unterleib an Holgers. »Oder etwa nicht?«, fragte sie und ließ ihn nicht aus den Augen. Er spürte, dass er errötete. Außerdem wurde ihm so warm, dass er eilig Schal und Mantel ablegte.

Monika lachte und warf ihren Kopf in den Nacken, ging dann zum Tisch hinüber und setzte sich davor im Schneidersitz auf den Boden. Dann klopfte sie auf den freien Platz neben sich und drehte sich zu Holger um. »Bringst du uns Bier mit?«

Holger nickte, nahm zwei Flaschen aus der Kiste, öffnete sie etwas unbeholfen und setzte sich neben Monika.

»Also Holger«, sie prostete ihm zu und trank einen Schluck. »Woher kennst du Thomas?«

Holger trank ebenfalls. »Aus der Uni. Ich bin ebenfalls Student«, sagte er dann, als er abgesetzt hatte.

»Du siehst gar nicht aus wie ein Germanistikstudent«, urteilte sie.

»Ich studiere Wirtschaftswissenschaften.«

»Das passt«, schnaubte sie verächtlich und setzte erneut das Bier an.

»Ich würde aber lieber Philosophie studieren oder Politik«, ergänzte er schnell.

»Versuchst du, mich zu beeindrucken, oder stimmt das?«, lachte sie.

»Beides«, antwortete er und zwinkerte.

»Ich wollte wirklich immer Philosophie studieren. Thomas und ich teilen viele Ansichten, ich bin nur ... aus einer anderen Familie als er.«

Sie nickte und schürzte die Lippen. Holger musste sich Mühe geben, sie nicht anzustarren. Sie hatte etwas an sich, das ihn unglaublich anzog. Vor allem aber wie sie ihn soeben einfach so geküsst hatte, war ihm unter die Haut gegangen. »Was guckst du so?«, fragte Monika und befeuchtete kurz mit der Zunge ihre Lippen.

Holger senkte den Blick und trank eilig einen Schluck Bier, um einer Antwort auszuweichen.

»Und woher kennst du Thomas?«, fragte er dann.

»Wir haben die gleichen Freunde. Micha, der mit den langen Haaren und der Brille, ist einer von seinen Studienkollegen. Wir haben uns auf einer Feier kennengelernt.«

»Thomas lässt mich bei sich schlafen«, erklärte Holger, als eine kurze Pause entstand.

»Ärger zu Hause?«

Holger nickte nur. Er wollte nicht über seinen Vater reden. So, wie er Monika einschätzte, würde sie ihn noch mehr in die Schublade des verwöhnten Jungen stecken, wenn sie erfuhr, dass sein Vater Hanns Borchardt war, der bekannteste Bauunternehmer Berlins, der regelmäßig mit seinem Helikopter zur Arbeit flog.

Sie musterte ihn eindringlich. »Ich werde nicht ganz schlau aus dir«, stellte sie dann fest. »Wie kommt ein Student der Wirtschaftswissenschaften aus offenbar gutem Hause, der eigentlich

Philosophie studieren will, auf die Idee, einen Studentenstreik zu unterstützen?« Sie sah ihn prüfend an.

»Weil es das Richtige ist. Wenn ich während meines Studiums eines gelernt habe, dann wie kaputt das System ist. Wenn ein Professor seine Meinung nicht mehr vertreten darf, ohne suspendiert zu werden, dann muss etwas getan werden. Und nicht nur das. Es kann nicht sein, dass einige vor lauter Geld nicht mehr wissen, wohin, und dann das hier.« Er machte eine ausladende Handbewegung. »Sieh dir doch mal diese Wohnung an. Mir ist es völlig egal, aber sie ist klein und schäbig. Und das für einen Studenten, der später einmal in diesem Land mitbestimmen soll. Das ist doch nicht fair.«

Holger spürte, wie er sich in Rage redete und brach ab.

»Entschuldige, etwas viel für das erste Gespräch.«

»Nein, überhaupt nicht. Du bist gerade zu einer der interessantesten Personen geworden, die ich seit Langem kennengelernt habe.«

Holger spürte, wie er erneut errötete. »Was machst du denn? Also wovon lebst du?«

»Ich arbeite als Reinigungskraft.«

Holger nickte und versuchte, nicht zu überrascht zu wirken. Mit dieser Antwort hatte er nicht gerechnet.

»Gefällt dir der Beruf?«, fragte Holger vorsichtig.

»Ist das dein Ernst? Ich hasse meinen Job. Genau das ist doch das Problem. Wir brauchen ein System, in dem man nicht für sich selbst arbeitet, sondern für die Gemeinschaft.«

»Entfremdete Arbeit.«

»Was?«

»Karl Marx hat das, was du beschreibst, als entfremdete Arbeit beschrieben. Du machst deine Arbeit nicht, weil du es möchtest, sondern weil du es musst, weil sie dir aufgezwungen wird.«

»Du kennst dich also aus in dem Thema?«

»Ich habe ein bisschen was über Kapitalismus gelesen, wüsste aber gerne mehr.«

»Wissen allein bringt dir nur nichts, du musst auch etwas damit anfangen.«

Holger nickte. »Das weiß ich, und das will ich auch. Ich habe nur keine Ahnung, wie.«

Monika schwieg eine Weile, dann fragte sie unvermittelt: »Willst du morgen zu mir kommen?«

Holger nickte perplex. »Klar, gerne.«

»Ich gebe dir meine Adresse.« Sie stand auf, nahm einen Stift, riss ein Stück von einer Zigarettenschachtel ab und notierte etwas.

»Hier«, sagte sie und reichte ihm den Papierfetzen. »Komm dahin.«

Holger stand ebenfalls auf und nahm den Zettel entgegen.

»In Ordnung, ich werde da sein.«

Monika zog Holger an sich und gab ihm einen Kuss, dieses Mal ohne den Einsatz ihrer Zunge. »Ich muss jetzt los, wir sehen uns morgen.«

Holger war zu perplex, um etwas zu sagen und nickte deswegen nur. Monika verabschiedete sich von den anderen und verließ dann die Wohnung.

Er stand noch einen Moment da und starrte auf die Adresse, die sie ihm gegeben hatte, dann steckte er den Zettel in seine Hosentasche, öffnete sich noch ein Bier und setzte sich zu den anderen. Ja, der Aufbruch war spürbar. Der im Land und ebenso sein ganz persönlicher. Der Gedanke ließ ihn lächeln.

5. Kapitel

Golden Paradise, Kurfürstendamm 201/202, Berlin-Charlottenburg

Mittwoch, 24. November 1976

Ich genieße meine Macht. Niemand sagt mir, was ich tun soll. Und wenn doch, interessiert es mich nicht.

LEA STERN

Lea betrachtete ihn provokant, während sie sich langsam auszog und den Seidenstoff zu Boden gleiten ließ. In seinem Blick lag Gier, und sie genoss es, ihren Mund zu öffnen und kurz mit ihrer Zunge lasziv über die Lippen zu fahren. Hanns war noch vollständig bekleidet, weil sie es ihm untersagt hatte, sich auszuziehen, bis sie ihn dazu aufforderte. Sie bestimmte, was geschah, sie bestimmte, wann es geschah. Sie allein entschied darüber, wann er ihren Körper berühren durfte – und das ließ sie ihn spüren. Ihr gefiel diese Macht, die sie über ihn hatte und die sie in sexueller Hinsicht reizte. Hanns Borchardt war ein Mann der großen Worte und Gesten, er galt als der Baulöwe Berlins, dem die Wichtigen dieser Stadt aus der Hand fraßen. Und genau dieser Mann saß hier in ihrem Schlafzimmer und würde alles dafür geben, sie endlich berühren zu dürfen.

»Zieh dich aus«, befahl sie. »Erst den Schlips, dann das Hemd. Mehr nicht.«

Hanns schluckte, nickte eilig, und als er aufstand, sah Lea mit einer gewissen Genugtuung auf seine ausgebeulte Hose. Eilig löste er den Knoten seiner Krawatte, öffnete die Knöpfe seines Hemdes und sah sie an, während sie ihn musterte. Ein Lächeln umspielte Leas Lippen.

»Nimm deine Uhr ab, und leg sie auf den Nachttisch. Ich mag es nicht, wenn das kalte Metall meine Haut berührt.«

Hanns fingerte an dem Armband seiner Audemars-Piguet-Uhr, öffnete den Verschluss und legte die Uhr auf dem Nachttisch ab. Für Lea war sie eine Art Symbol ihres Einflusses auf Hanns Borchardt geworden, hatte sie ihm doch bei einem ihrer ersten Treffen gesagt, dass sie die von ihm bevorzugten Rolex-Uhren für ein vollkommen überholtes Relikt hielt, das nur jene Männer trugen, die Macht zur Schau zu stellen versuchten, die sie gar nicht hatten. Eine Audemars Piguet hingegen verrate Stil und das Abgrenzen von einer Norm, die das Besondere innehatte. Aber, so hatte sie damals hinzugefügt, jeder müsse ja letztendlich selbst wissen, welchen Eindruck er bei seinem Gegenüber hinterlassen möchte.

Sie hatte eine große Genugtuung empfunden, als Hanns bei ihrem nächsten Rendezvous eine Audemars Piguet am Handgelenk trug. Kommentiert hatte sie es jedoch nicht.

»Und jetzt die Hose«, forderte sie ihn auf. »Und zwar gleich zusammen mit der Unterhose. In einem Zug. Sofort.«

Eilig gehorchte Hanns, streifte die Hosen ab und stand nun nur in Socken vor ihr.

»Also bitte«, sagte Lea nur und warf einen verächtlichen Blick auf seine Füße. Sofort entledigte er sich darauf auch des restlichen Stoffes und trat nun auf sie zu.

»Nein«, sagte sie, hob mahnend den Zeigefinger und machte

einen Schritt rückwärts. »Setz dich auf den Stuhl dort, und die Hände verschränkst du hinter deinem Rücken.« Sie hob den Kopf. »Jetzt!«, fügte sie noch hinzu, worauf Hanns sich beeilte, ihren Forderungen Folge zu leisten.

Lea sah auf sein vorstehendes, steifes Glied. Sein gieriger Blick verriet ihr, dass er es nicht mehr lange aushalten konnte.

»Ich möchte nicht, dass du mich anfasst. Du behältst deine Hände auf dem Rücken, verstanden?«

»Ja«, brachte er nur hervor und schluckte schwer.

»Gut.« Lea stellte einen Fuß auf die Bettkante, fasste sich zwischen die Beine und fuhr langsam mit der Hand aus ihrem Schambereich bis zu ihren Brüsten herauf. Hanns wirkte, als würde ihm schwindlig. Sie ließ ihre Hand nun wieder an sich heruntergleiten, fasste zwischen ihre Beine und legte den Kopf mit einem Stöhnen in ihren Nacken. Dann sah sie ihn an, wiederholte es, trat auf ihn zu und fuhr mit der Hand, mit der sie sich soeben noch selbst berührt hatte, über seine Lippen. Hanns öffnete den Mund, leckte gierig mit der Zunge über ihre Finger. Sie entzog ihm die Hand, drückte ihn auf dem Stuhl zurück, fasste sein Glied, setzte sich auf ihn und ließ ihn so in sich eindringen.

Hanns stöhnte laut, ganz so, als sei es eine Befreiung, es endlich spüren zu dürfen. Langsam bewegte sich Lea auf ihm, presste sich ganz nah gegen ihn, warf ihren Kopf in den Nacken, drückte ihre Hände gegen seine Brust und ihn so immer fester gegen die Stuhllehne. Hanns keuchte, presste sein Gesäß nach oben. Lea bewegte sich noch rascher, fester, dann kam sie, und nur einen Augenblick später gab Hanns einen fast tierischen Laut von sich und ergoss sich in ihr. Lea fasste seine Schultern und hielt sich daran fest, dann lehnte sie sich ein wenig zurück. Sie sah Hanns an, der nun seine Augen öffnete. Lea lächelte ihn mit einem Gefühl der Genugtuung an. Dann stand sie auf und ging ins Bad. Als sie wieder herauskam, lag Hanns nackt ausgestreckt auf dem Bett und hatte die Augen geschlossen. Lea legte sich ebenfalls nackt neben ihn. Sie zündete sich eine Zigarette an, nahm einen tiefen Zug und hielt sie dann an Hanns' Lippen, der daran zog. Keiner von ihnen sagte etwas, sie lagen einfach nur schweigend da, rauchten und spürten dem Gefühl nach.

»Wie mit dir war es noch mit keiner Frau«, sagte Hanns irgendwann.

Lea antwortete nicht, lächelte nur zufrieden.

»Ich überlege, meine Frau zu verlassen«, setzte er hinzu.

»Du kannst tun, was du willst. Doch das ändert nichts an unserem Verhältnis«, stellte Lea klar.

»Und wenn ich dich nur für mich will?«

»Dann ist das deine Sache. Ich werde mich auf nichts Festes einlassen, weder mit dir noch mit sonst jemandem.«

»Es stimmt also, dass du nicht nur mit mir schläfst, nicht wahr?« Hanns vermochte den Zorn nicht aus seiner Stimme zu vertreiben.

Lea hatte noch immer die Augen geschlossen und machte sich auch jetzt nicht die Mühe, sie zu öffnen und ihn anzusehen.

»Mhm«, bestätigte sie. »Selbstverständlich.«

Sie spürte, dass Hanns sich aufsetzte und gegen die Wand lehnte.

»Warum? Ich meine, du kannst nicht leugnen, dass es dir auch gefallen hat.«

Lea öffnete die Augen und sah ihn an. »Natürlich hat es mir gefallen«, sagte sie dann noch immer lächelnd. »Sonst würde ich es doch nicht tun.«

»Und das reicht dir nicht?«

Sie zuckte die Achseln. »Ich weiß nicht, ob es mir reicht oder nicht, weil ich mir überhaupt keine Gedanken darüber mache. Denn das muss ich nicht.« Sie setzte sich ebenfalls aufrecht hin, nahm sich noch eine Zigarette und zündete sie an. »Ich mache das, wonach mir ist. Wenn mir ein Mann gefällt und ich mit ihm schlafen will, tu ich's. Sehe ich eine Frau, die etwas an sich hat, das mich reizt, schlafe ich auch mit ihr.« Sie zog an ihrer Zigarette und hielt sie dann wieder Hanns an die Lippen. »Keine Versprechen, keine Verpflichtungen. Nur Leidenschaft und Erfüllung. Wir haben schließlich nur dieses eine Leben, Hanns.«

»Und wenn ich dich bitten würde, mich zu heiraten?«

»Pfff«, machte Lea. »Wenn du in einer Ehe leben möchtest, solltest du einfach bei deiner Frau bleiben. Oder du lässt dich scheiden und suchst dir eine andere. Ich jedoch« – sie schüttelte noch immer lächelnd den Kopf – »werde es nicht sein.«

»Wenn du mich schon nicht auf die Art haben willst, sollten wir wenigstens Geschäfte miteinander machen.«

»Bitte, Hanns, nicht schon wieder dieses Thema.« Lea verdrehte die Augen, setzte sich auf die Bettkante, griff sich ihren seidenen Morgenmantel, zog ihn über und band ihn vorne zu. Dann stand sie auf, nahm die Zigarette, die sie auf dem Aschenbecher abgelegt hatte und trat ans Fenster.

»Du würdest auf einen Schlag mehr Geld bekommen, als du jemals verdienen könntest«, beharrte er.

Lea lächelte und sah weiter aus dem Fenster. »Ich habe genug Geld, Hanns.«

Hanns schlug die Decke zur Seite und stand ebenfalls auf, griff sich erst seine Unterhose, dann zog er sich vollständig an. »Ich verstehe nicht, warum du dich so sperrst.« Er klang verärgert.

Lea nahm einen tiefen Zug von ihrer Zigarette, blies dann genussvoll den Rauch wieder aus. »Das musst du auch nicht«, erwiderte sie ohne jede Emotion.

Sie konnte Hanns ansehen, dass ihm diese Reaktion alles andere als recht war.

»Willst du, dass ich bettle?«, fragte er.

Lea betrachtete ihn. »Deine Verzweiflung macht dich unattraktiv, Hanns.« Sie zog noch einmal an ihrer Zigarette, ging dann zum Aschenbecher, drückte sie aus und begab sich ins Bad.

»Warte«, bat er. »Wir müssen darüber reden.«

Lea drehte sich um, lehnte sich an den Türrahmen und sah ihn an. »Du solltest jetzt gehen, Hanns.«

Er ballte seine Hand zur Faust. »Ich gebe dir ein anderes Gelände in guter Lage, natürlich zu einem Spitzenpreis. Und ich sehe zu, dass wir der Stadt auch noch eine Förderung aus der Tasche leiern.«

»Hab einen schönen Tag, Hanns.« Sie drehte sich um und schloss die Tür hinter sich. Dann erneuerte sie in aller Ruhe ihr Make-up und richtete ihre Haare. Als sie wieder aus dem Bad kam, war sie überrascht, dass Hanns noch immer da war. Sie sagte nichts, ging hinüber zu ihrem Schrank, zog sich eine gemusterte Bluse und einen engen Rock heraus.

»Ich brauche das Grundstück, Lea. Wenn du so weitermachst, hört der Spaß für mich langsam auf.«

Sie kleidete sich in aller Ruhe an und drehte sich erst dann zu ihm um. »Und was möchtest du mir konkret damit sagen?« Sie legte den Kopf schräg, wie sie es oft tat, wenn sie sich mit jemandem unterhielt. Lea war jetzt achtundvierzig Jahre alt, und was sie früher vermutlich verunsichert hätte, ließ sie heute nur noch die Schultern zucken. Sie war genau da, wo sie sein wollte, und hatte lange und hart dafür gearbeitet. Lea war gerade einundzwanzig gewesen, als sie nach Deutschland zurückgekehrt war, das Land, aus dem ihre Mutter mit ihr, der damals zehnjährigen Tochter, vor den Nationalsozialisten geflohen war, weil sie Juden waren. Und seit ihrer Rückkehr hatte Lea nur ein einziges Ziel verfolgt: Das Grundstück mit dem Fotoatelier, das ihrer Mutter gehört hatte und das diese viel zu günstig an einen Deutschen hatte verkaufen müssen, zurückzuerwerben und hieraus etwas ganz Eigenes zu schaffen. Und das war ihr gelungen. Und wie! Sie mochte nicht mehr daran denken, was sie alles dafür hatte tun müssen, nur, dass sie niemals ihr Ziel aus den Augen verloren hatte und so schließlich bekam, was sie wollte. Sie hatte das alte Atelier umbauen, erweitern und einen Club daraus machen lassen, das *Golden Paradise*, DER Szeneclub Nummer eins in Berlin. Und die Geschäfte liefen nicht nur gut, sie liefen ausgezeichnet. Es gab also überhaupt keinen Grund für Lea, über einen Verkauf an Hanns Borchardt auch nur nachzudenken. Vor allem aus persönlichen Gründen nicht, doch sie sah keine Veranlassung, ihm dies auf die Nase zu binden. Sie schlief mit ihm, ja, und das sogar schon einige Monate. Und es gefiel ihr sogar, fand sie doch die Kombination des Machers und harten Geschäftsmannes, der es im Bett liebte, dominiert zu werden, irgendwie reizvoll. Doch gerade jetzt nahm seine Attraktivität für sie deutlich ab.

»Was ich dir damit sagen will?«, wiederholte Hanns nun ihre Frage.

Sie sah ihn nur interessiert an, abwartend, was als Nächstes von ihm käme.

»Alles ist käuflich, Lea. Und uns beiden ist doch vollkommen klar, dass du nur den Preis in die Höhe treiben willst. Doch ich habe keine Zeit für so was. Unser kleines amouröses Techtelmechtel ist das eine. Doch glaube ja nicht, dass ich deshalb Rücksicht auf dich nehme, nur weil du gut im Bett bist.«

Lea betrachtete ihn noch einen Moment, dann sagte sie: »Ich gebe dir recht, Hanns – alles ist käuflich. Doch nicht alles ist mit Geld käuflich. Ich würde an dich verkaufen, wenn mir nichts an dem Grundstück läge oder aber ich den Club nicht weiter betreiben wollen würde. Doch so, wie es ist, gibt es für mich keinen Grund, auf dein Angebot einzugehen. Und wenn du nun davon sprichst, keine Rücksicht auf mich nehmen zu wollen, weil wir uns im Schlafzimmer gut verstehen, so kann ich die Auffassung nachvollziehen und auch teilen. Alles andere würde nicht deinem Wesen entsprechen.« Sie machte einen Schritt auf ihn zu. »Doch weißt du, du musst auch gar keine Rücksicht auf mich nehmen. Kämpfe gern mit harten Bandagen, und versuch, mir das Leben schwer zu machen.« Wieder legte sie den Kopf schräg. »Das erhöht womöglich sogar die erotische Spannung zwischen uns.«

»Das ist kein Spiel, Lea!« Er war laut geworden.

»Für dich nicht, das weiß ich. Doch für mich« – sie zuckte die Achseln – »irgendwie schon.«

Hanns war anzusehen, dass es in ihm brodelte. Er stand auf und machte eilig ein paar Schritte auf sie zu, fasste ihre Schultern.

»Vorsicht, Hanns«, sagte sie, ohne sich einschüchtern zu lassen oder zurückzuweichen. »Du begibst dich auf sehr dünnes Eis.«

Sie sahen sich in die Augen, dann ließ er ihre Schultern los.

»Kannst du bitte noch mal darüber nachdenken?«, fragte er nun in versöhnlichem Tonfall.

Lea sah ihn an, dann nickte sie. »Ja, das kann ich«, stimmte sie zu, auch wenn sie es nicht so meinte. Doch sie wollte aus dieser Situation hier herauskommen. Nicht, weil sie sich vor ihm fürchtete. Nein, er machte ihr keine Angst. Sie spürte nur, dass sie sich im Kreis drehten, vor allem aber hatte sie schlicht keine Lust, noch weiter darüber zu sprechen. Ja, er tat gerade etwas, das sie mehr als alles andere verabscheute: Er langweilte sie.

»Mach mir ein schriftliches Angebot, und lass mir auch die Pläne von Grundstücken zukommen, die du mir für den Bau eines neuen Clubs anbieten könntest. In Ordnung?«

Hanns sah sie an, zog sie an sich und gab ihr einen langen Kuss. Die Erleichterung war ihm deutlich anzumerken. Es war, als sei ihm soeben eine zentnerschwere Last von den Schultern genommen worden.

»Danke, Lea. Wirklich.« Wieder küsste er sie. »Du wirst es nicht bereuen.«

»Ich habe nur zugesagt, mir die Unterlagen anzuschauen, Hanns. Ich gebe dir kein Versprechen.«

»Ich weiß«, sagte er. »Doch ich weiß auch, dass es dich überzeugen wird, wenn du siehst, was ich dir zu bieten habe.«

Lea lächelte. »Komm«, sagte sie dann. »Gehen wir gemeinsam hinaus. Ich habe noch etwas zu erledigen.«

Hanns zog sein Jackett über und griff sich Schal und Mantel. Seine Krawatte stopfte er achtlos in die Manteltasche, statt diese zu binden.

Gemeinsam stiegen Lea und er die Stufen hinab. Leas Wohnung befand sich über ihrem Club, war jedoch mit einem gesonderten Eingang versehen.

Sie traten auf die Straße, und Lea wandte sich zu Hanns um, hob sich auf die Zehenspitzen und gab ihm einen Kuss. »Auf Wiedersehen, Hanns. Es hat mir gefallen.«

Hanns zog sie an sich, küsste sie auf den Mund. »Du bist die aufregendste Frau, die ich je getroffen habe«, stellte er dann fest und küsste sie noch einmal.

»Selbstverständlich«, erwiderte sie zufrieden und tätschelte noch kurz mit der Hand seine Wange. »Auf bald, Hanns.« Damit machte sie kehrt und ging die wenigen Schritte zum Eingang des *Golden Paradise*, schloss die Tür auf und verschwand darin, ohne sich noch einmal umzudrehen. Kurz fragte sie sich, wie unangenehm Hanns werden könnte, wenn sie ihm mitteilte, letztendlich bei ihrer Entscheidung, ihm das Grundstück nicht zu verkaufen, geblieben zu sein. Doch dann wischte sie den Gedanken fort. Sie würde es ja dann sehen.

6. Kapitel

Kurfürstendamm, Berlin-Charlottenburg

Mittwoch, 24. November 1976

Von diesem Coup hängt alles ab. Ich darf nicht scheitern.

HANNS BORCHARDT

Er sah auf seine Audemars Piguet, es war schon nach siebzehn Uhr. Er hätte gut daran getan, sich bei Lea noch frisch gemacht zu haben, um gleich noch bei Gerhard Lohmüller in der Bank vorbeischauen zu können, schließlich hatte Hanns diesem bis heute Zeit gegeben, die Finanzierung durchzubekommen und sich bei ihm zu melden. Doch Hanns konnte sich vorstellen, rein äußerlich jetzt nicht unbedingt den gepflegten und souveränen Eindruck zu machen, den er sonst hinterließ. Andererseits musste er ja nicht durch den Haupteingang gehen, sondern konnte am Seiteneingang klingeln, wie er es schon oft getan hatte, wenn es etwas mit Gerhard zu besprechen gab.

Hanns blieb stehen, zog die Krawatte aus seiner Manteltasche und betrachtete sein Spiegelbild im Schaufenster. Dann band er einen Windsorknoten, strich seine Haare zurück und richtete seine Kleidung. Für Gerhard Lohmüller würde es schon reichen.

Einen kurzen Moment verharrte er beim Anblick seines Spiegelbildes. Was, wenn Gerhard ihm gleich mitteilen würde, dass die Bank die Finanzierung nicht machen wollte? Kurz lief ein kalter Schauer über seinen Rücken. Nein, daran durfte er nicht einmal denken. Er war Hanns Borchardt, der Macher, der Baulöwe Berlins. Ihm würde man keine Finanzierung abschlagen, ihm nicht. Er löste sich mit einem Ruck von seinem Spiegelbild und schlug entschlossenen Schrittes den Weg zur Bank ein. Hanns hielt Ausschau nach einem Taxi, ließ hierbei seinen Blick über den Ku'damm schweifen. In nicht mehr ferner Zukunft würde hier das größte Bauvorhaben Realität, das er je auf die Beine gestellt hatte. Und mehr noch: Es würde das gigantischste Projekt, das ganz Berlin je gesehen hatte. Damit würde er in die Geschichtsbücher eingehen als Berlins größter Bauherr aller Zeiten, der Mogul, der Mann, der Berlin in die Zukunft geführt hatte. Spätestens dann sollte man vonseiten der Stadt wirklich mal über ein Denkmal nachdenken, am liebsten überlebensgroß auf einem Sockel in der Nähe der Gedächtniskirche, wie Hanns fand. Ein Denkmal für ihn, den einfachen Bauernsohn, der alles im Leben erreicht hatte, alles und noch mehr. Der dem Begriff *Erfolg* eine neue Dimension verliehen hatte. Der sich auf eine unvergleichliche Weise hochgearbeitet und mit seiner Art zu leben und zu feiern einzigartige Maßstäbe gesetzt hatte. Niemand würde jemals behaupten können, dass die Partys, die er gab, auch nur irgendwie weniger als absolute Extraklasse waren. Was er anpackte, gelang. Und auch das neue Projekt würde er zum Gelingen bringen. Doch erst mal müsste er die verdammten Millionen kriegen.

Er ging über die Knesebeckstraße weiter Richtung Savignyplatz, während er sinnierte und hierbei immer tiefer in seinem Tagtraum über die Zukunft versank. Hanns konnte alles bereits vor sich sehen: den Wohn- und Gebäudekomplex, die exklusiven

Wohnungen, die Einkaufszeile. Für die Ladeninhaber würde es ein Privileg sein, sich dort einmieten zu können. Und noch Jahre nach der Eröffnung würde man davon sprechen, dass der Baupionier Hanns Borchardt hier etwas Unvergleichliches geschaffen hatte. Der Gedanke ließ ihn lächeln. Er hatte es weit gebracht. Wahrlich, sein Werdegang war unvergleichlich. Und er bereute nichts von dem, was er getan hatte. Nun gut, vielleicht war er das eine oder andere Mal übers Ziel hinausgeschossen und hatte sich hinreißen lassen, mehr als nur dick aufzutragen, in dem Wunsch zu gefallen. Doch war das wirklich so verwerflich? Er wusste ja, dass er verletzend sein konnte mit seiner Art. Doch von einem Mann wie ihm, der für alles so hart gearbeitet hatte, wurde dies doch geradezu erwartet, oder nicht? Er liebte es, der Macher zu sein, zu dem die anderen aufsahen, genoss es, wenn er spürte, dass all die Wichtigen und Reichen seine Nähe suchten und sich nur allzu gern mit ihm zeigten. Von dem kleinen Bauernjungen, dessen Kleidung noch so oft gewaschen werden konnte und der dennoch immer nach Schwein gerochen hatte, war nichts mehr da. Er verzog das Gesicht, wenn er an seine Kindheit dachte. Dieser Dreck und Mief, das Schuften und Schwitzen. Hatte er seine Eltern auch nur ein einziges Mal miteinander lachen sehen? Er konnte sich zumindest nicht daran erinnern. Sie waren in seiner Erinnerung immer nur angestrengt und verbissen gewesen, um irgendwie die viele Arbeit, die auf dem Hof angefallen war, zu bewerkstelligen. Dann waren sie am Abend vollkommen erschöpft ins Bett gefallen und hatten sich am Morgen wieder herausgequält. Was für ein Elend. Dass er selbst überhaupt das Licht der Welt erblickt hatte, glich seiner Meinung nach einem kleinen Wunder, konnte er sich doch kaum vorstellen, dass seine Eltern zumindest gelegentlich noch die Energie für Sex gehabt hatten. Na ja, vermutlich war es anders gewesen, als sie noch jung gewesen waren. Doch solange er selbst die beiden wahrgenommen hatte, waren sie nichts als zwei vom Leben gezeichnete, verbrauchte Menschen gewesen, die im Grunde nur existierten. Kurz fragte er sich, wie lange es her war, dass er seine Mutter in dem Heim besucht hatte, in dem er diese untergebracht hatte. Zwei Jahre mochten es vermutlich schon sein. Aber er war einfach auch viel zu beschäftigt, um sich regelmäßig dort blicken zu lassen. Ganz abgesehen davon, wollte er unbedingt vermeiden, dass jemand von seiner Mutter erfuhr. Man konnte es drehen und wenden, wie man wollte, er schämte sich für sie. Nach dem Tod seines Vaters vor vier Jahren hatte er sich keinen anderen Rat gewusst, als seiner Mutter einen Heimplatz zu besorgen. Er hatte sie mit ihren seinerzeit zweiundsiebzig Jahren ja schließlich nicht allein auf dem Bauernhof lassen können. Doch es hatte ihm schon einige Mühe bereitet, die Sache vor seiner Familie zu verbergen. Schließlich hatte er seiner Frau damals erzählt, dass seine Eltern schon vor Jahren bei einem Unfall ums Leben gekommen waren. Er wollte einfach nicht, dass Maria erfuhr, aus welchen Verhältnissen er stammte. Keinesfalls hätte er sie jemals mit auf den alten Bauernhof genommen und ihr gezeigt, wo er aufgewachsen war. Maria glaubte, dass er aus einem Vorort von Berlin kam. Inzwischen erinnerte Hanns sich nicht einmal mehr, welchen Ort er seiner Frau damals genannt hatte. Doch das war ja auch kein Thema zwischen ihnen. Er hatte Maria damals erzählt, dass der Vater früher ein Handelsgeschäft besessen hätte, das Hanns nach dem Unfalltod seiner Eltern verkauft und mit dem Erlös das Haus in Grunewald anbezahlt hätte, in dem sie die ersten Jahre gelebt hatten. Als er dann bei einem seiner seltenen Anrufe auf dem Bauernhof die Nachbarin seiner Eltern am Telefon gehabt hatte, die ihm mitteilte, dass sein Vater bereits vor drei Wochen verstorben, inzwischen begraben war und seine Mutter seither nur vor sich hin starrte, war Hanns zum Handeln gezwungen gewesen. Die

Vorwürfe der Nachbarin, dass seine eigene Mutter nicht gewusst hatte, wie sie ihn erreichen sollte, waren bei ihm zum einen Ohr rein- und zum anderen wieder rausgegangen. Als ob er es nötig hätte, sich das Gezeter dieses Bauernweibs anzuhören.

Er hatte schließlich alles organisiert, seine Mutter in einem Heim unweit von Berlin einquartiert, ihr neue Kleidung kaufen lassen und dort seine Büronummer für den absoluten Notfall hinterlassen. Doch der war bisher nicht eingetreten, kein Wunder, waren doch die Zahlungen, die er an das Heim leistete, dermaßen großzügig, dass seine Mutter dort wahrscheinlich ein weit besseres Leben hatte als während ihrer ganzen Jahre zuvor.

Den Bauernhof hatte Hanns verkauft und den Käufern etwas nachgelassen, damit diese die Räumung und Entsorgung all des alten Krempels übernahmen, den seine Eltern hinterlassen hatten. Hanns hatte seinerzeit kurz überlegt, selbst noch einmal ins Haus zu gehen, um alte Fotos oder Unterlagen zu holen. Doch er hatte sich dagegen entschieden. Bestimmt würden auch die Fotos und Unterlagen diesen unerträglichen Schweinegeruch haben, den man einfach nicht wieder rausbekam. Nein, dann sollte der ganze Dreck lieber verbrannt werden.

Hanns war überrascht, als er das Bankgebäude erreichte. Er war so in Gedanken gewesen, dass er es gar nicht bemerkt hatte, bereits den gesamten Weg hierher zurückgelegt zu haben. Er strich sich nochmals über die Haare, ging dann am Haupteingang vorbei bis zum Seiteneingang, wo er klingelte und kurz wartete. Dann klingelte er erneut. Wieder wartete er, dann nahm er eine Bewegung hinter dem Türspion wahr. Gleich darauf wurde die Tür geöffnet.

»Herr Borchardt, guten Tag«, grüßte ihn ein junger Bankangestellter, den Hanns auf etwa Anfang zwanzig schätzte. Er glaubte nicht, ihn schon einmal gesehen zu haben, doch dass der junge Mann ihn kannte, empfand er als selbstverständlich.

»Tag auch.« Hanns machte einen Schritt vor. »Ich möchte gern kurz mit meinem Freund Gerhard Lohmüller sprechen.«

»Selbstverständlich. Bitte, Herr Borchardt, treten Sie doch ein. Wenn ich Sie bitten dürfte, kurz dort vorn zu warten, damit ich Sie anmelden kann.«

»Wenn es sein muss«, bemerkte Hanns etwas pikiert und ging zu dem kleinen Wartebereich, in dem nur zwei Stühle standen. Der andere Warteraum war vorn und dieser hier nur für den kurzen Moment, bis man direkt zum Bankdirektor vorgelassen wurde. Hanns verzichtete darauf, sich zu setzen.

»Hanns, das ist ja eine Überraschung. Ich habe vorhin bei dir im Büro angerufen, und da sagte mir deine Frau Schneyder, dass du außer Haus bist und womöglich heute nicht mehr ins Büro kommst.«

»Ja, ich war unterwegs«, bestätigte Hanns, schüttelte Lohmüller die Hand und legte ihm freundschaftlich die andere auf die Schulter. Lohmüller hatte also versucht, ihn zu erreichen. Sehr gut. Es hätte Hanns auch nicht gefallen, wenn der Bankier die ihm gesetzte Frist einfach so hätte verstreichen lassen.

»Komm rein, Hanns. Was möchtest du trinken?«

»Na, ich nehme mal an, dass wir etwas zu feiern haben, oder?« Hanns trat in das Büro und nahm in dem Sessel Platz, in dem er immer saß, wenn er hier zu Besuch war. Die Besucherstühle vor Lohmüllers Schreibtisch mied Hanns, waren diese doch durch die festen Lehnen rechts und links in seinen Augen dermaßen eng, dass er sich richtiggehend hätte hineinquetschen müssen.

»Das kommt drauf an«, antwortete Lohmüller.

»Worauf kommt es an?«, fragte Hanns sogleich und spürte hierbei, dass sein Herz ein wenig rascher klopfte. Sollte die zögerliche Antwort bedeuten, dass er den Kredit nicht bekam?

Lohmüller ging zu dem kleinen Schränkchen, in dem er seine

Getränke und die Gläser aufbewahrte, schenkte seinem Gast und sich selbst einen Whisky ein, kam mit den Gläsern herüber und stellte sie auf dem Tisch ab, während er sich in den anderen Sessel setzte.

»Stoßen wir erst mal an«, sagte der Bankier, was bei Hanns ein unwohles Gefühl hervorrief. Sie ließen die Gläser aneinanderklingen und tranken dann.

»Also«, forderte Hanns. »Dann erzähl mal. Denn bestimmt willst du mir nicht sagen, dass ihr bei der Sache nicht dabei sein wollt, oder?« Hanns hatte Mühe, seiner Stimme einen sicheren Klang zu geben. Für ihn hing nicht nur viel, sondern alles davon ab, dieses Projekt finanziert zu bekommen. Doch genau das durfte er sein Gegenüber keinesfalls merken lassen.

»Aber nein, wo denkst du hin?«, gab Lohmüller in verbindlichem Tonfall zurück, worauf Hanns erleichtert aufatmete. »Aber bei diesen Summen kann ich das nicht so einfach durchwinken.« Der Bankier beugte sich weiter vor. »Ganz im Vertrauen, Hanns. Eine Investition dieser Höhe hatten wir hier noch nicht, und es gibt genug Aktionäre, auf deren Fragen wir Antworten haben müssen.«

»Das glaube ich dir.« Hanns hob das Glas und trank. Er hatte seine Selbstsicherheit wiedergefunden.

»Es ist so«, fuhr Lohmüller ein wenig zögernd fort, »dass wir in diesem Fall weitere Sicherheiten brauchen.«

»Was für Sicherheiten?«, fragte Hanns sofort. »Ist dir das größte Bauvorhaben Berlins nicht Sicherheit genug?«

»Du weißt, was ich meine, Hanns. Die Bank muss sich absichern. Bei diesem Projekt geht es nicht um dich, sondern um die Leute, die mit im Boot sind. Wir brauchen eine Liste der Investoren, die für die künftige Anmietung geplant sind, damit klar ist, wie schnell sich das Ganze rechnen wird.«

»Ich gebe dir die Unterlagen, die ihr haben wollt, Gerhard. Obwohl ich wirklich finde, dass wir schon genug Geschäfte miteinander getätigt haben und ihr eigentlich wissen müsstet, dass auf mich Verlass ist.«

»Es hat ja nichts mit Misstrauen zu tun«, versicherte Lohmüller. »Und wenn es nach mir ginge, würden wir das alles gar nicht brauchen. Doch bei dieser Größenordnung …« Er ließ den Satz unvollendet und machte eine Handbewegung, um zu bedeuten, dass er in dieser Angelegenheit machtlos war. »Aber eine Sache wäre da noch, und die ist sogar noch wichtiger, weil sie die Grundvoraussetzung für das Ganze ist«, kündigte der Bankier nun an.

»Ach ja? Und welche?« Wieder wurde Hanns ein wenig mulmig.

»Das Grundstück von der Stern«, sagte Lohmüller dann. »Kriegst du es, und können wir ihren Club abreißen? Wenn nicht, wird das Bankhaus das Investment nicht machen.«

Hanns lächelte zufrieden. »Ich komme gerade von dort«, erwiderte er. »Ja, wir kriegen das Grundstück«, behauptete er forsch, auch wenn er wusste, dass er sich da keineswegs sicher sein konnte. Aber schließlich hatte Lea ihm vorhin gesagt, dass sie über sein Angebot nachdenken würde, wenn er ihr die Unterlagen gäbe. Sonst hatte sie immer sofort kategorisch abgelehnt, wenn er darauf zu sprechen kam.

»Wunderbar!« Der Bankier wirkte erleichtert auf Hanns. »Denn darüber waren sich alle einig, dass es sonst nichts würde. Wenn die Fläche jedoch hinzukommt, dann bringen wir das Ding auf den Weg, Hanns.« Lohmüller stand auf, ging wieder zu dem Schränkchen, holte die Whiskyflasche heraus und kam damit zurück. Er schenkte beiden nach, und sie hoben erneut die Gläser. »Auf den Erfolg, Hanns.«

»Auf den Erfolg, Gerhard!« Sie kippten den Whisky in einem Schluck runter, und Lohmüller füllte abermals die Gläser.

»Ich will ganz ehrlich sein, Hanns, ich hatte so meine Bedenken, ob du die Stern rumkriegst. Ich habe sie nur mal zufällig kurz kennengelernt, als sie hier in der Bank war und hatte sonst nicht mit ihr zu tun, obwohl sie hier Kundin ist. Sie gehört zu der Sorte Frau, die ich gefährlich nennen würde.«

»Gefährlich? Wieso?«

»Zu unabhängig«, gab Lohmüller knapp Auskunft. »Das ist zwar eigentlich vertraulich, aber dir kann ich es ja sagen: Die Geschäfte der Dame scheinen mehr als gut zu gehen. Die hat hier nicht ein einziges Darlehen laufen, nur Guthaben. Und sie hat sich im Laufe der Zeit einige nette Eigentumswohnungen zugelegt, die sie vermietet. Natürlich ist sie nicht reich in dem Sinne, was wir unter Reichtum verstehen. Aber Geld braucht die Stern nicht, das ist sicher.« Lohmüller musterte Hanns, dann veränderte sich sein Blick. »Also sag mal, Hanns, wie hast du sie rumgekriegt?« Es lag eine Form von Bewunderung in der Frage.

Hanns lächelte. »Ich habe da so meine Methoden.«

»Heißt das, du und die Stern?«, fragte Lohmüller und lehnte sich lachend zurück. »Ich kann es nicht fassen. Du bist aber auch ein alter Schwerenöter, Hanns.«

»Sie hat was, das kannst du nicht leugnen.«

»Allerdings. Und wie. Doch für mich wäre sie nichts.«

»Zu alt für dich?«, lachte Hanns und spielte damit auf die immer weit jüngeren Frauen an, mit denen der Bankier sich bisher umgeben hatte.

»Jung ist unkompliziert«, erklärte Lohmüller. »Je älter die Frauen werden, desto größer werden ihre Ansprüche an die Männer. Junge Frauen sind da einfacher zu handhaben. Du schenkst ihnen ein schönes Armband oder eine Kette, und schon sind sie gut gelaunt und revanchieren sich auf ihre Art bei dir. Doch die älteren …« Er hob die Augenbrauen. »Heute wollen die sich doch alle selbst verwirklichen und verlangen, dass du auf sie eingehst.« Er schüttelte den Kopf. »Dafür bin ich nicht gemacht, Hanns.«

»Ich glaube, da hast du gar nicht mal so unrecht«, stimmte Hanns zu. »Wenn Maria so weitermacht, schmeiß ich sie raus und lasse mich scheiden. Den ganzen Tag dieses Gemecker.«

»Mein Reden«, bekräftigte Lohmüller.

»Aber so ein junges Ding, das meine Tochter sein könnte, wäre auch nichts für mich.«

»Irgendjemandes Töchter sind sie schließlich alle«, lachte der Bankier. »Aber sag mal, die Sache mit Lea Stern und dir, das ist doch nichts Ernstes, oder?«

»Weshalb fragst du?«

»Na ja, ich will's nicht beschwören, aber ich glaube der Sohn von Friedrich geht bei ihr auch ein und aus, wenn du verstehst, was ich meine.«

»Friedrich Neermeyer, der Anwalt?«

»Genau der. Sein Sohn Thorsten macht ihm jede Menge Ärger, hat sein Jurastudium hingeschmissen und treibt sich schon eine Weile vor allem in Clubs rum. Vorwiegend eben in dem Club von der Stern, im *Golden Paradise*. Irgendwann hat es Friedrich gereicht, und er hat seinen Sohn rausgeworfen und ihm den Geldhahn zugedreht. Das hat dem aber wohl nichts weiter ausgemacht, sodass Friedrich jemanden auf ihn angesetzt hat, um rauszukriegen, wovon der Bengel jetzt lebt. Und so wie es aussieht, macht der jetzt einen auf Barkeeper und wohnt offenbar in einer der Wohnungen, die der Stern gehören. Und wie Friedrich die Sache einschätzt, teilen sein Sohn und die Stern auch regelmäßig das Bett.«

Hanns wollte es sich keinesfalls anmerken lassen, doch das, was

Gerhard ihm soeben sagte, versetzte ihm einen Stich. Ja, Lea hatte es ihm selbst gesagt, dass er nicht der Einzige war. Doch nun ein Gesicht zu einem ihrer Liebhaber zu haben, der noch dazu vom Alter her sein Sohn hätte sein können, ließ Wut in ihm aufkommen. Was fand Lea an einem so jungen Kerl, der ihr nicht das Geringste zu bieten hatte? Es kam einem Affront gleich, dass Lea ihn und diesen verwöhnten Juristenbengel damit auf eine Stufe stellte.

»Alles in Ordnung, Hanns?«, fragte Lohmüller und suchte seinen Blick.

»Sicher, ja«, antwortete Hanns knapp.

»Ich habe dich doch damit nicht etwa überrascht? Ich meine, du empfindest doch nichts für Lea Stern, oder?«

»Ach, woher denn?«, gab Hanns sogleich zurück. »Es war ganz nett, mich mit ihr zu amüsieren und so eine Basis zu schaffen, damit sie mir ihren Club, vor allem aber das Grundstück verkauft.« Er lachte auf. »Als ob ich mich von so einem Weibsbild einwickeln lassen würde«, brachte Hanns dann abschätzig hervor. »Ich habe ihr womöglich ein wenig Hoffnung gemacht, mir mehr vorstellen zu können. Aber das war natürlich nur Mittel zum Zweck. Und die Unterschrift unter den Verträgen wird noch nicht mal trocken sein, dann habe ich bereits ihren Namen vergessen.«

»Hätte mir denken können, dass du sie nur für deine Zwecke benutzt«, urteilte Gerhard.

Hanns trank den letzten Schluck. »Dann will ich mal wieder«, sagte er dann und stand auf, worauf sich auch der Bankier erhob. »Ich stelle die Unterlagen zusammen und lasse sie dir baldmöglichst zukommen.« Er schüttelte Lohmüller die Hand. »Wie lange wird es dauern, bis ihr so weit seid?«

»Das wird sich einige Wochen ziehen. Wie gesagt, bei der Summe.«

»Gerhard, bei aller Geduld, aber wir haben nun schon eine Weile daran herumgedoktert, und bisher hat sich nicht wirklich etwas getan.«

»Wir müssen bei einer Sache dieser Größenordnung etwas anders vorgehen«, versuchte Lohmüller eine Entschuldigung.

»Wie stellst du dir das vor?«, begehrte Hanns nun auf. »Die ganzen Investoren und künftigen Abnehmer wollen Ergebnisse sehen, Gerhard. Ich habe Zusagen gemacht. Zwing mich nicht, doch noch das Geschäft mit Huber abzuwickeln.«

»Bitte, Hanns, wir arbeiten nun schon so lange zusammen, und du weißt, dass du dich auf mich verlassen kannst.«

Hanns schüttelte den Kopf. »Nein«, entschied er dann. »Wenn ich noch Wochen warten muss, platzt mir das Geschäft. Die Westbank ist da wesentlich engagierter, wenn du mich fragst.« Er griff seinen Mantel, dann verharrte er in der Bewegung. »Wir könnten aber natürlich …«

»Was?«, fragte Lohmüller eilig. »Was könnten wir?«

»Du könntest mir eine Summe freigeben, damit ich bereits den Kauf des *Golden Paradise* und des Hotels mit dem gesamten Gelände drumherum und die bereits getätigten Ausgaben wieder auf null habe. Die Rückzahlung muss allerdings so lange gestundet werden, bis die eigentliche Kreditsumme bewilligt und ausgezahlt ist und dann hier ein gemeinsamer Abzahlungszeitpunkt festgelegt wird.« Hanns musterte Gerhard und setzte nach: »Ich bin nicht bereit, noch mehr ins Minus zu gehen, nur weil deine Bank nicht flexibel und handlungsfähig genug ist.«

»Das verstehe ich«, lenkte Lohmüller eilig ein. »Über welche Summe reden wir hier?«

»Ich stelle es dir zusammen und gebe dir morgen Bescheid. Doch wie gesagt, möchte ich das Geld dann in Kürze auf meinem Konto sehen.«

»Sicher, selbstverständlich«, stimmte der Bankier zu. »Ich versichere dir, dass das schnell gehen wird.«

»Gut.« Hanns reichte ihm die Hand. »Zusammen werden wir das Kind schon schaukeln, Gerhard.«

»Ja.« Lohmüller lächelte breit. »Ich bin froh, dass wir das hinbekommen.«

»Ich auch. Es ist immer das Beste, die Geschäfte mit Freunden zu machen, denen man vertrauen kann.«

»Ich weiß das wirklich zu schätzen, Hanns. Wirklich«, betonte er.

Sie verabschiedeten sich voneinander, und Hanns ließ sich von der Bank aus ein Taxi bestellen, um sich von hier zurück zur Firma fahren zu lassen. Er hatte heute noch einiges zu tun, und es würde dauern, bis er alle Unterlagen so weit vorbereitet hatte, dass er diese bei der Bank vorlegen konnte. Und er würde seinen Rechtsanwalt noch anrufen müssen. Wenn er diesen nicht mehr in dessen Kanzlei erreichte, dann eben zu Hause. Dieser Rechtsverdreher verdiente genug Geld mit ihm, sodass Hanns erwartete, dass ihm Schröder rund um die Uhr und sicher nicht nur während der Kanzleizeiten zur Verfügung stand. Wie er es überhaupt mochte, die Leute, mit denen er geschäftlich verkehrte, unter ihren Privatnummern zu erreichen, einfach um das Gefühl zu haben, sich von den übrigen Geschäftspartnern abzuheben.

Das Taxi kam rasch, und Hanns ließ sich zu seiner Firma in Haselhorst kutschieren, direkt dort, wo die Spree in die Havel mündete. Man konnte vom Gebäude aus sogar die Spandauer Zitadelle erkennen, und Hanns liebte es, mit Geschäftspartnern in seinen Helikopter zu steigen und sie mit dieser Aussicht zu beeindrucken. Da störte es ihn auch nicht, dass er nicht ebenfalls am Kurfürstendamm seinen Sitz hatte, obwohl er schon eine Weile überlegte, ob er seine Geschäfte dorthin verlagern sollte. Womöglich würde er in dem Kaufhaus ein eigenes Büro kaufen, natürlich im obersten Stock, sodass er den gesamten Ku'damm überblicken könnte, ganz so, wie es sich für einen mächtigen Mann wie ihn gehörte.

Bis auf einen Raum ganz hinten, in dem sein Pilot Harald Flenske wartete, war alles dunkel. Selbst seine Sekretärin Frau Schneyder, die stets die Letzte war, hatte bereits Feierabend gemacht. Kein Wunder, war es doch schon halb sieben durch, und sie hatte vermutlich nicht damit gerechnet, dass ihr Chef heute noch mal in die Firma kam. Hanns ging in den Raum, den er für seinen Hubschrauberpiloten eingerichtet hatte, damit dieser stets auf Abruf bereitstand und sagte diesem Bescheid, dass er ihn heute nicht mehr brauchen würde. Kurz überlegte er dann, in einem Restaurant anzurufen und sich noch ein Abendessen hierherbringen zu lassen, verwarf den Gedanken aber wieder. Er würde sich einfach an den Kleinigkeiten im Kühlschrank in seinem Büro bedienen, den Frau Schneyder stets auffüllte, sodass immer etwas da war. Er wollte jetzt nur noch kurz seinen Rechtsanwalt anrufen und sich dann ganz und gar auf die Zusammenstellung der Unterlagen konzentrieren. Hanns hatte Lohmüller dort, wo er ihn haben wollte. Nun hieß es, schnell zu sein und den Druck aufrechtzuerhalten. Dann würde er in wenigen Tagen wieder frisches Geld auf seinem Konto haben, was er dringend brauchte, um damit die aufgelaufenen Verbindlichkeiten zu bezahlen. Entschlossenen Schrittes ging er zum Kühlschrank, nahm sich alles heraus, um nebenbei essen zu können, setzte sich an seinen Schreibtisch und wählte die Nummer seines Anwalts. Sofort sprang der Anrufbeantworter in der Kanzlei an. Hanns legte auf, wählte erneut, dieses Mal die Privatnummer Klaus Schröders, der sich nach kurzem Läuten selbst meldete. Hanns kam nicht in den Sinn, sich dafür zu entschuldigen, den Rechtsanwalt privat zu stören. Ganz im Gegenteil, kam er sofort zur Sache und teilte Schröder mit, welche Verträge dieser vorzubereiten hatte und dass Hanns die Entwürfe spätestens Morgen Mittag in der Firma haben wollte.

»Hast du alles notiert?«, fragte Hanns.

»Ist das ein Kaufangebot, oder willst du tatsächlich gleich die Kaufverträge für die Grundstücks- und Gebäudeflächen von Lea Stern vorbereitet haben?«

»Die Kaufverträge«, stellte Hanns klar. »Kümmere dich um diesen ganzen Kram mit den Flurstücken und allem Drum und Dran«, befahl er. »Die Kaufsummen, die ich dir genannt habe, müssen gesplittet werden, einmal auf das unbebaute Grundstück hinten und dann auf die Gebäudeflächen mit dem Hotel und dem Club.«

»In Ordnung«, sagte Schröder. »Lea Stern hat also tatsächlich dem Verkauf zugestimmt. Ich gebe zu, das hätte ich nicht erwartet. Dennoch muss ich dich warnen, Hanns, wenn …«

»Ja, ja, ich weiß schon, was jetzt kommt. Lass meine Geschäfte meine Sorge sein, und konzentriere du dich auf die Verträge. Schönen Abend, Klaus.« Damit legte Hanns einfach auf, ohne noch die Antwort seines Anwalts abzuwarten. »Wichtigtuer«, murmelte er dann. Hanns wusste ja, was Klaus ihm noch sagen wollte. Und genau darauf hatte er nicht die geringste Lust. Er saß wieder im Sattel und nahm die Zügel in die Hand, wie es eben seine Natur war. Schwarzseher wie seinen Rechtsverdreher konnte er da nicht gebrauchen.

Hanns griff in die oberste Schublade seines Schreibtisches und zog die unbeschriftete Mappe hervor, die ganz obenauf lag. Dann begann er zu essen und machte sich nebenbei Notizen. Gleich morgen früh würde er alles Frau Schneyder geben, damit sie die Verträge auf Briefbogen abschrieb und in Reinform brachte. Dann würden nur noch die Unterschriften fehlen. Doch allein um die ganzen Zahlen, die die Bank sehen wollte, zusammenzustellen, würde er heute noch einige Stunden brauchen und dann morgen den Rest erledigen. Er sah auf die Lebensmittel, die er sich aus dem Kühlschrank geholt hatte. Nun ja, auch wenn es spät wurde, mussten diese für den Abend reichen.

7. Kapitel

Kurfürstendamm 42, Berlin-Charlottenburg

Mittwoch, 24. November 1976

Die Welt, in der ich zu leben glaubte, bröckelt mehr und mehr.

HANNA BORCHARDT

Hanna war wie erstarrt gewesen, als sie ihren Vater zusammen mit der fremden Frau aus dem Haus hatte kommen sehen. Als die beiden sich auch noch zum Abschied geküsst hatten, hatte sie sich vor Schreck ihren Kaffee auf die Hose geschüttet. Das konnte doch nicht sein? Zwar wusste sie, dass es zwischen ihren Eltern alles andere als gut lief, doch sie hätte niemals geglaubt, dass ihr Vater ihre Mutter betrog. Nie! Und sie war nicht so naiv anzunehmen, dass die Affäre, die ihr Vater offenkundig hatte, erst nach dem Streit am Geburtstag ihrer Mutter, der so schrecklich eskaliert war, begonnen hatte. Nein. Vermutlich war es genau andersherum, und das Verhältnis ihrer Eltern war nur deshalb so zerrüttet, weil ihr Vater fremdging und offenbar glaubte, sich alles erlauben zu können. Er war ein solcher Mistkerl!

Bettina, mit der sie nach der Arbeit zusammen im Café gesessen und noch einen Kaffee getrunken hatte, war erschrocken aufgesprungen, als Hanna ihre Tasse umgestoßen hatte und deren Inhalt sich auf ihre weiße Hose ergoss. Hanna hatte sich entschuldigt und war im Waschraum verschwunden, doch diese Flecken würde sie ganz sicher nicht mit ein wenig Seife wieder herausbekommen. Sie hatte sich dann recht eilig von Bettina verabschiedet und war, nachdem die Kollegin in die andere Richtung gegangen war, auf die gegenüberliegende Straßenseite gelaufen und hatte sich den Namen auf dem Klingelschild angesehen, das zu dem Eingang gehörte, aus dem ihr Vater mit der Frau gekommen war. *L. Stern* hatte dort gestanden.

Kurz hatte Hanna überlegt und war dann die wenigen Schritte zum Club gegangen, in dem die Frau nach der Verabschiedung von Hannas Vater verschwunden war. Die Tür war abgesperrt gewesen, und die Fremde hatte diese aufschließen müssen. Also arbeitete sie dort, womöglich gehörte ihr der Club sogar. Es war das *Golden Paradise*, DER Szeneclub Berlins. Hanna war schon öfter mit ein paar Freunden dort gewesen. Es hatte ihr gefallen, die meisten Gäste waren in etwa in ihrem Alter gewesen. Sie hatte aber auch einige ältere Besucher gesehen, die allerdings häufig in die oberen und anliegenden Hotelzimmer verschwunden waren. Es war ein offenes Geheimnis, dass man gegen einen Schein die Zimmer für einen spontanen Beischlaf nutzen konnte, ohne viele Angaben oder Nachfragen. Etwas, das für viele reizvoll schien. Hanna hatte sogar gehört, dass einzelne Zimmer für separate Partys gebucht werden konnten – natürlich streng geheim für eine geschlossene Gesellschaft – und dass dabei oft Drogen im Spiel waren. Unglaublich, dass ihr Vater sich mit dieser Frau, die hier offenkundig ihr Geld verdiente, einließ.

Hanna schätzte sie auf mindestens Anfang vierzig. Ob sie wohl ahnte, dass ihr Geliebter ein doppeltes Spiel trieb und verheiratet war? Hanns Borchardt war in Berlin bekannt wie ein bunter

Hund. Diese Frau musste doch um seinen familiären Status wissen, oder nicht? Oder hatte er ihr etwas vorgelogen und behauptet, in Scheidung oder zumindest in Trennung zu leben?

Noch während Hanna mit dem Fahrrad zurück zur Familienvilla geradelt war, hatte sie den Entschluss gefasst, heute Abend in den Club gehen zu wollen und die Frau dort mit ihrem Wissen zu konfrontieren. Wahrscheinlich würde sie dem Verhältnis ihres Vaters auf diese Weise ganz schnell ein Ende bereiten.

Beim Eintreten war sie zu Hause natürlich gleich ihrer Mutter in die Arme gelaufen, die mit Blick auf ihre Hose gefragt hatte, was um Himmels willen denn mit ihr geschehen sei. Kurz hatte Hanna überlegt, ob sie ihrer Mutter nicht sagen müsste, was sie wusste, entschied sich aber sogleich dagegen. Sie hatte in letzter Zeit wahrlich schon genug durchgemacht und war seit Holgers Auszug ein reines Nervenbündel. Sie wirkte so zerbrechlich auf Hanna wie nie zuvor. Die Stärke, die die Mutter sonst stets in sich gehabt und nach außen ausgestrahlt hatte, schien schlicht nicht mehr vorhanden. Hanna kam es vor, als hätte ihre Mutter den Kampf um ihre Ehe und damit auch sich selbst ein Stück weit aufgegeben. Zwar machte sie sich jeden Tag zurecht, vernachlässigte somit nicht ihr Äußeres. Doch wie es in ihrem Innern aussah, ließ sie sich nicht anmerken. Auf Hanna machte sie den Eindruck, als warte sie ab, was als Nächstes geschah und wie es mit ihrem Ehemann weiterginge. Entsprechend angespannt war jeden Tag die Stimmung in der Villa, und Hanna hasste es inzwischen geradezu, nach der Arbeit nach Hause kommen zu müssen.

Sie hatte später noch zusammen mit ihrer Mutter zu Abend gegessen und ihr dann eröffnet, dass sie noch zu Kathrin fahren wollte, eine ihrer Freundinnen. Die beiden Frauen waren allein gewesen. Ihr Vater war nicht da. Hanna hatte ihrer Mutter angemerkt, dass diese nicht allzu viel von der Idee hielt, dass

Hanna noch mal fortwollte, schließlich musste sie morgen arbeiten. Doch widersprochen hatte sie nicht. Wahrscheinlich mochte sie inzwischen überhaupt nichts mehr einwenden aus Furcht, dass Hanna dann auch noch das Weite suchte. Und auch wenn es ihr leidtat, wie verunsichert ihre Mutter war, so war sie doch in diesem Augenblick froh, dass diese nicht weiter nachfragte und die Gründe wissen wollte, warum Hanna unter der Woche abends noch mal wegfuhr. Denn sie war alles andere als eine gute Lügnerin, und bestimmt hätte ihre Mutter beim weiteren Nachfragen gemerkt, dass etwas nicht stimmte. So jedoch hatte Hanna sich den Wagen ihrer Mutter geliehen und war gegen halb neun losgefahren. Tatsächlich holte sie als Erstes Kathrin ab, die sie vorhin angerufen und sich mit ihr verabredet hatte. Dann fuhren sie direkt zum Ku'damm, stellten das Auto ab und legten die wenigen Meter bis zum Club zu Fuß zurück.

Hanna war nervös, als sie sich in die Schlange vor dem Lokal einreihten und hörte kaum zu, was Kathrin ihr erzählte.

»... deshalb war ich auch ganz schön überrascht, dass du das hier vorgeschlagen hast.« Kathrin berührte Hannas Arm. »He, hast du mir überhaupt zugehört?«

»Ja, sicher, klar, 'tschuldige, ich bin heute irgendwie in Gedanken.«

»Das merke ich.« Kathrin verdrehte die Augen. »Ärger auf der Arbeit?«

»Ne, da ist alles gut. Obwohl mich der alte Ziegler mit seiner Erbsenzählerei manchmal ganz schön nervt.«

»Dann schmeiß doch hin. Bei dir ist das doch kein Problem. Du wirst auch ohne Arbeit nicht verhungern, und wenn du wirklich was machen willst, brauchst du doch nur in der Firma deines Vaters Bescheid zu sagen und hast einen Job.«

»Mag sein, aber das möchte ich nicht.«

Kathrin schüttelte den Kopf. »Wenn ich in deiner Situation wäre, würde ich mich bestimmt nicht so krumm machen.«

»Die Ausbildung ziehe ich auf jeden Fall durch«, stellte Hanna klar. »Danach werde ich weitersehen.« Sie stieß Kathrin an, als es weiterging und deutete mit dem Kopf nach vorn, worauf die Freundin ein paar Schritte machte.

Es dauerte noch zehn Minuten, bis die beiden an der Reihe waren und den Club betreten konnten.

Im Innern war es total verqualmt und so laut, dass es in Hannas Ohren dröhnte. Aus den Musikboxen drang der Hit *Daddy Cool* von Boney M. Zu Hause hörte sie mit ihrem Transistorradio lieber ABBA oder auch die Bee Gees. Einzig wenn Penny McLean ihr *Lady Bump* kreischte, machte Hanna das Radio lieber aus, als das Geschrei zu ertragen. Doch am meisten gefiel ihr Queen, deren Musik jedoch weit seltener im Radio gespielt wurde, sodass Hanna sich einige Schallplatten gekauft hatte, um die Rockband regelmäßig hören zu können. Allerdings stand der Schallplattenspieler im Wohnzimmer unten, und Hanna konnte ihre Platten nur abspielen, wenn ihr Vater nicht da war, weil er diese Art von Musik hasste. Sie hatte deshalb auch schon überlegt, sich von ihrem eigenen Geld, das sie in der Ausbildung zur Fremdsprachenkorrespondentin verdiente, einen Plattenspieler für ihr Zimmer zu kaufen. Doch ihr Vater hatte es ihr verboten, und was er sagte, war nun einmal Gesetz im Hause Borchardt. Er fand die Band zu zügellos, ja geradezu obszön und sittenlos. Wie lächerlich, dachte Hanna in diesem Moment, dass ausgerechnet ihr Vater sich so ein Urteil anmaßte, während er selbst seine Frau nach all den Ehejahren hinterging.

Daddy Cool endete, und Wild Cherry mit *Play That Funky Music* war der nächste Song. Hanna wippte zur Melodie mit.

»Wollen wir was trinken?«, brüllte Kathrin, um gegen die Musik anzukommen.

Hanna nickte nur und folgte der Freundin zur Bar.

»Zwei Pepsi«, bestellte Kathrin und bezahlte, als die junge Frau hinter der Bar, Hanna schätzte sie etwa im gleichen Alter wie Kathrin und sich, die Flaschen herüberreichte. Kathrin gab eine an Hanna weiter.

»Wem gehört der Laden hier?«, fragte Hanna nun die Barfrau.

»Lea!«, rief diese herüber. »Lea Stern. Willst du hier arbeiten?«

»Vielleicht«, log Hanna.

»Sie ist da vorne.« Sie deutete mit dem ausgestreckten Arm auf eine mittelalte gut aussehende Frau in einem enganliegenden lilafarbenen Kleid. »Die da die Stufen rauf am Pfosten steht.«

»Danke!«, rief Hanna zurück und sah in die Richtung. Ja, das war ohne Zweifel die Frau, die sie vorhin mit ihrem Vater gesehen hatte. Lea Stern hieß sie also, und ihr gehörte der Club. Nun denn.

»Du willst hier arbeiten?«, fragte Kathrin überrascht, die das Gespräch mit der Bedienung gehört hatte.

»Will nur mal sehen, was so möglich ist«, gab Hanna zurück, die der Freundin ganz sicher nicht den wahren Grund für das bevorstehende Gespräch mit Lea Stern verraten würde.

»Entschuldige mich einen Moment«, bat Hanna. »Ich bin gleich zurück.«

Kathrin nickte. »Ich gehe tanzen«, kündigte sie an.

»Alles klar.« Hanna betrachtete noch eine Weile Lea Stern, dann fasste sie sich ein Herz und ging zu ihr.

»Hallo«, sprach sie sie an. »Mein Name ist Hanna.«

»Hallo«, erwiderte die Clubbesitzerin und musterte sie interessiert. »Ich bin Lea.« Sie legte den Kopf schräg. »Was kann ich für dich tun?«

»Ich würde gern mit Ihnen reden. Am liebsten, wo wir etwas abgeschieden sind.«

»Du musst mich nicht siezen«, entgegnete die Clubbesitzerin.

»Komm.« Sie wies ihr mit dem Kopf die Richtung und ging dann voraus, während Hanna ein wenig Mühe hatte, ihr durch das Gewühl der Menschen, die sich mehr oder weniger rhythmisch zur Musik bewegten, zu folgen.

Sie erreichten den hinteren Teil des Raumes, wo die Musik ein wenig leiser war und sich mehrere Paare aufhielten, die miteinander knutschten und teilweise – der Fummelei nach zu urteilen – auch mehr miteinander vorhatten. Lea Stern schien das nicht zu stören, während Hanna versuchte, sich von dieser Hemmungslosigkeit nicht verunsichern zu lassen.

»Also?« Lea Stern war stehen geblieben und drehte sich zu Hanna um.

»Mein Name ist Hanna Borchardt. Hanns Borchardt ist mein Vater.« Sie beobachtete die Clubbesitzerin ganz genau, um festzustellen, was der Name bei ihr auslöste.

»Schön, dich kennenzulernen, Hanna«, antwortete diese nur, ohne dass ihre Miene verriet, was sie dachte.

»Ich, ich habe Sie mit meinem Vater gesehen«, stammelte Hanna dann.

Lea lächelte, offenbar abwartend, was als Nächstes käme.

»Mein Vater ist verheiratet«, fuhr Hanna fort. »Und er ist nicht geschieden oder so, falls Sie das denken.«

»Ich weiß, dass Hanns verheiratet ist«, klärte Lea auf.

»Und trotzdem treffen Sie sich mit ihm und …« Hanna ließ den Satz unvollendet.

»Ja, das tue ich. Wie du sagst, *er*«, Lea betonte das letzte Wort, »ist verheiratet. Ich nicht. Es ist also seine Sache, wie er es mit der Treue hält, nicht meine.«

»Aber Sie sind der Grund, weshalb er meine Mutter betrügt.«

»Nein.« Wieder lächelte Lea, jedoch weder herablassend noch lag irgendetwas Boshaftes in ihrem Blick. »Jemand, der betrügt, macht diese Entscheidung nicht von demjenigen abhängig, mit dem er den Betrug begeht. Dein Vater hat eine Entscheidung zu Lasten deiner Mutter getroffen. Ich habe damit nichts zu tun. Es ist eine Sache zwischen den beiden und geht weder dich noch mich etwas an.«

»Ich finde, Sie machen es sich verdammt leicht«, gab Hanna wütend zurück.

»Weshalb?« Die Clubbesitzerin sah Hanna an, als interessierte sie die Antwort wirklich.

»Weil mein Vater meine Mutter noch nie betrogen hat. Erst jetzt, und das ist Ihretwegen.«

»Und woher weißt du das so genau?«

Hierauf wusste Hanna nichts zu erwidern.

»Komm«, sagte Lea nun und deutete zum Ausgang. »Meine Wohnung ist über dem Club. Wollen wir dorthin gehen und uns in Ruhe unterhalten?«

»Ich habe Ihnen weiter nichts zu sagen, als dass ich es widerlich finde, was Sie meiner Mutter antun.«

»Hanna, ich tue deiner Mutter nichts an. Ich kenne deine Mutter überhaupt nicht und habe nicht den geringsten Grund, ihr etwas *anzutun*, wie du es formulierst. Sie hat sich für deinen Vater entschieden, und ebenso ist es ihre Entscheidung, wie sie mit seinem Verhalten umgeht.«

»Sie weiß es nicht.«

»Und warum nicht?«

»Weil es sie furchtbar verletzen würde, wenn sie davon erführe.«

»Also entscheidest du für sie, dass sie es nicht erfahren soll?«

Hanna hob den Kopf. »Richtig.«

»Nun, dann ist das deine Entscheidung«, stellte die Clubbesitzerin fest. »Es steht mir nicht zu, hierüber zu urteilen.«

»Sie haben also überhaupt kein schlechtes Gewissen?«, fragte Hanna. Sie war so wütend gewesen, seit sie ihren Vater und Lea Stern beobachtet hatte. Und sie hatte damit gerechnet, dass die Geliebte ihres Vaters entweder überrascht, zumindest aber peinlich berührt reagieren würde, wenn sie mit den Vorwürfen konfrontiert wurde. Diese Frau jedoch schien nichts, aber auch gar nichts Verwerfliches an dem Verhältnis zu finden, und wenn Hanna ehrlich war, leuchtete ihr die Erklärung, dass sie schließlich nicht diejenige war, die betrog, absolut ein.

»Nein, weshalb sollte ich? Weil ein Mann trotz eines Eheversprechens fremdgeht?«

»Zum Beispiel, ja.«

»Sieh mal, Hanna. Ich bin nicht verheiratet. Und ich würde auch nicht heiraten wollen, weil es für mein Leben niemals in Betracht käme, mit nur einem einzigen Menschen zu schlafen, was ja für eine Ehe wohl eine Art Grundvoraussetzung ist. Ich allein treffe die Entscheidungen für mein Leben und respektiere dies auch bei anderen. Ich urteile nicht, sondern nehme die Menschen so, wie sie sind. Ich muss mit meinen Entscheidungen leben so wie jeder andere Mensch.«

Hanna öffnete den Mund und schloss ihn wieder. Dann setzte sie erneut an: »Mein Vater würde meine Mutter nie verlassen.«

»Gut«, befand Lea. »Was mich angeht, besteht hierfür auch kein Grund.«

Hanna atmete tief ein und wieder aus. »Wenn ich Sie … wenn ich dich«, korrigierte sich Hanna, »darum bitten würde, wärst du dann bereit die Beziehung zu meinem Vater zu beenden?«

Lea lächelte. »Wenn es dir so wichtig ist, dann ja.«

»Wirklich?«

»Aber ja. Dein Vater ist eine Affäre ohne jede Bedeutung für mich, Hanna. Wenn du mich also bittest, sie aufzugeben und das

Gefühl hast, es würde etwas für dich besser machen, so will ich es gerne tun.«

Hanna war zu überrascht, um mehr als ein kurzes »Danke« hervorzubringen. Diese Frau ihr gegenüber, die sie eigentlich hassen müsste, weil sie der Grund war, weshalb ihre Mutter leiden würde, erführe sie, was vorgeht, überraschte und faszinierte sie auf eine Weise, die sie nie gekannt hatte. Lea Stern war so klar in ihren Ansichten und so unglaublich selbstbewusst. Und das, was andere als moralisch empfanden, schien sie nicht im Geringsten zu interessieren.

»Mein Vater darf den Grund nicht erfahren, weshalb du ihm den Laufpass gibst«, setzte Hanna das Gespräch fort.

Wieder lächelte Lea. »Das wird er nicht. Ich werde ihm sagen, dass es vorbei ist und gut. Er hat kein Anrecht darauf, eine Erklärung zu fordern.«

»Danke«, sagte Hanna erneut.

»Kann ich sonst noch etwas für dich tun?«

Hanna schüttelte den Kopf. »Nein. Nein, sonst nichts.«

»Gut.« Lea deutete zum Bereich hinüber, in dem die Musik lauter war. »Wollen wir etwas zusammen trinken?«

Hanna schüttelte den Kopf. »Ich, ich muss los. Ich wollte das nur klären.«

»Wie du willst. Wenn du wieder mal vorbeikommst, würde ich mich freuen, Hanna.«

»Mal sehen«, nuschelte Hanna nur.

Lea ging erneut voraus und verabschiedete sich dann von Hanna, als diese sich auf den Weg zum Ausgang machte. Sie zuckte zusammen, als sie plötzlich eine Hand auf ihrer Schulter spürte. »Wo willst du hin?«, rief Kathrin ihr zu, die vom Tanzen einen knallroten Kopf hatte.

»Raus. Ich will nur noch nach Hause«, stieß Hanna hervor, die selbst ein wenig erschrak, dass sie Kathrin vollkommen vergessen hatte.

»Jetzt schon?«, brüllte diese zurück. »Wir sind doch gerade erst gekommen.«

»Mir ist irgendwie nicht gut«, schwindelte Hanna. »Kommst du also mit, oder willst du noch bleiben?« Kurz überfiel Hanna ein schlechtes Gewissen. Kathrin war ihretwegen bereitwillig mit hergekommen und wohnte ein gutes Stück entfernt. Sie jetzt einfach so hier zurückzulassen und loszufahren, wäre wirklich alles andere als nett.

»Ich habe jemanden kennengelernt, der echt süß ist.« Kathrin sah Hanna flehend an. »Kannst du wenigstens eben warten, damit ich Sven meine Telefonnummer geben kann?«

»Klar. Entschuldige. Meinetwegen können wir auch noch bleiben.«

»Wenn dir nicht so gut ist, verstehe ich das ja«, räumte Kathrin nun ein. »Ich gebe ihm nur kurz die Nummer und bin sofort zurück. Warte hier, ja?«

»Ja, mach ich.«

Hanna stellte ihre Pepsi ab, die sie während des Gesprächs mit Lea die ganze Zeit in der Hand gehalten und von der sie nur wenige Schlucke getrunken hatte. Dann sah sie zu Kathrin hinüber, die mit einem dunkelhaarigen Typen redete und nun lachte. Hannas Blick schweifte zu Lea, die sich mit einer jungen Frau unterhielt.

»So.«

Hanna zuckte kurz zusammen, als in diesem Moment Kathrin wieder vor ihr auftauchte.

»Fertig.«

»Okay, dann los«, sagte Hanna und drehte sich noch einmal zu Lea um. Kurz sah diese jetzt zu ihr herüber, und ihre Blicke trafen sich. Lea nickte ihr zu, was Hanna erwiderte. Dann verließ sie mit Kathrin zusammen den Club. Der Abend war nicht so verlaufen, wie sie erwartet hatte. Es war eigenartig, verwirrend und doch auch irgendwie – Hanna überlegte – aufregend. Sie wusste kaum mit diesem Wechselbad der Gefühle, das sie gerade durchlebte, umzugehen. Vor allem aber ging ihr die Art, mit der Lea Stern auf sie reagiert hatte, nicht mehr aus dem Kopf. Es war seltsam, denn sosehr sie es auch wollte, sie konnte für diese Frau nicht den Abscheu empfinden, mit dem sie gerechnet hatte. Ganz im Gegenteil. Was sie empfand, war aufrichtige Bewunderung.

8. Kapitel

Villa Borchardt, Koenigsallee 75, Berlin-Grunewald

Donnerstag, 25. November 1976

Ich glaube, mich nie zuvor in meinem Leben gefragt zu haben, was ich wirklich will. Doch jetzt komme ich nicht mehr umhin.

HOLGER BORCHARDT

Holger hatte vorhin vom Münzfernsprecher aus zunächst in der Villa angerufen, um sich bei seiner Mutter zu erkundigen, ob er am Nachmittag vorbeikommen könnte oder sein Vater da sein würde. Sie hatte sich schon am Telefon so sehr gefreut, auch nur seine Stimme zu hören, dass ihn augenblicklich das schlechte Gewissen gepackt hatte. Auch wenn er nicht mehr dort lebte, war es verdammt noch mal seine Pflicht, den Kontakt zu seiner Mutter und Schwester aufrechtzuerhalten, wenn er ihnen schon keine Telefonnummer geben konnte, unter der er erreichbar war. Denn Thomas hatte zwar einen Anschluss in seiner Wohnung. Doch die Deutsche Bundespost hatte ihm diesen bereits vor Wochen gesperrt, weil er seinen Zahlungen nicht nachgekommen war.

Holger hatte ihm angeboten, die Telefonrechnungen zu begleichen, doch Thomas hatte ihm gesagt, dass sie das Geld lieber für

Lebensmittel und Bier ausgeben wollten, womit das Thema vom Tisch gewesen war. Dafür, dass er ihn derzeit bei sich wohnen ließ, hatte er Thomas eine komplette Monatsmiete bezahlt, worüber dieser sich aufrichtig gefreut hatte. Thomas bekam von seinen Eltern keinerlei finanzielle Unterstützung und musste selbst sehen, wie er zurechtkam. Für Holger war es ein Leben, wie er es nie zuvor gekannt hatte. Um Dinge wie einen funktionierenden Telefonanschluss, Warmwasser und Ähnliches hatte Holger sich bisher tatsächlich nicht die geringsten Gedanken machen müssen. Ebenso wenig darum, saubere Klamotten im Schrank zu haben oder dass der Kühlschrank irgendetwas Essbares hergab. Zwar schimpfte er auf seinen Vater und dessen kapitalistisches Umfeld. Doch dass er selbst genau deshalb bis jetzt sorgenfrei gelebt hatte, konnte er nicht leugnen. Aber er bereute keine Sekunde, dass damit ein für alle Mal Schluss war. Allerdings wusste er, dass er noch ein wenig brauchen würde, bis er auf eigenen Füßen stand, denn Kapitalismus hin oder her – er hatte nicht die geringste Lust, sich täglich fragen zu müssen, wo er saubere Kleidung oder das Geld für die nächste Mahlzeit herbekam. Auch wenn er selbst noch nicht wusste, in welche berufliche Richtung er sich bewegen würde, so war ihm doch klar, dass er sich zumindest eine stabile Lebenssituation schaffen wollte, ohne jedoch seine Überzeugungen über den Haufen zu werfen. Ihm ging es nicht darum, Massen an Geld zu scheffeln und in Saus und Braus zu leben. Und ganz sicher brauchte er seine Lacoste-Polohemden ebenso wenig wie seine Markenjeans oder die teuren Uhren, die ihm seine Eltern über die Jahre geschenkt hatten. Vielmehr war ihm daran gelegen, sich künftig für die Belange einzusetzen, die ihm wichtig waren. Er sah sich ein wenig so wie Professor Gerhard Bauer und Friedrich Rothe, die wegen ihrer politischen Ansichten suspendiert worden waren. Dabei waren diese Hochschullehrer einfach nur Männer mit ehrlichen Berufen, die frei ihre Meinung äußerten und sich nicht den Mund verbieten ließen. Holger fand das, was Thomas und die anderen Studenten machten, total richtig und hoffte, dass die Studentenstreiks etwas bewegen und verändern konnten. Doch auf lange Sicht würde sich Holgers Meinung nach vor allem ein überlegtes, strategisches Handeln durchsetzen, das nicht nur bestimmte, gegen das marode Establishment aufbegehrende Gruppen, sondern alle Bürger abholte. Denn er machte sich nichts vor: Es würde bestenfalls ein kurzer Ruck durch die Gesellschaft gehen, wenn die Studenten, die schließlich die künftigen Köpfe dieses Landes waren, streikten. Doch am Ende würde es darauf ankommen, genug Menschen zu erreichen, die die Situation im Land ebenso satthatten wie die Studenten. Sonst würde die Protestbewegung vermutlich in nicht allzu ferner Zeit im Sande verlaufen. Doch wie genau er sein eigenes Leben führen wollte und was sein Anteil an dieser neuen Zeit sein könnte, wusste Holger bisher noch nicht. Am ehesten vermochte er, sich vorzustellen, dass er sein Studium abschloss und danach promovierte, um irgendwann mit seinem Wissen der künftigen Generation zu zeigen, wie sie die Lage tatsächlich verändern, ja, wie sie endlich das System durchbrechen könnte. Vielleicht wäre es ihm auf diesem Wege möglich, wirklich etwas zu bewegen. Das wünschte er sich mehr als alles andere.

Erst mal wollte er sich nun aber auf das Treffen mit Monika konzentrieren, wobei er nicht so recht wusste, was er davon halten sollte. Nur, dass er hierfür frische Klamotten brauchte, war ihm klar.

Er parkte seinen BMW 320, den seine Eltern ihm vor zwei Jahren gekauft hatten, damit er die Universität besser erreichen konnte, vor der Villa und stieg aus. Es war ein eigenartiges Gefühl, jetzt wieder hier zu sein, denn obwohl er noch vor einer Woche in diesem Haus gewohnt hatte, kam es ihm jetzt irgendwie fremd vor, ganz so, als seien dazwischen nicht nur Tage, sondern Wochen oder gar Monate verstrichen.

Er ging einige Meter nach rechts, um so den Hubschrauberlandeplatz einsehen zu können und war erleichtert, diesen leer vorzufinden. Sein Vater war also wirklich nicht zu Hause. Keinesfalls wollte er ihm über den Weg laufen, weil dieser irgendetwas vergessen hatte und überraschend zurückgekehrt war. Doch wenn der Hubschrauber nicht da war, war es sein Vater auch nicht. Und das war auch gut so. Wie oft hatten sie schon darüber gestritten, dass es absolut nicht notwendig war, ständig mit dem Hubschrauber herumzufliegen, nur um anderen zu demonstrieren, wie viel Geld er hatte.

Holger ging die Stufen zur Villa hinauf und zögerte, ob er seinen Schlüssel benutzen sollte oder doch zu klingeln hätte, jetzt, wo er nicht mehr hier lebte. Er verwarf den Gedanken sofort wieder. Solange er einen Schlüssel besaß, würde er ihn auch einsetzen.

»Mama?«, rief er beim Eintreten und erhielt sofort ihre Antwort aus dem Wohnzimmer. Noch bevor er die Wohnzimmertür erreicht hatte, trat seine Mutter aus dem Raum in den Flur, kam auf ihn zu und umarmte ihn.

»Holger!«, brachte sie mit erstickender Stimme hervor und hatte sichtlich mit den Tränen zu kämpfen.

Er hielt sie einen Augenblick, drückte sie noch einmal ganz fest und sagte dann: »Komm, setzen wir uns einen Moment. Oder hast du keine Zeit?«

»Was redest du denn? Für dich habe ich immer Zeit.« Maria atmete tief durch, sichtlich um Fassung bemüht.

Sie gingen ins Wohnzimmer und nahmen auf der Ledercouch Platz.

»Und, wie geht es dir? Wie kommst du zurecht? Du siehst so schmal im Gesicht aus. Isst du auch genug?«

»Es geht mir gut, Mama. Wirklich.« Holger schmunzelte, weil er die Sorge seiner Mutter rührend fand. »Aber es ist schon was anderes, bei Thomas auf der Couch zu schlafen als hier.«

»Das ist ja auch kein Zustand«, empörte sie sich. »Hast du denn schon eine Wohnung in Aussicht?«

»Noch nicht. Ehrlich gesagt, habe ich mich noch gar nicht darum gekümmert. Es sind ja auch gerade erst ein paar Tage vergangen, und es war so viel los, weißt du?«

Maria nickte. »Verstehe. Aber du musst an deine Zukunft denken. Wie willst du dich auf dein Studium konzentrieren, wenn du nicht mal vernünftig schläfst?«

»Na ja, mit dem Studieren ist es ja zurzeit ohnehin nicht allzu weit her«, stellte Holger fest und sah sie prüfend an. »Hast du denn von den Studentenstreiks noch nichts mitbekommen?«, hakte er nach, als er ihren fragenden Gesichtsausdruck sah. »Da läuft gerade so gut wie nichts in der Uni.«

»Ich habe am Rande davon gehört«, sagte sie. »Aber das wird doch ohnehin nur ein oder zwei Tage dauern, und so schnell wirst du keine Wohnung finden.«

»Nur ein oder zwei Tage? Mama, das ist eine richtige Bewegung. Das wird nicht mal eben so vom Tisch gewischt werden können.«

»Wie dem auch sei«, wechselte Maria das Thema. »Du brauchst eine vernünftige Unterkunft. Ich könnte mich mit einigen Bekannten in Verbindung setzen. Natürlich sind es vor allem Freunde deines Vaters, doch wenn ich sie um Diskretion bitte, bin ich sicher, dass sie ihm nichts sagen werden.«

Holger ärgerte sich, wie seine Mutter die Studentenbewegung abtat. Sie kämpften hier für Grundrechte gegen ein kaputtes System, und sie kümmerte nur, dass ihr Sohn auch vernünftig schlief, damit er bald wieder studieren könnte. Sie verstand rein gar nichts davon, wie ungerecht das System war, und es interessierte sie anscheinend auch nicht.

»Nein, Mama, ganz bestimmt nicht«, wehrte Holger sogleich ab. »Da schlafe ich ja lieber unter einer Brücke.«

»Bitte Holger, rede nicht so. Da wird mir angst und bange.«

»Du musst dir wirklich keine Sorgen um mich machen, Mama. Ich werde mich um alles kümmern, und sobald ich etwas gefunden habe, gebe ich dir die Adresse, und du guckst es dir selbst an, in Ordnung?«

»Ja, das würde mich freuen.«

»Und wie geht es Hanna und dir?«

»Ach, alles nimmt hier seinen gewöhnlichen Lauf. Du kennst das ja. Aber ich glaube, dass du weg bist, macht deiner Schwester auch zu schaffen. Es ist für uns alle nicht einfach. Gestern Abend war sie noch mit Kathrin unterwegs, und als sie nach Hause kam, behauptete sie, Kopfschmerzen zu haben, und ist dann gleich ins Bett verschwunden. Es ist schwierig und alles sehr angespannt.«

Sie sah ihn an. »Sag, könntest du dir nicht doch vorstellen, wieder zurückzukommen? Ich meine, da du ja sowieso noch keine richtige Unterkunft hast und sich seit der …«, sie zögerte kurz, »… Sache an meinem Geburtstag alles ein wenig beruhigt hat.«

Holger hob die Augenbrauen. »Mama, ich bitte dich. Vater ist noch immer derselbe wie letzte Woche. Oder hat er auch nur ein Wort des Bedauerns dir gegenüber fallen lassen oder sich so bei dir entschuldigt, dass es auch ernst gemeint war?«

Maria senkte nur den Blick.

»Siehst du? Das meine ich«, fuhr Holger fort, ohne dass sie ihm eine Antwort gegeben hätte. »Vermutlich hat er nicht mal gemerkt, dass ich ausgezogen bin, oder?«

»Natürlich hat er das«, widersprach seine Mutter sofort.

»Und? Was hat er dazu gesagt?«

»Er hat deine Entscheidung respektiert.«

»Respektiert«, wiederholte Holger und lachte höhnisch auf. »Das dürften dann wohl eher deine Worte sein, Mama. Vermutlich hat er irgendwas Abwertendes von sich gegeben oder etwas in der Art, dass ich schon sehen würde, was ich davon hätte.« Holger ergriff die Hände seiner Mutter. »Machen wir uns doch nichts vor, Mama. Er wird sich nicht ändern, und wir kommen schon lange nicht mehr miteinander zurecht. Er respektiert mich nicht, und ich bin auch kein Fan von ihm.« Holger lächelte. »Doch selbst wenn es anders wäre, würde in meinem Alter der Zeitpunkt, dass ich ausziehe, ohnehin nicht fern sein.«

»Das schon, aber dann wärst du nicht im Streit gegangen.«

»Und glaubst du wirklich, dass das irgendetwas besser gemacht hätte?« Holger sah seine Mutter an. Es berührte ihn zutiefst, sie so traurig zu sehen, doch er wusste, dass es weder einen Weg zurück noch einen gemeinsamen nach vorn gab, was seinen Vater anbelangte. Sie waren einfach zu verschieden, und was ihre Werte anging, hätten sie nicht weiter voneinander entfernt sein können.

»Nein«, seufzte seine Mutter nun, »vermutlich hätte es nichts besser gemacht.«

»Ich bin sicher, dass sich das alles mit der Zeit beruhigen wird«, versuchte Holger, sie ein wenig aufzumuntern. »Warten wir doch einfach mal ab, wie sich die Dinge entwickeln.«

Maria lächelte, doch sie wirkte dabei so traurig, dass sie ihm einfach nur leidtat.

»Dein Vater steht unter enormem Druck, weißt du?«, sagte sie dann nachdenklich. »Wahrscheinlich würde er laut fluchen, wenn er wüsste, dass ich dir davon erzähle, doch Klaus Schröder hat mich an meinem Geburtstag beiseitegenommen und mir zu verstehen gegeben …«, sie zögerte, »nein, genau genommen, hat er mich gewarnt.«

»Gewarnt?«, wiederholte Holger sah sie fragend an. »Wovor gewarnt?«

»Ich bin nicht sicher«, antwortete seine Mutter, ihre Worte abwägend. »Im Grunde weiß ich nicht einmal, worum es eigentlich geht. Aber Klaus bat mich eindringlich, nichts zu unterschreiben, was dein Vater mir womöglich vorlegt.«

»Wie bitte?« Holger glaubte fast, nicht richtig verstanden zu haben, und legte die Stirn in Falten. Er kannte den Anwalt der Familie gut. Klaus Schröder ging seit vielen Jahren bei ihnen ein und aus. Und er hielt viel von dem Juristen, der in seiner unaufgeregten Art nie besonders beeindruckt vom Reichtum der Familie gewesen zu sein schien, und für Holger hatte es den Anschein, als sehe er seinen Mandanten Hanns Borchardt weitaus kritischer als manch anderer. Er hatte, soweit Holger wusste, umfassenden Einblick in die Geschäfte seines Vaters und wusste auch um das gesamte Firmenkonstrukt. Wenn Schröder gegenüber seiner Mutter eine solche Bemerkung hatte fallen lassen, verriet ihm das, dass etwas gewaltig schieflief.

»Hat Schröder dir erklärt, weshalb du nichts unterschreiben solltest?«

Maria schüttelte den Kopf. »Nein. Klaus meinte, er habe mir eh schon zu viel gesagt. Aber er hat deutlich gemacht, dass er deinem Vater davon abraten würde, das neue geplante Großprojekt an diesem Abend vorzustellen.«

»Warum?« Holger konnte sich keinen Reim auf das Gehörte machen. Auch wenn er die chauvinistische, egozentrische Art seines Vaters verabscheute, hielt er ihn nicht für einen Mann, der das Gesetz brach, auch wenn er es sicherlich beugen würde, wenn er die Möglichkeit hatte.

»Läuft da etwas am Gesetz vorbei oder weshalb?«

Maria schüttelte heftig den Kopf. »Aber nein, das kann ich mir nun wirklich nicht vorstellen. So was würde dein Vater nicht tun. Und du glaubst doch wohl auch nicht, dass dann die Politik und die Stadt Berlin das Ganze derart großzügig unterstützen würden. Ich kenne ja keine genauen Summen, weil dein Vater mir keinen Einblick gewährt. Doch ich weiß, dass es das größte Bauvorhaben ist, das er je hatte.«

»Das habe ich auch schon mitbekommen«, stimmte Holger nachdenklich zu. »Doch was könnte Schröder dann damit gemeint haben?«

»Ich weiß es wirklich nicht. Ich habe ihn gestern in seiner Kanzlei angerufen, um mit ihm darüber zu sprechen. Doch er hat mich quasi abgewimmelt. Er ruderte zurück, erklärte, dass seine Andeutung ein Fehler gewesen war, und bat mich, das Gesagte zu vergessen.« Sie seufzte. »Doch mir geht das einfach nicht mehr aus dem Kopf.«

»Mich würde das auch beunruhigen.«

»Vor allem die Art, in der er mich eindringlich beschwor, nichts zu unterschreiben, was Hanns mir vorlegen würde, hat mir richtiggehend Angst gemacht. Klaus hatte so was an sich … wie soll ich es ausdrücken …?«, sie suchte nach Worten, »als würde er mich beschützen wollen, trifft es wohl am besten.«

»Dich beschützen?«

Maria nickte. »Ja, so hörte es sich für mich an.«

»Mhm«, machte Holger. »Ehrlich gesagt, klingt das gar nicht nach Schröder mit seiner unaufgeregten Art. Und vor allem: beschützen vor was?«

Maria zuckte mit den Achseln.

Holger überlegte laut: »Schröder hat dich also gebeten, nichts zu unterschreiben?«

»Richtig.«

»Hast du das denn sonst getan? Ich meine, Papa ist doch derjenige, dem die ganzen Firmen gehören. Weshalb solltest du überhaupt etwas unterschreiben? Hast du das denn in der Vergangenheit getan?«

»Ja, sicher, manchmal.«

»Und was?«

»Ach, Holger, du fragst mich Sachen. Das weiß ich gar nicht. Dein Vater hat mich einige Male um meine Unterschrift gebeten, weil er sagte, dass er so Steuern sparen könnte. Doch was genau ich da unterzeichnet habe, weiß ich einfach nicht.«

»Aber du musst dir das doch durchgelesen haben.«

»Ich vertraue deinem Vater«, erwiderte Maria. »Wenn er sagte, ich könne etwas unterschreiben, weil er und Klaus es aufgesetzt hatten, dann habe ich einfach unterschrieben.«

Holger sah seine Mutter an. Ein ungutes Gefühl beschlich ihn. Hatte sein Vater sie in etwas hineingezogen, wovon sie nicht die geringste Ahnung hatte? Wenn ja, in was? Er überlegte, ob er seinem Vater zutraute, irgendwelche krummen Dinger zu drehen. Grundsätzlich würde er die Frage sofort bejahen, andererseits war alles, was Hanns Borchardt tat, dermaßen öffentlich und wurde auch von der Politik gefördert, dass es kaum möglich war. Und dass es sinnvoll war, etwas auf den Namen der Frau laufen zu lassen, um so womöglich Steuern zu sparen, konnte er sich durchaus vorstellen. Aber er kannte sich mit Steuerrecht tatsächlich so gar nicht aus, sodass er sich hierzu kaum eine Meinung bilden konnte.

»Wenn ich du wäre, würde ich zu Schröder in die Kanzlei fahren und dort mit ihm sprechen. Dann kann er dir nicht einfach ausweichen«, riet Holger.

»Denkst du wirklich? Ich meine, wenn dein Vater davon erfährt, wird er mit Sicherheit wütend werden.«

»So wütend, dass er dich erneut schlägt, meinst du?« Holger konnte sich diese Frage nicht verkneifen.

»Bitte rede nicht so von deinem Vater«, entrüstete sich Maria. »Wenn man dich so hört, könnte man denken, dass er mich regelmäßig verhauen würde.«

»Wenn du mich fragst, reicht einmal völlig aus«, stellte Holger bitter fest.

»Ich möchte wirklich nicht mehr darüber reden«, bat die Mutter.

Holger sah auf die Uhr. Es war kurz vor fünf.

»Hast du es eilig?« Die Mutter war seinem Blick gefolgt.

»Ich bin später noch verabredet«, antwortete Holger. »Aber ich habe noch Zeit. Weißt du, ob Hanna nach der Arbeit nach Hause kommt? Oder hat sie noch etwas vor?«

»Ich weiß nicht genau. Gesagt hat sie nichts, doch das muss sie ja auch nicht.«

Kaum, dass die Mutter die Worte ausgesprochen hatte, hörte man die Eingangstür gehen. Einen kurzen Moment lauschte Holger in der Befürchtung, dass es womöglich sein Vater sein könnte.

»Holger?«, hörte er nun seine Schwester rufen.

»Im Wohnzimmer«, gab dieser zurück und stand auf.

Eilige Schritte waren zu hören, dann erschien Hanna unter dem Türrahmen. »Hey!«, rief sie erfreut. »Schön, dich zu sehen. Ich habe mich eben total gefreut, als ich deinen Wagen vor der Tür stehen sah.«

Holger trat auf die Schwester zu, umarmte sie und hob sie kurz hoch. »Ich habe Mama gerade gefragt, ob du direkt nach Hause kommst oder bei dir noch etwas anliegt.«

»Na, dann hab ich ja Glück gehabt, dich zu erwischen«, meinte Hanna und ging dann mit Holger zurück zur Sitzecke, wo sie kurz der Mutter einen Kuss auf die Wange gab und dann ebenfalls Platz nahm.

»Und? Was macht das Studentenleben?«, fragte Hanna strahlend.

»Nicht viel seit den Streiks«, antwortete Holger.

»Da sagst du was. Der alte Ziegler hat heute in der Frühe ordentlich über die Studenten geschimpft und gemeint, dass ihr ja« – sie hob den Zeigefinger – »überhaupt keine Ahnung vom richtigen Leben hättet und die Streiks nur auf eure mangelnde Disziplin hindeuten und« – sie nahm den Finger wieder runter – »dass ihr alle zu faul zum Arbeiten seid.«

Holger lachte freudlos auf. »Ja, klar. Das wird der Grund sein.« Er verdrehte die Augen. Die Starrsinnigkeit solcher Menschen war der Grund, dass sich nichts veränderte.

»Ich habe nur zitiert«, gab Hanna lachend zurück. »Und sonst? Du wohnst also jetzt bei Thomas, ja?«

Holger nickte. »Genau. Nur so lange, bis ich einen Job und dann was Eigenes gefunden habe.«

»Aber das Geld, was ich dir gegeben habe, kann doch unmöglich schon weg sein«, brachte Maria etwas fassungslos hervor.

»Um Himmels willen, Mama, wo denkst du hin. Bis auf eine Mietzahlung, die ich Thomas dafür gegeben habe, dass er mich bei sich wohnen lässt, und Ausgaben für ein paar Lebensmittel ist noch alles da. Doch das nach und nach zu verbrauchen ist ja auf Dauer keine Lösung. Da werde ich mich wohl um einen Job kümmern müssen.«

»Aber wir wollten immer, dass du dich auf dein Studium konzentrieren kannst und in dieser Zeit eben nicht arbeiten gehen musst«, hielt die Mutter dagegen.

»Die Zeiten haben sich nun mal verändert«, erklärte Holger und zuckte die Schultern. »Und andere arbeiten auch neben dem Studium, Mama. Das ist überhaupt kein Problem.«

Holger sah Maria an, dass sie durchaus noch Einwände gehabt hätte. Doch letztendlich nahm sie seine Erklärung hin.

»Eigentlich stelle ich mir das ganz cool vor in so einer WG«, meinte Hanna.

»Ich würde dir recht geben, doch ehrlich gesagt, klingt das besser, als es ist. Bei Thomas ist immer was los, die Leute gehen bei ihm ein und aus. Da mal Ruhe zu kriegen ist gar nicht so einfach.«

»Für mich klingt das super. Alles andere als langweilig.«

»Nun fang du mir nicht auch noch so an«, sagte die Mutter an Hanna gewandt.

»Keine Sorge«, beruhigte sie die Mutter. »Bevor ich nicht meine Ausbildung beendet habe, gehe ich nirgendwohin, ganz gleich, wie Papa sich aufführt.«

»War denn noch was mit ihm?«, fragte nun Holger, der davon ausging, dass er von seiner Schwester eine weitaus ehrlichere Antwort erwarten konnte als von seiner Mutter.

»Ne, gar nichts. Zumindest nicht, soweit ich weiß.« Hanna schüttelte den Kopf, sah dann aber ihre Mutter fragend an. »Oder hab ich was nicht mitbekommen?«

»Es war nichts mehr«, versicherte diese sofort.

»Ich glaube auch, dass Papa schon überrascht war, dass du so deutlich die Konsequenzen aus seinem Verhalten gezogen hast«, sagte Hanna zu ihrem Bruder.

»Wenn es am Ende wenigstens euch etwas nützt, soll es mir recht sein.« Wieder sah Holger auf seine Uhr. »Ich muss dann auch gleich los. Ich wollte noch ein paar frische Sachen mitnehmen. Thomas hat keine Waschmaschine.«

»Bring doch deine Schmutzwäsche einfach immer hierher«, bot Maria an. »Frau Kasper kann das doch miterledigen.«

Holger versuchte, sich zurückzuhalten. Schon lange störte er sich daran, dass eine Haushälterin alle Aufgaben ausführte, für die sich seine Familie zu fein war, doch etwas dagegen unternommen hatte er nie.

»Das wäre ja nun nicht besonders unabhängig, oder?«, hielt Holger dagegen.

Maria senkte den Blick. »Es wäre zumindest ein Grund, in gewissen Abständen hier vorbeizukommen«, sagte sie traurig.

Hanna versetzte Holger einen Stoß mit dem Ellenbogen und nickte in Richtung der Mutter, um ihm zu bedeuten, dass er sich einen Ruck geben sollte.

»Also ehrlich gesagt«, brachte er dann hervor, »wäre es schon eine ziemliche Erleichterung für mich, wenn das zumindest noch für einige Zeit ginge.«

Maria blickte auf und strahlte ihn an. »Gern! Ja, natürlich! Ich würde mich wirklich freuen.«

»Okay. Dann bringe ich immer mal wieder was vorbei und rufe vorher an, um sicherzugehen, dass Papa nicht da ist.«

»Siehst du, Mama, so kriegst du ihn regelmäßig zu Gesicht«, schmunzelte Hanna.

Maria nickte eifrig, und Holger glaubte, ihr die Erleichterung förmlich ansehen zu können. Er stand auf.

»Doch erst mal nehme ich mir jetzt noch frische Sachen mit.«

»Ich helfe dir dabei«, bot Hanna an und erhob sich ebenfalls, was Holger ein wenig überraschte. Es kam ihm so vor, als brannte Hanna etwas auf der Seele.

»Danke«, sagte er nur.

»Dann bis gleich ihr zwei.«

»Ja, bis gleich, Mama.« Damit verließen Holger und Hanna das Wohnzimmer und gingen hinauf.

»Ich muss mit dir reden«, zischte Hanna, als die beiden außer Hörweite der Mutter waren.

»Das habe ich mir eben schon gedacht«, erwiderte Holger

und öffnete, oben angekommen, die Tür zu seinem Zimmer, ließ Hanna eintreten und schloss sie wieder. Während er sich zu seinem Kleiderschrank begab, setzte Hanna sich aufs Bett.

»Ich habe etwas erfahren«, begann sie. »Ich denke, ich weiß jetzt, warum es zwischen Mama und Papa so mies läuft.«

»Weil unser Vater ein kapitalistisches Arschloch ohne Gewissen ist?«, schlug Holger vor.

»Er hat eine Affäre«, platzte es aus Hanna heraus.

Holger hielt kurz inne, fuhr dann aber fort, sich Kleidungsstücke aus dem Schrank zu nehmen und diese auf dem Schreibtisch zu stapeln.

»Woher weißt du davon?«

»Ich habe die beiden miteinander gesehen«, antwortete Hanna und setzte sich gerade hin. »Und was meinst du damit, woher ich das weiß. Das klingt ja, als wüsstest du Bescheid.«

»Tue ich auch. Das geht schon einige Monate so.«

»Was?« Hanna sprang vom Bett auf. »Du wusstest davon und hast mir nichts gesagt?«

»Stimmt.« Holger sortierte einige Pullover aus, nahm sich die, die er mitnehmen wollte und legte die anderen zurück in den Schrank.

»Wie jetzt: *stimmt*? Ich glaube es ja wohl nicht. Wieso hast du mir nichts gesagt?«

»Ganz einfach, weil es überhaupt nichts geändert und du dich nur aufgeregt hättest.«

»Klar hätte ich das. Zu Recht«, empörte sie sich.

»Schon. Aber es hätte nichts geändert, und ich wollte nicht, dass du dich fragst, ob Mama es erfahren müsste oder nicht.«

»Willst du damit sagen, dass sie kein Recht hat, es zu erfahren?« Hanna hatte einige Schritte auf ihn zugemacht und stemmte nun aufgebracht die Hände in die Hüften.

Holger wandte sich vom Kleiderschrank ab und sah seine Schwester eindringlich an. »Du hast doch das Theater letzte Woche selbst mitbekommen. Papa hat ihr eine geknallt, und sie ist trotzdem noch hier. Was glaubst du, was passieren würde, wenn Mama von Papas Affäre erfährt. Sie würde heulen und sich furchtbar fühlen. Doch glaubst du, er würde die Stern deshalb aufgeben?« Holger pfiff durch die Zähne. »Lächerlich«, schnaubte er dann. »Mama wäre völlig am Boden zerstört und würde jeden Tag leiden wie ein Köter, bis sie es irgendwann nicht mehr aushält, und keiner von uns weiß, was sie dann macht.«

»Du denkst, sie würde ihm womöglich etwas antun?« Hanna riss die Augen auf.

»Quatsch! Aber sich. Wie sehr Mama sich unterbuttern lässt, ist mir erst letzte Woche so richtig klar geworden.« Holger schüttelte den Kopf. »Sie würde sich lieber selbst etwas antun, als diese Demütigung zu ertragen. Doch glaub mir, verlassen würde sie ihn nicht, und deshalb wird alles nur immer schlimmer werden.«

Hanna war anzusehen, dass es in ihr brodelte. Holger musterte sie einen Augenblick, dann fuhr er mit seinem Schrank fort.

»Ich fürchte, du hast recht«, sagte Hanna nun, ging zurück zum Bett und ließ sich darauf plumpsen. »Das ist doch alles Scheiße.«

»Klar ist es das. Aber so ist es nun mal.«

»Aber ich finde trotzdem, dass du es mir hättest sagen müssen«, beharrte Hanna. »Woher weißt du überhaupt davon?«

»Moritz. Er ist häufig im Club und hat die beiden irgendwann mal miteinander gesehen. Als Papa dann eines Abends einfach so verkündet hat, dass er noch mal losmüsste und selbst mit dem Auto gefahren ist, wollte ich mir die Sache mal ansehen und bin ihm hinterher. Er war schon einige Minuten weg, und ich bin auf gut Glück einfach in Richtung Ku'damm gefahren. Nach einer

Weile hatte ich ihn eingeholt. Er ist auf direktem Weg zum Club gefahren, hat sein Auto abgestellt und ist reingegangen. Ich habe nur kurz gewartet und selbst noch überlegt reinzugehen, um zu sehen, was der Alte da treibt. Da kamen die beiden auch schon raus und sind gleich zum Nebeneingang wieder rein, wo die Stern wohnt. Die Sache war eindeutig.«

»Und wie lange ist das her?«

»So zwei, drei Monate.«

Hanna atmete geräuschvoll aus. »Und was fangen wir jetzt damit an?«

»Was sollen wir schon damit anfangen?«, gab Holger die Frage zurück. »Gar nichts. Papa zieht sein Ding durch, wie immer. Und weder du noch ich können irgendwas daran ändern. Und Mama erst recht nicht. Für ihn ist sie doch nur ein dekoratives Accessoire, das er für sein Bild nach außen hin braucht. Liebe ist das schon lange nicht mehr.«

»Ich fürchte, da liegst du richtig.« Hanna knetete nervös ihre Finger. »Aber denkst du nicht, dass sie das Recht hat, es zu erfahren?«

»Und dann?« Holger sah seine Schwester traurig an. »Nehmen wir mal an, sie würde ihn konfrontieren. Es ist doch vollkommen klar, was dann geschieht. Entweder, er versichert ihr, dass es nur eine kurze Affäre war, und schwört ihr hoch und heilig, dass sofort Schluss damit ist, nur um hintenrum weiterzumachen. Oder aber sie lässt sich nicht von ihm einwickeln und verlässt ihn tatsächlich. Mama, allein, ohne Geld und Mittel – kannst du dir das vorstellen?«

»Er müsste ihr doch etwas bezahlen«, empörte sich Hanna.

»Mag sein, dass er müsste.« Holger betonte das letzte Wort. »Aber du kennst den Alten doch. Wenn Mama sich wirklich gegen seinen Willen von ihm abwenden würde, würde er ihr total den

Geldhahn zudrehen und wahrscheinlich auch noch sämtliche seiner Geschäftsleute drum herum warnen, an sie zu vermieten oder ihr irgendwie zu helfen.«

»Aber es muss doch einen Weg geben«, beharrte Hanna.

»Den gibt es auch. Ich habe vor, mir einen Job zu suchen und mein Studium so schnell wie möglich fertig zu kriegen. Dann will ich promovieren. Wir alle haben viel zu lange hier ausgeharrt und uns von diesem Arschloch kleinhalten lassen. Und wenn ich so weit bin, helfe ich Mama, damit sie ebenfalls hier rauskommt.«

»Und ich?«

Holger grinste breit. »Für dich finden wir auch was, Schwesterherz. Ich muss mir selbst den Vorwurf machen, viel zu lange meine Klappe gehalten zu haben. Doch damit ist jetzt Schluss. Aber solange ich noch bei Thomas auf der Couch penne, sehe ich kaum Möglichkeiten. Ich habe das Geld, das Mama uns gegeben hat. Und das will ich als Grundstock nehmen. Sie hat uns geholfen, jetzt sind wir dran.«

»Ich könnte diesen miesen Kerl erwürgen«, entfuhr es Hanna.

»Prima Idee«, sagte Holger und wandte sich wieder dem Schrank zu. »Dann ist er tot, du im Knast, und Mama und ich machen uns ein schönes Leben und bringen das Erbe durch.«

Hanna griff ein Kissen und warf es nach ihm.

»Du bist so doof!«

Holger lachte auf und legte den letzten Stapel auf dem Schreibtisch ab. Dann ging er zu seiner Schwester und setzte sich neben sie aufs Bett. »Mein Auszug war nur der erste Schritt. Wir werden einen Neuanfang wagen, du, Mama und ich. Und ich werde alles tun, um für euch da zu sein.«

Hanna sah ihn von der Seite an, dann lehnte sie sich gegen seine Brust, und er legte den Arm um ihre Schultern. »Ich hab dich lieb. Versprich mir, dass du nie so ein widerlicher Kerl wirst.«

»Versprochen«, sagte Holger, gab ihr einen Kuss auf die Stirn, stand auf, zog seinen Koffer unter dem Bett hervor und packte die Klamotten hinein, die er aus dem Schrank genommen hatte. Hanna half ihm dabei, dann gingen sie zurück nach unten, wo ihre Mutter die beiden schon erwartete.

»Willst du noch mal weg?«, fragte Hanna überrascht.

»Ja, doch es dauert nicht lange.«

»Und wohin?«, fragte Hanna weiter.

Maria sah sie an, schüttelte dann aber den Kopf. »Ich bin bald zurück«, wich sie einer Antwort aus. »Ich wollte nur eben warten, bis du so weit bist«, sagte sie dann an Holger gewandt.

»Kann ich dich mitnehmen?«, fragte Holger nun.

»Danke, aber nein. Ich möchte mit meinem eigenen Wagen fahren.«

»Okay.« Holger ging zu Hanna und drückte sie, dann umarmte er seine Mutter. »Ich melde mich spätestens in ein paar Tagen.« Er deutete auf den Koffer. »Wenn die Klamotten darin in die Wäsche müssen.«

»Mach das«, antwortete seine Mutter, die es nun recht eilig zu haben schien.

Zusammen verließen die beiden das Haus, und Holger konnte seiner Schwester, die sie noch zur Tür brachte, ansehen, dass ihr das eigenartige Verhalten der Mutter nicht recht gefiel. Doch sie schloss schließlich nur noch die Tür hinter ihnen, und Holger und Maria gingen zusammen die Stufen hinunter.

»Lass mich raten«, sagte Holger. »Du fährst zu Klaus Schröder, richtig?«

Die Mutter nickte. »Mich lässt die Sache einfach nicht los, und ich will das jetzt klären.«

»Das verstehe ich gut.« Er beugte sich vor und gab ihr einen Kuss auf die Wange. »Mach's gut, Mama. Ich rufe wieder an und komme vorbei, wenn die Luft rein ist. Und wenn du willst, können wir uns ja auch mal in einem Café treffen.«

»Gern. Wirklich, sehr gern. Melde dich einfach.«

»Das mache ich.«

Damit ging er zur Fahrertür seines Autos, während seine Mutter den Weg zu den Garagen einschlug. Holger sah noch kurz hinüber, dann startete er den Motor und fuhr los. Vielleicht hätte er seiner Mutter anbieten sollen, sie zu dem Rechtsanwalt zu begleiten. Andererseits hätte dieser womöglich dann einfach dichtgemacht und wäre überhaupt nicht mehr mit der Sprache rausgerückt. Und irgendwie war da auch das Gefühl in ihm, dass seine Mutter das allein regeln musste. Ganz abgesehen davon, dass in ein paar Stunden sein Treffen mit Monika bevorstand. Der Gedanke daran ließ ihn kribbelig werden. Er hatte noch nie eine Frau wie sie getroffen, die ihn auf diese Weise anzog. Mal sehen, was daraus würde.

9. Kapitel

Pommersche Straße 12A, Berlin-Wilmersdorf

Donnerstag, 25. November 1976

Ich bin so unruhig, dass ich kaum still sitzen kann.

MARIA BORCHARDT

Maria atmete einmal tief durch, bevor sie die Kanzlei Schröder, Blumfeldt & Partner betrat. Es war einige Jahre her, seit sie das letzte Mal hier gewesen war. Wenn sie sich richtig erinnerte, war es zum zwanzigjährigen Firmenjubiläum gewesen.

Sie steuerte auf den Empfangstresen zu und blieb davor stehen. Die junge Frau, die dahinter saß, telefonierte gerade, nickte Maria zu und bedeutete ihr so, sich gleich um sie zu kümmern.

»Aber sehr gern. Ich habe den Termin notiert. Dann noch einen schönen Tag«, sagte die Angestellte nun, kritzelte etwas auf einen Zettel und wandte sich dann Maria zu.

»Guten Tag. Was kann ich für Sie tun?«, fragte die Frau, die Maria nicht älter als dreißig schätzte, sie nun.

»Ich würde gern mit Herrn Schröder sprechen.«

Die junge Frau sah kurz auf den aufgeschlagenen Terminkalender vor sich und dann wieder zu Maria.

»Haben Sie einen Termin?«

»Nein.« Maria schüttelte den Kopf. »Den habe ich nicht.«

»Dann bedauere ich, doch Herr Schröder kann jetzt nicht gestört werden.«

»Seien Sie so gut, und fragen Sie nach. Mein Name ist Maria Borchardt.«

»Ich würde Ihnen ja gerne helfen«, versicherte die Angestellte. »Doch ich habe klare Weisung.«

Maria war kurz verunsichert. Es war nicht ihre Art, sich herrisch zu benehmen, doch ganz bestimmt würde sie sich jetzt nicht abwimmeln lassen. Sie straffte ihre Schultern. »Junge Frau, ich denke, Sie haben mich nicht richtig verstanden. Ich bin Maria Borchardt, die Frau von Hanns Borchardt. Und ich möchte jetzt und nicht erst gleich mit Herrn Schröder sprechen. Sofort!«

»Oh«, entfuhr es der Angestellten, die sogleich aufstand. »Einen Moment bitte. Wenn Sie dort drüben Platz nehmen wollen. Ich werde Herrn Schröder fragen.«

»Ich stehe lieber«, entgegnete Maria und hob den Kopf, worauf die andere nickte und sich eilig auf den Weg in die hinteren Büroräumlichkeiten machte.

Maria mochte es nicht, sich so zu benehmen. Es lag einfach nicht in ihrer Natur, aufzubegehren und womöglich sogar unhöflich zu werden. Solange sie denken konnte, war sie vor allem von ihrer Mutter dazu erzogen wurden, ruhig, zurückgenommen und angepasst zu sein. Entsprechend hatte sie jetzt das Gefühl, sich bei der Rechtsanwaltsangestellten entschuldigen zu müssen. Doch sie war entschlossen, genau dies nicht zu tun. Dieses Mal würde sie die arrogante Unternehmergattin spielen. Punkt.

»Maria? Na, das nenne ich eine Überraschung.« Schröder war zusammen mit der Angestellten nach vorn gekommen und ging nun auf Maria zu.

»Klaus.« Maria trat zu ihm und gab ihm zur Begrüßung rechts und links einen Kuss. »Entschuldige, dass ich dich so überfalle, doch ich habe ein Anliegen.«

»Du bist mir immer willkommen, das weißt du doch. Bitte, komm mit in mein Büro. Was kann ich dir bringen lassen? Einen Kaffee, Tee, Wasser oder vielleicht einen Sekt?«

»Einen Kaffee bitte.«

»Aber gern. Schwarz, nicht wahr?«

»Ganz recht.«

Der Rechtsanwalt sah zu der Angestellten, die hinter ihm hergekommen und nun zu ihrem Platz hinter dem Empfangstresen zurückgekehrt war. »Fräulein Meier, zwei Kaffee in mein Büro, bitte.«

»Ja, Herr Schröder. Sehr gern.« Sie nahm den Telefonhörer ab, wählte eine Nummer und sagte der Person am Telefon, was in das Büro von Rechtsanwalt Schröder gebracht werden sollte.

»Bitte, Maria, hier entlang«, forderte Schröder sie auf und wies ihr mit der Hand den Weg.

»Danke.« Sie ging vor bis zu seinem Büro und trat ein. Klaus Schröder schloss die Tür hinter ihnen und deutete dann auf einen der Besucherstühle vor seinem Schreibtisch.

»Magst du mir deinen Mantel geben?« Er trat hinter sie.

»Gern.« Sie ließ sich den teuren Pelzmantel von ihm abnehmen.

»Bitte, nimm doch Platz«, sagte Klaus, während er den Mantel an den Garderobenständer in seinem Büro hängte.

»Danke«, sagte Maria erneut und schaute sich um. Seit sie das letzte Mal hier gewesen war, hatte sich einiges verändert. Die Tapeten an den Wänden, die seinerzeit grün gewesen waren, waren durch beige, fast schon weiße mit grober Struktur ersetzt worden. Die massiven dunklen Holzmöbel jedoch waren, wie sie glaubte, noch immer die gleichen, jedoch anders angeordnet. In jedem Fall hatte Klaus noch immer die Vitrine, in der er seine Sammlung mit Modellautos aufbewahrte und die an der Hinterseite mit Spiegelflächen versehen war. Insgesamt hatte Maria das Gefühl, dass der Raum durch die helleren Farbtöne ein wenig größer wirkte, doch wenn sie die Möglichkeit gehabt hätte, das Zimmer zu gestalten, so hätte sie einen ganz anderen Stil gewählt. Nur die tiefen Fenster hätte sie genauso gelassen. Selbst jetzt, Ende November, war der Ausblick auf den Preußenpark eine Augenweide.

Maria nahm auf einem der Stühle Platz, als es klopfte und gleich darauf eine Angestellte eintrat, die grüßte, zwei Tassen Kaffee auf dem Schreibtisch abstellte und dann wieder verschwand.

»Ich war lange nicht hier«, bemerkte Maria nun. »Du hast neue Tapeten, nicht wahr? Sie waren früher grün.«

»Dann ist es mindestens vier Jahre her«, stellte Schröder fest. »Den Fußboden habe ich auch erneuern lassen, genau wie die Lampen. Ich hoffe, es gefällt dir.«

»Schön, wirklich.«

»Vermutlich hättest du es anders gemacht, nicht wahr? Ich bewundere ja deinen Stil, mit dem du Hanns' Büro eingerichtet hast.« Er sah sich um. »Mir fehlt hier wohl die weibliche Hand.«

»Ich finde es wirklich schön«, versicherte Maria. »Die Aussicht ist unschlagbar.«

Sie wusste, dass Klaus Schröder lange Zeit damit zu kämpfen gehabt hatte, dass seine Frau und die Mutter seines Sohnes ihn vor vielen Jahren für einen Unternehmer verlassen hatte, als die Kanzlei noch nicht so gut dagestanden hatte wie heute. Sie hatte Patricia, wie Klaus' Exfrau hieß, nicht verstanden, war Klaus doch in ihren Augen ein überaus angenehmer, loyaler und strebsamer Mann. Zwar konnte Maria nicht mit Sicherheit beurteilen, ob er zu Hause der Gleiche war wie nach außen hin. Doch sie glaubte, ihn gut genug zu kennen, um einschätzen zu können, dass er nicht nur eine Rolle spielte. Sie hatte sich schon oft gefragt, weshalb er nie wieder geheiratet oder zumindest eine Beziehung hatte. Vermutlich war er mit seiner Arbeit verheiratet, genau wie ihr eigener Mann auch. Nur dass es sie noch gab, was Hanns jedoch kaum zu bemerken schien.

Maria sah kurz auf ihre Hände und stellte ein wenig erschrocken fest, dass sie zitterten.

»Ist alles in Ordnung, Maria?« Klaus Schröder sah sie einen Moment lang prüfend an. »Du wirkst aufgewühlt.«

»Ich fürchte, das bin ich auch«, gab sie ihm recht und blickte auf. »Ich brauche Antworten von dir, Klaus.«

»Antworten worauf?«

»Ach, bitte, Klaus, das weißt du doch ganz genau. Sei so nett, und versuche mich nicht für dumm zu verkaufen.«

»Wenn das der Grund ist, weshalb du gekommen bist, muss ich dich enttäuschen. Ich habe das Anwaltsgeheimnis zu wahren.«

»Du bist unser Familienanwalt, Klaus, und nicht nur der Anwalt meines Mannes.«

»Da gebe ich dir recht. Doch wenn es um Hanns' Geschäfte geht, musst du ihn danach fragen, was du wissen willst.«

Maria kam ein spontaner Gedanke, doch sie wusste nicht, ob es ein Fehler war, diesen auch auszusprechen.

»Du würdest also auch das für dich behalten, was ich dir anvertraue? Oder bezieht sich deine Loyalität ausschließlich auf meinen Ehemann?«

»Selbstverständlich ebenso auf dich, Maria.«

»Gut.« Sie setzte sich gerade hin. »Ich überlege, mich scheiden zu lassen.«

Schröder, der soeben seine Tasse genommen und daraus getrunken hatte, verschluckte sich, sodass er kurz husten musste.

»In dem Fall«, sagte er nun etwas röchelnd, »kann ich dir keinen Rat erteilen, da ich mich in einem Interessenkonflikt befinde.«

»Sagtest du nicht eben, dass du auch mein Anwalt wärst?«

»Ja, wenn es um die Vertretung einem Dritten gegenüber geht. Doch gegen Hanns kann ich nicht tätig werden.«

»Und würde er diese Antwort auch von dir bekommen, wenn er sich an dich gewandt hätte?«, fragte Maria, die langsam, aber sicher wütend wurde.

»Selbstverständlich!«, sicherte der Anwalt zu. »Ich kann für euch nach außen hin anderen gegenüber tätig werden, doch niemals den einen gegen den anderen vertreten, und zwar ganz gleich, welche Seite sich an mich wendet.«

»Na, immerhin«, befand Maria, überlegte kurz und ergriff nun ihre Tasse.

Schröder sah sie an. »Willst du mit mir darüber sprechen, Maria? Ich meine als Freund, nicht als Anwalt?«

»Bist du denn mein Freund?« Es klang schnippisch, und Maria bedauerte augenblicklich ihren Tonfall. »Entschuldige bitte, Klaus. Es ist alles gerade ein bisschen viel für mich.«

»Das verstehe ich gut.«

Maria seufzte schwer. »Mein ganzes Leben ist aus den Fugen geraten, Klaus. Ich weiß nicht mehr, was ich glauben soll und worauf ich mich verlassen kann.« Sie spürte, dass ihr die Tränen in die Augen stiegen. »Holger ist ausgezogen und kommt nur noch dann, wenn Hanns nicht da ist.«

»Oh«, machte Klaus. »Das wusste ich nicht. Ist etwas vorgefallen, oder war es für ihn einfach an der Zeit?«

»Es ist etwas vorgefallen«, bestätigte Maria. »Am Abend meines Geburtstags kam es zu einem heftigen Streit zwischen Hanns und mir. Die Kinder haben es mitbekommen, und Holger ist dazwischengegangen. In der gleichen Nacht hat er seine Sachen gepackt und ist ausgezogen.«

»Was meinst du mit *dazwischengegangen*?« Klaus stand auf, kam um den Schreibtisch herum und setzte sich auf den Besucherstuhl neben Maria. Dann nahm er ihre Hand und suchte ihren Blick.

»Hanns hat mir eine Ohrfeige verpasst. Ich schäme mich, jetzt, wo ich es ausspreche. Das hat er nie zuvor gemacht, nie. Doch er ist nicht mehr der Mann, den ich damals geheiratet habe.«

Schröder schüttelte den Kopf. »Das tut mir aufrichtig leid.« Er zog Maria zu sich heran und hielt sie einen Moment in den Armen. »Als Freund, nicht als Rechtsanwalt, muss ich dir leider zustimmen. Hanns ist irgendwann falsch abgebogen, und alles, was für ihn inzwischen zählt, ist Geld und Macht.« Er löste die Umarmung und suchte wieder ihren Blick. »Ich bin sicher, dass er dich noch liebt, Maria. Doch er ist so gefangen in dem, was er tut, dass er es wohl selbst nicht mehr merkt.«

»Sobald Hanna auch auszieht, werde ich fortgehen, Klaus. Ich halte es in dieser verdammten Villa mit dem Tennisplatz, der nie genutzt wird, dem riesigen Swimmingpool und dem elenden Hubschrauberlandeplatz nicht mehr aus. All der Reichtum hat uns nicht glücklich gemacht, sondern zerstört, Klaus. Alles bei uns dreht sich um Geld, Geld und immer mehr Geld.« Maria brach in Tränen aus, und Klaus nahm sie erneut in den Arm.

»Weiß Hanns davon, dass du ihn verlassen willst?«, fragte er und reichte ihr ein Taschentuch.

Maria tupfte die Tränen ab und versuchte, ihre Atmung zu beruhigen.

»Nein.« Sie schüttelte den Kopf. »Zum einen, bekomme ich ihn ja fast nie zu Gesicht. Und zum anderen glaube ich kaum, dass es ihn interessieren würde.«

»Aber natürlich würde es das«, versuchte Schröder, sie zu beruhigen. »Vermutlich wäre es das Beste, wenn du ihm deutlich sagst, dass du eine Scheidung in Erwägung ziehst, wenn sich sein Verhalten nicht ändert.«

Sie sah ihn traurig an. »Ich kann mir jetzt schon vorstellen, was er darauf erwidern wird. Irgendetwas in der Art, dass man Reisende nicht aufhalten soll und ich schon sehen würde, was ich davon hätte. Vor allem aber, dass ich mir nicht einbilden müsste, auch nur eine müde Mark von ihm zu bekommen.«

»Wenn er das sagt, weiß er selbst, dass es Unsinn ist. Oder habt ihr damals einen Ehevertrag geschlossen, der mir nicht bekannt ist?«

Maria schüttelte den Kopf. »Nein.«

»Na, siehst du. Das Vermögen, das während eurer Ehezeit angehäuft wurde, steht dir zur Hälfte zu«, erklärte er. »Allerdings ist eben die Frage …« Er brach ab. »Darum geht es jetzt nicht.«

»Was? Was ist die Frage?«

»Wie ich sagte, als Freund kann ich mit dir sprechen, als Anwalt nicht.«

»Klaus, ich bitte dich! Ich bin verzweifelt, und deine ewigen Andeutungen bringen mich noch um den Verstand.«

»Es war nicht als Andeutung gemeint«, versuchte er, sie zu beschwichtigen. »Es ist nur in Scheidungsangelegenheiten immer so, dass derjenige, der das Geld bezahlen soll, natürlich zu belegen versucht, dass längst nicht das da ist, was der andere denkt. Es war also nur ein allgemeiner Hinweis.«

»Du lügst mich an«, stellte Maria fest, und die Erkenntnis machte sie selbst ein wenig fassungslos. »Du wagst es tatsächlich, mich anzulügen, Klaus, nach all den Jahren, die wir uns nun schon kennen. Ich kann es dir förmlich an den Augen ablesen.«

»Maria, ich bitte dich. Ich kann mit dir nicht über Hanns' Geschäfte sprechen.« Er räusperte sich. »Nun gut, ich lehne mich hier aus dem Fenster, aber ich wiederhole, was ich dir letztes Mal gesagt habe: Was immer Hanns dir vorlegt, unterschreibe es nicht. Aber ich möchte dich auch beruhigen. Der große Coup, wie Hanns das neue Bauprojekt gern nennt, scheint tatsächlich Realität zu werden. Ich gebe zu, dass ich erhebliche Zweifel daran hatte, doch es ist ihm gelungen, ein Grundstück zu kaufen, das für den Geschäftsabschluss elementar war. Ich habe mich also geirrt und muss Hanns gegenüber sozusagen Abbitte leisten. Dennoch rate ich dir schlicht zur Vorsicht, denn wir wissen beide, dass dein Mann doppelt durchs Ohr gebrannt ist, wenn du verstehst, was ich meine.«

»Macht er krumme Geschäfte, Klaus?«

Der Rechtsanwalt erhob sich ruckartig. »Ich habe es dir gesagt, Maria. Bei allem, was Hanns' Geschäfte angeht, bin ich zur Verschwiegenheit verpflichtet.« Er ging um den Schreibtisch herum und setzte sich wieder auf seinen Platz.

»Kannst du mich wirklich nicht verstehen, Klaus?«

»Doch, das kann ich. Sehr gut sogar. Doch ich kann dir in dieser Hinsicht nicht helfen.« Er nahm sich einen Stift und schrieb etwas auf. »Hier«, sagte er dann. »Anton und ich haben zusammen studiert, und er ist der beste Scheidungsanwalt, den ich kenne. Ruf ihn an, und bestelle ihm einen schönen Gruß von mir. Er wird dir helfen.«

»Wenn ich zum Anwalt gehe und Hanns es herausfindet, wirft er mich aus dem Haus.«

»Sollte es wirklich so weit kommen, werde ich dir helfen. Als Freund«, betonte er abermals.

»Und Hanna?«

»Du meinst, weil sie noch in der Villa lebt?«

»Genau.«

»Schlimmstenfalls wird sie dort ebenfalls nicht mehr bleiben wollen, doch glaub mir, für euch eine vernünftige Wohnung zu finden, ist das kleinste Problem.«

»Das sagst du so. Wovon soll ich die denn bezahlen?«

»Ich besitze einige Wohnungen, Maria. Zwar steht zurzeit keine leer, doch ich habe genug Freunde, bei denen ich mich umhören kann.«

»Bei dir klingt das so einfach.«

»Bitte verstehe es nicht so, dass ich deine Besorgnis nicht nachvollziehen könnte«, sagte Schröder. »Aber Dinge wie eine Wohnung zu finden, bis alles geregelt ist, stellen keine Schwierigkeit dar. Du hast Freunde, Maria. Das solltest du nicht vergessen.«

Maria schüttelte den Kopf. »Hab ich das?«

»Fragt die Frau, zu deren Geburtstag ein ganzer Saal voller Leute gekommen ist, um sie hochleben zu lassen.« Klaus lächelte sie an.

Sie spürte, dass er ihr Mut zuzusprechen versuchte, doch tatsächlich bewirkte er genau das Gegenteil. »Das ist es, was ich meine. Es war ein ganzer Saal voller Leute da, Klaus. Doch es war niemand da, der sich auch nur einen Deut für mich interessierte.«

»Ich bin dein Freund«, versicherte er nun. »Du kannst dich auf mich verlassen, Maria.«

»Ach ja? Und was ist, wenn Hanns davon erfährt und dir das Messer auf die Brust setzt, dass eure Zusammenarbeit beendet ist, wenn du mir hilfst?«

Schröder sah sie einen Moment lang an. Dann sagte er: »Dann beendet er eben die Zusammenarbeit, Maria. Es ist ein finanzieller Verlust, ja. Doch es gibt Wichtigeres im Leben.«

Maria erwiderte nun das Lächeln. Mit einem so klaren Bekenntnis zu ihren Gunsten hatte sie nicht gerechnet.

»Danke, Klaus. Das bedeutet mir wirklich viel.« Sie tupfte die restlichen Tränen ab. »Ach, ich muss furchtbar aussehen«, meinte sie. »Kann ich mich hier irgendwo ein wenig frisch machen?«

»Du siehst ganz und gar nicht furchtbar aus«, widersprach Klaus. »Aber natürlich zeige ich dir den Waschraum.«

Er war aufgestanden, und nun erhob Maria sich ebenfalls, taumelte jedoch und setzte sich eilig wieder hin.

»Geht es dir nicht gut?«, fragte Klaus besorgt.

»Mir ist ein wenig schwindelig«, sagte Maria, die selbst erschrocken war, weil sie glaubte, ihr würde gleich schwarz vor Augen.

Klaus hockte sich vor sie. »Ich hole dir ein Glas Wasser. Bleib bitte sitzen, ja?« Ohne ihre Antwort abzuwarten, eilte er aus dem Zimmer und kam nur einen Augenblick später mit einem Wasserglas in der Hand wieder zurück.

»Hier.« Er reichte es ihr.

»Danke.« Etwas zittrig nahm sie das Glas entgegen und trank ein paar Schlucke.

»Besser?«, fragte er.

»Ja, es geht schon wieder. Danke.« Sie nahm noch einen Schluck und stellte das Glas dann ab.

Klaus sah zu ihr herunter. »Sag mal bitte, hast du heute zu Mittag gegessen?«

Sie überlegte kurz, dann schüttelte sie den Kopf. Erst jetzt wurde ihr bewusst, dass sie heute überhaupt noch nichts heruntergebracht hatte. Und gestern? Sie wusste es nicht. »Die Geschehnisse sind mir in letzter Zeit so auf den Magen geschlagen …«

»Komm.« Klaus nahm ihre Hand und half ihr hoch. »Wir beide gehen jetzt etwas essen.«

»Auf keinen Fall. So, wie ich aussehe, kann ich mich nirgendwo blicken lassen.«

Klaus lachte. »Es gibt hier um die Ecke einen Currywurststand. Da interessiert es niemanden, wer du bist oder wie du aussiehst.«

»Currywurst?«

»Ganz genau. Wann hast du zuletzt eine einfache Currywurst gegessen?«

Maria überlegte, gab dann aber auf. In den letzten zehn Jahren bestimmt nicht. Und davor? Sie konnte sich nicht daran erinnern, überhaupt jemals an eine der Berliner Buden gegangen zu sein und dort etwas gegessen zu haben. Der Gedanke, dies nun zu tun, kam ihr albern vor. Doch genau deshalb fand sie ihn herrlich.

»Auf deine Verantwortung, Klaus«, gab sie schmunzelnd zurück.

»Na, dann los«, sagte er, holte Marias Pelzmantel, half ihr hinein und zog dann seinen eigenen schwarzen Mantel über. Zusammen verließen sie sein Büro. Die Haupttür vorne war bereits abgesperrt, und nur auf dem Flur brannte noch Licht. Die Kanzlei war bereits geschlossen, und wahrscheinlich waren sie die Letzten hier.

»Nun raube ich dir auch noch deinen wohlverdienten Feierabend«, bemerkte Maria ein wenig beschämt. Klaus ging jedoch nicht auf die Bemerkung ein.

Draußen angekommen, wandten sie sich nach links, und Klaus deutete mit dem ausgestreckten Arm auf eine kleine Bude.

»Dort vorn, siehst du?«

Maria nickte ihm zu und hakte sich bei ihm unter. Ein wenig war es auch der Furcht geschuldet, dass ihr erneut übel werden könnte. Vor allem jedoch fühlte sie sich durch das Gespräch mit ihm befreit und war glücklich darüber, ihn an ihrer Seite zu wissen.

Es waren nur zwei Leute vor ihnen am Stand, sodass sie schnell an der Reihe waren.

»Klaus, du alter Rechtsverdreher. Schön, dich zu sehen.«

»Tag, Paule. Zweimal für uns.« Klaus hielt zwei Finger in die Luft.

Maria suchte nach einem Schild, um zu sehen, welche weiteren Speisen angeboten wurden, konnte jedoch nichts entdecken.

»Geh doch schon dort rüber«, bot Klaus an und deutete zu einem der Stehtische, der frei war. »Ich bringe die Wurst mit.«

Maria hätte gern noch etwas zu trinken dazu gehabt, doch da

sie weder Getränkeflaschen noch Becher sah, verkniff sie sich die Frage und ging zu dem freien Stehtisch hinüber.

Sie sah sich um. Dieses Getümmel hier auf der Straße schien ihr wie eine völlig andere Welt als die, in der sie lebte. Während auf der Straße emsiges Treiben herrschte, schien im Park alles still, was gewiss auch an der kalten Jahreszeit lag und dass es jetzt bereits dunkel wurde. Im Sommer war der Park ein beliebtes Ausflugsziel, in das die Städter gingen, um ein wenig die Natur genießen zu können. Maria liebte diese kleinen Fleckchen, konnte sie selbst sich doch gar nicht vorstellen, ohne die weitläufigen Grünflächen auszukommen, die ihr Grundstück umgaben. Und auch der Hundekehlesee, an dem die Villa lag und der in den Wintermonaten sogar manchmal zufror, gab ihr weit mehr als alle Großbauten Berlins.

»Hier bitte.« Klaus war mit zwei Schälchen, in denen sich je eine Currywurst befand, herübergekommen und stellte nun eins davon vor Maria ab.

»Das ist verrückt«, sagte sie, nahm den kleinen Pikser, der auf der dünnen Papierserviette lag und hielt ihn kurz hoch.

»Tja, kein silbernes Besteck, keine Stoffservietten und kein Tischtuch. Einfach nur eine gute Currywurst. Lass es dir schmecken«, sagte Klaus und steckte sich selbst das erste Stück in den Mund.

Maria tat es ihm gleich, und der Genuss, den sie dabei empfand, überstieg ihre Erwartungen. Sie fühlte sich hier und jetzt so befreit und glücklich. Es war, als hätte sie den goldenen Käfig, in dem sie lebte, verlassen und einen Schritt in die Freiheit gewagt. Dabei aß sie doch einfach nur eine Currywurst.

»Ich kann dir gar nicht sagen, wie gut mir das hier tut«, bemerkte sie zwischen zwei Bissen.

»Was? Zu essen?«, fragte Klaus überrascht.

»So zu essen«, stellte sie klar. »Einfach mitten auf dem Gehweg zu stehen und eine schlichte Wurst zu verspeisen.«

»Wenn du mir die Bemerkung erlaubst, ist es auch ein eigenartiges Bild, dich so zu sehen, wie du da stehst in deinem Pelzmantel und eine von Paules Currywürsten verdrückst.« Klaus lachte. »Mir gefällt's.«

»Mir auch.« Wieder nahm sie einen Bissen. »Du machst das also öfter, ja?«

»Ja, regelmäßig. Ich habe keine Köchin zu Hause wie ihr. Wozu auch? Peter lebt in seiner eigenen Wohnung, und bei mir reicht es schon, dass einmal in der Woche jemand zum Putzen kommt. Wenn ich am Wochenende mal zu Hause bin, koche ich mir gern etwas. Manchmal kommt Peter dann rum, und wir unterhalten uns. Er ist ein toller Junge, na ja, inzwischen eher ein toller Mann.«

»Hat er noch Kontakt zu seiner Mutter?«, fragte Maria.

»Nein«, kam die knappe Antwort. »Patricia lebt inzwischen in Cannes oder Monaco oder wer weiß wo. In den ersten Jahren nach der Trennung hat sie noch gelegentlich Postkarten geschickt oder auch mal ein Geschenk zu Peters Geburtstag. Inzwischen jedoch ist der Kontakt vollkommen abgebrochen. Für meinen Sohn tut es mir leid, doch andererseits denke ich, dass er inzwischen ganz gut damit zurechtkommt.« Er sah Maria an. »Ich habe ihm leider die falsche Mutter ausgesucht. Doch mein Sohn hat es mir verziehen.«

»Und wie macht er sich im Studium?«

»So weit ganz gut, würde ich sagen. Er hat ja noch ein paar Jahre vor sich, und man wird sehen, wie er sich schlägt.«

»Das klingt gar nicht so, als wenn es dir besonders wichtig wäre, dass er das Studium schafft.«

»Ist es auch nicht. Ich habe nicht den Ehrgeiz, dass mein Sohn unbedingt Volljurist werden und die Kanzlei übernehmen muss.«

»Nicht?«

»Nein. Ich bin lange genug dabei, um zu wissen, dass Erfolg und Geld nicht alles sind. Genau genommen, sogar weit weniger als das, was wirklich im Leben zählt.«

»Und das wäre?«

Schröder überlegte, während er kaute. »Freundschaft, Liebe, oder solche Momente wie dieser hier. Einfach ungezwungen zu plaudern, etwas zu essen, so was eben.«

»Klingt, als wären deine Ansprüche gar nicht mal so hoch.«

»Nein, oder? Ich bin leicht glücklich zu machen. Eine Wurst, ein Bier, ein freundliches Gespräch, in dem ich nicht belogen werde. Schon hast du mich.«

Maria sah ihn nachdenklich an. Sie vermutete, dass der Stachel von damals, als seine Frau ihn über fast zwei Jahre betrogen hatte, bevor sie ihn verließ, noch immer tief saß.

»Für dich wäre das nichts, nicht wahr?«, setzte Klaus nun nach.

»Für mich?« Maria lachte auf. »Soll ich dir mal verraten, weshalb es mit meinem Ehemann an meinem Geburtstag schon am Mittag fast zum Streit gekommen wäre?«

»Weshalb?«, fragte Klaus.

»Nun, in Hanns' unnachahmlicher Art ist er mit mir zum Mittagessen an die Nordsee geflogen. Ich stamme von dort, weißt du, und nirgendwo bereiten sie Fisch besser zu«, fügte sie erklärend hinzu. »Nun waren wir also dort, und ich habe mir eine schlichte Fischplatte bestellt. Scholle, Butterfisch, eingelegte Heringe – einfach wunderbar. Dazu ein paar Petersilienkartoffeln und Salat. Fertig.«

»Und?«

»Na, du kennst doch Hanns. Er hat die ganze Zeit versucht, mich zu einem Hummer zu überreden, Austern und dazu verschiedene Kaviarsorten. Hanns hatte extra alles vorher bestellt, damit die Sachen auch ja da waren an dem Tag.« Sie lachte auf.

»Nenn mich einen undankbaren Menschen, doch ich habe an meinem Geburtstag auf meine einfache Fischplatte bestanden. Hanns hat den Hummer und den Kaviar am Ende allein essen müssen und war richtig miesepetrig. Aber das war mir egal. Wenn es also jemanden gibt, der gutes, schlichtes Essen zu schätzen weiß, dann bin das ich.«

Klaus lächelte sie an. »Darf ich dir ein Geheimnis anvertrauen?«

»Immer.«

»Ich esse fast immer vor den Feiern und Empfängen etwas, weil ich dieses ganze Chichi-Essen nicht mehr sehen kann.«

Nun war es Maria, die hell auflachte. »Das gibt es ja nicht. Genau wie ich. Zum einen, weil es überall so ist, dass das Essen vor allem teuer sein muss und dann teilweise Kreationen dabei herauskommen, die mir auf den Magen schlagen, und zum anderen, weil man wegen der ständigen Gespräche und der vielen Leute, die man zu begrüßen hat, ohnehin nicht zum Essen kommt.«

Nun lachten beide.

»Wir sind schon so zwei, was?«, bemerkte Klaus und warf ihr einen Blick zu, der Verbundenheit verriet. »Bist du fertig?«, fragte er dann mit Blick auf ihr Schälchen.

»Ja, obwohl ich sogar noch eine verputzen könnte?«

»Ganz wie du willst«, sagte Klaus, nahm die Schälchen, warf sie in den Müll und trat erneut an die Currybude.

»Um Himmels willen nein.« Maria eilte hinüber und lachte. »Bloß nicht. Das habe ich doch nur so gesagt.«

Klaus sah sie an. »Mach uns noch eine, Paule. Aber nur eine mit zwei Piksern«, orderte er dann.

»Geht klar, Klaus«, gab der Budenbesitzer sogleich zurück, bevor Maria widersprechen konnte.

Klaus bezahlte, ließ sich das Schälchen reichen und sagte dann zu Maria: »Komm. Gehen wir rüber zum Park.«

»Zum Park? Dort ist doch alles dunkel?«

»Die Wege sind einigermaßen beleuchtet. Ich passe schon auf, dass du nicht fällst.«

Maria hakte sich bei Klaus unter, der das Schälchen so hielt, dass sie beide daraus essen konnten. Dann folgten sie dem Weg durch den Preußenpark, der trotz der Dämmerung und der nur wenigen Beleuchtung gut zu erkennen war. Sie aßen, redeten, und als sie eine Runde durch den Park gedreht hatten, gingen sie den Weg ganz selbstverständlich noch einmal. Maria hatte das Gefühl, das erste Mal seit vielen Monaten – oder sogar Jahren – endlich wieder befreit auszuatmen. Es war, als käme sie Schritt für Schritt sich selbst wieder näher, einfach, weil sie plaudern konnte, ohne sich fragen zu müssen, ob sie auch ja perfekt aussah, sich perfekt hielt und eine charmante Gesprächspartnerin war. Hier und jetzt fühlte es sich mit Klaus echt an, real. All das gestelzte Drumherum ihres Lebens schien hier keine Rolle zu spielen. Sie waren einfach zwei Freunde, die ein wenig Zeit miteinander verbrachten. Und als sie schließlich den Park verließen und Klaus sie noch zu ihrem Wagen brachte, war es schon fast halb neun geworden, ohne dass sie es wirklich bemerkt hatte. Mit einem Lächeln auf den Lippen fuhr sie zurück zur Villa. Hanns war nicht da, wie so oft. Und Hanna war in ihrem Zimmer, an dessen Tür Maria nun klopfte, bevor sie eintrat.

»Da bist du ja, Mama. Ich habe mir echt schon Sorgen gemacht. Wo warst du denn nur?«

»Ich musste einfach den Kopf klarkriegen«, antwortete Maria nur, ging hinüber und setzte sich zu ihrer Tochter aufs Bett. »Hanna, ich glaube, ich möchte nicht mehr mit deinem Vater leben.«

Hanna reagierte zunächst überhaupt nicht. Dann fiel sie der Mutter um den Hals: »Na, Gott sei Dank«, entfuhr es ihr. »Endlich!«

10. Kapitel

An der Spreeschanze 10, Berlin-Haselhorst

Donnerstag, 25. November 1976

Ich muss endlich wieder Herr der Lage werden.
Das ist alles, was jetzt zählt.

HANNS BORCHARDT

Er hatte gestern bis in die späten Abendstunden damit zugebracht, in seinem Büro die Unterlagen zusammenzustellen, die Gerhard Lohmüller und die anderen Erbsenzähler der Bank von ihm forderten. Dann war er kurz nach Mitternacht zur Villa gefahren, in der bereits alle schliefen.

Er war wie tot ins Bett gefallen, dann heute Morgen zeitig aufgestanden, hatte sich fertig gemacht und gefrühstückt. Als Maria ihre Morgentoilette erledigt hatte und zum Frühstück heruntergekommen war, hatte er ihr nur einen guten Morgen gewünscht und war sogleich zur Tür raus. Er hatte keine Lust, sich mit ihr zu unterhalten. Es gab jetzt weit Wichtigeres zu tun.

Sobald Frau Schneyder in die Firma gekommen war, hatte er ihr die handschriftlichen Notizen vorgelegt und sie diese auf den Briefbogen der Firma abtippen lassen.

Um die Mittagszeit hatte ihm dann sein Rechtsanwalt Klaus Schröder die Kaufvertragsunterlagen für die Grundstücke nebst Gebäudeflächen Lea Sterns durch einen Boten zustellen lassen, die er sofort kopieren ließ. Dann hatte er alles, was noch benötigt wurde, zusammengestellt und danach noch einige Telefonate geführt. Er war froh, dass Frau Schneyder heute wieder den Kühlschrank in seinem Büro aufgefüllt hatte, war er doch zwischenzeitlich nicht einmal dazu gekommen, auch nur zum Mittagessen zu fahren. Hanns sah auf die Uhr, es war bereits wieder halb zehn geworden. Er nahm den Unterlagenstapel, steckte alles in einen großen Umschlag und legte diesen dann in die oberste Schublade seines Schreibtischs. Dann schaltete er seine Schreibtischlampe aus, erhob sich, verließ sein Büro und ging zum Raum von Harald Flenske.

»Ich wäre dann jetzt so weit«, erklärte er ohne ein Wort der Entschuldigung, dass es wieder einmal so spät geworden war.

Der Pilot erhob sich sofort, schaltete das Fernsehgerät aus, nahm seine Schlüssel und verließ dann zusammen mit Hanns das Firmengebäude.

Während des gerade mal viertelstündigen Fluges ging Hanns gedanklich noch einmal die Unterlagen durch. Er würde diese gleich morgen zur Bank bringen lassen und dann bei Gerhard anrufen, um das weitere Vorgehen mit ihm zu besprechen. Keinesfalls würde er hierfür nochmals persönlich bei dem Bankier vorsprechen, sonst könnte dieser ahnen, dass Hanns die Sache weit wichtiger war, als er zugeben wollte. Vor allem musste zumindest ein Teil der Gelder vor dem Zehnten des kommenden Monats fließen, da dann die Abzahlungen und Raten fällig waren und Hanns diese nicht einmal im Ansatz zusammenbekäme, wenn bis dahin nichts ausbezahlt würde. Doch er versuchte, diesen Gedanken beiseitezuschieben. Es würde alles gut gehen, davon war er fest überzeugt. Er war Hanns Borchardt. Ihm gelang, was sonst niemand hinbekam. So war es schon immer gewesen, und so würde es auch bleiben. Doch er wusste auch, dass dann, wenn er alle Genehmigungen hatte und auch die anderen Summen zur Verfügung stehen würden, gehörige Anstrengungen notwendig waren, um letztendlich das zu verwirklichen, was auf dem Papier und als Modell so unglaublich reizvoll aussah. Vor allem musste alles, was er von dem Moment der Kreditbewilligung an tat, überaus diskret ablaufen. Auch wenn die Summen, die er aufgerufen hatte, geradezu astronomisch waren, würden sie keinesfalls reichen, um das, was Hanns plante, Realität werden zu lassen. Doch er kannte die Banken gut und wusste, wie sie arbeiteten. Wenn schon ein gewaltiger Batzen Geld investiert und alles auf den Weg gebracht war, ja die Arbeiten bereits fortgeschritten waren, würde jede Bank nachfinanzieren, wenn die Gefahr bestand, dass das Projekt am Ende nicht realisiert werden konnte. Doch bis dahin vergingen ab der Kreditgewährung jetzt mindestens eineinhalb, eher sogar zwei Jahre. Und in dieser Zeit würde Hanns sich erneut etwas einfallen lassen. Das lag ihm einfach im Blut. Wichtig war nun erst einmal, alles in trockene Tücher zu bringen und so wieder finanzielle Flexibilität herzustellen. Das und nichts anderes hatte jetzt Vorrang.

Flenske landete den Hubschrauber. Hanns murmelte eine kurze Verabschiedung, stieg aus und duckte sich, da die Rotorenblätter nur langsam an Bewegung verloren. Dann ging er hinüber zur Villa und wurde am Eingang von Frau Kasper in Empfang genommen.

»Guten Abend, Herr Borchardt. Ich hoffe, Sie hatten einen angenehmen Tag?«

»N'Abend. Ist meine Frau im Wohnzimmer?«

»Nein, die gnädige Frau ist nach oben gegangen, und ich glaube, sie ist noch bei Ihrem Fräulein Tochter.«

»In Ordnung. Sagen Sie Monsieur Petit, dass er mir noch etwas zu essen machen soll. Ein gutes Steak wäre jetzt das Richtige.«

»Sehr wohl, Herr Borchardt. Ich werde es ihm sogleich ausrichten.« Frau Kasper nahm ihm den Mantel ab, hängte ihn in den Garderobenschrank und machte sich dann eilig auf den Weg in die Küche.

Hanns ging ins Wohnzimmer, durchquerte es und knipste nur die Stehlampe an, um ein wenig Licht zu haben. Auf die Deckenbeleuchtung, von der seine Kopfschmerzen, die sich über den ganzen Tag aufgebaut hatten, nur noch stärker würden, verzichtete er. Dann ging er zum Fernsehapparat und schaltete ihn ein. In der ARD lief gerade irgendeine Fernsehdiskussion, die ihn nicht wirklich interessierte. Wahrscheinlich würden sie wie so oft mal wieder über irgendwelche unbedeutenden Proteste berichten. Bis zur *Tagesschau* würde es noch eine halbe Stunde dauern. Hanns fand die Sendung dafür geeignet, sich rasch mit aktuellen Meldungen zu versorgen und sich so auf dem Laufenden zu halten, wenn er keine Zeitung lesen konnte oder wollte. Doch meistens langweilte es ihn auch, sodass er den Nachrichten nur mit mäßiger Aufmerksamkeit folgte. Morgen Abend würde dann *Petrocelli* ausgestrahlt, eine Anwaltsserie aus den USA, die Hanns, wenn es denn seine Zeit erlaubte, gern sah. Er mochte die Figur dieses findigen Rechtsanwalts, der immer eine Lösung parat zu haben schien und gern unkonventionelle Wege ging, um zu bekommen, was er wollte. Hanns hielt sich für ähnlich gewitzt, nur eben, dass er über mehr Macht und Weitblick verfügte als der Serienheld. Aber um sich eine Dreiviertelstunde von dem Kram berieseln zu lassen und ein wenig abzuschalten, war dieser Film genau richtig. Denn den immer beliebter werdenden Diskussionsrunden, die im Fernsehen liefen, konnte Hanns so gar nichts abgewinnen. Er hatte einige Male in *Je später der Abend* reingeschaut, eine Talkshow, wie man es nannte, in der Dietmar Schönherr und noch zwei andere Moderatoren, deren Namen Hanns sich nicht merken konnte, sich irgendwelche vermeintlichen Prominenten einluden, um mit diesen über deren Leben zu sprechen. Ein elendig langweiliges Geschwätz um nichts und wieder nichts, wie Hanns fand. Und den Klamauk, der in Musiksendungen wie *Musik ist Trumpf* mit Peter Frankenfeld geboten wurde, fand er schauderhaft. Dort wurde ja getan, als hätten sowohl die Gäste als auch das Publikum nicht mehr als drei Gehirnzellen. Wie manche Menschen so etwas unterhaltsam finden konnten, war ihm ein Rätsel.

»Monsieur Petit lässt ausrichten, dass Sie in etwa zwanzig Minuten essen können, Herr Borchardt. Wo darf ich Ihnen eindecken?« Frau Kasper war ins Wohnzimmer getreten und lächelte ihn abwartend an.

»Machen Sie mir einfach ein Tablett fertig. Ich esse hier im Sessel«, gab Hanns zurück, griff die Zeitung, die Frau Kasper stets auf dem kleinen Tischchen neben seinem Lieblingssessel drapierte, und nahm Platz.

»Sehr wohl, Herr Borchardt«, sagte die Haushälterin und verschwand wieder.

Hanns verfolgte noch eine Weile die Nachrichtensendung, schlug dann aber doch den *Tagesspiegel* auf und blätterte die Zeitung durch. Am Salzufer beim Charlottenburger Tor wurde gestern eine Ampel in Betrieb genommen, die nun dort den Verkehr regeln sollte. Bausenator Ristock hatte gegen vierzehn Uhr das Kommando erteilt, damit der Verkehrsrechner in Schöneberg die Steuerung der neuen Anlage übernahm. Hanns überflog den weiteren Artikel nur. Ihn interessierte überhaupt nicht, wie viele Polizisten anstatt der Ampeln hätten eingesetzt werden müssen, um den Verkehr im gleichen Maße zu regeln. Das war doch nun völlig aus der Zeit gefallen und insoweit überhaupt keine Option mehr. Warum also wurden dann derartige Vergleiche angestellt, um eine Investition zu rechtfertigen? Hanns verdrehte genervt die Augen und schlug die Zeitung zu. Er hatte nach allem, was er heute geschafft hatte, einfach nicht mehr die Nerven für diese trivialen Schmierschreiber, die doch überhaupt keine Ahnung vom echten Leben hatten und stets nur nach dem Haar in der Suppe suchten oder eben einer Möglichkeit, alles zu verreißen, was ihnen nicht in den Kram passte.

Er warf die zusammengelegte Zeitung achtlos auf den Boden. Frau Kasper würde diese schon später aufheben. Er zog sich den Hocker, der passend zum Sessel war, heran und legte seine Beine darauf ab. Dann versuchte er, sich auf die Nachrichtensendung im Fernsehen zu konzentrieren, konnte aber nicht verhindern, dass seine Gedanken schon wieder zu dem neuen Bauvorhaben abschweiften. Genau genommen zu dem Geld, das er zu bekommen erwartete. Kurz kam die Befürchtung auf, was wäre, wenn ihm die Bank den Kredit versagte. Hanns spürte, dass sein Herzschlag beschleunigte und er nervös wurde. Nein, das durfte keinesfalls passieren. Er hatte über so viele Jahre so hart gearbeitet und alles getan, um ganz an die Spitze zu kommen. Niemand würde ihn vom Sockel stoßen. Niemand!

»So, Ihr Essen, Herr Borchardt«, kündigte Frau Kasper an, die mit einem Tablett das Wohnzimmer betrat. »Ich habe mir die Freiheit genommen, Ihnen ein Bier zum Steak zu reichen.«

»Sie kennen mich eben sehr gut«, lobte Hanns in jovialem Tonfall, während ihm die Haushälterin das Tablett auf den Schoß stellte.

»Einen sehr guten Appetit«, wünschte sie, blickte kurz auf die Zeitung, hob diese auf und verschwand damit nach draußen.

Hanns ließ die Serviette zusammengefaltet liegen, nahm Messer und Gabel und schnitt sich ein großes Stück Steak ab, das er sofort in seinem Mund verschwinden ließ. Monsieur Petit hatte ihm als Beilage Kartoffelspalten und Verschiedenes an Gemüse in zwei separaten Schalen zusammengestellt, wobei Hanns darauf verzichtete, sich hiervon jeweils kleinere Portionen auf den Teller zu füllen. Er aß stattdessen direkt aus den Schalen, widmete sich aber vor allem dem Steak. Gierig fiel er darüber her und hätte sich beinahe verschluckt, weil er zu wenig kaute und das Fleisch in großen Bissen herunterschlang. Dabei sah er zum Fernseher, verfolgte beiläufig einige Meldungen und ärgerte sich, als etwas von dem Gemüse auf seinen recht beachtlichen Bauch und damit auf sein Hemd fiel. Und wenn schon, ihn sah ja keiner, und Frau Kasper würde die Flecken schon wieder rausbekommen.

Obwohl die Portion beachtlich gewesen war, hatte Hanns in weniger als zehn Minuten alles verputzt, was sich jedoch als Fehler herausstellte, weil er sogleich heftiges Sodbrennen bekam. Richard Oberlechner, sein Hausarzt, würde ihm jetzt bestimmt wieder eine Predigt halten, dass er besser auf sich achten müsse und ihm eine Diät guttäte. Ach, was wusste dieser Quacksalber schon davon, was er brauchte, um im Job bestehen zu können. Hierfür brauchte er Kraft, und die kam nun mal vom Essen. Punkt.

Hanns spürte, dass er sich darüber ärgerte, dass offenbar immer mehr Menschen an ihm rummäkelten und ihn kritisierten. Die hatten doch alle überhaupt keine Ahnung, welchen Herausforderungen er sich täglich zu stellen hatte und wie schwierig und anstrengend es war, Hanns Borchardt zu sein.

Er rülpste einmal laut, stellte das Tablett auf den Fußboden, stand auf und schaltete den Fernseher aus. Dann verließ er das Wohnzimmer und ging nach oben. Hoffentlich war Maria nicht mehr wach und hatte womöglich das Bedürfnis, mit ihm zu sprechen. Seit dem Fehlverhalten seiner Frau an ihrem Geburtstag, an dem sie ihn dadurch bloßgestellt hatte, einfach rausgegangen zu sein, während er sein Bauprojekt vorstellte, war er nicht mehr gut auf Maria zu sprechen. Und kurzzeitig hatte er sogar überlegt, sich scheiden zu lassen, um so den Weg für Lea frei zu machen. Doch den Gedanken hatte er rasch wieder verworfen. Nicht, weil Lea ihm gesagt hatte, dass für sie eine Ehe nicht in Betracht käme. Die könnte er überzeugen. Doch er hatte während des Gesprächs mit Gerhard Lohmüller herausgehört, dass es für seinen Ruf nicht gut wäre, wenn er Lea zur Frau nähme. Das, was er an Unabhängigkeit an Lea reizvoll fand, sahen andere als rebellisch und aufsässig an. Lea würde vermutlich mehr Ärger bringen, weil sie sich nicht wie Maria führen ließ und womöglich immer weiter ihren eigenen Kopf durchsetzen würde. Und das konnte Hanns nicht gebrauchen. Die Frau an seiner Seite hatte sich nach ihm zu richten und sich zu fügen. Und auch, wenn er es sich nicht gern eingestand, so glaubte er doch, dass er mit dieser Haltung bei Lea auf Granit biss. Also würde es über die gelegentlichen Treffen eben nicht hinausgehen. Und die Frage war ja auch, wo sie überhaupt abbliebe, wenn er erst mal ihre Grundstücke gekauft und den Club dem Erdboden gleichgemacht hätte. Hanns horchte kurz in sich hinein, ob es ihm etwas ausmachen würde, wenn Lea aus seinem Leben verschwand. Der Sex mit dieser Frau war einzigartig, und zumindest dieser würde ihm auf jeden Fall fehlen. Doch Lea hatte immer etwas Unberechenbares an sich. Und ihn störte ihre Weigerung, andere Bettpartner für ihn aufzugeben. Sie war einfach nicht zu kontrollieren, und das war etwas, womit er nicht umgehen konnte. Doch bis alles über die Bühne war, würde er sich von Lea noch das holen, was er wollte. Allein der Gedanke daran erregte ihn.

Er ging ins Schlafzimmer hinauf. Zu seiner Überraschung war Maria nicht da. Vermutlich war sie noch drüben bei Hanna, wie

Frau Kasper ihm vorhin gesagt hatte. Er verspürte nicht die geringste Lust, dort hinzugehen und seine Frau und Tochter zu begrüßen, also schlurfte er etwas erschlagen ins Bad, zog sich aus und seinen Schlafanzug an. Als er wieder herauskam, schloss Maria gerade die Tür.

»Oh«, sagte sie nur. »Guten Abend, Hanns. Ich habe nicht gehört, dass du nach Hause gekommen bist.«

»Ich muss mich ja wohl auch nicht anmelden«, gab er mürrisch zurück und ging dann zum Bett hinüber.

»Da hast du vollkommen recht«, antwortete Maria mit einem Lächeln, was nun wiederum Hanns überraschte. Dann ging sie ins Bad.

Hanns drückte sich seine Kissen zurecht, legte sich hin und schaltete das Nachttischlicht aus. Es dauerte eine Weile, bis seine Frau im Nachthemd wieder aus dem Bad kam und sich auf ihrer Seite des Bettes niederließ. Hanns hatte die Augen geschlossen und wartete, dass Maria ihn ansprach, doch sie sagte nichts zu ihm. Er öffnete die Augen und sah zu ihr rüber. Sie hatte sich das Buch von ihrem Nachttisch genommen und las nun darin. Als sie bemerkte, dass er sie betrachtete, blickte sie kurz zu ihm herüber, fuhr dann aber einfach mit der Lektüre fort.

Hanns blieb noch kurz so liegen, dann drehte er sich auf die andere Seite und wandte sich so von Maria ab. Ihr Verhalten war eigenartig. Sonst war es immer so, dass seine Frau noch mit ihm zu sprechen versuchte, ihn fragte, wie sein Tag war und ob sich etwas Besonderes ereignet hatte. Doch das schien sie heute überhaupt nicht zu interessieren. Er hatte mit ihren üblichen Vorwürfen gerechnet, dass er nicht einmal Bescheid gesagt hatte, zum Abendessen nicht heimzukommen. Vor allem aber, dass sie ihm vorhin einfach nur recht gegeben hatte, sich nicht anmelden zu müssen, und sich überhaupt nicht daran zu stören schien, dass er weder sie noch Hanna begrüßt hatte, passte gar nicht zu ihr. Er verharrte noch einen Moment, dann drehte er sich wieder auf den Rücken, setzte sich auf und sah erneut zu ihr rüber.

»Was liest du da?«, fragte er, weil er nicht genau wusste, was er sagen sollte. Er konnte ihr ja schlecht einen Vorwurf machen, dass sie ihm keine Vorwürfe machte.

»*Die Antwort kennt nur der Wind* von Johannes Mario Simmel«, gab sie Auskunft, den Blick weiter starr auf das Buch gerichtet. »Stört dich das Licht?«

»Nein, gar nicht.«

»Gut. Sonst würde ich einfach in Holgers Zimmer schlafen. Das macht mir nichts aus.«

»Nicht nötig«, erwiderte Hanns.

»Wie du willst«, meinte Maria. »Dann gute Nacht.«

»Gute Nacht.« Hanns ließ sich wieder in die Kissen fallen, doch irgendwie war die Sache für ihn noch nicht bereinigt.

»Hast du was?«, fragte er nun.

»Ich? Nein.«

»Du kommst mir aber so vor.«

»Ach ja?« Sie ließ ihr Buch sinken und sah ihn an. Dann zuckte sie die Schultern und las weiter.

»Verdammt noch mal!«, schnauzte Hanns nun. »Was soll das werden? Willst du mir klarmachen, dass es dir egal ist, ob ich hier bin oder nicht? Soll das so ein Frauending werden, und du begehrst auf?«

Wieder ließ sie ihr Buch sinken. »Ein Frauending, ja?« Sie schlug das Buch zu, behielt es aber in der Hand. »Es ist schon eigenartig, Hanns. Wenn du nach Hause kommst und ich dich frage, wie dein Tag war, reagierst du mürrisch und erklärst mir, dass du zu kaputt bist, darüber zu reden und dass ich dich gefälligst in Ruhe lassen soll. Und wenn ich dann nicht mehr frage, so wie jetzt, störst du dich daran.« Sie lächelte ihn auf eine Art an, die er so an ihr noch nie bemerkt hatte. »Weißt du, Hanns, ich denke, ich habe verstanden, dass ich dir ein Dorn im Auge bin.« Sie schlug die Decke beiseite und stand auf. »Ich werde doch lieber drüben bei Holger schlafen und mir morgen für die nächste Zeit eines der anderen Zimmer von Frau Kasper herrichten lassen.«

»Was redest du da für einen Blödsinn von wegen Dorn im Auge?«, fuhr Hanns sie an, spürte jedoch, dass ihn die Art, wie seine Frau sich verhielt, unsicher werden ließ. Was war denn plötzlich in sie gefahren?

»Womöglich täusche ich mich ja.« Maria zuckte die Schultern. »Doch weißt du, Hanns, ich habe überhaupt keine Lust mehr, mir darüber Gedanken zu machen. Du hast in den vergangenen Jahren deutlich gemacht, was für dich im Leben zählt, und das ist dein Geschäft.«

»Wovon du und die Kinder ja wohl auch ein sehr komfortables Leben gehabt habt, oder etwa nicht?«, gab Hanns gereizt zurück.

»Ja, das stimmt.« Wieder lächelte sie so seltsam. »Und dafür bin ich dir dankbar. Doch anders als für dich ist Geld für mich eben nicht alles.«

»Ach nein? Und was ist mit dem ganzen Kram hier? Was ist denn mit deinem Schmuck und den Pelzmänteln und der teuren Kosmetik, damit du überhaupt noch so gut aussiehst mit deinen fünfzig Jahren? Hä? Was ist damit?«

Maria sah ihn nur an. »Weshalb genau schreist du?«, fragte sie vollkommen ruhig.

»Ganz einfach!«, fuhr er hoch und kam um das Bett herum. »Weil mir eure Undankbarkeit zum Halse heraushängt!« Er tippte ihr mehrfach mit dem Finger gegen die Brust, doch Maria wich nicht zurück.

»Ach so«, erkannte sie. »Du möchtest mehr Dankbarkeit?«

»Ja. Das wäre allerdings mal angebracht. Denn ich schufte seit Jahren bis zum Umfallen, nur um euch alles zu ermöglichen. Und was bekomme ich dafür? Undank! Das ist alles.« Wieder tippte er mit dem Zeigefinger gegen ihre Brust. »Ich will dir mal was sagen, wenn du diesen Reichtum so sehr verachtest und das alles gar nicht wichtig für dich ist, dann kann ich ja mal anfangen, deine ganzen Pelze und den Schmuck zu verkaufen«, drohte er nun.

Maria hob den Kopf. »Ich denke, das ist eine ausgezeichnete Idee, Hanns. Denn wenn mir genau diese Dinge wichtig wären, wäre ich doch wohl nichts als oberflächlich. Und das möchte ich keinesfalls sein.«

Sie trat an ihm vorbei und ging hinüber ins Ankleidezimmer, kam aber sogleich wieder heraus. »Ich zähle insgesamt achtzehn Pelzmäntel«, stellte sie fest. »Und meine Schmuckkästen stehen dort drüben. Bediene dich gern, und sag mir, wenn ich dir helfen soll. Schließlich hatte ja ich die ganze Zeit etwas davon, und es wäre nicht richtig, nun dich die ganze Arbeit machen zu lassen, um die Sachen zu versilbern.«

»Was zum Teufel ist denn mit dir los?«, brüllte er sie nun an.

»Was mit mir los ist?« Maria zuckte die Schultern und schmunzelte dann. »Ich glaube, es liegt daran, dass ich jetzt Currywurst mag.«

»Dass du was?«

Es klopfte kurz, und gleich darauf steckte Hanna den Kopf zur Tür herein.

»Alles in Ordnung? Ich habe euch bis in mein Zimmer gehört.«

»Es ist alles bestens«, versicherte Maria, die noch immer ihr Buch in der Hand hielt. »Komm, gehen wir. Dein Vater braucht seinen Schlaf. Ich bin drüben in Holgers altem Zimmer, wenn du mich suchst«, sagte sie nun an die Tochter gewandt und drehte sich dann noch einmal um. »Entschuldige mich, Hanns. Ich möchte gern in Ruhe mein Buch weiterlesen. Gute Nacht.« Damit ging sie hinaus und ließ ihn einfach stehen. Hanns öffnete den Mund und schloss ihn wieder. So hatte er seine Frau in sechsundzwanzig Jahren nicht erlebt. Waren denn auf einmal alle verrückt geworden?

11. Kapitel

Adalbertstraße 81, Berlin-Kreuzberg

Donnerstag, 25. November 1976

Ich weiß nicht, was mich erwartet. Doch ich habe das Gefühl, für mich beginnt eine neue Zeit.

Holger Borchardt

Holger war nervös und rieb sich einige Male die feuchten Hände, bevor er den Klingelknopf an dem Betonklotz in der Adalbertstraße drückte. Es war bedrückend. War er eben noch am Kotti vorbeigefahren, wo sich die Menschen nur so tummelten und in den vielen Restaurants und Cafés saßen oder ihre dicken Mäntel enger zogen, um nicht zu frieren, war hier in der Adalbertstraße alles schmutzig, trist und beklemmend. Die Männer auf der gegenüberliegenden Straße, deren Sprache er nicht verstand, beäugten ihn kritisch. Vermutlich dachten sie, dass Holger ein schlecht getarnter Polizist war, der hier den üblichen Drogengeschäften ein wenig Einhalt gebieten wollte. Auf jeden Fall spürte Holger deutlich, nicht in das Bild der Bewohner dieser Gegend zu passen.

Er wandte sich wieder der Tür zu und fasste nun den Griff. Erst jetzt bemerkte er, dass er sich das Klingeln hätte sparen können, war die Eingangstür doch nur angelehnt. Also ging er hinein und wich kurz zurück, als ihm der Gestank von Urin, Schnaps und Rauch entgegenschlug. Holger vermied es, das Treppengeländer anzufassen, als er die Stufen zum vierten Stock hinaufstieg. Er fand es widerlich, gezwungen zu sein, in solch einer Umgebung leben zu müssen.

Je weiter er die Stufen heraufstieg, desto lauter wurde die Musik, die von dort herabdröhnte. Monikas Wohnungstür stand offen, sodass Holger einfach eintrat. Vom Ende des Flurs schallten mehrere Stimmen zu ihm herüber. Obwohl er es sich schon gedacht hatte, dass sie nicht allein sein würden, war er kurz enttäuscht. Er hätte sich gern intensiver mit Monika unterhalten, als dies mit noch etlichen anderen drumherum möglich war. Doch vielleicht würde sich hierzu später noch die Gelegenheit ergeben.

Als er die Anwesenden erblickte, bereute er fast, sich frische Klamotten angezogen zu haben. Neben Monika waren noch eine weitere junge Frau und vier Typen da, die allesamt aussahen, als wären sie obdachlos.

»Was ist 'n das für einer?«, fragte der Dunkelhaarige mit dem spitzen Gesicht, der neben Monika saß.

Monika, die im Schneidersitz vor dem, was wohl einen Tisch darstellen sollte, tatsächlich aber nur ein Holzbrett auf einer Europalette war, gesessen hatte, stand auf und kam zu Holger herüber.

»Ey ihr, das ist Holger. Kommt aus 'ner Spießerfamilie und will künftig lieber mit uns abhängen«, stellte sie ihn vor. Dann deutet sie auf die Runde. »Das sind Ede, Paula, Max und Karl.«

Die anderen begrüßten Holger, zeigten jedoch nur mäßiges Interesse.

»Komm, und setz dich«, sagte Monika und nahm seine Hand, worauf Holger sich seines Mantels entledigte und sich neben sie setzte, als sie sich wieder auf den Boden fallen ließ. Sie machte auf ihn einen betrunkenen, womöglich aber auch zugedröhnten Eindruck, und Holger fragte sich, ob Monika Drogen nahm. Zwar war das nicht weiter ungewöhnlich, doch er hätte es von Monika irgendwie nicht erwartet. Andererseits kannte er sie ja auch so gut wie gar nicht.

Die Leute aus der Uni, von denen er wusste, dass sie regelmäßig etwas einwarfen, taten dies vor allem, wenn ihnen der Druck ihrer Eltern zu groß wurde oder sie Stress bei den Prüfungen hatten.

»Hier.« Monika hielt ihm ihre Bierflasche hin. Er nahm sie an, trank einen Schluck.

»Hast du Geld oder so?«, fragte Ede.

Holger sah ihn an und schüttelte den Kopf. »Nicht viel. Bin von zu Hause weg und studiere noch.«

»Verstehe.« Ede trank einen Schluck, ließ ihn aber nicht aus den Augen.

»Was studierst 'n?«

»Wirtschaftswissenschaften an der FU.«

Ede pfiff durch die Zähne. »Bist du sicher, dass du hier richtig bist?«, fragte er und strich sich über seine kurz geschorenen Haare. Holger wusste nicht, was er erwidern sollte.

»Lass ihn in Ruhe, Ede«, sagte Monika gelangweilt.

»Ich frag ja nur«, entgegnete der. Er holte einen Joint aus seiner zerschlissenen Hose und zündete ihn an, zog einmal kräftig und stieß dann genüsslich den Rauch aus. Dann ließ er den Joint rumgehen, bis dieser bei Holger angekommen war. Eigentlich hatte er kein Interesse daran, Gras zu rauchen. Sein Vater hatte immer gesagt, dass Kiffer und Drogenabhängige sich nicht wundern müssten, wenn nichts aus ihnen würde. Die seien doch alle gleich und nichts als nutzlose Versager. Holger hatte ihm damals widersprochen, und die Diskussion war – wie so oft – eskaliert. Doch irgendwie hatte er die Worte des Vaters über die Jahre im Kopf behalten, und er wollte auf keinen Fall einen Absturz hinlegen und so seinem Vater bestätigen, dass dieser recht gehabt hatte. Nein, einen solchen Triumph hätte er ihm nicht gegönnt. Doch sein Vater war jetzt nicht hier und hatte Holgers Gefühl nach keine Bedeutung mehr für sein Leben. Vor allem aber wollte er vor Monika und ihren Freunden nicht wie ein Spießer wirken, also nahm er einen Zug und hatte Mühe, nicht loszuhusten. Aber er riss sich zusammen und reichte den Joint dann an Monika weiter, die ihn kurz anlächelte. Er erwiderte ihr Lächeln und musterte sie. Sie hatte etwas unglaublich Reizvolles an sich, wirkte so unabhängig und unangepasst.

»Was grinst 'n so?«, fragte Ede. »Willst du meine Freundin ficken, oder was guckst du so?«

Holger fuhr fast unmerklich zusammen. Er hatte keine Ahnung gehabt, dass Monika und dieser Ede ein Paar waren. Irgendwie war er davon ausgegangen, dass sie keinen Freund hatte. »Nein«, sagte Holger dann. »Ich wusste nicht, dass ihr beide …« Er ließ den Satz unvollendet.

Ede grinste breit, griff Monika am Nacken, zog sie zu sich heran und gab ihr einen leidenschaftlichen Zungenkuss. Dann sah er Holger herausfordernd an.

Holger sagte nichts. Er kam sich unglaublich dumm vor. Offenbar hatte er die Zeichen, die Monika ausgesandt hatte, vollkommen falsch gedeutet. Am liebsten wäre er einfach aufgestanden und gegangen, doch dann hätte er sich noch lächerlicher gemacht als ohnehin schon.

»Entspann dich«, sagte Monika nun zu ihm. »Ede macht nur Spaß.« Sie nahm einen tiefen Zug vom Joint und reichte ihn an Ede weiter. Dann beugte sie sich zu Holger herüber und gab ihm einen langen Zungenkuss. Er zuckte zusammen, als sie ihm hierbei ganz selbstverständlich zwischen die Beine griff.

»Ich hab dich nur verarscht, Alter«, sagte nun Ede, erneut breit grinsend. »Hier fickt jeder, wen er will.« Er zog noch einmal am Joint, dann ließ er den Stumpen, den er kaum noch halten konnte, in seine leere Bierflasche fallen. »Wir sind nicht wie diese Spießer, die du von der Uni kennst. Hier darf jeder mit jedem machen, worauf er Bock hat, solange es kein Nazi ist, den man ficken will. Okay?«

»Okay«, antwortete Holger. Er fühlte sich völlig überfordert mit der Situation. Nicht nur war er eine solche Vulgärsprache aus seinem Umfeld überhaupt nicht gewöhnt, ihm war es auch völlig fremd, dass jemand sich so offen auslebte. Zwar redeten viele Studenten über ihre Eroberungen und die wilden Partys, die sie hatten. Doch das hier war etwas völlig anderes. Hier ging es nicht darum, sich über angebliche Sex- und Drogenabenteuer zu profilieren, sondern schlicht so zu leben, wie man wollte, ohne sich auch nur im Geringsten um Konventionen zu scheren. Und auch wenn er sich fragte, ob ausgerechnet er richtig hier war, reizte es ihn, sich ebenso auszuprobieren. Außerdem glaubte er, dass der Joint offenbar seine Wirkung tat, denn er entspannte auf eine Weise, wie er es noch nie erlebt hatte. Aber konnte das sein, nach nur einem einzigen Zug? Das war doch kaum möglich, oder? Es war wie ein warmes Gefühl, das durch seinen ganzen Körper strömte.

»Sag mal Ede, was machst du eigentlich so?«, fragte Holger nun. Monika nahm ein Schluck von ihrem Bier und lehnte sich dann bei Holger an, der ganz selbstverständlich den Arm um sie legte.

»Wir alle hier machen so dies und das, nichts Bestimmtes. Warum fragst 'n?«

»Keine Ahnung. Hätte ja sein können, dass du und Monika zusammenarbeitet oder so?«

Ede lachte. »Andern Leuten hinterherputzen, die auf mich spucken? Ne danke, da verreck ich lieber.«

»Irgendwie muss ich dieses Drecksloch hier ja bezahlen«, verteidigte sich Monika.

»Noch«, fügte Ede hinzu und trank einen Schluck. »Wo wir gerade dabei sind, wollen wir gleich noch mal reden?«

»Gleich«, sagte sie und sah Holger dann einen Moment prüfend an. »Nebenan«, schlug sie Ede vor.

Holger verstand nicht, worum es hier ging. Monika wirkte auf einmal ziemlich ernst, gar nicht mehr zugedröhnt. Die beiden standen auf, gingen ins Nebenzimmer und schlossen die Tür, die offensichtlich kaputt war, denn Ede brauchte drei Anläufe, um sie tatsächlich im Schloss einrasten zu lassen. Holger sah ihnen hinterher. Etwas wie Eifersucht machte sich in ihm breit. Er hatte nichts gegen Ede, aber er hasste es, außen vor gehalten zu werden. Dass eine Tür vor seiner Nase geschlossen wurde, hatte er bei seinem Vater oft genug erlebt. Dabei ging es nicht nur darum, dass sein Vater ihm offensichtlich nie vertraut hatte und ihn stets aus seinen Geschäften herausgehalten und auch nicht mit ihm darüber gesprochen hatte, als er längst erwachsen war. Er fühlte sich einfach für dumm verkauft, wenn man ihn ausschloss. Ein Gefühl, mit dem er nur schwer umgehen konnte. Doch das wollte er sich hier vor den anderen nicht anmerken lassen. Ganz abgesehen davon, dass sie ja ebenso nicht einbezogen worden waren.

Paula lag mit ihrem Kopf in Karls Schoß, während er ihr über den Busen strich. In den Kreisen seiner Eltern hätte man Sodom und Gomorrha geschrien, hier schien es jedoch ganz normal zu sein. Seit er hier war, hatte er die ganze Zeit nur Augen für Monika und notgedrungen auch für Ede gehabt. Nun hörte er das erste Mal zu, was Paula, Max und Karl miteinander sprachen. Holger schnappte etwas von Israel auf. Vermutlich ging es um die arabischen Friedenstruppen, die in Tripoli und Sidon eingezogen waren. Er hatte davon gelesen. Hierdurch hatten die Friedenstruppen nun bis auf das Grenzgebiet zu Israel den gesamten Libanon unter Kontrolle. Als keiner von den anderen etwas sagte, begann Holger: »Und? Was sagt ihr zu dem Einzug der Friedenstruppen?«

Die drei sahen ihn entgeistert an.

»Welche Friedenstruppen?«, fragte Max.

»Oh, 'tschuldigung«, bat Holger. »Ich dachte, ihr hättet von Israel gesprochen.«

»Haben wir«, antwortete Karl. »Und was meinst du dazu?«

»Na ja«, Holger verlagerte seine Position, weil ihm langsam aber sicher die Beine einschliefen. »Ich bin alles andere als ein Experte, aber ich denke, dass den Palästinensern endlich geholfen werden muss. Es muss eine Lösung gefunden werden, um den Konflikt zu beenden. Die Palästinenser verdienen die Unterdrückung nicht und die Israelis nicht die Vertreibung.«

Karl nickte anerkennend. Offenbar hatte Holger den Test, falls es denn einer gewesen war, bestanden.

»Diese Scheißzeitungen mit ihren Lügen«, schimpfte Karl, »die nur dafür da sind, die politischen Ziele der Kapitalisten durchzusetzen. Jetzt schlagen sie sich auf die Seite der Israelis, die Menschen foltern und umbringen, nur weil es ihnen gerade in den Kram passt. Es geht nur ums Geld. Menschenleben sind denen völlig egal. Die gehen über Leichen.«

Holger verstand nicht ganz, was Karl meinte, nickte jedoch.

»In der Uni streiken wir gerade«, sagte er nun. »Es ist an der Zeit, auch hier ein Zeichen zu setzen.«

»Ein Zeichen?«, fragte Paula. »Was wollt ihr machen, ein paar Plakate malen?«

»Besser als gar nichts, oder?«, hielt Holger dagegen. »Außerdem ist es mehr als das. Es ist nicht nur der Streik von ein paar Leuten, sondern eine echte Bewegung.«

»Ist nicht gegen dich gerichtet, und wahrscheinlich glaubt ihr auch, dass das was bringt«, legte Paula nach, »aber das System ist zu kaputt, um auf diese Weise etwas zu bewirken.« Sie schüttelte den Kopf. »Guck dir den Scheiß doch an. Wir hocken hier in diesem Drecksloch. Und damit meine ich nicht nur uns, sondern alle, die in diesem Bauklotz zusammengepfercht sind. Und wenn wir alle ganz artig und fleißig sind und irgendeinen beschissenen Job machen, bei dem wir morgens um acht anfangen und dann vor abends um sechs nicht mehr rauskommen, dann kann es sogar sein, dass wir die Miete bezahlen können. Pfff.« Sie setzte sich auf. »Dahinten!« Sie deutete mit dem ausgestreckten Arm in Richtung Fenster. »Da sitzen die Leute und glauben, weil sie einmal ein gutes Steak essen, gönnen sie sich so richtig was und müssten doch zufrieden sein mit ihrem Leben. Doch weißt du, das sind sie nicht, weil ihnen klar ist, dass sie ihr Leben lang knüppeln und das Hamsterrad immer weiter und weiter bewegen müssen, denn sonst fliegen sie raus und landen genau hier.« Sie tippte mit dem Finger auf den Fußboden. »Hier bei uns«, fuhr sie fort. »Und auf der anderen Seite sind diese reichen Arschgeigen, die nicht wissen, wohin mit ihrer verfluchten Kohle. Doch sie würden sie lieber als Klopapier verwenden, statt armen Leuten damit ein besseres Leben zu finanzieren.« Paula nahm noch einen Schluck Bier.

»Du hast schon recht«, stimmte Holger zu, den es beeindruckte, wie leidenschaftlich Paula auf die Ungerechtigkeit im Land hinwies. »Aber mal rein theoretisch: Du hättest das Sagen, was würdest du dann ändern?«

»Alles«, kam sofort die Antwort.

»Ne, ich meine, ganz konkret. Ohne jetzt speziell dich zu meinen, doch wir hatten genau solche kontroversen Themen auch in der Uni, und auch da gab es Diskussionen hierzu. Wie gesagt, fass es nicht als Angriff gegen dich auf, aber geschimpft haben einige, doch wenn es darum ging, konkrete Änderungsvorschläge zu machen, hatte kaum jemand was zu bieten.«

Paula sah ihn an, überlegte offenbar, was sie hierauf antworten sollte. »Ich finde es gut, dass du dich wirklich damit auseinandersetzen willst«, stellte sie fest und zählte dann mit ihren Fingern ab. »Zuallererst einmal müssten die Vermögenswerte der ganzen reichen Säcke festgestellt und ein großer Prozentsatz davon gleichmäßig zugunsten aller verteilt werden.« Sie zeigte den nächsten Finger. »Dann müsste genug vernünftiger Wohnraum geschaffen werden, der auch bezahlbar ist und im Verhältnis zu dem Einkommen der Leute steht.«

»Aber solche Projekte gibt es doch«, wandte Holger ein. »Es wird in Gebäude investiert, und sie werden vom Land bezuschusst.«

Paula lachte schrill auf. »Das glaubst du doch wohl selbst nicht. Die stecken nur Geld rein, wo sie noch mehr Geld rausziehen können. Da ist es auch scheißegal, ob es um Wohnungen oder soziale Projekte geht. Und das nicht nur in unserem Land. Auf dieser ganzen beschissenen Welt ist es nicht besser. Die wirst du nicht zum Umdenken kriegen, nur weil du nett nachfragst. Niemals.«

Karl grinste und gab Paula einen Kuss. »Das hast du gut gesagt.«

Holger trank sein Bier aus. Er kam sich irgendwie naiv vor, weil er scheinbar bisher vieles aus einem falschen Blickwinkel, nämlich dem eines jungen Mannes, der in privilegiertesten Verhältnissen aufgewachsen war, betrachtet hatte. Dabei sprach er seit Monaten mit Thomas eigentlich über nichts anderes als die politische Lage im Land und was man unternehmen könnte, um etwas zu bewegen. Und nun saß er hier mit ein paar Leuten, die ihm sagten, dass das, was er tat, rein gar nichts brachte. Er hatte schon die reine freie Meinungsäußerung als höchstes Gut betrachtet und einen Tunnelblick entwickelt, weil er nichts gesehen hatte als die Ungerechtigkeit, dass Professoren für die politische Überzeugung, zu der sie standen, suspendiert worden waren. Was jedoch wirklich hier im Land abging und wie groß die Missstände waren, hatte er überhaupt nicht erfasst. Diese Paula war alles andere als dumm, und ihre Argumentation schien ihm absolut schlüssig. Wie konnte es sein, dass er, der er sich selbst als sowohl aufgeschlossenen als auch durchaus kritischen Menschen betrachtet hatte, nicht einmal einen Bruchteil des Ausmaßes erkannt hatte, das es wirklich war? Er hatte die Stimmung in der Uni genossen, hatte es geradezu gefeiert, Teil einer Bewegung zu sein. Doch was hatte er letztendlich wirklich getan? Die Antwort, die er sich selbst gab, war: nichts! Rein gar nichts hatte er getan, als nur dabeizustehen und so seine Solidarität zu bekunden. Allerdings fand er es wichtig, bei den Fakten zu bleiben.

»Was du über die Wohnsituation gesagt hast«, nahm er nun den Faden wieder auf, »ist so aber nicht ganz richtig. Ich weiß sehr sicher, dass gleich hier um die Ecke in der Skalitzer Straße die Wohnungen umfangreich saniert wurden. Da stimmt also deine Argumentation nicht, dass nur dort Geld investiert wird, wo man noch mehr herausholen kann.«

»Ach nein?« Paula lachte freudlos auf. »Na, dann würde mich deine sichere Quelle aber sehr interessieren.« Wieder deutete sie mit dem Arm in Richtung Fenster. »Wenn du wirklich denkst, dass die Stadt in der Skalitzer was getan hat und es den Leuten dort jetzt besser geht, kann ich dir nur empfehlen, mal dorthin zu gehen und es dir selbst anzuschauen. Da ist es noch schlimmer als hier.«

»Das kann nicht sein«, widersprach Holger. »Da sind Millionen geflossen.«

Paula zuckte die Achseln. »Wenn du meinst. Aber die Realität ist eine andere.«

Kurz überlegte Holger und sah zur Tür. Monika und Ede waren noch immer im Zimmer nebenan. Was die beiden wohl so lange zu besprechen hatten? Hatten sie womöglich Sex und nur so getan, als gäbe es etwas zu bereden? Holger hatte nicht die geringste Lust, es herauszufinden. Vielmehr hatte Paula den Keim eines Zweifels in ihm gesät, und er würde hier nicht warten, bis Monika mit dem fertig war, was auch immer sie gerade tat. Eilig stand er auf. »Ich muss los«, kündigte er an und griff seinen Mantel.

»Schon?«, fragte Max überrascht und sagte damit das erste Mal, seit er hier war, etwas zu Holger.

»Ich wollte dir nicht doof kommen oder so«, meinte Paula fast entschuldigend zu ihm.

»Kam auch nicht so an«, versicherte Holger. »Sagt Monika, dass ich noch einige Zeit bei Thomas bleiben werde. Sie weiß also, wo sie mich findet. Macht's gut.«

Als er die Wohnung verließ und ins Treppenhaus trat, nahm er sofort wieder den Gestank wahr, den er drinnen schon fast vergessen hatte. Holger zog seinen Mantel über und eilte die Stufen hinunter. Er brauchte jetzt dringend frische Luft. Unten angekommen, riss er die Tür auf und trat ins Freie. Kalte Novemberluft umfing ihn, so frisch, wie es in Berlin eben möglich war. Er atmete tief durch, schlug seinen Kragen hoch und wandte sich dann nach links in Richtung Skalitzer Straße.

Er hatte sich schon einige Meter von dem Wohnblock entfernt, als er hinter sich Monikas Stimme hörte, die seinen Namen rief. Er blieb stehen, drehte sich um und wartete.

»Was ist denn los? Wieso bist du abgehauen?«, fragte sie, als sie ihn eingeholt hatte.

»Ich muss etwas nachprüfen«, antwortete er und sah sie an. »Kommst du mit?«

»Es ist arschkalt«, stellte sie fest und rieb sich mit den Händen ihre Arme. Sie war nur mit einem Pullover bekleidet und hatte sich nichts übergezogen, als sie ihm nachgeeilt war. Holger lächelte, zog seinen linken Arm aus dem Mantel und legte ihr den Stoff über die Schulter, sodass sie sich das Kleidungsstück nun teilten.

Monika erwiderte das Lächeln. »Na gut. Dann bin ich dabei.« Monika schlüpfte in den linken Mantelärmel und umarmte Holger. Eng umschlungen gingen sie die Straße entlang, und Holger genoss es, sie so nah bei sich zu spüren.

»Ich dachte schon, du wärst sauer auf mich, weil ich mit Ede nach drüben gegangen bin. Deshalb bin ich dir nachgelaufen und wollte dir gerade sagen, dass ich mir von niemandem vorschreiben lasse, was ich tue. Aber dir ging es wirklich gar nicht darum, oder?«

»Nein, wirklich nicht«, bekräftigte Holger. »Du hast es doch vorhin selbst gesagt. Jeder kann machen, was er will. Ich komme damit klar.«

»Gut. Und wo willst du jetzt so eilig hin?«

»Das wirst du gleich sehen. Komm, wir müssen hier lang.«

Sie gingen die Straße weiter in Richtung Kotti, das nur einige Minuten entfernt war. Immer wieder betrachtete Holger schaudernd auf dem Weg dorthin die großen Betonklötze, die sie passierten. Bei einigen waren die Scheiben in den unteren Etagen eingeschlagen oder eingeworfen worden, und fast alle Türen waren mit Graffiti besprüht. Sie kamen an einem Obdachlosen vorbei, der kurz aufblickte. Holger schätzte, dass er vermutlich kaum älter war als er selbst. Als sie auf gleicher Höhe waren, streckte der Mann ihm seine offene Handfläche entgegen, ohne etwas zu sagen oder den Blick erneut zu heben. Holger zögerte kurz, dann schob er mit der rechten Hand seinen Mantel beiseite und griff in seine hintere Hosentasche, in der er fast immer einige kleinere Scheine verstaute, um nicht stets sein Portemonnaie mit sich herumtragen zu müssen. Er zog einen Zehnmarkschein hervor und drückte ihn dem Obdachlosen in die Hand. Dieser bedankte sich, wenn auch lallend. Offenbar war er entweder betrunken oder zugedröhnt.

»Das musstest du nicht tun«, sagte Monika im Weitergehen.

»Ich weiß, aber ich wollte«, antwortete Holger.

Sie hatten den Kotti erreicht, der auch jetzt im Winter extrem voll war. Die Menschen strömten aus allen Richtungen, einige waren augenscheinlich bereits in Kaufhäusern gewesen und hatten sich mit Weihnachtsgeschenken eingedeckt, wie an den zahlreichen Tüten zu erkennen war.

»Sieh sie dir an, wie sie durch ihr Leben rennen, immer auf der Suche nach dem nächsten Produkt, das diese Kapitalistenschweine ihnen andrehen.« Monika schüttelte den Kopf.

Holger wusste nicht, was er hierauf sagen sollte. Er selbst war ja nichts besser, hatte er doch all die Jahre das, was seine Eltern ihm geboten hatten, nur allzu gern angenommen. Wie oft war er hier entlanggegangen und hatte gründlich weggesehen? Nun aber hatte sich etwas in ihm verändert.

»Ich glaube, wir müssen in diese Richtung«, sagte er nun mit Blick auf die Überbrückung der Adalbertstraße, einen hässlichen Betonklumpen, der in einem schrillen Lila angemalt war, das auch noch jetzt in den Abendstunden zu erkennen war.

Sie bogen ab zur Skalitzer Straße, wo sich der Trubel langsam wieder verlor. Hier bot sich ihnen ein anderes Bild. In vielen Gebäuden waren unten prachtvolle Restaurants und sogar eine Einkaufspassage untergebracht. Die Wohnungen darüber wirkten schon von außen weit gepflegter. Holger sah auf die Hausnummern. Ja, hier war es. Kurz sah er an der Fassade hinauf.

»Was wollen wir hier?«

»Erkläre ich dir gleich«, antwortete er auf Monikas Frage, während sie langsam weitergingen und er erneut seinen Blick schweifen ließ. Sie folgten der Straße, und nur ein Stück weit von den

Edelrestaurants entfernt, wandelte sich das Bild erneut, und sie gelangten zu großen, heruntergekommenen Betonklötzen mit ungepflegten Innenhöfen, in denen trotz der späten Stunde noch Kinder spielten.

Holger blieb stehen und blickte an der Fassade eines dieser Bauten hoch.

»Hier ist es.«

»Hier ist was?«, fragte Monika.

Holger antwortete nicht, zog stattdessen den rechten Arm aus seinem Mantel und überließ diesen nun ganz Monika. Er wollte klingeln, besann sich aber eines Besseren und öffnete die Tür, deren Scheibe eingeschlagen war. Im Treppenhaus herrschte ein ähnlicher Gestank, wie er ihn auch schon im Treppenhaus zu Monikas Wohnung wahrgenommen hatte. Der Putz bröckelte von den Wänden ab, die Treppe wirkte morsch, und der Boden klebte eigenartig.

»Wo willst du denn hin?«, fragte Monika, die ihm gefolgt war. Wieder blieb Holger die Antwort schuldig und hastete nur eilig die Treppenstufen hoch. An der ersten Wohnungstür klopfte er.

»Was machst du denn?« Monika klang leicht irritiert. »Kennst du hier jemanden?«

Holger warf ihr einen raschen Blick zu und schüttelte den Kopf. »Nein, ich will nur etwas überprüfen.«

»Komm, lass uns abhauen. Hier gibt es einige Leute, mit denen du keinen Ärger haben willst.« Monika zog an seinem Arm, als schon die Tür aufgerissen wurde.

Ein Mann, den Holger um die fünfundvierzig, vielleicht auch etwas jünger schätzte, sah ihn fragend an. »Was?«, fragte der Mann nur.

»Entschuldigen Sie bitte die Störung«, bat Holger. »Ich hätte nur eine kurze Frage an Sie.«

Der Mann rührte sich zunächst nicht, dann rief er etwas, das Holger als Türkisch einordnete, ins Innere seiner Wohnung. Ein paar Sekunden später kam eine junge Frau an die Tür, Holger schätzte sie nicht älter als sechzehn oder siebzehn Jahre.

»Wer seid ihr?«, fragte sie misstrauisch. »Wir haben nichts falsch gemacht.«

»Nein, alles in Ordnung.« Holger hob abwehrend die Hände. »Sie haben nichts getan. Ich habe nur eine Frage.«

Ihr Vater wandte sich auf Türkisch an sie, und die junge Frau übersetzte.

»Seid ihr von der Polizei?«, fragte sie, wobei sie besonders Monika kritisch ansah.

»Nein«, antwortete Holger eilig, worauf sich die Gesichtszüge des Vaters entspannten.

»Ich wollte nur fragen, wann eure Wohnung das letzte Mal saniert wurde«, erklärte Holger.

Sie legte ihre Stirn in Falten. »Saniert? Hier wurde nichts saniert. Die war schon genauso, als wir eingezogen sind.« Sie übersetzte dem Vater, was Holger gefragt und sie geantwortet hatte.

»Und wie lange lebt ihr hier schon?«

»Zehn Jahre«, antwortete sie. »Nein, zwölf«, korrigierte sie dann.

Holger schüttelte den Kopf. Aber das konnte doch nicht sein. »Vor ein paar Jahren gab es hier doch Sanierungsarbeiten«, wandte Holger ein. »Da wurde hier alles neu gemacht.«

Sie schüttelte den Kopf und gab die Tür einen Spalt frei, sodass Holger einen kurzen Blick in die Wohnung werfen konnte. Die Wände waren offensichtlich mehrfach überstrichen worden, ohne dass der Putz erneuert worden war. Der Boden sah sauber aus, aber auch alt und abgenutzt. Die Holzrahmen der Türen waren in einem weitaus schlechteren Zustand.

»Die Leute, die vor uns hier gewohnt haben, hatten nichts an der Wohnung gemacht, und wir haben uns so gut es ging darum gekümmert. Aber uns hat niemand Geld dafür gegeben oder so.« Sie machte eine Kopfbewegung. »In anderen Gebäuden wurde aber etwas getan«, räumte sie ein, was Holger einen Augenblick lang beruhigte. »Doch deshalb wurde es hier nur schlimmer.«

»Was meinst du mit schlimmer?«, hakte Holger nach.

Der Vater sagte etwas auf Türkisch, worauf seine Tochter etwas erwiderte und er sodann im Innern der Wohnung verschwand.

»Mein Vater will nicht, dass ich weiter mit euch spreche.«

»Beantworte mir nur noch eine Frage: Wieso wurde es für euch schlimmer?«

Sie sah ihn nun mit weniger Skepsis an und wirkte selbstbewusster auf ihn, seit der Vater sich von der Tür abgewandt hatte. »In den Nebengebäuden wurde alles neu gemacht. Die Böden, Türen, Fenster, Treppenhäuser. Sogar die Balkone haben sie renoviert und natürlich auch alles frisch gestrichen. Es gab sogar neue Küchen und Bäder. Doch deshalb mussten die Familien, die zuvor dort lebten, ausziehen.«

»Wieso ausziehen? Die Renovierung sollte ihnen doch zugutekommen.«

»Nein.« Sie schüttelte den Kopf. »Die Mieten waren danach so hoch, dass sie es sich nicht mehr leisten konnten, dort zu wohnen, und nun wurden einige von ihnen auch bei uns im Block untergebracht, sodass es hier nur noch enger wurde.« Sie deutete nach oben. »Hier ist alles bis unters Dach belegt. In manchen Wohnungen leben sie mit sieben oder acht Kindern in drei Zimmern.«

»Was? Das ist nicht dein Ernst.«

Sie zuckte gleichmütig die Schultern. »War es das?«

Holgers Gedanken überschlugen sich. Paula hatte also recht gehabt. Er war so ein verdammter Idiot.

»Ja, klar. Vielen Dank. Und entschuldige bitte nochmals die Störung.«

Das Mädchen nickte einmal, dann schloss es die Tür. Holger blieb einen Moment wie angewurzelt davor stehen.

»Komm«, sagte Monika dann und umfasste seinen Arm. »Gehen wir.«

Holger nickte kurz und folgte ihr dann die Treppenstufen hinunter. Draußen taumelte Holger und lehnte sich schließlich gegen die Hauswand.

»Was ist denn los mit dir?« Monika zog ihren rechten Arm aus dem Mantel, um die Hälfte wie zuvor Holger zu geben, doch der reagierte nicht darauf. Das, was er soeben erfahren hatte, bereitete ihm Übelkeit.

»He, was ist denn mit dir?«, versuchte Monika es nun erneut.

»Das hier«, begann Holger dann zu erklären, »war ein Bauprojekt meines Vaters. Eine große Sanierung im Sinne der Stadt. War vor ein paar Jahren in allen Zeitungen. Angeblich wollte er helfen und dafür sorgen, dass sich auch ärmere Menschen schöne Wohnungen mitten in Berlin leisten können.« Er stützte seine Hände auf die Knie, weil ihm so schlecht war. Dann hob er den Blick und sah Monika an.

»Ich erinnere mich noch genau an die Planungsbilder. Weiße, strahlende Wohnungen, komplett saniert, bezuschusst vom Land. Und den Rest hat mein Vater laut seinen eigenen Angaben komplett auf seine Kosten renoviert, weil er ja ein ach so guter Mensch ist. Er hat auf seinen Spendengalas sogar Geld dafür gesammelt. Und seine Rede von damals: Ein strahlendes Vorbild für die Stadt sollte es sein. Ich musste vorhin daran denken, als Paula erwähnte, dass die Bezuschussung der Wohnungen nicht wirklich stattfindet.« Holger spürte die Enttäuschung in sich aufsteigen. »Wir haben uns nie gut verstanden«, klärte er Monika nun auf. »Doch ich habe ihn zumindest dafür respektiert, dass er der große Philanthrop war, auch wenn ich es lächerlich fand, sich hierfür feiern zu lassen. Doch da dachte ich noch, dass es eben seiner Eitelkeit geschuldet war und dass letztendlich ja etwas Gutes für die Menschen dabei heraussprang.« Holger musste tief durchatmen.

»Er hat gelogen, Monika. Alles, was er getan hat, war, Wohnungen zu kaufen und sie so aufwendig zu sanieren, dass die dort ursprünglich lebenden Familien sich schließlich die Miete nicht mehr leisten konnten und ausziehen mussten. Er hat wahrscheinlich noch ein gutes Geschäft dabei gemacht und seine Freunde aus der Politik daran beteiligt, damit alle gute Publicity bekommen. Und nachdem sie ihre Schlagzeilen und ein nettes Bankett hatten, haben sie die Leute hier verrotten lassen. Und ich Idiot habe ihm geglaubt.«

Seine Enttäuschung wich einer unbändigen Wut. Auf seinen Vater und auf sich selbst, dass er so dumm gewesen war, ihm zu vertrauen. Doch er fragte sich auch, wie es sein konnte, dass es niemandem aufgefallen war, was hier geschah? Hatten sie alle weggesehen?

»Aber das wird ihm noch leidtun. Damit kommt er nicht durch, damit nicht.«

»Wer ist denn dein Vater?«, fragte Monika, der ins Gesicht geschrieben stand, dass Holger ihr leidtat.

»Mein Vater«, stieß Holger verächtlich hervor, »ist der große Hanns Borchardt. Hanns Borchardt, der Baulöwe von Berlin.«

12. Kapitel

Golden Paradise, Kurfürstendamm 201/202, Berlin-Charlottenburg

Sonnabend, 27. November 1976

Es ist total verrückt, dass ich das mache. Aber alles in mir zieht mich wieder dorthin.

HANNA BORCHARDT

Sie hatte ihre neue Schlagjeans mit der bunten Bluse angezogen und einen zum Oberteil passenden dünnen Schal um ihren Hals geschlungen. Dazu trug sie die helle Felljacke, die sie sich letzten Monat von ihrem Lehrlingsgehalt gekauft hatte. Kathrin hatte sich nicht lange bitten lassen, sie zu begleiten, hoffte diese doch, den Typen, den sie letztens im Club kennengelernt und der sie noch immer nicht angerufen hatte, dort zu treffen. Weshalb Hanna unbedingt ins *Golden Paradise* wollte, hatte sie Kathrin nicht gesagt und wusste sie im Grunde selbst nicht. Nur, dass sie das Gefühl hatte, unbedingt noch mal mit Lea Stern sprechen zu müssen. Denn diese Frau ging ihr seit der ersten Begegnung vor drei Tagen nicht mehr aus dem Kopf. So wütend Hanna auch zuvor auf Lea Stern gewesen war, so sehr faszinierte sie nun, wie diese sich gegeben hatte. Alles an ihr schrie förmlich die Unabhängigkeit hinaus. Und Hanna war sich das erste Mal in ihrem Leben darüber im Klaren, wie sie einmal sein wollte, nämlich genau so! Dabei hatte sie ein schlechtes Gewissen, eiferte sie damit doch genau der Frau nach, mit der ihr Vater die Mutter betrogen hatte. Wie konnte sie so jemanden toll finden? Hanna verstand sich selbst nicht mehr.

Die Schlange vor dem Club war heute weit länger als am Mittwoch. Kein Wunder, wollten doch samstags alle die Woche hinter sich lassen und sich amüsieren.

Hanna rieb sich die klammen Finger und hauchte ihren Atem in die kalten Hände, um sie ein wenig zu wärmen. Heute hatte Kathrin sie mit ihrem VW Käfer abgeholt, der, wenn man den Hebel für die Heizung hochschob, nach einiger Zeit auf Saunatemperaturen aufheizte. Sobald man ihn wieder runterzog, wurde es im Innern des Autos so schnell wieder eiskalt, dass es nicht auszuhalten war. Welches Auto auch immer Hanna sich irgendwann kaufen würde, ein Käfer würde es nicht sein.

Sie konnten einige Schritte vorrücken, waren jedoch noch immer ein gutes Stück vom Eingang entfernt.

»Verdammte Scheiße«, fluchte Kathrin. »Der Laden ist bereits voll. Ich hab dir doch gesagt, dass wir früher hätten da sein müssen. Da kommen wir nie rein.«

»Damit wir dann die Einzigen da drin gewesen wären?«, hielt Hanna dagegen. »Nein, danke.« Sie trat auf der Stelle. »Mann, ist das kalt.«

Eine Weile sagte keine von beiden etwas. Sie sahen nur immer wieder zum Eingang hinüber in der Hoffnung, dass es endlich weiterginge.

»Wollen wir woanders hin?«, fragte nun Hanna.

»Ach, nun komm schon«, sagte Kathrin sofort. »Du wolltest,

dass wir so spät losfahren. Jetzt haben wir hier schon so lange gewartet und sollen jetzt aufgeben?«

»Deinen Typen wirst du bestimmt auch noch beim nächsten Mal hier wieder treffen.«

»Es geht überhaupt nicht um Sven«, entgegnete Kathrin etwas zickig.

»Wenn du meinst«, antwortete Hanna, die schon seit einiger Zeit des Öfteren genervt von ihrer Freundin war. Sie fand, dass Kathrin immer aus allem ein Drama machte und total übertrieb. Früher war es mit ihr irgendwie lustiger gewesen.

Hanna trat kurz neben die Warteschlange, um so besser sehen zu können, ob es am Eingang weiterging. Doch da herrschte totaler Stillstand. Sie hob den Kopf, als Lea Stern aus dem Club kam, kurz in ihre Richtung sah und sich dann abwandte, offenbar um in ihre Wohnung zu gehen. Doch dann verharrte sie in der Bewegung und drehte sich noch mal um. Ein kurzes Lächeln des Erkennens huschte über das Gesicht der Clubbesitzerin, dann machte sie kehrt und kam auf Hanna zu.

»Hallo«, grüßte sie, als sie Hanna und Kathrin erreichte. »Kommt mit.«

Hanna und Kathrin tauschten nur einen kurzen Blick und folgten ihr sogleich. Lea ging zusammen mit den beiden zum Eingang und gab dort Bescheid, sie reinzulassen, worauf der Türsteher sie zu sich heranwinkte.

»Sie sind meine persönlichen Gäste«, erklärte Lea noch und ging dann einen Schritt auf Hanna zu.

»Ich finde es schön, dass du wieder hier bist. Ich werde kurz in meine Wohnung gehen, bin aber gleich zurück. Wenn du möchtest, können wir was zusammen trinken.«

»Das würde mich freuen«, stimmte Hanna zu, wenngleich sie etwas überrascht war über das Angebot.

»Dann bis gleich«, sagte Lea und verließ erneut den Club.

Kathrin und Hanna gingen weiter in den Club hinein, der noch um einiges voller war als am vergangenen Mittwoch. Es war so eng, dass man ständig von allen Seiten angerempelt wurde.

»Willst du was trinken?«, rief Hanna Kathrin zu, um gegen die Musik anzukommen.

Kathrin verzog das Gesicht zu einer fragenden Miene, es war einfach zu laut.

»Ob du was trinken willst?« Hanna machte eine Bewegung, als setze sie sich eine Flasche an den Mund.

Kathrin nickte. »Cola!«, brüllte sie. Zumindest glaubte Hanna, das verstanden zu haben. Der Club war heute in ein anderes Licht gehüllt als noch am Mittwoch. Im vorderen Bereich wechselten verschiedene Blautöne, im weiteren Verlauf zur Tanzfläche hin changierten dann Rot- und Grüntöne. Die Stufen zu den Sitzecken hinauf ging es in ein Gelb über, um ganz oben und im Bereich der Bar zu einem satten Pink zu wechseln. Hanna bedeutete Kathrin, sich zur Bar durchschlagen zu wollen, was diese mit einem Nicken zur Kenntnis nahm und dann weiter nach ihrer Bekanntschaft vom Mittwoch Ausschau hielt.

Hanna drückte sich an mehreren Leuten vorbei und entschuldigte sich zunächst noch, sobald sie jemanden anrempelte. Doch nachdem sie schon zig Male um Verzeihung gebeten hatte, stellte sie es ein. Erstens konnte sowieso niemand ihre Entschuldigung hören, und zweitens schien es auch keinen hier zu interessieren, da alle rempeln und schubsen mussten, die sich irgendwie fortbewegen wollten. Mit einem Mal war alles in Ultraviolett getaucht, sodass Hanna die Bewegungen der Menschen um sie herum, wie abgehackt erschienen, was sie ein wenig unwohl werden ließ. Sie vertrug dieses Licht irgendwie nicht und hoffte, dass die Beleuchtung bald wieder in einen ruhigeren Modus wechseln würde.

Als sie sich bis zum Tresen durchgeschlagen hatte, bestellte sie zwei Cola und reichte sogleich das Geld über die Theke.

»Hey, ich bin Cord«, hörte sie nun jemanden neben sich sagen und sah zur Seite.

»Hallo, Hanna!«, gab sie zurück.

»Du warst neulich schon mit deiner Freundin hier. Ich habe dich gesehen, doch du warst so schnell wieder verschwunden.«

Hanna nahm die zwei Cola. »Und das bin ich jetzt schon wieder. Tschüss«, sagte sie noch, dann bahnte sie sich ihren Weg zurück durch die Menge. Eigentlich hätte sie sich gern irgendetwas Alkoholisches bestellt, doch irgendwie hatte sie ein schlechtes Gewissen Kathrin gegenüber, wenn sie trank, während die Freundin wegen des Autofahrens nüchtern zu bleiben hatte.

Sie erreichte die Stelle, an der sie Kathrin zurückgelassen hatte, doch diese war nicht mehr da. Hanna reckte den Hals und suchte mit den Augen den Saal ab, konnte Kathrin aber nirgendwo entdecken. Es war aber auch einfach zu dunkel, um überhaupt etwas zu erkennen, und das Schwarzlicht verzerrte alles nur noch mehr.

Sie spürte, dass eine Hand auf ihre Schulter gelegt wurde. Doch statt Kathrin, wie sie erwartet hatte, stand nun Lea vor ihr und lächelte sie an. Dann hob die Clubbesitzerin die Hand und deutete auf den Sitzbereich weiter oben, worauf Hanna stumm nickte. Mit den beiden Flaschen Cola in der Hand folgte sie Lea zu der Loge, vor der ein rotes Tau als Absperrung angebracht war. Als der junge Mann, der dort stand, Lea kommen sah, klickte er den Haken aus und ließ sie und Hanna hindurchtreten.

Hier oben kam es Hanna, dafür, dass sie sich noch im gleichen Raum befanden, erstaunlich viel leiser vor, was sie ein wenig erleichterte. Noch immer flackerte das Schwarzlicht, und das Ziehen in Hannas Schläfen wurde stärker.

»Was möchtest du trinken?«, fragte Lea.

Hanna deutete auf die beiden Flaschen in ihren Händen. »Ich hab schon was«, meinte sie.

Lea winkte den Mann, der für sie die Absperrung entfernt hatte, zu sich heran.

»Für mich einen Champagner«, orderte sie und sah Hanna an. »Bist du sicher, dass du bei Cola bleiben willst?«

Hanna zögerte. »Ich würde auch gern einen Champagner trinken«, entschied sie dann.

»Bring eine Flasche und zwei Gläser«, bestellte Lea dann und machte es sich auf der halbrunden Sitzbank, die mit rotem Samt überzogen war, bequem.

»Ich war vorhin überrascht, dass du noch mal hergekommen bist. Ich hätte nicht damit gerechnet.«

Hanna zuckte die Schultern. »Na ja, der Club ist toll, und ich dachte mir, jetzt, wo zwischen uns alles geklärt ist …«

Lea nickte. »Was mich betrifft, ist alles geklärt.«

Hanna überlegte kurz, ob sie die nächste Frage stellen sollte, dann sprudelte es bereits aus ihr heraus: »Hat mein Vater sich noch mal gemeldet?«

»Bisher nicht.«

»Also hast du ihm noch gar nicht gesagt, dass ihr euch nicht mehr trefft.«

»Nein. Ich hatte noch keine Gelegenheit. Doch du musst dir keine Gedanken mehr darum machen. Ich habe dir mein Versprechen gegeben und werde es selbstverständlich halten.«

Lea musterte sie. »Bist du deshalb gekommen? Ich meine, um dich zu vergewissern, dass ich mein Versprechen auch halte?«, fragte Lea, und es schien Hanna, als amüsierte sie die Vorstellung.

»Nein«, stellte Hanna klar. »Das ist nicht der Grund.«

»Und was ist der Grund?«

Wieder zuckte Hanna die Schultern. »Ich denke, ich hatte einfach Lust, mich zu amüsieren.«

»Und warum tust du es dann nicht?« Lea deutete zur Tanzfläche. »Da sind ein paar recht ansehnliche männliche Exemplare unterwegs. Vielleicht ist ja was für dich dabei?«

»Kein Interesse.« Hanna schüttelte den Kopf.

»Ach, nein?«

Hanna nahm ihren Mut zusammen. »Ich glaube, ich bin deinetwegen gekommen«, hörte sie sich dann selbst sagen.

»Meinetwegen? Weshalb? Um herauszufinden, was dein Vater reizvoll an mir findet?«

Hanna schüttelte den Kopf. »Nein, das ist für mich offensichtlich.«

»Und was ist da so offensichtlich?«

»Na ja, du bist schön, hast eine tolle Figur, ein unheimliches Selbstvertrauen«, zählte sie auf.

»Vielen Dank für die Blumen«, antwortete Lea und sah dann auf, weil eine Bedienung den Champagner brachte.

»Danke«, sagte Lea und wartete, bis die Kellnerin die Gläser gefüllt und die Flasche in den Kühler gestellt hatte. Dann nahm sie die beiden Gläser und reichte eines davon Hanna.

»Auf die Begegnungen, die unser Leben bestimmen«, prostete Lea Hanna zu.

»Auf die Begegnungen«, wiederholte Hanna und ließ ihr Glas an Leas klingen.

»Also Hanna, was machst du so?«

»Ich mache eine Ausbildung zur Fremdsprachenkorrespondentin«, antwortete Hanna.

»Und macht es dir Spaß?«

»Ich glaube, ich hatte eine andere Vorstellung davon.«

»Brichst du ab?«

»Nein.« Hanna schüttelte heftig den Kopf. »Ich ziehe das durch. Doch ob ich danach in dem Beruf arbeiten will, weiß ich noch nicht.«

»Klingt sehr entschlossen«, fand Lea. »Hast du einen Freund?«

»Nein, irgendwie ist mir noch nicht der Richtige begegnet.«

»Der Richtige?« Lea lächelte breit. »Gibt es so was denn?«

»Na ja, das sagen doch immer alle, oder nicht?«

»Mag sein, doch ich habe diese Erfahrung nicht gemacht.«

»Und wie stehst du dazu?«

»Wozu? Nicht *den*«, Lea betonte das letzte Wort, »oder einen Richtigen gefunden zu haben? Nun, ich mache mir überhaupt keine Gedanken darüber, weil ich nicht daran glaube.«

»Darf ich dich etwas Persönliches fragen?«

»Sicher.«

»Fühlst du dich nicht manchmal einsam, einfach weil da niemand ist?«

Lea lächelte milde. »Ich sage nicht, dass da niemand ist. Aber ich bin nicht auf einen einzelnen Menschen fixiert. Ich mag es, meine Zeit mit Menschen zu teilen, die ich interessant finde und die mich auf die eine oder andere Art faszinieren. Das kann für einen Tag sein, eine Woche, Monate oder Jahre.« Sie hob den Zeigefinger. »Nein, das stimmt eigentlich nicht. Jahre hat es bisher niemand …« Sie zog die Stirn in Falten. »Doch, einmal. Einmal hat es jemanden in meinem Leben gegeben. Aber das ist eine Ewigkeit her, und es ist auch nichts daraus geworden.«

»Und warum nicht?«

»Die Umstände.« Lea lächelte, doch Hanna konnte ihr ansehen, dass sie die Erinnerung an das Geschehen noch immer traurig berührte. »Aber ich möchte nicht darüber sprechen.«

»Entschuldige bitte, wenn ich dich mit meiner Frage verletzt habe.«

»Du hast mich nicht verletzt«, stellte Lea klar und wollte noch etwas sagen, als der junge Mann, der Hanna vorhin am Tresen angesprochen hatte, sich vor der Loge postierte.

»Guten Abend. So sieht man sich wieder«, sagte er an Hanna gewandt.

Dieser war es unangenehm, dass er nun hier auftauchte, während sie sich mit Lea unterhielt.

»Cord, mein Lieber.« Lea hielt ihm die Wange hin, und er gab ihr einen Kuss darauf. »Ihr kennt euch also schon?«

»Kennen ist wohl wirklich zu viel gesagt. Ich habe Hanna – das ist doch dein richtiger Name, oder? – angesprochen, und sie hat mich abblitzen lassen.«

»Es war nicht böse gemeint«, versuchte Hanna, sich zu entschuldigen.

Lea wandte sich ihr zu. »Weshalb entschuldigst du dich?«, fragte sie. »Cord hat es versucht, und du wolltest nicht. Er ist ein erwachsener Mann und wird es verkraften. Und wenn nicht, sollte er nicht so dumm sein, jemanden anzusprechen.«

Hanna nahm noch einen Schluck Champagner, diesmal einen größeren. Sie hätte vorhin noch etwas essen sollen, denn sie hatte das Gefühl, dass ihr das bisschen Alkohol bereits zu Kopf stieg.

»Auch wieder wahr«, sagte sie dann und fühlte sich in diesem Moment unglaublich mutig. Machte es das Zusammensein mit Lea, dass sie keine Lust mehr hatte, sich entschuldigen und erklären zu müssen. Hanna hob den Kopf und sah Cord an. »Ich nehme meine Entschuldigung offiziell zurück«, sagte sie nun. »Du siehst nett aus und bist es vermutlich auch. Doch mich zieht nichts an dir an.«

Cord tat, als taumelte er einige Schritte rückwärts und fasste sich theatralisch an die Brust. »Mein Herz. Du hast mich getroffen!«

Hanna und Lea lachten auf. »Hier«, sagte Lea dann und hielt ihm ihr noch zur Hälfte gefülltes Glas Champagner hin. »Trink einen Schluck. Das hilft.«

Cord nahm das Glas und trank es in einem Zug leer.

»Was dagegen, wenn ich mich zu euch setze?«, fragte Cord dann.

Lea rückte bereitwillig ein Stück beiseite.

»Wenn du mir schon das Herz brichst, dann will ich dir wenigstens zeigen, was für ein super Typ ich bin, den du dir entgehen lässt.«

Hanna lachte auf und trank nun ihrerseits das Glas leer.

Cord zog die Flasche aus dem Sektkühler und füllte die zwei Gläser auf. Lea sah sich um, entdeckte eine Kellnerin und hielt das Glas in die Höhe, um dieser zu bedeuten, noch ein weiteres zu bringen.

»Und ihr beide?«, fragte Hanna. »Woher kennt ihr euch?«

Lea und Cord sahen einander kurz an. »Hier aus dem Club«, sagte Lea dann. »Cord ist eine Art Stammgast.«

Hanna beobachtete die Blicke, die Lea und Cord tauschten.

»Seid ihr beide ein Paar?«, sprach sie dann ihren Gedanken aus. Zunächst hatte Hanna es für absurd gehalten, doch so vertraut, wie die beiden schienen, konnte es durchaus sein. Zwar war Cord mindestens zehn Jahre jünger als Lea, eher sogar mehr, doch Hanna glaubte nicht, dass dies für eine Frau wie Lea eine Rolle spielte.

»Das kann man so sehen«, antwortete Cord.

»Nein, kann man nicht«, stellte Lea ganz ruhig klar. »Wenn uns danach ist, übernachtet Cord gelegentlich bei mir, das ist alles. Ansonsten ist er hier auf Mädchenfang.«

»Letzteres jedoch rein professionell«, fügte Cord hinzu.

Die Kellnerin brachte das gewünschte Glas, und Cord schenkte es sich voll.

»Was meinst du mit *rein professionell?*«, fragte Hanna, nachdem sie alle getrunken hatten.

»Ich bin Produzent«, klärte Cord auf. »Mit meinen Filmen leiste ich einen guten Beitrag zur Aufklärung der Gesellschaft.« Er grinste breit.

»Er dreht kleine Pornofilme«, erläuterte Lea.

»Sage ich ja, ein guter Beitrag zur Aufklärung der Gesellschaft«, wiederholte Cord seine Worte von eben. »Denn die ist spießig genug und hat nicht die geringste Ahnung, was Adam und Eva so treiben können, wenn sie den dämlichen Apfel aufgegessen haben.«

Hanna warf den Kopf in den Nacken und lachte.

»Und Hanna, wie sieht's aus? Interessiert, mal in einem Film mitzuwirken? Du entsprichst genau dem Typ Frau, den ich brauche.«

Hanna schüttelte heftig den Kopf, während sie noch immer lachte. »Aber ganz bestimmt nicht. Obwohl es bestimmt ein Spaß wäre, das Gesicht meiner Eltern zu sehen, wenn ich ihnen hiervon erzähle.«

Der junge Mann, der ihnen vorhin die Loge freigegeben hatte, trat an Lea heran und flüsterte ihr etwas ins Ohr. Zum ersten Mal nahm Hanna wahr, dass die Clubbesitzerin ernst wurde, ja sogar ein wenig besorgt aussah. Sie beugte sich ganz nah an Hanna heran.

»Dein Vater ist dort unten und hat eben nach mir gefragt.«

»Mein Vater?« Hanna riss die Augen auf. »Und jetzt?«

»Das liegt bei dir. Wenn du nicht möchtest, dass er dich hier sieht, werde ich runtergehen und das regeln.«

»Auf keinen Fall. Er darf nicht wissen, dass wir uns kennen«, stammelte Hanna, die nun schlagartig nüchtern war.

Lea erhob sich. »In Ordnung. Ich kümmere mich darum. Bleibt ihr beide hier, ja?«

»Ja. Danke«, sagte Hanna.

Lea verließ die Loge, während Cord ihren Platz einnahm und nun näher an Hanna heranrückte. »Was ist los? Ich habe es nicht mitbekommen.«

»Da ist jemand, den Lea kurz begrüßen will«, wich Hanna aus.

»Und deshalb guckst du, als ob jemand deinen Hund angezündet hätte?«

»Was?« Hanna schüttelte den Kopf. »Wie kommst du bitte auf solche Sprüche? Gibt es dafür irgendwelche Bücher?«

»Na, sicher. Zum Beispiel: *Tausend und ein Spruch, um junge Frauen zu überraschen*. Kennst du nicht? Solltest du mal lesen, ist gut.«

Hanna sah an Cord vorbei, als fürchte sie, dass ihr Vater jeden Augenblick die Stufen hochkäme und sie dort in der Loge sitzen sah. Sie erhob sich ein wenig von der Sitzbank, um nach unten schauen zu können, jedoch nur so weit, dass sie von dort nicht sofort entdeckt werden konnte.

Sie machte Lea aus, die sich ihren Weg durch die Menge gebahnt hatte, und nun sah Hanna auch ihren Vater, der noch einige Schritte auf Lea zumachte.

Hanna beugte sich etwas weiter vor, um besser sehen zu können. Lea und ihr Vater sprachen miteinander. Eben hatte er etwas gesagt und hielt nun sein Ohr an Leas Mund, weil er sie wegen der lauten Musik offenbar nicht gut verstehen konnte. Hanns richtete sich auf, seine Körperhaltung verriet Hanna, dass ihm nicht gefiel, was ihm Lea soeben mitgeteilt hatte. Nun fasste er sie an den Oberarmen, worauf der junge Mann, der Lea soeben geholt hatte, einen Schritt auf Hannas Vater zumachte, ihm die Hand gegen die Brust drückte und ihn zurückstieß, sodass Hanns den Griff um Leas Oberarme löste.

Hanna konnte ihrem Vater ansehen, dass er wütend war. Lea

wandte sich an den jungen Mann und sagte dann wieder etwas zu Hanns. Nun deutete Lea mit der Hand in Richtung Ausgang. Hannas Vater drehte sich um und ging. Kurz sah Lea noch nach oben, verließ dann aber Hanns folgend das Lokal.

Leas Angestellter kam zu Hanna und Cord an den Tisch.

»Frau Stern lässt ausrichten, dass sie ein Privatgespräch zu führen hat und, sobald es ihr möglich ist, zurückkommt.«

»Danke«, sagte Hanna.

»Komm, trinken wir noch was«, schlug Cord vor und füllte die Gläser wieder auf. Gedankenverloren stieß Hanna mit ihm an. Dann erzählte Cord ihr alles Mögliche aus seinem Leben und bemühte sich offenbar nach Kräften, sie zu unterhalten, doch Hanna war mit ihren Gedanken ganz woanders.

»He! Hörst du mir überhaupt zu?«

»Entschuldige bitte, was hast du gesagt?«

»Also, sehr nett ist das nicht«, stellte Cord fest. »Ist irgendwas?«

»Ich frage mich nur, wo Lea bleibt«, antwortete Hanna.

»Lea ist ein großes Mädchen und kann auf sich selbst aufpassen. Sie wird schon noch kommen«, tat Cord Hannas Beunruhigung ab.

Hanna beugte sich immer wieder vor, um so den Eingangsbereich überblicken zu können. Dann sah sie auf die Uhr. Lea war nun schon fast eine halbe Stunde fort. Was dauerte denn so lange daran, ihrem Vater zu sagen, dass er gefälligst zu seiner Frau zurückgehen und sie in Ruhe lassen sollte.

»Du, ich mach mich auf den Weg. War nett, dich kennenzulernen«, sagte Cord nun und stand auf.

Hanna fasste seine Hand. »Ich bin heute eine furchtbare Unterhalterin«, entschuldigte sie sich. »Was meinst du, wenn ich nächstes Mal hier im Club bin, gibst du mir dann noch mal eine Chance?«

Cord setzte sich wieder. »Du machst nicht gerade den Eindruck, als würde dich interessieren, was ich zu sagen habe.«

»Ich bin heute abgelenkt, weil mich etwas anderes beschäftigt. Aber ich finde dich nett und das, was du eben von deiner Arbeit erzählt hast, spannend.«

»Du hast also doch zugehört?« Er suchte ihren Blick.

»Vielleicht nur mit einem halben Ohr, aber ja, irgendwie habe ich auch zugehört.«

»Na, dann ist ja noch nicht alle Hoffnung verloren.« Er stand wieder auf, beugte sich daraufhin herunter und gab ihr einen Kuss auf die Wange. »Also dann, Hanna Von-und-ich-hör-nicht-zu, vielleicht bis zum nächsten Mal.«

»Ja, ich würde mich freuen.« Sie lächelte ihn an, dann ging Cord, und Hanna folgte auch ihm mit ihren Blicken. Sie beugte sich wieder vor und behielt den Eingang im Auge, doch von Lea war weit und breit nichts zu sehen. Und das änderte sich auch die komplette nächste Stunde nicht.

»Ach, hier bist du. Ich habe dich schon überall gesucht.« Kathrin war zu ihr heraufgekommen, sah den Champagner und trank einen Schluck aus Hannas Glas. »Wollen wir los?«

Hanna sah noch einmal zum Eingang. Wieder nichts.

»Jetzt schon? Ich dachte, du fändest es hier auch so klasse.«

»Es ist schon zwei Uhr durch«, gab Kathrin zu bedenken.

»Es ist erst zwei Uhr durch«, korrigierte Hanna. »Und was ist mit diesem Sven? Hast du ihn getroffen?«

»Er ist ein Arschloch, das ist mit ihm los. Also kommst du jetzt? Ich fahre. Sonst musst du später sehen, wie du nach Hause kommst.« Sie musterte den Champagnerkühler. »Wieso sitzt du eigentlich hier in der Loge und schlürfst das teure Zeug?«

Hanna überlegte kurz, dann stand sie auf. »In Ordnung, lass uns gehen«, sagte sie und folgte Kathrin. Draußen vor dem Eingang des Clubs sah Hanna einmal nach rechts und nach links, doch sie konnte weder Lea noch ihren Vater entdecken. Sie trat auf den Gehsteig und von dort auf die Straße, um nach oben zu sehen. In Leas Wohnung brannte Licht. Bedeutete das etwa, dass ihr Vater und Lea jetzt dort oben waren und … Sie ließ den Gedanken unvollendet. Verdammt noch mal! Lea hatte es ihr doch versprochen. War es naiv von ihr gewesen zu glauben, dass diese sich an ihr Versprechen gebunden fühlen würde, obwohl sie Hanna ja kaum kannte?

Hanna wusste es nicht, doch sie kam sich in diesem Moment dumm vor, war aber auch enttäuscht.

»Was machst du denn?«, maulte Kathrin sie jetzt an. »Willst du da stehen bleiben, bis endlich ein Auto kommt, das dich überfährt?«

»Ich komme schon«, sagte Hanna nur, warf noch einen Blick nach oben und ging dann mit Kathrin in die Nebenstraße, wo diese ihren VW Käfer geparkt hatte. Während der Rückfahrt sprachen die beiden kaum ein Wort. Hanna hing ihren Gedanken nach. Hatte Lea ihr einfach nur das Versprechen gegeben, um ihre Ruhe vor Hanna zu haben? Irgendwie konnte und wollte sie das nicht glauben. Zumindest einmal würde sie Lea noch aufsuchen, um die Sache ein für alle Mal zu klären. Das war sie ihrer Mutter schuldig. Mehr als dieser jedoch, vor allem sich selbst.

13. Kapitel

An der Spreeschanze 10, Berlin-Haselhorst

Montag, 29. November 1976

Jetzt wird mit harten Bandagen gekämpft. Genug ist genug!

HANNS BORCHARDT

Den ganzen Sonntag über hatte er sich Gedanken gemacht, was er tun könnte, um Lea Stern in die Knie zu zwingen. Was bildete dieses Weibsstück sich denn ein, ihn so abfällig zu behandeln? Ja, er hatte seine amüsanten Stunden mit ihr gehabt, aber Bier ist Bier, und Schnaps ist Schnaps. Und auch wenn es ihm gefallen hatte, das Private mit dem Geschäftlichen verbinden zu wollen, war nun endgültig der Punkt erreicht, da er die Samthandschuhe ausziehen würde.

Er hatte am Sonnabend zunächst gedacht, dass es eines von Leas Spielchen sei, mit dem sie den Reiz für die kommenden lustvollen Stunden ein wenig erhöhen wollte. Doch an ein irgendwie geartetes Amüsement war nicht einmal zu denken gewesen. Ganz im Gegenteil: Lea hatte ihm einfach mitgeteilt, dass ihre Liaison beendet sei und ihn gebeten, wieder zu gehen. Erst dachte er, er hätte sie falsch verstanden bei dem Krach in diesem elenden Club.

Doch auch als sie draußen waren, hatte sie die Worte wiederholt, und es hatte ihn einiges an Überredungskünsten gekostet, dass sie überhaupt zugestimmt hatte, die Sache oben in ihrer Wohnung zu bereden und das Ganze nicht vor aller Augen und Ohren mitten auf dem Ku'damm zu klären.

Als sie dann in ihrer Wohnung gewesen waren, hatte er versucht, sie in den Arm zu nehmen, und ihr gesagt, dass sie jetzt aufhören könnte, die Abweisende zu spielen, da sie ihn ja ohnehin am Haken hatte. Doch sie hatte ihn nur angesehen und noch mal bekräftigt, dass sie nicht vorhabe, die Beziehung weiterzuführen. Dann hatte sie ihn abermals gebeten zu gehen. Ihn, Hanns Borchardt, hatte dieses Weibsbild einfach hinausgeworfen! Er hatte sich zusammenreißen müssen, ihr nicht eine schallende Ohrfeige zu verpassen wegen ihrer Unverschämtheit. Andererseits wusste Hanns, dass ein Ruf aus dem Fenster von Lea dazu geführt hätte, diese muskelbepackten Dummköpfe von Türstehern zu ihr heraufzubeordern, was für ihn durchaus hätte brenzlig werden können. Ganz abgesehen davon, musste er sie noch überzeugen, ihre Unterschrift unter die Kaufvertragsunterlagen zu setzen, hatte er zu dem Zeitpunkt doch noch die Hoffnung gehabt, wenigstens hier einen Erfolg zu erzielen. Aber auch in dieser Hinsicht hatte sie ihm einen Korb gegeben, obwohl er mehr als eineinhalb Stunden lang alle Vorteile und sämtliche Argumente erneut vorgetragen hatte. Doch Lea wirkte auf ihn fast gelangweilt und meinte irgendwann schließlich, dass sie so höflich gewesen war, ihm zuzuhören, das Gespräch jedoch nun zu Ende sei. Bumm! Einfach so. Er hatte es kaum fassen können.

In der Nacht auf gestern hatte er dann kaum ein Auge zugetan. Die Gedanken kreisten und kreisten in seinem Kopf, bis ihm klar geworden war, dass es jetzt nur eines geben konnte: Er musste Lea Stern fertigmachen und dieser einen Schlag versetzen, von dem sie sich nicht mehr erholen würde. Nie mehr!

Heute hatte er dann, sobald er in der Firma war, einige Telefonate erledigt und wartete nur noch auf den Rückruf von Ferdinand Heise. Hoffentlich würde dieser sich noch vor heute Mittag wieder melden, da Hanns das Gefühl hatte, es kaum mehr aushalten zu können. Nervös ging er in seinem Büro auf und ab. Daran, in seinem Ledersessel zu sitzen und zu arbeiten, war gar nicht zu denken.

Sein Telefon klingelte, und Hanns war mit zwei schnellen Schritten am Apparat.

»Ja?«

»Herr Borchardt, Herr Gerhard Lohmüller wünscht Sie zu sprechen«, meldete Frau Schneyder.

»Stellen Sie durch«, bellte Hanns ins Telefon. An seinen Bankier hatte er heute überhaupt noch nicht gedacht. Wenn dieser Erbsenzähler ihm jetzt auch noch damit kam, dass er weitere Unterlagen brauchte oder – schlimmer – dass er den Kredit nicht durchbekam, würde Hanns vermutlich den Verstand, ganz sicher aber die Beherrschung verlieren.

»Hanns, hier spricht Gerhard. Wie geht es dir?«

»So weit gut«, gab Hanns mürrisch zurück und konnte die Verärgerung nicht ganz aus seiner Stimme verdrängen.

»Alles in Ordnung bei dir?«, hakte Lohmüller nach.

»Ärger mit einem Mitarbeiter«, log Hanns und versuchte dann, sich ein wenig zu beruhigen. »Was kann ich für dich tun, Gerhard?«

»Du für mich? Gar nichts. Doch ich kann etwas für dich tun«, kündigte der Bankier an. »Wir machen die Finanzierung, Hanns, und zwar über die volle Summe.«

Hanns fiel ein Stein vom Herzen. Wenigstens etwas, dachte er bei sich und sagte dann: »Wunderbar, Gerhard. Ich habe auch mit nichts anderem gerechnet.«

»Sehr schön. Komm doch bitte vorbei, wenn es deine Zeit erlaubt, damit wir den Teil des Geldes an dich auskehren können, mit dem du die Grundstücke von Lea Stern bezahlst und die weiteren Investitionen abdeckst, die du bereits hattest. Im zweiten Schritt machen wir dann alles andere fertig, und ich gebe dir Bescheid, sobald auch diese Verträge unterschriftsreif sind.«

»Ich erwarte noch einen wichtigen Anruf«, erklärte Hanns. »Danach komme ich bei dir in der Bank rum und unterschreibe.«

»Danke, Hanns. Ich kann dir die Papiere natürlich auch zustellen lassen«, bot Lohmüller an.

»Nein, lass nur«, wiegelte Hanns ab, der keinesfalls riskieren wollte, dass durch einen schlampigen Kurier am Ende etwas verloren ging und die Verträge neu geschrieben werden müssten oder Ähnliches. Nein, es war in letzter Zeit so ziemlich nichts nach seiner Fasson gegangen. Ab jetzt würde er die Zügel wieder fester in die Hand nehmen und es nicht dulden, wenn jemand daran zerrte.

»Nun gut, wie du willst. Dann sehen wir uns also nachher, ja?«, versicherte sich Lohmüller. »Ich freue mich wirklich, dass wir das Geschäft zusammen machen können.«

»Ich auch, Gerhard. Bis nachher, und stell einen guten Tropfen kalt.« Damit legte Hanns auf und ließ sich nun doch in seinen Ledersessel fallen. Erst jetzt machte sich Erleichterung in ihm breit, dass dieser erste und wohl wichtigste Schritt geschafft war. Nun musste er nur noch alles andere so zum Laufen bringen, wie es seinen Interessen entsprach.

Es war fast zwölf Uhr, als das Telefon erneut klingelte und Frau Schneyder Ferdinand Heise ankündigte, der Hanns zu sprechen wünschte.

»Stellen Sie durch«, forderte Hanns, worauf es sogleich in der Leitung klickte. Frau Schneyder arbeitete lange genug für Hanns, um zu wissen, wann er in einer solchen Stimmung war, dass jedes Wort eins zu viel sein konnte.

»Ferdinand? Hast du gute Nachrichten für mich?«

»Aber sicher. Es läuft alles, wie von dir gewünscht. Das wird der Dame im Geldbeutel wehtun, da kannst du ganz sicher sein. Natürlich unter der Voraussetzung, dass meine Leute auch finden, was du angekündigt hast.«

»Das werden sie. Verlass dich drauf. Wann werden deine Männer da sein?«

»Lass mich kurz auf die Uhr sehen«, bat der Gesprächspartner sich aus. »Ich sage mal, so gegen fünfzehn Uhr?«

»Gut. Wunderbar. Ich glaube, ich werde mich in dem Café gegenüber ans Fenster setzen und mir den ganzen Spaß von dort aus ansehen. Das ist besser als jede Filmvorführung.«

Heise lachte. »Na, dann hoffe ich, dass du gut unterhalten wirst.«

»Davon bin ich überzeugt. Danke dir, Ferdinand, du hast was gut bei mir. Und du weißt ja, ich vergesse nie einen Gefallen, den mir jemand erweist.«

»Ja, das weiß ich, Hanns. Freut mich, wenn ich etwas für dich tun konnte. Mach's gut.«

»Einen schönen Tag«, wünschte Hanns und legte den Hörer auf. Dann lehnte er sich in seinem Sessel zurück und verschränkte die Hände hinter dem Kopf. Ja, er war wieder im Sattel und hielt die Zügel in der Hand. Das und nichts anderes entsprach seinem Wesen. Es würde Lea noch leidtun, wie sie ihn abserviert hatte. Er hatte es im Guten versucht, und sie hätte gut daran getan, es sich mit ihm nicht zu verscherzen. Doch der Sex mit dieser Frau würde ihm fehlen. Die Art, wie sie ihn hatte zappeln lassen, bis er endlich bekam, was er wollte, hatte einen ganz besonderen Kick für ihn gehabt. Was den Sex betraf, wusste Hanns noch nicht, durch wen er Lea ersetzen wollte, fiel ihm doch keine Frau ein, die ihn auf eine solche Art und Weise reizte. Womöglich musste er aber gar nicht darauf verzichten. Immerhin würde Lea einiges unternehmen müssen, wollte sie nach dem Verlust ihrer Einnahmen aus dem Club nicht vollkommen bankrottgehen. Hanns erinnerte sich, was Gerhard Lohmüller für eine Bemerkung über Lea hatte fallen lassen. Es war etwas in der Art gewesen, dass diese Gerhard zu unabhängig schien und auch keinerlei Kredite vom Bankhaus in Anspruch nahm. Nun, Hanns grinste breit, während er sich mit den verschränkten Händen hinter dem Kopf bequem zurücklehnte, das würde sich ganz gewiss bald ändern müssen. Und da Lea alles andere als dumm war, würde sie eins und eins zusammenzählen und sich ausrechnen können, wer ihr diesen Ärger eingebrockt hatte. Sobald die Sache gelaufen war, würde sie sich vermutlich bei ihm melden und sich dafür entschuldigen, dass sie ihn zurückgewiesen und derart erniedrigt hatte. Hanns grinste breit. Sie würde sich gehörig etwas einfallen lassen müssen, wenn sie ihn um Vergebung bat, und Hanns würde mit Sicherheit noch eine ganze Weile seinen Spaß mit ihr haben. Ja, er würde sie in die Knie zwingen. Wie er jeden in die Knie zwang.

Hanns sah auf die Uhr, nahm den Hörer ab und rief bei sich zu Hause in der Villa an. Frau Kasper ging an den Apparat, und er ließ seiner Frau durch die Haushälterin ausrichten, dass er heute zum Mittag da sei und sich freuen würde, wenn sie zusammen essen könnten. Dann legte Hanns auf.

Maria verhielt sich ihm gegenüber in letzter Zeit so reserviert, und wahrscheinlich würde es notwendig sein, eine Weile gut Wetter bei ihr zu machen, damit sie sich wieder beruhigte. Seit letztem Donnerstag schlief seine Frau in Holgers altem Zimmer, und wann immer Hanns nach Hause kam, begrüßte sie ihn höflich, aber distanziert, verließ den Raum und zog sich dann zurück.

Meist hatte sie ein Buch in der Hand. So viel konnte doch kein Mensch lesen.

Gestern hatte seine Frau dann trotz des schlechten Wetters einen langen Spaziergang gemacht und war über Stunden fort gewesen. Als sie wieder zurückkam, waren ihre Haare wie auch ihre Kleidung klatschnass von dem Schneeregen, der dieser Tage des Öfteren ganztägig nicht aufhörte. Maria war dann gleich ins Bad verschwunden, um sich frisch zu machen. Hanns hatte unten im Wohnzimmer gesessen und war davon ausgegangen, dass sie wieder herunterkäme, sobald sie ihre Haare geföhnt und sich in einen annehmbaren Zustand gebracht hatte. Doch sie war einfach oben geblieben, und als Hanns schließlich hinaufging, um nach ihr zu sehen, hatte sie sich schon wieder mit einem Buch in Holgers Zimmer verzogen und gelesen.

Hanns hatte sie kurz gefragt, ob sie runterkäme, was Maria verneinte. Er hatte daraufhin die Tür zugeschlagen und war wieder gegangen. Da war er noch nicht in der Stimmung gewesen, sich darum zu kümmern, die Sache wieder in Ordnung zu bringen, war doch das Problem mit Lea vorrangig gewesen, für das er eine Lösung zu finden hatte. Doch die hatte er nun, der Kredit war bewilligt und Hanns wieder obenauf. Nun musste er seine Frau wieder in die Spur bringen, dann konnte er mit seinem gewohnten Leben fortfahren. Es war im Moment aber auch gar zu anstrengend.

Hanns hob den Hörer ab und wählte die Eins.

»Ja bitte, Herr Borchardt?«, meldete sich Frau Schneyder.

»Frau Schneyder, kommen Sie bitte kurz zu mir.« Er bemühte sich um einen weit freundlicheren Tonfall als noch zuvor.

»Sehr wohl, Herr Borchardt«, sagte seine Sekretärin und legte auf. Nur einen Augenblick später klopfte es, und sie trat ein, abwartend, was er von ihr wollte.

»Frau Schneyder, ich war vorhin etwas barsch. Nehmen Sie das nicht so ernst.«

Sie lächelte verbindlich, nickte ihm zu und wartete, was er als Nächstes sagen würde.

»Rufen Sie beim Blumenladen an, und lassen Sie meiner Frau ihre Lieblingsblumen schicken«, forderte er. »Einen großen Strauß.«

»Weiße Rosen und Lilien«, erinnerte sich Frau Schneyder.

»Möglich, ja.«

»Auch eine Karte?«

»Nein, nicht nötig. Ich werde zum Mittagessen nach Hause fliegen. Der Strauß hat bis dahin da zu sein.«

Frau Schneyder sah auf die Uhr. »Sehr wohl, Herr Borchardt.« Sie wandte sich zum Gehen, wartete aber dann, ob er noch weitere Aufträge für sie hätte.

»Das ist alles«, entließ er sie, worauf sie nickte und sein Büro verließ. Es war bereits Viertel nach zwölf. Der Blumenfritze würde sich beeilen müssen, wenn die Blumen um eins in der Villa sein sollten. Na ja, das war nicht Hanns' Problem. Er setzte sich wieder aufrecht an seinen Schreibtisch und griff sich den Stapel mit der heute eingegangenen Post, der von Frau Schneyder bereits wie üblich vorsortiert worden war, damit alles, was er nicht unbedingt selbst sichten und erledigen musste, erst gar nicht auf seinem Tisch landete. Aber es war immer noch einiges, sodass er sich vornahm, die nächste halbe Stunde dafür zu nutzen, die Sachen vom Tisch zu bekommen. Dann würde er zu Mittag essen, sich hierher zurückfliegen und danach mit dem Auto in die Innenstadt fahren lassen. Er freute sich diebisch auf Leas Gesicht, wenn ihr klar wurde, dass das, was sie sich in vielen Jahren aufgebaut hatte, vor ihren Augen zerfiel. Ja, das würde ein Spaß.

Wieder griff er zum Hörer, dieses Mal wählte er nur die Fünf.

»Flenske«, meldete sich sein Pilot.

»Herr Flenske, ich möchte um Viertel vor eins zur Villa geflogen werden.«

»Jawohl, Herr Borchardt«, bestätigte der Angestellte die Order.

»Gut.« Hanns legte auf, wählte dann erneut. Dieses Mal eine Nummer in Berlin. Es klingelte einige Male, dann wurde abgenommen.

»Ja?«

»Dieter? Hanns Borchardt hier. Ist die Sache erledigt?«

»Ja, ist sie. Und wie!« Der Mann lachte kehlig auf.

»Gut. Der Umschlag wird später in deinem Briefkasten sein.«

»Ist mir wie immer ein Vergnügen gewesen«, vermeldete Dieter. Dann hörte Hanns ein Klicken in der Leitung und legte ebenfalls auf. Dieter Lessing war Hanns' Mann fürs Grobe. Wann immer er mit seinem Verhandlungsgeschick an seine Grenzen gelangte, war Dieter das Ass in seinem Ärmel. Er kannte den ehemaligen Polizisten schon einige Jahre und hatte sich stets auf dessen Dienste verlassen können. Ganz gleich, ob beispielsweise Mieter einen kleinen Denkanstoß brauchten, um aus ihrer Wohnung auszuziehen oder auch andere Leute, die Hanns' Pläne durchkreuzten, eine kleine *Motivation* benötigten, war Dieter hierfür der Richtige. Hanns hatte Dieter damals ganz bewusst ausgesucht, nachdem er durch seinen Freund, den Polizeipräsidenten Reinhard Kruse, während einer Feier eine Geschichte über einen Polizisten erzählt bekommen hatte, den man sozusagen mit den Fingern in der Kasse erwischt hatte. Die Kasse war in diesem Fall eine gewaltige Menge Koks gewesen, das nach und nach aus der Asservatenkammer verschwunden war. Wie Reinhard ihm berichtet hatte, stand besagter Polizist wohl schon länger im Verdacht und war seinen Kollegen in die Falle getappt, die sie ihm gestellt hatten, worauf er sofort aus dem Beamtenverhältnis suspendiert, später entlassen und seine Versorgungsansprüche somit gestrichen worden waren. Es war ein Leichtes für Hanns gewesen, den Namen des Polizisten herauszufinden und sich weitere Hintergrundinformationen über ihn zu besorgen. So hatte er Dieter Lessing in seine Dienste genommen, und bisher hatte dieser ihn nie enttäuscht. Und Hanns war sicher, dass er es auch diesmal nicht täte. Als ihm gestern während seiner Grübelstunden der Gedanke gekommen war, was er gegen Lea unternehmen wollte, hatte er Dieter sofort angerufen und ihn gefragt, ob er den Auftrag erledigen würde. Dieser hatte nur gelacht und ihm gesagt, er könnte sich auf ihn verlassen. Dennoch war Hanns bis eben, als er die Bestätigung des ehemaligen Polizisten erhalten hatte, ein wenig unsicher gewesen, ob Dieter dieser Coup wirklich gelingen würde. Doch offenbar war seine Sorge unberechtigt gewesen, wenn er das schäbige Lachen Dieters richtig interpretierte. Die Sache konnte also steigen.

Um Punkt Viertel vor eins verließ Hanns sein Büro und traf auf Harald Flenske, der bereits im Flur auf ihn wartete. Zusammen gingen sie zum Helikopter, und es war zwei Minuten vor eins, als dieser auf dem Hubschrauberlandeplatz der Villa landete. Hanns betrat die Villa, und sofort strömte ihm köstlicher Essensduft entgegen.

»Maria?«, rief er laut, erhielt jedoch keine Antwort von seiner Frau. Stattdessen trat Frau Kasper aus dem Esszimmer.

»Guten Tag, Herr Borchardt. Ihre Frau Gemahlin ist hier und hat sich bereits zu Tisch begeben.«

»Danke, Frau Kasper«, sagte Hanns und rang sich sogar ein Lächeln ab.

Er betrat das Esszimmer und sah zu Maria, die die Serviette schon auf ihrem Schoss ausgebreitet hatte und wartete.

Hanns ging zu ihr, beugte sich von hinten zu ihr herunter und gab ihr einen Kuss auf die Wange, was sie ohne jede Regung geschehen ließ. »Guten Tag, meine Liebe«, grüßte Hanns.

»Guten Tag«, gab sie tonlos zurück.

»Sie können auftragen, Frau Kasper«, sagte Hanns nun an seine Haushälterin gewandt, die in der Tür stehen geblieben war und offenbar seine Weisung abwartete. Sofort verschwand sie, und Hanns nahm an der Stirnseite des Tisches und damit rechts von seiner Ehefrau Platz.

»Du siehst heute besonders hübsch aus, Maria. Die Farbe der Bluse steht dir ausgezeichnet.«

»Danke«, kam es knapp von ihr zurück.

»Darf ich fragen, ob dich meine kleine Aufmerksamkeit erreicht hat?«

Sie sah ihn fragend an.

»Die Blumen«, erklärte er und ärgerte sich sogleich. Hatte dieser verdammte Florist etwa nicht geliefert?

»Oh«, machte Maria. »Natürlich. Sie sind sehr schön.«

»Gut. Ich hoffe, ich konnte dir eine Freude damit bereiten?«

»Gewiss«, antwortete sie emotionslos und ohne jedes Lächeln. »Danke«, fügte sie dann höflich hinzu.

Frau Kasper kam mit einem Servierwagen herein und trug die Schalen und Platten auf. Monsieur Petit hatte Lammbraten zubereitet. Dazu gab es Rosmarinkartoffeln, dreierlei an Gemüse, eine dunkle Soße zum Fleisch sowie eine helle zum Gemüse und für Maria ein gesondertes Schälchen Salat, das diese stets zu jeder Mahlzeit wünschte.

»Einen guten Appetit, die Herrschaften«, sagte Frau Kasper, schob dann den nun leeren Servierwagen wieder hinaus und schloss die Tür hinter sich.

»Das sieht ja wieder köstlich aus«, stellte Hanns fest, schnitt eilig etwas von dem Fleisch ab und schob sogleich das erste Stück in den Mund. »Ich habe ordentlich Kohldampf.«

Maria nahm nur wenig auf die Gabel und konzentrierte sich voll und ganz auf das Essen auf ihrem Teller, statt ihren Mann anzusehen. Hanns schlang einige Bissen hinunter, bis er das Gefühl hatte, dass sein größter Hunger nun gestillt war. Dann sah er Maria an.

»Ich möchte dich um Verzeihung bitten, Maria. Ich weiß, dass ich mich in letzter Zeit nicht gerade vorbildlich verhalten habe. Doch ich hatte meine Gründe, wie ich dir versichern kann. Nun jedoch möchte ich dafür sorgen, dass alles zwischen uns wieder ins Reine kommt«, kündigte er an und suchte ihren Blick, doch sie sah ihn nicht an.

»Maria?«

»Ja.« Sie schaute von ihrem Teller auf.

»Hast du gehört, was ich soeben gesagt habe?«

»Ja, das habe ich«, bestätigte sie. »Doch ich kenne dich lange genug Hanns, um zu wissen, wann dir etwas ernst ist. Und das eben hast du nur gesagt, damit wieder Frieden herrscht.«

Hanns unterdrückte einen Seufzer. So langsam aber sicher verlor er die Geduld mit diesen Weibern um ihn herum, die meinten, ihn maßregeln zu wollen. Doch er wusste, dass er sich nicht noch mehr Ärger aufhalsen wollte. Maria musste wieder in die Spur zurück. Jetzt!

Er ließ sein Besteck sinken. »Wie du eben erwähntest, du kennst mich lange genug.« Er legte seine Hand auf ihre. »Sei so nett, und sieh mich an, Maria.« Er wartete kurz, doch sie hielt den Blick starr auf den Teller gerichtet. Aber er meinte, ein leichtes Zittern ihrer Hand zu spüren. Offenbar kämpfte sie mit sich, hart zu bleiben. Wie albern. Sie musste doch wissen, dass er sie wieder rumkriegen würde.

»Bitte, Maria, schau mir in die Augen. Dann weißt du, dass ich es ernst meine.«

Maria zögerte, dann sah sie auf. Hanns bemerkte, dass sie gegen die Tränen kämpfte, die langsam in ihr aufzusteigen drohten.

»Ich habe Fehler, Maria. Viele Fehler. Und ich weiß, dass ich dich gar nicht verdient habe.« Er nahm nun die zweite Hand hinzu und umfasste ihre Rechte. »Du bist eine so wunderschöne, kluge Frau. Genau genommen, habe weder ich noch sonst jemand dich verdient. Und ich gebe zu, dass ich dir das in der letzten Zeit zu wenig gezeigt habe.« Er schüttelte den Kopf, als könnte er es selbst nicht glauben. »Ich habe mich wie ein Vollidiot aufgeführt, Maria. Und ich schäme mich aufrichtig für mein Verhalten.« Er streichelte ihre Hand. »Du hast alles Recht der Welt, böse auf mich zu sein. Aber bitte, gib mir eine Chance, dir zu beweisen, dass ich mich ändern kann. Bitte.«

Maria schluckte schwer, dann schüttelte sie den Kopf. »Du bist überhaupt nicht mehr der Mann, in den ich mich damals verliebt habe«, stieß sie mit erstickter Stimme hervor. »Für dich zählt nur Geld, Geld und nochmals Geld, und du musst immer überall prahlen. Ich erkenne dich nicht mehr wieder, Hanns. Ich glaube manchmal, der Mann, den ich einmal geliebt habe, ist schon lange nicht mehr da.«

»Doch, Maria. Ich bin hier«, versicherte er. »Und ich weiß, dass du mit allem recht hast, was du sagst.«

»Du hast mich geschlagen, Hanns.«

»Geschlagen.« Er wiegte den Kopf, hörte aber sofort auf, als er Marias zornigen Blick sah. Zwar übertrieb seine Frau maßlos, konnte man doch eine einzelne Ohrfeige nun wirklich nicht als Schläge bezeichnen. Aber es wäre gewiss nicht klug, ihr jetzt zu widersprechen.

»Ich habe eine Linie überschritten«, gestand er nun ein. »Und das wird nie wieder geschehen, das verspreche ich dir.« Er umfasste ihre Hände fester. »Maria, wir beide haben doch in all den Jahren schon so viel miteinander durchgestanden. Und ich habe begriffen, dass mich der ewige Druck einfach fertiggemacht hat und ich unbedingt etwas ändern muss. Denn ich will dich auf keinen Fall verlieren. Mein Leben wäre ohne dich sinnlos.« Er sah sie an und glaubte so etwas wie einen Hoffnungsschimmer in ihren Augen aufblitzen zu sehen. Er musste jetzt nur noch nachsetzen, wie bei einem Fisch, den man an der Angel hatte, dem man zunächst ein wenig Leine gab, um ihn schließlich mit einem Ruck an Land zu ziehen – ganz so, wie er es früher getan hatte, wenn er an dem Bach in der Nähe seines Elternhauses geangelt hatte.

»Doch ich verstehe, wenn du mir nicht mehr glauben kannst. Ich würde es selbst wahrscheinlich auch nicht tun, wenn ich an deiner Stelle wäre. Wahrscheinlich hast du recht, und ich habe einfach zu viel kaputt gemacht, als dass du mir noch einmal verzeihen könntest.« Er zog seine Hände zurück, blickte auf seinen Teller und schob ihn von sich. Dann seufzte er tief und wartete, was Maria als Nächstes tun würde.

»Ich habe auch Fehler gemacht, Hanns«, sagte sie nun leise, worauf Hanns aufsah und wieder ihre Hand nahm. Vor seinem inneren Auge rief er erneut das Bild des Baches auf. Er konnte förmlich sehen, wie die Forelle um seinen Köder kreiste und jeden Moment danach schnappen würde.

»Nein, Maria, es liegt allein an mir. Und ich werde mich ändern. Doch ich brauche dabei deine Hilfe. Ohne dich kann ich es nicht schaffen.« Er beugte sich vor, führte ihre Hand an seine Lippen und setzte mehrere Küsse darauf. »Ohne dich kann ich gar nichts schaffen. Alles, was ich bin, bin ich nur durch dich.« Er seufzte tief und blickte sie traurig an.

»Ach, Hanns.« Maria brach in Tränen aus. »Ich, ich habe dich schon aufgegeben«, stammelte sie nun.

»Nein, bitte gib mich nicht auf. Was soll ich denn nur tun ohne dich?«

Eine Weile blieb er noch sitzen, dann stand er auf und zog sie in seine Arme. Maria weinte bitterlich.

»Ich liebe dich, Maria. Ich liebe dich von ganzem Herzen, und das wird immer so sein. Bitte, gib mir noch eine Chance, auch wenn ich weiß, dass ich sie gar nicht verdient habe.«

Maria weinte und weinte. Dann brachte sie stockend hervor: »Was ist mit Holger?«

Hanns musste sich zusammennehmen, jetzt nicht falsch zu reagieren. Was fing seine Frau denn nun mit diesem undankbaren Nichtsnutz an?

»Ich werde mit ihm sprechen und ihn um Verzeihung bitten«, versprach Hanns. »Und mit Hanna ebenfalls. Wir wollen doch wieder eine richtige Familie sein.«

»Ach, Hanns.« Maria fiel ihm um den Hals und küsste ihn stürmisch. Dann umklammerte sie ihn und hielt sich an ihm fest wie eine Ertrinkende, die versucht, sich auf einem Stück Treibholz über Wasser zu halten.

Eine Weile blieben sie so stehen, dann gab Hanns seiner Frau einen langen Kuss. Maria rollten Tränen der Erleichterung die Wangen herab, und ihre Wimperntusche verlief, was überaus unansehnlich war. Doch Hanns sagte nichts. Sie stellte sich auf die Zehenspitzen und küsste ihn.

»Ach, Hanns, jetzt wird alles wieder gut«, brachte sie leidenschaftlich hervor, und er nickte bekräftigend, bevor er sie erneut in die Arme nahm. Zack! Der Fisch hatte angebissen und war an Land!

14. Kapitel

Golden Paradise, Kurfürstendamm 201/202, Berlin-Charlottenburg

Montag, 29. November 1976

Ich habe lange und hart für das gearbeitet, was ich besitze. Und ich werde das alles nicht kampflos aufgeben.

Lea Stern

Lea war auf dem Weg nach unten, nachdem Uwe, einer ihrer Angestellten, der zu dieser Zeit die Bar mit Getränken bestückte, zu ihr in die Wohnung gekommen war und mitgeteilt hatte, dass das Gesundheitsamt vor der Tür des Clubs stände und diesen durchsuchen wollte. Lea hatte ihn nur verwirrt angesehen, weil sie nicht begreifen konnte, was Uwe ihr zu sagen versuchte. Bestimmt hatte er es falsch verstanden. Weshalb sollte denn auch das Gesundheitsamt ihren Club einer Kontrolle unterziehen wollen?

Als sie auf die Straße trat, standen dort sechs Männer in Zivilkleidung und warteten offenbar auf sie. Einer von ihnen trat auf Lea zu, als er sie sah.

»Frau Stern? Mein Name ist Ferdinand Heise. Ich bin der Leiter des Gesundheitsamtes und habe hier eine Durchsuchungsanordnung für Ihre gewerblich genutzten Räume.« Er hielt ihr ein Schriftstück entgegen, das Lea nahm und las.

»Eine Durchsuchungsanordnung? Und aus welchem Grund?«

»Es besteht der Verdacht eines Schädlingsbefalls und einer damit einhergehenden Gesundheitsgefährdung Ihrer Gäste.«

»Das ist doch wohl nicht Ihr Ernst?« Lea gab ihm das Schriftstück zurück und stemmte die Hände in die Hüften. »Bei mir gibt es keinerlei Schädlinge.«

»Gut. Dann werden wir das ja feststellen und sind auch gleich wieder verschwunden.« Er deutete zur Tür des Clubs, in der nun Uwe stand. »Ihr Mitarbeiter hatte uns soeben den Eintritt verwehrt, weil er Sie erst holen wollte. Nun sind Sie ja da. Ich hoffe sehr, dass Sie kooperieren, Frau Stern. Andernfalls muss ich zur Unterstützung die Polizei kommen lassen. Dann wird der Einsatz hier für mehr Aufsehen sorgen, als Ihnen lieb sein kann. Aber das ist natürlich Ihre Entscheidung.«

Lea hielt seinem Blick stand. So, wie dieser Heise hier auftrat, bezweifelte sie keine Sekunde, dass er seine Drohung wahrmachte. Deshalb drehte sie sich um und ging zum Eingang des Clubs. »Lass sie rein«, befahl sie ihrem Angestellten, wandte sich dann aber noch mal Heise zu. »Doch ich möchte meinen Rechtsanwalt anrufen, und mein Mitarbeiter hier wird Ihre Männer begleiten.«

»Ich habe keinerlei Einwände«, erwiderte Heise und folgte ihr durch die Eingangstür. Schon beim Betreten des Clubs schlug Lea ein eigenartiger Geruch entgegen, der sonst nicht da war. Sie wurde nervös. Was war hier los?

»Du begleitest die Herren und siehst zu, was sie machen, Uwe«, ordnete Lea ihrem Mitarbeiter gegenüber an. »Ich muss kurz telefonieren.« Damit verschwand sie in dem kleinen Raum, den sie als eine Art Büro nutzte, wenngleich sie sich hier kaum aufhielt, weil sie die meisten Unterlagen oben in ihrer Wohnung aufbewahrte.

Lea nahm den Telefonhörer ab und ließ sich mit Rechtsanwalt Dr. Chaim Blum verbinden, der sie bereits viele Jahre vertrat. Chaim war nicht nur ihr Anwalt, sondern auch ein guter Freund und schon dadurch, dass auch er Jude war, fühlte sie sich ihm verbunden, wenngleich keiner von ihnen den Glauben aktiv lebte. Kurz berichtete sie ihm, was vorgefallen war, und er sicherte zu, sich sogleich auf den Weg zu machen. Zehn Minuten oder, wenn der Verkehr zu dicht war, womöglich eine Viertelstunde würde es dauern, bis er bei ihr war. Bis dahin sollte sie das Gesundheitsamt bitten, die Durchsuchung zu unterbrechen. Lea legte auf und ging in den Club.

»Herr Heise!«, rief sie, worauf er sich umdrehte und sie ansah. »Ich habe soeben mit meinem Rechtsanwalt telefoniert. Er wird sich sofort auf den Weg hierher machen und bat mich darum, Ihnen auszurichten, dass Sie Ihren Kontrollgang bitte erst nach seinem Eintreffen fortsetzen möchten.«

»Schön, dann haben Sie es mir jetzt ausgerichtet«, antwortete Heise. »Weitermachen, Jungs!«, befahl er dann. »Sagen Sie, Frau Stern, gibt es hier eigentlich auch ganz normales Licht?« Er deutete auf die diversen bunten Scheinwerfer an der Decke. Uwe hatte nur die Grundbeleuchtung eingeschaltet, die jedoch nicht besonders hell war, und da die Fenster abgeklebt waren und so kein Tageslicht hereinkam, war es trotz der Nachmittagsstunden recht schummrig im Club.

»Sicher gibt es das«, antwortete Lea.

»Und? Wären Sie auch so nett, es einzuschalten?«

»Aber natürlich. Sobald mein Anwalt durch diese Tür dort tritt, wird es hier drinnen wie von Zauberhand taghell werden.« Sie nickte ihm zu und ging dann hinter den Tresen, um sich ein Glas Wasser zu holen. Sosehr sie sich auch um Fassung bemühte, wurde sie doch immer nervöser. Und das hasste sie.

Seit sie damals mit ihren gerade mal einundzwanzig Jahren nach Deutschland zurückgekehrt war, hatte sie stets jeden ihrer Schritte genau geplant und nicht zugelassen, dass ein Dritter über das entschied, was in ihrem Leben passierte. Eine Situation wie diese hatte sie noch nie erlebt, und es ärgerte sie maßlos, dass sie sich dieser Gesundheitsamtskontrolle so willkürlich ausgesetzt sah. Sie trank in kurzer Folge zwei Gläser Wasser, während sie argwöhnisch beobachtete, wie die Beamten mit Taschenlampen in ihren Händen durch den Club streiften und irgendetwas zu finden versuchten, was nicht da sein konnte.

»Möchte jemand der Herren etwas trinken?«, rief sie in der Hoffnung, hierdurch die Durchsuchung so lange aufschieben zu können, bis Chaim eintraf.

»Erst die Arbeit, dann das Vergnügen«, gab dieser Heise zurück. »Aber später gern«, fügte er dann noch hinzu.

Lea versuchte, ihre Atmung zu beruhigen, was ihr jedoch nur mäßig gelang. Sie klopfte nervös mit den Fingern auf den Tresen.

»Sie teilen sich auf«, sagte nun Uwe und kam zu ihr herüber. »Hinter welchem soll ich hergehen?«

»Ist mir gleich«, sagte sie verärgert und schüttelte den Kopf. »Es richtet sich nicht gegen dich«, stellte sie klar, worauf ihr Mitarbeiter nur kurz nickte und dann wieder ging.

»Chaim, da bist du ja, ein Glück«, entfuhr es ihr, als die Tür geöffnet wurde und Rechtsanwalt Dr. Blum ihren Club betrat. Sie umarmte ihn kurz zur Begrüßung.

»Sie wollten nicht warten, bis du hier bist«, erläuterte Lea.

»Ich kläre das«, sagte der Mittfünfziger, den Lea nun auch schon fast fünfundzwanzig Jahre kannte.

Sie folgte Chaim durch den Club.

»Hallo? Wer hat hier das Kommando?«, rief er in den hinteren Bereich hinein.

Heise blickte sich um, kam dann herüber und reichte ihm die Hand. »Ferdinand Heise«, stellte der Beamte sich vor. »Ich bin der Leiter des Gesundheitsamtes.«

»Dr. Chaim Blum, ich bin der Rechtsanwalt von Frau Stern. Dürfte ich die Durchsuchungsanordnung sehen?«

»Selbstverständlich«, stimmte Heise zu und zog das Schriftstück, das er vorhin schon Lea gezeigt hatte, aus der Jacketttasche.

»Hier bitte«, sagte Heise und übergab es dem Anwalt.

Chaim Blum überflog die Zeilen, und Heise hielt fordernd die Hand auf, um das Schriftstück wieder an sich zu nehmen.

»Ich gehe davon aus, dass dies die Ausfertigung für meine Mandantin ist und als zugestellt durch Sie gilt?«

»Sicher, ja«, stammelte Heise und zog die Hand zurück. Lea konnte ihm ansehen, dass es ihm nicht gefiel, das Schriftstück ausgehändigt zu haben.

»Was ist der Anlass für diese Durchsuchung?«, fragte nun Blum.

»Es liegt eine Anzeige vor, wonach Zeugen vermuteten, Schädlinge hier im Club wahrgenommen zu haben.«

»Schädlinge, ja?«

»Ja.« Heise sah an Blum vorbei. »Sie sagten doch, dass Sie für besseres Licht sorgen würden, sobald Ihr Rechtsanwalt eingetroffen ist«, sagte Heise nun an Lea gewandt. »Wenn Sie also so nett wären, Frau Stern. Das würde unsere Durchsuchung hier vermutlich erheblich beschleunigen.«

Lea sah Chaim fragend an, der kurz nickte, worauf sie zum Elektroraum ging und den Hauptschalter drückte. Sofort wurde es taghell in den Räumen. Lea richtete ihren Blick auf den Boden, wo sie kleine Schnipsel entdeckte, die sie an Konfetti erinnerten.

»Chef!«, hörte sie nun einen der Kontrolleure rufen. »Kommen Sie mal bitte hier nach hinten.« Ein ungutes Gefühl beschlich Lea, das noch verstärkt wurde, als sie zu den Männern trat und erneut auf den Fliesenboden sah, der einen schmutzigen Eindruck auf sie machte. Die Putzfrauen waren doch heute Morgen wie üblich hier gewesen. Wie konnte es angehen, dass es dann jetzt schon wieder so aussah, obwohl doch niemand im Club gewesen war?

Lea ging wieder zu Chaim und dem Leiter des Gesundheitsamtes zurück. Der Blick ihres Rechtsanwalts verriet ihr nichts Gutes.

»Wenn Sie sich das mal bitte ansehen wollen, Frau Stern«, forderte Heise sie auf, worauf Lea einige Schritte weiter in den Raum hineinmachte. Heise deutete auf den Bereich hinter den Rohren, die von hieraus nach unten in die Kanalisation führten. Dort waren weitere Anhäufungen dieser Schnipsel zu erkennen, die Lea schon eben auf den Fliesen gesehen hatte.

»Chef! Hier ist auch was!«, hörte sie nun wieder einen der Kontrolleure rufen und gleich darauf einen seiner Kollegen: »Hier auch!«

»Was ist das?«, fragte Lea und verzog das Gesicht.

»Das sind Rattennester, Frau Stern«, klärte Heise sie auf.

»Rattennester?«, wiederholte sie ungläubig und schüttelte den Kopf. »Das kann nicht sein.«

»Nun, Sie sehen es ja selbst. Und wir haben die Ihnen bestimmt nicht untergejubelt, falls Sie etwas derart Absurdes zu Ihrer Verteidigung hervorbringen sollten.«

»Chef!«, rief nun einer seiner Mitarbeiter laut. »Das müssen Sie sich ansehen!«

Heise blickte Lea an. »Entschuldigen Sie mich bitte.« Er trat an ihr vorbei und verließ den Raum, worauf Chaim und Lea ihm sogleich folgten.

»Ist ja widerlich, so was«, hörte Lea nun die Stimme des gleichen Mitarbeiters erneut, während sie weiter den Gang in Richtung Innenhof entlanggingen.

»Wo bist du?«, rief Heise.

»Rechte Tür vor dem Hinterausgang«, gab der Kontrolleur zurück.

Heise bog ab und blieb im Türrahmen stehen, sodass Chaim und Lea fast auf ihn geprallt wären.

»Darf ich?«, bat Chaim sich aus und bedeutete dem Gesundheitsbeamten beiseitezutreten.

»Sicher.« Heise kam wieder auf den Flur, sodass nun Chaim und Lea einen Blick in das Zimmer werfen konnten. Dort wuselte mindestens ein Dutzend Ratten wild quiekend umher, was Lea einen kurzen Entsetzensschrei entlockte. Eines der Tiere rannte dem Beamten, der noch immer im Raum stand, über den Fuß, worauf dieser gegen den Nager trat und ihn gegen die Wand schleuderte. Lea rannte raus, fürchtete, sich übergeben zu müssen.

»Komm da raus, und mach die Tür zu, Heinz«, forderte Heise seinen Kollegen nun auf. »Dieser ganze Schuppen hier ist ja total verseucht.«

Chaim kam zurück auf den Flur, und auch der Beamte leistete der Aufforderung seines Chefs Folge.

»Ich denke, die Sache ist mehr als eindeutig«, stellte Heise nun fest und warf Lea einen vernichtenden Blick zu. »Ihr Lokal wird mit sofortiger Wirkung geschlossen, Frau Stern, und ich weise Sie darauf hin, dass Sie mit einem nicht unerheblichen Bußgeld zu rechnen haben.«

»Ich bin für meine Mandantin empfangsberechtigt«, sagte Rechtsanwalt Blum. »Bitte veranlassen Sie die Zustellung der entsprechenden Unterlagen an meine Kanzlei.« Er zog eine Visitenkarte hervor. »Bitte an diese Adresse.«

»Sicher.« Heise nahm die Karte entgegen und ließ diese in seiner Manteltasche verschwinden.

»Wie lange wird der Club geschlossen bleiben?«, fragte Lea.

Heise schüttelte den Kopf, sah zunächst Rechtsanwalt Blum an und dann Lea. »So, wie es hier aussieht? Wir werden hier alles auseinandernehmen müssen, um dieser Plage Herr zu werden. Vor allem kann es dauern herauszufinden, woher die ganzen Ratten kommen. Und bis das nicht geschehen ist und hier alles auf links gedreht und gereinigt wurde, brauchen wir über eine Öffnung überhaupt nicht zu reden.«

»Wie lange?«, fragte Lea noch mal.

»Wochen, eher Monate. Wenn Sie ganz viel Glück haben, können Sie für den Frühling wieder Getränke ordern. Aber auch nur dann.«

Lea wurde erneut speiübel.

»So, Männer, alle raus aus diesem Rattenloch!«, befahl Heise. »Das gilt auch für Sie beide. Wir werden den unteren Bereich des Gebäudes absperren und versiegeln.«

Chaim legte seine Hand auf Leas Schulter und nickte. »Er ist dazu befugt«, seufzte der Rechtsanwalt. »Komm, Lea.«

»Aber das kann doch alles nicht wahr sein!«, rief sie nun aufgebracht. »Heute Morgen war wie jeden Tag das Putzteam hier. Und keine der Frauen hat mir Bescheid gegeben, dass irgendetwas nicht stimmte.«

»Dann haben Sie wirklich mehr als schlampiges Personal«, kommentierte Heise schnippisch.

Lea kochte vor Wut, doch sie zwang sich, die Bemerkung des Beamten zu ignorieren, und wandte sich stattdessen an ihren Anwalt. »Bitte, Chaim, hier stimmt etwas nicht. Das da drin war weder gestern noch heute Morgen da. Nichts von alledem, auch nicht die Nester bei den Abflussrohren.«

Dr. Blum überlegte kurz, dann ging er zur Tür des Hinterausgangs, die in den Hof führte und fasste die Klinke. Sofort ging die Tür auf.

»Ist hier immer offen?«

»Nein?« Lea wirkte völlig konsterniert. »Nie! Die Tür ist immer abgeschlossen.«

»Ach, Sie schließen also Ihre Gäste ein. Was ist, wenn hier mal ein Feuer ausbrechen würde?«, kam es hämisch von Heise.

»Der Notausgang ist dort vorn«, gab Lea nun aufgebracht zurück und deutete mit dem ausgestreckten Arm auf eine Tür. »Hier hinten gelangt man nur in den Hof.«

»Einen Moment«, bat Chaim sich aus, stieß die Tür noch weiter auf und trat ins Freie. Lea folgte ihm.

»Was ist das da vorne?«

»Über das Tor gelangt man zur Straße.«

»Ist es verschlossen?«

»Ja. Es hängt von außen ein Schloss davor«, gab Lea Auskunft.

»Was soll das denn hier werden?«, beschwerte sich nun Heise. »Wollen wir jetzt jede Tür prüfen? Ich muss Sie auffordern, mit mir zusammen das Gebäude zu verlassen. Und zwar durch den Vordereingang.«

»Gleich«, sagte Chaim nur, ging zum Tor, fasste den Griff und konnte es sogleich aufziehen.

»Das verstehe ich nicht.« Lea war fassungslos. »Wo ist das Vorhängeschloss?«

Chaim trat auf die Straße und blickte zu Boden. »Hier ist jedenfalls kein Vorhängeschloss, weder ein geöffnetes noch …«, er zögerte, »noch ein aufgebrochenes. Der Rechtsanwalt sah Lea an, zog dann das Tor wieder zu und ging mit ihr zurück zur Hintertür des Clubs. Dort prüfte er von außen das Schloss.

»Man sieht keinerlei Einbruchspuren«, murmelte er.

»Ach, bitte, Herr Anwalt, was versuchen Sie denn hier zu konstruieren?«, empörte sich Heise.

»Ich konstruiere gar nichts. Aber finden Sie es nicht eigenartig, dass von heute auf morgen eine derartige Rattenplage die Räumlichkeiten meiner Mandantin heimsucht, von der noch gestern weit und breit keine Spur war?«

»Ob es zuvor keine Spur gab oder Ihre Mandantin dies einfach verschleiert hat, wird noch zu ermitteln sein.«

»Wollen Sie uns das wirklich weismachen?« Chaim trat näher an Heise heran. »Was sagten Sie doch gleich, wer der Hinweisgeber war, der meine Mandantin bei Ihrer Behörde gemeldet hat?«

»Ich habe gar nichts dazu gesagt, weil diese Auskunft nicht öffentlich gemacht werden muss.«

»Nun, ich werde selbstverständlich Akteneinsicht beantragen.«

»Das können Sie sich sparen. Der Hinweis kam anonym.«

»Sieh an, ein anonymer Hinweis. Und aufgrund eines solchen bekommen Sie also einen Durchsuchungsbeschluss? Einfach so, ja?«

»Nur, wenn sich ein hinreichender Verdacht ergibt, der sich ja hier überdeutlich bestätigt hat.«

»Haben Sie selbst die Durchsuchung beantragt?«

»Allerdings.«

»Wann?«

»Ach, Herr Rechtsanwalt. Sie wissen doch, dass ich Ihnen hierzu keine Angaben machen muss.«

Blum lächelte. »Schon eigenartig, dass nie zuvor irgendjemand, weder meine Mandantin selbst noch einer ihrer zahlreichen Mitarbeiter, auch nur das geringste Anzeichen für Nager entdeckt hat und dies bis heute Morgen, und nun, da Sie mit einem Durchsuchungsbeschluss vor der Tür stehen, ganz plötzlich ein ganzer Haufen davon hier herumläuft. Finden Sie das nicht auch merkwürdig, Herr Heise?«

»Was ich finde, muss Sie nicht interessieren, Herr Anwalt.«

Blum sah nun wieder zu Lea. »Du sagst, dass diese Hintertür immer abgeschlossen ist?«

»Ja.«

»Wer hat einen Schlüssel?«

»Es gibt nur einen, und der hängt dort hinten am Board«, antwortete sie.

»Wärst du so nett, ihn zu holen?«, bat Chaim.

»Sicher.«

»Wie lange wollen wir hier denn noch stehen?«, fragte Heise ungeduldig. »Bis sich die verdammten Viecher durch die Türen gefressen haben?«

»Das ist doch wohl eher unwahrscheinlich«, antwortete Chaim.

»Immerhin leben die Ratten ja Ihrer Auffassung nach schon eine ganze Weile hier«, fuhr der Rechtsanwalt fort. »Und wenn sie es bis jetzt nicht geschafft haben, sich durch die Türen zu beißen, warum sollte es ausgerechnet nun geschehen?« Blum klopfte gegen die Tür. »Scheint mir doch bestens in Ordnung zu sein.«

»Hier ist der Schlüssel«, sagte Lea und reichte ihn dem Rechtsanwalt.

»Danke.« Er nahm ihn, steckte ihn von innen ins Schloss und drehte ihn in der offen stehenden Tür einige Male herum. Der Riegel schob sich entsprechend vor. Dann versuchte er das Gleiche auch von außen, auch hier ließ sich das Schloss ohne Weiteres damit auf- und wieder zuschließen.

»Sieht so aus, als wäre damit alles in Ordnung, was?«

»Schon, bis auf eine Kleinigkeit«, entgegnete Rechtsanwalt Blum. »Meine Mandantin sagte aus, dass die Tür stets abgeschlossen ist.«

»Was aber ja nicht stimmen kann. Immerhin war sie vorhin offen.«

»Das genau ist ja das Dumme bei einem Einbruch. Ein geübter Täter kommt zwar rein, ohne Spuren am Schloss zu hinterlassen, doch es gelingt ihm nicht, von außen auch wieder abzuschließen. Aus diesem Grund war die Tür einfach nur ins Schloss geschnappt.«

»Sie haben eine blühende Fantasie«, konterte Heise lachend. »Doch das hier führt auch zu nichts. Behalten Sie sich Ihre Erklärungen für die Anhörung im Bußgeldverfahren vor. Das wird ja eine spannende Geschichte werden, wie jetzt schon zu erahnen ist. Ein unbekannter Einbrecher knackt erst das Vorhängeschloss des Tores dahinten, dringt dann in das Gebäude ein, doch anstatt etwas zu stehlen, bringt er dutzende Ratten hier herein und legt sogar Nester für sie an. Wirklich ein Tierfreund, ihr mysteriöser Fremder.«

Lea konnte Chaim ansehen, dass ihm eine Erwiderung auf der Zunge lag, doch er schloss nur die Tür und sperrte wieder ab. Dann ergriff er ihren Arm. »Komm, Lea. Gehen wir. Hier können wir gerade nichts erreichen.«

Lea war zum Weinen zumute, doch sie wollte diesem Heise den Triumph nicht gönnen. Schweigend ging sie neben Chaim her, sagte Uwe Bescheid, dass er das Gebäude zu verlassen hätte und schloss dann die Innentüren, wie sie es immer tat, wenn sie den Club verließ. Zuletzt ging sie in den Elektroraum und zog den Hebel für den Hauptschalter herunter. Sofort erlosch sämtliches Licht. Lea presste die Lippen aufeinander und atmete tief durch, um ihre Fassung zu bewahren. Dann ging sie zusammen mit den Ermittlern, Uwe und Chaim hinaus und schloss hinter sich ab. Kurz kam ihr die bange Frage, ob sie diese Tür wohl je wieder aufschließen würde.

Heise zog mehrere Aufkleber hervor und brachte sie zwischen Türblatt und Rahmen an.

»Den Schlüssel bitte, damit ich den Auftrag erteilen kann, die Schweinerei da drinnen zu beseitigen.«

Lea händigte ihm den Schlüssel aus.

»Gut«, sagte Heise nur. »Und sollten Sie oder jemand anderes sich mit einem Zweitschlüssel Zutritt verschaffen, Frau Stern, zieht das ein weiteres Verfahren nach sich.«

Lea war zu niedergeschlagen, um noch etwas zu erwidern.

»Na, dann hoffen wir mal für Sie, dass wir die Ursache für das da drinnen finden und die Plage in den Griff bekommen.« Heise grinste. »Einen schönen Tag noch, die Herrschaften.« Damit bedeutete er seinen Beamten aufzubrechen, worauf die Männer sich auf die zwei Autos verteilten, die in unmittelbarer Nähe des Clubs geparkt waren, und sogleich losfuhren.

»Was soll ich jetzt machen?«, fragte Uwe etwas hilflos an Lea gewandt.

»Geh nach Hause«, sagte sie schwach. »Ich melde mich bei dir, wenn ich in Erfahrung gebracht habe, wie es weitergeht.«

»Und wann wird das sein?«

»Ich weiß es nicht, Uwe. Ich weiß es wirklich nicht. Es tut mir leid.«

Uwe blieb noch kurz stehen, offenbar unsicher, wie er sich verhalten sollte. Dann verabschiedete er sich und ging mit schleppenden Schritten davon.

»Das ist ein Albtraum«, stöhnte Lea und atmete tief durch. »Was soll ich denn jetzt nur tun?«

»Wie sehr bist du auf die laufenden Einnahmen des Clubs angewiesen?«, fragte Chaim.

»Zum Glück nicht so, dass ich nicht weiß, wovon ich jetzt leben soll.« Sie deutete zum Hotel, das sich direkt neben dem Club befand. »Ich habe ja noch diese Einnahmequelle und besitze zudem ein paar Wohnungen, die ich vermietet habe.«

»Wenigstens bedeutet diese Angelegenheit hier also nicht deinen Ruin«, stellte der Rechtsanwalt nun ein wenig beruhigt fest.

Lea schluckte. »Was steckt dahinter, Chaim? Was denkst du?«

»Ganz ehrlich und ohne hierfür einen Beweis zu haben?«

»Ja, ohne einen Beweis. Sag einfach nur das, was du denkst.«

»Wenn du mich fragst, versucht dir hier jemand, etwas anzuhängen. Hast du Feinde, denen du so etwas zutrauen würdest?«

»Nein!«, antwortete Lea sofort. Dann überlegte sie. »Nun ja, einige der Wirte hier in der Gegend haben schon einige Male versucht, gegen mich vorzugehen.«

»Und weshalb?«

»Ganz einfach: Konkurrenz. Ich bin ihnen ein Dorn im Auge. Eine Frau, die einen Club führt, in den die Leute nur so strömen, während sie zusehen müssen, überhaupt Gäste in ihre Spelunken zu locken.« Lea zuckte die Achseln. »Da ist ein gewisser Ärger vorprogrammiert. Und dass einige Politiker schon seit Jahren den Verfall der Sitten beklagen, ist mir auch klar. Genau diese Politiker verschwinden dann aber meist zu später Stunde mit einer oder mehreren jungen Frauen über die Hintertreppe in die privaten Räume über dem Club. Und wenn ich oben in meiner Wohnung direkt nebenan bin, kann ich sie sogar hören. Gern gesehen bin ich bei diesen Heuchlern nicht.«

Chaim wiegte den Kopf. »Aber ein Einbruch, noch dazu professionell organisiert und dann die Sache mit den Ratten. Vor allem aber die Gesundheitsbehörden dazu zu bringen, sich einen Gerichtsbeschluss zu beschaffen und genau zu wissen, wann sie hier sein müssen.« Er sah sie an. »Denn wenn der Einbruch nicht genau zur richtigen Zeit gewesen wäre und die Ratten zu früh bei dir ausgesetzt worden wären, hätte dein Putzpersonal diese ja beim Saubermachen auf jeden Fall entdecken müssen. So jedoch wurde genau das Zeitfenster abgepasst, wann deine Mitarbeiter mit dem Putzen fertig waren bis zu dem Zeitpunkt, als das Gesundheitsamt hier aufgeschlagen ist. Das ist genau geplant gewesen und spricht für mich nicht für ein paar missgünstige Wirte, die dir die Umsätze neiden oder Politiker, die andere Werte propagieren.«

»Aber wer könnte sonst an der Schließung des Clubs interessiert sein?«

»Ich weiß es nicht. Aber wenn dir noch etwas einfällt, lass es mich wissen. Ich fahre jetzt wieder in die Kanzlei und mache ein paar Anrufe. Mal sehen, was ich in Erfahrung bringen kann.« Er umarmte Lea zum Abschied. »Ich melde mich bei dir, sobald ich irgendetwas herausgefunden habe.«

»Danke Chaim. Auch dafür, dass du so schnell zur Stelle warst.«

»Das ist doch selbstverständlich.« Er gab ihr noch einen Kuss auf die Wange, dann machte er sich eilig auf den Weg.

Lea blieb noch einen Moment auf dem Trottoir stehen. Wer nur wollte ihr schaden? So, wie sie Chaim verstanden hatte, musste es jemand mit Einfluss sein. Ein ungutes Gefühl beschlich sie. Jemand mit großem Einfluss, ging es ihr durch den Kopf, und kurz setzte ihre Atmung aus, als sie zum Café auf der gegenüberliegenden Straßenseite sah und dort Hanns erkannte, der unverhohlen zu ihr herüberstarrte. Als er bemerkte, dass sie ihn wahrgenommen hatte, hob er sein Champagnerglas und prostete ihr breit grinsend zu.

Jemand mit großem Einfluss hatte ihr das angetan, dachte sie erneut, und die Antwort auf ihre Frage, wer zu einer solchen Tat überhaupt fähig war, blickte ihr in diesem Augenblick direkt ins Gesicht.

15. Kapitel

Kurfürstendamm 42, Berlin-Charlottenburg

Mittwoch, 1. Dezember 1976

Ich spüre, dass ich auf der Suche nach meinem eigenen Weg bin. Doch noch sehe ich diesen nicht vor mir.

Hanna Borchardt

»Das ist nicht dein Ernst?« Hanna glaubte, sich verhört zu haben, als ihre Kollegin Bettina ihr soeben davon berichtet hatte, dass das *Golden Paradise,* also Leas Club, von den Behörden geschlossen worden war, weil dort angeblich mehrere Rattennester gefunden worden waren.

»Boah«, machte Bettina und schüttelte sich. »Wie eklig! Wenn ich nur an diese Viecher denke, wird mir schon schlecht.«

»Das ist doch Quatsch«, erwiderte Hanna. »Totaler Blödsinn. Ich war ein paarmal da, zuletzt in der vergangenen Woche, und ich kann dir sagen, da waren keine Ratten.«

»Und woher willst du das so genau wissen? Denkst du, dass die Biester sich auf der Tanzfläche blicken lassen und dort ein bisschen abzappeln?«

Hanna verdrehte die Augen. »Ich sage dir, das ist Schwachsinn.«

»Es stand in der Zeitung, Hanna. Wirklich. Der Laden ist dicht.«

»Haben wir die Zeitung noch hier?«

»Bestimmt. Gestern gab es dazu schon eine kleine Meldung, aber heute war es sogar der große Aufmacher«, berichtete Bettina weiter. »Und es ist wohl noch gar nicht absehbar, wann der Club wieder geöffnet werden kann und ob überhaupt.«

»Ich gucke nach, ob ich die Zeitung finde«, sagte Hanna, verließ ihren Schreibplatz und ging nach unten in den Aufenthaltsraum, in dem rechts in der Ecke immer die Zeitungen aufgestapelt wurden, damit diese am Ende gebündelt weggeworfen werden konnten.

Die Zeitung von heute war nicht dabei, vermutlich hatte die der alte Ziegler noch in seinem Büro. Doch die von gestern lag ganz obenauf. Hanna nahm sie, legte sie auf den Tisch und blätterte darin. Tatsächlich entdeckte sie auf Seite drei einen eher kleinen Bericht, dass das *Golden Paradise* derzeit geschlossen war. Weiter hieß es dort, dass in dem Club Gerüchten zufolge ein erheblicher Schädlingsbefall entdeckt worden war und das Lokal deshalb von Behördenseite aus stillgelegt wurde. Jedoch war dies bisher von offizieller Seite noch nicht bestätigt worden.

Hanna stand einen Moment regungslos da, weil sie nicht glauben konnte, was sie da las. Es stimmte also, was Bettina erzählt hatte. Es war nicht zu fassen.

Hanna war am Sonntag in Versuchung gewesen, zu Lea zu fahren und sie zu fragen, was diese am Samstagabend mit Hannas Vater besprochen hatte. Doch irgendwie fürchtete sie sich auch vor dem Gespräch, war es doch durchaus möglich, dass Lea das ihr gegebene Versprechen gebrochen und sich erneut auf Hannas Vater eingelassen hatte. Und das hätte sie wirklich schrecklich enttäuscht.

Lea faszinierte sie. Seit sie die Clubbesitzerin kennengelernt hatte, wünschte sich Hanna, ebenso zu leben wie diese: frei und ohne den Druck der Gesellschaft, in der Hanna sich von Kindesbeinen an in eine Rolle gezwängt gefühlt hatte.

Bis jetzt, da Hanna den Zeitungsartikel gelesen hatte, hatte sie geglaubt, dass Lea rundum glücklich war. Nun jedoch kamen ihr Zweifel, ob deren Freiheit nicht auch ihren Preis hatte. Wie es Lea wohl jetzt ging? Und waren wirklich Schädlinge der Grund für die Schließung des Clubs? Hanna sah auf die Uhr, es war erst Viertel nach drei. Sie würde noch bis halb fünf arbeiten müssen, danach jedoch könnte sie noch bei Lea vorbeischauen. Ob sie wohl weiterhin über dem Club wohnte, auch wenn der geschlossen war? Hanna wusste es nicht.

»Ach, hier sind Sie, Fräulein Borchardt. Was glauben Sie eigentlich, wofür Sie bezahlt werden, hä? Ganz sicher nicht dafür, sich hier unten zu verkriechen und in den Zeitungen zu schmökern«, schnauzte ihr Chef Clemens Ziegler sie an. Er war etwa im Alter ihres Vaters oder womöglich etwas jünger, doch an Übellaunigkeit übertraf Ziegler ihren Vater sogar noch um Längen. Wurden alle Männer ab Mitte fünfzig einfach zu aufgeblasenen Arschlöchern, die glaubten, sich alles erlauben zu können?

»Entschuldigung, Herr Ziegler«, sagte Hanna. »Ich habe nur etwas nachprüfen wollen.«

»Etwas nachprüfen, so nennt man es heute also, wenn man faulenzt«, empörte er sich weiter. »Die Zeit holen Sie nach, dass das klar ist.«

Hanna war in Versuchung, ihm ins Gesicht zu brüllen, dass sie bis auf einen einzigen Brief der Partnerfirma in Frankreich bereits sämtliche Korrespondenz erledigt und auch das noch mit weggearbeitet hatte, was Lisa, der Liebling des alten Ziegler, liegen gelassen hatte. Sie konnte es kaum erwarten, bis sie nächstes Jahr ihre Prüfung ablegen und dann sofort aus diesem Laden hier verschwinden würde. Eine Zeit lang hatte Hanna die Launen ihres Chefs noch damit entschuldigt, dass die Firma wohl nicht so lief, wie er es sich vorstellte, und er immer ein wenig an der Klippe zur Pleite stand. Selbst die Gehälter waren das eine oder andere Mal verspätet ausgezahlt worden, was Hanna nicht so wahnsinnig gestört hatte. Andere jedoch, wie beispielsweise Bettina, die mit ihrem Gehalt die Mutter und auch ihren kleinen Bruder unterstützte, damit die drei überhaupt über die Runden kamen, konnten sich eine solche Geduld nicht leisten. Sie war als Fremdsprachenkorrespondentin für Italien zuständig. Und die Geschäfte zwischen Deutschland und Italien gingen wohl erheblich schlechter als die mit Frankreich, sodass Hannas Job weit sicherer war als Bettinas. Vor allem aber war es schwierig, in diesem Bereich überhaupt anderswo unterzukommen, weshalb Bettina schon froh sein musste, die Stelle bei dem alten Ziegler zu haben.

Hanna hatte sich seinerzeit auch nur für diese Ausbildung entschieden, weil ihr Sprachen einfach lagen und sie Englisch, Französisch und Spanisch fließend sprach und diese Fähigkeiten gern auch beruflich nutzen wollte, schon um ihre Sprachkenntnisse sozusagen frisch zu halten. Aber sie wusste immer noch nicht, wie es für sie nach der Lehrzeit hier in der Firma weitergehen sollte. Ihr war einfach nicht klar, was sie vom Leben erwartete. Nur, dass dieser Job in diesem Betrieb hier ganz sicher nicht das war, was sie wollte, da war sie sich sicher.

»Ich mache mich dann wieder an die Arbeit«, sagte sie, legte die Zeitung zurück auf den Stapel und wartete, damit Ziegler die Tür frei gab und sie wieder nach oben gehen konnte. Der blieb jedoch im Türrahmen stehen.

»Sie können von Glück reden, dass ich ein so umgänglicher Mann bin, Fräulein Borchardt. Andere Arbeitgeber hätten Ihnen eine Abmahnung erteilt.«

»Wenn Sie mich bitte durchlassen würden, damit ich wieder an meine Arbeit gehen kann?«

»Bitte«, forderte er sie auf und machte eine Handbewegung, dass sie an ihm vorbeigehen könnte, wich aber kein Stück zur Seite.

Hanna wurde wütend. Ziegler hatte schon des Öfteren Situationen wie diese geschaffen, in der Hanna gezwungen gewesen war, ihm näher zu kommen, als es ihr lieb war. Anfangs hatte sie es lediglich als unangenehm empfunden und darüber hinweggesehen, inzwischen jedoch war sie nicht mehr bereit, ein solches Verhalten hinzunehmen. Sie mochte nur eine kleine Auszubildende sein, doch sie ließ sich von diesem Ekel nicht betatschen oder auch nur zu, dass er ihr zu nah kam.

»Bettina!«, brüllte sie aus vollem Leib den Namen ihrer Kollegin.

Clemens Ziegler sah sie erschrocken an.

»Ja?«, rief Bettina von oben.

»Kannst du kurz runterkommen? Ich brauch dich hier.«

»Bin sofort da«, rief Bettina zurück, und sogleich hörte man ihre Schritte auf der Treppe. Ziegler funkelte Hanna an.

»Ach, so läuft das hier, ja?« Er ballte die Hand zur Faust, machte kehrt und stapfte die Stufen hinauf, während er noch weiter in sich hineinschimpfte.

Hanna sagte nichts und wartete nur, bis Bettina unten bei ihr angekommen war.

»Was ist?«, fragte Bettina, als sie Hanna erreichte.

»Ziegler hat wieder eines von seinen Spielchen abziehen wollen. Doch da mache ich nicht mehr mit.«

Bettina seufzte. Sie war den Übergriffen des Arbeitgebers auch schon einige Male ausgesetzt gewesen und konnte sich insoweit denken, was Hanna meinte.

»Na, komm«, sagte Bettina dann nur. »Gehen wir wieder rauf, bevor er uns noch Überstunden aufbrummt.«

Hanna nickte nur. Wie sehr sie es hasste, derart abhängig von einem solchen Widerling zu sein.

Zusammen gingen sie und Bettina wieder hoch und kehrten an ihre Plätze zurück. Hanna machte sich sofort daran, die Korrespondenz nach Frankreich fertig zu machen, und nahm dann Bettina noch zwei englische Übersetzungen ab. Beim Italienischen konnte sie ihr nicht helfen, doch so waren sie fast zeitgleich fertig und schickten sich an, zusammen Feierabend zu machen.

»Ist hier alles erledigt, wenn Sie schon zwischendurch die Zeit haben, in Zeitungen zu blättern?«, fragte ihr Chef, der soeben das Büro betreten hatte, das Bettina und Hanna sich teilten.

»Ja, Herr Ziegler, es ist alles fertig«, antwortete Hanna.

»Und bei Ihnen, Fräulein Teuber?«, sprach er nun Bettina an. »Ich hatte Ihnen noch zwei englische Übersetzungen hingelegt.«

»Ja, Herr Ziegler. Auch die sind erledigt«, bestätigte Bettina.

»So, nun ja. Wenn das so ist.«

Hanna sah auf die Uhr, es war zwanzig vor fünf. Sie hatten also ohnehin Feierabend, wobei sie sich nicht getraut hätte, das zu sagen. Doch was sollte denn dieses Verhalten ihres Chefs? Sie erledigte ihre Arbeit stets überaus zuverlässig und machte nie einfach Schluss, wenn ihre Arbeitszeit um war, sondern erst dann, wenn alles abgearbeitet war und sie blanken Tisch hatte. Sie hatte weit mehr Pflichtbewusstsein als andere Lehrlinge, ja sogar auch mehr als viele der Festangestellten. Doch Zieglers bisschen Macht im Leben bestand wohl darin, denen, die ihm unterstellt waren, die Tage schwer werden zu lassen. Für Hanna war er nichts weiter als ein unbedeutender Wurm, für den ihr Respekt von Tag zu Tag weniger wurde.

Hanna und Bettina verabschiedeten sich und verließen gemeinsam das Gebäude. Draußen schlossen sie ihre Fahrräder auf, umarmten sich noch kurz, und Bettina fuhr sogleich davon. Hanna wusste, dass sie Sorgen hatte, denn seit gestern war ihre Mutter krank, und Bettina stand die Angst, wie es weitergehen sollte, förmlich ins Gesicht geschrieben. Ihre Mutter war stundenweise als Putzfrau beschäftigt und bekam nur dann Geld, wenn sie auch arbeitete. Jede Mark, die sie nun nicht verdiente, fehlte Bettinas Familie, und Hanna hoffte inständig, dass ihre Mutter ganz schnell wieder gesund wurde, damit die Not und der damit verbundene Druck für Bettina nicht noch größer wurden.

Hanna wartete einen Moment und sah Bettina noch nach, bis sie aus ihrem Sichtfeld verschwunden war. Dann schob sie ihr Rad hinüber auf die andere Straßenseite und weiter, bis sie den Club erreicht hatte. Direkt davor blieb Hanna stehen. Tatsächlich war die Eingangstür mit Siegeln versehen, die offenbar davon abhalten sollten, das Lokal zu betreten. Hanna sah an der Fassade hinauf. Lea hatte ihr gesagt, dass sie die Wohnung über dem Club bewohnte. Doch waren darüber nicht mindestens zwei Wohnungen, so hoch wie das Gebäude war?

Sie lehnte ihr Fahrrad an die Hauswand, schloss es ab und ging dann zum Eingang neben dem Club. Sollte sie wirklich klingeln? Bevor sie es sich noch anders überlegen konnte, drückte sie den Knopf, und kurz darauf summte auch schon der Türöffner. Hanna drückte gegen die Eingangstür und trat ein. Im Treppenhaus sah sie nach oben. Sie hatte damit gerechnet, dass Lea herunterschaute, um zu prüfen, wer geklingelt hatte, da sie über die Sprechanlage nicht nachgefragt hatte, wer an der Tür sei. Doch das war nicht der Fall, sodass Hanna einfach die Stufen hinauflief und dann vor der Wohnungstür haltmachte, die offen stand.

»Hallo?« Hanna ging zögernd hinein. »Hallo, Lea? Hier ist Hanna.«

»Ich weiß.«

Hanna zuckte zusammen, als Lea aus der Küche trat, die sich rechts vom Eingang befand. »Ich habe dich von hier oben aus über die Straße kommen sehen.« Ein Lächeln umspielte ihre Lippen. »Möchtest du etwas trinken?«

»Ja, bitte. Hast du Tee?«

»Ja, natürlich. Ich trinke tatsächlich viel Tee. Kamille?«

»Gern.« Hanna zog ihre Jacke aus und hängte sie über einen der Stühle in der Küche. Dann legte sie ihren Schal ab und setzte sich. Sie sah sich um. Die gesamte Wohnung schien aus Designermöbeln zu bestehen. Die Wände waren in einem schlichten Grau gehalten, der Teppich war weiß. Die Möbel, vor allem die Ledercouch, die Hanna von hier aus erkennen konnte, waren orange und brachten Farbe rein. Sie blickte nach rechts. An der einen Wand der geräumigen Küche hing das große Bild eines goldenen Apfels.

»Du bist bestimmt überrascht, dass ich gekommen bin«, meinte Hanna.

Lea füllte den Teekessel mit Wasser und stellte ihn auf die Gasflamme. Dann drehte sie sich zu Hanna um und lehnte sich an die Küchenplatte. »Ich weiß nicht, ob ich überrascht bin. Ich habe mir darüber keine Gedanken gemacht.«

»Ich hoffe, es stört dich nicht.«

»Warum sollte es?«

»Ich …«, begann Hanna zögernd, »ich habe gelesen, dass dein Club geschlossen wurde.«

»Ja, das ist richtig.«

»Und darf ich fragen, weshalb?«

»Wenn du es genau wissen willst …« Lea zündete sich eine Zigarette an und hielt auch Hanna die Schachtel hin, die nach kurzem Zögern eine Zigarette nahm und sich Feuer geben ließ. »Ich wurde reingelegt«, vervollständigte Lea ihren Satz nun, nachdem sie einen tiefen Zug genommen und dann genussvoll den Rauch ausgestoßen hatte.

»Wie meinst du das, du wurdest reingelegt?« Hanna sah Lea fragend an. »Von wem und weshalb?«

»Von jemandem, den ich offenbar sehr verärgert habe.«

»Du weißt also, wer es war? Dann musst du ihn anzeigen.«

»Glaub mir, das würde nichts nützen«, sagte Lea vollkommen ruhig. »Ich hatte nun zwei Tage Zeit, mir etwas zu überlegen. Und ich denke, es wäre nicht besonders klug, den üblichen Weg gehen zu wollen.«

»Ich verstehe nicht«, sagte Hanna.

»Ist auch nicht so wichtig«, meinte Lea und drehte sich nun zum Herd um, weil der Teekessel zu pfeifen begann. Sie schaltete das Gas aus, griff einen Topflappen und füllte dann das heiße Wasser in zwei Tassen, in die sie zuvor je einen Teebeutel gehängt hatte. Eine der Tassen stellte sie vor Hanna auf den Tisch, die andere für sich selbst direkt gegenüber. Dann nahm auch Lea am Tisch Platz.

»Du bist so unglaublich ruhig. Ich denke, wäre ich an deiner Stelle, ich würde aus der Haut fahren.«

»Und glaubst du, das würde auch nur das Geringste ändern?«, fragte nun Lea.

Hanna schüttelte den Kopf. »Nein«, erkannte sie dann. »Das würde es wohl nicht.«

»Und aus genau diesem Grunde verbiete ich es mir.«

»Du bist also immer vollkommen kontrolliert, nicht wahr?«, stellte Hanna mit einer gewissen Bewunderung in der Stimme fest.

»Ja, das stimmt wohl.« Lea lächelte. »Es ist ein Schutzpanzer«, erklärte sie dann. »Nur wer die Kontrolle hat, kann verhindern, zum Spielball zu werden.« Lea nahm einen weiteren tiefen Zug von ihrer Zigarette. »Diesen Spruch habe ich mal irgendwo gehört, und ich hatte sofort das Gefühl, er würde auf mich passen.«

Hanna zog einige Male an ihrer Zigarette.

»Nun frag mich schon«, forderte Lea.

»Was meinst du?«

»Die Frage, die dir schon auf der Zunge lag, bevor du dich entschieden hast hierherzukommen.«

»Durchschaust du immer jeden so?«

Lea aschte in den kleinen Keramikbecher. »Ich habe täglich mit sehr vielen Menschen zu tun. Da gewöhnt man sich so etwas an.« Sie nahm einen letzten Zug von ihrer Zigarette und drückte diese dann aus. »Nun, wenn du nicht fragen willst, dann antworte ich dir trotzdem«, kündigte Lea nun an. »Nein, ich habe mich nicht wieder auf deinen Vater eingelassen, sondern lediglich mit ihm gesprochen, um nicht unhöflich zu sein und die Sache eskalieren zu lassen. Ich habe dir ein Versprechen gegeben, Hanna. Du sollst wissen, dass ich so etwas nicht oft tue. Doch wenn, dann sehe ich mich daran gebunden.«

»Ich habe tatsächlich darüber nachgedacht«, gab Hanna zu. »Doch ich hätte es wohl besser wissen müssen.«

»Mach dir darum keine Gedanken«, winkte Lea ab.

»Und was willst du jetzt tun? Wegen des Clubs, meine ich.«

»Es ist zwei Tage her, seit das Gesundheitsamt ihn dichtgemacht hat. Seitdem ist niemand mehr gekommen, um dort aufzuräumen und die Ratten zu entfernen«, berichtete Lea.

»Es waren also wirklich Ratten, ja?«

»Ja. Am Morgen, als der Club gereinigt wurde, waren sie noch nicht da. Am Nachmittag war dann plötzlich alles voll mit diesen Viechern. Eigenartig, oder?«

»Dann ist es aber doch offensichtlich, dass jemand dich reinzulegen versucht.«

»Ganz bestimmt sogar. Wenn aber Kläger und Richter in diesem Fall eine Person in Form des Gesundheitsamtes ist, macht es nicht allzu viel Sinn, sich dagegen auflehnen zu wollen.«

»Also willst du es einfach so hinnehmen und dich in dein Schicksal ergeben?«

Lea lachte kurz auf. »Aber ganz gewiss nicht. Doch es ist besser, ich sage dir nicht, was wir vorhaben.«

»Weil du mir nicht vertraust?«, fragte Hanna, die spürte, dass der Gedanke sie verletzte.

Lea schenkte ihr ein Lächeln und schüttelte dann den Kopf. »Weil es nicht so ganz legal ist. Doch ich werde ganz sicher nicht tatenlos zusehen, wie diese Biester mein Inventar zernagen.«

»Was hast du vor?«, hakte Hanna nach, die eine Mischung aus Übermut und Abenteuerlust in sich aufsteigen spürte.

Lea beugte sich vor und flüsterte dann verschwörerisch: »Ich werde nachher mit ein paar Freunden in meinen eigenen Club einbrechen und die Ratten dort rausschaffen. Und wenn dann die Herrschaften vom Gesundheitsamt wiederkommen, um die angebliche Plage zu beseitigen, werden sie nichts mehr vorfinden.«

»Aber damit ist doch dann klar, dass du es warst«, hielt Hanna dagegen. »Ich meine, niemand außer dir hätte ein Motiv.«

»Na ja, der Kerl vom Gesundheitsamt, dieser Ferdinand Heise, hat es als vollkommen unglaubwürdig abgetan, dass jemand durch die Hintertür in meinen Club eingebrochen ist, um die Ratten dort auszusetzen. Wenn nun erneut dort eingebrochen wird und die Ratten wie durch Zauberhand wieder verschwinden, ist das doch genauso unglaubwürdig, oder nicht?«

Hanna prustete los. »Du bist wirklich unglaublich.«

»Ich würde dich an der Aktion teilnehmen lassen, Hanna, doch ich habe meine Gründe, dich da herauszuhalten.«

»Kannst du sie mir nennen?«

»Ich könnte, doch ich will nicht. Du wirst da sonst in etwas sehr Unschönes hineingezogen, und dafür möchte ich nicht die Verantwortung übernehmen. Ich bitte dich, das zu respektieren.« Lea nahm einen kleinen Schluck Tee, und auch Hanna setzte die Tasse an ihre Lippen, stellte sie aber sofort zurück, weil der Tee noch zu heiß war, um ihn zu trinken.

»Ich mag es, mich mit dir zu unterhalten«, sagte Hanna nun und wechselte so das Thema, weil sie spürte, dass Leas Entscheidung, sie nicht einzubeziehen, für diese feststand.

»Ich mag es auch. Du erinnerst mich an jemanden. Vielleicht bist du mir deshalb so vertraut.«

»An wen?«, fragte Hanna.

»An eine Frau wie aus einem anderen Leben.« Lea lächelte bei der Erinnerung. »Ich war viele Jahre mit ihr befreundet, damals in Israel, bevor ich nach Deutschland zurückkehrte.«

»Du hast in Israel gelebt?«, fragte Hanna ebenso überrascht wie begeistert. Sie hatte immer schon reisen wollen und etwas von der Welt sehen. Und gerade über Tel Aviv hatte sie schon viel gelesen und gehört.

»Ja, viele Jahre sogar«, antwortete Lea. »Meine Mutter ist damals mit mir aus Deutschland geflohen, als ich erst zehn Jahre alt war. Und elf Jahre später, 1949, kam ich dann hierher zurück.«

Hanna hatte das Gefühl, nicht zu verstehen, was Lea damit meinte. Dann erst dämmerte es ihr. »Du bist Jüdin?«

»Aber ja, natürlich. Doch Deutschland ist und war immer meine Heimat, auch wenn das eine Zeit lang hier in diesem Land so ganz und gar anders gesehen wurde.«

»Es tut mir leid, was damals hier geschehen ist«, erwiderte Hanna darauf, einfach weil sie nicht wusste, was sie sonst sagen sollte.

»Ja, mir auch. Wir sind noch rechtzeitig rausgekommen. Millionen andere hatten nicht dieses Glück.«

Eine Pause entstand, dann nahm Hanna das Gespräch wieder auf. »Und du sagtest, ich erinnere dich an jemanden in Israel?«

»Ja, an Rachel. Wir waren sehr eng befreundet.« Lea lächelte bei der Erinnerung. »Ich habe Rachel geliebt wie niemanden zuvor und niemanden danach.«

»Ihr wart also ein Paar?«

»Schockiert dich das?«, fragte Lea etwas belustigt.

»Schockiert ist das falsche Wort. Ich würde eher sagen, ich finde es aufregend.«

»Du findest es aufregend, eine Frau zu lieben?«

»Ich finde es aufregend, überhaupt zu lieben und mich davon frei zu machen, welche gesellschaftlichen Erwartungen an eine Beziehung geknüpft sind.«

»Ja, das trifft im Kern auch mein Denken«, stimmte Lea zu. Sie zündete sich erneut eine Zigarette an. Dieses Mal lehnte Hanna ab, als sie auch ihr eine anbot.

»Es war immer mein tiefer Wunsch, frei zu sein«, fuhr sie nachdenklich fort. »Womöglich liegt es an meiner ganz eigenen Geschichte und daran, dass ich mein Leben so sehr zu schätzen weiß. Ich möchte jeden Augenblick erleben und genießen, Hanna. Geht es dir nicht auch so?«

»Ja, ganz genauso! Ich habe so oft das Gefühl, als wäre ich eingesperrt und würde laut schreien, doch niemand um mich herum scheint mich zu hören. Ich will weg, doch ich will andererseits meine Mutter nicht im Stich lassen. Ich will …«, Hanna seufzte, »ich möchte einfach sein wie du.«

Lea streckte die Hand über den Tisch und berührte zärtlich Hannas Wange. »Du erinnerst mich wirklich an sie.«

Als Lea die Hand wieder wegziehen wollte, hielt Hanna sie fest und traute sich, einen Kuss darauf zu hauchen. Ein eigenartiges Gefühl stieg in ihr auf, das Aufbruch verriet. Und das erste

Mal fühlte sie sich zu jemandem so hingezogen, dass sie – und das wurde ihr erst jetzt bewusst – Lust verspürte.

»Zeigst du es mir?«, fragte Hanna nun, die noch immer Leas Hand festhielt und diese liebkoste.

»Was?«

»Wie es ist, eine Frau zu lieben«, sagte Hanna, und eigenartiger Weise schämte sie sich nicht, es auszusprechen.

Lea schüttelte den Kopf. »Nein. Ich habe meine Erfahrungen gemacht, du musst deine eigenen machen«, lehnte sie ab.

»Aber ich wünsche mir, es mit dir zu erleben«, hörte Hanna sich selbst sagen, und fast überraschte es sie, dass eine tiefe Wahrheit in ihren Worten mitschwang.

»Bist du dir sicher?«, fragte Lea.

Hanna nickte entschlossen. Lea sah sie an, nachdenklich, forschend. Dann drückte sie ihre Zigarette aus, stand auf, nahm Hannas Hand und zog sie mit sich ins Schlafzimmer.

Hanna musste schlucken, bekam aber kaum genug Spucke zusammen. Ihr schlug das Herz bis zum Hals, als Lea sich zu ihr vorbeugte und ihr einen zärtlichen Kuss gab. Dann führte sie Hanna hinüber zum Bett, und sie setzten sich auf die Kante. Langsam, und unglaublich sanft, berührte Lea mit den Fingerspitzen Hannas Körper. Hanna genoss die Zärtlichkeiten, schloss ihre Augen und ließ sich rückwärts auf das Bett sinken. Lea legte sich neben sie, und die beiden streichelten einander, küssten sich. Hanna hatte das Gefühl, alles drum herum wie durch Watte zu erleben, alles war gedämpft und doch weich, fast fühlte sie sich betrunken, und doch nahm sie jedes Detail wahr.

Nach und nach zogen sie sich gegenseitig aus, ganz ruhig und voller Zärtlichkeit. Als Lea dann ihre Hand in Hannas Scham gleiten ließ, presste diese sich noch mehr in die Kissen und stöhnte genussvoll. Ja, sie wollte es spüren, wollte sich selbst spüren, wollte das Gefühl erleben, sich vollkommen fallen zu lassen und hinzugeben. Leas Finger glitten tiefer, die Lust, die Hanna empfand, nahm ihr jeden klaren Gedanken. Immer gleichmäßiger bewegte sich Lea, küsste sie und fingerte weiter, bis Hanna die Lust wie einen heißen Schauer in sich aufsteigen spürte und sie laut aufstöhnte, als sie zum Höhepunkt kam. Ganz langsam zog Lea ihre Hand zurück, fuhr zärtlich mit den Fingern über Hannas Körper, der nun komplett von einer Gänsehaut überzogen war. Lea nahm eine Decke und zog sie über ihre beiden Körper. Dann blieben die Frauen so liegen, und Hanna wusste, dass sie den Moment, den sie beide soeben geteilt hatten, niemals vergessen würde. Hatte sie sich deshalb nie wirklich für einen Mann interessiert, weil sie auf Frauen stand? Hanna wusste es nicht. Doch sie wollte jetzt auch nicht darüber nachdenken. Das war alles unwichtig. Wichtig war jetzt nur, hier bei Lea zu sein und dem Gefühl nachzuspüren, das sie soeben erlebt hatte. Denn das war einfach himmlisch.

16. Kapitel

Adalbertstraße 81, Berlin-Kreuzberg

Freitag, 3. Dezember 1976

Jeden Tag verstehe ich diese Welt weniger. Es muss endlich etwas unternommen werden.

HOLGER BORCHARDT

Holger zog vorsichtig seinen Arm unter Monikas Kopf weg. Er betrachtete sie eine Weile, ehe er aufstand und sich seine Unterhose anzog. Was hatte er für ein Glück, dieser Frau begegnet zu sein! Die letzten Nächte hatte er ausschließlich bei ihr verbracht, und sie waren sich endlich nähergekommen. Jeden Tag hatten sie seitdem miteinander geschlafen, und die sexuelle Spannung zwischen ihnen schien nur weiter zu wachsen. Mit keiner anderen Frau hatte er jemals eine solche Verbindung, ja eine solche Leidenschaft verspürt wie mit ihr. Holger ging in das kleine, schäbige Badezimmer, wusch sich Gesicht und Achseln. Dann stützte er sich auf den Waschtisch und betrachtete sich im Spiegel. Wie viel hatte sich in diesen letzten paar Tagen doch in seinem Leben verändert. Monika hatte ihm die Augen geöffnet, stundenlang hatten sie über Politik und Gesellschaft gesprochen. Holger kannte die vielen Schriften von Marx und Engels und besonders die seines Lieblingsautors Herbert Marcuse. Doch Monika stand ihm in nichts nach, ganz im Gegenteil: Je mehr sie miteinander diskutierten, desto unwissender fühlte sich Holger. Monika konnte ihm das gesamte ökonomische und politische System erklären und legte ihm auch dar, wie man es ihrer Meinung nach ändern müsste, damit es endlich gerecht würde. So konkret hatte Holger sich da bisher nie Gedanken drum gemacht, und Monikas kluge, bestimmte Art machte sie nur noch anziehender für ihn. Nie zuvor hatte er eine Frau wie sie kennengelernt, und trotz der kurzen Zeit, die sie sich nun kannten, hatte er das Gefühl, sie zu lieben, wie er noch keine andere bisher geliebt hatte.

Holger kehrte zurück ins Schlafzimmer. Monika war offenbar gerade wach geworden und reckte sich nun.

»Guten Morgen«, sagte Holger, als er eintrat.

»Guten Morgen«, gab sie zurück, stand auf und kam auf ihn zu. Holger betrachtete ihren nackten Körper und spürte sofort, wie sehr sie ihn erregte.

»Du siehst so gut aus«, flüsterte er, als sie sich an ihn schmiegte und er ihren Hals küsste. Er zog sie noch enger zu sich heran, als polternde Schritte vom Flur aus zu hören waren und dann die Zimmertür aufflog.

»Monika!« Ede erschien im Türrahmen. »Wir müssen reden, und zwar sofort!«

»Ede«, sagte Holger genervt. »Wie wäre es mit ein bisschen Privatsphäre für Monika? Und wie kommst du überhaupt hier rein?«

Ede grinste schief und verschränkte die Arme vor der Brust.

»Erstens hab ich schon alles gesehen, was da dran ist«, stellte er fest und nickte zu Monika herüber. »Und zweitens hab ich 'nen Schlüssel. Für Notfälle.«

Holger sah zu Monika und wartete, ob sie ihm erklären würde, warum Ede einen Schlüssel zur Wohnung hatte. Doch offenbar war das für sie kein Thema.

»Also, Ede, was ist los?«, fragte sie, ohne Anstalten zu machen, sich etwas überzuziehen.

»Ist etwas … Berufliches«, antwortete Ede und machte eine Kopfbewegung in Richtung Nebenzimmer. »Wir sollten das drüben besprechen.«

»Spuck es aus, verdammt!« Sie klopfte Holger gegen die Brust. »Er ist in Ordnung.«

»In Ordnung?« Ede schüttelte den Kopf. »Ich kenn' ihn kaum«, widersprach er.

Holger konnte es kaum fassen. Was bildete Ede sich eigentlich ein? Allein dass Monika noch immer splitternackt hier im Raum stand und auch er selbst nur mit Unterhose bekleidet war, konnte wohl als deutliches Zeichen dafür gewertet werden, wo zumindest derzeit Monikas Prioritäten lagen.

Monika verdrehte die Augen. »Wenn ich sage, dass wir ihm vertrauen können, dann können wir ihm vertrauen.« Sie hob ihren Slip vom Boden auf, zog ihn an, ging dann zum Stuhl, wo Holgers Pullover lag, den er gestern angehabt hatte, streifte sich diesen über, nahm sich dann eine Zigarette und zündete sie an. »Also?«, forderte sie Ede auf, setzte sich auf das Bett und klopfte auf den freien Platz neben sich. »Setz dich, Holger.«

Ede sah sie nur an, unschlüssig, wie er sich verhalten sollte. Von der entspannten Art, die er sonst gern nach außen trug, war nichts zu merken. Holger ging zum Bett, nahm neben Monika Platz und ließ sich von ihr die Zigarette reichen, an der er kurz zog und sie dann Monika zurückgab.

»Bevor du den ganzen Tag da drüben stehen bleibst«, sagte Monika nun an Ede gewandt, dann sah sie Holger an. »Ede und ich sind Teil der Rote Armee Fraktion«, erklärte sie ruhig.

»Bist du verrückt?«, schnauzte Ede los. »Du kennst den Kerl gerade mal ein paar Tage, und nur weil du ihn fickst, haust du hier solche Sachen raus?«

»Reg dich ab, Ede!«, blaffte Monika zurück und sah dann wieder Holger an. »Also, was sagst du dazu?«

Monika war in der RAF? In einer terroristischen Vereinigung? Das konnte doch nicht sein.

»Was soll ich dazu sagen?« Holger zuckte die Schultern. »Damit gerechnet habe ich ganz sicher nicht«, stellte er betont ruhig fest und versuchte, sich nicht anmerken zu lassen, dass ihn das Geständnis seiner Freundin, wenn er sie denn so nennen konnte, schockierte.

»Ihr seid also Terroristen?«, fügte er etwas ungläubig hinzu.

Monika nahm einen Zug von ihrer Zigarette und hielt sie ihm an die Lippen.

»Wir sind keine Terroristen«, korrigierte sie. »Das sagen die nur in den Medien, weil die Berichterstattung gesteuert ist und die uns Sachen anhängen wollen, damit nur keiner der lieben braven Bürger da draußen auf die Idee kommt, dass es womöglich richtig ist, was wir tun.« Sie zog erneut an ihrer Zigarette. »Wir kämpfen für eine bessere Welt, Holger. Eine Welt, die du doch auch willst.«

»Aber nicht, wenn dafür Menschen sterben müssen«, entgegnete Holger und schüttelte den Kopf.

Monika deutete mit dem ausgestreckten Finger zum Fenster hinaus. »Da draußen, Holger, sterben Menschen, und zwar jeden Tag. Sie versinken in ihrem Dreck und Mief und schmeißen sich lieber vor den Zug, als weiter nicht zu wissen, wovon sie ihre nächste Mahlzeit bezahlen sollen. Also frag ich dich, wer sind die wahren Mörder? Die, die dabei zugucken und nichts tun oder wir, die diesem Scheiß ein Ende bereiten wollen?«

Holger sah Monika an. Er konnte nicht glauben, dass sie dazu fähig war, Anschläge zu begehen. Ede schon, aber Monika doch nicht. Sie war viel zu klug, um zur Waffe zu greifen.

»Keiner von uns hat je einen umgebracht«, erklärte Ede nun, der noch immer im Türrahmen stand.

Holger sah zu ihm rüber. Die Situation hatte etwas Bedrohliches an sich. Hatte Ede den Verdacht, dass er sie verraten würde? Stand er da, um sicherzugehen, dass Holger die Wohnung nicht würde verlassen können? Und war er vielleicht sogar bewaffnet?

»Die ganzen Meldungen, die du hörst, sind falsch«, sagte Monika nun, stand auf und warf ihre Zigarette in ein Glas, das noch zu gut einem Drittel mit Wasser gefüllt war. Dann kam sie zurück, setzte sich wieder neben ihn und legte ihre Hand auf seinen Oberschenkel. »Du bist intelligent, Holger, du hinterfragst die Dinge. Die da oben kontrollieren die Medien. Die setzen die Justiz unter Druck, und alle, die nicht nach ihrer Pfeife tanzen, werden aussortiert.«

Monika schwieg kurz, ehe sie wieder ansetzte.

»Du hast keine Ahnung, wie viele von uns sie schon ermordet haben, um uns zum Schweigen zu bringen. Scheiße, wir verteidigen uns nur und versuchen endlich, die anderen wachzurütteln«, brachte sie wütend hervor.

Holger schüttelte abermals den Kopf. An eine Verschwörung, wie Monika sie beschrieb, konnte er nicht glauben.

»Aber die Gerichte sind unabhängig von der Politik. Und die Polizei ist es auch«, widersprach er.

»Das wollen sie dich glauben machen«, mischte sich nun Ede ein. »Denk mal nach. Ulrike haben sie schon zum Schweigen gebracht, das haben sie als Selbstmord dargestellt, weil sie darüber berichten mussten. Sie war zu bekannt. Was meinst du, wie viele Morde die einfach unter den Teppich kehren?«

»Ulrike Meinhof?«, fragte Holger.

Monika nickte. »Und das ist erst der Anfang. Sie stecken unsere Leute in Isolationshaft und versuchen, sie einer Gehirnwäsche zu unterziehen. Du glaubst gar nicht, was für eine Scheiße da abgeht.« Monika schüttelte den Kopf.

»Wir haben es ohne Waffen versucht, aber uns wurde nicht zugehört. Wir wurden einfach weggesperrt. Das passiert überall auf der Welt, nicht nur hier. Erst als wir uns Waffen zulegten, konnten sie uns nicht mehr ignorieren oder verschleiern, dass es uns gibt. Insurrektion ist unser einziger Weg«, verkündete sie stolz.

Holger überlegte, suchte fieberhaft nach Gegenargumenten. Wenn rauskam, dass Monika zur RAF gehörte, würde auch sie Gefahr laufen, verhaftet zu werden. Das würde er keinesfalls zulassen. Doch auch er hatte sich schon gefragt, ob das, was es im Fernsehen an Berichterstattung zu diesem Thema gab, wirklich der Realität entsprechen konnte. Aber steckten deshalb wirklich alle in Machtpositionen unter einer Decke? Das System war kaputt, ja. Es war imperialistisch, kapitalistisch und einfach ungerecht für das Proletariat, das für den Erfolg der Bourgeoisie schuftete und dazu gebracht wurde, jegliche Sinnhaftigkeit der Tätigkeit für den Profit zu ignorieren. Aber müssten nicht viel mehr Menschen auf der Seite der RAF sein, wenn sie wirklich recht hätten?

»Sind Paula, Karl und Max auch dabei?«, fragte Holger nun.

Monika schüttelte den Kopf. »Nein, aber sie wissen Bescheid über uns. Doch aktiv sind sie nicht.«

Sie nahm seine Hand und drückte sie. »Wolltest du nicht genau das immer? Teil von etwas sein? Endlich deinem Vater die Stirn bieten?«

Holger zögerte, dann nickte er. War sein Vater nicht das beste Beispiel, dass Geld auch Macht bedeutete? Wie viele Politiker hatte er auf seine Empfänge eingeladen, die eigentlich für einen guten Zweck sein sollten? Er hatte alle glauben gemacht, dass es ihm um soziale Wohnungen ging oder die Bekämpfung von Armut. Aber alles, was er in Wirklichkeit getan hatte, war, Familien aus ihren Wohnungen zu vertreiben, weil sie sich die Mieten nach der Sanierung nicht mehr hatten leisten können.

»Ich muss darüber nachdenken«, antwortete er schließlich.

»Das verstehen wir«, flüsterte Monika.

»Aber wir müssen sicher sein, dass du uns nicht verrätst«, ergänzte Ede.

»Ich verrate euch nicht!«, stieß Holger wütend hervor.

Monika gab ihm rasch einen Kuss auf den Mund. »Das weiß ich«, sagte sie und sah ihm einen Moment in die Augen. Dann wandte sie sich an Ede. »Also, worum geht es nun? Was ist passiert?«

Ede atmete schwer aus. »Sie haben Egon und Michael erwischt«, brach es dann aus ihm heraus.

Monika riss die Augen auf. »Was? Wann?«

»Schon am 30. November. Deswegen haben wir auch nichts mehr gehört. War ja klar, dass da irgendwas passiert sein musste.«

Holger versuchte, sich zusammenzureimen, ob er jemals von einem Egon und einem Michael in den Nachrichten gehört hatte, doch er konnte sich nicht erinnern.

»Was ist mit den Plänen?«, fragte Monika besorgt.

»Sie wurden noch auf der Fahrt hochgenommen. Diese verdammten Scheißbullen haben alles, einfach alles.«

»So ein Mist!«, schrie Monika. »Ich muss mit Paula sprechen.«

»Paula?«, fragte Holger. »Ich dachte, sie sei nicht Teil der RAF.«

»Nicht die Paula«, erklärte Monika, stand auf, zog sich nun auch eine Hose und Schuhe an und ging dann zu Ede hinüber. »Wir müssen uns mit den anderen treffen. Wenn die die Pläne entschlüsseln …« Sie schüttelte den Kopf und ließ den Satz unvollendet.

»Das werden die nicht.« Es klang, als versuchte Ede, sich selbst zu überzeugen. »So helle sind diese Scheißtypen nicht.« Er sah von Monika zu Holger.

Monika gab Holger einen Kuss. »Sehen wir uns nachher?«,

»Ich weiß nicht. Ich werde gleich zur U-Haft-Anstalt in Moabit fahren. Thomas und ich wollen uns dort treffen, um gegen die Verhaftung von Christoph und Peter zu demonstrieren«, antwortete Holger. Thomas hatte ihm gestern, als er in dessen Wohnung gekommen war, um ein paar Klamotten zu holen, davon erzählt, dass die Kommilitonen Christoph Dreher und Peter Wietheger am U-Bahnhof Thielplatz festgenommen worden waren, weil sie sich mit ein paar Idioten von der faschistischen Moon-Sekte angelegt hatten. Es lag auf der Hand, dass die Polizei besonders hart gegen die beiden vorging, um ein Exempel zu statuieren, das die Studenten verunsichern sollte.

Bereits gestern Nachmittag hatte es eine Demonstration gegeben, an der Holger jedoch nicht teilgenommen hatte. Heute jedoch wollte er auf jeden Fall dabei sein.

»Siehst du?« Monika lächelte ihn an. »Wegen einer kleinen Prügelei werden sie verhaftet und festgehalten. Wenn aber irgendwelche Nazis ihre Parolen brüllen oder auf jemanden einprügeln, haben sie nichts zu befürchten. Und das alles spielt sich vor unseren Augen ab. Du musst nur hingucken, Holger. Dann wirst du erkennen, dass es nur den einen Weg gibt. Wir müssen gemeinsam gegen das kämpfen, was wir beide verabscheuen.«

»Ich bin aber kein Terrorist«, stellte Holger fest.

»Ich auch nicht«, sagte Monika. »Ich bin Freiheitskämpferin. Wir sind die Stadtguerilla.«

»Pass auf dich auf, okay?«, bat Holger eindringlich, stand vom Bett auf und gab ihr einen Kuss.

»Mach ich. Du auch.« Damit ging sie zu Ede und verließ sodann gemeinsam mit ihm die Wohnung. Holger trat ans Fenster und sah auf die Straße. So ganz konnte er immer noch nicht glauben, wo er hier reingeraten war. Er hatte sich die Mitglieder der RAF immer als die rücksichtslosen Killer vorgestellt, als die sie in Zeitung, Radio und Fernsehen beschrieben wurden. Und nun war ausgerechnet die Frau, in die er sich verliebt hatte, eine von ihnen. Und so, wie Ede mit ihr gesprochen hatte, hatte sie eine höhergestellte Position in der Organisation als dieser. Zumindest schätzte Holger es so ein, konnte sich aber natürlich auch täuschen. Er wusste nicht wirklich etwas über die Strukturen der RAF, glaubte aber, dass es auch hier so etwas wie Anführer gab. Aber eigentlich, so dachte er, wäre die Hochzeit der Organisation bereits vorbei, auch wenn es immer mal wieder Anschläge gab. Doch soweit er es mitbekommen hatte, waren die Köpfe der RAF schon 1972 verhaftet worden. Oder hatten sich im Untergrund neue Anführer herausgebildet? Und was waren das für Pläne, die die Polizei bei den beiden Festgenommenen gefunden hatte? Holger hatte so viele Fragen und kaum Antworten. Doch erst mal galt es jetzt, sich mit Thomas zu treffen. Ob er wohl wusste, dass Monika bei der RAF war?

Wahrscheinlich nicht. Ein eigenartiges Gefühl beschlich Holger, wenn er jetzt darüber nachdachte. Er konnte mit niemandem darüber sprechen, was Monika ihm gesagt hatte, und niemandem vertrauen. Wenn nach außen drang, wer sie war, würde sie verhaftet und weggesperrt. Machte sein Schweigen allein ihn schon mitschuldig? Er erinnerte sich an mehrere Strafrechtsänderungen, die dieses Jahr bekanntgegeben wurden, unter anderem bezüglich der Billigung von Straftaten. Betraf ihn das auch, weil er von RAF-Mitgliedern wusste, sie aber nicht verriet? Er hatte keine Ahnung.

Holger löste sich vom Fenster, zog sich das Hemd über, das er gestern unter dem Pullover getragen hatte, den nun Monika anhatte, schlüpfte in Hose, Socken und Schuhe, griff sich seinen Mantel und verließ die Wohnung.

Er eilte die Stufen hinunter, ging zu seinem Auto, das einige Meter entfernt stand, stieg ein und fuhr los. Während der gesamten Fahrt zu Thomas' Wohnung kreiste nur ein einziger Gedanke in seinem Kopf: Konnte es möglich sein, dass Monika und Ede wirklich recht hatten?

Etwa eine halbe Stunde später war Holger bei Thomas' Wohnung angekommen. Er eilte, immer zwei Stufen auf einmal nehmend, die Treppen hinauf, zog den Wohnungsschlüssel, den Thomas ihm gegeben hatte, hervor und schloss auf.

»Hey, da bist du ja!«, freute sich Thomas, der im Flur stand und gerade seine Jacke anzog. »Ich dachte schon, dass du's vergessen hättest und nicht kommen würdest.«

»Hab an nichts anderes gedacht«, sagte Holger und hielt seine Schlüssel hoch. »Fahren wir zusammen?«

»Klar!«

Sie stiegen in den BMW, und Holger drehte die Heizung auf.

»Warst du wieder bei Monika?«, fragte Thomas.

Holger nickte. »Mhm«, bestätigte er.

»Die hat schon was an sich«, meinte Thomas.

Holger sah zu ihm rüber. »Hattet ihr mal was?«

»Monika und ich?« Thomas schüttelte den Kopf. »Ne, bis jetzt nicht. Aber was nicht ist, kann ja noch werden.« Thomas lachte auf. »Guck nicht so, ich verarsch dich nur.«

»Haha«, gab Holger zurück, musste aber kurz schmunzeln.

Sie fuhren noch eine Weile bis Moabit, und Holgers Gedanken schweiften immer wieder ab. Er konnte nicht anders, als die ganze Zeit über das zu grübeln, was Monika und Ede ihm vorhin gesagt hatten. Sie hatten sich ihm anvertraut, sich auf Holgers Verschwiegenheit verlassen. Wenn er sein Schweigen brach, könnte es für die beiden gefährlich werden. Machte ihn allein sein Wissen schon zum Mitschuldigen? Wichtiger aber war für ihn die Frage, ob er wirklich Teil von etwas derart Radikalem sein könnte und er es überhaupt wollte. Er war kein gewalttätiger Mensch, war Schlägereien schon immer aus dem Weg gegangen. Und er glaubte daran, dass man Sozialismus in Deutschland und auch anderen Ländern schaffen könnte, wenn man nur die Reformen zuließ, und dass es allen Menschen dadurch besser ginge. Aber diese Ziele mit Gewalt durchzusetzen, mit Anschlägen und Geiselnahmen? Nein, das war nicht das, was er wollte. Andererseits wollte er auch Monika nicht verlieren. Was sie hatten, war besonders, es war einzigartig. Holger glaubte nicht, dass er so etwas mit jemand anderem haben könnte. Und sagte das nicht auch schon etwas über seine wahre Einstellung aus, wenn er sich in eine Frau wie sie verliebte? Vor allem aber war da die Frage, was wäre, wenn ihr etwas passierte? Würde er sich verzeihen, nichts getan zu haben, um sie zu beschützen?

»Holger, pass auf!«, schrie Thomas plötzlich und riss ihn aus seinen Gedanken. Holger ging instinktiv auf die Bremse und stoppte gerade noch rechtzeitig vor der roten Ampel.

»Was ist denn los mit dir? Du bist mit dem Kopf ganz woanders.«

»Entschuldige, ich …«, er suchte nach den richtigen Worten, »ich mache mir Gedanken.«

»Und worüber?«

»Zu Hause«, log Holger.

»Wir haben alle Scheißväter«, antwortete Thomas. »Damit müssen wir uns wohl abfinden.«

»Oder wir unternehmen etwas dagegen und sorgen dafür, dass wir es besser machen als sie«, überlegte Holger laut.

»Das machen wir doch schon. Guck uns an, wir solidarisieren uns mit denjenigen, denen Unrecht widerfährt, und wir werden wahrgenommen. Über unseren Streik spricht ganz Deutschland.«

»Ja, so lange, bis die Medien über irgendein anderes Thema zu berichten haben«, antwortete Holger bitter. »Zum Beispiel, wenn die neue alte Regierung vereidigt wird oder wenn Proteste gegen Kernkraftwerke eskalieren und die Polizei mal wieder mit Tränengas und Schlagstöcken auf Demonstranten losgeht. Die warten doch nur auf neue Sensationen.«

»Hey, so pessimistisch kenne ich dich ja gar nicht.«

»Ach, vergiss einfach, was ich gesagt habe, ja? Wie läuft es denn mit dem Studentenstreik weiter?«, wechselte Holger nun das Thema.

»Am Montag ist eine Vollversammlung geplant«, gab Thomas Auskunft. »Wir wollen über das weitere Vorgehen im Streik sprechen und die Gründung eines unabhängigen Studentenausschusses planen. Dadurch könnten wir ein Mitspracherecht in allen politischen Belangen bekommen und müssen nicht alles, was entschieden wird, einfach so hinnehmen.«

»Klingt gut«, sagte Holger und versuchte, optimistisch zu klingen, obwohl er nicht glaubte, dass daraus wirklich etwas werden würde. Und selbst wenn: Würde den Studenten deshalb künftig ein Mitspracherecht eingeräumt? Holger bezweifelte es.

»Übrigens, Simone und ich sind jetzt ein Paar«, erzählte Thomas weiter. »Wir haben uns die letzten Tage immer wieder getroffen, und eins führte zum anderen.« Thomas grinste breit.

»Schön für dich. Also für euch. War ja auch offensichtlich, dass sie auf dich steht.«

»Ach ja? Hab ich gar nicht bemerkt«, sagte Thomas, doch Holger war sicher, dass er log. »Sie beteiligt sich jetzt am *Streikkurier* vom IfP und berichtet über alles, was sich so tut.«

»Gut für sie. Vielleicht nehmen sich die Zeitungen mal ein Beispiel an der Berichterstattung«, antwortete Holger.

»Und wie läuft es bei dir? Anscheinend gut, so viel wie du bei Monika rumhängst«, sagte Thomas lachend.

»Ja, Monika ist super. Sie ist allerdings nicht so der Typ für eine feste Beziehung. Aber wer weiß, vielleicht ist es ganz okay so. Womöglich passen wir gar nicht so gut zusammen.«

»Warum das denn nicht?«

Holger war froh, dass ihm eine Antwort erspart blieb, als sie das U-Haft-Gelände erreichten und sich hier bereits die Studenten tummelten. Sie schrien ihre Parolen und hielten die Banner hoch, die die sofortige Freilassung von Christoph und Peter forderten.

Holger parkte den Wagen etwas abseits, um sicherzugehen, dass niemand den Frust an seinem Auto ausließ, und die beiden stiegen aus.

Simone schien sie schon entdeckt zu haben, denn als Holger und Thomas sich der Menschenmenge näherten, kam sie bereits angelaufen, umarmte Thomas überschwänglich und küsste ihn.

Holger betrachtete die Szenerie und ließ sie auf sich wirken. Noch vor ein paar Tagen hatte er die Studentenstreiks selbst als das beste Mittel gesehen, politisch tätig zu werden. Nun jedoch kam es ihm geradezu albern vor, wie sie nur so dastanden und ihre Plakate in die Luft hielten, als würden sie damit auch nur das Geringste erreichen können. Eine Weile sah er sich das Ganze an, während mehr und mehr Kommilitonen heranströmten und es so noch um einiges lauter wurde. Doch tatsächlich erinnerte Holger das alles hier eher an ein lockeres Studententreffen als an eine ernsthafte Aktion, mit der ein Umdenken erreicht werden sollte. Vielleicht hatte Monika ja wirklich recht, und das, was getan wurde, reichte einfach nicht aus, um wirklich etwas bewegen zu können.

Er sah sich nochmals um, dann trat er zu Thomas und sagte: »Ich verschwinde.«

»Wie, du verschwindest? Wir sind doch gerade erst gekommen.«

»Guck dir den Kram hier doch an«, forderte Holger ihn auf. »Was soll das denn bringen? Wir schreiben ein paar Schildchen und«, er tat, als setze er seine Worte in Anführungszeichen, »protestieren gegen das, was da drinnen passiert. Das ist doch lächerlich.«

»Sieh mal an. Und was willst du sonst tun?«

»Etwas, das auch was bringt«, erwiderte Holger, ging zu seinem BMW und fuhr los. Er würde zurück zu Monikas Wohnung fahren und dort auf sie warten. Er hatte noch immer nichts wegen der Sache mit seinem Vater unternommen, und wenn er wirklich etwas bewegen wollte, musste er in seinem direkten Umfeld anfangen. Bestimmt wusste Monika, wie man mit einem wie Hanns Borchardt umging, einem Kerl, der Fördermittel einstrich und dann zu Lasten der Ärmsten seinen Profit daraus schlug. Der Mann, der ihn gezeugt hatte, widerte ihn einfach nur an. Monika hatte recht: Es musste etwas geschehen. Und er war bereit, seinen Teil dazu beizutragen.

17. Kapitel

Villa Borchardt, Koenigsallee 75, Berlin-Grunewald

Montag, 6. Dezember 1976

Endlich habe ich das Gefühl, dass alles wieder gut wird. Wie lange schon habe ich darauf gewartet!

MARIA BORCHARDT

Maria berührte kurz die Blumen, die Hanns ihr heute hatte schicken lassen, und lächelte. Die von letzter Woche waren noch nicht einmal verblüht, und fast kam es ihr vor wie früher, als ihr Ehemann sich noch über die Maßen um sie bemüht hatte. Ja, Hanns hatte sein Versprechen, das er ihr letzte Woche gegeben hatte, gehalten. Er war endlich wieder freundlich, bemühte sich um sie, kam, sofern es seine Zeit erlaubte, zum Mittagessen, war in jedem Fall aber am Abend da und arbeitete nicht mehr die Nächte durch. Außerdem fragte er Maria wieder abends danach, was sie getan und am Tag erlebt hatte, auch wenn es eigentlich immer nur das Gleiche war, was sie ihm hierauf antworten konnte.

Gestern waren sie auf einem Empfang bei den Reimers' gewesen, einer Industriellenfamilie, die sich auf die Herstellung von Transformatoren spezialisiert hatte. Horst Reimers hatte eine flammende Rede gehalten, in welcher er für die Ausweitung des Transformatorenmarktes in Richtung Übersee plädiert hatte, in der seiner Meinung nach die Zukunft der gesamten deutschen Industrie lag. Wenn man den Anschluss an internationale Märkte nicht verlieren wollte, müsste man den deutschen Erfindergeist der Gründerjahre wiederbeleben und konkurrenzfähig bleiben, vor allem aber den Zustrom asiatischer Waren eindämmen. Maria hatte neben Hanns gestanden, während Reimers sprach, und ihr verbindliches Lächeln aufgesetzt. Doch irgendwann hatte sie innerlich abgeschaltet und war den Ausführungen Reimers' nicht weiter gefolgt, interessierten sie doch weder die Märkte in Übersee noch die des asiatischen Kontinents. Für sie war das alles eine ferne, ganz und gar fremde Welt, und sie hatte das Gefühl, dass dies ungeachtet der offenbar herrschenden Meinung nicht das Geringste mit Deutschland zu tun hatte und auch nicht haben würde. Aber sie verstand auch zu wenig davon, genau genommen, konnte sie manchen Ausführungen zu wirtschaftlichen oder politischen Themen nicht einmal folgen. Sie hatte sich auch zuvor schon gelangweilt, als es eine hitzige Debatte darüber gegeben hatte, ob die Sonthofen-Rede Franz Josef Strauß' von vor zwei Jahren dem Ansehen des zur Bundestagswahl angetretenen Helmut Kohl im Oktober dieses Jahres nun geschadet habe oder nicht und Strauß womöglich dazu beigetragen hatte, dass Helmut Schmidt und die sozial-liberale Koalition am Ende den Sieg davongetragen hatten.

Maria wusste auch hier nicht recht, was sie glauben sollte, obwohl sie die Berichterstattung in den Medien, die sich lange darüber ereifert und vor der Bundestagswahl im Oktober erneut das Thema aufgegriffen hatten, interessiert verfolgt hatte. Damals war ja die Frage gewesen, ob Franz Josef Strauß seine in Sonthofen gehaltene Rede ganz gezielt dem *Spiegel* zugespielt hatte, um so seine Ansichten über Helmut Kohl, die vermeintlich nicht nach außen getragen werden sollten, öffentlich zu machen. Die Gerüchte, dass es so und nicht anders gewesen war, wollten einfach nicht verstummen, doch Maria konnte es sich im Grunde nicht vorstellen. Denn damit hätte Strauß ja vor allem der Schwesterpartei CDU geschadet und die gegnerische SPD gestärkt. Außerdem hatte Kohl die CDU am Ende doch wieder zur stärksten Kraft gemacht, auch wenn SPD und FDP in der kommenden Periode erneut die Regierung stellen würden. Aber vielleicht verstand Maria auch die taktischen Spielchen der Politik nicht, und schon deshalb hielt sie sich während der Gespräche hierüber zurück, wollte sie doch Hanns mit möglicherweise unklugen Bemerkungen oder Fragen ihrerseits keinesfalls in Verlegenheit bringen.

Wie sonst auch war es im Verlaufe des Empfangs dazu gekommen, dass es letztendlich Hanns war, der die Menschen mit seinen Ansichten und Überzeugungen in seinen Bann zog, sodass Horst Reimers mehr oder weniger zur Randfigur seiner eigenen Feier wurde.

Maria hatte es mit einem milden Lächeln zur Kenntnis genommen. Ihr Hanns verstand es eben, die Menschen für sich zu gewinnen. Allerdings hatte sich gestern auf dem Empfang eine kurze Begebenheit ereignet, die ihr nicht mehr aus dem Kopf gehen wollte. Sie hatte sich kurz entschuldigt, um die Waschräume aufzusuchen. Als sie dann wieder zurückgekommen war, hatte ihr Hanns sich mit dem Bankier Gerhard Lohmüller unterhalten, der zu dem Zeitpunkt schon ein bisschen zu sehr dem Alkohol zugesprochen hatte und, wie Maria fand, eine Nuance zu laut Konversation pflegte.

Hanns und Lohmüller hatten nebeneinander und mit den Rücken zu ihr gestanden, während sie sich unterhielten, weshalb sie es nicht bemerkten, dass Maria in den Saal zurückkehrte und sich von hinten näherte. Gerhard Lohmüller redete vergnügt auf

Hanns ein, und als Maria in guter Hörweite war, vernahm sie, dass das Gespräch sich offenbar um das neue Großbauprojekt drehte, das Hanns auf dem Ku'damm und damit mitten im Herzen Berlins plante. Lohmüller erging sich darin, was Hanns doch für ein Teufelskerl sei und dass er bei Lea Stern den richtigen Riecher gehabt hätte. Nach dem, was in den Zeitungen stand, konnte der Club ja ohnehin nur noch abgerissen werden, so rattenverseucht wie das Gebäude offenbar war. Maria konnte das Gesagte gedanklich mit den Zeitungsberichten in Verbindung bringen, die sie selbst die letzten Tage gelesen hatte. Offenbar gab es dort, wo Hanns den Neubau plante, ein Vergnügungslokal, in dem eine Rattenplage herrschte und das aus diesem Grunde von den Behörden geschlossen worden war. Doch das war es nicht, was sie aufhorchen ließ. Vielmehr gab Lohmüller eine Bemerkung von sich, die ihr seitdem nicht mehr aus dem Kopf ging. Er war etwas näher an Hanns herangerückt, ganz so, als wollte er vermeiden, dass andere ihn hören konnten. Aber der Alkohol hatte sein Übriges dafür getan, dass er dennoch laut genug sprach, dass zumindest Maria jedes Wort verstehen konnte. Sinngemäß hatte Lohmüller Hanns gesagt, dass er vor ein paar Tagen in der Bank kurz wirklich geglaubt hatte, dass es mehr als nur ein kurzes Intermezzo wäre und er kurz beunruhigt gewesen war, weil er fürchte, Lea Stern könnte Hanns wirklich etwas bedeuten. Als Maria das vernommen hatte, war sie abrupt stehen geblieben und hatte sich einen Moment lang nicht mehr gerührt. Hanns hatte über Lohmüllers Bemerkung nur gelacht und den Kopf geschüttelt. Dann hatte er noch irgendetwas gesagt, das Maria nicht verstehen konnte. Doch seitdem dachte sie immer wieder über diese Szene nach und fragte sich, ob sie Hanns darauf ansprechen sollte, was Gerhard Lohmüller damit gemeint hatte. Einerseits hätte sie vermuten können, ja vielleicht sogar vermuten müssen, dass ihr

Mann womöglich eine Affäre hatte. Doch das konnte sie sich einfach nicht vorstellen. Und das nicht nur, weil sie es nicht wahrhaben wollte. Auch wenn es ihrem Ehemann gegenüber nicht gerade schmeichelhaft war, so war Maria realistisch genug, um beurteilen zu können, dass ihr Hanns im Laufe der Jahre erheblich auseinandergegangen war und längst nicht mehr der stattliche Mann, der er früher einmal gewesen war. Sein Bauch hatte einen geradezu mächtigen Umfang, was er auch durch das Tragen von Westen nicht mehr kaschieren konnte, und seine recht ungesunde Lebensweise spiegelte sich zudem in seinem aufgedunsenen, im Nasenbereich von blauroten Äderchen durchzogenen Gesicht. Er war also nicht gerade ein Beau, der die Frauen in körperlicher Hinsicht anzog wie der Honig die Bienen. Natürlich war Hanns' Ausstrahlung nicht zu verachten und die Macht, die er innehatte, war insoweit noch einmal eine Schippe obendrauf. Aber konnte es wirklich sein, dass er eine Affäre hatte? Ihr Hanns? Hatte er nicht während all der Jahre immer betont, dass er nur deshalb so viel arbeitete, weil er wollte, dass es der Familie an nichts fehlte und es ihnen allen gut ging? Hanns war doch ein Familienmensch, war es schon immer gewesen. Und bisher hatte Maria nie daran gezweifelt, dass er, wenn er sagte, länger arbeiten zu müssen, dies auch wirklich tat.

Sie strich mit der Fingerspitze über eine der Rosenblüten des Straußes. Sollte sie ihn wirklich mit dem, was sie zufällig und nicht besonders deutlich gehört hatte, konfrontieren? Es war gerade wieder alles so schön zwischen ihnen. Seit letzter Woche teilten sie wieder ihr Schlafzimmer und waren sogar zärtlich miteinander, etwas, das zuvor Monate nicht geschehen war. Würde sie nicht alles nur kaputt machen, wenn sie ihn jetzt auf etwas ansprach, das sie bestimmt nur falsch verstanden hatte? Musste Hanns dann nicht annehmen, dass sie seine Gespräche belauschte und geradezu argwöhnisch auf der Lauer lag, nur um etwas zu finden, was sie ihm zum Vorwurf machen könnte?

Maria wusste einfach nicht, wie sie sich verhalten sollte. Wie sehr wünschte sie sich, mit jemandem darüber sprechen zu können. Doch bis auf Hanna, mit der sie in den letzten Tagen nach einem Streit, den sie am vergangenen Mittwoch gehabt hatten, so gut wie gar nicht geredet hatte, gab es niemanden in ihrem Leben, dem sie sich hätte anvertrauen wollen. Sie und Hanns hatten ja einen großen, geradezu riesigen Bekanntenkreis. Und wenn sie Partys gaben, strömten die vielen Leute, die sich als ihre Freunde bezeichneten, in Scharen herbei. Doch Maria fiel nicht ein einziger Mensch ein, dem sie wirklich vertraute, obwohl sie sich auch mit einigen Frauen des Öfteren zum Essen in der Stadt traf. Allesamt gehörten diese der gehobenen Gesellschaft an, und nicht selten ging es bei den Treffen um die Organisation von Spendengalas oder Empfängen zugunsten bestimmter Stiftungen. Hanns selbst war der Schirmherr von drei Stiftungen, in denen Geld für wohltätige Projekte gesammelt wurde, und Maria mochte es, sich dort einzubringen. Doch ganz sicher wäre sie nicht auf die Idee gekommen, mit einer der Frauen derart persönliche Dinge zu besprechen. Was das anging, stand sie Klaus Schröder, dem Rechtsanwalt der Familie, weit näher. Aber dieser war nun noch weniger geeignet, ihr in Fragen ihre Ehe betreffend weiterzuhelfen. Also blieb tatsächlich nur Hanna.

Doch gerade ihre Tochter bereitete Maria zurzeit am meisten Sorgen. Letzten Mittwoch war sie fast wahnsinnig geworden vor Angst, weil Hanna nach der Arbeit einfach nicht nach Hause gekommen war. Zwar ging sie manchmal nach der Arbeit noch mit Bettina etwas trinken oder blieb noch eine oder zwei Stunden weg, wenn ihr nach einem Boutiquenbummel war. Doch um sieben Uhr war Hanna stets zum Abendessen zu Hause, oder aber sie rief an, wenn sie sich etwas anderes vornahm, weil sie wusste, dass Maria sich sonst um sie sorgte. Am Mittwoch jedoch war es nach halb zehn am Abend gewesen, ohne dass Maria eine Nachricht erhalten hätte, dass die Tochter später käme, sodass Maria ein reines Nervenbündel gewesen war, als Hanna endlich zu Hause eintraf. Entsprechend hatte sie der Tochter Vorhaltungen gemacht, die sich zwar kurz entschuldigte, sich dann aber weigerte, ihr den Grund für die Verspätung zu nennen. Stattdessen hatte sie ihr nach einem kurzen Wortwechsel barsch erklärt, dass sie künftig überhaupt nicht mehr sagen würde, wann sie wo wäre, weil sie schließlich erwachsen war und ihr das Theater, das ihre Mutter veranstaltete, ohnehin schon länger auf die Nerven ging. Dann war sie nach oben gerannt und hatte ihre Zimmertür zugeknallt. Maria hatte darauf verzichtet, der Tochter zu folgen, war sie doch so wütend, dass sie es für besser hielt, das Gespräch am nächsten Tag in nicht mehr so angespannter Stimmung fortzusetzen. Doch zu einer richtigen Aussprache war es auch da nicht gekommen, da Hanna morgens so lange in ihrem Zimmer geblieben war, dass sie es nicht mehr schaffte, zu frühstücken und sich deshalb nur etwas zu essen in die Firma mitnahm. Am Mittag hatte sie dann zu Hause in der Villa angerufen und durch Frau Kasper ausrichten lassen, dass sie vermutlich erneut nicht zum Abendessen heimkäme. Das war alles gewesen. Und seither war Hanna immer nur nach Hause gekommen, hatte sich eine Kleinigkeit aus der Küche geholt, sich diese mit in ihr Zimmer genommen und war am nächsten Tag, ohne in der Villa zu frühstücken, zur Arbeit gefahren, fast so, als wollte sie ihren Eltern unbedingt aus dem Weg gehen.

Gestern dann, am Sonntag, war sie zum Frühstück heruntergekommen, und Maria hätte sich zu gern mit ihr unterhalten. Doch da hatten sie und Hanns zum Empfang der Reimers' aufbrechen müssen, sodass sich wieder kein Gespräch ergeben hatte.

Maria wusste nicht, ob Hanna heute Abend früher heimkäme und womöglich sogar mit ihr und Hanns aß. Hanna hatte nichts dergleichen gesagt, doch Maria war nicht länger gewillt, das Verhalten ihrer Tochter zu akzeptieren. Erwachsensein hin oder her, aber es gab gewisse Regeln, wenn man miteinander leben wollte. Und eine davon war, die anderen nicht aus dem eigenen Leben auszuschließen.

Maria überlegte kurz, dann kam ihr eine Idee, und sie sah auf die Uhr. Es war jetzt fast Viertel vor zwölf. Hanns hatte ihr gesagt, dass er heute nicht zum Mittagessen käme, und obwohl sie wusste, dass Monsieur Petit bereits in der Küche etwas für sie vorbereitete, rief sie nun Frau Kasper und teilte ihr mit, dass sie es sich anders überlegte hätte und nun ebenfalls zum Mittagessen nicht da sei.

Frau Kasper nahm es zur Kenntnis und ging in die Küche, um dort Bescheid zu geben, während Maria an den Garderobenschrank trat und ihren Pelzmantel vom Bügel nahm. Als sie über den Flur ging, hörte sie Monsieur Petit aus der Küche »Merde alors!« fluchen. Sie musste nicht so sprachtalentiert wie ihre Tochter sein, um zu wissen, was das bedeutete.

Maria verließ das Haus und stieg in ihren roten Audi 100 Coupé S, der wie immer neben Hanns' Limousine Daimler DS420, in der er sich herumkutschieren ließ, dem Bentley, dem Ferrari 308 und seiner kleinen Oldtimer-Sammlung stand. Sie legte ihren Pelzmantel auf den Beifahrersitz. Kurz fragte sie sich, ob es eine gute Idee war, selbst mit dem Auto zu fahren, war in den letzten Tagen doch so viel Schnee gefallen, dass die Straßenräumung kaum dagegen ankam. Andererseits war sie ja auch sonst nie ein Angsthase gewesen, wenn es ums Autofahren ging. Und sie musste ja nicht so rasen, immerhin war noch genug Zeit, bis Hannas Mittagspause begann. Also startete sie den Audi und fuhr los.

Bis zu dem Betrieb, in dem Hanna ihre Ausbildung zur Fremdsprachenkorrespondentin machte, brauchte sie nicht lange. Maria hatte Glück, in unmittelbarer Nähe eine Parklücke zu finden, stellte den Wagen ab, nahm ihren Pelzmantel und stieg aus. Es war kalt, doch die Luft so wunderbar klar, dass Maria es genoss, tief durchzuatmen. Den wärmenden Pelz hängte sie sich einfach nur lose über ihre Schultern.

Maria betrat das Gebäude und bat die Angestellte am Empfang, kurz ihre Tochter sprechen zu dürfen.

»Mama?«, fragte Hanna erstaunt, als sie von oben die Stufen herunterkam. »Was machst du denn hier?«

»Ich dachte, ich überrasche dich und lade dich zum Mittagessen ein.«

»Ich habe aber Essen dabei«, entgegnete Hanna und blickte kurz auf ihre Kollegin am Empfangstresen, die das Gespräch der beiden interessiert verfolgte.

Maria lächelte der Tochter zu. »Ich warte einfach hier nebenan im Café auf dich«, schlug sie vor, ohne auf Hannas Einwand einzugehen. Es war vielleicht ganz gut, dass die offensichtlich sehr neugierige Kollegin am Empfang saß. Schließlich konnte Hanna so nicht einfach ablehnen, ohne die Unterhaltung noch weiter in die Länge zu ziehen.

»In Ordnung«, stimmte Hanna nun zu. »Ich komme dann um kurz nach halb eins rüber.«

»Wunderbar. Ich freue mich«, sagte Maria, verabschiedete sich, ging hinaus und die paar Häuser weiter zum Café, in dem sie sich umgehend einen Fensterplatz sicherte.

Maria bestellte sich zunächst nur ein Glas Wasser, bat aber darum, bereits zwei Speisekarten zu bringen, damit sie gleich bestellen konnten, sobald Hanna hier eintraf.

Das Gewünschte wurde gebracht, Maria trank einen kleinen Schluck Wasser und hielt das Glas weiter in den Händen, während sie sich in dem Café umsah. Es wirkte urig auf sie, das Mobiliar war ein wenig zusammengewürfelt, was jedoch einen besonderen Charme ausmachte. Der Kronleuchter an der Decke war für die Größe des Lokals weit überdimensioniert und passte überhaupt nicht zu der sonst eher schlichten Einrichtung. Andererseits bekam das Café genau hierdurch ein gewisses Flair. Maria schien es, als diente der Kronleuchter sogar dazu, die Schlichtheit und den einfachen Stil ganz bewusst zu durchbrechen. Auch der Farbton der Wand, an der entlang es zu den Toiletten ging, wirkte auf Maria ausgefallen; war diese doch in einem dunklen Lila gestrichen und hob sich hiermit deutlich von dem schlichten Hellgelb ab, das im übrigen Lokal dominierte.

Maria seufzte. Manches Mal schon hatte sie darüber nachgedacht, ob es womöglich ein Fehler gewesen war, ihr Architekturstudium damals aufzugeben, als sie Hanns kennengelernt und dieser ihr einen Antrag gemacht hatte. Er hatte damals schon recht gehabt mit seinem Argument, dass sie es nicht nötig haben würde, zu arbeiten und Geld zu verdienen, weil er sich selbstverständlich darum kümmern würde. Und sie waren sich einig gewesen, Kinder bekommen zu wollen und dass es für diesen Fall besser war, wenn die Mutter sich ihrer natürlichen Rolle entsprechend ganz und gar auf deren Erziehung konzentrierte. Vermutlich wäre es klug gewesen, das Studium zumindest zu Ende zu bringen. Doch Hanns hatte Maria mit seiner Art wie so oft geradezu überrollt, sodass sie sich exmatrikulieren ließ. Fortan widmete sie sich, was Architektur und eben auch Innenarchitektur, die ihr Steckenpferd gewesen war, anging, voll und ganz dem Umbau und der Einrichtung ihres eigenen Hauses und brachte hier in jedem Detail ihren ganz besonderen Stil ein. Auch glaubte sie, wann immer sie irgendwo eingeladen gewesen waren und sie sich umgesehen hatte, sogleich Bilder vor ihrem inneren Auge zu sehen, wie man die Räume verbessern und mit welchen Einrichtungsgegenständen sie aus einem langweiligen Zimmer den Lieblingsraum des Hauses machen könnte. So hatte sie über die Jahre tatsächlich einige der gemeinsamen Freunde in dieser Hinsicht beraten und stets großen Spaß daran gehabt, diesen zu helfen, wenn diese keine eigenen Ideen hatten, wie sie ihre Räumlichkeiten verschönern konnten. Maria war immer ein bisschen stolz gewesen, wenn ihr hierfür sogar Geld geboten wurde, hatte sie doch schließlich die Arbeit eines zu engagierenden Innenarchitekten und Ausstatters ersetzt. Doch um das Geld ging es ihr natürlich überhaupt nicht, und sie lehnte es auch stets ab. Aber über die Blumen, die sie hierfür bekam, freute sie sich aufrichtig, waren sie doch ein Zeichen der Anerkennung ihrer Arbeit.

Maria nahm noch einen Schluck, dann ließ sie den Blick über den Teil des Ku'damms schweifen, den sie von hier aus einsehen konnte. Zwar kam sie nicht oft in andere Städte, doch sie glaubte, dass es nirgendwo eine derartige Vielfältigkeit gab wie in Berlin. Diese Stadt hatte einfach ein ganz besonderes, eigenes Flair.

Ihr Blick fiel auf eine Litfaßsäule, auf der neben neuen Plakaten auch schon einige recht verblichen waren. Eines von den Olympischen Spielen, die in diesem Sommer in Montreal stattgefunden hatten, erkannte Maria an den Ringen, die auf dem Werbebanner aussahen, als verliefen die Farben der Ringe in unterschiedliche Richtungen. Maria hatte das Plakat, als sie es das erste Mal gesehen hatte, gefallen. Auf den zweiten Blick jedoch störte sie etwas daran, obwohl sie nicht sagen konnte, was es war. Sie hatte ohnehin wie viele andere auch mit einer gewissen Beklommenheit auf die Olympischen Spiele gesehen, waren doch bei denen vier Jahre zuvor in München die schrecklichen Anschläge geschehen, bei denen sogar Sportler ums Leben gekommen waren. Auch wenn es wohl niemand hatte aussprechen wollen, so hatten doch alle auch eine gewisse Erleichterung empfunden, dass es dieses Jahr in Montreal durchweg friedliche Spiele gewesen waren und es überhaupt keine Vorkommnisse gegeben hatte.

Maria ließ ihren Blick weiter schweifen und blieb nun an dem Schriftzug hängen, der am Abend bestimmt beleuchtet wurde. *Golden Paradise* stand da, und sie überlegte, wo sie den Namen schon einmal gehört hatte. Moment, war das nicht das Lokal, das überall in Berlin nur *Der Club* genannt wurde und das wegen der Ratten vom Gesundheitsamt geschlossen worden war?

Maria setzte sich etwas aufrechter hin. War es also das Gelände dort gleich gegenüber, wo Hanns das neue Einkaufszentrum mit den Wohnungen plante, das das größte Bauprojekt in der Geschichte Berlins darstellen würde? Sie hatte zwar die Pläne und auch das Modell gesehen, wo genau jedoch das neue Bauvorhaben realisiert werden sollte, hatte sie nicht gewusst. Nur, dass es auf dem Ku'damm sein sollte, doch jetzt, wo sie den Club mit dem daneben befindlichen Hotel sah und vermuten konnte, dass sich dahinter vermutlich die Freiflächen befanden, von denen Hanns gesprochen hatte, ergab alles für sie einen Sinn.

Maria löste ihren Blick, als sie nun Hanna vor dem Caféfenster vorbeigehen sah, die das Café betrat und sogleich zu ihr an den Tisch kam.

»Ist irgendwas passiert?«, fragte Hanna, während sie sich setzte.

»Hallo, Hanna. Nein, es ist nichts passiert«, antwortete Maria.

»Also, es ist aber doch merkwürdig, dass du mich bei meiner Arbeit überfällst und hierherzitierst.«

»Also entschuldige bitte mal«, empörte sich Maria. »Ich habe dich weder überfallen noch an diesen Ort zitiert«, stellte sie klar. »Warum bist du überhaupt so gereizt?«

Hanna sah sie an und wollte offenbar etwas entgegnen, doch sie nahm sich zurück.

Maria reichte ihr die Speisekarte und schlug dann ihre ebenfalls auf.

»Ich dachte, du würdest dich freuen, wenn wir uns wenigstens mal in der Mittagspause unterhalten könnten, wo wir uns zu Hause ja so gut wie nicht mehr sehen«, setzte Maria nach, während sie die Karte überflog.

»Wir sehen uns jeden Tag, Mama.«

Maria blickte Hanna an, die jedoch in die Karte vertieft schien. Dann klappte sie ihre eigene Speisekarte zu. »Weißt du was, Hanna, wir können das hier auch lassen.« Sie ärgerte sich darüber, dass ihr Tränen in die Augen traten. »Ich bemühe mich lediglich um dich. Doch in den letzten Tagen hast du dich mir gegenüber unmöglich benommen, was sich jetzt hier fortsetzt. Wenn du es also unbedingt möchtest, können wir unser Gespräch abbrechen, und du kannst in deine Firma zurück. Und entschuldige bitte vielmals, dass ich auf die irrwitzige Idee gekommen bin, du könntest dich womöglich über ein wenig Zeit mit mir freuen, so wie ich mich auf dich gefreut habe.« Maria atmete geräuschvoll aus. Sie hatte gar nicht so heftig reagieren wollen, doch die herablassende Art, mit der ihre Tochter sie gerade behandelte, ging ihr gehörig gegen den Strich. Wann war sie denn bitte zum Prügelknaben der Familie geworden, der für alles Verständnis haben musste und bereitwillig auf sich eindreschen ließ?

Hanna legte ihre Hand auf Marias. »Entschuldige bitte, Mama, ich hab's nicht so gemeint. Komm, suchen wir was aus, ja?«

Maria war noch immer wütend, schlug dann aber die Karte wieder auf und sah hinein. Die Mittagsgerichte, die zwischen zwölf und vierzehn Uhr angeboten wurden, waren überschaubar. Der Großteil der Karte bestand aus Süßspeisen, Kuchen, Torten und Parfaits. Einzig eine Ungarische Gulaschsuppe und eine Klare Suppe mit Einlage konnten Maria einigermaßen überzeugen, sodass sie, als die Kellnerin kam, die Gulaschsuppe bestellte und ein Glas Weißwein dazu.

»Für mich auch, aber mit einer Pepsi. Dankeschön«, orderte Hanna und gab der Bedienung dann die Karten wieder mit.

»Also, Mama, was gibt es zu erzählen?«, fragte Hanna, sichtlich um eine ungezwungene Konversation bemüht.

»Nun, das wollte ich dich fragen. Du bist ja zurzeit abends immer lange unterwegs. Und das, obwohl du am nächsten Tag in die Arbeit musst.«

»Also willst du mir Vorwürfe machen«, stellte Hanna fest.

»Nein, weil ich finde, dass du alt genug bist.« Maria konnte ihrer Tochter ansehen, dass sie mit dieser Antwort nicht gerechnet hatte. »Ich war letzten Mittwoch böse auf dich, das stimmt, weil ich mir Sorgen gemacht habe und wir mal die Absprache getroffen haben, dass du dich kurz meldest, wenn du nicht zum Essen kommst.«

»Ich weiß, und das tut mir auch leid. Ich wollte nicht, dass du dir Sorgen machst.« Hanna wartete, bis die Bedienung, die soeben mit dem Weißwein und der Pepsi zu ihnen an den Tisch gekommen war, wieder ging.

»Ich habe mich mit einigen Freunden getroffen und total die Zeit vergessen«, entschuldigte Hanna sich nun.

»Das verstehe ich gut. Als ich in deinem Alter war, ist mir das auch manchmal passiert«, log Maria, um das dünne Band, das sich gerade wieder zwischen ihnen spann, ein wenig zu festigen.

»Dann weißt du ja, was ich meine«, sagte Hanna, worauf Maria nickte.

Die Kellnerin kam wieder an den Tisch und brachte die zwei Gulaschsuppen mit Schrippen.

»Danke«, sagte Maria und lächelte der jungen Frau kurz zu. Sie nahm einen ersten Löffel und sah ihre Tochter dann an.

»Mit welchen Freunden warst du denn unterwegs?«

»Kennst du nicht«, wich Hanna aus und riss die Schrippe auseinander. »Wieso fragst du?«

»Einfach nur so. Ich möchte gern an deinem Leben teilhaben, auch wenn du erwachsen bist und mich nicht mehr brauchst.«

»Niemand Besonderes«, antwortete Hanna nun. »Einige Bekannte, die ich im Club kennengelernt habe.«

Maria sah auf. »Im Club?«, wiederholte sie.

»Ja, wieso?«

»In welchem Club?«, fragte Maria nun nach.

»Wieso stellst du mir so komische Fragen?«, begehrte Hanna nun zu erfahren.

»In dem Club dort drüben?«, hakte Maria nun nach und deutete mit einer Kopfbewegung zur anderen Straßenseite. »Der wegen der Rattenplage zugemacht wurde?«

Hanna ließ ihren Löffel sinken. »Woher weißt du davon?«

»Na, aus der Zeitung.« Maria musterte Hanna eindringlich. Irgendetwas war hier faul. Hanna wirkte wie früher, wenn sie etwas angestellt hatte und immer nur so viel zuzugeben bereit war, wie Maria ohnehin schon wusste. »Hanna, was ist hier los? Du reagierst, als hätte ich dich bei irgendetwas erwischt. Dabei habe ich dir doch nur eine ganz normale Frage gestellt.«

»Ja, schon. Aber irgendwie habe ich das Gefühl, dass du auf etwas hinauswillst.«

»Auf was sollte ich denn hinauswollen?« Maria legte den Kopf schräg. Ein eigenartiges Gefühl machte sich in ihr breit. Versuchte ihre Tochter, etwas vor ihr zu verbergen? »Du kommst mir vor, als hättest du ein schlechtes Gewissen.«

»Hab ich auch«, sagte Hanna, »weil ich dich ja letzte Woche versetzt habe.«

»Nein, das ist es nicht.« Maria zog die Stirn in Falten. Dann kam ihr eine Idee. »Sag mal, mein Schatz, kann es sein, dass du jemanden kennengelernt und deshalb die Zeit vergessen hast?« Sie schenkte der Tochter ein verschmitztes Lächeln.

»Schon möglich«, gestand Hanna nun ein.

Marias Lächeln wurde noch breiter. »Aber das ist doch schön. Wie ich vorhin schon sagte, du bist erwachsen.« Maria nahm einen weiteren Löffel Suppe und forderte dann: »Erzähl mal, wie heißt er?«

Hanna räusperte sich. »Cord. Sein Name ist Cord. Ich habe ihn den einen Abend im Club kennengelernt, als ich mit Kathrin da war.«

»Und?«

»Was und?«

»Na, wer ist Cord, was macht er?«

»Er ist'n ganz normaler Typ.« Hanna zuckte die Schultern. »Ist das Verhör damit beendet?«

»Aber ja, entschuldige bitte. Ich freue mich nur einfach für dich.« Wieder aßen beide etwas. »Sag mal, warst du schon öfter in dem Club?«

»Nicht oft.«

»Und wie ist es da so?«

»Im Club?« Hanna zuckte die Schultern. »Laut, dunkel ... was willst du denn wissen?«

»Na ja, nach allem, was in der Zeitung darüber berichtet wurde, scheint es ja nicht gerade besonders reinlich da zu sein.«

»Das ist totaler Blödsinn«, antwortete Hanna nun entschieden. »Da versucht jemand, Lea etwas in die Schuhe zu schieben. Doch damit werden die nicht durchkommen.«

»Lea?« Maria ließ erneut ihren Löffel sinken. »Das ist doch die Besitzerin, oder?«

»Äh, ja«, stimmte Hanna zu. »Die Besitzerin«, wiederholte sie dann.

»Und woher kennst du sie?«

»Na, von da.« Hanna deutete mit dem Kopf in Richtung Club.

»Ist es denn üblich, die Besitzerin kennenzulernen, wenn man dort zu Gast ist?«

Hanna zuckte die Schultern. »Sie und Cord sind befreundet. So habe ich Lea auch kennengelernt.«

»Ich verstehe.« Maria war etwas nervös, die nächste Frage zu stellen. »Wie ist diese Lea denn so?«

»Was meinst du?«

»Na, was ist sie für ein Mensch? Wie alt ist sie, wie sieht sie aus?«

»Weshalb interessierst du dich dafür?«

»Einfach so.« Maria wusste, dass sie keine gute Lügnerin war. Ganz im Gegenteil. Ihre Mutter hatte ihr schon immer gesagt, dass man ihr jede Schwindelei an der Nasenspitze ansehen konnte. Und sie merkte auch jetzt an Hannas Blick, dass diese ihr nicht glaubte.

Hanna hob nur die Augenbrauen, worauf Maria den Löffel sinken ließ.

»Wir waren gestern bei den Reimers'«, begann sie dann zu erzählen und berichtete in kurzen Sätzen, wer Horst Reimers war und was dessen Unternehmen tat. »Gerhard Lohmüller, Papas Bankier, der mit ihm zusammen das neue Projekt macht, war auch da und hatte schon ziemlich einen über den Durst getrunken«, fuhr Maria dann fort und erzählte, wie es zu der Szene gekommen war, als sie von den Waschräumen zurückkehrte.

»Und ich bin mir ziemlich sicher, dass dieser Lohmüller Papa darauf angesprochen hat, dass der mit der Clubbesitzerin, dieser Lea Stern, ein Verhältnis gehabt haben sollte.« So, nun war es raus.

»Ich glaube das nicht, wirklich nicht«, bekräftigte Maria. »Aber es geht mir auch nicht mehr aus dem Kopf.« Sie sah Hanna an.

»Ach verdammt, ich wollte gar nicht davon anfangen. Zwar hatte ich gehofft, in nächster Zeit mit dir darüber reden zu können, doch heute bin ich wirklich nur gekommen, damit wir uns unterhalten und über dich sprechen können.«

»Ist schon gut, Mama«, sagte Hanna. »Wir können ruhig darüber sprechen.«

Maria musterte die Tochter. Etwas in ihrem Blick hatte sich verändert. Kein Wunder, immerhin hatte Maria ihr soeben mitgeteilt, dass ihr Vater womöglich fremdging.

»Na gut«, fuhr Maria fort. »Weißt du, Papa hat sich bei mir entschuldigt für sein Verhalten in der letzten Zeit, und ich möchte das nicht durch eine unbedachte Bemerkung wieder zerstören.«

»Und was willst du tun?«

»Ich weiß nicht. Was würdest du denn an meiner Stelle machen?«

»Ich glaube nicht, dass du das hören willst«, gab Hanna zu bedenken.

»Doch, das will ich. Ich möchte deine Meinung dazu wissen.«

»Meine Meinung ist, dass Papa ein totales Arschloch ist und ein Lügner obendrein.«

»Hanna!«

Die Tochter zuckte die Schultern. »Du hast mich nach meiner Meinung gefragt.«

Maria brauchte einen Moment, um sich zu sammeln. »Du hältst es also für möglich?«

»Ja, das tue ich.« Hanna sah sie an. »Mama, ich möchte dich wirklich nicht traurig machen, und du weißt, dass ich dich total lieb hab.«

Maria presste die Lippen aufeinander und spürte erneut die Tränen aufsteigen. Was war denn nur los mit ihr? Wann genau war sie dermaßen schwach geworden, dass ein Gespräch genügte, sie aus der Fassung zu bringen?

»Ja, ich weiß«, antwortete Maria, gegen die Tränen ankämpfend.

»Aber wenn du von mir echt eine Antwort haben willst, dann habe ich sie dir eben gegeben. Ich weiß nicht, was genau du an Papa findest und warum du dich so von ihm unterjochen lässt. Doch du tust es und bist in Bezug auf ihn auch total verblendet.«

»Ist es denn so unverständlich, dass ich möchte, dass unsere Ehe funktioniert?«

»Nein, natürlich nicht. Aber wenn du die Augen vor der Realität dermaßen fest verschließt, musst du dich nicht wundern, wenn du im Dunkeln stehst.«

Maria fühlte sich elend, von ihrer eigenen Tochter derart belehrt zu werden.

»Er hat mir versprochen, dass er sich ändern wird und dass so etwas wie sein Verhalten an meinem Geburtstag nicht wieder vorkommt.«

»Ja, und Ulbricht hat vor fünfzehn Jahren gesagt, dass niemand die Absicht hat, eine Mauer zu errichten. Und nun frag mal drüben in der DDR nach, ob es klug war, ihm zu glauben.«

Maria legte den Löffel beiseite und massierte mit Zeige- und Mittelfinger kurz ihre Schläfen. Der hämmernde Kopfschmerz, der ihr in letzter Zeit des Öfteren zu schaffen machte, meldete sich wieder mit voller Wucht.

»Ich will dir nicht wehtun, Mama«, entschuldigte sich Hanna.

»Vermutlich hast du recht«, gestand Maria nun ein, und es kam ihr vor allem wie ein Geständnis an sich selbst vor.

Maria schob ihren Suppenteller, der noch zur Hälfte gefüllt war, von sich. Sie hatte jetzt wirklich keinen Appetit mehr.

»Lass uns das Thema wechseln, ja?«, schlug Maria nun vor. »Wenn er mich schon so beeinflusst, wollen wir uns doch wenigstens die Zeit, die wir jetzt hier miteinander haben, nicht kaputt machen lassen.« Sie lächelte die Tochter an. »Also, wie sieht Cord denn nun aus?«, versuchte sie, so fröhlich wie möglich hervorzubringen. Doch sie spürte selbst, dass es ihr nur mäßig gelang. Die Sorge um ihre Ehe und das Gefühl der Machtlosigkeit lagen wie ein Bleimantel auf ihren Schultern. Und sosehr sie sich auch wünschte, dass alles gut würde, hatte sie dennoch den Eindruck, einfach nur sich selbst zu belügen.

18. Kapitel

An der Spreeschanze 10, Berlin-Haselhorst

Montag, 6. Dezember 1976

Endlich wieder auf dem Thron zu sitzen und von oben auf die herunterzublicken, die sich um mich scharen, ist ein berauschendes Gefühl.

Hanns Borchardt

Hanns lachte gefällig auf. »Sie sind wirklich ein geschickter Fragesteller, Herr Heidrichs«, lobte er freundlich. »Doch Sie müssen verstehen, dass ich den genauen Standort noch nicht nennen kann. Aber Sie können versichert sein, dass Sie als Erster Bescheid bekommen, und zwar einen Tag bevor die offizielle Pressemitteilung rausgeht. Sie wissen ja, wie sehr ich Ihre Art der Berichterstattung schätze«, fügte er dann noch hinzu.

»Danke, Herr Borchardt. Den Gerüchten zufolge soll es mitten im Zentrum sein. Man hat so etwas läuten hören, dass Sie womöglich das *Golden Paradise* gekauft haben sollen, weil dies ja ohnehin geschlossen werden musste.«

»Spekulationen, Herr Heidrichs. Nichts als Spekulationen. Also, ich habe hier noch einen ganzen Berg voll Arbeit, und Sie können sich nicht vorstellen, wie meine Frau reagiert, wenn ich nicht pünktlich zum Essen erscheine.« Wieder lachte Hanns auf.

»Einen Versuch war es wert«, gab sich der Reporter nun geschlagen. »Aber bitte, melden Sie sich, sobald es offiziell ist.«

»Einen Tag bevor Ihre Kollegen davon erfahren, Herr Heidrichs. Wie immer. Dann noch einen guten Tag. Wir hören voneinander.«

»Bis bald«, verabschiedete sich der Reporter, dann legte Hanns auf. Diese Pressefritzen waren doch wirklich überaus lästig. Kurz überlegte Hanns, wer geplaudert und Leas Club und das Grundstück ins Spiel gebracht haben könnte. Er selbst hatte zwar immer wieder einmal das Modell gezeigt und auch angedeutet, was entstehen sollte. Aber der Standort war von ihm ganz bewusst nie erwähnt worden, und auch von dem Modell ließ nichts auf die Umgebung schließen. Er fragte sich, ob es womöglich ein Problem für ihn darstellen könnte, dass nun die Presse Wind davon bekommen hatte, wo das neue Großprojekt geplant war. Doch tatsächlich konnte Hanns auf den ersten Blick keinen Nachteil erkennen. Die Gerüchteküche in Berlin brodelte ohnehin ständig, und es gab immer den einen oder anderen an bestimmten Stellen, der Neuigkeiten nur schwer für sich behalten konnte. Daran störte er sich nicht.

Was ihn jedoch tatsächlich wurmte, war die Tatsache, dass Lea ihn bisher nicht angerufen hatte, um sich bei ihm zu entschuldigen und ihm den Club nun doch zum Kauf anzubieten, da dieser sich mit großer Sicherheit nicht von dem Skandal um die Ratten erholen würde. Und wenn sie dann zu Kreuze kroch, in der Hoffnung, dass er sein Angebot nicht gar zu sehr nach unten schraubte, könnte sie sich gleich etwas überlegen, um sich bei ihm wieder beliebt zu machen. Ja, das wäre ganz nach seinem Geschmack.

Hanns sah auf die Uhr, es war schon fast halb sieben. Er hatte Maria versprochen, zum Abendessen da zu sein, und er wollte nicht riskieren, gar zu schnell wieder in alte Muster zu verfallen.

Die Art, wie seine Frau ihn links liegen gelassen hatte, hatte ihm so gar nicht gefallen und ihn auf eine gewisse Weise sogar beunruhigt. Wie würde er denn dastehen, wenn bekannt würde, dass sie ihn verlassen hätte? Nein, das passte so gar nicht zu seinem Image. Schließlich stand er für Erfolg, und niemand konnte ihm ein gewinnendes Wesen absprechen. Wenn er dann seine eigene Frau, die ihm über Jahrzehnte treu zur Seite gestanden hatte, nicht halten konnte, würde das mit Sicherheit ein schlechtes Licht auf ihn werfen. Vor allem aber würde es signalisieren, dass er zumindest im Privatleben die Kontrolle verloren hatte. Das durfte keinesfalls geschehen. Für ihn war das Thema Scheidung, seit er erkannt hatte, dass Lea definitiv nicht die kommende Frau Borchardt werden würde, vom Tisch. Wobei es ihn störte, dass sie diejenige gewesen war, die dies so kategorisch ausgeschlossen hatte. Aber er wollte sich jetzt nicht weiter darüber ärgern. Sie hatte ihren Stolz und war zäh wie Rindsleder, wenn es darum ging, ihr seinen Willen aufzwingen zu wollen. Das machte es für ihn nur umso reizvoller, sie in die Knie zu zwingen. Einzig im Bett durfte sie die Kontrolle behalten, ja, da sollte sie ihn sogar dominieren. Doch außerhalb ihrer verruchten vier Wände hatte er das Sagen, er und niemand sonst.

Hanns griff sich seinen Mantel, schaltete die Schreibtischlampe aus, gab telefonisch Herrn Flenske Bescheid und verabschiedete sich draußen von Frau Schneyder, der er sagte, dass sie auch für heute Feierabend machen sollte.

»Vielen Dank, Herr Borchardt. Dann noch einen schönen Abend.«

»Ihnen auch, Frau Schneyder«, gab er zurück und verließ dann das Büro. Harald Flenske eilte aus seinem Zimmer am Ende des Ganges über den Flur und zog im Gehen seine Jacke über. Hanns wartete, dann gingen die beiden zusammen hinaus zum Helikopter.

Es war zehn vor sieben, als der Hubschrauber auf dem Gelände der Villa landete, wo Hanns sich von seinem Piloten verabschiedete und dann hineinging.

Es duftete wunderbar, als er sein Heim betrat. Hanns hatte mächtig Hunger, denn von dem, was er sich heute Mittag vom Restaurant hatte liefern lassen, war er nicht richtig satt geworden. Frau Schneyder hatte ihm auf seinen Wunsch hin Schonkost bestellt, da Hanns durchaus zur Kenntnis nahm, dass er um die Körpermitte herum in den letzten Monaten noch einmal erheblich zugelegt hatte. Doch so einen Mist würde er nicht noch mal zu sich nehmen. Er arbeitete schließlich viel und musste entsprechend essen.

»Maria? Ich bin zu Hause!«, rief er laut.

»Im Wohnzimmer«, schallte es zurück, und in diesem Moment kam auch schon Frau Kasper herbeigeeilt, um ihm Schal, Hut und Mantel abzunehmen.

»Guten Abend, Herr Borchardt. Hatten Sie einen angenehmen Tag?«

»Danke, Frau Kasper«, antwortete er und ging nicht auf ihre Frage, die letztendlich nichts als eine Floskel war, ein.

»Guten Abend, Hanns. Wie war dein Tag?«

Hanns bemerkte sofort, dass seine Frau sich offenbar frisch zurechtgemacht hatte. Ihr Make-up war makellos, und sie sah aus, als würde sie noch ausgehen wollen.

Hanns ging auf seine Frau zu und gab ihr einen flüchtigen Kuss. »Du siehst gut aus«, bemerkte er, ihre Frage ignorierend. »Haben wir heute noch etwas vor?«

»Nein, nichts«, antwortete Maria. »Ich habe mich für dich hübsch gemacht.«

Hanns nickte zufrieden. Ja, genau so sollte es sein. Dass sie mit den Jahren gealtert war, konnte er ihr nicht vorwerfen. Doch sich gar zu wohlzufühlen und sich deshalb nicht mehr die größte Mühe mit ihrem Äußeren zu geben wäre nicht zu entschuldigen.

»Das Essen ist in fünf Minuten bereit«, meldete sich nun Frau Kasper zu Wort. »Wenn ich die Herrschaften bitten dürfte, im Esszimmer Platz zu nehmen?«

»Ist Hanna wieder nicht da?«, fragte Hanns etwas verstimmt.

»Nein, die unternimmt noch etwas mit Freunden«, antwortete Maria. »Ich war heute Mittag mit ihr essen.«

»Ach ja?«

Sie gingen zusammen ins Esszimmer.

»Ja. In dem Café direkt neben ihrer Arbeit. Kennst du das?«

»Kann sein«, wich Hanns aus, wohl wissend, dass es genau das Lokal war, in dem er gesessen hatte, als er sich den Spaß mit Lea und den Ratten erlaubt hatte.

Sie nahmen auf ihren Stühlen Platz.

»Gab es einen bestimmten Anlass für das Treffen mit Hanna?«, erkundigte sich Hanns.

»Eigentlich nicht. Wir sind nur in letzter Zeit kaum zum Reden gekommen, da dachte ich mir, dass es ja nicht schaden kann, mich auf dem Laufenden zu halten, was das Leben unserer Tochter angeht. Schließlich ist mir schon Holger entglitten.«

Hanns stöhnte innerlich auf, weil er genau wusste, was Maria als Nächstes ansprechen würde.

»Apropos«, fuhr sie nun fort. »Hast du mit ihm gesprochen?«

»Hab ihn nicht erreicht.«

»Hast du es denn versucht?«

»Sicher.«

»Unter welcher Nummer?«

»Was soll das heißen, unter welcher Nummer?«, blaffte er unwirsch, weil er ahnte, in eine Falle getappt zu sein.

»Unter welcher Telefonnummer hast du ihn zu erreichen versucht?«, fragte Maria und sah ihn herausfordernd an.

»Bei den ganzen Zahlen, die ich täglich bewege, kannst du

doch wohl nicht erwarten, dass ich mir jede Telefonnummer merke.«

Maria, der die Enttäuschung bereits ins Gesicht geschrieben stand, ließ nicht locker: »Unter welchem Anschluss hast du es denn probiert? Unter dem seines Freundes Jürgen, bei dem er zurzeit wohnt?«

»Ja, genau. Bei dem.«

Maria nahm die Serviette, schlug sie auf und legte sie sich auf den Schoß. »Nur zu deiner Information. Der Freund, bei dem dein Sohn wohnt, heißt Thomas, nicht Jürgen. Wenn du mich schon belügst, dann wäre es weit höflicher, dass du dir wenigstens Mühe dabei gibst.«

»Na gut, ich habe es vergessen, in Ordnung? Ich habe im Moment so viel zu tun, dass das schon mal passieren kann.« Er suchte ihren Blick, doch seine Frau starrte nur auf den Teller und sah ihn nicht an. Ihre Schultern waren angespannt, und offensichtlich kämpfte sie mit der Wut auf ihn.

»Komm schon, Maria. Ich werde mich morgen darum kümmern. Ich verspreche es dir.«

»Das hast du letzte Woche bereits getan.«

»Ja, aber in den letzten Tagen war einfach zu viel los. Ich habe mich doch schon gebessert, Maria.« Er griff ihre Hand. »Sei mir wieder gut, ja? Ich bemühe mich jeden Tag, pünktlich zum Essen hier zu sein, obwohl ich noch einen Berg voll Arbeit auf dem Tisch habe.«

Frau Kasper betrat mit dem Servierwagen das Zimmer, verkündete ihnen, was Monsieur Petit zubereitet hatte, stellte die Essensschalen auf den Tisch und fragte, ob sie ihnen vorlegen sollte.

»Wir bedienen uns selbst. Danke, Frau Kasper«, entschied Maria, worauf die Haushälterin nickte und dann samt Servierwagen das Esszimmer wieder verließ.

Sie füllten sich schweigend die Teller.

»Und wie war sonst dein Tag?«, fragte Hanns dann, um eine unverbindliche Unterhaltung in Gang zu bringen.

»Danke, gut«, gab Maria zurück. »Wirst du dich also morgen um die Sache mit Holger kümmern? Thomas wohnt in Lichterfelde.«

»Mmmh«, machte Hanns.

»Unter den Eichen 100«, setzte Maria nach.

Hanns hätte vor Wut laut fluchen mögen, riss sich aber zusammen und bat stattdessen: »Wärst du so nett, mir die Adresse aufzuschreiben, damit ich es nicht wieder vergesse?«

»Ja, gern«, sagte Maria nun in einem etwas versöhnlicheren Tonfall.

»Schmeckt gut«, bemerkte Hanns nun und ließ ein großes Stück Fleisch in seinem Mund verschwinden, während der Teller seiner Frau vor allem mit Gemüse gefüllt war, und das Fleischstück, das sie sich genommen hatte, nicht mal ein Drittel von dem ausmachte, das er vor sich hatte.

»Monsieur Petit ist eben ein wahrer Meister seines Fachs.« Maria lächelte, doch irgendwie hatte Hanns das Gefühl, dass etwas seine Frau bedrückte. Hoffentlich würde sie es für sich behalten. Er hatte nicht die geringste Lust, sich das anzuhören, was sie in ihrer abgeschirmten rosaroten Welt als Sorgen betrachtete.

»Sag mal, das Gelände, das du kaufen möchtest, das für das neue Bauprojekt?«

»Ja?« Hanns sah sie interessiert an. Über sein Projekt sprach er gern.

»Wo genau ist das?«

»Wieso fragst du? Haben die Reporter auch hier angerufen, um das rauszufinden?«

»Nein.« Sie schüttelte den Kopf. »Hier hat niemand angerufen.

Ich wollte es nur wissen, weil wir doch heute in dem Café in der Nähe von Hannas Arbeit waren und gegenüber dieser Club mit dem Hotel daneben ist. Hast du nicht mal davon gesprochen, dass es das ist? Zumindest sagtest du etwas von einem Unterhaltungslokal mit einem benachbarten Hotel und einem dahinter liegenden Grundstück, und da dachte ich, es würde passen.«

»Wenn du mir versprichst, es nicht der Presse zu verraten«, sagte Hanns in jovialem Tonfall. »Ja, das ist das Gelände.«

Maria nickte. »Der Club ist zurzeit geschlossen, wusstest du das?«

»Ja, das wusste ich.«

»Es soll dort eine Rattenplage geben.«

»Auch davon habe ich gehört.«

»Warst du mal da?«

»Was meinst du?«

»Na, ob du mal in diesem Club warst?«

Hanns spürte, dass sich das Gespräch in eine Richtung entwickelte, die ihm nicht gefiel. Seine Frau war nicht gerade eine subtile Fragestellerin, und es war überdeutlich, dass sie auf etwas Bestimmtes hinauswollte.

»Ja, ich war mal da, weil ich ja mit der *Dame*«, er betonte das Wort so, dass es abschätzig klang, »der dieser Club und das Gelände gehören, sprechen musste.«

»Und?«

»Was und?«

Maria ließ ihr Besteck sinken. »Verbindet dich etwas mit dieser Frau, Hanns?«

Er verzog verwundert das Gesicht, als wüsste er nicht, was Maria damit meinen konnte. Tatsächlich aber fragte er sich, wie sie auf die Verbindung zu Lea kam. Zwar hatte Hanns sich keine große Mühe gegeben, im Club seine Affäre mit Lea zu verheimlichen. Aber Maria bewegte sich nun wirklich nicht in den Kreisen derer, die dort verkehrten. Wie hätte sie also davon erfahren sollen?

»Sicher verbindet mich etwas mit Frau Stern. Sie ist zum jetzigen Zeitpunkt noch die Besitzerin des Grundstücks, auf dem mein größtes Bauprojekt realisiert wird. Mindestens vierzig Stockwerke, fast einhundertfünfzig Meter hoch. Kaufhäuser, Restaurants, Büros, Wohnungen, das neue Zentrum Berlins!«, schwärmte er, doch seine Frau ließ sich von seinem Enthusiasmus nicht anstecken. Nun ließ auch er sein Besteck sinken. »Worauf willst du da eigentlich hinaus, Maria?«

»Es geht das Gerücht, dass ihr ein Verhältnis hättet«, platzte es nun aus seiner Frau heraus.

Hanns prustete los und lachte laut auf. »Wie bitte? Ich und die Stern? Das kann ja wohl nicht dein Ernst sein?« Wieder lachte er. »Wer bitte hat dir denn diesen Floh ins Ohr gesetzt?« Er schüttelte den Kopf. »Weißt du, was sie für eine ist?«

Maria sah ihn nur an. In ihrem Gesicht spiegelten sich Wut, Enttäuschung und Misstrauen, aber auch Zweifel. Und genau Letztere waren Hanns' Chance.

»Nein, ich weiß nicht, was sie für eine Frau ist.«

»Also hast du sie noch nie gesehen?«

»Nein«, antwortete Maria und sah ihn fragend an.

Hanns nahm einen großen Schluck von seinem Bier und stellte das Glas dann geräuschvoll wieder ab.

»Nun, ich will es mal nett formulieren: Es gibt Frauen, denen man die Lebensart, die sie pflegen, auf zwanzig Meter Entfernung ansehen kann. Und Frau Stern ist genau eine von dieser Sorte, wenn du verstehst, was ich meine?« Wieder nahm er einen Schluck Bier und setzte dann nach:

»Ich weiß wirklich nicht, was sie so treibt, in ihrem nun anerkanntermaßen rattenverseuchten Club, und genau genommen, will ich es auch nicht wissen. Doch wenn der Schuppen erst mal abgerissen und das Gelände dem Erdboden gleichgemacht ist, wird Berlin schon hierdurch an Niveau gewinnen.«

»Aber ich habe euch gehört«, hielt Maria nun dagegen.

»Was meinst du damit?«

»Gestern, bei den Reimers', als ich kurz rausgegangen bin und dann wieder in den Saal kam. Du und Gerhard Lohmüller habt mit dem Rücken zu mir gestanden, und da hat er etwas von einer Affäre mit dieser Lea Stern erwähnt.«

Hanns erinnerte sich genau an die Situation. Er hatte Gerhard einige Male bedeutet, nicht so laut zu sprechen, doch der hatte sich schon ordentlich einen hinter die Binde gekippt und ließ sich nicht bremsen. Dieser Bankier war ein solcher Vollidiot.

»Eine Affäre?« Hanns schüttelte den Kopf. »Ich habe zwar mit Gerhard über den Club und auch Lea Stern gesprochen, doch ganz sicher war keine Rede von einer Affäre.«

»Doch, Hanns. Ich habe es gehört.«

Hanns schüttelte lächelnd den Kopf. »Was genau denkst du denn, dass Gerhard zu mir gesagt hat?«

»Etwas in der Art, dass er vor ein paar Tagen in der Bank angenommen hatte, dass dir diese Lea Stern etwas bedeuten würde und er deshalb besorgt gewesen sei.«

Wieder lachte Hanns auf. »Ach, Maria, du bist einfach herrlich. Nun gut, dann setze ich dich mal ins Bild. Nachdem diese Sache mit den Ratten war, aufgrund derer die Stern ihr Lokal schließen musste, habe ich natürlich den Kaufpreis für ihr Grundstück nach unten reguliert. Die kann froh sein, wenn ihren Laden überhaupt noch jemand kauft. Und in diesem Zusammenhang meinte Gerhard, dass er schon die Befürchtung gehabt hätte, ich würde mich erweichen lassen, an meinem Ursprungsangebot festzuhalten und der Stern die volle Summe zu bieten, obwohl sich die Marktlage klar geändert hatte, quasi, weil es ja sein könnte, dass sie mir leidtäte.«

Hanns sah Maria an, dass es in ihrem Kopf ratterte.

»Na?«, meinte er nun. »Trifft das in etwa das, was du gehört haben willst?«

Maria zögerte, dann nickte sie.

»Du kleines Dummerchen. Als ob ich dich je hintergehen würde«, meinte er nun selbstgefällig und aß weiter.

Wieder sah Maria ihn an und presste nun ihre Lippen aufeinander. »Aber Hanna hat es auch gesagt«, wandte sie ein.

Hanns schlang in kurzer Folge mehrere Gabeln voll Essen hinunter.

»Was hat Hanna gesagt?«, fragte er nun mit vollem Mund.

»Dass ich nur die Augen aufmachen müsste.«

»Aha. Und was heißt das?«, fragte Hanns, während er weiteraß.

»Hanna verkehrt in diesem Club, weißt du. Und sie kennt auch Lea Stern.«

Nun hätte Hanns sich fast verschluckt.

»Unsere Hanna verkehrt in diesem Drecksloch?«, entfuhr es ihm entsetzt. »Hast du ihr das etwa erlaubt?«

»Das muss ich ihr nicht erlauben, weil sie volljährig ist«, hielt Maria dagegen. »Und tatsächlich weiß ich das auch erst seit heute Mittag«, verteidigte sich seine Frau.

»Das hört sofort auf!«, entschied Hanns. »Hanna hat schließlich einen Ruf zu verlieren.«

»Nun, da der Club geschlossen ist, dürfte das Verbot hinfällig sein. Aber darum geht es überhaupt nicht, Hanns.«

»Für dich vielleicht nicht, aber für mich schon. Ich kann es mir nicht leisten, dass meine eigenen Kinder sich aufführen wie die Hottentotten und mit solchen Leuten Umgang haben«, schimpfte er, während er fieberhaft überlegte, ob seine Tochter ihn womöglich mal mit Lea gesehen haben könnte. Was genau wusste Hanna?

Maria schien darüber nachzudenken, was sie hierzu sagen sollte. »Die Kinder sind erwachsen, Hanns. Wir können ihnen nicht mehr vorschreiben, mit wem sie verkehren und mit wem nicht.«

»Ich will dir wirklich keine Vorwürfe machen, Maria, aber in unserer Ehe hatte es von Anfang an die Vereinbarung gegeben, dass du dich um die Kinder kümmerst und ich mich um alles andere.« Er steckte sich zackig ein Stück Fleisch in den Mund und redete kauend weiter: »Irgendetwas muss in der Erziehung gehörig schiefgelaufen sein, wenn unser Sohn seine Zeit mit Studentenstreiks verbringt und unsere Tochter sich in zweifelhaften Etablissements herumtreibt.« Er schüttelte verärgert den Kopf. »Wie gesagt, es liegt mir fern, schlecht über dich zu denken, Maria. Du bist eine wunderbare Ehefrau und warst immer treu an meiner Seite. Doch was die Erziehung unserer Kinder anbelangt, können wir ein gewisses Versagen nicht leugnen.«

»Es tut mir leid«, entschuldigte sich Maria und presste erneut die Lippen aufeinander.

Hanns atmete geräuschvoll aus, dann legte er seine Hand auf ihre. »Schon gut«, meinte er dann verständnisvoll. »Ich weiß, dass du alles getan hast, was du konntest.«

»Es ist alles meine Schuld«, brachte Maria nun leise hervor. »Alles liegt meinetwegen in Scherben.«

»Scht, scht«, machte Hanns. »Geh nicht zu hart mit dir ins Gericht. Wir werden das schon wieder hinbiegen. Ich werde dir dabei helfen, Maria. Sie sind auch meine Kinder.«

Maria kamen die Tränen, doch der Blick, den sie ihm zuwarf, verriet Dankbarkeit. Hanns tätschelte die Hand seiner Frau. Na also, das war ja gerade noch mal gut gegangen.

19. Kapitel

Golden Paradise, Kurfürstendamm 201/202, Berlin-Charlottenburg

Mittwoch, 8. Dezember 1976

Schon immer haben Männer versucht, mich auszunutzen und für ihre Zwecke einzuspannen. Doch im Ergebnis habe ich stets sie gelenkt.

LEA STERN

»Nein, Herr Heise, das kann ich mir nicht erklären«, sagte Lea. »Das ist ja ein richtiges kleines Wunder.« Sie lächelte den Leiter des Gesundheitsamtes freundlich an, der sie soeben aus seiner Wohnung hier herunter in den Club zitiert hatte, damit sie ihm erklären konnte, wie es möglich war, dass sämtliche Ratten verschwunden waren und nur noch die zurückgebliebenen Nester daran erinnerten, dass die Nager überhaupt hier gewesen waren.

»Ein Wunder?«, gab Heise verächtlich zurück. »Wohl kaum. Es dürfte vielmehr so sein, dass sich jemand, der einen Schlüssel für dieses Gebäude besitzt, entgegen der behördlichen Weisung Zutritt verschafft und die Ratten entfernt hat.« Er war ihr bedrohlich nah gekommen, doch Lea wich nicht einen Millimeter zurück.

»Waren die Siegel denn durchbrochen, als Ihre Männer eintrafen?«

»Nein«, entgegnete Heise. »Alles war unversehrt. Eigenartig, nicht wahr?«

»Nun, im Grunde nicht«, meinte Lea. »Denn da die Ratten von jetzt auf gleich hier im Gebäude waren, könnten sie ja auch auf dem gleichen Weg wieder verschwunden sein. Das ist doch wohl die plausibelste Erklärung, nicht wahr?« Lea lächelte ihn an.

Sie konnte sehen, dass es in dem Beamten brodelte. Wie sehr sie es liebte, einen Angriff abzuwehren und den Schwung für den Gegenschlag zu nutzen.

»Sie halten sich wohl für eine ganz Schlaue, was?« Heise verzog grimmig das Gesicht.

»Darf ich fragen, wie das gemeint ist?«

»Ich glaube nicht, dass Sie eine Antwort darauf haben wollen«, gab er wütend zurück.

»Doch, sehr gern sogar. Ich bin ein sehr offener Mensch, müssen Sie wissen, der an den Gedanken seiner Mitmenschen interessiert ist.«

»Sie können von mir aus zur Hölle fahren.« Heise spuckte auf den Boden.

»Zum einen«, klärte Lea ihn auf, »gibt es im Judentum so etwas wie die Hölle nicht. Diese ist wohl den Christen vorbehalten. Und zum anderen fordere ich Sie auf, das dort«, sie deutete auf die Spucke am Boden, »augenblicklich zu entfernen. Sie als Beamter des Gesundheitsamtes müssten doch wissen, dass so was sehr unhygienisch ist.«

Er machte noch einen Schritt vor und kam mit seinem Gesicht ganz nah an ihres. »Treiben Sie's nicht zu weit!«, warnte er.

»Ich weiß nicht, was Sie damit andeuten wollen. Aber denken Sie nicht auch, dass mein guter Freund Chaim sich für unser Gespräch hier interessieren wird? Sie haben Dr. Blum ja letztens hier kennengelernt. Wie schätzen Sie das ein, Herr Heise?«

Heise nickte nur, sagte aber nichts.

»Wenn nun also die Ratten hier verschwunden sind«, setzte Lea nach, »wie geht es dann weiter? Soll ich hier alles reinigen lassen und Sie dann anrufen, sobald alles wieder in Ordnung ist, damit Sie oder Ihre Kollegen es überprüfen können?«

»So schnell geht das nicht. Wir haben ja die Ursache für den Rattenbefall nicht gefunden«, erwiderte er.

»Ach, wir haben ja keine Eile«, gab Lea zurück. »Ich finde es sogar mal ganz schön, einen kleinen Urlaub vom Club zu haben. Und ich werde die Zeit nutzen, hier renovieren zu lassen. Das hatte ich ohnehin vor, und es stört doch wohl nicht, wenn hier während der Zeit, bis Sie offiziell die Freigabe erteilt haben, meine Handwerker zugange sind? Das hat ja auch den Vorteil, dass diese sofort bemerken würden, wenn sich einer dieser fiesen kleinen Nager erneut Zutritt verschaffen will.« Wieder lächelte sie ihn an.

»Renovieren? Sollte dieser ganze Schuppen hier nicht verkauft werden?«

Lea musste schmunzeln, dass er sich zu einer derart plumpen Bemerkung hinreißen ließ und so überdeutlich machte, wer hinter dem Ganzen hier steckte.

»Ein Verkauf?« Sie schüttelte den Kopf. »Aber nein, da sind sie einem Gerücht aufgesessen. Mir bedeutet das alles hier viel. Ich würde niemals verkaufen, um es ganz klar zu sagen. Selbst wenn ich den Club nie wieder betreiben könnte und das Gebäude sogar abgerissen werden müsste, würde ich nicht verkaufen, verstehen Sie?« Sie legte den Kopf schräg. »Ich bin finanziell unabhängig, Herr Heise. Ich besitze Wohnungen, und auch das Hotel nebenan habe ich vermietet. Das reicht mehr als aus. Ich habe sehr hart für das gearbeitet, was ich mir in den letzten siebenundzwanzig Jahren aufgebaut habe. Der persönliche Wert dieses Geländes geht für mich weit über das Materielle hinaus. Und wenn erneut Bomben auf Berlin geworfen würden und alles hier in Schutt und Asche liegen würde, wäre es immer noch mein Grund und Boden, und ich würde lieber sterben, als mich davon zu trennen.« Lea war in Versuchung, Heise zu sagen, dass er dies gern genauso weitergeben könnte. Doch sie wusste, dass es klüger war, es nicht zu tun. Die Botschaft würde auch so bei Hanns ankommen, da war sie ganz sicher.

Einen Moment schien der Beamte zu überlegen, was er hierauf antworten sollte. Dann sagte er nur: »Von mir aus können Sie Ihre Putzfrauen hier durchjagen. Wenn Sie sowieso renovieren wollen, haben wir ja noch ein bisschen Zeit, uns von Behördenseite davon zu überzeugen, dass wieder alles in Ordnung ist.«

»Vielen Dank«, sagte Lea nun. »Darf ich dann auch die Reste der Papiersiegel von der Eingangstür entfernen lassen?«

»Ja, dürfen Sie.« Er drehte sich um. »Kollegen, wir verschwinden. Es gibt hier nichts weiter für uns zu tun.«

Lea beobachtete, wie einer nach dem anderen ihren Club wieder verließ, und spürte, wie sich Erleichterung in ihr breitmachte. Draußen angekommen, drehte Heise sich um und wollte ihr den Schlüssel zurückgeben. »Hier. Den brauchen wir ja jetzt nicht mehr.«

Lea schüttelte den Kopf. »Den können Sie behalten. Ich werde noch heute den Schlüsseldienst kommen lassen, um die Schlösser auszutauschen. Wenn renovieren, dann richtig.«

Heise war anzusehen, dass er mit sich rang, etwas zu erwidern.

»Ach, und Herr Heise«, setzte sie nun nach. »Da dort drinnen ohnehin ordentlich sauber gemacht wird, verzichte ich darauf, dass Sie selbst sich um die Entfernung Ihres Spuckflecks kümmern. Schließlich verstehen wir beide uns doch jetzt so gut, und ich möchte gar nicht, dass dies durch derartige Kleinigkeiten, die von meiner Seite aus meinen Rechtsanwalt auf den Plan rufen würden, belastet wird.« Sie streckte ihm die Hand entgegen. »Auf künftig gute Zusammenarbeit«, bot sie an.

Heise funkelte sie wütend an, brüllte seinen Leuten dann zu: »Gehen wir!«, und machte sich davon.

»Dann also keine gute Zusammenarbeit«, stellte Lea amüsiert fest und sah ihm und seinen Männern mit dem zufriedenen Gefühl nach, diese Schlacht gewonnen zu haben. Dann machte sie kehrt, ging in den Club zurück und rief sowohl Hilde, die zusammen mit zwei anderen Frauen als Putzhilfe für sie arbeitete, als auch ihren Tischler, den Elektriker und den Maler an. Sie beschäftigte deren Unternehmen immer wieder für Arbeiten, die in ihren Wohnungen oder auch drüben im Hotel anfielen, und sie schätzte diese zuverlässige Zusammenarbeit, die sich im Laufe der Jahre ergeben hatte. Zu guter Letzt schlug sie das Telefonbuch auf und wählte einen Schlüsseldienst aus, den sie ebenfalls anrief und in den Club bestellte. Der Mann sagte zu, innerhalb der nächsten Stunde vor Ort zu sein. Lea war zufrieden. Obwohl sie noch einen Zweitschlüssel besaß und insoweit einfach hätte abschließen können, um oben in ihrer Wohnung zu warten, zog sie es vor, sich nicht von der Stelle zu rühren, bis alle hier eintrafen. Auch wenn sie nicht glaubte, dass Heise und seine Leute noch einmal zurückkamen, und im Grunde auch ausschloss, dass dieser sich noch etwas einfallen ließ, um ihr doch noch beizukommen, wollte sie den Club lieber im Auge behalten. Dann kam ihr eine Idee, und sie lächelte bei dem Gedanken an das, was sie vorhatte. Trotz des Rattengestanks, der von den nicht entfernten Nestern herrührte, setzte sie sich auf ihren Bürostuhl, zog das Telefon heran und wählte eine weitere Nummer.

»HB Immobilien, Ursula Schneyder am Apparat«, meldete sich eine Frauenstimme.

»Guten Tag. Hier spricht Lea Stern. Wäre es wohl möglich, mit Herrn Borchardt verbunden zu werden?«

»Herr Borchardt ist sehr beschäftigt«, erwiderte die Frau. »Kann ich Ihnen vielleicht weiterhelfen?«

»Ich denke, es ist wohl besser, wenn ich mein Anliegen mit Herrn Borchardt persönlich bespreche«, sagte Lea. »Fragen Sie ihn doch bitte, ob Sie durchstellen dürfen.«

»In Ordnung. Bitte warten Sie einen Moment.«

»Gern.«

Sie hörte ein Klicken in der Leitung, wartete und wickelte spielerisch das Telefonkabel um ihren Finger, dann vernahm sie noch mal ein Klicken.

»Ich stelle jetzt durch, Frau Stern.«

»Danke schön.«

Ein erneutes Klicken, dann vernahm sie Hanns' Stimme. »Lea, wie schön von dir zu hören.«

»Ja, nicht wahr?«, gab sie zurück. »Wie geht es dir, Hanns?«

»Gut, sehr gut sogar. Es könnte gar nicht besser sein.«

»Das freut mich für dich. Ich wollte mich bei dir melden wegen unseres Gesprächs letztens. Du bist mir doch nicht mehr böse?«

»Aber nein, woher denn? Vergeben und vergessen, Lea. So ist das einfach manchmal. Man streitet sich und versöhnt sich wieder.«

»Gut, da bin ich erleichtert. Ich wollte nur sichergehen, dass nach der schönen Zeit, die wir hatten, nichts Schlechtes zurückbleibt.«

»Ich bin kein nachtragender Mensch. Wie läuft es denn so bei dir, jetzt, da du den Club schließen musstest?«

»Nun ja, ein bisschen ruhiger, würde ich sagen.« Lea genoss es, ihn noch ein wenig zappeln zu lassen. »Aber irgendwie genieße ich es auch. Du weißt ja, dass ich sonst jeden Tag da unten war. Nun habe ich mehr Zeit.«

»Du genießt es?«, fragte Hanns. »Also wirst du nicht trübsinnig, weil dir das alles fehlt?« Er lachte auf.

»Aber nein, das wäre nun wirklich nicht meine Art. Doch ich habe in letzter Zeit viel darüber nachgedacht und in dem Zusammenhang auch über das Angebot, das du mir gemacht hast.«

»Ja?«, sagte Hanns lauernd.

»Ja. Deshalb rufe ich dich an, weil ich das Gefühl habe, dass du bei all dem Wirbel, den die Schließung des Clubs in den Medien verursacht hat, vermutlich auch noch mal an dein Angebot denken musstest.«

»Sicher musste ich das. Es ist ja naheliegend. Und unter uns, Lea, der Club ist jetzt nicht mehr das Gleiche wert wie noch vor ein paar Wochen. Aber bestimmt bist du dir darüber im Klaren?«

»Ja, das bin ich, Hanns. Und deshalb habe ich mir auch überlegt, die derzeitige Schließung für eine umfangreiche Renovierung zu nutzen.«

»Was?«, brachte Hanns knapp hervor. »Ich verstehe nicht.«

»Es wird ein paar Wochen dauern, abhängig davon, wie schnell meine Handwerker sind. Doch das *Golden Paradise* wird wieder öffnen, Hanns, und zwar noch schöner, moderner und strahlender als je zuvor. Das wollte ich dir nur sagen und dir nochmals für dein Kaufangebot danken, für das ich dir hiermit aber nun endgültig eine Absage erteile.«

Am anderen Ende der Leitung hörte Lea ihren Gesprächspartner kurz schnauben. Einen Satz brachte er jedoch nicht heraus.

»So, nun muss ich aber Schluss machen. Ich glaube, meine Handwerker kommen gerade. Mach es gut, Hanns. Und vielen Dank für die schöne Zeit, die wir miteinander hatten. Sie wird mir stets in bester Erinnerung bleiben.« Damit legte sie auf, ohne ihm noch die Gelegenheit zu geben, etwas zu sagen. Sie atmete geräuschvoll aus, und tatsächlich spürte sie, dass ihr die Knie ein wenig weich geworden waren. Kurz darauf klingelte das Telefon. Zwar hätte es auch jemand anderes sein können, doch irgendwie hatte Lea das Gefühl, dass es Hanns war, der sie zu erreichen versuchte. Also ließ sie es klingeln. Nach einer Weile hörte es auf, setzte dann aber erneut ein. Ja, das war Hanns am anderen Ende, da war sie sicher.

Lea erhob sich von ihrem Stuhl, verließ ihr Büro, ging zum Ausgang und blieb dort vor der Tür stehen, um die Ankunft des Schlüsseldienstes zu erwarten. Es war eiskalt und hatte wieder zu schneien begonnen, wie auch schon in den Tagen zuvor. Lea zog den Mantel etwas fester um ihren Körper. Kurz überlegte sie noch, was Hanns wohl als Nächstes tun würde. Für sie war das Kapitel Hanns Borchardt abgeschlossen, auch wenn sie damit rechnen musste, dass er weiterhin versuchen würde, sie zu ruinieren. Aber sollte er doch. Was auch immer er gegen sie unternehmen würde – sie würde entsprechend darauf reagieren.

Sie zündete sich eine Zigarette an, ließ weiter ihre Gedanken schweifen. Seit der letzten Woche war Hanna jeden Abend gleich nach der Arbeit zu ihr gekommen. Einige Male, wenn sie allein gewesen waren, hatten sie miteinander geschlafen. Manchmal waren noch andere Besucher zu Lea in die Wohnung gekommen, dann hatte Hanna sich ihr gegenüber distanziert benommen. Auch war es Lea so vorgekommen, dass an dem Abend, als Cord sie besucht hatte, Hanna überhaupt nicht gewusst hatte, wie sie sich verhalten sollte. Cord hatte mehrere Anläufe gewagt und Hanna deutlich zu verstehen gegeben, dass er durchaus an ihr interessiert war. Lea hatte sich nicht daran gestört. Weshalb auch? Zwar schlief sie gelegentlich mit Cord, doch das war nichts von Bedeutung. Wenn nun auch Hanna etwas mit ihm anfing, so war das ihre Sache. Lea fand, dass sie kein Recht hatte, sich irgendwie einzumischen oder sich auch nur ein Urteil darüber zu erlauben. Ganz im Gegenteil, wäre das doch genau ein solches Verhalten gewesen, das sie selbst sich von ihren Bettpartnern verbat, wenngleich sie sich eingestehen musste, dass Hanna für sie tatsächlich etwas Besonderes war. Vielleicht war es wirklich die Erinnerung an Rachel, von der Lea noch heute glaubte, dass sie die einzig wahre Liebe ihres Lebens gewesen war. Doch tatsächlich hatte auch Hanna etwas an sich, das Lea unglaublich anzog. Vielleicht war es, weil sie es spannend und auf gewisse Weise auch reizvoll fand, den Aufbruch dieser jungen Frau mitzuerleben und dabei zuzusehen, wie diese triste Raupe ihrem Kokon entschlüpfte und zu einem bunten Schmetterling wurde.

Ein Kastenwagen mit der Aufschrift *Schlüsseldienst Berlin* fuhr vor, worauf Lea ihre Zigarette fallen ließ und austrat. Es dauerte einen Moment, bis der Mann aus dem Auto ausstieg und zu ihr herüberkam.

»Tach auch. Sie hatten angerufen?«

»Ganz recht.« Lea reichte ihm die Rechte. »Lea Stern. Ich bin die Inhaberin des Clubs.«

»Wes ik«, antwortete der Mann in dem grauen Kittel. »Also, wat muss alles jetauscht werden?«

»Alles. Die Schlösser des gesamten Gebäudes. Auch die des Notausgangs und der Hintertür.«

»Allet klar, jute Frau. Ik muss mir dat ers ansehen, um sagen zu können, watt et am Ende kostet.«

»Nicht nötig«, entschied Lea. »Bitte machen Sie sich sofort an die Arbeit, und wechseln Sie alles aus. Ich halte Sie für einen ehrlichen Mann.« Sie lächelte ihn an.

»Na jut, wenn Sie dat sagen.« Er machte kehrt, ging zu seinem Fahrzeug, holte einen Werkzeugkoffer und einige Schließzylinder heraus, packte alles zusammen und kam wieder zurück.

»So, da wäre ik dann. Kann losgehen.«

»Fangen Sie doch bei dem Haupteingang an. Möchten Sie etwas trinken?«, fragte Lea.

»Ne, erst mal die Arbeit, wa? Später würde ik zu 'nem Bierchen nicht nein sagen.«

»Gut. Sehr gern.« Sie gingen zusammen hinein. »Ich bin da hinten in meinem Büro, wenn etwas sein sollte.«

»Ach sagen Se, jute Frau, man hat ja so einiges gehört von wegen Ratten und so. Sind die Viecher noch hier drin?«

»Nein, da können Sie ganz unbesorgt sein. Das Gesundheitsamt war gerade vorhin hier, und der Beamte konnte sich davon überzeugen, dass es hier keinerlei Ratten oder sonstiges Getier gibt.« Lea lächelte ihn an.

»Jut«, erwiderte der Handwerker. »Sind ja sonst janz schön eklig die Biester.«

Lea ließ seine letzte Bemerkung unkommentiert und ging in ihr Büro. Kurz überlegte sie, dann rief sie Uwe, Martin und Carsten an, die alle für sie als Türsteher arbeiteten und auch im Club dafür sorgten, dass Gäste, die sich nicht zu benehmen wussten, hinausbefördert wurden. Alle drei versprachen, sich gleich auf den Weg zu machen, dankbar, dass sie ihre Arbeit wieder aufnehmen konnten. Lea hatte ihnen während der Tage, die der Club geschlossen gewesen war, zwar ein wenig Geld gegeben. Doch ihren vollen Lohn hatten sie nicht erhalten, da sie immer nur für die Stunden bezahlt wurden, die sie auch wirklich arbeiteten.

Lea hörte Stimmen, die vom Eingang des Clubs herüberdrangen. Die eine war die des Schlüsselmonteurs, die andere kannte sie nicht. Sie stand auf, verließ ihr Büro und ging nach vorn.

»Guten Tag«, grüßte ein Mann, den sie noch nie zuvor gesehen hatte. »Sind Sie Lea Stern?«

»Allerdings.« Lea musterte ihn mit einem gewissen Argwohn.

War dieser von Hanns geschickt worden, um sie einzuschüchtern? Eigentlich sah er nicht so aus, doch andererseits wusste sie auch nicht, welche Vorstellung sie von einem Mann haben sollte, der in Hanns' Kreisen fürs Grobe zuständig war.

»Mein Name ist Lothar Heidrichs«, stellte er sich vor und reichte ihr die Hand. »Ich arbeite für die Berliner freie Presse.«

»Ein Reporter?« Lea nahm die ihr gereichte Rechte.

»Ganz genau. Hätten Sie einen Moment für mich?«

»Wenn Sie mir verraten, worum es geht«, stellte Lea in Aussicht.

»Ich bin eben zufällig hier vorbeigekommen, und als ich gesehen habe, dass die Tür offen war und die Absperrung offenbar verschwunden, dachte ich mir, ich könnte Ihnen ein paar Fragen stellen zu einem möglichen Verkauf des Clubs.«

Lea überlegte kurz, legte dann den Kopf schräg. »Aber ja, warum nicht? Wenn es Sie nicht stört, dass hier noch nicht wieder alles auf Vordermann ist?«

»Aber woher denn?« Heidrichs zog sich die Umhängetasche von der Schulter, bückte sich und holte dann einen Block und einen Bleistift hervor.

»Setzen wir uns doch in mein Büro«, schlug Lea vor. »Kann ich Ihnen etwas zu trinken anbieten?«

»Ein Bier, wenn Sie haben?«

»Das sollte machbar sein«, erwiderte Lea lächelnd, zeigte ihm das Büro, in dem er auf sie warten sollte, holte eine Flasche Bier für ihn und ein Glas Champagner für sich selbst und ging dann zu ihm ins Büro.

»Hier bitte«, sie reichte ihm die geöffnete Flasche und setzte sich dann auf ihren Stuhl hinter dem Schreibtisch.

»Danke.«

Lea hob das Champagnerglas. »Salute.«

»Salute«, prostete der Reporter ihr zu und trank einen Schluck Bier. Dann stellte er die Flasche auf den Schreibtisch, legte den Block auf seine Knie, zückte den Bleistift und sah Lea an.

»Frau Stern, Sie betreiben diesen Club jetzt schon seit über zwanzig Jahren hier«, begann er. »In letzter Zeit gab es diverse Berichte über einen Schädlingsbefall in Ihrem Hause, jedoch haben Sie sich bisher nicht dazu geäußert. Weshalb nicht?«

»Nun, es hat mich niemand gefragt«, gab sie charmant lächelnd zurück.

»Sie wurden bisher um keine Stellungnahme gebeten?«

»Nein, Sie sind der Erste, der mir diese Höflichkeit erweist.« Sie behielt das Lächeln bei, während Heidrichs sich eine Notiz machte.

»Möchten Sie also dann jetzt dazu Stellung nehmen?«

»Sicher, gern. Es stimmt, dass das Gesundheitsamt auf einen anonymen Hinweis hin letzte Woche Montag bei mir vorstellig wurde, da es hier angeblich einen Nagetierbefall geben sollte.«

»Und war das der Fall?«

»Zu meiner Überraschung musste ich feststellen, dass die Angabe stimmte«, räumte Lea ein. »Allerdings war es eigenartig, dass meine Reinigungskräfte, die allesamt sehr gründlich ihre Arbeit verrichten, am Morgen nichts hiervon bemerkt hatten, zum Zeitpunkt der Inaugenscheinnahme durch das Gesundheitsamt jedoch ein erheblicher Befall auszumachen war.«

»Moment«, bat er. »Verstehe ich Sie richtig, dass morgens noch alles in Ordnung war und nachmittags dann nicht mehr?«

»Ja, so war es. Merkwürdig, nicht wahr?«

»Allerdings.« Wieder machte er sich eine Notiz. »Und haben Sie eine Erklärung hierfür?«

»Sicher nicht. Auch die Herren des Gesundheitsamtes konnten sich das nicht erklären. Einen solchen Fall hat es wohl noch nicht gegeben.«

»Und dann?«, fragte Heidrichs.

»Nun, dann haben wir sofort geschlossen, und das Gesundheitsamt war so umsichtig, alles zu versiegeln, damit kein weiterer Schaden entstehen konnte. Ich muss die Beamten da sehr loben. Sie haben ausgezeichnete Arbeit geleistet.«

»Schön zu hören«, sagte Heidrichs. »Also waren Sie mit der Maßnahme der Behörden einverstanden?«

»Selbstverständlich. Es war das einzig Richtige.«

»Nun wurden die Siegel jedoch entfernt«, stellte er fest. »Wie kam es dazu?«

»Am heutigen Nachmittag war der Leiter des Gesundheitsamtes selbst vor Ort und hat sich davon überzeugt, dass hier alles wieder in Ordnung ist und persönlich die Gaststätte wieder freigegeben.«

»Sie können also wieder öffnen?«

»Nun, ich nutze die Zwangspause für Renovierungsmaßnahmen«, erklärte sie. »Wenn das *Golden Paradise* dann wieder öffnet, wird es in einem neuen Stil erstrahlen. Die Gäste dürfen gespannt sein.«

»Also sind die Gerüchte um einen möglichen Verkauf aus der Luft gegriffen?«

»Ein Verkauf?« Lea schüttelte lachend den Kopf. »Nein, also davon weiß ich wirklich nichts.«

»Also ist nichts an den Gerüchten dran?«, vergewisserte er sich noch mal.

»Nein, absolut nichts. Ich kann Ihnen versichern, dass das *Golden Paradise* nicht zum Verkauf steht. Wer so etwas behauptet, lügt.«

»In Ordnung«, er schrieb etwas auf. »Das war deutlich. Ich

denke, das war es dann auch schon.« Er blickte noch einmal auf seine Notizen, klappte den Block dann zu und griff nach der Bierflasche.

»Da der offizielle Teil somit wohl erledigt ist«, sagte Lea und griff nun ihren Champagnerkelch, »könnten Sie mir da wohl verraten, woher dieses alberne Gerücht stammt, dass mein Club verkauft werden soll?«

»Ich kann Ihnen meine Quelle nicht nennen, Frau Stern. Bedaure. Doch ich kann Ihnen so viel sagen, dass es von einer Seite kam, die es eigentlich hätte wissen müssen.«

»Hm«, machte Lea nur.

»Lea!«, hörte sie nun Uwes Stimme.

»Im Büro!«, rief sie zurück.

Der Reporter erhob sich, und auch Lea stand auf. »Dann herzlichen Dank, dass Sie sich so spontan Zeit für mich genommen haben«, sagte er und reichte ihr die Hand.

»Aber gern. Kommen Sie doch zur Neueröffnung. Ich gebe Ihnen gern rechtzeitig Bescheid.«

Heidrichs griff in seine Jackentasche und zog seine Visitenkarte hervor, die er Lea reichte. »Gern. Rufen Sie mich einfach an. Dann schreibe ich Ihnen einen schönen Artikel.«

»Danke. Ich werde darauf zurückkommen.«

Sie verabschiedeten sich voneinander, und gerade als Heidrichs Leas Büro verlassen wollte, stand Uwe in der Tür. Er trat sogleich beiseite, um dem Reporter den Weg frei zu machen.

»Tag«, grüßte Heidrichs, und Uwe erwiderte den Gruß. Dann ging der Reporter, und Uwe sah ihm noch kurz nach.

»Wer war das denn?«, wollte Uwe wissen.

»Ein Reporter, der einen Artikel schreiben wird, sobald wir hier wieder eröffnen«, klärte Lea ihren Mitarbeiter auf.

»Es geht also wieder los?«

»Nicht sofort, wir werden erst renovieren. Doch du und die anderen könnt dabei helfen und werdet dann für diese Zeit genauso bezahlt wie sonst, wenn ihr hier euren Dienst macht.«

»Super!«, freute sich Uwe und krempelte die Ärmel hoch. »Dann sag mir einfach, womit ich anfangen kann.«

20. Kapitel

An der Spreeschanze 10, Berlin-Haselhorst

Mittwoch, 8. Dezember 1976

Ich fühle mich stärker als jemals zuvor. Ich habe keine Angst mehr.

Holger Borchardt

Holger saß in seinem BMW, zweifelnd, ob er diesen Schritt wirklich gehen sollte. Aber er war wütend! So unglaublich wütend auf das System und alles, was in diesem verdammten Land schieflief. Vor allem aber war er wütend auf seinen Vater, und zwar so, dass er das Gefühl hatte, kaum atmen zu können. Für einen kurzen Moment lehnte er den Kopf gegen die Stütze des Sitzes, schloss die Augen und versuchte, seine Atmung zu beruhigen. Wenn er in diesem Zustand da hineinginge, würde wer weiß was passieren. Doch er war nicht nur wütend, er war vor allem enttäuscht, weil alles, was er zuvor entweder nicht infrage gestellt oder sogar gut gefunden hatte, sich als Lug und Trug herausgestellt hatte.

Die Geschehnisse der letzten Tage, die er fast durchgehend mit Monika verbracht hatte, hatten ihm die Augen geöffnet. Am Freitag war er, nachdem er die Demonstration verlassen hatte, direkt wieder zu ihrer Wohnung gefahren, hatte sich auf die Treppenstufen gesetzt und auf sie gewartet. Im Nachhinein wusste er nicht mehr zu sagen, wie lange. Es mussten mehrere Stunden gewesen sein. Als sie dann die Stufen heraufgekommen war und ihn dort sitzen sah, hatte sie gelächelt auf eine ganz spezielle, wissende Art, und Holger hatte das erste Mal seit er von zu Hause ausgezogen war das Gefühl, wieder irgendwo dazuzugehören. Zwischen Monika und ihm gab es eine Verbindung, die weit mehr war als guter Sex und das Vertreten gleicher Werte. Die wenigen Tage, die er diese Frau jetzt kannte, hatten ihn zu der Überzeugung kommen lassen, dass sie die Liebe seines Lebens war. Monika war eben keine von denen, die nur redete oder gegen irgendetwas protestieren wollte, weil es alle taten. Sie war tiefgründig und wollte wirklich etwas bewegen.

Dennoch hatte es ihn schockiert zu hören, dass sie Mitglied der RAF war, auch wenn dieses Bekenntnis im Grunde ihrem Wesen entsprach, wie ihm die letzten Tage klar geworden war. Dennoch wusste er nicht, was er davon halten sollte. Natürlich würde er sie nicht den Behörden melden. Niemals! Aber ihm war bewusst, dass er für sich selbst einen anderen Weg wählen wollte, einen, bei dem man nicht sein Gesicht vor der Öffentlichkeit verbergen oder in einer schäbigen Wohnung untertauchen musste, weil man von der Polizei gejagt wurde. Noch hatte er keine Ahnung, wie dieser Weg aussehen konnte, doch in jedem Fall würde er ihn gemeinsam mit Monika gehen wollen.

In den letzten Tagen hatte er seine Mutter und seine Schwester nicht mehr gesehen, sondern nur zweimal in seinem früheren Zuhause angerufen, kurz mit seiner Mutter gesprochen und ihr gesagt, dass er derzeit zu viel um die Ohren hätte, um regelmäßig vorbeizukommen. Sie hatte es verstanden und ihn gebeten, sich wieder zu melden, wenn sich beispielsweise etwas Neues in Richtung eigener Wohnung ergab, was er ihr versprochen hatte. Dass er inzwischen gar nicht mehr bei Thomas wohnte, sondern seine paar Sachen geholt und mit zu Monika genommen hatte, die ihm nach seiner Wartezeit am Freitag auf der Treppe einen Schlüssel gegeben hatte, sagte er ihr nicht. Warum auch? Er spürte, dass er die Verbindung zu seinem früheren Leben kappen wollte, kappen musste, doch noch wusste er nicht genau, wie.

Es tat ihm leid um den Kontakt zu seiner Mutter, mehr jedoch noch um den zu seiner Schwester. Hanna und er hatten sich zwar nicht immer gut verstanden. Es waren die Streitereien gewesen, die wohl alle Geschwister kannten, die auch sie ausgetragen hatten. Doch je älter sie geworden waren, desto mehr war Hanna zu seiner engsten Vertrauten geworden, wahrscheinlich einfach, weil neben ihm nur sie wissen konnte, wie schwierig es war, der Sohn von Hanns Borchardt zu sein.

Er hatte am Freitag lange mit Monika darüber gesprochen und ihr von seiner Kindheit erzählt, während sie in ihrem Bett gelegen und eine Zigarette nach der anderen geraucht hatten. Dabei war ihm klar geworden, dass er sich beim besten Willen an keinen einzigen Moment erinnern konnte, in dem sein Vater ihm wirklich einmal zugehört oder ihn gar gelobt hatte. Schon als Kind war nichts, was er getan hatte, gut genug gewesen. War er beim Hundertmeterlauf bei den Leichtathletik-Jugendmeisterschaften Zweiter geworden, hatte er nur ein enttäuschtes Kopfschütteln geerntet, als er dies zu Hause verkündete. Dabei erinnerte er sich noch genau, wie er stolz die Silbermedaille präsentiert hatte. Sein Vater hatte darauf nur geantwortet, dass die Borchardts sich nur mit Gold zufriedengaben. Holger hatte es akzeptiert – was hatte er auch für eine Wahl gehabt? Aber er war enttäuscht gewesen, wenngleich er zugeben musste, dass es ihn auch angespornt hatte. Er trainierte daraufhin härter, wurde schneller. Und als er im Jahr darauf die Goldmedaille holte, hatte er es kaum abwarten können, sie seinem Vater zu zeigen. Doch der hatte nur kurz von seinen Bauplänen aufgesehen, die er vor sich auf dem Tisch ausgebreitet hatte, und genickt. Nur genickt, mehr nicht. Und als Holger gedrängt, ja fast schon gebettelt hatte, der Vater möchte sich die Medaille doch wenigstens einmal richtig ansehen, hatte dieser nur gefragt, ob die Konkurrenz denn wirklich so stark gewesen sei, dass Holger ein solches Theater um diese läppische Auszeichnung machte. Von da an hatte Holger sich geweigert, noch zur Leichtathletik zu gehen, und seine Mutter hatte ihn beim Verein abmelden müssen. Damals hatte er verstanden, dass er wohl nie genug sein würde. Er würde wohl nie die Leistungen erbringen, um sich den Respekt des großen Hanns Borchardt verdienen zu können. Und doch hatte er es, wenn auch nicht wirklich bewusst, weiter versucht. Warum sonst hatte er so viel gelernt, um immer der Beste in der Schule zu sein?

Und warum sonst hatte er ein Studium begonnen, das er zutiefst verabscheute?

Während des Gesprächs am Freitagabend mit Monika hatte er sich wohl das erste Mal in seinem Leben gefragt, warum er einem Mann hinterherrannte und zu gefallen versuchte, der in Wahrheit nichts als ein Lügner war. Der seine Familie mit Füßen trat und sich mit mindestens einer, vielleicht auch mehr fremden Frauen vergnügte, um sich zu beweisen, was für ein toller Kerl er doch war. Der sich nur dann groß fühlen konnte, wenn er andere kleinmachte. Für den nichts zählte als Geld, Geld und noch mehr Geld und der sich ausschließlich hierüber definierte.

Monika verstand ihn. Ja, sie war aufrichtig interessiert an dem Leben, das er zuvor geführt hatte und das ihm jetzt Lichtjahre entfernt vorkam.

Am Samstagmorgen dann fragte ihn Monika, ob er mit zu einem Treffen kommen wollte, das sie gestern mit Paula telefonisch vereinbart hatte. Holger hatte sogleich eingewilligt, auch wenn er keine Ahnung hatte, worum es dabei gehen könnte. Doch etwas an der Art seiner Freundin hatte ihm verraten, dass dieses Treffen für sie von großer Bedeutung war.

Kurz darauf war Ede in die Wohnung gekommen, und es hatte eine kleine Auseinandersetzung zwischen Monika und ihm gegeben, als sie angekündigt hatte, dass Holger dabei sein würde. Ede hatte schließlich klein beigegeben, allerdings die Bedingung gestellt, dass Holger, sobald sie aus der Stadt fuhren, einen Sack über den Kopf ziehen musste, damit er nicht sah, wohin sie fuhren. Holger hatte sogleich protestiert, kam ihm dies doch absolut absurd und übertrieben, vor allem aber auch auf eine gewisse Weise bedrohlich vor. Am Ende hatte er doch eingewilligt, einfach, um Monika den Gefallen zu tun. Sie hatten dann seinen BMW genommen, und Ede hatte sich ans Steuer gesetzt. Monika und er hatten zusammen auf der Rückbank gesessen, und als sie gerade aus der Stadt herausfuhren, hatte Monika ihm noch einen Kuss gegeben, ihm den Sack übergestülpt und ihren Kopf dann auf seinen Schoß gelegt. Er hatte sich ausgeliefert gefühlt, zugleich aber auch hatte er Monika vertraut und es genossen, seine Hand auf Monikas Busen ruhen zu lassen, während sie zärtlich über seinen Arm strich.

Als der Wagen gestoppt hatte und Monika ihm den Sack abnahm, hatte Holger zwinkern müssen, um sich wieder an das Licht zu gewöhnen. Der Blick auf seine Uhr verriet ihm, dass sie über eine Stunde unterwegs gewesen waren. Um sie herum war nichts als Wald, und der Weg, auf dem Ede das Auto abgestellt hatte, war eher ein Trampelpfad. So hoch und dicht, wie der Wald hier wuchs, hatte Holger vermutet, dass sie sich irgendwo in der Nähe des Nikolassees befanden. Doch er hätte sich auch täuschen können und ohnehin nicht danach gefragt, schon um nicht Edes

Misstrauen zu schüren, der an diesem Morgen einen übernervösen Eindruck auf ihn gemacht hatte. Auch war es das erste Mal, dass Holger bei Ede eine Waffe gesehen hatte, was ihm ein gewisses Unbehagen bereitet hatte.

Sie waren ausgestiegen und hatten ungefähr zehn Minuten in der Kälte ausgeharrt, obwohl es Holger lieber gewesen wäre, einfach im warmen Auto sitzen zu bleiben und worauf auch immer zu warten. Die Kälte des zum Teil gefrorenen Bodens war ihm nach und nach bis in die Knie gestiegen, und er hatte seinen Mantel enger gezogen, um nicht zu zittern. In der gesamten Zeit hatten sie kaum ein Wort gesprochen, nur eine Zigarette nach der anderen geraucht.

Dann war ein alter weißer Peugeot 104 in den Trampelpfad eingebogen, hatte in einiger Entfernung hinter seinem BMW gehalten, und eine zierliche, kleine Frau mit rundem Gesicht und kurzen, dunklen Haaren, bei der es sich vermutlich um besagte Paula handelte, war ausgestiegen und auf sie zugekommen.

Monika war ihr entgegengegangen, und als die Frauen aufeinandertrafen, hatten sie sich umarmt und einen Moment lang festgehalten. Dann hatte Holger gesehen, dass Monika in seine Richtung gezeigt hatte und etwas mit Paula besprach. Was, hatte er nicht verstehen können. Doch wenn er die Szene richtig gedeutet hatte, war es darum gegangen, wer er war und weshalb Monika ihn mit zu dem Treffen mitgebracht hatte.

Dann waren die beiden Frauen zu ihnen herübergekommen, und Paula hatte Holger zunächst ausgefragt, woher er käme, was er mache und wie er Monika und Ede kennengelernt hätte. Das Misstrauen stand ihr dabei ins Gesicht geschrieben, und er kam sich vor wie bei einem Verhör, bei dem sein Gegenüber nur darauf lauerte, dass er eine falsche Antwort gab.

Am Ende ihrer kleinen Befragung hatte sie zufrieden genickt, sich noch eine Zigarette angesteckt und sich dann an Monika gewandt, um mit ihr die Lage zu besprechen. Wieder fielen die Namen Egon und Michael, die Ede gestern schon erwähnt hatte, als er morgens in Monikas Wohnung gestürmt kam. Holger hatte aufmerksam zugehört, als Paula berichtet hatte, dass die beiden Männer am 30. November auf dem Weg von Kassel nach Frankfurt in eine Polizeikontrolle geraten und festgenommen worden waren. Bei der Erwähnung des Datums und der beiden Städte hatte es bei Holger geklingelt, doch das hatte er keinem der drei anderen gesagt. Er hatte in der Zeitung gelesen, dass an genau dem Tag zwei RAF-Mitglieder in einem gestohlenen grauen Opel Admiral auf diesem Streckenabschnitt der Bundesautobahn 5 aufgebracht und verhaftet worden waren. Holger erinnerte den Namen Siegfried Haag, ein ehemaliger Rechtsanwalt aus Heidelberg, der das zwei Jahre zuvor in einem Hungerstreik gegen die Haftbedingungen verstorbene RAF-Mitglied Holger Meins vertreten hatte. Ebenfalls mit verhaftet worden war Roland Mayer, der in engem Kontakt zu RAF-Mitgliedern wie Christian Klar und Günter Sonnenberg stehen sollte. Laut den Meldungen in der Presse waren die Männer mit Pistolen bewaffnet gewesen, hatten sich jedoch ohne Gegenwehr festnehmen lassen. Bei dieser Festnahme sollten, so die Presseangaben, auch diverse Dokumente sichergestellt worden sein, was jedoch nicht belegt war. Die Namen Egon und Michael waren in dem Zeitungsbericht nicht erwähnt worden, jedoch fragte sich Holger, ob die Mitglieder der RAF innerhalb ihrer Gruppierung womöglich Decknamen verwendeten.

Während Paula weitergesprochen hatte, waren Begriffe wie *Offensive 77* oder auch *Aktion Margarine, Big Money* und *Big Raushole* gefallen. Hierauf hatte Holger sich keinen Reim machen können. Jedoch hatte Paula mehrfach eindringlich gesagt, dass, wenn es der Polizei gelänge, die Codewörter zu dechiffrieren, alles vorbei wäre und keiner von ihnen mehr sicher. Monika und Ede hatten fast die ganze Zeit über nur zustimmend genickt und sich von Paula instruieren lassen, was als Nächstes zu tun sei. Vor allem ging es wohl darum, gewisse Aktionen, die eigentlich zu einem späteren Zeitpunkt geplant waren, nun vorzuziehen, bevor die Polizei die Dokumente entschlüsselte und so ihre Pläne zunichtemachen würde. Als besprochen werden sollte, wer genau was veranlassen sollte, hatte Monika Holger gebeten, ein Stück wegzugehen und noch eine zu rauchen, sodass er das, was sie ausheckten, nicht mitbekommen konnte. Tatsächlich war es ihm ganz recht gewesen. Er konnte nicht beeinflussen, was Monika tat oder auch nicht. Doch er wollte weder selbst in der RAF aktiv werden noch deren Vorhaben kennen, sollte es hart auf hart kommen.

Das Treffen hatte etwa eine Dreiviertelstunde gedauert. Dann hatte Paula sich verabschiedet, war in ihr Auto gestiegen und wieder gefahren. Auch auf dem Rückweg hatte Holger wieder den Sack über den Kopf ziehen müssen, was ihm verriet, dass ihm zumindest vonseiten Edes keinesfalls vollends vertraut wurde.

Sie hatten dann das gesamte Wochenende Monikas Wohnung kaum verlassen, und Holger war nur am Sonntagabend kurz zu Thomas gefahren, um seine restlichen Klamotten abzuholen. Hierbei hatte Thomas ihn gebeten, zur nächsten Vollversammlung am Montag zu kommen, doch Holger hatte abgelehnt. Das, was Thomas und die anderen da taten, brachte doch nicht wirklich etwas und erschien Holger im Hinblick auf das, was Monika riskierte, wie ein Kindergeburtstag.

Am Montag war Monika fast den ganzen Tag unterwegs gewesen, und auch gestern hatten sie sich nur abends gesehen. Wo sie gewesen war, hatte sie nicht gesagt, und er hatte auch nicht gefragt.

Heute Morgen nun hatte Holger an seinen Vater denken müssen und an das, was er über dessen Unternehmungen in der Skalitzer Straße herausgefunden hatte. Wenn er schon weder in die Studentenstreiks weiter einsteigen und andererseits auch nicht den Weg der RAF gehen wollte, so hatte er das Gefühl, wenigstens bei dem Kapitalisten in seiner eigenen Familie aufräumen und diesen konfrontieren zu müssen.

Aus diesem Grunde war er nun am Nachmittag zur Firma seines Vaters gefahren, um mit diesem zu sprechen. Doch nun saß er schon fast eine halbe Stunde mit ausgeschaltetem Motor hier in seinem BMW, der langsam, aber sicher auskühlte, und dachte nach. Schließlich fasste er sich ein Herz, atmete tief durch und stieg aus. Ein eisiger Wind schlug ihm vom Fluss entgegen, als er zum Eingang ging und die Doppelflügeltür öffnete. Am Empfang saß eine junge Frau, die er nicht kannte. Er grüßte sie kurz und nannte seinen Namen. Ohne abzuwarten, schritt er dann am Empfangstresen vorbei und den Flur entlang bis zum Vorzimmer seines Vaters, das er nach kurzem Klopfen betrat.

Frau Schneyder legte soeben den Hörer auf und erhob sich. Offenbar hatte die Frau am Empfang ihr Bescheid gegeben.

»Herr Borchardt, wie schön, dass Sie sich mal wieder blicken lassen«, sagte sie freundlich, kam ihm entgegen und schüttelte ihm die Hand.

»Hallo, Frau Schneyder. Ist tatsächlich eine ganze Weile her, dass wir uns gesehen haben. Wie geht es Ihnen?«

»Danke, Herr Borchardt, sehr gut.«

»Ist mein Vater da?«

Holger nickte zum Büro seines Vaters hinüber.

»Ja, doch ich bedauere. Ihr Herr Vater ist gerade sehr beschäftigt und hat die deutliche Weisung ausgesprochen, von wirklich niemandem und auf gar keinen Fall gestört zu werden. Außerdem telefoniert er auch gerade.« Sie deutete zum Telefon hinüber, bei dem einer der Knöpfe rot leuchtete.

»Dann werde ich einfach warten, bis er aufgelegt hat«, entschied Holger.

»Wirklich, Herr Borchardt, es tut mir leid, aber …«

»Es ist wahnsinnig kalt heute. Hätten Sie vielleicht eine Tasse heißen Kaffee für mich, Frau Schneyder?«, unterbrach er sie.

»Sicher.« Sie schien kurz zu überlegen. »Bitte setzen Sie sich doch einen Moment, Herr Borchardt. Ich bin gleich zurück.«

»Danke.« Holger nahm auf einem der an der Seite stehenden Stühle Platz und blickte auf die Verbindungstaste des Telefons, die noch immer rot leuchtete.

Frau Schneyder ging zur Kaffeemaschine hinüber, holte eine frische Tasse aus dem Hängeschrank und schenkte Kaffee ein. Gerade als sie sich umdrehte und wieder zu Holger zurückkam, erlosch die rote Taste. Holger stand auf und ging direkt zum Büro seines Vaters.

»Aber Herr Borchardt!«, rief Frau Schneyder ihm nach, doch da hatte er bereits die Türklinke heruntergedrückt und trat ein.

»Ich habe doch gesagt, dass ich nicht gestört werden will!«, blaffte sein Vater sogleich, dessen Hand noch immer auf dem Telefon lag. Holger konnte ihm ansehen, dass es bestimmt kein erfreuliches Gespräch gewesen war, denn sein Kopf war puterrot, und die Ader auf seiner Stirn zeichnete sich deutlich ab, wie immer, wenn er sich über irgendetwas aufregte.

»Hallo, Vater«, begrüßte Holger ihn.

»Holger? Was zum Teufel willst du denn hier, und wie kommst du überhaupt rein? Frau Schneyder, hatte ich mich nicht klar ausgedrückt?«, brüllte er die Sekretärin an, die nun hinter Holger das Büro betrat.

»Es tut mir so unendlich leid, Herr Borchardt! Ich habe Ihrem Herrn Sohn gesagt, dass Sie nicht zu sprechen sind, doch …«

»Wozu habe ich eine Sekretärin, wenn sie mir die einfachsten

Aufgaben nicht abnehmen kann?«, schrie Hanns, Speichel versprühend.

»Frau Schneyder kann nichts dafür«, stellte Holger in arrogantem Tonfall klar, drehte sich zu der Sekretärin um und nahm ihr die Tasse ab.

»Danke, Frau Schneyder. Ich würde mich nun gern in Ruhe mit meinem Vater unterhalten.« Er hielt die Kaffeetasse in der einen, die Türklinke in der anderen Hand. »Danke«, sagte er nochmals.

Frau Schneyder zögerte noch, doch dann ging sie hinaus, und Holger schloss hinter ihr die Tür.

»Was fällt dir überhaupt ein, hier so einzudringen? Ist dir das Geld ausgegangen, ja? Mach bloß, dass du rauskommst!«

Holger blieb vollkommen ruhig und war selbst überrascht, wie wenig ihn das Gezeter seines Vaters beeindruckte. Das wäre noch vor einigen Wochen ganz sicher nicht der Fall gewesen.

»Ich möchte mit dir über deine Firma sprechen. Über einige Bauprojekte, genau genommen.«

»Weshalb? Weil du glaubst, mit deiner ach so umfassenden Studienerfahrung nun ins Big Business einsteigen zu können?«, schnaubte Hanns verächtlich.

»Nein, nichts dergleichen. Tatsächlich bin ich inzwischen ziemlich sicher, dass ich mein Studium abbrechen werde.«

»Was? Du undankbarer Rotzbengel! Was glaubst du, wer deine Studiengebühren gezahlt hat? Wer dich durchgefüttert und dir alles gekauft hat? Und nun schmeißt du hin? Du bist ein solcher Versager.«

Holger hatte Mühe, die aufsteigende Wut zu unterdrücken. »Mag sein, dass ich das in deinen Augen bin. Doch ich sehe mich eher als jemanden, dem Werte wichtig sind, die nichts mit Geld zu tun haben.« Holger nahm einen Schluck von seinem Kaffee.

»Dann leb doch in irgendeinem Rattenloch! Du wirst schon

noch sehen, wie weit du mit Luft und Liebe kommst! Du verstehst einfach nicht, wie es in der Welt läuft.« Hanns war aufgesprungen und ans Fenster getreten, sodass er seinem Sohn nun den Rücken zukehrte. Für Holger war es spürbar, wie sehr es in seinem Vater brodelte. Doch er war schon so gewesen, als Holger reingekommen war. Mit wem auch immer sein Vater zuvor telefoniert haben musste, es hatte ihn sehr aufgebracht.

»Aber du verstehst, wie es in der Welt läuft, ja?«

Hanns drehte sich schwungvoll um. »Allerdings. Oder glaubst du, das alles hier käme von ungefähr?«

Holgers Blick fiel auf den gläsernen Aufsteller, der auf dem Schreibtisch seines Vaters stand und den er nun in die Hand nahm. »*Unternehmer des Jahres*«, las Holger ab. »*Vergeben an Hanns Borchardt für sein einzigartiges soziales Engagement.*« Holger gab einen verächtlichen Laut von sich und sah seinen Vater an. »Wofür hast du das Ding gekriegt? Für deine Sanierungsprojekte am Kotti?«

Hanns' Haltung veränderte sich. Es lag nun so etwas wie Argwohn in seinem Blick.

»Für meine gesamte Arbeit«, antwortete er nun. »Warum? Worauf willst du hinaus?«

Holger konnte seinem Vater ansehen, dass er sich nicht ganz wohlfühlte, auch wenn er das zu überspielen versuchte.

»Ich war dort, Vater. Die Wohnungen, die du saniert hast – und für die du eine stattliche Förderung erhalten hast –, sind so teuer geworden, dass die Mieter sie nicht mehr bezahlen konnten und ausziehen mussten. Hattest du nicht damals in deiner Rede betont, dass du persönlich dafür sorgen wirst, dass diese Projekte weiter vorangetrieben werden und es keine Mietteuerung geben wird, sondern du aus eigener Tasche dafür bezahlst?«

»Das hast du falsch verstanden«, korrigierte Hanns seinen Sohn selbstgefällig, so als sei dieser zu naiv, um die Zusammenhänge zu verstehen.

»Ich habe eine Förderung erhalten, das ist richtig. Die hat aber bei Weitem nicht alle Kosten abgedeckt. Die fehlende Summe habe ich aus meiner eigenen Tasche beglichen und die Wohnungen verkauft. Was die neuen Vermieter an Miete verlangen, kann ich natürlich nicht beeinflussen.«

»Das ist doch Blödsinn«, widersprach Holger kopfschüttelnd. »Ich weiß noch genau, dass du in deiner Dankesrede geschworen hast, dass du die Wohnungen nicht verkaufen wirst. Ich erinnere mich so gut, weil ich damals dachte, dass du wirklich ein guter Mensch wärst und nur als Vater versagt hättest.«

Hanns verdrehte die Augen. »Dann bringst du eben ein paar Reden durcheinander! Ich habe keine Versprechungen gemacht, dass ich die Wohnungen nicht wieder verkaufe, wenn sie fertig sind. Ich hatte immer nur das Beste für diese armen Menschen im Sinn. Wenn es da Missverständnisse gab, bedaure ich das. Doch ich kann nichts dafür, wenn du es falsch verstanden hast.«

»Ach ja? Ich habe es also falsch verstanden, ja? Und was ist mit den Spendengalas, die du eigens dafür hast ausrichten lassen, dass weitere Wohnblocks saniert werden können? Was ist aus diesem Geld geworden?«

Hanns machte eine Handbewegung, als wollte er eine Fliege verscheuchen. »Was sollen denn all diese Fragen. Seit wann interessierst du dich für meine Geschäfte? Der Erlös wurde investiert, wenn du's genau wissen willst. Ich persönlich habe gemeinsam mit dem damaligen Regierenden Bürgermeister das Geld an die dafür vorgesehenen Stellen übergeben.«

Hanns zeigte auf einen gerahmten Zeitungsartikel, der neben einer ganzen Reihe anderer an der gegenüberliegenden Wand hing.

»Da steht es geschrieben. Bist du jetzt zufrieden? Was soll eigentlich dein dämliches Gefrage hier? Bist du gekommen, weil du dachtest, du könntest deinem alten Herrn eins auswischen?« Hanns schüttelte den Kopf. »Nur weil du nichts in deinem Leben erreicht hast, Sohn, bedeutet das nicht, dass ich mein Vermögen und meine gesellschaftliche Stellung nicht auf legalem Wege erworben habe.«

Holger trank ruhig einen weiteren Schluck Kaffee. Er wusste, dass er recht hatte und dass sein Vater ihn anlog, trotzdem war da ein kleiner Teil in ihm, der ihm immer noch glauben wollte. Der hoffte, dass er sich irren würde und dass sein Vater tatsächlich der Philanthrop war, als der er sich gern darstellte.

»Ich glaube, du lügst«, sagte Holger nun.

»Was zum Teufel willst du eigentlich hier?« Hanns stieß sich von der Fensterbank ab und kam zu ihm herüber. »Du haust einfach mitten in der Nacht ab, und deine Mutter heult sich fast die Augen aus dem Kopf deswegen. Dann lässt du dich tagelang nicht blicken, um schließlich hier aufzutauchen und mir vorhalten zu wollen, ich sei ein Lügner und Betrüger.« Er kam mit seinem Gesicht ganz nah an Holgers heran. »Mach, dass du rauskommst.«

»Willst du mich schlagen, so wie Mama?«, fragte dieser provokant. »Ja? Na, dann mach doch, Vater. Nur zu.«

Hanns bewegte sich nicht. »Mach, dass du rauskommst!«, wiederholte er.

Holger überlegte kurz, erhob sich dann aber, ging zur Tür und drehte sich dort noch einmal um. »Du hast mich gefragt, warum ich überhaupt gekommen bin. Ich kann es dir sagen. Ich werde mir jedes deiner Bauprojekte vornehmen und die öffentlichen Gelder abgleichen, die du dafür kassiert hast. Ich werde alles unter die Lupe nehmen, deine Spendengalas, die Stiftungen, deine Firmen. Und wenn ich Unstimmigkeiten finde, Vater, die ich beweisen kann, dann wirst du dich nicht mir, sondern den Behörden gegenüber verantworten müssen. Oder noch besser: der Presse. Du siehst doch dein Bild so gern in der Zeitung, nicht wahr? Mal sehen, ob das dann auch noch so ist.«

»Mach, dass du rauskommst!«, brüllte Hanns erneut, griff die noch halb volle Kaffeetasse und schleuderte sie in Richtung seines Sohnes. Holger konnte gerade noch ausweichen, jedoch nicht verhindern, dass einige Kaffeespritzer auf seinem Mantel landeten.

Holger drehte sich zu seinem Vater um, als die Tür von außen geöffnet wurde.

»Um Himmels willen, ist alles in Ordnung hier drinnen?«, fragte Frau Schneyder mit weit aufgerissenen Augen.

»Ich denke, das hier ist die ehrlichste Antwort, die ich von dir selbst kriegen werde.« Holger deutete auf seinen besudelten Mantel. »Aber verlass dich drauf, ich werde andere finden, die mir Auskunft geben. Du hörst von mir, Vater!« Damit ging er hinaus und verließ auch sogleich das Gebäude.

Draußen atmete er tief die kalte Luft ein. Er fühlte sich eigenartig erleichtert. Hatte er zuvor noch den Hauch einer Hoffnung gehabt, dass er sich täuschte, so war die Reaktion seines Vaters ihm nun die Bestätigung gewesen, die er hatte haben wollen. Kurz dachte er an seine Mutter und daran, was das, was er ans Tageslicht bringen würde, für sie bedeuten könnte. Doch er schob den Gedanken und das schlechte Gewissen, das sich in ihm regte, beiseite. Der Reichtum, den sein Vater angehäuft hatte, war auf Lügen und den Schultern armer Leute gebaut. Und er würde dem ein Ende machen. Er musste es tun, wollte er sich künftig noch im Spiegel ansehen können.

21. Kapitel

An der Spreeschanze 10, Berlin-Haselhorst

Mittwoch, 8. Dezember 1976

Ich muss eine Lösung finden, bevor mir alles entgleitet.

HANNS BORCHARDT

Hanns hatte das Gefühl, dass sein Blutdruck in den vergangenen Stunden in geradezu astronomische Höhen geschossen war. Das konnte doch einfach nicht wahr sein! Erst das desaströse Telefonat mit Lea und dann auch noch der unverschämte Auftritt seines nichtsnutzigen Sohnes. Hanns war mehr als nur bedient.

Das Geld, das er von der Maximus Privatbank bekommen hatte und von dem diese glaubte, dass es für den Kauf des Stern-Grundstücks am Ku'damm gedacht war, hatte er zum Großteil bereits ausgegeben. Angeblich, wie er Gerhard Lohmüller gesagt hatte, um eine Anzahlung an Lea zu leisten und darüber hinaus seine verauslagten Kosten zu decken. Tatsächlich jedoch war fast alles dafür draufgegangen, seine bei anderen Banken bestehenden Konten aus den tiefroten Zahlen zu holen und die Darlehen seiner diversen Firmen zu bedienen. Er hatte den anderen Banken die gleiche Geschichte aufgetischt wie Gerhard und überall behauptet, mit der Zahlung für das Grundstück und den Investitionen in Vorlage getreten zu sein, um nicht das Bild zu liefern, womöglich ohne plausiblen Grund in den Miesen festzuhängen. Sein Plan war gewesen, mit der ersten Rate die Verbindlichkeiten runterzufahren, und sodann aus der zweiten, weit höheren Darlehenssumme, tatsächlich das Geld für die Bezahlung des Club-Grundstücks zu entnehmen, nur dass es jetzt zu genau diesem Kauf gar nicht mehr kam.

Es war alles andere als sicher, ob die Maximus Privatbank den Vertrag aufrechterhalten und die Summe auszahlen würde, wenn sie davon erfuhr. Aber er brauchte das Geld, verdammt noch mal. Alles hing davon ab.

Hanns versuchte, die aufkommende Panik zu verdrängen. Als Erstes musste er unbedingt vermeiden, dass etwas von dem geplatzten Grundstücksverkauf bekannt wurde. Dann galt es eine neue, erwerbbare Fläche aufzutun, die sofort oder zumindest in Kürze verfügbar war. Schließlich musste er den Rest des von der Bank bereits gezahlten Geldes so verteilen, dass es den Anschein machte, als stünde er überall mehr als gut da. Denn tatsächlich war er nicht sicher, wie sich Lohmüller beziehungsweise die Maximus Privatbank verhalten würde, wenn es Hanns nicht gelingen sollte, die Zweifel daran, wie glaubwürdig er war, die nach alldem ganz sicher im Raum stehen würden, zu zerstreuen.

Doch hier kam nun auch noch das Problem mit seinem dämlichen Sohn hinzu, der ihm quasi eine Kampfansage gemacht und gedroht hatte, seine Geschäfte bezüglich der Renovierungsmaßnahmen, die wahrlich großzügig gefördert worden waren, aufzudecken. Es war wirklich gerade wie verhext. Was sollte er jetzt bloß tun? Er musste sich wohl oder übel eingestehen, noch nie in einer derart verzwickten Situation gewesen zu sein.

Hanns stand auf, trat ans Fenster und öffnete es, so weit es ging.

Ihm war so heiß, dass ihm der Schweiß den Rücken herunterlief. Draußen schneite es, doch Hanns kam es vor, als käme kein einziger Luftzug herein. Er lockerte seine Krawatte ein wenig, doch weil ihm das keine Erleichterung verschaffte, löste er den Knoten und zog den Schlips vom Hals. Verdammt noch mal! Hier war es ja zum Ersticken. Man konnte einfach nicht atmen.

Es klopfte, und Frau Schneyder betrat ein Büro.

»Was ist?«, fuhr er seine Sekretärin an, ohne sich zu ihr umzudrehen.

»Ich bitte die Störung zu entschuldigen«, gab sie devot von sich. Ich wollte nur Bescheid geben, dass es bereits nach halb sieben ist und Sie doch zum Abendessen zu Hause sein wollten.«

»Wann und wo ich esse, ist immer noch meine Sache!«, schnauzte er sie an, drehte sich ruckartig um und fügte dann hinzu. »Sie können Feierabend machen. Ich brauche Sie heute nicht mehr.«

»Sehr wohl, Herr Borchardt«, antwortete sie, während ihr Blick auf die Scherben am Boden fiel.

»Das können Sie morgen wegmachen«, herrschte er sie an. »Machen Sie die Tür zu, aber von außen!«

»Jawohl, Herr Borchardt.« Mehr wagte sie nicht zu sagen. Leise schlüpfte sie hinaus und schloss die Tür.

Hanns wandte sich wieder dem geöffneten Fenster zu. Seine Atmung hatte sich im Vergleich zu eben ein wenig beruhigt, doch eine zündende Idee, wie er sich aus dieser Misere befreien könnte, war ihm noch nicht gekommen.

Er wusste ja, dass er es über die Jahre mit der Wahrheit nicht allzu genau genommen hatte. Aber was bedeutete das Wort Wahrheit denn schon? Die Menschen wollten doch belogen werden, liebten den schönen Schein. Würden alle nur die Geschichten erzählen, die wahr waren, würden man ja vor Langeweile umkommen. Für ihn war das Leben schon seit frühester Jugend ein

Wettkampf gewesen. Er hatte der Beste sein wollen, immer und überall. Über ihn und das, was er leistete, konnten die Menschen nur staunen. Er hatte ihnen ein Bild von Ruhm und Reichtum gezeigt, das sie alle hatten sehen wollen. Und wenn er hierfür die Realität ein wenig zu verbiegen gehabt hatte – na und? Das tat schließlich niemandem weh.

Kurz kam ihm der Gedanke, ob er dieses Mal vielleicht zu weit gegangen war. Doch er wollte ihn nicht in sein Bewusstsein dringen lassen. Er war Hanns Borchardt. Ihm würde etwas einfallen, redete er sich ein.

Eine Weile blickte er in die Dunkelheit und beobachtete den zu Boden fallenden Schnee. In Gedanken ging er jeden Abschnitt des Ku'damms ab. Welches Gelände außer dem von Lea konnte geeignet sein für sein Projekt?

Er löste sich vom Fenster, ging zu seinem Schreibtisch und zog eine Rolle mit einer Luftansicht des Ku'damms heraus, die er selbst vom Helikopter aus fotografiert hatte. Die Aufnahme zeigte nur einen begrenzten Radius, weil Hanns sich schon früh auf das Gelände des Clubs mit dem daneben liegenden Hotel fokussiert hatte. Er brauchte einfach eine größere Übersicht, dann würde er eine Lösung finden. Hier zu stehen und nichts zu tun gab ihm ein Gefühl des Ausgeliefertseins. Nein, das konnte er keinesfalls zulassen.

Eilig schloss er das Fenster, griff seinen Mantel und verließ sein Büro. Sein Vorzimmer war leer. Frau Schneyder hatte offensichtlich eilig das Weite gesucht.

»Flenske!«, brüllte Hanns über den Flur, worauf er ein Poltern hörte, die Tür am Ende des Ganges aufgerissen wurde, und der Pilot herauseilte.

»N'Abend, Herr Borchardt.«

»Nun kommen Sie schon«, maulte Hanns ihn an. »Ich habe nicht ewig Zeit.«

Harald Flenske kam im Laufschritt näher, während er sich im Gehen die Jacke anzog. Hanns war einfach losgegangen, und der Pilot schloss erst zu ihm auf, als sie bereits das Ende des Flurs erreicht hatten.

»Wir fliegen zum Ku'damm«, kündigte Hanns an.

»Aber das ist um diese Zeit verboten«, wandte Flenske ein.

»Ach Unsinn«, tat Hanns die Bedenken des Piloten ab.

»Die von der DDR verstehen da keinen Spaß«, meinte Flenske. »Wir brauchen dafür eine Genehmigung.«

»Wenn Sie auch morgen noch einen Job haben wollen, dann fliegen Sie mich jetzt verdammt noch mal dahin, wo ich hinwill«, schnauzte Hanns, der spürte, dass sein Blutdruck schon wieder nach oben schoss.

»Ist gut«, sagte Flenske kleinlaut. »Aber ich kann deshalb meinen Schein verlieren.«

»Darum kümmere ich mich dann schon. Und jetzt kommen Sie endlich.«

Sie erreichten den Helikopter, stiegen ein und hoben schnell ab. Der Schneefall hatte aufgehört. Zum Glück. Hanns hatte keine Lust auf weiteres Genörgel seines Piloten, der ihn schon vor einigen Tagen darauf hingewiesen hatte, dass der Hubschrauber bei dem erheblichen Schneefall womöglich in nächster Zeit nicht eingesetzt werden könnte. Was für ein Unsinn.

Hanns ließ seinen Piloten zweimal den Ku'damm entlangfliegen, während er die ganze Zeit nach unten sah, um sich so einen Überblick zu verschaffen, welche Grundstücke von der Größe her für sein Projekt geeignet sein könnten. Die Prachtbauten konnte er ausschließen, da diese denkmalgeschützt waren und schon deshalb nicht infrage kamen. Ob man die Stadt wohl überzeugen konnte, etwas vom Zoologischen Garten abzuzwacken? Hanns merkte selbst, dass dieser Gedanke absurd war.

Der Hubschrauber kreiste weiter. Direkt an der Spree konnte er große, nicht beleuchtete Flächen ausmachen. Vielleicht konnte er sein Bauvorhaben dort realisieren.

Der Schneefall setzte wieder ein und machte es Hanns schwer, noch etwas zu erkennen.

»Flenske«, sprach er nun seinen Piloten an. »Zur Villa.«

Der Pilot nickte nur und drehte sofort ab.

Als sie die Villa erreichten, und Harald Flenske den Hubschrauber zur Landung ansetzte, konnte Hanns sich die Bemerkung nicht verkneifen, dass er ihm doch gleich gesagt hatte, dass alles gut ginge. Dann stieg er aus und betrat die Villa, zog jedoch weder seinen Mantel aus noch begrüßte er Maria. Stattdessen ging er zu dem kleinen Schränkchen im Gang, griff sich den Autoschlüssel für seinen Bentley und verließ sofort wieder das Haus. Er wusste nicht, ob Maria ihn gehört hatte, und es war ihm auch egal. Er hatte jetzt weder Lust auf Erklärungen noch darauf, sich überhaupt mit ihr oder irgendjemandem sonst zu unterhalten. Eigentlich sollte er sich chauffieren lassen, so wie es sich für einen Mann seines Kalibers gehörte, doch dazu war jetzt nicht die Zeit.

Hanns lenkte den Bentley in Richtung Innenstadt und hielt Ausschau nach einem geeigneten Gelände. Doch er konnte keines entdecken. Schließlich stellte er den Wagen in der Grolmanstraße ab, stieg aus und schlug seinen Mantelkragen hoch. War ihm vorhin noch zu heiß gewesen, so war ihm nun zu kalt.

Er ging Richtung Süden und überquerte den Savignyplatz und die Kantstraße. Von dort aus folgte er dann der Knesebeckstraße, zunächst unterhalb der S-Bahn, bis zum Ku'damm. Die dort befindlichen Arkadenbögen der S-Bahnüberführung beachtete er überhaupt nicht, sondern eilte gedankenverloren weiter.

An der Ecke Knesebeckstraße/Ku'damm bog er nach links ab und sah auf den schnurgeraden Straßenverlauf bis zur Kaiser-Wilhelm-Gedächtniskirche. Hier herrschte wie immer reges Treiben. Zahllose Passanten gingen an ihm vorbei, den Verkehrslärm nahm er wie durch eine Wolldecke wahr. Fast kam es ihm vor, als erlebte er all das hier wie in einem Film, bei dem er die Lautstärke runtergeregelt hatte. Am Straßenrand standen aufgereiht sieben Mercedes-Taxen und warteten auf Kundschaft. Immer wieder hupten Autofahrer, die sich durch den dichten Verkehr quälten, insbesondere an den Kreuzungen an der Uhlandstraße und der Fasanenstraße, was Hanns das eine oder andere Mal ins Hier und Jetzt zurückholte.

Er sah an den Fassaden hinauf, während er über den Gehweg eilte. Verzweifelt hielt er weiterhin Ausschau nach leer stehenden Gebäuden, fand jedoch keine geeigneten Objekte. In Höhe der U-Bahn-Station Kurfürstendamm blieb er stehen und blickte sich um. Wohin jetzt? Er machte kehrt und überlegte kurz, in die Joachimsthaler Straße einzubiegen, um sich dort umzusehen. Doch diese schien ihm für sein Vorhaben ungeeignet. Also wandte er sich Richtung Adenauerplatz, aber auch hier fand er rechts und links des Ku'damms keine geeigneten Häuser oder Grundstücke, blieb stehen und ließ den Anblick der Stadt auf sich wirken.

Berlin war ein riesiger Krake, der seine Tentakel in alle Richtungen streckte und seit damals, als er hierhergekommen war, gewachsen und gewachsen war. Und er war Teil dieser Entfaltung gewesen, er war derjenige, der den Kraken dressiert und diesem vorgegeben hatte, wie er sich auszubreiten hatte. Er, Hanns Borchardt, war untrennbar mit der Entwicklung dieser Stadt verbunden. Und nur er selbst würde bestimmen, wann dies aufhörte. Er und niemand sonst.

Hanns ballte die Hände zu Fäusten. Er musste auf die Auszahlung der Millionen drängen, das war der einzig machbare Weg. Und sobald diese geflossen waren, würde er das Bauprojekt eins zu eins auf ein anderes Gelände verlagern. Sollte Lea doch in ihrem Rattennest verrotten. Er war bereit gewesen, ihr viel Geld zu bezahlen. Nun würde sie zusehen müssen, dass er den Mittelpunkt dieser Metropole an einen anderen Ort verlegte, und die Lage, die ihr Club innehatte, schon bald nicht mehr das Gleiche wert sein würde wie zuvor.

Hanns lächelte bei dem Gedanken. Ja, das war die Lösung. Wenn er schon sein Bauvorhaben nicht im pulsierenden Herz dieser Stadt verwirklichen konnte, dann musste er eben das Herz an einen anderen Ort transplantieren und dort zum Schlagen bringen. Er würde das Zentrum Berlins verlagern. Genau das war die Antwort, die er zuvor gesucht hatte. Doch dafür brauchte er Geld, und zwar noch viel mehr, als ihm von der Maximus Privatbank zugestanden worden war.

Kurz musste er sich orientieren, wo er sich überhaupt befand. Dann eilte er den Weg zurück zu seinem Auto und fuhr in rasender Geschwindigkeit nach Hause zur Villa. Es war bereits nach dreiundzwanzig Uhr und nicht einmal der Flur noch beleuchtet. Hanns hatte nur gesehen, dass oben im Schlafzimmer noch Licht brannte, ansonsten jedoch alles dunkel war. Zumindest war Maria noch wach. Und wenn nicht, dann hätte er sie eben geweckt. Sie hatte ja ohnehin den ganzen Tag nichts Richtiges zu tun. Dann konnte er sie ruhig mal aus dem Schlaf holen, wenn es um etwas Wichtiges ging.

Hanns eilte die Stufen hinauf und öffnete die Schlafzimmertür schwungvoll. Maria gab einen erschrockenen Laut von sich.

»Guten Abend«, stieß Hanns gehetzt hervor. »Du bist noch wach, das ist gut.«

»Wo kommst du denn jetzt erst her? Ich habe dich zum Abendessen erwartet und vorhin auch in der Firma angerufen, doch da ist niemand rangegangen. Kannst du mir bitte erklären …«

Weiter kam sie nicht, weil Hanns ihr schroff das Wort abschnitt. »Nein, jetzt nicht!«, fuhr er sie an. »Du musst für Freitag, spätestens für den Sonnabend, eine Spendengala organisieren«, befahl er. »Und zwar hier in der Villa.«

»Wie bitte? Ich hoffe, dass das nicht dein Ernst ist?«

»Und ob es mein Ernst ist«, stellte Hanns klar und trat näher an das Bett heran. »Am besten stehst du auf und machst gleich eine Gästeliste. Vielleicht habe ich noch die von deinem Geburtstag da, dann kannst du auch die nehmen.«

»Du bist wohl verrückt geworden«, begehrte Maria auf und klappte verärgert das Buch zu, in dem sie gelesen hatte. Es war offensichtlich ein anderes als das letztens. Zumindest glaubte Hanns zu erkennen, dass es nicht das gleiche Cover war. Die Frau hatte einfach zu viel Zeit.

»Ich werde dir Frau Schneyder als Unterstützung zur Seite stellen«, fuhr Hanns unbeirrt fort. »Doch für ein solches gesellschaftliches Ereignis ist es unabdingbar, dass du als meine Frau persönlich bei den Leuten anrufst. Dir werden sie keinen Korb geben.«

»Ich weiß nicht, was mit dir los ist, Hanns. Doch ich werde das nicht machen.«

»Du wirst!« Er hob den Zeigefinger. »Und zwar weil ich es dir sage.«

»Hanns, du machst mir Angst.«

»Das ist mir egal, solange du tust, was ich von dir erwarte.« Er trat noch näher an sie heran. »Du organisierst doch solche Sachen so gerne. Na, also.«

»Aber nicht innerhalb weniger Tage. Und wofür sollen überhaupt Spenden gesammelt werden?«

»Für …«, er suchte nach Worten, »das Geld fließt in die Stiftung.«

»In welche?«

»Herrgott noch mal, verschon mich mit deinen dämlichen Fragen.«

»Wenn du mir nicht sagst, was mit dir los ist, werde ich überhaupt nichts tun.«

Hanns stürzte vor und packte ihre Handgelenke. »Du wirst, verstehst du? Und zwar jetzt gleich!«

»Du tust mir weh, Hanns.«

»Ich werde dir gleich mal zeigen, was richtig wehtut. Also raus jetzt aus dem Bett, und schreib auf, was du brauchst.«

Maria begann zu schluchzen, schlug dann aber die Decke beiseite und stand auf. Hanns nahm es mit einer gewissen Genugtuung zur Kenntnis.

»Ich hole etwas zu schreiben«, kündigte er an, ging zum Büro, das neben Hannas Zimmer lag, holte einen Block, Bleistift und Kugelschreiber und kehrte damit ins Schlafzimmer zurück. Maria hatte sich an den kleinen Sekretär gesetzt und wartete auf ihn.

»Mach eine Liste mit allem, was du brauchst und was beschafft werden muss und eine weitere, welche Anrufe Frau Schneyder erledigen kann.«

»Für Sonnabend?«, fragte Maria tonlos.

»Ja, für Sonnabend«, bestätigte Hanns.

»Und welchen Grund soll ich für die Spendengala angeben?«

»Denk dir irgendwas aus.«

Maria sah ihn entgeistert an. »Was willst du damit sagen? Dass wir Geld sammeln und nicht wissen, wofür?«

Hanns spürte, dass er die Kontrolle über sich selbst zurückgewinnen musste, wollte er nicht riskieren, dass Maria eins und eins zusammenzählte. Kurz schloss er seine Augen, dann zog er sich den anderen Stuhl heran und setzte sich zu seiner Frau. »Es tut mir leid, Maria. Es tut mir so unendlich leid. Doch ich stecke in der Klemme, und ich muss dringend unsere Unterstützer um mich scharen, ohne Verdacht zu erregen.«

»Weshalb?«, fragte Maria nun.

Hanns überlegte. Was konnte er ihr sagen, das glaubhaft war und dennoch der Wahrheit nicht zu nah kam.

»Ich wurde reingelegt«, antwortete er nun. »Du hast mich doch auf diese Lea Stern angesprochen, nicht wahr?«

»Ja.«

»Ich habe ihr das Kaufangebot gemacht und ihr das Geld ausgezahlt. Nun behauptet sie jedoch, von der Vereinbarung nichts mehr wissen zu wollen, weil sie es sich wohl anders überlegt hat.«

»Aber es gibt doch einen Vertrag.«

»Natürlich gibt es den«, versicherte er. »Für wie dumm hältst du mich? Doch die Stern spielt auf Zeit. Sie will mehr Geld rausholen und hat mir das Messer auf die Brust gesetzt, alles platzen zu lassen, wenn ich nicht gehörig etwas drauflege.«

»Aber du willst doch wohl keine Spenden sammeln und das Geld dann zweckentfremden?«, entfuhr es Maria schockiert.

»Um Himmel willen, Maria, wo denkst du denn hin? Das Geld wird wie immer in ein soziales Projekt fließen, das ist doch selbstverständlich. Mir geht es vielmehr darum, die Entscheider in dieser Sache um mich zu versammeln und sie davon zu überzeugen, das Bauvorhaben an anderer Stelle zu realisieren.«

»An anderer Stelle? Aber geht so was denn überhaupt?«

»Na, sicher geht das.«

»Aber noch mal zurück zu dieser Stern«, bemühte sich Maria zu verstehen. »Sie kann sich doch nicht einfach so über die bestehenden Verträge hinwegsetzen. Schließlich wurde sie doch schon bezahlt.«

»Ja, das wurde sie. Und natürlich ist ihr Verhalten nicht rechtens. Doch, wie ich schon sagte, spielt sie auf Zeit, um zu bekommen, was sie will. Sie kann durch willkürlich geführte Gerichtsverfahren die Übertragung in die Länge ziehen. Entweder also ich lasse mich von ihr erpressen und zahle ordentlich was drauf, oder aber sie wird irgendwelche wilden Behauptungen aufstellen. Dann muss ich sie verklagen. Wenn sie einen guten Anwalt hat, zieht sich das Monate, vielleicht sogar Jahre hin.« Je mehr Hanns erzählte und seine Frau zu überzeugen versuchte, desto glaubhafter fand er das, was er sich ausgedacht hatte. Wenn er nun noch Lohmüller auf seine Seite brachte und seinen Anwalt dazu bekam, seine Version zu bestätigen und eine Kaufpreiszahlung über eine seiner Firmen zu fingieren, um so den Nachweis zu führen, konnte er die Sache selbst nach außen hin glaubhaft machen. Ja, je größer die Lüge, desto mehr waren die Menschen bereit, ihr Glauben zu schenken. In seinem Kopf ratterte es. Womöglich bedurfte es der Spendengala doch gar nicht, wenn er offiziell die Kaufverträge nahm, Leas Unterschrift fälschte, eine Zahlung auf ein Konto nachwies, dessen Nummer sie ihm angeblich angegeben hatte und er sie lauthals des Betruges bezichtigte. Das könnte wirklich funktionieren, erkannte er. Und wenn dann erst mal ein anderes Grundstück gefunden war und die Arbeiten begonnen hatten, würde er die Sache im Sande verlaufen lassen und kein Hahn würde mehr danach krähen. Warum war er nicht früher auf diese Lösung gekommen?

»Es tut mir so leid für dich«, sagte Maria nun. »Ich weiß ja, wie wichtig dir dieses Projekt ist. Aber man darf doch diese Person nicht damit durchkommen lassen.«

»Das werde ich auch nicht, da kannst du sicher sein.« Er sah sie bedauernd an. »Ich bedauere sehr, wie ich dich eben behandelt habe. Ich war nur so …«, er presste seine Augen zu und drückte seine Finger gegen die Lider.

»Mein armer Schatz.« Maria stand auf und zog ihn zu sich heran. »Du musst dich nicht entschuldigen. Ich verstehe das.«

Hanns sah zu ihr auf. Er wusste, dass seine Augen gerötet sein mussten, so fest, wie er eben seine Finger dagegen gedrückt hatte. »Ich war so verzweifelt, dass ich nicht mehr wusste, was ich tat.«

»Scht, scht«, machte Maria. »Du kannst dich darauf verlassen, dass ich dir helfen werde, dieser Frau das Handwerk zu legen.« Sie setzte sich wieder auf ihren Stuhl. »Aber man muss doch öffentlich machen, was sie für ein Spielchen treibt.«

»Was willst du denn tun?«, fragte Hanns. »Die Kaufverträge vorlegen, die Zahlung nachweisen? Und dann? Eine solche Betrügerin, wie sie offenkundig ist, würde doch alles nur abstreiten und« – er hob die Hände nach oben, als suche er nach den richtigen Worten – »und womöglich behaupten, dass sie nie vorhatte zu verkaufen und dass alles eine Lüge wäre.«

»Aber du kannst es doch beweisen?«

»Sicher. Und vor Gericht werde ich das auch tun. Doch bis dahin fressen mich allein die Zinsen für das Projekt auf. Oder glaubst du, die ganzen Investoren und die Bank werden einfach stillhalten und abwarten?« Er schüttelte den Kopf. »Ach, Maria, schön wär's. Aber so läuft das Geschäft nun mal nicht.«

Maria nahm den Stift zur Hand. »Lass uns anfangen«, entschied sie. »Dieser Betrügerin wird es nicht gelingen, dich in die Knie zu zwingen, Hanns. Dafür werden wir sorgen.«

Er beugte sich vor und gab ihr einen Kuss. »Ach, meine Maria, ich habe dich gar nicht verdient.«

22. Kapitel

Villa Borchardt, Koenigsallee 75, Berlin-Grunewald

Mittwoch, 8. Dezember 1976

Alles in mir schreit nach Freiheit! Ich kann und will mich nicht länger zurücknehmen.

HANNA BORCHARDT

Hanna hatte das Knarren der Treppenstufe gehört, und dann die Schritte ihres Vaters, wie er über den Flur geeilt und ins Schlafzimmer der Eltern gegangen war. Anfangs glaubte sie, dass ihre Eltern schon wieder stritten, da zumindest die Stimme ihres Vaters bis in ihr Zimmer drang. Was dieser sagte, konnte sie allerdings nicht verstehen. Sie war noch eine Weile liegen geblieben, hatte weiter in die Dunkelheit gelauscht. Dann jedoch war es still geworden, und einen Augenblick fürchtete sie, dass der Vater der Mutter womöglich etwas angetan haben könnte, eine Angst, die sie seit der Ohrfeige am Geburtstag der Mutter immer wieder begleitet hatte. So hatte sie nach der Nachttischlampe getastet, jedoch sogleich einen zischenden Laut von sich gegeben, weil ihre rechte Hand so sehr schmerzte. Dann hatte sie mit der Linken das Licht eingeschaltet, sich aufgesetzt und einen weiteren Schmerzenslaut unterdrückt, als sie in den Stand kam. Sie hatte zuvor feuchte Tücher auf ihre Knie gelegt, damit es nicht ganz so wehtat, dies in dem Moment jedoch vergessen, sodass die Lappen nun herunterfielen und der kurze Luftzug genügte, sie an ihre schmerzhafte Verletzung zu erinnern. Sie hatte tief durchgeatmet, war dann aufgestanden, über den Flur geschlichen und hatte ihr Ohr an die Schlafzimmertür ihrer Eltern gelegt. Hanna vernahm die Stimme ihrer Mutter, die nun offenbar in ruhigem Tonfall mit dem Vater sprach, der daraufhin etwas erwiderte. Auf jeden Fall klang es so, als unterhielten die beiden sich nur gedämpft. Eine mögliche Gefahr für die Mutter war somit nicht zu befürchten, sodass Hanna beruhigt kehrtmachte und wieder in ihr Zimmer zurückging. Sie hob die heruntergefallenen Lappen vom Boden auf und brachte sie hinüber ins Bad. Dann machte sie noch im Stehen mit der linken Hand die Nachttischlampe aus und legte sich wieder hin, verzichtete aber darauf, ihre Beine zuzudecken. Allein die Vorstellung, dass der Deckenstoff ihre aufgeschürften Knie berührte und sie Fuseln in die Wunden bekam, ließ sie schaudern. Also zog sie die Decke nur neben sich und deckte ihren Oberkörper damit zu. Kurz war sie in Versuchung, die Hände hinter ihrem Kopf zu verschränken, weil sie am liebsten so einschlief, doch nur das Anheben der rechten Hand ließ sie dieses Vorhaben sogleich abbrechen. Es tat wirklich so höllisch weh.

Hanna lag mit geöffneten Augen da und starrte in die Dunkelheit, denn an Schlaf war nach dem, was sie die letzten Stunden erlebt hatte, überhaupt nicht zu denken.

Sie war wie immer in den letzten Tagen nach der Arbeit zu Lea gegangen, um Zeit mit ihr zu verbringen. Diese war jedoch heute nicht in ihrer Wohnung, sondern unten im Club, dessen Tür weit offen stand. Als Hanna eintrat, war Lea gerade dabei, mit einem Mann vom Schlüsseldienst abzurechnen. Außerdem waren einige ihrer Angestellten da. Lea hatte Hanna nur kurz begrüßt, als auch Cord hereingekommen war. Dann hatte die Clubbesitzerin ihnen beiden erzählt, dass die Beamten des Gesundheitsamtes am Nachmittag da gewesen wären und festgestellt hätten, dass alle Ratten verschwunden seien und die Reinigungsarbeiten beginnen könnten. Hanna hatte bemerkt, dass Lea und Cord einen kurzen Blick getauscht hatten, ganz so, als wüssten sie mehr darüber. Doch Hanna hatte nichts hierzu gesagt. Dann waren einige Handwerker ins Lokal gekommen, und Hanna hatte sich verabschiedet, da Lea an diesem Tag ganz offensichtlich keine Zeit mehr für sie haben würde. Cord tat es ihr gleich. Beim Rausgehen bemerkte Hanna eher beiläufig, nun viel zu früh nach Hause fahren zu müssen, worauf Cord ihr anbot, mit zu ihm zu kommen. Wenn sie zu dem Zeitpunkt schon gewusst hätte, dass er auf dem Weg zu einer seiner Produktionen war, hätte sie vermutlich nicht sogleich eingewilligt. Doch das hatte er ihr erst unterwegs angekündigt und gefragt, ob sie damit irgendein Problem hätte. Natürlich hatte Hanna dies verneint, wollte sie doch nicht als dummes prüdes Mädchen dastehen, sondern als junge lebenslustige Frau wahrgenommen werden. Ganz abgesehen davon, war ihr gerade ziemlich alles lieber, als sich in der Villa ihrer Eltern aufzuhalten, da ihre Mutter durch das, wie Hanna fand, vollkommen kranke Verhältnis zu ihrem Vater mehr als genug mit sich selbst zu tun hatte. So war sie mit Cord bis zur Passauer Straße gegangen und dort in eine Wohnung im dritten Stock. Sie hatte mit etwas völlig anderem gerechnet, mit was, wusste sie nicht so genau. Aber in jedem Fall eher mit einer abgelegenen Halle oder einem irgendwie gearteten Filmset, nicht jedoch mit einer Wohnung mitten in der Stadt und in einem Hochhaus, in dem rechts und links Familien lebten.

Cord hatte die Tür aufgeschlossen und sie hereingebeten. Dann hatte er einen Zeigefinger auf seine Lippen gelegt zum Zeichen, dass sie sich ruhig verhalten mussten, worauf Hanna genickt hatte.

Vom Ende des Flurs waren durch die geschlossene Tür Stimmen zu ihnen herübergedrungen, und Hanna hatte sich ihre Nervosität nicht anmerken lassen wollen. Dennoch war sie Cord nur zögernd gefolgt, als dieser die Tür erreichte und erneut den Zeigefinger auf seine Lippen legte. Dann waren sie eingetreten, und Hanna hatte kurzzeitig das Gefühl, überhaupt nicht zu wissen, wo sie hinsehen sollte. Ein Mann, Hanna vermutete, es war der Regisseur, da er gerade einige Anweisungen gab, begrüßte Cord und sie mit einem Kopfnicken. Außerdem war noch ein Kameramann im Raum, der ein junges Paar dabei filmte, wie es sich miteinander vergnügte. Der Mann lag ausgestreckt auf dem Bett; seine Partnerin saß auf ihm und rekelte sich, während er beide Hände auf ihre Pobacken gelegt hatte und sie befriedigte. Cord war hinter dem Kameramann entlanggeschlichen und hatte Hanna bedeutet, ihm zu dem Tisch, an dem mehrere Stühle standen, zu folgen. Sie waren allesamt so ausgerichtet, dass man dem Paar zusehen konnte, und Hanna hatte sich gefragt, ob es wohl öfter vorkam, dass irgendwelche Leute, wie jetzt sie, mit hierhergebracht wurden und einfach zuschauten.

Der Regisseur gab einige Anweisungen, worauf die junge Frau ihre Position aufgab und sich nun daranmachte, den Mann oral zu befriedigen. Hanna wollte sich nicht die Blöße geben, den Blick zu senken und den anderen im Raum so zu zeigen, wie peinlich es ihr war, dem Treiben zuzusehen. Wenn sie ehrlich zu sich selbst war, hatte es ihr auch gefallen zu beobachten, was die Frau dort tat und wie sie sich verhielt, hatte sie selbst doch so etwas noch nie gemacht.

Nach einer Weile hatte der Regisseur kurz »Cut!« gerufen und eine Pause angekündigt, worauf die Darsteller sich etwas übergezogen hatten und zu Hanna und Cord an den Tisch gekommen waren. Sie hatte sich Hanna als Mia, er als Sven vorgestellt, und auch Hanna hatte ihren Namen genannt. Der Regisseur und der Kameramann hatten derweil einige kleinere Umbauten vorgenommen und auch das Licht neu ausgerichtet, während Hanna und Cord sich über dies und das mit den Darstellern unterhalten hatten. Hanna hatte sich nicht getraut, die Fragen zu stellen, die ihr im Kopf herumgeschwirrt waren. Denn keiner der beiden hatte auf Hanna den Eindruck gemacht, als wäre ihnen das Ausleben ihrer Sexualität vor der Kamera unangenehm oder als würden sie womöglich sogar dazu gezwungen. Sie kamen Hanna eher wie ein ganz normales Paar vor, wie sie etliche kannte, nur eben mit dem Unterschied, dass sie diese Art Filme drehten.

Als die Pause vorbei war, hatte der Regisseur Mia aufgefordert, in den Vierfüßlerstand zu gehen und Sven angewiesen, sich hinter ihr zu positionieren. Die beiden hatten ihre Zigaretten ausgedrückt, sich entkleidet und waren sogleich wieder zum Bett hinübergegangen. Sven hatte kurz selbst Hand angelegt, und als er dem Regisseur bedeutet hatte, dass es weitergehen konnte, hatte dieser nur kurz ein Zeichen gegeben, und Sven war in Mia eingedrungen. Einfach so. Hanna hatte den beiden noch eine ganze Weile zugesehen, sich dann aber mit einem Blick auf die Uhr verabschiedet. Sie war jedoch nicht gleich zurück zu ihrem Fahrrad gegangen, sondern noch einmal den Ku'damm auf und ab, um so ihre Gedanken zu ordnen. Dann schließlich hatte sie ihr Fahrrad aufgeschlossen und hatte sich auf den Rückweg zur Villa gemacht.

Es war bereits dunkel gewesen und hatte wieder zu schneien begonnen. Wie Hanna fand, verlieh das der Stadt zwar immer eine gewisse Ruhe, wenn die Flocken so gleichmäßig vom Himmel fielen. Aber das Fahren auf den dünnen Reifen war bei Schneefall nicht gerade ungefährlich. Ganz davon abgesehen, war Hanna in

Gedanken noch immer bei Mia und Sven und den Szenen, die sich einfach nicht mehr aus ihrem Kopf vertreiben lassen wollten. Mia war so unglaublich freizügig gewesen und hatte auf Hanna gewirkt, als genösse sie wirklich, was sie da vor der Kamera tat. Tatsächlich hatte Hanna weit mehr auf sie als auf Sven geachtet, und auch, wenn es ihr peinlich war, es zuzugeben, so hatte sie der Anblick der beiden erregt.

Die Bilder erloschen jedoch sofort, als Hanna in Höhe der Taubertstraße mit dem Fahrrad ins Rutschen geraten war und so schwer stürzte, dass sie einen Moment völlig benommen auf dem Weg liegen blieb. Ein Passant, der alles beobachtet hatte, war zu ihr geeilt und hatte ihr aufgeholfen. Hanna hatte ihm gedankt, als er ihr auch das Fahrrad wieder in die Hand gedrückt hatte, das allerdings so deformiert war, dass an ein Weiterfahren nicht zu denken gewesen war. Sie hatte nur kurz ihre Verletzungen begutachtet. Ihre Hose war an beiden Knien zerrissen und die Haut darunter abgeschürft. Doch weit schlimmer hatte es ihr rechtes Handgelenk erwischt, das Hanna kaum mehr hatte bewegen können. So war ihr nichts anderes übrig geblieben, als ihr kaputtes Fahrrad humpelnd nach Hause zu schieben. Immerhin hatte sie Glück im Unglück gehabt, und der Unfall hatte sich nicht schon zu Beginn der zurückzulegenden Strecke ereignet.

Hanna fror und legte nun doch vorsichtig die Bettdecke über ihre Beine, darauf bedacht, sich nur nicht zu bewegen, um so nicht mit den Knien den Stoff zu berühren. Sie dachte an Mia und Sven und die Art, wie sie sich geliebt hatten. Sich geliebt … Konnte man davon bei einem solchen Dreh überhaupt sprechen? Nannte man es Liebe, wenn es nur rein um Sex ging? Und ob Mia und Sven wohl auch im richtigen Leben ein Paar waren? Andererseits musste man ja kein Paar sein, um Sex zu haben. Die Gedanken kreisten in ihrem Kopf. Wieder sah sie die beiden vor sich, und ließ langsam ihre linke Hand unter die Decke bis zu ihrer Scham gleiten. Kurz berührte sie sich, dann zog sie abrupt die Hand wieder zurück. Sie konnte mit alldem nicht umgehen. Wieso reizten sie diese Bilder so sehr. Und was waren es für Menschen, die Gefallen an so etwas fanden? Sie hatte ja schon von den *Schulmädchen-Reporten* gehört, doch gesehen hatte sie keinen der Filme. Wo auch? Wann auch? Wie lief so etwas ab? Traf man sich mit Freunden und einigte sich, gemeinsam einen solchen Film zu sehen? Das konnte doch wohl nicht möglich sein, oder? Wieder sah sie die Bilder vor sich. Was Mia wohl empfunden hatte? Wie musste es sein, Sex zu haben, wenn dabei andere mit im Raum waren und einem zusahen? Wieder glitt Hannas Hand unter die Decke, doch dieses Mal zog sie sie erst wieder hervor, als sie einen ganz unglaublichen, wunderschönen Orgasmus erlebt hatte. Kurz danach schlief sie ein und wurde erst am nächsten Morgen durch das Schellen ihres Weckers aus dem Schlaf gerissen, das sie hochfahren ließ. Wie sonst wollte sie den Wecker mit der rechten Hand ausmachen, was sie sofort bereute. Stöhnend reckte sie sich so weit, dass sie den Wecker mit der linken zum Schweigen bringen konnte, dann schlug sie die Decke beiseite und betrachtete ihre Knie. Die Schürfwunden waren nicht mehr so hellrot wie gestern Abend noch, und es hatte sich schon etwas Schorf gebildet. Vorsichtig berührte sie die verletzten Stellen und fand, dass es schlimmer hätte sein können. Ihre rechte Hand jedoch war komplett blau und so stark geschwollen, dass es aussah, als trage Hanna einen aufgeblähten Handschuh. Außerdem schmerzte sie schrecklich.

Sie ging hinüber zum Bad und war gezwungen, ihren Slip nur mit der linken Hand herunterzustreifen, weil sie die rechte überhaupt nicht benutzen konnte. Dann ging sie zum Waschbecken, wusch sich vorsichtig die Hände und erledigte ihre Morgentoilette. Zum Anziehen musste sie sich aufs Bett legen. Besonders schwierig war es, den Hosenknopf mit der linken Hand zu schließen. Als sie es endlich geschafft hatte, stand sie auf und ging nach unten.

Schon auf der Treppe hörte sie die Stimmen ihrer Mutter und ihres Vaters, die aus dem Esszimmer herüberdrangen. Hanna seufzte. Hätte ihr Vater nicht schon in seiner dämlichen Firma sein können?

»Guten Morgen«, grüßte sie beim Eintreten.

»Guten Morgen, erwiderte Maria und lächelte sie an, während auch Hanns einen kurzen Gruß murmelte.

»Ist alles in Ordnung bei dir? Wann bist du denn gestern nach Hause gekommen?«, fragte die Mutter.

»Ich weiß nicht. Du warst aber schon im Bett.«

»Mich hat eine Migräne geplagt, sodass ich mich zeitig zurückgezogen habe«, entschuldigte sich Maria.

Eigentlich hatte Hanna keine Lust, ihren Eltern von dem Unfall zu erzählen. Doch ihr Fahrrad war Schrott, ganz abgesehen davon, dass sie die rechte Hand definitiv nicht würde benutzen können. Aber irgendwie musste sie zur Arbeit kommen, weshalb sie sich wohl oder übel den Wagen ihrer Mutter würde leihen müssen. Denn anders als ihr Bruder Holger hatte sie kein Auto geschenkt bekommen. Aber Holger hatte den Wagen angeblich auch nur deshalb erhalten, weil er irgendwie zur Universität gelangen musste, und Hanna sah ein, dass diese erheblich weiter entfernt war als ihre Ausbildungsstelle am Ku'damm. Aber es ärgerte sie doch, dass ihre Eltern ihr einen Wagen nur für den Fall versprochen hatten, dass sie ihre Ausbildung mit einer guten Note abschließen würde, während ihr Bruder sich lediglich hatte immatrikulieren müssen, um seinen BMW vor die Tür gestellt zu bekommen. Es war einfach unfair.

»Kann ich mir vielleicht dein Auto leihen? Ich hatte gestern

Abend einen Unfall mit dem Rad«, sagte Hanna nun und setzte sich an den Tisch. »Es hat ordentlich was abgekommen. Fahren kann ich damit nicht mehr.«

»Hast du dir was getan?«, fragte Maria erschrocken.

»Ja, schon. Meine Knie sind abgeschürft und meine Hand …« Sie hob die Rechte vorsichtig an, worauf die Mutter erschrocken die Augen aufriss.

»Um Himmels willen, Hanna! Das sieht ja schlimm aus. Du musst damit zum Arzt, und zwar gleich.«

Der Vater, der nicht wie so oft sein Gesicht hinter der Zeitung verbarg, sondern das Gespräch verfolgt hatte, beugte sich vor. »Deine Mutter hat recht«, stellte er tatsächlich mit einer gewissen Sorge in der Stimme fest. »Das muss geröntgt werden.«

»Ich rufe gleich bei Dr. Oberlechner an«, erklärte Maria.

»Fahr lieber mit ihr ins Krankenhaus. Oberlechner hat doch gar kein Röntgengerät in der Praxis und würde euch ohnehin dorthin weiterschicken.«

»Das stimmt auch wieder.« Maria nahm sich eine Schrippe. »Ich schmiere sie dir«, bot sie Hanna an. »Du kannst ja so bestimmt nicht mal ein Messer halten.«

»Das ist lieb«, gab Hanna zurück. »Mit Käse.«

»Wie ist das denn überhaupt passiert?«, wollte ihr Vater nun wissen. Sein plötzliches Interesse an ihrer Person überraschte Hanna, doch sie wollte jetzt keinen dummen Spruch dazu bringen.

»Es hatte wieder angefangen zu schneien, und vielleicht habe ich eine gefrorene Stelle oder so übersehen«, mutmaßte sie. »Das ist auch einfach kein Wetter, um mit dem Rad unterwegs zu sein«, stellte Hanns verärgert fest. »Ich werde dir heute ein Auto kaufen. Wir hätten das längst machen sollen.«

Hanna öffnete den Mund und schloss ihn wieder. Ihr Vater verstand es doch immer wieder, sie zu verblüffen.

»Danke«, brachte sie dann nur hervor.

»Sehr gut, Hanns«, lobte Maria und blickte erneut auf Hannas Hand. »Lass uns möglichst bald losfahren«, drängte sie dann. »Je früher das versorgt wird, desto besser.«

»Aber in der Firma ist jetzt noch niemand, und mein Chef wird ausflippen, wenn ich nicht pünktlich um acht dort bin. Ich muss erst dort anrufen und mich entschuldigen, bevor wir zum Krankenhaus können.«

»Das werde ich erledigen«, erklärte Hanns, trank seinen Kaffee aus und stand auf. »Ich muss sowieso los. Flenske wartet bestimmt schon. Ich werde um Punkt acht bei deinem Chef anrufen und ihm sagen, was geschehen ist.«

»Wirklich?« Hanna sah ihn zweifelnd an. »Vergisst du es auch nicht? Ich würde einen riesigen Ärger kriegen.«

Hanns tätschelte im Vorbeigehen Marias Schultern, kam dann zu Hanna, stellte sich hinter ihren Stuhl und gab ihr einen Kuss aufs Haar. »Ich verspreche es dir, Hanna. Du kannst dich auf mich verlassen.«

Sie legte den Kopf in den Nacken und sah zu ihm auf. »Danke«, sagte sie mit einem Hauch von Verwunderung in der Stimme.

»Und bitte meldet euch kurz bei mir, wenn ihr aus dem Krankenhaus kommt, damit ich mir keine Sorgen mehr machen muss«, bat Hanns. »Trotzdem einen schönen Tag euch beiden.«

»Dir auch einen schönen Tag«, sagte Maria, und Hanna starrte ihm verwundert nach. Dann biss sie von ihrer Schrippe ab. Als sie die Tür ins Schloss fallen hörte und so sicher sein konnte, dass Hanns gegangen war, fragte sie die Mutter: »Was ist denn bitte mit Papa los?«

Maria sah sie nur an, als wüsste sie nicht, wovon die Tochter sprach.

»Ach, komm schon, Mama. Ich kriege einfach so ein Auto, er

ruft in meiner Firma an, um mich zu entschuldigen und bittet zu guter Letzt noch darum, dass wir ihn informieren, weil er sich sonst angeblich Sorgen macht?«

Maria trank einen Schluck Kaffee und stellte die Tasse dann ab.

»Man kann deinem Vater vieles nachsagen«, räumte Maria ein. »Doch ein schlechter Mensch ist er eben nicht.«

Hanna ersparte es sich, ihr zu widersprechen. Wenn sie das wirklich selbst glauben konnte, war es ja gut so. Doch Hanna war sicher, es besser zu wissen.

Es dauerte eine ganze Stunde, nachdem sie sich im Krankenhaus angemeldet hatten, bis der behandelnde Arzt für sie Zeit hatte und schließlich die Hand geröntgt werden konnte. Das Ergebnis ließ freilich nicht so lang auf sich warten. Hanna hatte eine Radiusfraktur des rechten Handgelenks und würde frühestens in sechs Wochen die Hand wieder belasten können. Entsprechend bekam sie einen Gipsverband. Dann mussten sie noch eine weitere halbe Stunde warten, bis ihnen die Unterlagen für die Krankschreibung ausgestellt worden waren und sie das Klinikum verlassen konnten.

Maria schlug vor, gleich noch bei Hannas Arbeitsstelle vorbeizufahren und Herrn Ziegler zu informieren, wobei Hanna der Mutter dankbar war, dass diese anbot, sie hierbei zu begleiten.

Tatsächlich zeigte sich ihr Chef freundlich, charmant und überaus besorgt, war Hanna doch, wie er ihrer Mutter versicherte, eine seiner besten Kräfte, und er konnte sich kaum vorstellen, wie die Kolleginnen es schaffen sollten, ihre Leistung aufzufangen. Hanna nahm es zur Kenntnis, wusste jedoch genau, dass er es nur wegen ihrer Mutter gesagt hatte. Denn ihr gegenüber hatte er außer Geschrei und Gemecker noch nie etwas zu bemerken gehabt, und ein Lob aus seinem Munde hatte sie während der ganzen Zeit weder ihr noch den Kolleginnen gegenüber gehört. Am Ende wünschte er Hanna dann noch eine gute und baldige Genesung und bat höflich darum, ihrem Vater einen besonders herzlichen Gruß auszurichten. Sie fragte sich schon, was um Himmels willen ihr Vater dem ollen Ziegler gesagt hatte, dass er nun so freundlich tat. Aber letztendlich konnte es ihr ja auch egal sein. Sie würde ihn jetzt in den nächsten sechs Wochen nicht sehen müssen. Das war im Grunde doch den Schmerz in der rechten Hand wert, oder nicht?

23. Kapitel

Villa Borchardt, Koenigsallee 75, Berlin-Grunewald

Donnerstag, 9. Dezember 1976

Ich werde alles tun, um meinem Mann, dem solches Unrecht widerfahren ist, beizustehen.

MARIA BORCHARDT

Sie hatte nur zwei Tage. So knapp war es nie zuvor gewesen, und Maria hatte vorhin im Krankenhaus, als Hanna beim Röntgen gewesen war und sie auf die Tochter gewartet hatte, nicht nur deshalb wie auf heißen Kohlen gesessen, weil sie der Diagnose entgegensah. Vielmehr hatte Maria im Grunde überhaupt keine Zeit, weil sie heute noch so viele Leute anzurufen und für übermorgen zu sich einzuladen hatte. Sie musste nach Hause, und zwar schleunigst. Doch ihre Hanna ging vor, immer und überall. Sie und Holger waren für Maria die wichtigsten Menschen in ihrem Leben und hatten von ihrem ersten Atemzug an den Blickwinkel, aus dem Maria die Welt sah, vollkommen verändert. Nur hatte sie heute im Gegensatz zu sonst mehr zu schaffen, als der Tag Stunden hatte.

So war sie nicht nur deshalb, weil Hannas Arm zwar gegipst,

aber nicht operiert werden musste, erleichtert gewesen. Maria war einfach auch froh, so schnell wie möglich aus dem Krankenhaus herausgekommen, noch rasch bei Herrn Ziegler vorbeigefahren und dann schließlich zur Villa zurückgekehrt zu sein, um sich endlich ans Telefon setzen zu können. Musste sie doch die ellenlange Liste, die sie und Hanns noch in der Nacht erstellt hatten, abtelefonieren.

Es standen insgesamt achtundvierzig Namen darauf, sodass es weit weniger Gäste als anlässlich ihres Geburtstags waren. Dennoch hatte Hanns ihr vorhin schon, während sie noch mit Hanna im Krankenhaus gewesen war, einen Boten mit der Einladungsliste zu ihrem Geburtstag schicken lassen, damit sie sie durchsehen und so vermeiden konnte, dass ihnen womöglich ein wichtiger Name durchgerutscht war.

Maria hatte sie, nachdem sie mit Hanna wieder in der Villa war, kurz überflogen, jedoch niemanden entdeckt, der wichtig und nicht auf der in der Nacht angefertigten Liste war. Kurz danach hatte sie in der Firma ihres Mannes angerufen und sich von Frau Schneyder auf den neuesten Stand bringen lassen, was das Catering, die Musik, die Blumendekoration, die Stehtische, die Bestuhlung und nicht zuletzt die Kellner anging. Das Büfett sollte von der gleichen Firma wie an ihrem Geburtstag geliefert werden, was sie schon heute in der Früh Frau Kasper mitgeteilt hatte, als sie diese nur kurz über das so spontan angesetzte Fest am Sonnabend informiert hatte. Die Haushälterin hatte es zur Kenntnis genommen und sogleich gefragt, was sie tun und um was sie sich kümmern sollte, worauf Maria sie bat, dies mit Frau Schneyder abzustimmen. Sie hatte selbst einfach keine Zeit dafür, und nachdem Hannas Krankenhausbesuch noch hinzugekommen war, drohte Maria alles über den Kopf zu wachsen.

Nun war es bereits Nachmittag, und Maria war mit dem, was

sie seit ihrer Rückkehr in die Villa erledigt hatte, überaus zufrieden, hatte sie doch bereits die Hälfte der Gäste erreicht. Da es Hanns gleichgültig war, an wen die Spenden gehen sollten, hatte Maria sich bei den Telefonaten diesbezüglich bedeckt gehalten. Sie würde sich im nächsten Schritt, wenn sie alle Gäste eingeladen hatte, darum kümmern, welches Hilfsprojekt sie für die am Sonnabend zusammenkommenden Spenden auswählen könnte. Obwohl es Hanns nur darum ging, seine Geschäftspartner um sich zu versammeln, diente die Veranstaltung am Ende doch auch einem guten Zweck, was Maria natürlich gefiel. Aber es war nicht nur das. Maria hatte vor allem Freude daran, ihrem Mann helfen zu können und ihm so zu signalisieren, dass sie hinter ihm stand, ganz gleich, was passierte. Denn schon lange hatte er sie nicht mehr in sein Berufsleben einbezogen.

Früher war es anders gewesen. Da hatte sie sich um die Kinder gekümmert und sich parallel an der Planung und Einrichtung der Gebäude beteiligt, die Hanns bauen ließ. Damals war sie sich nützlich vorgekommen. Doch irgendwann hatte das aufgehört, ohne dass Maria hätte sagen können, woran das lag. Ihre Aufgaben hatten nach und nach nur noch darin bestanden, Hanns zu gesellschaftlichen Ereignissen zu begleiten und hierbei schön und eloquent an der Seite ihres Mannes zu glänzen, ohne dass ihre Fähigkeiten in Bezug auf Architektur und Einrichtung noch eine Rolle gespielt hätten. Sie hatte es akzeptiert, es womöglich gar nicht richtig bemerkt, da es ein eher schleichender Prozess gewesen war. Doch jetzt, hier und heute, tat es ihr gut zu spüren, dass sie gebraucht wurde – dass ihr Hanns sie brauchte. Auch wenn es nicht das war, was sie beruflich hätte machen wollen, so konnte sie sich doch wenigstens einbringen und ihren Mann in einer schwierigen Phase unterstützen. Und das gab ihr endlich wieder das Gefühl, zu etwas nutze zu sein.

Sie telefonierte während der Nachmittagsstunden noch insgesamt viermal mit Frau Schneyder. Auf die Sekretärin ihres Mannes war wie immer Verlass. Denn etwa gegen sechzehn Uhr war klar, dass alles so weit organisiert war und der kleine Empfang in der Villa genau so würde stattfinden können wie geplant.

Alle achtundvierzig Personen, die Maria angerufen hatte, hatten fest zugesagt. So war es eben: Wenn Hanns, oder wie in diesem Fall dessen Frau in seinem Namen, einlud, dann kamen sie, die Großen und Wichtigen. Und Maria konnte sich des Gefühls nicht erwehren, dass sie dies auch ein wenig mit Stolz erfüllte.

Hanna war sofort nach der Rückkehr in die Villa in ihr Zimmer gegangen, um sich auszuruhen, dann zum Mittagessen heruntergekommen und danach gleich wieder nach oben verschwunden. Nun war es bereits fast halb sechs, als Maria die sich nähernden Schritte ihrer Tochter vernahm. Sie war sogar ein wenig froh darüber, dass Hanna sich die ganze Zeit über zurückgezogen hatte, hatte ihr dies doch die Gelegenheit gegeben, all das abzuarbeiten, was es für den Sonnabend zu erledigen galt.

»Na«, sagte Maria, als Hanna ins Wohnzimmer trat. Sie wirkte so, als hätte sie geschlafen. »Wie geht es dir? Was macht das Handgelenk?«, erkundigte sie sich mitfühlend und sah von der Liste auf, die vor ihr auf dem Tischchen neben dem Telefon lag und die sie eben schon zum zweiten Mal kontrolliert hatte. Schließlich durfte sie keinen Fehler machen und Hanns damit völlig zu Recht verärgern.

»Alles gut. Ich hätte mir die Schmerzen bei einem Bruch irgendwie schlimmer vorgestellt«, antwortete Hanna, ließ sich in den Sessel fallen und legte dann ihr rechtes Bein über die Lehne, sodass es in der Luft baumelte.

»Nicht gerade sehr damenhaft«, bemerkte Maria zur Sitzhaltung ihrer Tochter.

»Ich bin auch keine Dame«, hielt Hanna dagegen. »Das ist dein Job, nicht meiner.«

Maria musste schmunzeln.

»Was machst du eigentlich die ganze Zeit, und mit wem telefonierst du ohne Unterbrechung?«

»Habe ich etwa so laut gesprochen, dass ich dich oben gestört habe?«, fragte Maria sogleich mit einem Anflug schlechten Gewissens. »Das tut mir leid.«

»Nein, ich habe nichts gehört«, beruhigte Hanna die Mutter. »Aber ich habe auch telefonieren wollen. Doch wann immer ich den Hörer abgenommen habe, war die Leitung belegt.«

»Ach so, deshalb.« Maria sah ihre Tochter an. »Du kannst jetzt telefonieren.« Sie hob den Apparat an und stand auf.

»Ne, lass nur, das mache ich von oben.«

Maria schmunzelte. »Ich verstehe. Du wolltest deinen Cord anrufen, richtig?«

Hanna nickte. »Cord, ja, genau.«

»Weißt du, ich hatte etliche Leute anzurufen, um sie für Sonnabend hierher einzuladen«, klärte Maria nun auf.

»Warum? Was ist denn am Samstag?« Hanna blickte sie fragend an.

»Wir geben eine kleine Gesellschaft. Nur achtundvierzig Gäste, also, manche natürlich mit Frau. Aber nichts Großes.«

»Aha. Und weshalb so plötzlich?«

Maria zögerte, ob sie Hanna gegenüber mit offenen Karten spielen sollte. »Nun ja, es geht um das Geschäft deines Vaters.«

»Was für eine Überraschung«, gab Hanna gelangweilt zurück. »Ging es denn jemals nicht darum?«

»Dieses Mal ist es etwas anderes«, entgegnete Maria.

»Was anderes? Inwiefern?«

»Dein Vater soll reingelegt werden«, antwortete Maria. »Diese

Lea Stern, die Besitzerin des Clubs, dieses *Goldene, Goldene …*«, Maria suchte nach dem richtigen Namen.

»*Golden Paradise*«, half Hanna ihr ungeduldig auf die Sprünge. »Was ist damit?«

»Nun, dein Vater hat den Club gekauft.«

»Quatsch!«, entfuhr es Hanna.

»Entschuldige bitte, Liebes, aber ich bezweifle doch sehr, dass du dir darüber ein Urteil erlauben kannst.«

Hanna setzte sich nun gerade hin. »Ne, Mama, du bringst da mit Sicherheit irgendwas durcheinander. Vielleicht wollte Papa den Club kaufen, doch das hat er nicht.«

Maria seufzte und musste kurz lächeln. Sie wusste ja, dass ihre Tochter unrecht hatte, andererseits wollte sie sich nicht zu sehr aus dem Fenster lehnen und sensible Informationen preisgeben. Das wäre Hanns bestimmt nicht recht. Immerhin verkehrte Hanna mit diesem Cord, den sie ja genau in dem Club kennengelernt hatte, und der stand offenbar in gutem Kontakt zu der Besitzerin, dieser Lea Stern. Keinesfalls durfte sie riskieren, ihrer Tochter zu viel zu sagen. Womöglich würde Hanna alles diesem Cord anvertrauen und dieser dann mit seinem Wissen zu Lea Stern rennen.

»Vielleicht habe ich es ja auch falsch verstanden«, ruderte Maria zurück und bereute, überhaupt etwas von Hanns' Schwierigkeiten erwähnt zu haben. Also fügte sie schnell hinzu: »Vor allem geht es am Sonnabend um ein Hilfsprojekt, das dringend der Förderung bedarf. Und du weißt ja, wie wichtig es deinem Vater ist zu helfen, wenn er davon erfährt, dass Menschen in Not sind.«

Hanna sah sie zweifelnd an. Maria bemerkte, dass ihr eine Bemerkung auf den Lippen lag, doch Hanna sagte nichts.

»Und deshalb habe ich Papas engste Freunde eingeladen, damit ein paar Gelder zusammenkommen«, fuhr sie dann erklärend fort.

»Verstehe«, erwiderte Hanna nur.

»Sag mal, hast du etwas? Oder ist es nur wegen deiner Hand?«, fragte Maria nun, die der Tochter ansehen konnte, dass sie etwas beschäftigte.

Hanna überlegte kurz. »Kann ich dich mal was Persönliches fragen?«

»Sicher.«

»Ich meine wirklich, wirklich persönlich«, betonte Hanna.

»Nur zu.« Maria musterte sie aufmerksam.

»Glaubst du, dass es einen Unterschied zwischen Liebe mit Sex und nur Sex gibt?«

»Hanna!«, entfuhr es Maria. Mit so einer Frage hatte sie nicht gerechnet.

»Schon gut, vergiss es«, winkte Hanna ab und machte Anstalten aufzustehen.

»Nein, warte bitte.« Maria hob die Hand, worauf Hanna sich wieder setzte. »Ich war nur kurz schockiert. Schläfst du etwa schon mit diesem Cord? Ihr kennt euch doch kaum.«

»Ich hätte nichts sagen sollen«, meinte Hanna und wollte sich erneut erheben.

»Jetzt hör mir doch mal bitte zu.« Maria stand von ihrem Stuhl auf und setzte sich nun in den Sessel, der Hannas gegenüberstand. »Würdest du deiner Mutter wohl zugestehen, dass ich mich einen kleinen Moment durch die Frage überfordert gefühlt habe?«

Hanna schmunzelte. »Ich dachte, du wärst irgendwie lockerer.«

»Ich bin locker«, entgegnete Maria, obwohl sie selbst den Eindruck hatte, dass das so nicht stimmte. »Du hast mich eben einfach kalt erwischt. Um also auf deine Frage zurückzukommen: Ich glaube nicht, dass man nur dann Sex haben kann, wenn man sich liebt.«

Hanna schmunzelte. »Ich dachte, jetzt käme eine Rede, von

wegen: ›Kind! Du kannst doch nicht, du darfst doch nicht!‹« Sie lachte auf.

»Glaub mir, so realitätsfern bin ich nicht. Wir leben schließlich im 20. Jahrhundert.«

»Aber glaubst du, dass es einen Unterschied gibt? Also so, wie zwei Sorten Sex, einmal mit Liebe, einmal ohne.«

»Auf jeden Fall. Wahrscheinlich sollte ich als deine Mutter nicht so reden, doch ehrlich gesagt, hätte ich mir die Achtundsechziger-Bewegung schon zu meiner Zeit gewünscht. Ständig bekamen wir Mädels zu hören, dass wir uns anständig zu benehmen hätten und bloß nicht von einem Mann verführen lassen sollten.« Maria verdrehte die Augen. »Und das war schon damals völlig an der Realität vorbei.«

»Mama!« Hanna grinste breit. »Du bist ja ein richtig wilder Feger.« Hanna musste lachen, und Maria konnte nicht anders, als in das Lachen mit einzustimmen.

»Na, das wohl gerade nicht. Ich war da immer sehr langweilig. Aber ganz ehrlich: Ich habe die Freundinnen bewundert, die sich über das Gerede ihrer Eltern hinweggesetzt haben und das lebten, was sie wollten.«

»Ja?«

»Ja, auf jeden Fall.«

»Ich gebe zu, das überrascht mich«, antwortete Hanna.

»Warum? Weil ich so altmodisch bin?«

»Ne, altmodisch finde ich dich nicht. Aber eben total konservativ.«

»Na ja, ich war auch mal so jung wie du. Ich wäre damals gern mehr so gewesen wie meine Freundin Helga.«

Hanna grinste und lehnte sich gemütlich im Sessel zurück. »Wieso? Was war denn mit Helga? War sie so eine richtig Verruchte?«

Maria lachte auf. »Nein, verrucht ist wohl der falsche Begriff. Aber Helga hatte keine Lust, sich von ihren Eltern vorschreiben zu lassen, was sie zu tun oder zu lassen hatte. Du musst bedenken, es war auch eine andere Zeit. Als ich so alt war wie du jetzt, war gerade erst der Krieg vorbei. Viele der Männer waren noch nicht einmal wieder heimgekehrt.« Sie zuckte die Schultern. »Mein Vater und mein Onkel kamen, wie du ja weißt, sogar niemals zurück. Und die jungen Männer unseres Alters waren gerade erst von der Front zurück oder nur deshalb bereits wieder zu Hause, weil sie verwundet wurden. Sie alle waren auf die eine oder andere Weise traumatisiert. So einfach steckt niemand eine solche Erfahrung weg, der noch bei etwas klarem Verstand ist.«

Hanna sah sie nun interessiert an. »Erzähl weiter«, forderte sie die Mutter auf.

Maria setzte sich etwas bequemer hin. »Na ja, wir Mädchen damals waren die, die zusammen mit den Müttern und den jüngeren Geschwistern die Trümmer wegzuräumen hatten, die der Krieg hinterlassen hatte. Es gab wohl keinen, der von sich hätte sagen können, niemanden während dieser schrecklichen Zeit verloren zu haben. Schon aus diesem Grunde herrschte eine andere Stimmung, vor allem auch auf den Sex bezogen.« Sie spürte, dass sie ihre Stimme gesenkt hatte. Auch wenn sie es gar nicht wollte und auch tief in sich nicht so empfand, so war es ihr doch auf eine gewisse Weise peinlich, das Wort *Sex* auszusprechen. Sie war eben so erzogen, stets zurückhaltend zu sein. Doch es ärgerte sie, diese verklemmte Art mit ihren nunmehr fünfzig Jahren noch immer nicht abgelegt zu haben. Sie war doch schließlich kein unerfahrener Backfisch mehr.

»Eine andere Stimmung inwiefern?«

»Ich würde sagen freier, doch das trifft es nicht. Irgendwie eher so, als hätten wir alle nicht mehr die Zeit zu warten. Es galt, so scheußlich das jetzt klingen mag, sich unter den Männern, die am Ende übrig waren, einen auszusuchen und die Sache anzugehen. Wahrscheinlich war da dieses Gefühl, lieber jetzt, bevor der nächste Krieg kommt und es dann zu spät sein könnte.«

»Ach du liebes bisschen!«, entfuhr es Hanna.

»Na ja, überleg mal. Ich bin 1926 geboren. Der Erste Weltkrieg lag gerade mal acht Jahre zurück, der Zweite folgte nur dreizehn Jahre später. Krieg war damals, anders als heute, in unser aller Bewusstsein. Es war ein bisschen dieses Gefühl, jetzt zu leben, bevor es zu spät war. Wer wusste schon, ob nicht schon bald der nächste Krieg ausbrechen würde.«

»Es ist das erste Mal, dass du mir das so erzählst«, bemerkte Hanna nachdenklich.

»Ja, oder? Eigenartig. Dabei ist mir das alles noch immer sehr im Bewusstsein.« Maria seufzte. Ein eigenartiges Gefühl beschlich sie bei der Erinnerung an diese Zeit. Es kam ihr vor, als läge ein ganzes Leben dazwischen, dabei hatte sie manches noch so deutlich vor Augen, als wäre es erst gestern geschehen. Ihrer Familie erging es weit besser als vielen anderen. Da sie an der Küste lebten, mussten sie nicht hungern, sondern konnten sich durch den Fischfang ernähren. Und in ihrem Heimatdorf hatte auch jeder jeden unterstützt. Vor allem aber erinnerte sie sich daran, dass bis auf einige alte Männer fast ausschließlich Frauen in dem Ort gewesen waren, was sie damals, nachdem ihre Mutter kurz nach Ende des Krieges viel zu jung verstorben war, auch bewogen hatte, von dort wegzugehen.

»Los, erzähl weiter!«, holte Hanna sie aus ihren Gedanken.

»Na ja, es war damals so, dass deine Großmutter gestorben war und ich auch deshalb beschloss, die Nordseeküste zu verlassen. Ich hatte ja mein Abitur in der Tasche, wobei es damals anders war als heute bei euch. Schule und Bildung waren in jener Zeit weit weniger wichtig. Da ich den höheren Bildungsweg eingeschlagen hatte und gegen Ende des Krieges fast aller Unterricht zum Erliegen kam, erhielten wir eine Art Notabitur, vergleichbar mit dem, das die jungen Männer bekamen, die an die Front mussten.« Sie lächelte ihre Tochter an. »Quasi damit wir nicht ohne Abschluss dastanden. Das habe ich dann genommen, bin nach Berlin gegangen und habe mich an der Uni eingeschrieben. Hier habe ich dann ja auch deinen Vater kennengelernt und eben unter anderem auch Helga, von der ich dir ja eigentlich erzählen wollte.«

»Och, hol ruhig ein bisschen weiter aus«, bat Hanna. »Ich finde es echt spannend.«

»Na ja, Helga hat mit mir zusammen studiert, und wir sind eben auch öfter zusammen ausgegangen. Eigentlich immer. Und Helga war wohl das, was du vorhin als wilder Feger bezeichnet hast.« Maria lächelte bei der Erinnerung an die Freundin. »Was bei euch heute der Club ist, hieß bei uns damals Tanzlokal. Es gab da eines, das *Karlslust* oder *Loebels Restaurant*, wie es auch genannt wurde. Da sind wir immer hingegangen.« Maria schüttelte den Kopf. »Wenn ich bedenke, wie schrecklich das damals alles endete.«

»Was meinst du damit?«, fragte Hanna.

»Na, hör mal, das ist Berliner Geschichte«, neckte sie die Tochter. »Hast du noch nie von dem furchtbaren Tanzhallenbrand gehört? Das war das *Karlslust*.«

»Ne, noch nie.«

»Das war furchtbar. Wir waren oft da, Helga und ich. Wie gesagt, dort habe ich auch deinen Vater kennengelernt und Helga eben, nun ja, diverse Männer. Doch im Februar 1947, ich glaube, es war der 8., ist dort alles niedergebrannt. Es war ein bitterkalter Winter damals, und an dem Abend wurde dort Fasching gefeiert.«

»Als was bist du gegangen?«, fragte Hanna.

»Lass mich nachdenken«, bat Maria und versuchte, die Bilder in ihr Gedächtnis zu rufen. »Ach ja, jetzt weiß ich es wieder. Helga und ich haben was Ähnliches angehabt, sie in Rot, ich in Schwarz. Wir hatten uns beide als Tänzerinnen der Zwanzigerjahre im Stil des *Moulin Rouge* verkleidet, mit Federboa, Perlenketten und Zigarettenspitze.«

»Verrucht«, meinte Hanna und grinste breit.

»Ganz genau. Na ja, und an dem Abend hatten sie Kanonenöfen aufgestellt und …«

»Was sind denn nun wieder Kanonenöfen?«, unterbrach Hanna.

»Das sind so kleine gusseiserne Öfen auf einem Gestell«, erklärte Maria. »Die hast du bestimmt schon mal gesehen. Na, jedenfalls haben wir alle gefeiert und getanzt. Die Stimmung war unglaublich. Doch dann rief jemand: ›Feuer!‹ Das Schlimme war, dass das *Karlslust* gegen Ende des Krieges als Gefängnis genutzt worden war und die Fenster vergittert waren. Und irgendwie klemmte wohl auch eine Seitentür, sodass Panik ausbrach.«

»Oh mein Gott«, entfuhr es Hanna.

»Ja, wirklich schrecklich. Helga und ich haben uns an den Händen gehalten, damit wir bloß nicht getrennt wurden und es auch beide rausgeschafft. Doch andere nicht.«

»Ist dabei etwa jemand ums Leben gekommen?«, fragte Hanna.

»Ja, über achtzig Menschen.«

»Das ist ja entsetzlich.« Hanna schlug sich die Hand vor den Mund.

»Ja, wir waren alle damals total schockiert.« Bilder tauchten in Marias Gedanken auf, die sie lieber nicht mehr gesehen hätte. »Wie bin ich jetzt eigentlich darauf gekommen?«, fragte sie nun die Tochter.

»Helga«, erinnerte Hanna kurz und fügte dann hinzu: »Helga und ihr Lotterleben.«

Sofort musste Maria schmunzeln. Sie liebte diesen humorvollen Wesenszug ihrer Tochter, die es immer wieder verstand, mit einer trockenen Bemerkung ihre trübsinnigen Gedanken zu verscheuchen und sie aufzuheitern.

»Ja, richtig. Also Helga vertrat damals nicht nur die Auffassung, keinesfalls als Jungfrau sterben zu wollen, sondern die Männer auch zu testen«, Maria betonte das letzte Wort und kicherte, »ob die Herren denn auch in der Horizontalen etwas zu bieten hatten. Sie sagte immer, dass sie keinesfalls riskieren wollte, enthaltsam zu bleiben und dann nach der Hochzeit festzustellen, dass ihr frisch Angetrauter eine Niete im Bett war. Mit einem Fahrrad, das man kaufen wollte, drehte man schließlich auch eine Runde auf dem Hof.«

Hanna prustete los. »Herrlich!«, fand sie. »Was ist aus Helga geworden? Du hast sonst nie von ihr erzählt.«

»Ja, offen gesagt, weiß ich das gar nicht. Wir haben uns irgendwann aus den Augen verloren.«

»Warum?«

»Na ja, als es mit deinem Vater und mir ernst wurde, habe ich die meiste Zeit mit ihm verbracht. Helga war damals noch auf unserer Hochzeit. Doch danach haben dein Vater und ich uns auf die Familie konzentriert, und Helgas Leben verlief in völlig anderen Bahnen.«

»Aber Holger kam doch erst zwei oder drei Jahre, nachdem ihr geheiratet hattet.«

»Ja, aber wenn man heiratet, ist eben alles anders.« Maria erinnerte noch gut, dass Hanns damals nicht gewollt hatte, dass sie sich noch weiter mit Helga traf, und sie hatte klein beigegeben. Doch das wollte sie Hanna nicht erzählen, ahnte sie doch, dass die Tochter dies nicht verstehen würde.

»Wenn die Interessen von Menschen auseinandergehen und sie

sich in unterschiedliche Richtungen entwickeln, bleiben Freundschaften auf der Strecke.«

»Ja, mag sein. Aber hat dich nie interessiert, wie es Helga ergangen ist?«

»Ich habe schon oft an sie gedacht, das muss ich zugeben«, sagte Maria nun.

»Guck doch mal ins Telefonbuch«, schlug Hanna vor. »Vielleicht findest du sie.«

»Und dann? Soll ich sie nach fast dreißig Jahren anrufen und sagen: ›Hallo, hier ist Maria, wollen wir tanzen gehen?‹«

»Ein Kaffee würde es ja auch tun.« Hanna beugte sich weiter vor. »Komm, lass uns im Telefonbuch nachschauen.«

»Nein.« Maria schüttelte den Kopf. »Außerdem wird sie bestimmt verheiratet sein und dann den Namen ihres Mannes angenommen haben.«

»Wie hieß sie denn damals? Ich kann versuchen, was rauszufinden.« Hanna war Feuer und Flamme.

»Nein, aber vielen Dank, mein Schatz.«

Die Haustür wurde geöffnet, und Schritte waren zu hören. »Maria?«, hörte sie ihren Mann nun rufen.

»Wir sind im Wohnzimmer«, antwortete sie.

Kurz darauf betrat Hanns den Raum. »N'Abend, ihr beiden.«

»Du bist aber früh dran, Hanns, alles in Ordnung?«

»Hallo, Papa.«

»Ja, alles in Ordnung. Ich dachte, ich komme früher nach Hause. Hast du alles erledigt?«

»Ja, natürlich.« Maria stand auf und ging zu dem Tischchen mit dem Telefon darauf, wo die Liste mit den Namen lag. Diese reichte sie an ihren Mann. »Alle werden kommen. Es gibt nicht eine Absage.«

»Sehr gut«, lobte Hanns.

Hanna stand auf. »Danke, der Nachfrage, Papa, meiner Hand geht es wirklich schon besser.« Sie hob den Gips. »Ich geh dann mal nach oben.«

»Schön, schön, mach das«, antwortete Hanns abwesend, worüber Maria sich ärgerte. Er musste doch bemerkt habe, dass Hanna nur darauf gewartet hatte, dass er sich nach ihrem Befinden erkundigte. Doch ihr Mann war einfach ein Elefant im Porzellanladen.

»Ich gebe dir Bescheid, wenn das Abendessen serviert wird«, bemerkte Maria noch, als Hanna das Zimmer verließ. »Und das Telefon ist jetzt frei.«

»Danke«, sagte Hanna resigniert.

Ein beklommenes Gefühl machte sich in Maria breit. Gerade war sie noch so vergnügt gewesen, als sie beide hier geplaudert hatten. Doch sobald Hanns da war, veränderte sich die gesamte Stimmung. Wenn das Fest erst einmal hinter ihnen lag und ihr Mann seine Schwierigkeiten mit dieser Stern beigelegt hatte, würde sie sich wirklich mal mit ihrem Mann unterhalten müssen. Denn dieser schien einfach nicht zu bemerken, wie er die Menschen, die ihn liebten, mit seiner plumpen Art vor den Kopf stieß. Er war ein Kreuz mit ihm.

24. Kapitel

Villa Borchardt, Koenigsallee 75, Berlin-Grunewald

Sonnabend, 11. Dezember 1976

Jetzt heißt es ganz oder gar nicht, alles oder nichts.
Und ich will alles!

HANNS BORCHARDT

Hanns ließ seinen Blick über den Saal schweifen. Selbst wenn er vorsichtig schätzte, belief sich das Vermögen der Leute, die heute Abend hier seine Gäste waren, auf eine gute Viertelmilliarde. Und jeder Einzelne von ihnen suchte seine Nähe und den Austausch mit ihm. Ja, Hanns war zufrieden.

Er hatte soeben die Mitteilung von Maria bekommen, dass nun alle Gäste eingetroffen waren. Akribisch hatte sie die Liste kontrolliert und sich tatsächlich perfekt um alles gekümmert. Es war klug gewesen, sie auf seine Seite zu ziehen und sich wieder besser mit ihr zu stellen. So viel Mühe, wie sie sich gab, hatten auch die Gäste das Gefühl, als freute sie sich aufrichtig, jeden von ihnen zu sehen. Es war also alles so, wie er es wollte. Einzig über seinen Anwalt Klaus Schröder hatte er sich gerade geärgert, als dieser ihn bat, ihn später noch unter vier Augen sprechen zu können. Auf

Hanns' Nachfrage, was denn los sei, hatte der Anwalt ihn angesehen und gefragt, ob das Geld für den Kauf des Grundstücks wirklich an Lea Stern geflossen sei, denn er wäre ja bis auf den Entwurf der Verträge bei diesem Geschäft außen vor gewesen, sodass er keinen Einblick hätte, ob auch alles seinen Gang ging. Hanns hatte ihm entgegnet, es würde alles laufen wie geplant, und er wäre nun wirklich lange genug im Geschäft, um solche Dinge auch ohne ihn zu regeln. Dann hatte er gesagt, sich um seine anderen Gäste kümmern zu müssen und Schröder einfach stehen lassen. Wirklich, er hatte einiges an Geduld aufgebracht, doch so langsam entwickelte dieser Rechtsverdreher Marotten, die für Hanns nur schwer zu ertragen waren. Was glaubte dieser Kerl denn, wer er war? Er mochte ja in seinem Bereich gut sein und verstand gewiss etwas von Verträgen, Prozessen und dem ganzen Juristenkram. Doch im Big Business, da war ja wohl Hanns der Experte, und von seinem Erbsenzähleranwalt würde er sich gewiss keinen Rat holen oder diesen mit der Abwicklung beauftragen, auch wenn Klaus Schröder offenbar darauf brannte.

Einen kurzen Moment hatte Hanns überlegt, ob es ihm zum Nachteil gereichen könnte, wenn er seine Zusammenarbeit mit Klaus Schröder beendete und sich einen neuen Anwalt nahm. Noch vor einem Jahr wäre er nicht einmal auf den Gedanken gekommen, hatte Klaus doch einen kompletten Überblick über Hanns' Geschäfte, sämtliche Firmen, Vertretungsverhältnisse und wusste auch von den meisten seiner Konten. Inzwischen war es jedoch vor allem dieses Wissen, das Hanns nachteilig fand. Zwar unterlag er der anwaltlichen Schweigepflicht, und Hanns war absolut sicher, dass Klaus gegen diese auch nicht verstoßen würde. Nicht nur, weil Hanns für ihn eine gute Einnahmequelle war, sondern vor allem auch aus seinem Berufsethos heraus. Nein, da machte Hanns sich keine Gedanken. Doch Klaus war ihm zu zimperlich, zu wenig abgebrüht. Vor allem aber hatte er ihn in letzter Zeit immer wieder darauf angesprochen, auf welch brüchigem Eis Hanns sich bewegte, und zwar in finanzieller wie strafrechtlicher Hinsicht. Besonders Letzteres hatte Hanns verlacht, schließlich war er kein Verbrecher. Er nutzte einfach nur sein Verkaufstalent und seine Überzeugungskraft, um die Bauten Realität werden zu lassen, die Berlin brauchte. Wer nicht wagt, der nicht gewinnt, so hieß doch das Sprichwort, oder nicht? Und er wagte eben. Wenn da die eine oder andere Lüge vonnöten war, um zu bekommen, was er wollte, tat das schließlich niemandem weh. Und von Straftaten konnte erst recht nicht die Rede sein. Eine Straftat wurde es erst dann, wenn ihm wirklich einmal alles entglitt. Doch er würde natürlich dafür Sorge tragen, dass genau das nicht geschah. Also konnte sich Klaus Schröder ganz entspannt zurücklehnen oder zumindest die dummen Sorgen, die ihn plagten, für sich behalten. Hanns hatte hierfür jedenfalls keine Zeit.

Er wandte den Kopf und sah, dass Maria die Gäste bat, an den Tischen Platz zu nehmen. Insgesamt gab es einen langen Quertisch, an dem Hanns und Maria und ihre engsten Freunde saßen. Auf diesen ausgerichtet, standen davor der Länge nach und parallel zueinander vier weitere Tische, an denen jeweils pro Tischseite bis zu zehn Personen sitzen konnten. Bis vorhin war nicht klar gewesen, wer in Begleitung und wer ohne erscheinen würde, sodass einige der Kellner, nachdem alle Platz genommen hatten, eilig die überflüssigen Gedecke entfernten, während ihre Kollegen bereits die Getränkewünsche der Gäste entgegennahmen. Hanns verschaffte sich einen Überblick, als alle Platz genommen hatten. Es waren insgesamt neunundsiebzig Gäste, Maria und er selbst nicht mitgezählt.

Hanns erhob sich und schlug einige Male mit dem Löffel gegen sein Glas, bis alle ruhig und sämtliche Blicke auf ihn gerichtet waren. Er genoss diesen Moment.

»Liebe Freunde«, begann er. »Ich kann nicht in Worte fassen, wie sehr die Tatsache, dass ihr alle so spontan unserer Einladung gefolgt seid, mein Herz erfüllt. Doch natürlich weiß ich, dass das nicht mein Verdienst ist.« Er sah zu Maria hinunter, die neben ihm saß, und streckte ihr die Hand entgegen, die sie ergriff. »Meine Maria hier, die wunderbare Frau an meiner Seite, die jeden Einzelnen von euch angerufen hat, bat mich eindringlich um dieses Treffen hier heute, weil sie vom möglichen Scheitern eines Hilfsprojekts erfahren hatte und ihr dies keine Ruhe mehr ließ.« Er sah Maria an. »Möchtest du nicht lieber selbst erzählen, worum es geht, Liebes?« Maria schaute ihn überrascht an, schüttelte fast schüchtern den Kopf. Er wusste, dass sie es nicht leiden konnte, vor Menschen zu sprechen und hätte es ihr normalerweise auch abgenommen. Doch tatsächlich hatte er so gar keine Ahnung, was sie den Leuten gesagt hatte, worum es ging und ihr auch nicht zugehört, als sie ihm gestern etwas über das Hilfsprojekt erzählte, das sie ausgesucht hatte, sodass er jetzt keinesfalls Unsinn von sich geben wollte. Und da er es eben so dargestellt hatte, dass die Einladung auf sie zurückzuführen war, sollte sie sich jetzt bloß nicht so anstellen.

»Komm schon, Maria, bitte!«

Einige Gäste begannen, aufmunternd zu klatschen, sodass Maria sich schließlich erhob und zu einem Lächeln durchrang.

Hanns beugte sich zu ihr herüber, gab ihr einen Kuss auf die Wange und setzte sich dann.

»Liebe Freunde«, nahm sie die Anrede, die ihr Mann verwendet hatte, auf. »Es ist mir ebenso wie meinem Mann eine große Freude, dass ihr alle gekommen seid. Mir zeigt es, dass das Thema Verantwortung in der Gesellschaft gleichzusetzen ist mit dem Einsatz, den Einzelne für andere bringen.« Sie räusperte sich. »Wir alle haben die Geschehnisse der letzten Zeit verfolgt. Junge, kluge Menschen, die protestieren, weil sie keine Zukunft mehr in dieser Gesellschaft sehen«, sagte sie nun laut, was Hanns ein wenig unwohl werden ließ. Sie würde doch wohl hoffentlich nicht vorschlagen, ein solch aufsässiges Pack wie die Studenten zu unterstützen? Dann würden die Leute hier vermutlich noch vor dem Dessert das Weite suchen.

»Meiner Meinung nach müssen wir weit früher ansetzen, wollen wir etwas für unsere großartige Stadt und auch das ganze Land erreichen.« Wieder räusperte sie sich. Ja, das musste sie noch lernen, fand Hanns, wirkte es doch nur wenig überzeugend, wenn man demjenigen, der sprach, die Nervosität anmerkte. Aber vielleicht war er da auch wirklich ein wenig streng, denn so, wie er die interessierten Blicke der Gäste deutete, schien es niemanden außer ihn zu stören.

»Es gibt eine noch recht unbekannte Organisation, die jungen Menschen in Krisensituationen hilft. Die armen Kinder von heute sind die mittellosen Erwachsenen von morgen, die durchs Raster fallen und damit, und ich finde es schockierend, dies auszusprechen, spätestens dann von uns allen mitversorgt werden müssen. Ich möchte, dass wir hier, die es besser wissen, an dieser Stelle einsetzen und Unterstützung leisten.« Sie reckte den Hals. »Herr Beiling«, sprach sie nun jemanden an. »Würden Sie kurz aufstehen?«

Ein Mann erhob sich, den Hanns noch nie zuvor gesehen hatte. Hatte er diesen Kerl begrüßt und ihm die Hand geschüttelt? Wenn ja, hatte er definitiv nicht genug Eindruck auf ihn gemacht, dass er dessen Gesicht in Erinnerung behalten hätte.

»Herr Ralf Beiling, den ich heute ebenfalls eingeladen habe, ist der Gründer und Leiter des Vereins, über den ich soeben gesprochen habe, und wird Ihnen und euch gern Fragen beantworten, wofür genau die Gelder verwendet werden sollen. Denn natürlich wird jeder Pfennig, den wir an seine Organisation spenden, belegt, damit nachvollziehbar ist, wofür das Geld eingesetzt wird.«

Die Anwesenden klatschten, und Maria deutete auf den Mann, der sich erhoben hatte.

»Ich danke schon jetzt jedem hier in diesem wunderbaren Saal und freue mich über jede Frage, die Sie mir stellen«, sagte er nun und nickte den anderen mehrfach zu.

»Vielen Dank, Herr Beiling. Und nun wünschen Hanns und ich Ihnen und euch einen guten Appetit und uns allen einen gelungenen Abend.«

Wieder wurde geklatscht, diesmal noch lauter, während Maria sich wieder setzte.

»Wo hast du denn den aufgetan?«, raunte Hanns ihr zu und nickte in die Richtung, wo Beiling saß.

»Du sagtest, dass dir egal sei, wohin das Geld fließt. Also habe ich mich gestern erkundigt und bin auf dieses Hilfsprojekt gestoßen. Aber das habe ich dir doch gestern schon erzählt. Wirklich, Hanns, die leisten dort eine erstaunliche Arbeit«, fuhr sie begeistert fort. »Wenn man bedenkt …«

»Ja, ja, schon gut«, würgte er sie ab. »Mich musst du ja nicht überzeugen.«

Er sah sie an. Maria stand die Enttäuschung ins Gesicht geschrieben. »Damit meinte ich nur, dass ein Projekt, das du heraussuchst, in jedem Fall sinnvoll ist«, flüsterte er nun, während die Kellner mit Weinflaschen hereinkamen und je nach Wunsch weißen oder roten Wein in die Gläser füllten.

»In jedem Fall hast du das sehr gut gemacht«, lobte er sie nun, damit sie nicht solch ein missmutiges Gesicht zog. »Und auch künftig sollten wir überlegen, ob nicht lieber du die Reden hältst. Du hast eine sehr angenehme, gewinnende Art, weißt du?«

Maria lächelte, doch wirklich glücklich schien sie ihm nicht. »Nein danke. Das überlasse ich künftig gern wieder dir.«

Hanns blickte zu seiner Linken und ärgerte sich kurz, dass dort

Klaus Schröder saß. Maria hatte die Platzkarten verteilt, und hätte er es früher bemerkt, hätte er ganz gewiss noch die Schildchen ausgetauscht. Überhaupt fand Hanns es geradezu unangemessen, seinen Anwalt dort sitzen zu lassen, während um ihn herum die bedeutendsten Senatoren und Industriellen waren, mit denen er sich weit lieber ausgetauscht hätte. Aber nun gut. Er hatte Maria freie Hand gelassen, da konnte er jetzt nicht mehr meckern. Aber beim nächsten Mal würde er sich die Platzkarten vorher ansehen.

»Mal eine andere Herangehensweise«, sagte Klaus nun zu Hanns.

»Was meinst du?«

»Na ja, sonst ist das Geld immer über deine Stiftungen geflossen, so aber geht es direkt an diesen Verein. Ich finde es gut, dass ihr das umgestellt habt. Es gibt klarere Strukturen.«

»Was willst du denn damit sagen?«, fragte Hanns gereizt.

»Na, sei mal ehrlich: Weißt du noch genau, welcher Empfang zu welchem Thema war und wie hoch genau die Spendengelder ausfielen? Zwar waren sie nicht zweckgebunden, aber wenn mal jemand Einblick nehmen wollte, könnte es schwierig aufzuschlüsseln sein.«

Hanns sah ihn misstrauisch an. Versuchte sein Anwalt, etwas aus ihm herauszulocken? »Ich weiß nicht genau, was du mir damit sagen willst, Klaus. Doch wenn dir irgendetwas auf der Seele brennt, ist jetzt nicht der richtige Zeitpunkt, es auszusprechen.«

»Du hast mich falsch verstanden, Hanns«, versicherte der Rechtsanwalt nun mit einem Gesichtsausdruck, als wüsste er nicht, was er soeben gesagt haben könnte, das Hanns verärgerte. »Ich finde es wirklich einfach nur gut, wie ihr es diesmal handhabt. Das ist alles.«

»Wenn du meinst.«

»Du wirkst ein bisschen dünnhäutig«, stellte der Rechtsanwalt fest. »Ist etwas nicht in Ordnung?«

»Nur, dass ich das Gefühl habe, als müsste ich mich immerzu rechtfertigen. Und das vor einem Mann, der doch eigentlich auf meiner Seite sein sollte, oder nicht?«

»Wenn du das Gefühl hast, ist tatsächlich etwas zwischen uns nicht in Ordnung«, meinte Schröder. »Ich will dir hier nicht deinen Abend kaputt machen, Hanns. Es wird das Beste sein, wenn ich gleich gehe.«

»Noch vor dem Essen? Wie sieht denn das aus?«, empörte sich Hanns. »Nein, du bleibst«, entschied er, spürte aber selbst, dass er übellauniger war, als es gut sein konnte. »Ich habe wirklich viel Stress im Moment«, fügte er dann ein wenig entschuldigend hinzu.

Klaus musterte ihn. »Auch wenn ich bei deinem aktuellen Projekt nicht mit der Abwicklung mandatiert bin, kann ich dir dennoch gern helfen, Hanns. Ohne Honorar dafür zu berechnen«, bot Klaus an.

»Nein danke. Das mach ich schon selbst.«

»Wie du willst.«

Das Essen kam und ersparte Hanns so eine Fortsetzung des Gesprächs. Er glaubte zu spüren, dass Klaus ihm gegenüber misstrauisch war. Oder aber er wollte ihn wirklich nur unterstützen, auch das war natürlich möglich. Doch er sollte gefälligst seine Nase nicht in Dinge stecken, die ihn nichts angingen. Punkt.

An den Tischen gab es gefällige Konversationen, und immer wieder wurden Hanns, vor allem aber Maria, gelobt und selbstverständlich auch das gute Essen. Hanns nahm nicht allzu viel zu sich. Er war nervös, auch wenn er es sich natürlich nicht anmerken lassen durfte. Vielleicht wäre es wirklich ganz gut, wenn er noch den einen oder anderen unfreundlichen Satz gegenüber Klaus fallen lassen würde und dieser sich alsbald verabschiedete. Er war nur sein Anwalt und keiner der Leute, die er von sich überzeugen wollte. Aber Klaus Schröder war eben auch alles andere als dumm. Und wenn er womöglich zufällig ein Gespräch mit anhörte, in dem Hanns über das sprach, was er sich vorgenommen hatte, könnte Klaus unangenehme Fragen stellen. Und das wollte er ganz sicher nicht riskieren.

Nachdem das Essen beendet war, ging Hanns kurz austreten. Als er dann in den Saal zurückkam, sah er, wie Klaus sich soeben von Maria verabschiedete.

»Ich habe am Montag einen Prozess und muss über das Wochenende noch arbeiten«, sagte Klaus gerade zu ihr, als Hanns von der Seite an die beiden herantrat.

»Du willst schon gehen?«

»Ja, leider. Ich muss los. Wäre es nicht bei euch gewesen, hätte ich die Einladung ausgeschlagen.«

»Dann sind wir froh, dass du wenigstens ein bisschen Zeit hier verbracht hast«, stellte Hanns fest.

»Ich bringe dich noch hinaus«, sagte Maria und machte Anstalten, den Rechtsanwalt nach draußen zu begleiten.

»Wenn jemand sich hier auskennt, dann doch wohl Klaus, nicht wahr?«, hielt Hanns dagegen. »Du hast einen ganzen Saal voller Gäste, die deine Anwesenheit schätzen.«

»Natürlich«, gab Maria folgsam zurück, wenngleich Hanns ihr anmerken konnte, dass sie nicht ganz einverstanden war. Klaus' Miene blieb ungerührt.

»Dann auf Wiedersehen und noch einen schönen Abend. Und wenn ich doch etwas tun kann, lass es mich wissen«, sagte der Anwalt zu Hanns und ging dann hinaus.

Dieser selbstgefällige Gockel mit seinem Gehabe. Pah!

»Sieh mal«, forderte Maria und hielt Hanns einen Scheck hin. »Klaus war wirklich sehr großzügig.«

»Na ja, er verdient ja auch genug an uns«, grummelte Hanns und wollte den Scheck an sich nehmen, doch seine Frau zog ihn zurück.

»Was soll das?«, begehrte Hanns auf.

»Was das soll? Na, Herr Beiling steht doch gleich dort vorn. Ich werde ihm den Scheck übergeben.«

»Wäre es nicht sinnvoll, wenn wir die Spenden erst einmal sammeln?«, fragte Hanns, dem es so gar nicht schmeckte, was seine Frau vorhatte. Es war ja das eine, dass sie dieses Hilfsprojekt aufgetan hatte. Doch dass sie nun wirklich jede Zahlung direkt dorthin zu übergeben beabsichtigte, war doch geradezu absurd. Immerhin würde diese Veranstaltung hier ihn auch eine Stange Geld kosten.

»Ach, was«, antwortete sie nun auf seine Bemerkung hin. »Herr Beiling wird schon eine Möglichkeit haben, die Schecks zu verwahren. Und offen gesagt, freue ich mich auf sein Gesicht, wenn er gleich sieht, wie spendabel unsere Freunde sind.«

Hanns lag noch eine Erwiderung auf den Lippen, doch er kam nicht mehr dazu, etwas zu sagen, weil Maria sich sofort auf den Weg zu Beiling machte und Hanns ihr nur noch hinterhersehen konnte.

»Deine Frau macht das fantastisch.« Gerhard Lohmüller war an Hanns' Seite getreten und sah nun ebenfalls zu Maria hinüber.

»Ja, sie ist ein Schatz«, pflichtete Hanns ihm bei.

»Ich war ganz froh, dass wir heute hierher eingeladen wurden«, erklärte der Bankier. »Ich habe dich gestern noch in der Firma zu erreichen versucht, doch du warst schon weg, und ich wollte dich mit den geschäftlichen Dingen nicht zu Hause belästigen.«

»Warum? Was war denn los?« Ein ungutes Gefühl beschlich Hanns. Hatte er was rausgekriegt? Lief Hanns Gefahr, dass die Bank ihre Kreditzusage nicht halten würde?

»Na ja, sagen wir mal so: Ich wollte dir vor dem Wochenende noch eine Freude machen. Gestern waren alle Unterschriften zusammen. Das Geld wurde bereits überwiesen. Wahrscheinlich hast du es Montagmorgen schon auf deinem Konto.«

»Was?« Hanns konnte sein Glück kaum fassen. Er hätte vor Freude in die Luft springen können.

»Ich habe dir doch gesagt, wir kriegen das alles hin. Ja, Hanns Borchardt, du kannst loslegen.« Der Bankier lachte auf.

Hanns sah ihn an, griff dann eilig zwei Gläser Champagner von einem Tablett, das ein Kellner herumtrug, und reichte eines davon Gerhard.

»Also wenn wir darauf nicht anstoßen, dann weiß ich nicht.«

Sie ließen die Gläser aneinanderklingen. »Prost, mein Freund!«

»Prost, Hanns!«

Sie tranken jeder einen großen Schluck.

»Ich muss zugeben, Gerhard, dass ich mich in letzter Zeit das eine oder andere Mal gefragt habe, ob meine Entscheidung, das Geschäft mit euch zu machen, die richtige war.«

»Wenn es nur nach mir gegangen wäre, Hanns, hättest du das Geld längst gehabt. Ach, was sag ich, es hätte schon Grundsteinlegung sein können«, übertrieb der Bankier.

Kurz überlegte Hanns, ob er seinen Plan, weshalb er dieses Zusammentreffen überhaupt herbeigeführt hatte, jetzt noch weiterverfolgen sollte. Denn wenn das Geld jetzt auf seinem Konto war oder zumindest die Überweisung raus und damit nicht mehr zurückgerufen werden konnte, war er so flüssig, dass er in ganz anderen Kategorien denken konnte. Andererseits musste er nach außen hin immer noch den nicht erfolgten Kauf des Clubs und des angrenzenden Grundstücks erklären. Und schon deshalb war es nur klug, bei seinem Plan zu bleiben.

»Dann musst du mir jetzt nur noch die Daumen drücken, dass alle fair spielen«, gab Hanns etwas kryptisch von sich.

»Was meinst du damit?«

»Die Stern«, raunte Hanns und sah sich um, ganz so, als dürfte niemand ihn hören.

»Was ist mit ihr?«

»Die will den Preis hochtreiben.«

»Was soll das heißen?« Die Aufregung stand Lohmüller ins Gesicht geschrieben. »Du hast doch schon alles bezahlt, oder etwa nicht?«

»Aber natürlich habe ich alles bezahlt«, versicherte Hanns und setzte eine empörte Miene auf. »Doch aus irgendeinem Grund ist die Umschreibung des Grundstücks noch immer nicht erfolgt. Da wird man doch mal skeptisch werden dürfen, oder nicht?«

»Nur deshalb?« Lohmüller legte die Hand auf seine Brust und lachte erleichtert. »Gerade hast du mir einen echten Schrecken eingejagt«, sagte er dann. »Wenn es dir nur um die Umschreibung geht, kann ich dich beruhigen«, fuhr der Bankier fort. »Wir hatten es schon öfter mal, dass das Grundbuchamt länger gebraucht hat. Darüber würde ich mir keine Gedanken machen.«

»Es ist nicht nur das, Gerhard.«

»Sondern?«

»Ich denke, ich habe einen Fehler gemacht«, räumte Hanns ein. »Nachdem die Verträge unterschrieben waren und ich das Geld überwiesen habe, war auch die persönliche Sache mit der Stern für mich erledigt, wenn du verstehst, was ich meine.« Er senkte die Stimme noch weiter, damit nur niemand seine Worte verstehen konnte. »Sie hat mich gebeten, unsere Liaison fortzusetzen, doch ich wollte nicht riskieren, dass am Ende doch noch alles rauskommt und ich womöglich Ärger mit meiner Frau kriege.«

»Verstehe, verstehe«, gab Gerhard zurück und sah ihn erwartungsvoll an.

»Na ja, Lea hat nicht gerade gut darauf reagiert, als ich dies ablehnte.«

»Warum? Was hat sie gesagt?«

»Die wollte mir eine Szene machen.« Hanns hob die Augenbrauen. »Hat wohl gedacht, das mit uns wäre etwas Ernstes.« Er verdrehte die Augen. »Du weißt ja, wie die Weiber sind. Man nimmt sie richtig ran und hat seinen Spaß mit ihnen, und sie reden von großer Liebe.«

Gerhard winkte ab. »Immer das Gleiche«, stimmte er zu. »Und was ist dann passiert?«

»Sie hat so eine Bemerkung fallen lassen, nach dem Motto, sie könnte die Sache mit der Umschreibung auch verzögern und irgendwas erfinden, damit das Geschäft noch platzen würde.«

»Diese verfluchte Schlampe«, brach es aus Gerhard heraus.

Hanns schüttelte den Kopf. »Ich hätte wissen müssen, dass es klüger gewesen wäre, sie noch ein wenig bei Laune zu halten.«

»Aber du glaubst doch nicht wirklich, dass die Sache noch schiefgehen könnte?«, fragte Gerhard mit Sorge in der Stimme.

»Im Grunde nicht. Was soll sie machen? Vertrag ist Vertrag. Aber ich befürchte eine Verzögerung«, antwortete Hanns nun. »Sie hat ja laut Vertrag bis Ende Februar Zeit, den Club und auch das Hotel zu räumen. Was, wenn sie die Sache hinauszögert, weil es irgendwelche *Schwierigkeiten* gibt?«

»Hanns, das macht mir Bauchschmerzen.«

»Würde es mir auch machen«, erklärte er und hob dann den Zeigefinger, »wenn ich nicht bereits einen Plan B hätte.«

»Was meinst du mit Plan B?«

»Ich habe schon meine Fühler ausgestreckt«, teilte Hanns seinem Bankier nun mit. »Wenn die Stern versuchen sollte, mich zu erpressen und mir Steine in den Weg legt, werde ich unser Projekt trotzdem realisieren, nur aufgeteilt.«

»Ich kann dir nicht folgen.«

»Guck dir mal den Bereich Ku'damm 216 und 217 in Höhe der Fasanenstraße an, Gerhard. Es ist sogar näher an der U-Bahn. Ja, die Grundstücke allein sind etwas kleiner, dafür könnte man den Eingang der Fasanenstraße mit erschließen und die Gebäude durch eine Glaspassage im zweiten Stock verbinden. Mit den jetzigen Besitzern sollte es da keine Probleme geben.«

Hanns trat noch einen Schritt näher an Lohmüller heran.

»Ich kann es mir nicht leisten, eine Verzögerung in Kauf zu nehmen. Wir werden das Projekt umsetzen, so oder so. Doch da die Gelder bereits ausgekehrt sind, müssen wir jetzt handeln.«

»Hanns, die Zusagen meiner Bank sind allesamt daran geknüpft, dass der Komplex auf dem Stern-Gelände errichtet wird.«

Hanns richtete sich auf, sodass der Bankier zu ihm aufschauen musste. »Nein, Gerhard. Wir haben das Projekt an sich geplant, und die Finanzierung ist für die Gewerbefläche und die darüberliegenden Wohnungen. Sieh in deine Verträge. Eine örtliche Bindung ist darin nicht festgelegt.«

»Was machst du hier mit mir, Hanns?« Dem Bankier stand der Argwohn ins Gesicht geschrieben.

»Mensch, Gerhard, sei doch nicht so verbohrt«, zischte er nun und sah sich kurz um. »Hier ist bestimmt nicht der richtige Rahmen, um über so was zu streiten.« Er machte eine Kopfbewegung, um dem Bankier zu bedeuten, dass andere Gäste auf sie aufmerksam wurden.

»Im Moment gehen wir ja noch davon aus, dass die Umschreibung im Grundbuch erfolgt, und wir genau da bauen können, wo wir es die ganze Zeit vorhatten. Aber was wäre ich für ein Narr von einem Geschäftsmann, wenn ich zuließe, dass alles nur von den Launen dieser Schlampe abhängt?« Er legte Lohmüller die Hand auf die Schulter. »Du willst doch wohl nicht, dass unsere Freundschaft unter so was leidet?«

»Nein, natürlich nicht. Doch du weißt selbst, dass ich mich gewaltig für dich aus dem Fenster gelehnt habe, damit wir die Sache durchbekommen.«

»Und daran verdient deine Bank auch einen Haufen Geld, nicht wahr?« Hanns beugte sich weiter vor. »Du siehst doch, wer heute alles hier ist. Ich werde mal vorfühlen, wie es damit aussehen könnte, das, was wir planen, an einen anderen Ort zu verlegen.« Hanns hob abwehrend die Hände. »Nur für den Notfall natürlich. Wir alle haben das Ziel, dass das Projekt genau dort realisiert wird, wo wir es immer haben wollten. Doch auch danach muss es ja weitergehen. So oder so sollten wir darüber nachdenken, mit dem, was wir jetzt angefangen haben, auch andernorts in Berlin weiterzumachen.«

»Eins nach dem anderen«, versuchte Lohmüller zu bremsen. »Wenn ich dem Vorstand jetzt schon wieder mit einer neuen Finanzierung komme, lassen die mich ins Irrenhaus einliefern.«

»Dazu ist keine neue Finanzierung nötig«, versicherte Hanns. »Ich schiebe lediglich weitere Projekte an und suche mir noch mehr Investoren dazu. Da kann ich deine Bank mit weiterem Geld gar nicht ins Boot holen. Die Gewerbeflächen werden mir ja jetzt bereits aus den Händen gerissen, Gerhard. Da ist das Geld wieder drin, bevor auch nur ein Stein gesetzt ist.« Hanns beobachtete, wie der Bankier auf diese Ankündigung reagierte.

»Puh«, machte Lohmüller nun. »Ich dachte schon …«

»Du bist viel zu angespannt, weißt du das?« Hanns legte ihm freundschaftlich den Arm um die Schultern. »Lass mich mal machen, Gerhard. Auf mich war doch noch immer Verlass, oder nicht?«

Lohmüller nickte nur. Hanns war nicht sicher, ihn vollends überzeugt zu haben.

»Ah«, sagte er nun, weil er den Bausenator erblickte und nun den Arm hob, um diesen zu ihnen herüberzulotsen.

»Mein Freund Gerhard hier und ich haben gerade darüber gesprochen, ob es nicht sinnvoll wäre, dass der geplante Neubau nicht nur ein Einzelprojekt bleibt, sondern der Startschuss für vergleichbare Bauten fußläufig in der Nähe zum neuen Standort sein sollte«, erklärte Hanns.

»Noch weitere solcher Großbauten?«, fragte der Senator.

»Ja«, antwortete Hanns selbstbewusst. »Und mit mehr Geschossen, damit wir weiteren neuen exklusiven Wohnraum schaffen, während wir auf der anderen Seite die Qualität der vorhandenen Mietshäuser durch die Förderungen verbessern und so am Ende Berlin ein bisschen schöner wird. Dir sagen doch die Twin Towers was, oder? Stell dir so etwas doch mal am Ku'damm vor. Natürlich deutlich kleiner, aber in Berlin ein wirklicher Hingucker zwischen den Altbauten und eine Aufwertung unserer Stadt, wie viele Bürger sie sich schon lange wünschen.« Hanns machte eine Handbewegung wie ein Zirkusdirektor, der soeben eine Darbietung präsentiert hatte.

»Hm«, überlegte der Bausenator und kratzte sich kurz am Kinn. »Das klingt interessant. Und wo hast du dir diese Neubauten vorgestellt?«, fragte er dann.

»Wir fangen am Ku'damm an und bauen überall dort, wo wir zahlungskräftige Mieter und Käufer hinziehen wollen. Der Kotti würde sich anbieten. Und ein riesiger Komplex direkt an der Spree mit Aussicht auf den Tiergarten«, erklärte Hanns. »Also, ihr beiden, ganz im Vertrauen …«, begann er und fühlte sich wieder ganz in seinem Element, als er sah wie der Bankier und der Senator an seinen Lippen hingen. Schon wurden auch weitere Industrielle auf das Gespräch aufmerksam. Hanns machte eine einladende Handbewegung. »Kommt hinzu«, bat er sie. »Wir planen gerade die Zukunft«, kündigte er an und scharte so in kurzer Zeit noch acht weitere Entscheider Berlins um sich. Er war die Spinne, und alle krabbelten in sein Netz. Hanns war zufrieden.

25. Kapitel

Kottbusser Tor, Berlin-Kreuzberg

Montag, 13. Dezember 1976

Nur ein freies Leben ist lebenswert. Doch um wahre Freiheit für alle zu erreichen, müssen wir für die einstehen, die sich selbst nicht befreien können.

Holger Borchardt

Holger war unruhig. In letzter Zeit war er überhaupt nicht mehr dazu gekommen, zu lesen und sich in die Texte Herbert Marcuses und der anderen Schriftsteller, die er liebte, zu vertiefen, hierüber nachzudenken und selbst über das Leben zu philosophieren. Er verspürte eine gewisse Unruhe, weil er mehr und mehr das Gefühl hatte, den Bezug zu sich selbst zu verlieren.

Hinzu kam, dass in den letzten Tagen noch mehr Leute als sonst in Monikas Wohnung ein und aus gingen. Nur spät in der Nacht, wenn Monika und er – zumindest meistens – allein waren, kamen sie ein wenig zur Ruhe.

An Edes Anwesenheit hatte Holger sich inzwischen gewöhnt. Doch es tauchten auch andere auf, die er teils noch nie gesehen hatte und von denen Holger nicht wusste, ob sie ebenfalls der RAF angehörten oder nicht. Die Stimmung hatte sich deutlich verändert, war gereizt und angespannt geworden. Es lag etwas in der Luft, das war überdeutlich.

Er hatte viel mit Monika darüber gesprochen, dass er ihre Motivation verstand und auch nicht versuchen würde, ihr ins Gewissen zu reden, selbst wenn er ihr Vorgehen nicht immer würde gutheißen können. Denn er hatte inzwischen die Entscheidung getroffen, sich nicht an Aktionen der RAF zu beteiligen. Er schätzte, ja, liebte Monika dafür, dass sie zu keiner Zeit den Versuch unternommen hatte, ihn umzustimmen.

Auch das war es, was er an Monika so reizvoll fand. Sie war keine von denen, die versuchte, anderen ihre Überzeugungen aufzudrücken oder diese belehren zu wollen. Sie hinterfragte, diskutierte, zeigte Missstände auf und brachte auch Vorschläge, wie es ihrer Meinung nach besser laufen oder eben überhaupt funktionieren könnte. Klug daherreden und mit dem Finger auf die Entscheider zeigen, um ihnen deutlich zu machen, was alles schieflief, konnte jeder. Doch Monika dachte weiter, spielte Lösungen durch. Allerdings waren ihr Denken und Handeln von der Weigerung der Politik überschattet zuzuhören, geschweige denn zu handeln. Und insoweit verstand Holger, dass Monika und die anderen Mitglieder der RAF keine andere Möglichkeit sahen, als mit schockierenden Taten auf sich aufmerksam zu machen. Keiner der *Geldsäcke*, wie die Reichen und Mächtigen von Monika genannt wurden, sollte sich sicher fühlen dürfen, wenn auf der anderen Seite Menschen in Berlin oder im ganzen Land nicht wussten, wovon sie leben sollten und sich deshalb sklavisch in ein faschistisches System fügten. Und nicht nur das. Für Monika waren alle Polizisten ausnahmslos Bullenschweine, die das Unterdrückungssystem der Regierung mit Gewalt durchzusetzen versuchten. Deshalb verkörperten sie für Monika alles, was sie verabscheute, während Holger so erzogen worden war, dass ihm jemand in Uniform oder eben auch Staatsbedienstete jedweder Couleur immer auch einen gewissen Respekt abforderten.

Holger vermutete, dass die Unruhe bei seiner Freundin und auch den anderen vor allem darauf zurückzuführen war, dass der Polizei bei der Festnahme Siegfried Haags und Roland Mayers wichtige Unterlagen in die Hände gelangt waren, die einen Einblick in die geplanten Unternehmungen der RAF boten. So jedenfalls berichteten die Medien.

Monika und Ede hatten in Holgers Beisein stundenlang darüber diskutiert, ob es sich bei den Meldungen nur um Finten der Polizei handelte und diese tatsächlich gar nichts mit den Papieren anfangen konnte oder aber hierdurch wirklich Kenntnis von den nächsten Aktionen hatte. Bei Ede und Monika herrschte vor allem Einigkeit darüber, dass die RAF nun gezwungen war, schneller und deutlicher zu handeln und die Behörden so zu beschäftigen, dass sie ihnen ihre eigentlichen, großen Pläne nicht durchkreuzen konnten, doch sie hatten von Paula den Befehl bekommen, die Füße stillzuhalten. Trotzdem führten Ede, Monika und einige andere etwas im Schilde, das war offensichtlich. Wann immer sie hierzu konkrete Pläne zu schmieden begannen, verließ Holger den Raum und unternahm teilweise auch längere Spaziergänge. Über das, was er nicht wusste, konnte er auch nichts sagen, selbst wenn es mal dazu käme, dass er befragt würde.

Heute Abend würde es außerhalb von Berlin noch ein Treffen geben, und Monika hatte ihn gebeten, sie dorthin zu fahren. Zwar wusste er auch hier wieder nicht, worum es ging, doch natürlich tat er ihr den Gefallen, wenngleich er Monika und Ede auch angeboten hatte, dass sie einfach seinen Wagen nehmen könnten, da Edes kaputt war und wohl auch auf absehbare Zeit bleiben würde.

Holger war auf Monikas Weisung hin die Gitschiner Straße

entlang weiter in die Zossener Straße und schließlich durch den Bergmannkiez nach rechts in die Bergmannstraße gefahren. In der Nostitzstraße hatte Monika ihn dann gebeten zu halten, weil sie noch etwas von jemandem abholen wollte, worauf er seinen BMW am Straßenrand geparkt und den Motor abgestellt hatte. Ede stieg aus, während Monika sich zu ihm herüberbeugte und ihm einen Kuss gab. Monika wirkte nervös auf ihn.

»Alles in Ordnung?«

»Klar«, gab sie knapp zur Antwort. Zwar glaubte Holger ihr nicht, konnte er doch die Anspannung in ihrem Gesicht ablesen. Doch jetzt war nicht der richtige Augenblick, weiter nachzufragen. Später, wenn sie wieder allein waren, würde er sie in den Arm nehmen, und dann könnte sie all die Gefühle herauslassen, die sie umtrieben.

»Beeilt euch aber«, bat Holger. »Es ist saukalt, und wenn die Heizung nicht läuft, kühlt die Karre ganz schnell aus.«

»Versprochen«, sagte Monika und verließ dann ebenfalls das Auto. Holger sah ihnen kurz nach, als sie in der kleinen Gasse verschwanden, die offenbar als Durchgang zu den Häusern der Parallelstraße diente.

Eine Weile saß er nur da, dann nervte ihn die Musik, die etwas blechern aus dem Autoradio kam. Also versuchte er, einen neuen Sender einzustellen, und drehte an dem UKW-Knopf. Doch offenbar war hier insgesamt ein schlechter Empfang, denn das Rauschen wurde mal lauter, mal leiser, doch Musik bekam er nicht herein. Selbst den Sender, den er vorher empfangen hatte, konnte er nun nicht mehr einstellen, weshalb er entnervt das Radio ausschaltete.

Nach einer Weile spürte er, dass die Eiseskälte bereits langsam in das Auto kroch, und ärgerte sich. Monika wollte doch nur etwas abholen. Da Ede sie jedoch so selbstverständlich begleitet hatte, ging es bestimmt um etwas für die RAF. Warum sonst hätte sie nicht auch eben allein gehen können. Oder war es etwas so Großes, dass sie es nicht allein tragen konnte? Er warf einen kurzen Blick auf die Rückbank. Hoffentlich war es nicht so groß, dass sie Mühe hätten, es ins Auto zu bekommen. Der Kofferraum war zwar nicht klein, aber wenn der Gegenstand zu lang war, passte er da nicht hinein. Verdammt, war das kalt!

Holger rieb sich die Hände, dann drehte er den Schlüssel und machte den Motor an, um die Heizung zu aktivieren. Er hatte ihnen extra gesagt, dass sie sich beeilen sollten. Nun saß er hier, wie bestellt und nicht abgeholt, und fror. Was für ein Mist!

Holger erschrak fast zu Tode, als es an seine Fensterscheibe klopfte. Ein Polizist stand neben seinem BMW und bedeutete ihm, das Fenster herunterzulassen.

»Mann, haben Sie mich erschreckt!«, entfuhr es Holger.

»Guten Abend. Tut mir leid, das war nicht meine Absicht«, versicherte der Beamte mit einem freundlichen Lächeln. »Mein Kollege und ich haben Sie hier mit laufendem Motor stehen sehen und wollten nur fragen, ob alles in Ordnung ist?«

»Ja, alles bestens. Ich warte auf meine Freundin, die nur was von einer Bekannten abholen will. Eigentlich sollte es ganz schnell gehen. Aber Sie wissen ja, wie die Frauen sind«, scherzte Holger.

»Dann hoffe ich mal, dass Sie nicht mehr so lange hier …«

»Karl! Beeil dich! Überfall auf das Waffengeschäft am Tempelhofer Berg!«, hörte Holger nun seinen Kollegen von hinten laut rufen.

»Das ist gleich hier um die Ecke«, gab der, der bei Holger am Fenster stand, zurück und lief sogleich zum Einsatzwagen, ohne noch etwas zu ihm zu sagen.

Holger sah in den Rückspiegel. Die Beamten starteten blitzschnell den Motor und rasten dann mit Blaulicht an ihm vorbei.

Ein eigenartiges Gefühl beschlich ihn. Ein Überfall auf ein Waffengeschäft. Holger drehte den Schlüssel, schaltete den Motor wieder aus und stieg aus dem Auto. Wo genau waren Monika und Ede hingegangen? Die Straße Am Tempelhofer Berg, die der Polizist eben genannt hatte, war die Parallelstraße zu dieser und nur durch die Häuserblöcke getrennt, zwischen denen die Gasse verlief, die Monika und Ede vorhin passiert hatten, um auf die andere Seite zu gelangen. Was, wenn sie nun dort aus einem der Häuser kämen und in den Überfall hineingerieten? Holger wollte gerade seinen BMW abschließen und Monika und Ede folgen, als er eine Bewegung in der kleinen Verbindungsgasse wahrnahm und nun Monika und Ede erkannte, die auf ihn zuliefen.

»Schmeiß die Karre an!«, schrie Ede schon von Weitem, doch Holger brauchte einen Moment, um zu begreifen, was hier gerade geschah.

»Los!«, brüllte nun auch Monika, worauf Holger sich aus seiner Starre löste, ins Auto stieg und die Zündung betätigte. Monika und Ede sprangen ins Auto, und Holger gab Gas. Ihm war eiskalt, sein Herz schlug ihm bis zum Hals.

»Bist du verrückt?«, schrie Monika nun Ede an. »Du hättest nicht schießen dürfen!«

»Glaubst du, das wollte ich? Die hätten uns gekriegt, verdammt noch mal. Wenn du dich nicht so lange mit dem Verkäufer aufgehalten hättest, wären wir längst weg gewesen, als die Bullen kamen. So gibt es jetzt einen weniger.«

»Ja, aber die haben dein Gesicht gesehen.«

»Dafür ging das viel zu schnell.«

»Verdammt noch mal! Was ist hier los? Was habt ihr getan?«, brüllte nun Holger dazwischen.

»Besser, du weißt von nichts«, gab Monika gehetzt zurück.

»Ich weiß von nichts? Ist das dein Ernst?« Er warf ihr einen wütenden Blick zu. »Ihr habt mich als Fahrer für einen Überfall benutzt, oder etwa nicht?«

»Holger, komm runter. Es sollte niemand zu Schaden kommen. Und fahr jetzt langsamer. Du sorgst so nur für Aufmerksamkeit.«

In Holger brodelte es. »Wohin?«, knurrte er.

»Richtung Kotti. Und nimm endlich den Fuß vom Gas!«, schrie Monika ihn an.

Holger folgte der Aufforderung, wenngleich er am liebsten das genaue Gegenteil getan hätte. Er wollte hier weg, einfach nur weg, und das so schnell wie möglich. Immer wieder sah er zu Monika hinüber, funkelte sie wütend an. Als sie seine Hand nahm, scheinbar um ihn zu beruhigen, schlug er ihre weg. Er wollte jetzt nicht von ihr berührt werden. Sie hatte ihn in etwas reingezogen, in das er niemals hätte reingezogen werden wollen. Es war ihr Kampf, nicht seiner. Doch sie hatte ihn eiskalt benutzt.

»Beruhig' dich, Holger«, sagte nun Ede von hinten.

»Halt du dein verdammtes Maul!«, herrschte Holger ihn an und blickte kurz in den Rückspiegel. Niemand schien ihnen zu folgen. Er lenkte den Wagen nach rechts und fuhr an den Straßenrand.

»Raus!«, forderte er.

»Was? Bist du verrückt geworden?«, gab Ede zurück.

»Mach, dass du rauskommst, sofort!«

»Holger, hör auf mit dem Scheiß«, mischte sich nun Monika ein. »Reih dich einfach wieder in den Verkehr ein, und verhalt' dich unauffällig. Dann wird keiner uns kriegen.«

»Ich will, dass ihr aussteigt, alle beide«, beharrte Holger.

»Klar. Mit einer Tasche voll geklauter Waffen. Da kannst du uns auch direkt vor der Polizeiwache absetzen«, höhnte Ede.

»Mach ich, wenn du jetzt nicht sofort aussteigst«, drohte Holger, doch dann nahm er einen Gegenstand an seiner rechten Schläfe wahr.

»Du reihst dich jetzt wieder ein und fährst, ist das klar?«, zischte Ede, und ein Klicken verriet Holger, dass dieser die Waffe, die er ihm an den Kopf hielt, soeben entsichert hatte.

»Lass den Scheiß, Ede!«, befahl Monika, wobei ihre Stimme zitterte.

»Halt dich da raus!«, fauchte Ede. »Dieser kleine Pisser fährt uns jetzt genau da hin, wo wir hinwollen. Und dann kann er seinen reichen Arsch bewegen, wohin immer er will.« Ede presste die Waffe noch fester gegen Holgers Schläfe, sodass es schmerzte. »Wenn du nicht tust, was ich dir sage, drücke ich ab. Ich habe mit dem Ding heute schon einen verdammten Bullen erschossen. Und glaub mir, seinetwegen wird weit mehr Theater gemacht werden, als wenn ich dich jetzt auch noch abknalle. Ich hab also nichts mehr zu verlieren.«

»Fahr, Holger, bitte«, flehte Monika. »Wir haben das alles so nicht gewollt. Doch jetzt ist es nun mal passiert, und wir müssen zusehen, dass wir aus der Sache rauskommen.«

Holger sagte kein Wort. Wie fremdgesteuert setzte er den Blinker, sah in den Seitenspiegel und reihte sich wieder in den fließenden Verkehr ein. »Wohin?«

»Geradeaus, so lange, bis ich dir sage, dass du abbiegen sollst. Und keine Spielchen, mein Freund. Sonst bist du fällig.«

»Ede, wenn du jetzt nicht die Scheißknarre wegsteckst …«

»Dann was?«, unterbrach Ede Monika sogleich. »Was willst du dann machen?«

»Holger ist auf unserer Seite«, sagte sie in eindringlichem Tonfall.

»Und das weißt du woher? Weil du dich von ihm ficken lässt? Die Sache ist immer wichtiger als der Einzelne«, schnauzte Ede. »Auch wenn du das scheinbar vergessen hast.«

Holger drehte seinen Kopf ein wenig, um einen kurzen Blick

auf Monika zu werfen. Doch Ede drückte ihm die Waffe sofort noch fester gegen die Schläfe.

»Guck gefälligst nach vorn. Und an der nächsten rechts.«

Holger tat, wie ihm geheißen. Sie waren inzwischen auf der Alexandrinenstraße und fuhren weiter Richtung Gitschiner Straße. Als sie den Kotti erreichten, forderte Ede, dass er anhalten sollte.

Holger verlangsamte das Tempo und stoppte dann, ließ den Motor aber laufen.

»Ich steige hier aus«, erklärte Ede.

»Was soll denn der Scheiß?«, empörte sich Monika. »Wir müssen beratschlagen, wie es nun weitergehen soll.«

»Aber nicht, solange der dabei ist«, stellte Ede klar.

Holger spürte, dass Ede die Waffe von seiner Schläfe nahm.

»Du würdest uns nicht verraten, richtig?«, versicherte Monika sich nun bei ihm.

Holger schüttelte langsam den Kopf. »Nein, das würde ich nicht. Doch ich will auch nichts damit zu tun haben.«

Er sah erst Monika an, dann drehte er sich halb zu Ede um. »Ich fahre euch noch zur Adalbertstraße, wenn ihr wollt. Doch dann hau ich ab.«

»Und wohin willst du?«, fragte Monika nun.

Holger zuckte die Schultern. »Also, zu Monika?«, fragte er an Ede gewandt.

»Ja«, gab dieser nur knapp zurück, worauf Holger den ersten Gang einlegte, wieder anfuhr und auf direktem Weg zur Adalbertstraße in Kreuzberg fuhr. Vor der Nummer 81 hielt er an, und Ede sprang sofort aus dem Auto. Monika zögerte noch.

»Willst du nicht doch mitkommen?«

Holger schüttelte den Kopf. »Nein, das will ich nicht.«

Monika sah ihn bedauernd an, beugte sich dann zu ihm rüber, gab ihm einen Kuss auf die Wange und stieg schließlich aus. Holger sah den beiden hinterher, die sich rasch auf den Hauseingang zubewegten. Ede trug die Sporttasche, die er vorhin, als die beiden zum Auto geeilt kamen, auf den Rücksitz geworfen hatte. Holger war klar, dass sie bis oben hin mit Waffen gefüllt war. Gegen wen diese eingesetzt werden sollten, darüber wollte er nicht einmal nachdenken. Genau genommen, wollte er überhaupt nicht mehr denken. Er hatte das Fluchtauto nach einem Raubüberfall gefahren, bei dem ein Polizist verletzt, vielleicht sogar getötet worden war.

Kurz überlegte er, zur Villa seiner Eltern zu fahren, sich in sein altes Zimmer zurückzuziehen und einfach zu schlafen. Er war müde, unglaublich müde. Doch in die Villa zurückzukehren war natürlich keine Option. Nach seinem Auftritt in der Immobilienfirma würde sein Vater ihn im hohen Bogen rauswerfen. Und in diesem Fall konnte Holger es ihm nicht mal verdenken. Er legte den ersten Gang ein und fuhr los. Ziellos lenkte er den BMW durch die Straßen Berlins. Und wenn er doch zur Polizei ginge? Wenn er sich jetzt stellen würde und erzählen, was wirklich geschehen war, könnte er die Sache für sich noch immer bereinigen. Er könnte Klaus Schröder anrufen oder noch besser, gleich in dessen Kanzlei vorbeifahren. Der würde wissen, was zu tun war. Doch dann würde er Monikas Namen preisgeben und sie verraten müssen. Und das war ganz sicher keine Option.

Holger fuhr immer weiter, bis eine Warnleuchte ihn aufforderte, den BMW zu tanken. Er sah auf die Uhr, es war schon fast Mitternacht. Er war über Stunden ziellos durch die Stadt gefahren. Der Tank war zuvor noch über viertelvoll gewesen. Er steuerte die nächstgelegene Tankstelle an, tankte, bezahlte und fuhr wieder los, dieses Mal auf direktem Weg zu Thomas. Holger klingelte, und nach einer Weile öffnete ihm Thomas, nur mit einer Unterhose bekleidet und völlig verschlafen, die Tür.

»Kann ich noch mal hier übernachten?«, fragte Holger, ohne zu erklären, weshalb.

»Du weißt ja, wo die Couch steht«, sagte Thomas nur und winkte ihn herein. Dann schlurfte er wieder in sein Schlafzimmer zurück und machte die Tür hinter sich zu.

Außer Thomas schien niemand in der Wohnung zu sein. Holger ging ins Wohnzimmer, legte Mantel und Schal über den Sessel und setzte sich dann auf die Couch. Auf dem Tisch standen noch mehrere halb leere Flaschen Bier. Holger griff sich die erste und trank den Rest aus der Flasche. Dann tat er das Gleiche bei den anderen. Irgendwann ließ er sich zur Seite kippen und blieb so liegen, ohne jedoch seine Augen zu schließen. Er war wach und nahm dennoch alles wie durch einen Schleier wahr. Die Bilder von einem Überfall, den er gar nicht mit eigenen Augen gesehen hatte, liefen in Endlosschleife in seinen Gedanken ab. Und sie ließen ihn auch nicht los, als er bereits eingeschlafen war.

26. Kapitel

Villa Borchardt, Koenigsallee 75, Berlin-Grunewald

Dienstag, 14. Dezember 1976

Es ist eine eigenartige Zeit. Alles in mir schreit nach Aufbruch, doch ich sitze nur zu Hause rum.

Hanna Borchardt

»Ich bedauere, Herr Borchardt ist nicht zugegen«, hörte Hanna Frau Kasper sagen, nachdem es geklingelt und die Haushälterin die Tür geöffnet hatte. »Kann ich etwas ausrichten?«

»Das müssten wir schon mit Herrn Borchardt selbst besprechen«, stellte eine Männerstimme klar, worauf Hanna das Wohnzimmer, in dem sie gerade ihr neues Queen-Album *A Day at the Races* abgespielt hatte, verließ und in die Eingangshalle ging.

Sie war überrascht, zwei Polizisten im Türrahmen stehen zu sehen. »Guten Tag. Ich bin Hanna Borchardt. Worum geht es?«

»Wir hätten gern Herrn Borchardt gesprochen, doch Ihre Angestellte sagte, er sei nicht hier.«

»Das stimmt. Mein Vater dürfte in seiner Firma sein. Ich kann Ihnen die Anschrift geben. Allerdings weiß ich es nicht genau. Womöglich hat er auch auswärtige Termine.«

»Wenn Sie sich um die Angelegenheit hier kümmern, würde ich wieder in die Küche gehen«, sagte Frau Kasper, und Hanna nickte, woraufhin die Haushälterin sich zurückzog.

Der Polizist zog einen Notizblock hervor, und Hanna diktierte: »Die Adresse lautet An der Spreeschanze 10 in Haselhorst.«

Der Polizist notierte sich die Anschrift.

»Darf ich fragen, worum es geht?«, erkundigte sich Hanna nun.

»Es geht um einen Überfall gestern Abend, bei dem Ihr Vater womöglich Zeuge geworden sein könnte.«

»Ein Überfall gestern Abend? Aber mein Vater war ja schon ab halb sieben hier zu Hause und ist auch nicht mehr weggefahren. Wie kommen Sie darauf, dass er von irgendetwas Zeuge geworden sein könnte?«, wunderte sich Hanna.

»Fährt denn noch jemand anderes seinen Wagen? Der Kollege hat das Kennzeichen notiert, und es ist auf Holger Borchardt unter diese Anschrift hier zugelassen.«

»Holger? Oh«, sagte Hanna. »Das ist ein Missverständnis. Holger Borchardt ist nicht mein Vater, sondern mein Bruder.« Hanna ersparte sich den Hinweis, dass dieser hier ohnehin nicht anzutreffen war, weil er gar nicht mehr hier wohnte. Da ihr Bruder noch keine richtige Bleibe gefunden hatte, konnte er seinen BMW bisher nicht auf eine andere Adresse ummelden.

»Ich verstehe«, antwortete der Polizist. »Und ist Ihr Bruder zu Hause?«

»Nein«, sagte Hanna. »Das ist er nicht.«

»Und wissen Sie, wo ich ihn jetzt erreichen kann?«

»Er studiert, doch wegen der Streiks im Moment …« Sie ließ den Satz unvollendet und zuckte die Achseln. »Da werden Sie ihn wahrscheinlich nicht in der Uni antreffen. Doch wenn Sie mir eine Telefonnummer geben, sage ich ihm, dass er Sie anrufen soll, sobald er nach Hause kommt.«

»Das wäre sehr freundlich. Es ist wirklich wichtig.« Er reichte Hanna eine Visitenkarte und fügte dann hinzu: »Ein Kollege wurde bei dem Überfall schwer verletzt.«

»Verstehe. Ich richte es ihm sofort aus, wenn ich ihn sehe. Er wird sich dann umgehend bei Ihnen melden«, versicherte Hanna.

»Vielen Dank, Fräulein Borchardt.«

»Ist doch selbstverständlich«, meinte Hanna.

Die Polizisten verabschiedeten sich, und sie schloss die Tür hinter ihnen. Dann ging sie zu dem kleinen Flurtischchen hinüber, in dem das Telefonbuch lag, zog die Schublade auf und nahm den Zettel heraus, der ganz obenauf lag. Holger hatte darauf Thomas' Namen notiert und dann Unter den Eichen 100, Lichterfelde. Eine Telefonnummer stand nicht darauf. Hanna nahm das Telefonbuch heraus und überlegte. Wie hieß denn Thomas noch mit Nachnamen? Hatte Holger den überhaupt schon mal erwähnt? Zumindest jetzt wollte ihr kein Name einfallen. Also konnte sie sich sowohl den Blick ins Telefonbuch als auch den Anruf bei der Auskunft sparen. Was jetzt? Sie überlegte kurz. Die einzige Möglichkeit bestand wohl darin, zu Thomas' Adresse zu fahren, in der Hoffnung, Holger dort anzutreffen oder ihm wenigstens eine Nachricht zu hinterlassen. Doch wie sollte sie dort hinkommen? Mit dem Auto wäre es nur eine Viertelstunde, doch zu Fuß wäre sie bestimmt eine volle Stunde unterwegs. Entgegen seiner Ankündigung hatte ihr Vater ihr noch kein Auto gekauft, und in den letzten Tagen schien er mehr als sonst zu tun zu haben, sodass sie sich auch nicht mehr getraut hatte, ihn daran zu erinnern. Und ihre Mutter war heute mit irgendwelchen Freundinnen zum Mittagessen verabredet und deshalb mit ihrem eigenen Auto gefahren. Zwar standen noch der Ferrari ihres Vaters und auch der Daimler in der Garage, aber Hanna wagte es nicht, eines dieser beiden Fahrzeuge anzurühren. Allein die Vorstellung, dass auch nur ein winziger Kratzer an die Autos ihres Vaters kommen könnte, trieb ihr den Schweiß auf die Stirn. Ein Fahrrad hatte sie auch nicht mehr. Und ihre Mutter hatte es ihr strikt verboten, öffentliche Verkehrsmittel zu benutzen, da sie fand, dass selbst am helllichten Tag die Gefahr viel zu groß war, dort mit zwielichtigem Gesindel in Berührung zu kommen. Natürlich war das Unsinn, doch Hanna wollte sich nicht dem Willen der Mutter widersetzen und womöglich hierbei erwischt werden, auch wenn das ziemlich unwahrscheinlich war. Sie hätte sich ein Taxi rufen können, das würden ihre Eltern sogar bezahlen. Doch das war Hanna zu spießig. Es blieb ihr also nichts anderes übrig, als die gut fünf Kilometer zu Fuß zu gehen.

Sie zog sich ihre Stiefel an, nahm sich Schal und Mantel, gab Frau Kasper Bescheid und machte sich auf den Weg. Dagegen konnte ihre Mutter ja nun hoffentlich keine Einwände haben, auch wenn sie Hanna ganz deutlich untersagt hatte, sich während der Zeit, in der sie krankgeschrieben war, außerhalb der Villa mit ihren Freundinnen zu treffen oder gar abends feiern zu gehen. Hanna hatte geschluckt, als sie das Verbot von der Mutter bekommen hatte. Schon jetzt fehlte ihr Lea schrecklich, hatte sie diese doch am vergangenen Mittwoch zuletzt gesehen. Es war also noch nicht einmal eine Woche her, und weitere fünf würden noch folgen, bevor sie diesen dämlichen Gips abbekam und endlich wieder ein einigermaßen normales Leben führen konnte.

Ihre Mutter hatte ihr gesagt, dass sie die Zeit als kleinen Zwangsurlaub betrachten sollte und ihn nutzen, um den theoretischen Unterrichtsstoff in aller Ruhe aufzuholen und ansonsten einfach mal die Seele baumeln zu lassen. Allein bei dem Gedanken verdrehte Hanna die Augen. Die Seele baumeln lassen. Pah! Wenn sie in Leas Armen lag, dann gern. Aber so?

Vorgestern hatte ihre Mutter sie gefragt, ob Cord sie nicht mal besuchen wollte, jetzt, wo sie selbst nicht außer Haus konnte.

Hanna hatte nicht recht gewusst, was sie hierauf antworten sollte, also war sie der Antwort ausgewichen. Ihre Mutter hatte daraufhin bemerkt, dass sie verstehen könnte, dass Hanna ihren Freund erst noch besser kennenlernen wollte, bevor sie diesen den Eltern vorstellte, was Hanna als gute Ausrede empfand und deshalb zustimmte. Doch sie vermisste Lea schrecklich, die Gespräche mit ihr, vor allem aber auch die Zärtlichkeiten. Hanna hatte sie gleich am Donnerstag noch angerufen, nachdem ihre Mutter die vielen telefonischen Einladungen erledigt hatte, und Lea von der gebrochenen Hand erzählt und dass sie deshalb eine Weile nicht würde vorbeikommen können. Lea hatte es bedauert, jedoch im gleichen Atemzug gesagt, dass sie derzeit ohnehin mit dem Umbau und den Renovierungen alle Hände voll zu tun hätte und ihr lediglich eine baldige Genesung gewünscht. Hanna war ein wenig enttäuscht gewesen, hätte sie doch erwartet, dass auch Lea sie mehr vermissen würde, als es bei dem Telefonat den Anschein hatte. Aber sie wusste ja, wie Lea dachte und welche Einstellung sie zu Beziehungen hatte. Doch trotzdem hatte Hanna irgendwie das Gefühl gehabt, zwischen ihnen beiden sei es anders, besonders eben, und damit auch für Lea von größerer Bedeutung. Aber wahrscheinlich entsprang diese Annahme nur ihrer Wunschvorstellung.

Heute Morgen, als sie ins Esszimmer gekommen war, hatte sie mitbekommen, dass ihre Eltern zuvor über Lea gesprochen hatten. Sie hatten aber sofort das Thema gewechselt, als Hanna den Raum betrat. Dabei hatte sie vorher von der Treppe aus deutlich gehört, dass ihre Mutter den Club erwähnt und ihr Vater gewettert hatte, dass er genau damit gerechnet hätte. Sie wusste nicht, ob ihre Mutter inzwischen ihren Vater wegen der Affäre zur Rede gestellt und dieser womöglich alles zugegeben hatte. Ihre Eltern wirkten zurzeit auf sie, als würden sie sich wieder einander annähern. Ihre Mutter tat offenbar alles, um die Ehe der beiden doch noch zu retten.

Allein das Theater, das sie wegen dieses so übereilt ausgerichteten Empfangs am letzten Samstag gemacht hatte, hatte Hanna schon genervt. Aber gut. Wenn sie unbedingt meinte, ihrem Mann zur Seite stehen zu müssen, obwohl er sie so mies behandelt hatte, dann war das die Sache ihrer Mutter und nicht ihre. Hanna hatte sich am Samstag nicht einmal unten blicken lassen. Und offenbar hatte das auch niemanden gestört. Jeder in der Villa schien sein eigenes Leben zu führen. Wenn sie einmal eine eigene Familie gründen und Kinder haben würde, wollte sie es auf jeden Fall anders machen. Aber das dachten wohl alle Kinder in Bezug auf ihre Eltern. Die Zeit würde zeigen, ob es bei ihr später besser lief.

Hanna war von der Griegstraße auf den Wildpfad abgebogen und folgte dann der Bernadottestraße, bog erneut einige Male ab und erreichte nach etwas mehr als einer Dreiviertelstunde das Unigelände. Kurz überlegte sie, ob sie dort zunächst nach Holger suchen sollte, entschied sich dann aber dagegen. Wo hätte sie auch anfangen sollen? Es war wahrscheinlich klüger, erst einmal zu Thomas' Wohnung zu gehen. Wenn ihr Bruder nicht dort war, könnte sie ihm immer noch eine Nachricht hinterlassen und dann auf dem Rückweg in der Uni nachsehen, ob sie ihn dort womöglich fand. Doch große Hoffnung, ihn an dem einen oder anderen Ort anzutreffen, hatte sie ohnehin nicht.

Hanna nahm die Abkürzung über den Campus und erreichte schließlich den Hochhauskomplex. Etwas ratlos sah sie auf die Klingelschilder, dann drückte sie einfach wahllos einige Knöpfe, wartete, bis ein Summen verriet, dass die Tür geöffnet werden konnte, und trat ein. Sofort stieg ihr ein geradezu beißender Rauch- und Alkoholgeruch in die Nase, was sie angewidert das Gesicht verziehen ließ. Wenn sie sich richtig erinnerte, hatte Holger mal erwähnt, dass Thomas im dritten Stock wohnte, doch ganz sicher war sie nicht. Aber sie beschloss, dort zuerst zu klingeln und nachzufragen, in der Hoffnung, dass ihr, wenn sie schon nicht richtig war, zumindest weitergeholfen werden konnte.

Sie begann, die knarrenden Stufen hinaufzusteigen und griff nach dem Handlauf, zog ihre Hand jedoch gleich wieder zurück, weil sie glaubte, das Geländer würde nachgeben. Im dritten Stock angekommen, sah sie auf das Klingelschild. »Clüver«, las sie ab und fragte sich, ob Holger den Namen schon mal erwähnt hatte, glaubte jedoch, dass das nicht der Fall war. Sie ging zu der Wohnung auf der anderen Seite. Dort stand der Name Meyer. Da ihr auch dieser nichts sagte, ging sie wieder zu der ersten Wohnung zurück und klingelte. Ein junger Mann, etwa im Alter ihres Bruders, öffnete die Tür.

»Ja?«

»Hallo? Bist du Thomas? Ich bin Hanna, Holgers Schwester.«

»Komm rein«, sagte er sofort und gab die Tür frei.

»Danke.«

Er deutete zum Ende des Flurs. »Holger ist im Wohnzimmer.«

»Danke«, sagte Hanna nochmals, dann ging sie in die ihr gezeigte Richtung. In der Wohnung stank es schrecklich nach Rauch, und fast hätte sie husten müssen, riss sich jedoch zusammen. Als sie ins Wohnzimmer trat, blickte Holger, der mit Jeans und Pullover bekleidet auf der Couch saß, zu ihr auf. Er sah furchtbar aus.

»Hallo«, grüßte sie.

»Hallo«, erwiderte ihr Bruder sichtlich überrascht. »Was machst du denn hier?«

»Ich hatte Sehnsucht nach dir, Bruderherz, was sonst?«

»Was ist denn mit dir passiert?«, fragte er überrascht und deutete auf ihren Gipsverband. Sie trug den Arm in einer Schlinge, weil der Arzt ihr dazu geraten hatte.

»Hab mir die Hand gebrochen«, antwortete Hanna. »Bin beim Radfahren über den Lenker abgestiegen.« Sie zog eine Grimasse.

»Scheiße«, sagte Holger. »Schlimm?«

»Ist schon fast 'ne Woche her«, wiegelte sie ab.

»Willst du was trinken?«, fragte Thomas, der hinter ihr das Wohnzimmer betreten hatte.

Hanna schüttelte den Kopf. »Nein, danke schön.« Allein die Tatsache, dass überall Flaschen und auch nur zum Teil geleerte Gläser herumstanden, erschien ihr nur wenig Vertrauen erweckend. Der Geruch hier tat ein Übriges, dass ihr die Lust verging, irgendetwas zu sich zu nehmen.

Holger war aufgestanden und umarmte sie. Irgendwie kam es Hanna eigenartig vor, wie lange er sie hielt. Als sie noch zusammenwohnten, hatten sie sich nie umarmt, und Hanna fand es ganz schön, dass sie es nun taten. Doch die Art, wie ihr Bruder sie umschlang, hatte etwas von einem Ertrinkenden, der Rettung suchte.

»Alles in Ordnung?«, fragte Hanna, als sie sich voneinander lösten. Sie suchte seinen Blick. Sie konnte sich nicht erinnern, wann sie ihren Bruder zuletzt weinen gesehen hatte. Er musste so acht oder neun Jahre alt gewesen sein, und ihm waren auch nur vor Wut die Tränen gekommen, weil er enttäuscht vom Vater gewesen war, der sich für Holgers Sieg in einem Wettkampf überhaupt nicht interessiert hatte. Damals war Holger in sein Zimmer gegangen, und sie war ihm gefolgt, weil er ihr so schrecklich leidgetan hatte. Und da hatte er geweint, das wusste sie noch. Doch sonst? Nicht, soweit Hanna sich erinnern konnte. Nun aber sahen seine Augen völlig verquollen aus, und seine Gesichtsfarbe war blass, fast schon bläulich. In jedem Fall sah er alles andere als gut aus.

»Sicher«, antwortete Holger nur.

»Ich hab sowieso noch was zu erledigen und lass euch mal allein«, bemerkte Thomas.

»Okay«, sagte Holger an den Freund gewandt, der das Wohnzimmer bereits wieder verließ.

»Komm, setz dich«, bot Holger an.

Hanna zog Mantel und Schal aus und legte beides über die Sofalehne, dann nahmen die Geschwister zusammen auf der Couch Platz.

»Wie geht es dir?«, fragte Hanna besorgt.

»Geht so«, gab Holger zur Antwort.

Hanna legte ihre linke Hand auf seinen Oberschenkel. Er hielt den Blick gesenkt, wirkte nachdenklich, ja traurig.

»Hey, was ist denn los? Du wirkst total niedergeschlagen.«

»Na ja, sag es nicht unserem Alten, aber mein Rücken ist eher ein weiches Bett gewöhnt als diese harte Couch.«

Hanna sah sich um. »Richtig schön ist es hier echt nicht«, stimmte sie zu.

»Es ist nicht nur das. Das würde mir nichts weiter ausmachen.« Er schüttelte den Kopf.

»Was ist es denn dann?«

Holger seufzte, rieb sich die Augen und schüttelte den Kopf. »Nicht so wichtig.«

»Wieso bist du so abweisend zu mir?«, fragte Hanna und fühlte sich richtiggehend gekränkt. »Du weißt doch, dass du mit mir reden kannst. Wenn dich jemand versteht und schon immer verstanden hat, bin das ich.«

»Ja, ich weiß. Aber dieses Mal ist es anders.« Wieder rieb er sich die Augen, und Hanna hatte das Gefühl, als kämpfe er mit den Tränen.

Sie legte den Arm um seine Schultern und zog ihn ein wenig zu sich heran. Einen Moment blieben sie so sitzen. Dann sagte Holger: »Ich hab jemanden kennengelernt.« Er setzte sich wieder etwas gerader hin, sodass Hanna ihren Arm wegzog.

»Ihr Name ist Monika«, fuhr er fort.

»Und du hast dich in sie verliebt?«, mutmaßte Hanna.

Holger nickte. »Sie ist anders als alle, die ich bisher getroffen habe.«

»Und? Ich meine, das ist doch eigentlich schön. Oder hat sie einen Freund?« Hanna suchte erneut seinen Blick. »Warte! Es ist Thomas, richtig? Sie ist seine Freundin, und du hast dich in sie verknallt?«

Holger schüttelte den Kopf. »Nein, das ist es nicht.«

»Sondern?«

Holger überlegte kurz. »Ach, nichts«, seufzte er dann. »Das wird schon alles.«

»Was wird schon alles?« Hanna wurde ärgerlich. »Ach, ich habe überhaupt keine Lust, dir jedes Wort aus der Nase zu ziehen. Entweder, du vertraust mir und redest mit mir, oder eben nicht.« Sie stand auf. »Ich bin auch nur gekommen, um dir zu sagen, dass die Polizei vorhin bei uns war. Du sollst da anrufen.« Sie zog die Visitenkarte hervor und hielt sie Holger hin, der sofort zusammenfuhr. »Die Polizei?«, fragte er erschrocken.

»Ja, die Polizei. Wieso? Was ist so schlimm daran?« Hanna verdrehte die Augen. »Die glauben, dass du Zeuge von irgendeinem Überfall geworden sein könntest und wollen deshalb mit dir reden.«

»Was hast du ihnen gesagt?«, fragte er nun aufgeregt.

»Wie, was habe ich ihnen gesagt? Was soll ich ihnen denn gesagt haben?«

»Na, als sie da waren? Was hast du ihnen gesagt?«

»Kannst du jetzt endlich mal Klartext mit mir reden?«, verlangte Hanna. »Gesagt haben wozu? Sie waren da, wollten dich sprechen, ich habe ihnen mitgeteilt, dass du nicht da bist, und sie haben mich gebeten, dir auszurichten, dass du sie anrufen sollst. Das war alles.«

»Woher wussten sie, wo ich wohne?«

»Was?«

»Woher? Und meinen Namen? Wie kommen die darauf, dass ich gestern Abend was gesehen haben könnte?«

»Ich vermute mal über dein Kennzeichen«, sagte sie nun, stutzte aber dann. »Ich habe gar nicht erwähnt, dass es um gestern Abend ging«, stellte sie nun fest, musterte ihren Bruder und setzte sich langsam wieder hin. »Holger, was ist hier los?«

»Nichts.«

Hanna stieß ihm mit dem Ellenbogen in die Seite. »Holger, rede, und zwar sofort!«

Ihr Bruder sah sie an, dann presste er beide Hände vors Gesicht. »Hast du ihnen gesagt, wo ich bin?«

»Nein. Ich habe gar nichts gesagt. Auch nicht, dass du nicht mal mehr zu Hause wohnst. Ich habe nur gesagt, dass du gerade jetzt nicht da bist und ich dir ausrichte, dass du anrufen sollst.« Sie fasste mit der Hand seinen Oberarm, um ihn so zu zwingen, sie anzusehen. »Holger, zum letzten Mal, was ist hier los?«

»Ich hab Mist gebaut«, brach es voller Verzweiflung aus ihm heraus, und er raufte sich die Haare. Seine Beine fingen an, unkontrolliert zu zittern.

»Was um Himmels willen hast du getan?«

»Ich kann es dir nicht sagen«, stieß er in einem Gemisch aus Wut und Verzweiflung hervor.

»Du kannst und du wirst, mein Freund. Und zwar jetzt!«, befahl Hanna. »Was für einen Mist hast du gebaut?« Wieder zog sie an seinem Arm, dieses Mal kräftiger.

»Monika«, brachte er dann stockend hervor. »Sie ist in einer Gruppe.«

»In was für einer Gruppe?«

Holger schüttelte den Kopf. »Ich habe sie und einen Kumpel von ihr gestern Abend gefahren, weil sein Auto kaputt ist. Als wir unterwegs waren, sollte ich kurz halten, weil Monika noch etwas von einer Freundin abholen wollte.«

»Und dann?«

»Mir war kalt, also habe ich den Motor laufen lassen. Dann kam dieser Polizist und hat mich gefragt, ob alles in Ordnung sei.«

»Ja, und?« Hanna konnte sich noch immer keinen Reim darauf machen, was ihr Bruder ihr eigentlich zu sagen versuchte.

»Sein Kollege rief plötzlich, dass um die Ecke ein Überfall gemeldet worden war, und dann sind sie wie der Teufel los. Dann kamen Monika und Ede zurück, und wir sind weg.«

Hanna wartete, ob noch Weiteres von ihrem Bruder kam, doch offenbar war er mit seiner Schilderung fertig.

»Und wieso meinst du, Mist gebaut zu haben? Was hättest du tun sollen, warten und gucken, ob die Gangster bei dir vorbeikommen?« Sie sah ihn fragend an.

In Holger schien es zu arbeiten. Dann ging ein Ruck durch ihn. »Ne, wahrscheinlich hast du recht. Was hätte ich schon machen sollen? Ich hab wohl nur ein schlechtes Gewissen, weil ich mitbekommen hatte, dass da was los war, und einfach weggefahren bin.«

»Also echt jetzt, du spinnst doch.« Hanna musterte ihn. Irgendetwas in dem Blick des Bruders verriet ihr, dass er ihr nicht die ganze Wahrheit sagte. »Aber da ist noch etwas, oder?«, bohrte sie nun nach.

Holger sah sie an, als überlegte er, was er ihr antworten sollte. Dann schüttelte er den Kopf. »Ne, sonst nichts.«

»Ich sehe dir an, wenn du lügst«, behauptete Hanna, obwohl sie sich selbst nicht sicher war, dass das auch stimmte.

»Holger, ich helfe dir, egal was ist. Aber wenn du mir nicht die Wahrheit sagst …« Sie ließ den Satz unvollendet.

»Ich muss selbst damit klarkommen«, erwiderte Holger dann

und blickte auf die Visitenkarte mit der Anschrift des Polizeireviers.

»Wenn du meinst«, sagte Hanna, die sich gekränkt fühlte, weil ihr Bruder ihr offenbar nicht vertraute. »Ich finde es schade, wie sich die Dinge zwischen uns entwickeln«, brachte sie dann traurig hervor. »Ich habe total verstanden, dass du nicht weiter mit Papa unter einem Dach leben wolltest. Doch jetzt kehrst du auch Mama und mir den Rücken zu.« Sie schüttelte den Kopf. »Aber gut, es ist deine Entscheidung, und ich kann es nicht ändern.« Sie wollte aufstehen, doch Holger hielt sie zurück.

»Ich muss dir noch etwas sagen«, druckste er herum.

Langsam nahm Hanna wieder Platz.

»Aber du darfst wirklich mit niemandem darüber sprechen.«

»Ist doch logisch«, antwortete Hanna betont gelassen, doch sie spürte, dass ihr nicht ganz wohl war. Holger war kein Mensch, der groß Theater oder aus jeder Mücke gleich einen Elefanten machte. Wenn er sich so panisch verhielt wie jetzt, hatte er Gründe, gute Gründe dafür.

»Monika«, begann er nun stockend, brach jedoch gleich wieder ab und sah Hanna nun an. »Ich habe Angst, es dir zu sagen und dich damit womöglich auch in Gefahr zu bringen.«

»Mich in Gefahr zu bringen?« Hanna bekam eine Gänsehaut. »Wieso mich *auch*«, sie betonte das letzte Wort, »in Gefahr zu bringen? Bist du denn in Gefahr?«

»Ich kann es nicht so richtig einschätzen«, antwortete Holger. »Aber je weniger ich dir sage, desto besser ist es für dich.«

»Oder ich laufe deshalb sehenden Auges ins Unglück, weil ich nicht weiß, was mich erwartet«, hielt Hanna dagegen. Sie ergriff die Hände ihres Bruders. »Rede Holger, und zwar sofort!«

Holger senkte den Blick, dachte nach. Dann begann er: »Die Gruppe, in der Monika ist …«

»Ja?«

»Es ist die RAF.«

»Was?« Hanna riss die Augen auf. »Du spinnst, richtig? Du willst mich auf den Arm nehmen?«

Holger sah sie an, schüttelte dann langsam den Kopf. Ihr Bruder sah vollkommen fertig aus, und wenn sie seinen Blick richtig deutete, lag auch so etwas wie Angst darin.

Hanna schluckte und schwieg für einen Moment, unfähig, etwas zu dem zu sagen, was ihr Bruder ihr soeben anvertraut hatte. Die Gedanken rasten durch ihren Kopf. Die RAF? Das war eine Gruppe von Terroristen, die Menschen umbrachten. Alles, was sie je über diese Leute gehört hatte, war so weit weg von ihr und ihrem Denken, dass sie das, was ihr Bruder ihr soeben mitgeteilt hatte, überhaupt nicht greifen konnte. Wie konnte, wie sollte es überhaupt möglich sein, dass er mit solchen Leuten in Kontakt gekommen war?

»Thomas«, flüsterte sie dann, obwohl sie gehört hatte, dass dieser vorhin gegangen war. »Ist er auch einer von denen?« Sie brachte die Worte nur stockend, ja geradezu ängstlich hervor.

Holger schüttelte den Kopf. »Nein, Thomas nicht.«

»Sagst du das jetzt nur, oder ist es die Wahrheit?«

»Warum sollte ich dich jetzt, nachdem die Katze eh aus dem Sack ist, noch belügen?«, fragte Holger und sah sie an. Dann schüttelte er den Kopf. »Ich hätte es dir nicht erzählen sollen.«

»Doch, natürlich war das richtig«, beeilte sich Hanna zu versichern. »Ich verstehe nur nicht, wie man mit solchen Leuten in Kontakt kommt.«

»Du tust, als wäre es eine Gruppe Monster in einem thailändischen Zoo«, begehrte Holger auf.

»Was schnauzt du mich so an?«, entgegnete Hanna. »Ich versuche, das nur irgendwie zu verstehen.«

»Entschuldige.« Holger schüttelte den Kopf. »Ich bin nur gerade völlig durch den Wind.« Es klang, als wäre sämtliche Kraft aus seiner Stimme verschwunden.

»Du musst da sofort wieder raus, Holger«, sagte Hanna nun eindringlich und spürte ihr Herz heftig klopfen.

»Wieder raus?« Er sah sie von der Seite an. »Ich bin da gar nicht drin. Ich, ich …« Er brach ab und raufte sich die Haare. »Ich weiß nicht, was ich machen soll.«

»Das kann ich dir sagen«, stellte Hanna fest. »Wir gehen zusammen zur Polizei, und du erzählst denen, was du weißt und dass du keine Ahnung hattest, was die vorhaben. Ruf am besten Schröder an, damit er dich begleitet und die dir am Ende keinen Strick daraus drehen können. Und dann …«

»Nein!«, brach es aus Holger heraus. »Das kann ich nicht.«

»Was soll das heißen? Bist du verrückt geworden?« Sie fasste seinen Arm und zerrte daran, sodass er sie ansehen musste. »Holger, das ist kein Spaß. Das sind Mörder.«

»Du hast doch überhaupt keine Ahnung«, gab der Bruder aufgebracht zurück. »Das sind Menschen mit Überzeugungen, die die da oben zwingen, ihnen zuzuhören. Sie sind Freiheitskämpfer, sie sind die Stadtguerilla.«

»Hast du sie noch alle? Hörst du dich gerade selbst reden?«

»Es war ein Fehler, dich einzuweihen.«

»Nein, war es nicht!«, empörte sich Hanna. »Du willst nur die Wahrheit nicht hören, was für eine deine Monika ist.«

»Du kennst sie nicht. Also urteile nicht über sie.« In seinem Blick lag etwas Warnendes.

»Mir geht es hier nicht darum, deine neue Flamme schlechtzumachen, Holger«, sie berührte seinen Arm. »Aber das sind Verbrecher. Du gerätst gerade in was rein, wo du nie wieder rauskommst.«

»Ich gerate in gar nichts rein«, widersprach er. »Ich habe Monika gesagt, dass ich da nicht mitmachen werde.«

»Ha!«, entfuhr es Hanna. »Wie wunderbar und was für ein frommer Wunsch. Holger, du hast das Fluchtauto bei einem Raubüberfall gefahren.«

Der Bruder antwortete nicht.

»Wenn du dieser Frau gesagt hast, dass du da nicht mitmachst, hat sie aber eine komische Art zu zeigen, dass sie dein Nein auch respektiert.«

»Versuch gar nicht erst, das zu verstehen.« Holger war wütend geworden. »Ich liebe Monika. Ich liebe sie so, wie ich nie zuvor jemanden geliebt habe.«

»Und deshalb wirst du zum Verbrecher?«

»Ich bin kein Verbrecher!«

»Ach nein? Und wie nennst du das, wenn du benutzt wirst, um bei einem Überfall der Fahrer zu sein? Einen Exklusiv-Taxidienst für besondere Umstände?« Hanna spürte, dass sie ihre Wut nicht mehr lange zurückhalten konnte. Doch sie kannte ihren Bruder gut genug, um zu wissen, dass er dann komplett dichtmachen und gar nicht mehr mit ihr reden würde. So war er schon immer gewesen. Drängte man ihn in die Ecke, war kein Gespräch mehr möglich. Hanna atmete tief durch.

»Ich verstehe dich ja«, sagte sie nun in wieder ruhigerem Tonfall. »Doch du weißt ganz genau, dass es nicht okay war, dass sie dich da mit reingezogen hat.«

»Ich bin sicher, dass sie das nicht wollte. Ich glaube, dass Ede sich das alles ausgedacht hat«, verteidigte er Monika.

»Kann ja sein«, räumte Hanna ein, obwohl sie das nicht annahm. »Wahrscheinlich war es ganz anders geplant, und sie hat nur gar nicht weiter darüber nachgedacht«, versuchte nun auch sie, eine Entschuldigung für Monikas Verhalten zu finden, auch wenn es in ihr vollkommen anders aussah. »Du sagtest doch, dass das Auto von diesem anderen, diesem Ede, kaputt ist, richtig?«

»Ja.«

»Siehst du. Bestimmt hat deine Monika deshalb improvisiert, und irgendwie ist alles aus dem Ruder gelaufen.« Sie strich ihrem Bruder einige Male über den Oberschenkel. »Aber das Problem ist, dass die Polizei sich dein Kennzeichen notiert hat und nun weiß, dass du vor Ort warst. Und damit stehst *du* im Fadenkreuz, und nicht Monika oder dieser Ede. Du kannst also nicht einfach abwarten und nichts tun.«

»Aber verraten kann ich sie auch nicht.«

»Aber du musst, du ...« Hanna brach ab, als sie sah, dass sich seine Körperhaltung wieder veränderte und nun Ablehnung ausdrückte. »Nein«, lenkte sie ein, »du hast recht. Du kannst sie nicht verraten. Doch wir müssen uns etwas einfallen lassen, das du bei der Polizei sagen kannst.«

In Holgers Gesicht war Dankbarkeit zu lesen. Er umarmte Hanna und zog sie an sich. »Danke, dass du mich verstehst.«

Hanna nickte, fieberhaft überlegend, wie sie die Sache für ihren Bruder bereinigen konnte.

»Was genau hast du dem Polizisten gesagt, der dich angesprochen hat?«

»Warum fragst du?«

»Holger, mach mich nicht irre. Antworte einfach«, gab Hanna ungehalten zurück. »Erzähl mir, wie das Ganze abgelaufen ist.«

Holger atmete tief durch, dann berichtete er, was sich am Vorabend zugetragen hatte.

»Und gerade, als ich dem Polizisten das gesagt habe, hat sein Kollege von hinten gerufen, dass um die Ecke ein Raubüberfall stattfindet, worauf der andere zum Polizeiauto zurückgerannt ist und die beiden weggefahren sind.«

»Du hast also gesagt, dass du auf eine Freundin wartest?«, wiederholte Hanna.

»Ja.« Holger zuckte die Achseln. »Das dachte ich ja auch.«

In Hanna arbeitete es. »Kann es nicht sein, dass du ihm gesagt hast, dass du auf deine Schwester wartest, die noch etwas bei jemandem abholen wollte?«

Holger schüttelte den Kopf, dann erst schien er zu begreifen, was sie ihm vorschlug. »Du meinst …« Er ließ den Satz unvollendet.

»Wo genau war das?«

»Ich habe in der Nostitzstraße gestanden und gewartet. Der Überfall«, fügte er dann mit rauer Stimme hinzu, »war in der Parallelstraße, Am Tempelhofer Berg.«

»Am Tempelhofer Berg«, wiederholte Hanna nachdenklich, weil sie überlegte, ob sie dort jemanden kannte. Doch im ersten Moment wollte ihr niemand einfallen.

»Warte«, sagte sie dann. »Bettina!«

»Was ist mit ihr?«

»Bettina wohnt in der Riemannstraße. Die ist doch da in der Nähe.«

Holger sah sie verständnislos an. »Ich könnte behaupten, dass ich dich gebeten habe, dort zu halten, weil ich etwas von Bettina abholen wollte. Wenn sie dann von mir eine Adresse haben wollen, um es eventuell zu überprüfen, kann ich ihnen die von Bettina nennen.«

»Es ist lieb von dir, dass du mir helfen willst. Doch wenn die Polizei diese Bettina fragt, fliegt die Sache ganz schnell auf.«

»Quatsch! Sei nicht so negativ«, mahnte sie. »Wir müssen einfach nur überzeugend sein.«

»Es ist echt lieb von dir«, wiederholte Holger. »Aber ich will dich da nicht mit reinziehen.«

»Dafür ist es jetzt zu spät«, stellte Hanna fest. »Ich weiß Bescheid und werde bestimmt nicht einfach zusehen, wie dir dieser Mist dein ganzes Leben versaut.« Sie rutschte nervös auf ihrem Platz hin und her. »Überleg doch mal. Wenn dieser Polizist misstrauisch wird, kann er dich und mich ja gern mal überprüfen. Auch wenn es dir nicht gefällt, aber schon allein Papas Ruf beziehungsweise der unserer Familie reicht aus, damit da ganz schnell wieder Ruhe ist.« Sie legte die Hand erneut auf seinen Oberschenkel. »Lass es uns so machen, Holger. Bitte! Ich will nicht, dass du dir deine Zukunft verbaust.«

»Und wenn der Alte davon erfährt?«

»Was soll er machen? Du bist schon ausgezogen. Und wenn er mich rausschmeißt, muss ich eben auch noch hier unterkriechen.« Sie versuchte, ihrer Stimme einen positiven Klang zu geben, und sah sich um. »Obwohl ich echt lieber in der Villa wohnen bleiben würde als hier einzuziehen.« Sie lächelte ihn an und suchte seinen Blick. »Komm«, sagte sie dann und stand auf. »Wir fahren jetzt sofort zu dieser Polizeiwache. Wenn wir dort zusammen erscheinen, kannst du gleich deine Aussage machen, die ich bestätige.«

»Und wie willst du denen erklären, warum du vorhin nichts gesagt hast, als die Polizei bei der Villa war?«

»Na, ganz einfach. Du und ich haben doch überhaupt nichts von einem Überfall mitbekommen. Und erst, als ich dir die Nachricht überbracht habe, dass du womöglich Zeuge eines Überfalls geworden bist, hast du mir von dem Gespräch mit dem Polizisten erzählt.«

Sie zog an seinem Arm. »Komm jetzt, Holger. Bringen wir's hinter uns.«

Holger zögerte kurz, doch dann stand er auf. Noch einmal nahm er sie in den Arm. »Danke, Schwesterchen.«

»Hey, dafür bin ich doch da.«

»Doch wenn die einen Verdacht schöpfen sollten, werde ich auspacken, dass das klar ist. Ich werde nicht zulassen, dass du da auch noch mit reingezogen wirst.«

»Die werden uns das abkaufen«, versuchte Hanna, ihren Bruder zu beruhigen. »Die Kinder des reichsten Baulöwen Berlins kommen zur Wache, um ihre Aussage zu machen zu einem Überfall, von dem sie gar nichts mitbekommen haben. Weshalb sollten wir einen Überfall begehen? Weil wir nicht genug Geld haben?«

»Der Überfall war auf ein Waffengeschäft«, klärte Holger sie auf.

Hanna musste wieder schlucken, wollte ihrem Bruder gegenüber jedoch keine Unsicherheit zeigen. »Waffen brauchen wir auch nicht«, entgegnete sie. »Also komm jetzt.«

Sie nahm sich ihren Schal, legte ihn um ihren Hals, nahm dann ihren Arm aus der Schlinge und ließ sich von ihrem Bruder in den Mantel helfen. Auf dem Flur zog auch Holger seinen Mantel über, dann verließen sie Thomas' Wohnung und gingen zu seinem BMW, der in der Querstraße geparkt war. Es war fast eins, als sie schließlich die Polizeiwache erreichten und Holger dort die Visitenkarte zeigte, mit dem Hinweis, dass er gebeten worden war, sich dort zu melden. Als ein Polizeibeamter kam und sie bat, ihn nach hinten zu begleiten, warf Hanna ihrem Bruder einen aufmunternden Blick zu, ergriff kurz seine Hand und drückte sie. Sie würde ihrem Bruder helfen, mit heiler Haut aus der Sache rauszukommen. Aber diese Monika sollte ihr lieber nicht unter die Augen treten, dieses verdammte Miststück!

27. Kapitel

Savoy Hotel, Fasanenstraße 9-10, Berlin-Charlottenburg

Dienstag, 14. Dezember 1976

Seit ich meinen Mann wieder tatkräftig unterstütze, empfinde ich meine gesellschaftlichen Verpflichtungen weit weniger belastend.

Maria Borchardt

»Es ist im Grunde nichts Großes«, sagte Cornelia Schempf, die Frau des Chefarztes Professor Dr. Helmut Schempf. Maria hatte sich mit ihr, Liliana Wächter und Uschi Rebenstock zum Mittagessen im *Savoy* getroffen, und Cornelia erzählte gerade von ihrem neuen Haus auf Sylt, das noch umgebaut und dann neu eingerichtet werden musste.

»Wie viele Zimmer hat es denn?«, fragte Maria nach.

»Sechs, doch das Haus ist recht verwinkelt. Vor allem bereitet mir die Küche ein wenig Sorge. Selbst wenn die Handwerker dort ein kleines Wunder vollbringen, weiß ich nicht, wie das Personal, sollten wir eine Gesellschaft geben, dort arbeiten soll.«

»Ich liebe den Baustil auf Sylt«, schwärmte Maria. »Die Reetdächer und die Art, wie die Häuser mit der Landschaft harmonieren, gefallen mir. Aber ich gebe dir recht, es fehlt deinem Haus ein wenig an Grundfläche.«

»Ja, nicht wahr?«, seufzte Cornelia. »Ein Künstler hat zuvor darin gelebt. Nun ja, Kunst.« Sie machte eine wegwerfende Handbewegung. »Zumindest empfand er sich wohl als Künstler. Doch von ihm gehört hatte ich vorher nicht.«

»Van Gogh kam auch erst nach seinem Tod zu Ruhm«, bemerkte Uschi trocken, die für Maria die Einzige am Tisch war, die sie auch von sich aus als Freundin und nicht nur Bekannte bezeichnet hätte, während die anderen beiden, wie so viele andere Damen der sogenannten besseren Gesellschaft Berlins, mit denen sie Umgang pflegte, in ihrem Leben vollkommen austauschbar waren. Doch es gehörte nun einmal dazu, sich mit allen gelegentlich zu treffen, wollte man in der High Society nicht in Vergessenheit geraten.

Uschis Tochter Rebecca und Hanna hatten früher zusammen Tennis gespielt, und Rebecca spielte wohl auch heute noch gelegentlich, während Hanna dies schon vor Jahren aufgegeben hatte. Ihre Tochter hatte sowieso nie eine Sportart über einen wirklich langen Zeitraum durchgehalten, sondern sich mal hierfür und mal dafür interessiert, jedoch ebenso rasch das Interesse wieder verloren. Maria konnte nur hoffen, dass Hanna sich im Beruflichen nicht ebenso unstet verhalten würde, könnte sie doch so nie wirklich etwas erreichen. Andererseits musste sie das ja im Grunde auch nicht, wenn sie einen erfolgreichen Mann heiratete. Ihr selbst hatte das ja auch nicht geschadet, wenngleich Maria gelegentlich bedauerte, der Architektur den Rücken gekehrt zu haben.

»Wenn du die Grundrisspläne hast, sehe ich sie mir sehr gerne mal an«, schlug Maria nun Cornelia vor. »Vielleicht habe ich ja die eine oder andere Idee.«

Cornelia legte ihre Hand in einer vertrauten Geste auf Marias.

»Ich weiß, du hast viel zu tun, doch offen gestanden, habe ich darauf gehofft, dass du mir dabei helfen würdest. Ich fühle mich damit wirklich vollkommen überfordert.«

»Das mache ich gern«, stimmte Maria zu und meinte es auch so. Die Vorstellung, in einem möglicherweise verwinkelten Haus die eine oder andere Wand zu versetzen und so neue Möglichkeiten zu schaffen, reizte sie. Tatsächlich fand sie es sogar weit interessanter, sich den Herausforderungen eines alten Hauses zu stellen und dieses, den Bedürfnissen der künftigen Bewohner entsprechend, zu renovieren, als von vornherein einen Neubau zu planen und vollkommen frei in der Gestaltung zu sein. So was konnte ja schließlich jeder.

»Also dann müssen wir alle unbedingt zur Einweihung nach Sylt fliegen und dort gemeinsam ein schönes Wochenende verbringen«, schlug Liliana vor, die Jüngste in der Runde, die erst vor vier oder fünf Jahren Richard Wächter geheiratet hatte, einen Reeder, der Marias Eindruck nach noch mehr arbeitete als ihr Hanns.

»Das ist wirklich ein netter Einfall«, bestätigte Uschi. »Aber unsere Männer lassen wir zu Hause.«

»Ach, die dürfen ruhig mitkommen«, meinte Liliana. »Sie können ja Golf spielen oder sich irgendwie beschäftigen. Auf Sylt gibt es einige Juweliere, und wenn Richard freihat, liebt er es, mir etwas Schönes zu schenken.« Sie deutete auf ihr Handgelenk, an dem auch jetzt ein Brillantarmband funkelte.

»Helmut besucht einen Ärztekongress nach dem anderen, und schon in fünf Wochen ist sein Geburtstag. Das Haus auf Sylt, die Vorbereitung des Empfangs …«, Cornelia schüttelte den Kopf, »… ich weiß gar nicht, wie ich das alles schaffen soll.« Sie sah zu Maria. »Bei welchem Restaurant lasst ihr immer euer Catering ausrichten?«

»Wir haben drei verschiedene, mit denen wir regelmäßig arbeiten.«

»Und welches hatte diese kleinen Fallschirmchen vorbereitet?«, fragte Cornelia nun. »Das war ja eine so unglaublich tolle Idee.«

»Die Fallschirmchen?«, wiederholte Liliana etwas pikiert. »War ich da etwa nicht eingeladen?«

»Das war der Empfang im Sommer, als ihr auf Korsika wart«, erklärte Maria.

»Ach, richtig«, erinnerte sich Liliana. »Ich hatte Richard eigentlich noch überreden wollen, dass wir etwas früher aus unserem Urlaub zurückkämen, doch er hatte unbedingt noch so einen langweiligen Termin wegen irgendeines Schiffes wahrnehmen wollen.« Sie hob die Augenbrauen. »Vollkommen überflüssig, wenn ihr mich fragt. Ich hätte viel lieber mit euch gefeiert.« Sie sah Maria an. »Und was war das nun mit diesen Fallschirmchen?«

»Ach, das war so eine alberne Idee von Hanns«, erklärte Maria. »Das Restaurant hat Menüs in kleine Portionen verpackt, und diese wurden dann an kleinen Fallschirmen über dem Garten der Villa aus dem Hubschrauber abgeworfen.«

»Es war einfach herrlich«, schwärmte Cornelia. »Du hättest sehen sollen, wie alle umhersprangen, um die Päckchen zu fangen.« Sie lachte gekünstelt auf.

»Na ja, ich fand es übertrieben«, gestand Maria nun ein. »Aber ihr kennt ja Hanns.«

»Ich finde deinen Mann großartig, das muss ich schon sagen«, schwärmte Cornelia. »Manchmal würde ich mir von meinem Helmut auch ein wenig mehr Glamour wünschen.« Sie griff nach ihrem Champagnerglas und nahm einen Schluck. Obwohl sie schon gegessen hatten, hatte Cornelia noch ein Glas Champagner bestellt. Dabei hatte sie bereits zwei Gläser zum Aperitif getrunken und während des Essens hatten sich die Frauen eine Flasche Wein geteilt. Maria und Uschi tauschten einen vielsagenden Blick. Sie hatten sich schon mehrere Male darüber unterhalten, dass Cornelias

Alkoholkonsum inzwischen bedenklich war. Es kam ihnen sogar so vor, als suchte sie richtiggehend nach Gelegenheiten, sich zu treffen und dann aus gegebenem Anlass mehrere Gläser zu trinken. Maria und Uschi hatten sogar schon einmal darüber gesprochen, ob es womöglich klug wäre, Cornelias Mann Helmut, der ja als Arzt sehr genau wusste, wann das rechte Maß überschritten war, darauf anzusprechen. Doch sie scheuten den möglichen Konflikt, den dies mit sich brachte, wenn Cornelia hiervon Wind bekam und schätzten diese nicht gerade sehr einsichtsfähig ein. Also hatten sie bisher davon Abstand genommen, etwas zu sagen, doch beide wussten wohl in diesem Moment, dass sie das Gleiche dachten.

»Was habt ihr eigentlich alle zu Weihnachten vor?«, fragte nun Liliana und spielte dabei mit dem funkelnden Armband an ihrem Handgelenk. »Im letzten Jahr gab es doch dieses schöne Fest bei euch, Uschi.«

»Ja, aber dieses Jahr nicht«, erwiderte diese. »Bei uns lag in letzter Zeit auch so viel an, und Kurt und ich werden mit den Kindern über Weihnachten nach St. Moritz reisen und dort bis über den Jahreswechsel bleiben.«

»Nur ihr vier?«, fragte Liliana ein wenig enttäuscht.

»Ja, nur wir vier«, bestätigte Uschi.

Uschi hatte genau wie Maria eine Tochter und einen Sohn, nur dass ihre Tochter die Ältere war, anders als bei den Borchardts.

»Ist das nicht ein bisschen langweilig?«, bohrte Liliana weiter nach. »Wenn ich mir vorstelle, nur mit Richard die Festtage zu verbringen, wäre das sicher nichts für mich. Und Gott bewahre, dass er seine schrecklichen Kinder einladen würde.« Sie verdrehte die Augen. »Ich wusste ja, worauf ich mich einlasse, als ich ihn geheiratet habe. Aber dass diese elenden Abkömmlinge meinen, an erster Stelle stehen zu müssen, ist doch wohl absurd. Sie sind immerhin erwachsene Menschen.«

»Du kannst ihnen doch nicht verdenken, dass sie auch gelegentlich ihren Vater sehen möchten«, wandte Uschi ein, was ihr einen giftigen Blick Lilianas bescherte.

»Natürlich können sie ihn sehen«, gab Liliana zurück. »Aber die Sache mit ihrer Mutter ist ausgestanden, und wir müssen nun alle nicht so tun, als wenn wir unbedingt Zeit miteinander verbringen wollten.«

Maria ersparte sich den Hinweis, dass sie Susanne Wächter, die erste Ehefrau Richards, mit der er drei gemeinsame Kinder hatte, für eine wirklich sehr nette Frau hielt. Höchstwahrscheinlich lag es an Liliana, dass ein vernünftiger Umgang miteinander inzwischen unmöglich war. Liliana war für Maria der Albtraum einer jeden Ehefrau, galt ihr Interesse doch vor allem dem Geld des von ihr abgeworbenen Mannes, weshalb sie nicht das geringste Interesse daran hatte, dass dieser überhaupt noch den Kontakt zu seinen Kindern aus erster Ehe aufrechterhielt. Inzwischen waren die drei groß und bis auf Tillmann, den Jüngsten der drei, bereits volljährig. Doch für Maria stand fest, dass Kinder ihre Eltern auch dann noch brauchten, wenn sie selbst bereits erwachsen waren und auf eigenen Füßen standen. Aber wenn es nach Liliana gegangen wäre, sollte am besten nichts mehr daran erinnern, dass ihr Ehemann überhaupt ein Vorleben gehabt hatte, geschweige denn, dass er Kinder hatte, während sie keine mehr mit ihm bekommen konnte. Maria hätte Liliana auch nicht zu den gelegentlichen Mittagessen hinzugebeten. Sie war nur deshalb dabei, weil Cornelia sich ihrer angenommen und es sich offenbar zur Aufgabe gemacht hatte, diese in die gesellschaftlichen Kreise einzuführen. Maria und Uschi trafen sich in regelmäßigen Abständen mit den beiden. Doch zu ihren Freundinnen zählten sie Liliana und Cornelia deshalb noch lange nicht.

»Wie läuft es eigentlich bei Roland?«, wechselte Maria nun

das Thema und sprach Uschi damit auf ihren Sohn an. »Fühlt er sich langsam angekommen?« Maria wusste, dass Uschis und Kurts Sohn seine liebe Mühe hatte, sich mit dem Gedanken anzufreunden, eines Tages in die Fußstapfen seines Vaters zu treten und die Eisenwarenfabrik zu übernehmen. Roland war, solange Maria den Jungen nun schon kannte, und das war fast das gesamte Leben des Zwanzigjährigen, für sie das typische Beispiel eines Künstlers gewesen. Er hatte schon als Kind viel musiziert und ein Instrument quasi nur ansehen müssen, um zu wissen, wie man darauf spielte. Roland war das, was man ein musikalisches Multitalent nannte. Er spielte Klavier, Gitarre und auch Saxofon, und Maria wusste durch Hanna, dass er auch in regelmäßigen Abständen in einem der Clubs Berlin spielte, wenn Uschi dachte, dass er einfach unterwegs war und mit Freunden ausging. Sie hatte ihrer Tochter versprechen müssen, es niemals Uschi zu verraten, wenngleich Maria ziemlich sicher war, dass diese nicht einmal etwas dagegen hatte. Nur Kurt, ihr Mann und Rolands Vater, wollte nichts davon hören und hätte ganz gewiss auch kein Verständnis, wenn er hiervon erführe. Für Kurt war die Musik eine Beschäftigung zum Zeitvertreib, jedoch kein Beruf. Und ganz sicher hätte er nicht zugelassen, das sein Stammhalter einer Arbeit nachging, die nichts mit Trafotechnik, vor allem aber Unternehmensführung zu tun hatte, war doch vollkommen klar, dass Roland eines Tages die Transformatorenfabrik zu übernehmen hatte.

»Ich glaube, er macht sich ganz gut«, gab Uschi Auskunft. »Roland muss ja neben dem Studium alle Stufen im Unternehmen durchlaufen.« Sie schüttelte den Kopf. »Unter uns, Kurt gesteht dem Jungen gerade mal einen Hungerlohn zu.« Sie zuckte die Schultern. »Aber nun ja. Lehrjahre sind eben keine Herrenjahre.«

»Da reden immer alle davon, dass unsere Kinder es ja so gut

haben, weil ihnen die Väter bereits das Feld bereitet haben, doch in Wahrheit müssen sie wahrscheinlich noch um einiges mehr schuften als die normalen Angestellten«, meinte Maria.

»Wird denn euer Holger auch mal die Immobilienfirma übernehmen?«, fragte Uschi nun. »Mit Hanns wird er es ja auch nicht gerade einfach haben.«

Maria spürte einen Kloß im Hals. Natürlich war die Frage der Freundin naheliegend. Doch sie hatte es vermeiden wollen, auf ihren Sohn zu sprechen zu kommen.

»Holger ist ja noch nicht so weit«, antwortete sie ausweichend. »Erst einmal muss er sein Studium absolvieren, wobei durch die Studentenstreiks im Moment alles ein wenig zum Erliegen gekommen ist.«

»Ach, diese jungen Leute sollen sich so langsam mal wieder einkriegen«, befand nun Cornelia. »Unser Stefan studiert ja in München, und man muss schon sagen, dass dort alles erheblich besser läuft. Hier in Berlin meint immer jeder, überall mitreden zu können. Dabei wissen doch diese Jungspunde noch gar nichts vom Leben.«

»Ganz genau«, mischte sich nun Liliana ein. »Die beiden Älteren von Richard studieren ja auch und werden das wahrscheinlich noch machen, bis sie in Rente sind. Ich finde ja, dass Richard zu nachsichtig mit ihnen ist. Sie liegen ihrem Vater nur auf der Tasche und bringen selbst nichts zustande. Ich gebe zu, dass ich mich gefreut habe, als sie diesen Club am Ku'damm geschlossen haben. Da waren die beiden nämlich ständig und sind lieber dort feiern gegangen, als sich um ihr Studium zu kümmern. Aber bestimmt haben sie jetzt einfach ein anderes Lokal aufgetan, in dem sie sich rumtreiben, und kommen erneut nicht voran.«

»Und dieser Club wird doch auch renoviert«, brachte Uschi sich nun ein. »Ich habe es gerade heute Morgen in der Zeitung gelesen. Soll wohl alles neu werden. Dann werden deine Stiefkinder da bestimmt noch lieber hingehen«, scherzte Uschi.

»Ich würde nicht alles glauben, was in der Zeitung steht«, rutschte es Maria nun heraus.

»Was meinst du damit?«, fragte Uschi nach.

»Nun, ich habe gehört, dass die Besitzerin dieses Clubs wohl nur so tut als ob. In Wahrheit ist das alles bereits verkauft.«

»Ach ja?«, meinte Uschi und sah sie verwundert an. »Und warum steht es dann in der Zeitung?«

»Die Dame wird wohl ihre Gründe haben«, bemerkte Maria schnippisch und bedauerte, dass ihr überhaupt etwas zu dem Thema über die Lippen gekommen war. Doch sie hatte sich heute in der Früh gemeinsam mit Hanns so dermaßen über diese Stern geärgert, dass es ihr bis jetzt noch nicht wieder ganz aus dem Kopf gegangen war. Denn als ihr Hanns heute in der Früh die Zeitung aufgeschlagen hatte, war er richtiggehend blass geworden. Als Maria ihn dann gefragt hatte, was los war, hatte er ihr den Artikel in der Zeitung gezeigt, in dem darüber berichtet wurde, dass das *Golden Paradise* grundüberholt und in wenigen Wochen wieder aufmachen würde. Hanns hatte hierauf mit der Faust so heftig auf den Tisch geschlagen, dass die Kaffeetassen auf ihren Untertellern schepperten. Dann hatten sie sich darüber unterhalten, was dieser Zeitungsartikel für Hanns bedeutete und dass es heikel für ihn würde, seinen Investoren zu erklären, dass der Bericht nur zu den Taktikspielchen dieser Stern gehörte, um nachträglich den Preis in die Höhe zu treiben. Maria hatte zusammen mit ihrem Ehemann über dieses liederliche Verhalten gewettert, fand sie es doch eine Unverschämtheit, was diese Clubbesitzerin sich erlaubte, und die beiden hatten erst aufgehört, darüber zu schimpfen, als Hanna das Zimmer betreten hatte. Kurz darauf hatte Hanns sich verabschiedet und war in die Firma geflogen. Maria konnte nur ahnen, was ihr Mann gerade auszustehen hatte, wollte er seinen Investoren plausibel machen, wie übel diese Stern ihm mitspielte.

»Ich hätte eigentlich auch mal wieder Lust, ein wenig auszugehen«, sagte Liliana nun. »Hat eine von euch am Wochenende Zeit? Richard ist nicht da, und ich habe nicht die geringste Lust, das gesamte Wochenende allein zu Hause zu sitzen.«

»Grundsätzlich gern«, stimmte Cornelia zu. »Aber bestimmt nicht in einen solchen Club, in dem das Durchschnittsalter eher dem meiner Kinder entspricht.« Sie trank ihr Glas Champagner leer, stellte das Glas ab, suchte den Blick des Kellners und hob das Glas erneut an.

»Wollen wir nicht gleich los?«, wandte Uschi ein. »Ich meine, willst du jetzt noch etwas bestellen?«

»Ach, bis die Rechnung da ist, gönne ich mir noch ein Glas«, antwortete Cornelia, worauf Maria und Uschi einen besorgten Blick tauschten.

»Warum nicht in ein Lokal gehen, in dem auch jüngere Leute sind?«, fragte dann Liliana. »Das könnte lustig werden.«

»Ja, für dich vielleicht, du bist ja auch gerade mal über die dreißig«, stellte Cornelia fest. »Doch ich habe keine Lust, dass man mich dort für eine Mutter hält, die ihre Kinder abholen will.«

»Und was schlägst du vor?«, fragte Liliana und sah dann zu Uschi und Maria. »Ihr kommt doch auch mit, oder?«

»Ich sicher nicht«, wehrte Maria sogleich ab. »Ich habe gerade einfach viel zu viel zu tun.«

»So geht es mir auch«, fügte Uschi hinzu.

Der Kellner kam und stellte ein neues Glas Champagner vor Cornelia ab, das diese sofort in die Hand nahm und einen Schluck daraus trank. »Ach, dann eben nur wir beide«, sagte sie dann. »Helmut würde es wahrscheinlich sowieso nicht merken, ob ich zu Hause bin oder nicht. Er verbringt bestimmt wieder das ganze

Wochenende in der Klinik.« Wieder trank sie. »Wenn ihr meinen Mann fragt, ist er nämlich dort der einzige Arzt, der den Überblick hat und weiß, was er tut.« Sie stieß von der Kohlensäure im Champagner auf und ließ ein entschuldigendes »Hoppla« vernehmen, während sie sich die Hand auf die Brust legte.

Maria musterte Cornelia einen Moment. Auf sie wirkte ihre Bekannte angegriffen, gefrustet, ja sogar fast ein wenig tragisch. Cornelia war eine wirklich schöne Frau, doch nach und nach, so hatte Maria den Eindruck, sah man ihr den Alkohol tatsächlich an. Cornelia aß kaum, sondern stocherte meist nur in ihrem Essen herum und ließ dann auch noch die Hälfte davon zurückgehen. Dennoch hatte sie in den letzten Jahren ihre früher so schmale Taille eingebüßt, und Maria war sicher, dass dies am Alkohol und nicht am übermäßigen Essen lag.

Maria hob den Arm und bedeutete dem Kellner, noch einmal an den Tisch zu kommen, was er sogleich tat.

»Die Rechnung bitte. Ich lade euch ein«, sagte Maria.

»Wollen wir nicht noch ein bisschen bleiben?«, fragte Cornelia.

»Ich muss leider, tut mir leid«, entschuldigte sich Uschi und machte sich wie Maria zum Gehen bereit.

»Wir zwei könnten noch ein wenig durch die Boutiquen bummeln«, schlug Liliana nun Cornelia vor.

»Ja, wunderbar. Das machen wir«, stimmte diese zu und trank den gerade erst gebrachten Champagner in einem Zug aus.

Maria sah es mit Sorge, sagte aber nichts.

Der Kellner legte ihr die Rechnung hin, sie bezahlte, gab ihm ein üppiges Trinkgeld und stand dann auf. Auch die anderen erhoben sich, und alle gaben sich Küsschen zum Abschied. Dann gingen Maria und Uschi zusammen hinaus, während Cornelia meinte, noch kurz die Waschräume aufsuchen zu wollen und Liliana ihr versprach, auf sie zu warten.

Draußen am Eingang meinte Uschi zu Maria: »Es ist schlimmer mit ihr geworden, oder?«

Maria nickte. »Das ist alles andere als gesund. Was denkst du, sollten wir etwas unternehmen?«

»Was können wir schon tun? Mit Helmut sprechen? Ich möchte nicht in der Nähe sein, wenn Cornelia das rausfindet.«

Maria zuckte die Achseln. »Wahrscheinlich hast du recht. Vielleicht würden wir damit wirklich zu weit gehen.«

Die beiden verabschiedeten sich voneinander, und Maria ging zu ihrem Audi, stieg ein und fuhr sogleich los. Kurz überlegte sie, noch bei Hanns in der Firma vorbeizufahren und mit diesem zu sprechen. Vielleicht könnte er ihr raten, wie sie sich in Bezug auf Cornelia richtig verhielt. Schließlich kannte er sie und Helmut auch, man verkehrte schließlich seit Jahren miteinander. Doch sie entschied sich dagegen. Bestimmt hatte Hanns wegen dieses Zeitungsartikels alle Hände voll zu tun, um seine Investoren zu beruhigen und überall gut Wetter zu machen. Da würde sie vermutlich nur stören. Also fuhr sie auf direktem Weg zurück zur Villa. Sie zog in Erwägung, Cornelia später noch mal anzurufen. Sie könnte das Haus auf Sylt als Vorwand nehmen und nach den Plänen fragen. Womöglich konnte sie das Gespräch dann auf Cornelias Befinden lenken und ihr vorschlagen, sich mal nur zu zweit zu treffen, um offen miteinander zu sprechen. Ja, so würde sie es machen. Vielleicht kam sie ja auf diesem Wege an Cornelia heran.

28. Kapitel

An der Spreeschanze 10, Berlin-Haselhorst

Dienstag, 14. Dezember 1976

Ich bin zu lange dabei, um mir von irgendwelchen Kleingeistern vorschreiben zu lassen, wie ich meine Geschäfte zu machen habe.

Hanns Borchardt

»Sie können von Glück reden, dass sich Ihr Kollege Lohmüller um meine Angelegenheiten kümmert!«, brüllte Hanns ins Telefon. »So eine Unverschämtheit! Ich werde mir überlegen, ob ich künftig die Zusammenarbeit mit Ihrer Bank fortsetze!« Damit knallte er den Hörer auf und ließ seinem Gesprächspartner so keine Gelegenheit mehr, noch etwas zu erwidern.

So ein verfluchter Wichtigtuer! Albert Pointner war genau wie Gerhard Lohmüller im Vorstand der Maximus Privatbank, doch Hanns hatte bisher kaum mit diesem zu tun gehabt. Was fiel diesem Kerl denn ein, ihn einfach anzurufen und in einer so unverschämten Art und Weise anzusprechen, weil er den Zeitungsartikel über Lea und deren verfluchten Club gelesen hatte und nun glaubte, in Panik verfallen zu müssen? So ein Schwachkopf.

Hanns spürte das Blut in seinen Adern pulsieren, griff dann zum Hörer und wählte die Nummer des Anschlusses von Gerhard Lohmüller in der Bank.

»Lohmüller«, meldete sich der Bankier sofort.

»Hanns hier.« Er atmete geräuschvoll aus. »Gerhard, ich hatte eben einen Anruf von deinem Wichtigtuerkollegen Pointner. Ich sage dir, wenn dieser Kerl es noch einziges Mal wagen sollte, sich mit mir in Verbindung zu setzen, war ich die längste Zeit Kunde deiner Bank.«

»Moment«, bat Lohmüller. Hanns vernahm, wie der Bankdirektor den Hörer ablegte, Schritte, dann, dass eine Tür geschlossen wurde und darauf, dass der Hörer wieder aufgenommen wurde.

»Mensch Hanns, du glaubst nicht, was hier los ist«, flüsterte Gerhard in den Apparat. »Seit dem Zeitungsartikel heute Morgen herrscht eine riesige Aufregung.«

»Und kannst du mir auch verraten, weshalb?«, schnauzte Hanns. »Du weißt genau, was die Stern im Schilde führt. Ich habe dir alles erzählt. Wenn du das deinen Kollegen nicht verständlich machen kannst, ist das dein Problem, Gerhard, nicht meines. Doch so muss ich mich von diesem Pointner ganz gewiss nicht angehen lassen.«

»Du musst das verstehen«, versuchte Gerhard, ihn zu beschwichtigen. »Es geht hier um einen dreistelligen Millionenbetrag, und kaum dass das Geld auf deinem Konto war, hast du den Großteil davon auf Konten bei anderen Geldinstituten überwiesen, die wir hier nicht einsehen können. Wo ist das Geld hin, Hanns?«

»Sag mal, spinnst du jetzt auch noch?«, erboste er sich. »Ich habe es genau so gemacht wie immer. Ich stehe mit meinem guten Namen und mit meinem gesamten Vermögen dafür gerade, und ich werde mir bestimmt nicht von irgendeinem Bankangestellten sagen lassen, wie ich meine Geschäfte zu betreiben habe.«

»Hanns, versteh doch, die Leute hier sind nervös. Ich habe dir doch gesagt, dass es das größte Geschäft ist, das unsere Bank je …«

»Und jetzt soll es meine Schuld sein, dass ihr ein solcher Popelverein seid, der Angst vor großen Geschäften hat?«, brüllte Hanns ins Telefon und schnitt ihm so das Wort ab.

»Hanns, wir müssen einen kühlen Kopf bewahren«, mahnte Gerhard. »Es nützt doch keinem etwas, jetzt die Nerven zu verlieren.«

»Dann sag das mal deinem Kollegen Pointner. Ich verliere nicht den Kopf, Gerhard. Deine Leute sind es, die nicht mehr klarzukommen scheinen. Ich bin große Geschäfte gewohnt.«

»Aber Hanns, ich bitte dich. Dieses Mal ist es auch für dich etwas anderes. Das ist eine andere Liga, und wir müssen …«

»Für euch ist es eine andere Liga«, unterbrach Hanns den Bankier erneut. »*Ich*«, er betonte das Wort, »weiß, was ich tue. Doch langsam bereue ich, das Geschäft nicht mit Huber und der Westbank gemacht zu haben.«

Gerhard stockte. »Das reicht jetzt, Hanns«, stellte er klar und erstaunte Hanns mit dieser Reaktion und der entschiedenen Art, wie er es gesagt hatte, tatsächlich ein wenig. »Es mag sein, dass Albert Pointner über das Ziel hinausgeschossen ist«, räumte Lohmüller ein. »Und dafür entschuldige ich mich im Namen unserer Bank bei dir. Doch wenn du glaubst, dass es besser gewesen wäre, das Geschäft mit Huber zu machen, kann ich dir nur die Rückabwicklung anbieten, denn dann hat das hier alles keinen Sinn mehr. Wir machen einen Aufhebungsvertrag, du überweist das Geld zurück und bist frei für die Westbank.«

Hanns stutzte. So klar hatte Gerhard noch nie eine Grenze aufgezeigt. Nun hieß es, ein wenig zurückzurudern, jedoch keinesfalls so, dass Gerhard Lunte roch.

»Vielleicht wäre es wirklich das Beste«, sagte Hanns nun. »Auch wenn es mir leidtut, dass es so weit kommen muss. Du wirst mir verzeihen müssen, dass ich Huber gegenüber jedoch mit offenen Karten spielen muss.«

»Was meinst du mit offenen Karten?«

»Ach, Gerhard, das kannst du dir doch denken. Du kennst Huber genauso gut wie ich, womöglich sogar besser. Er wird mich fragen, warum ich das Projekt nicht mehr mit euch realisiere, und dann werde ich ihm wohl oder übel mitteilen müssen, dass die Sache für euch eine Nummer zu groß war. Immerhin hatte ich ihn bereits darüber informiert, dass ich mich für euch entschieden habe, und sein Angebot abgelehnt. Natürlich lässt euch das wie Anfänger aussehen. Vor allem aber, fürchte ich, wird er mir nicht mehr die gleichen Konditionen bieten wie noch vor ein paar Wochen. Und eines muss dir klar sein: Ich werde ganz bestimmt nicht draufzahlen, nur weil ihr kalte Füße bekommen habt. Und dann ist da noch die Sache mit der Presse.«

»Was für eine Sache mit der Presse?«, fragte Gerhard, und Hanns glaubte, seiner Stimme nun wieder eine gewisse Unruhe anhören zu können.

»Ich bitte dich, Gerhard, du bist ein kluger Mann, und ich halte dich gewiss nicht für naiv. Es ist doch vollkommen klar, was passieren wird. Huber wird meinen Wechsel zu seiner Bank mit Sicherheit ausschlachten. Und da ich mich mit einer solchen Summe an ihn binde, muss ich mitspielen.«

»Was gibt es da auszuschlachten?«

»Das fragst du mich nicht wirklich, Gerhard«, gab Hanns tadelnd von sich. Er spürte, dass er Lohmüller wieder im Griff hatte. Doch irgendwie war es eben weit brenzliger geworden, als es Hanns lieb sein konnte. Gerhard war leicht und lange zu beeindrucken; je größer die Show, die man ihm bot, umso bereitwilliger folgte der Bankier einem. Dass er eben so deutlich reagiert und den Vorschlag zur Rückabwicklung gemacht hatte, zeigte Hanns, dass er vermutlich gewaltigen Gegenwind bekommen hatte und es ihm weit lieber wäre, die ganze Angelegenheit vom Tisch zu bekommen. Er musste ihn nun also dazu bringen, dass er von sich aus darum bat, alles zu lassen, wie es war. Natürlich hätte Hanns sich auch einfach auf die Hinterbeine stellen und auf die geschlossenen Verträge bestehen können. Doch letztendlich konnte er es sich nicht leisten, dass Gerhard misstrauisch wurde und womöglich zusammen mit diesem Vollidioten Pointner tiefer in dem Ganzen herumstocherte. Nein, er musste Lohmüller wieder auf seine Seite ziehen, damit dieser seinen nervös gewordenen Kollegen die Stirn bot und Hanns den Rücken freihielt. Sonst könnte Hanns das alles immer noch um die Ohren fliegen. Er musste Lohmüller zurück ins Boot holen, damit dieser im übertragenen Sinne für ihn das Wasser, das immer schneller in den Rumpf drang, herausschöpfen würde, wollte er selbst nicht mit untergehen.

»Gerhard«, schlug er nun einen versöhnlichen Tonfall an. »Du kennst Huber. Er will deiner Bank, vor allem aber dir persönlich eins auswischen. Und wenn du und ich uns entzweien, geben wir ihm genau dazu die Gelegenheit. Wie lange kennen wir uns nun schon?«

»Fast fünfzehn Jahre«, kam Lohmüllers prompte Antwort.

»Fast fünfzehn Jahre, genau«, wiederholte Hanns. »Und kannst du mir mal erklären, mein Freund, warum wir es dann zulassen, dass der Anruf eines deiner Kollegen einen solchen Keil zwischen uns treiben kann, dass ich allen Ernstes eben darüber nachgedacht habe, mich an Huber zu wenden und dir den Rücken zuzukehren? Menschenskind, Gerhard, was ist nur los mit uns?«

Eine Pause entstand. »Du hast recht«, antwortete Lohmüller dann. »Ich weiß auch nicht, warum wir uns so hochgeschaukelt haben.«

Ja, das klang schon besser in Hanns' Ohren.

»Ich kann es dir sagen. Weil ich manchmal ein impulsiver Idiot bin«, lenkte Hanns ein. »Ich habe mich eben so sehr über diesen Pointner aufgeregt, dass ich mich dir gegenüber im Ton vergriffen habe. Dabei weiß ich doch, dass du und nicht einer von diesen Handlangern, die sich Aktionäre nennen, den Weitblick hast. Bitte entschuldige, mein Freund. Es war nicht in Ordnung von mir, Huber und die Westbank ins Spiel zu bringen und so zu tun, als ginge es hier nur ums Geschäft.« Er ließ seine Worte einen Moment wirken.

»Ich weiß, dass du ebenso wenig wie ich willst, dass auf dem Bauschild der Schriftzug der Westbank prangt. Nein, Gerhard, du bist derjenige mit dem nötigen Sachverstand und Sinn für die Zukunft, und Huber kann dir nicht das Wasser reichen. Wir beide werden diejenigen sein, die Seite an Seite mit dem Bausenator in der Zeitung abgebildet sein werden und die man am Ende als die wahren Pioniere Berlins bezeichnen wird, die die Stadt wie sonst niemand vorangebracht haben.«

Lohmüller erwiderte nichts.

»Bitte, Gerhard, nimm meine Entschuldigung an. Du weißt, dass ich niemand bin, dem es leichtfällt, so etwas zu sagen.«

Wieder entstand eine Pause. Dann sagte Lohmüller: »Natürlich weiß ich das. Schwamm drüber, Hanns. Wir beide werden das Kind schon schaukeln, so wie sonst auch.«

Hanns hielt die Sprechmuschel etwas von seinem Mund weg und atmete erleichtert auf.

»Gerhard, das nenne ich wahre Größe«, lobte Hanns. »Ach, lass uns gar nicht mehr darüber reden.«

»Nun ja«, wandte Lohmüller nun ein, »kurz würde ich das Ganze doch noch gern mit dir besprechen wollen.«

Hanns griff sich seinen Kugelschreiber und drehte diesen etwas nervös zwischen den Fingern.

»Natürlich«, antwortete er abwartend.

»Wie willst du mit dieser Stern umgehen?«, fragte der Bankier nun.

»Wie soll ich mit ihr umgehen wollen?«, stellte Hanns die Gegenfrage und fuhr sogleich fort. »Ich werde sie fertigmachen, Gerhard. Sie lässt mir ja gar keine andere Wahl.«

»Du wirst also keine Rücksicht nehmen, wegen eurer …«, er zögerte, »kleinen Liaison.«

»Ich bitte dich, Gerhard. Machen wir uns doch nichts vor. In diesem Fall habe ich die Lage falsch eingeschätzt. Ich hatte nichts dagegen, mich auf dieses Geplänkel einzulassen. Warum auch nicht? Doch dass die Stern mir offenbar übel genommen hat, dass so was nun mal irgendwann endet, damit hätte ich nicht gerechnet. Was ist nur mit den Frauen los? Glauben die denn wirklich alle, dass man nur wegen so eines kleinen Zwischenspiels eine schon Jahrzehnte währende Ehe einfach aufgibt?«

»Wahrscheinlich hat sie darauf gehofft und ist nun verbittert. Nicht nur, dass sie in privater Hinsicht keinen Zugriff mehr auf dich hat. Wahrscheinlich hat sie dir ihre Grundstücke mit den Gebäuden darauf nur verkauft, weil sie dachte, dass ihr eine gemeinsame Zukunft hättet. Nun von dir fallen gelassen zu werden hat sie wohl aus der Bahn geworfen.«

»Das ist ihr Problem«, stellte Hanns fest, auch wenn er natürlich wusste, dass es genau andersherum gewesen war. Doch je öfter er seine Version der Geschichte wiederholte, desto mehr hatte er das Gefühl, selbst daran zu glauben. Vielleicht hatte Lea ihm ja auch nur deshalb einen Korb gegeben, weil sie fürchtete, dass er ihr sonst zuvorgekommen wäre? Hanns merkte selbst, dass dieser Gedankengang absurd war. Doch keinesfalls hätte er sich eingestehen wollen, dass Lea das Verhältnis zu ihm nur als einen Zeitvertreib betrachtet hatte.

»Ich bin froh, dass du hier so klar Stellung beziehst«, sagte Lohmüller nun. »Ich hatte ein wenig die Befürchtung, dass du wegen eurer Verbindung zu nachsichtig mit ihr sein könntest.«

»Ich bitte dich, Gerhard. Du solltest mich besser kennen. Geschäft ist Geschäft, und da geht auch nichts drüber. Schon allein deshalb nicht, weil ich unsere Freundschaft weit höher schätze als so etwas wie diese Affäre und ich weit lieber eine Lea Stern enttäusche als dich.«

»Das nenne ich ein klares Bekenntnis«, sagte Gerhard, und Hanns glaubte seiner Stimme eine gewisse Rührung anzuhören.

»Es kann doch gar nicht anders sein«, gab Hanns jovial zurück. »Ich werde mir die Stern vorknöpfen. Entweder, sie knickt ein und stellt die ganze Sache richtig, oder aber ich werde sie erledigen. Der einzige Trumpf, den sie in der Hand hat, ist die Zeit, die es mich kosten wird.« Hanns ließ seine Worte wirken und wartete kurz, ob Lohmüller hierauf etwas erwiderte. Als dieser nichts sagte, setzte er nach: »Ich werde genau kalkulieren, was mich mehr kostet: Die Bauverzögerung wegen der noch nicht erfolgten Umschreibung und des Prozesses, den ich erst führen muss, oder aber das, sagen wir mal, Alternativprojekt, bei dem ich den Bau an anderer Stelle forciere. Ich habe mich bereits umgeschaut und, unter uns, mein Freund, frage ich mich derzeit sogar, ob es nicht am Ende für uns alle ein Glück wäre, wenn die Stern mich zum Ausweichen zwingt.«

»Ich verstehe nicht«, sagte Lohmüller nun. »Was meinst du mit: *ein Glück*?«

»Nun ja, du kennst mich, Gerhard. Ich habe ja die Millionen nicht umsonst hier so liegen. Selbstverständlich habe ich bereits meine Fühler ausgestreckt. Die Verzögerung könnte für uns zum Glücksfall werden.«

»Etwas genauer bitte, Hanns«, bat Lohmüller.

»Da ist noch nichts sicher. Ich habe lediglich ein Angebot ausgebracht, und ich sage mal so, es kostet uns weit weniger als das, was ich der Stern für ihre Grundstücke bezahlt habe. Die Lage ist genauso gut, womöglich sogar besser und das Grundstück noch um einiges größer. Doch ich will dir den Namen des möglichen Verkäufers nicht nennen, bis ich nicht wenigstens ein Vorkaufsrecht durchhabe.«

»Aber du weißt doch, dass du mir vertrauen kannst«, hielt Lohmüller dagegen.

»Gerhard, wenn ich jemandem vertraue, dann dir, das kannst du mir glauben. Aber ich habe ja jetzt erlebt, was aus der Sache mit der Stern geworden ist, weil zu viele davon Kenntnis hatten. Selbst die Presse wusste Bescheid, und das bestimmt nicht von mir.«

»Ich verspreche dir, dass ich es für mich behalte.«

»Und dann lügen zu müssen, wenn dich einer deiner Kollegen, vor allem dieser Pointner, unter Druck setzt?«, fragte Hanns mit einem zweifelnden Unterton. »Dir vertraue ich, Gerhard, denen jedoch nicht. Und ich will nicht, dass deine Kollegen dir anmerken, dass du ihnen etwas verheimlichst. Schließlich musst du auch nach alldem noch weiter mit ihnen arbeiten. So jedoch kannst du behaupten, dass du von noch einem weiteren Geschäft weißt, jedoch nicht, wer der Geschäftspartner ist. Du hast ein absolut reines Gewissen, lieber Freund. So kann dir niemand etwas. Ich weiß, dass ich dich mit dieser Angelegenheit innerhalb deiner Bank in Schwierigkeiten gebracht habe. Das passiert mir ganz sicher nicht noch mal.«

Hanns hörte, dass der Bankier geräuschvoll ausatmete. »Du bist wirklich ein Freund, Hanns«, sagte Lohmüller nun. »Und auch wenn ich neugierig bin, wen du am Wickel hast, hast du wahrscheinlich wirklich recht, noch keinen Namen zu nennen.«

»Ich wusste, dass du meine Beweggründe verstehst, Gerhard«,

säuselte Hanns. »Lass uns die nächsten Tage noch mal telefonieren, oder ich komme direkt bei dir vorbei. Sobald ich etwas Schriftliches habe oder aber die Übertragung des Stern-Grundstücks doch noch klappen sollte, melde ich mich bei dir.«

»Mach das, Hanns. Ich werde hier alle Hände voll zu tun haben, die aufgeheizten Gemüter ein wenig zu beruhigen. Wenn du also irgendetwas erreichst, melde dich bitte sofort.«

»Ich beneide dich nicht, mein Freund. Ich hasse es ja, mit solchen Kleingeistern zu tun zu haben, und kann mir gut vorstellen, dass es dir auch keine Freude ist. Halt die Ohren steif, und denk immer dran, welch große Geschäfte uns bevorstehen. Wir sind die Macher Berlins, Gerhard.«

Gerhard lachte gefällig auf. »Genau so ist es. Wir hören uns, Hanns, auf bald.«

»Auf bald.« Damit legte Hanns den Hörer auf und ließ sich in seinen Bürosessel sinken. Er empfand sein Geschäft als immer anstrengender, immer belastender. Viel zu viele begehrten inzwischen, Antworten und Erklärungen vom ihm zu bekommen. Vor allem aber hatte er das Gefühl, dass seinen Worten nicht mehr so bereitwillig wie früher Glauben geschenkt wurde, was ihn aufrichtig ärgerte. Was bildeten die sich denn alle ein? Er war Hanns Borchardt! Und er erwartete, dass die Menschen das glaubten, was er sagte, und seine Worte nicht in Zweifel zogen. Basta! Er hatte nicht die geringste Lust, sich erklären zu müssen. Wenn er ein Geschäft vorschlug, hatten diese Kleingeister sich gefälligst zu freuen, wenn er sie ins Boot holte. Schließlich hatten sie alle über die Jahre gut an und mit ihm verdient. Also schuldeten sie ihm verdammt noch mal Respekt.

Er setzte sich wieder gerade hin, nahm erneut den Kugelschreiber in die Hand und ließ diesen zwischen seinen Fingern kreisen, während er nachdachte. Sosehr er sich auch bemühte, er konnte die innere Unruhe einfach nicht vertreiben. Auch spürte er schon wieder das Sodbrennen, das sich in letzter Zeit immer öfter bemerkbar machte. Sein Magen spielte seit einigen Wochen verrückt, und der bloße Gedanke an den Ärger, den ihm eben noch dieser Schwachkopf von Pointner beschert hatte, ließ die Magensäure in Hanns' Kehle steigen. Er musste jetzt irgendwie aus der Sache rauskommen. Doch wie? Er hatte den Kredit, mit dem er angeblich Leas Grundstücke gekauft hatte, genommen, um seine Konten glattzumachen. Tatsächlich hatte das Geld nicht einmal ganz gereicht. Doch mit der weiteren Auszahlung war es dann ein Leichtes gewesen, sodass die anderen Banken vor allem in Anbetracht dessen, dass noch einige Millionen dort lagen, erst einmal beruhigt sein würden und Hanns' Ruf wieder der eines Machers sein würde. Er hatte das Geld über mehrere Konten so verteilt, dass es nicht nach einer Kreditauszahlung, sondern wie Einnahmen aus seinen Firmen aussah, sodass vor allem die Westbank annehmen musste, dass seine Investitionen in diverse Geschäfte nun genau den Profit abwarfen, auf den er hingearbeitet hatte. Es würde also am meisten Sinn machen, sich direkt mit Huber in Verbindung zu setzen und diesem ein Geschäft vorzuschlagen, bei dem die Westbank die Baufinanzierung machen würde. So könnte er mit dem Geld auf den Konten ein Grundstück ankaufen und den eigentlichen Bau über die Westbank finanzieren, während Gerhard glaubte, dass es sich hierbei um die von seiner Bank bewilligten Kredite handelte. Wichtig war nur, dass Huber und Gerhard sich nicht hierüber austauschten. Doch da konnte Hanns im Grunde ganz beruhigt sein. Es galt schließlich das Bankgeheimnis, ganz abgesehen davon, dass Lohmüller und Huber sich nicht ausstehen konnten und lediglich bei Empfängen und Zusammenkünften eine professionelle Freundlichkeit im Umgang miteinander an den Tag legten. Dass die beiden jemals über Hanns sprechen würden, schien ihm ausgeschlossen. Außerdem war er noch bei anderen Banken Berlins und auch außerhalb, doch dies in weit geringerem Umfang. Er hatte sich über die Jahre ein weitreichendes Konstrukt an Firmen, Unterfirmen und Stiftungen aufgebaut mit entsprechenden Konten. Wie viele, wusste er beim besten Willen nicht zu sagen. Und es war auch unwichtig. Selbst die Namen seiner diversen Firmen konnte er nicht alle aufzählen. Hier wusste sein Rechtsanwalt Klaus Schröder weit besser Bescheid. Schröder. Über ihn hatte Hanns in letzter Zeit kaum nachgedacht. Überhaupt hatte er das Gefühl, als wachse ihm alles ein wenig über den Kopf. Doch genau das durfte nicht geschehen. Er musste die Zügel in der Hand behalten, durfte nicht in seinem Bemühen nachlassen. Doch irgendwie merkte er, dass er ein wenig müde geworden war. Sobald er dieses Großprojekt realisiert hatte, würde er wirklich überlegen, seine Geschäfte ein wenig herunterzufahren, und womöglich sogar die eine oder andere Firma abstoßen, um so nach und nach wieder mehr Überblick zu gewinnen. Zumindest hoffte er, dass dies gelingen könnte, wenngleich er sich dessen jedoch nicht wirklich sicher sein konnte. Er würde es niemand anderem gegenüber eingestehen, am liebsten nicht einmal sich selbst, doch tief in seinem Innern spürte er, dass die vielen Lügen und Geschäfte, die schon seit gut zwei Jahren stets nur dazu gedient hatten, mit dem einen die Lücken des anderen zu schließen, überhandgenommen und ihn mürbe gemacht hatten. Vor allem war da immer die bange Frage in seinem Kopf, was geschehen würde, sollte ihm jemand auf die Schliche kommen. Zwar hatte niemand außer ihm wirklichen Einblick. Sein Rechtsanwalt Klaus Schröder wusste eine ganze Menge, ja. Doch im Grunde auch nur, dass Hanns ein Konstrukt diverser Firmen errichtet hatte. Die jeweiligen Ein- und Ausgaben, vor allem aber die Kontobewegungen, kannte Schröder selbstverständlich nicht. Niemand kannte diese. Den Überblick über alles hatte nur Hanns selbst, dafür hatte er immer gesorgt. Auch seine Sekretärin Frau Schneyder bekam stets nur so viel zu sehen, dass sie keinen Zusammenhang herstellen konnte. Ja, er hatte viele Jahre alles genau so gesteuert, doch irgendwie waren die Verbindlichkeiten, die sich im Laufe der Zeit aufgestaut hatten, mehr und immer mehr geworden. Dabei waren seine Einnahmen erheblich. Doch sie reichten eben nicht aus, wollte Hanns seinen Lebensstil aufrechterhalten, vor allem aber den Menschen um sich herum weiter die gewohnte Show bieten. Niemand konnte sich mit seinen Partys, Gesellschaften und Empfängen messen. Selbst für seine Mittagessen, zu denen er gern mit seinen Gästen auch mal rasch ins Elsass flog, wenn ihm danach war, wurde er gefeiert. Ja, er war Hanns Borchardt, und alle um ihn herum erwarteten doch nur das Beste, Größte und Beeindruckendste von ihm. Und was bliebe ihm, wenn er all diesen Prunk nicht mehr zur Schau stellen könnte? Wer wäre er noch, wenn er wieder wie jeder andere auch nur seinen Geschäften nachgehen würde, ohne die Menschen um sich herum immer wieder aufs Neue zu verblüffen? Wer?

Er erhob sich von seinem Schreibtischsessel, ging hinüber zum Schrank, holte den Whisky heraus, schenkte sich ein und trank einen Doppelten. Dann stellte er das Glas ab und füllte es sogleich wieder. Im Innern der Tür befand sich ein Spiegel, und bevor er die Flasche wieder hineinstellte, verharrte er einen Moment und betrachtete sich. Wer wäre er, wenn er nicht mehr der Hanns Borchardt war, den alle in ihm sahen? Er hielt die Spiegeltür fest, betrachtete weiter sein Gesicht. Wer? Wer war er dann noch? Er stellte die Flasche zurück und schloss die Spiegeltür, denn die Antwort, die ihm in den Sinn kam, wollte er selbst nicht wahrhaben: Niemand!

29. Kapitel

Adalbertstraße 81, Berlin-Kreuzberg

Freitag, 17. Dezember 1976

Ich bin hin- und hergerissen. Was soll ich nur tun?

HOLGER BORCHARDT

Drei Tage waren vergangen, seit er zusammen mit Hanna bei der Polizeiwache gewesen war und dort ausgesagt hatte, an dem Montagabend nichts, aber auch gar nichts von einem Überfall oder Ähnlichem bemerkt zu haben. Er hatte erwartet, dort den Polizisten anzutreffen, der ihn während des Streifengangs angesprochen hatte, doch stattdessen hatte er erfahren müssen, dass eben jener Polizist von denen, die das Waffengeschäft überfallen hatten, niedergeschossen worden und etwa eine halbe Stunde, bevor Holger und Hanna auf der Polizeiwache eingetroffen waren, im Krankenhaus verstorben war. Die Nachricht hatte Holger aufrichtig schockiert, und er hatte den entsetzten Blick seiner Schwester gesehen, als ihnen von dem Tod des Polizisten berichtet worden war. Holger hatte seine Bestürzung hierüber nicht spielen müssen.

Er fand es schrecklich, dass der junge freundliche Mann sein Leben gelassen hatte, und zu wissen, wer dafür verantwortlich war und dennoch nichts zu sagen, hatte ihn alle Kraft gekostet und komplett gegen seine Überzeugungen handeln lassen. Denn so etwas durfte nicht geschehen. Niemals!

Seine Aussage war nicht einmal schriftlich erfasst worden. Nachdem der diensthabende Polizist seine Personalien aufgenommen hatte und er die Geschichte erzählte, lediglich seine Schwester gefahren und auf diese gewartet zu haben, was Hanna sogleich bestätigte, fragte der Polizist nur noch, ob sie außerdem irgendetwas gesehen oder gehört hätten. Dies verneinten die beiden sogleich. Also dankte der Polizist ihnen, dass sie gekommen waren, und sie konnten wieder verschwinden. Das Ganze hatte gerade mal zwanzig Minuten gedauert, dann waren sie wieder draußen, und Holger hatte Hanna zur Villa zurückgefahren. Auf dem Weg hatten sie kaum gesprochen. Nur einmal hatte Hanna zum Gespräch angesetzt und betont, dass der Polizist tot sei. Wirklich tot. Holger hatte nichts darauf geantwortet. Was hätte er auch sagen sollen?

Als er seinen BMW vor der Villa zum Halten gebracht hatte, waren die Geschwister so verblieben, dass Holger jeden Tag einmal dort anrief, um von Hanna zu erfahren, ob die Polizei sich erneut gemeldet und weitere Fragen gestellt hatte. Dann hatten sie sich verabschiedet, und Holger hatte Hanna nochmals für ihre Hilfe gedankt. Ihrem Gesichtsausdruck hatte er ansehen können, dass es ihr nicht gefiel, wobei sie ihm geholfen hatte. Doch letztendlich hatte sie nichts weiter gesagt.

Holger hatte sich an die Vereinbarung gehalten und Mittwoch, Donnerstag sowie auch heute in der Villa angerufen und mit Hanna gesprochen. Die Polizei hatte sich dort nicht gemeldet, und auch sonst war nichts weiter geschehen, wie die Schwester ihm mitteilte. Zwar konnte noch immer etwas kommen, doch im Grunde glaubte Holger nicht daran. Die Sache war wohl wirklich einfach so erledigt, ohne dass er noch etwas zu befürchten hatte. Wahrscheinlich passten Hanna und er einfach nicht in das Bild, das die Polizei von den Tatverdächtigen hatte. Darüber hätte er eigentlich froh sein müssen, doch tatsächlich wollte sich eine echte Erleichterung bei ihm nicht einstellen. Denn die fast vier Tage, die er Monika nun nicht gesehen hatte, zehrten an ihm. Er vermisste sie so sehr, dass er das Gefühl hatte, kaum gleichmäßig atmen zu können. Ihm fehlten ihr Duft, der Blick in ihre Augen, ihre Zärtlichkeiten und die Gespräche, die sie führten. Er liebte diese Frau, er brauchte diese Frau, seine Wut war verraucht, und nichts als die blanke Sehnsucht, ja, geradezu die Begierde, sie endlich wieder in seine Arme zu schließen, war übrig. Er fühlte sich wie ein Süchtiger, der an nichts anderes als seine Droge denken konnte, spürte fast körperlich die Qual, die es ihm bereitet hatte, sich die Tage von ihr fernzuhalten.

Er verurteilte, was sie getan hatte, ja. Doch war es nicht in Wahrheit Ede gewesen, der den Polizisten erschossen hatte? Monika hatte doch selbst hiergegen gewettert, nicht wahr? Sie war nicht so kaltblütig. Es war Ede gewesen, und Monika wollte ihn nur nicht verraten, das war alles. Sie selbst hätte niemals abgedrückt, davon war Holger fest überzeugt. Er musste mit ihr darüber reden. Andererseits fragte er sich, ob Monika das überhaupt noch wollte. Inzwischen war er der Meinung, dass es weit besser gewesen wäre, gleich am Montag mit ihr zu sprechen. Natürlich war er aufgewühlt gewesen – schließlich hatte er als Fahrer bei einem Raubüberfall fungiert, bei dem ein Mensch ermordet worden war. Doch im Grunde hatte er Monika ja gar keine Gelegenheit gegeben, sich in irgendeiner Form zu erklären. Was, wenn sie selbst es gar nicht geplant hatte und von Ede auch nur benutzt worden war?

Er stieg aus seinem BMW, in dem er nach der Ankunft in der Adalbertstraße noch eine gute halbe Stunde gesessen und nachgedacht hatte. Sein Verstand hatte ihm wieder und wieder dazu geraten, nicht auszusteigen, sondern den Motor erneut zu starten und zu Thomas' Wohnung zurückzufahren. Doch sein Herz, ja sogar sein ganzer Körper, sagten ihm etwas anderes. Er konnte nicht anders, als mit Monika zu sprechen. Er musste sie sehen, wollte aus ihrem eigenen Mund hören, ob es wirklich ihr Plan gewesen war, ihn in ein solches Verbrechen mit reinzuziehen. Lieber wollte er es in einem heftigen Streit mit ihr enden lassen, als mit den vielen offenen Fragen, die in seinem Kopf schwirrten.

Die Eingangstür zum Treppenhaus war, wie sonst auch, nicht verschlossen, sodass er hineinging und sich dann die Stufen hinaufschleppte. Er fühlte sich schwach, müde und erschöpft. Als er vor Monikas Tür stand, zog er seinen Schlüssel hervor, behielt ihn jedoch in der Hand und drückte den Klingelknopf, der sogleich ein schnarrendes Geräusch von sich gab. Kurz darauf hörte Holger Schritte und atmete noch einmal tief durch, als die Tür geöffnet wurde. Monika sah ihn an, sagte aber kein Wort. Kurz zögerte sie, dann gab sie den Eingang frei.

»Hallo«, sagte Holger, nicht wissend, wie er sie begrüßen sollte. Und auch sie machte keinerlei Anstalten, ihn zu umarmen.

»Hast du deinen Schlüssel verloren?«, fragte Monika nur.

Holger öffnete die Hand und zeigte ihn ihr. »Ich wusste nicht, ob es okay wäre, ihn zu benutzen.« Fast erwartete er, dass sie ihm den Schlüssel abnehmen würde, doch das tat sie nicht. Stattdessen wich sie einige Schritte zurück und wartete, bis er in den Flur trat. Dann schloss sie hinter ihm die Tür.

»Sind die anderen hier?«, fragte Holger.

Monika schüttelte den Kopf. »Ich bin allein«, antwortete sie, was ihn in diesem Moment erleichterte. Aber er wunderte sich auch, war doch sonst eigentlich immer etwas los bei Monika. Sie wirkte verändert auf ihn, nachdenklich, womöglich sogar ein wenig traurig.

Holger ließ Monika vorgehen und folgte ihr in Richtung

Wohnzimmer. Auf dem Tisch standen zwei leere Flaschen und eine halbvolle Flasche Bier. Vielleicht hatte sie Besuch gehabt. Allerdings war es ebenso möglich, dass sie selbst das ganze Bier getrunken hatte.

»Möchtest du?«, fragte Monika und deutete zum Tisch.

»Gern«, erwiderte er nur, worauf sie die zwei leeren Flaschen abräumte, in die Küche ging und mit einer vollen Flasche wieder zurückkam. Holger legte Schal und Mantel ab und setzte sich auf das abgeschabte Sofa.

»Hier«, sagte Monika und gab ihm die volle Flasche, dann setzte sie sich neben ihn, griff die halb volle Flasche und ließ diese kurz gegen seine klingen. Sie zog die Beine an, wie sie es gern tat, und musterte ihn, während sie einen Schluck trank.

Holger tat es ihr gleich und hielt die Flasche genau wie sie in Händen. »Wie geht es dir?«, begann er das Gespräch.

Monika nahm noch einen Schluck. Ihre Augen wirkten ein wenig trüb. Vermutlich hatte sie einen Joint geraucht.

»Du hast mir gefehlt«, erklärte Monika, statt ihm auf seine Frage zu antworten.

»Ja, du mir auch.«

»Ist beschissen, was da gelaufen ist«, stellte sie dann fest. »So war das nicht geplant.«

»Sondern?« Holger bemühte sich, keinen vorwurfsvollen Ton in seine Frage zu legen.

»Es ging nur um ein paar Waffen, die wir dringend brauchten«, gab Monika etwas gedehnt Auskunft. »Keiner sollte verletzt werden.« Sie trank wieder einen Schluck. »Rein, raus, weg.«

»Der Polizist, auf den Ede geschossen hat, ist gestorben«, stieß Holger hervor.

Monika nickte. »Sie haben es in den Nachrichten gebracht. Ede ist untergetaucht.«

Holger wartete, ob sie noch etwas dazu sagte. Doch mehr kam zunächst nicht. »Und du?«, fragte er nun.

»Was ich?«, gab sie zurück.

»Wie siehst du das?«

»Was? Dass es einen Bullen weniger gibt?«

Holger spürte, wie sein Puls sich beschleunigte. »Er war einfach nur ein junger Mann, der seinen Dienst versehen hat.«

»Seinen Dienst für den Scheißfaschistenstaat«, fauchte sie.

Holger starrte sie fassungslos an, dann senkte er den Blick, stellte sein Bier auf den Tisch und stand auf. »Ich hatte gehofft, dass du es anders siehst. Aber wir sind wohl doch zu verschieden.«

»Warte!« Monika ergriff seine Hand, um ihn am Gehen zu hindern.

»Bitte setz dich wieder. Ich habe es nicht so gemeint.«

»Ach nein?« Holger sah sie zweifelnd an. Es machte ihn wütend, dass sie trotz dem, was Schreckliches geschehen war, noch immer solche Reden schwang. Doch etwas Verletzliches lag in ihrem Blick, also schluckte er seinen Ärger herunter und nahm wieder Platz.

»Ich wollte nicht, dass jemand stirbt«, sagte sie nun leise. »Und Ede auch nicht«, fügte sie dann hinzu.

»Hat er dir das gesagt?«

»Wir hatten Streit. Am Montag schon. Seitdem habe ich ihn nicht mehr gesehen.« Sie stellte ihre Flasche auf dem Tisch ab, robbte näher an Holger heran und lehnte sich bei ihm an. Fast selbstverständlich legte er den Arm um ihre Schultern und hielt sie.

»Ihr hättet mir sagen müssen, was ihr vorhabt«, stieß Holger hervor.

Er spürte, wie Monika nickte. »Ich wollte dich nicht einweihen, damit du gar nicht erst in Schwierigkeiten kommst. Du solltest nicht mal mitbekommen, was wir tun.«

»Ihr wolltet mich also als Fahrer benutzen, ohne dass ich was davon merke? Ist das nicht eine ziemlich naive Vorstellung?«

»Ich wollte dich nicht mit reinziehen.«

»Aber genau das hast du getan. Habt ihr getan«, korrigierte Holger sich. »Ich habe dir ausdrücklich gesagt, dass ich nichts mit dem, was ihr macht, zu tun haben will. Doch ihr habt einfach über meinen Kopf hinweg dieses Ding abgezogen.«

»Es tut mir leid«, flüsterte sie. »Ehrlich, es tut mir richtig doll leid.«

Holger wollte mit seinen Vorwürfen fortfahren, doch er merkte, dass Monika selbst total fertig war.

»Die Polizei war bei mir zu Hause«, sagte er dann.

»Was?« Monika fuhr hoch. »Wieso? Woher wussten sie, dass du da warst?«, fragte sie mit weit aufgerissenen Augen.

Holger erzählte ihr davon, dass der Polizist, den Ede erschossen hatte, ihn angesprochen hatte, während er in seinem BMW gewartet hatte.

»Sie werden wohl mein Kennzeichen überprüft haben«, erklärte Holger und fügte dann hinzu, dass er mit Hanna auf der Wache gewesen war.

»Was hast du denen gesagt?« Monikas Blick hatte sich verändert. Eben noch hatte sie ein wenig weggetreten auf ihn gewirkt. Nun schien sie jedoch von einem Moment auf den anderen vollkommen klar zu sein.

»Dass ich da auf meine Schwester gewartet habe, die etwas von einer Freundin holen wollte. Hanna hat meine Aussage bestätigt. Sie haben die Aussage nicht mal schriftlich aufgenommen.«

Monika blieb eine Weile aufrecht sitzen, dann kuschelte sie sich in Holgers Arm. »Danke«, sagte sie nur. »Und deine Schwester? Was hast du ihr gesagt?«

»Die Wahrheit.«

Wieder fuhr Monika hoch. »Was?«

»Wie hätte ich ihr sonst erklären sollen, weshalb ich ihre Aussage brauche?« Er behielt für sich, dass er Hanna schon die Wahrheit gesagt hatte, bevor die Ausrede überhaupt im Raum stand.

»Wird sie dichthalten?«

Holger nickte. »Sie ist meine Schwester. Aber so steckt sie nun ebenfalls in einer Sache mit drin, in die nicht einmal ich hineingezogen werden wollte. Euren Kampf in allen Ehren. Aber ihr habt nicht das Recht, andere da mit hineinzuziehen.«

Monika sah ihn noch kurz an, dann stand sie auf, zündete sich eine Zigarette an, ging damit zum Fenster und öffnete es weit. Sofort drang die eiskalte Dezemberluft herein.

»Kommt nicht wieder vor«, antwortete sie knapp, während sie hinaussah und den Rauch ausstieß.

Holger wartete kurz. »Und was ist jetzt mit uns?«, fragte er dann, worauf Monika zu ihm herübersah.

»Ich dachte, du wolltest nichts mehr mit mir zu tun haben«, bemerkte sie mit einem Schulterzucken.

»Ich will mit deiner Gruppe nichts zu tun haben, mit dir schon.«

Sie legte den Kopf schräg. »Und wie soll das eine ohne das andere funktionieren?« Wieder nahm sie einen tiefen Zug von ihrer Zigarette.

»Du könntest aufhören mit dem, was du tust«, sagte Holger.

»Soll das so eine Art Vorschlag sein?«, gab sie etwas schnippisch zurück und kam dann zu ihm herüber.

»Wenn du so willst?«

Sie drückte ihre Zigarette im Aschenbecher aus, ging zu ihm und setzte sich auf seinen Schoß. »Ich muss weitermachen«, erklärte sie fast bedauernd. »Wenn wir nichts machen und das System nicht ändern, wird alles beim Alten bleiben.« Sie nahm sein Gesicht in ihre Hände und gab ihm einen Kuss auf den Mund.

»Aber ihr habt einen Menschen umgebracht«, wandte Holger leise ein, doch er merkte, dass er nicht mehr lange an sich halten konnte. Sie war so schön, so verführerisch, und er spürte, wie seine Hose im Schritt zu spannen begann.

»Die auch. Sie haben so viele getötet, so viele von uns.« Sie gab ihm immer wieder Küsse, während sie weitersprach. »Wir wollten nur, dass man uns zuhört. Doch das ganze Reden nützt nichts, wenn die auf uns schießen.« Wieder küsste sie ihn und strich zärtlich mit dem Finger über seine Brust. »Ich will nicht, dass jemand getötet wird. Doch sie weigern sich, mit uns zu sprechen. Niemand spricht mit uns. Sie schweigen, und sie schießen. Wir wehren uns nur.«

Holger hatte das Gefühl, es nicht mehr auszuhalten. Er umfasste sie, zog sie an sich und küsste sie. Monika erwiderte den Kuss; immer mehr und mehr, immer leidenschaftlicher umschlangen sie sich. Eilig zog Holger seinen Pullover über den Kopf und hob Monika von seinem Schoß. Dann stand er auf, trug sie hinüber ins Schlafzimmer und legte sie dort aufs Bett. Er zog sich aus, während auch Monika die Kleidung von ihrem Körper streifte und nun splitternackt dalag, mit gespreizten Beinen und auf ihn wartend. Holger legte sich zu ihr, betrachtete sie, berührte ihren Busen und küsste sie. Er wollte den Moment genießen, wollte es hinauszögern, denn noch immer war da das Gefühl, dass er nicht wusste, wie das alles mit Monika ausgehen sollte. Sie küssten sich noch einmal, gierig und voller Verlangen, dann drückte Monika ihn auf das Bett, schwang ihr Bein auf die andere Seite, setzte sich auf ihn und ließ ihn in sich eindringen. Sie schloss genüsslich die Augen, während Holger sie betrachtete und sogleich merkte, dass er es nicht lange würde aushalten können. Sie war zu schön, zu begehrenswert, und die Furcht, die ihn die letzten Tage beschlichen hatte, dass er diese Frau womöglich nie wieder würde spüren können, wurde nun von dem, was er gerade erlebte, vertrieben, und nach nur wenigen Bewegungen kam er und brüllte seinen Orgasmus mit einem fast tierischen Laut heraus.

Monika warf den Kopf in den Nacken, hielt ihre Augen geschlossen. Kurz blieb sie noch auf ihm sitzen, dann stieg sie von ihm herunter, lehnte sich mit ausgestreckten Beinen an das Kopfende, griff sich ihre Zigarettenschachtel und zündete sich eine an.

Holger blieb noch einen Moment liegen, dann richtete er sich auf und setzte sich neben sie.

Eine Weile sagte keiner von beiden etwas, sie teilten sich nur die Zigarette und reichten sich diese immer wieder hin und her. Dann bemerkte Holger: »Du hast mir gefehlt.«

»Ja, das hab ich gemerkt«, kokettierte sie. »Du mir auch«, fügte Monika dann hinzu.

Holger nahm einen tiefen Zug von der Zigarette. »Und wie soll es jetzt weitergehen? Ich meine, mit uns?«

Sie zuckte die Schultern. »Das hängt von dir ab. Ich mag dich. Ich mag dich wirklich«, bekräftigte sie. »Du hast einen Schlüssel. Wenn du herkommen willst, komm her. Wenn nicht, dann nicht. Ich mache dir keine Vorschriften.« Sie nahm ihm die Zigarette ab. »Doch ich lasse mir auch keine Vorschriften von dir machen.«

»In Ordnung«, stimmte Holger zu. »Darf ich dich was fragen?«

»Immer.«

»Hast du schon mal einen Menschen getötet?«

Monika zögerte. »Nein«, sagte sie dann. »Und wenn ich nicht muss, werde ich es auch nicht tun.«

Holger war in Versuchung, noch etwas darauf zu erwidern, doch er wollte diesen kostbaren Augenblick nicht zerstören. Monika und er würden in Bezug auf die RAF und deren Taten nicht zusammenkommen. Und vielleicht musste er das einfach akzeptieren, wenn er sie nicht verlieren wollte. Und zumindest in diesem

Punkt war er sicher: Auch wenn Monika nur von »Mögen« sprach, war es für ihn doch etwas anderes. Er liebte diese Frau, er liebte und begehrte sie auf eine Weise, wie nie eine andere vor ihr. Und er wusste, dass sich das auch nicht ändern würde, ganz gleich, was sie tat. Doch ebenso wenig würde sich ihre Einstellung ändern zu dem, was sie zu tun bereit war, um den Menschen die Augen zu öffnen. Holger würde nicht so dumm sein, sie zum Umdenken überreden zu wollen. Denn auch wenn es ihn schmerzte, war ihm klar, dass er den Kürzeren ziehen würde, wenn er Monika vor die Entscheidung stellte, die RAF oder ihn zu wählen. Damit würde er künftig leben müssen. Und mit noch etwas musste er umgehen: Das Leben, das er sich früher einmal für sich vorgestellt hatte, würde er mit dieser Frau niemals führen. Kein Haus, keine Kinder, kein normales Umfeld, bei dem man sich am Wochenende mit Freunden traf und die Kinder zusammen spielten. Wie spießig der Gedanke doch war. Er konnte sich kaum mehr vorstellen, dies jemals gewollt zu haben. Aber hatte er das überhaupt? Oder war ihm ein solches Denken ebenso eingetrichtert worden und in Fleisch und Blut übergegangen wie all die Lügen seines Vaters, die er all die Jahre geglaubt hatte?

Ihm fiel das Gespräch wieder ein, das er mit seinem Vater in dessen Firma geführt hatte. Noch hatte er nichts gegen seinen Vater unternommen, einfach, weil er nicht dazu gekommen war. Doch genau das würde er in nächster Zeit ändern. Der Alte würde schon sehen, dass er nicht länger mit seinen Lügen durchkam. Diesmal nicht.

30. Kapitel

Golden Paradise, Kurfürstendamm 201/202, Berlin-Charlottenburg

Freitag, 17. Dezember 1976

Ich habe das Gefühl, endlich erwachsen zu sein.
Mit jedem Atemzug genieße ich diese neue Freiheit.

HANNA BORCHARDT

Sie fühlte sich so unabhängig wie noch nie in ihrem Leben, auch wenn sie den Moment, da sie ihr erstes eigenes Auto bekommen hatte, gern mehr genossen hätte. Aber bis vor wenigen Stunden hatte sie ja nichts davon gewusst, dass sie die Besitzerin eines BMW 320 sein würde. Ihr Vater hatte den Autohändler einfach bei der Villa vorbeigeschickt, ihn klingeln und die Schlüssel übergeben lassen. Der Händler hatte noch gefragt, ob Hanna eine Einweisung wünsche, was sie verneinte. Dann hatte er ihr kurz zum neuen Auto gratuliert, sich verabschiedet und war zu seinem Kollegen in den anderen Wagen gestiegen, mit dem er dann wieder losgefahren war.

Hanna hatte einen Moment lang nur dagestanden und etwas verblüfft den Schlüssel in ihrer Hand angestarrt. Dann war sie hinausgegangen, hatte den BMW aufgeschlossen, sich hineingesetzt und versucht, das Glücksgefühl zu erspüren, jetzt wirklich ihr eigenes Fahrzeug zu besitzen. Doch sie war allein, und der BMW war ihr so lieblos zugestellt worden, dass sich die Freude darüber nicht so recht einstellen wollte. Also war sie ausgestiegen und nach einem kurzen Blick auf ihr neues Auto in die Villa zurückgegangen. Erst als fast zwei Stunden später ihre Mutter nach Hause kam, hatten sie sich gemeinsam gefreut und den Wagen noch mal ausgiebig betrachtet. Auch ihre Mutter hatte keine Ahnung gehabt, dass der BMW an diesem Tag geliefert würde. Genau genommen, hatte sie offenbar nicht einmal gewusst, dass überhaupt ein Auto gekauft worden war. Und so, wie es Hanna schien, hatte ihre Mutter ein schlechtes Gewissen, nicht da gewesen zu sein, um den Moment ein wenig mit ihr zu feiern. So hatte sie dann auch nicht widersprochen, als Hanna sie gebeten hatte, heute Abend mit dem neuen Auto zu Bettina fahren zu dürfen, um ihr den Wagen zu zeigen. Als ihre Mutter dann noch fragte, ob sie womöglich auch bei Cord vorbeischauen wollte, hatte Hanna ein wenig damit kokettiert und ihrer Mutter so das Einverständnis abgeluchst, trotz ihrer Krankschreibung an diesem Abend unterwegs sein zu dürfen. Allerdings hatte die Mutter darauf bestanden, dass Hanna weder mit Bettina noch mit Cord ausgehen würde, sondern ausschließlich bei diesen zu Hause blieb. Offenbar hatte ihre Mutter wirklich größte Bedenken, dass Hanna ihre Anstellung verlieren könnte, würde sie während ihrer Krankschreibung irgendwo gesehen.

Hanna hatte es ihr versprochen, wenngleich sie weder Bettina und schon gar nicht Cord besuchen würde. Sie wollte zu Lea, und nirgendwo sonst hin. Und allein der Gedanke, diese gleich zu treffen, ließ Hanna nochmals nervös in den Rückspiegel blicken, bevor sie aus ihrem neuen BMW stieg, den sie in einer Seitenstraße in der Nähe von Leas Wohnung geparkt hatte.

Es war nicht so viel wie sonst an einem Freitagabend hier auf dem Ku'damm los, was vermutlich an den eisigen Temperaturen lag, die diesen Winter herrschten. Oder aber die Leute waren froh, ihre Weihnachtsgeschenke zusammenzuhaben und hatten schlicht keine Lust mehr, überhaupt noch rauszugehen und sich dem Trubel des Vorweihnachtsgeschäfts auszusetzen.

Als Hanna um die Ecke bog, sah sie sogleich zu Leas Wohnung hinauf, aus deren Fenstern Licht herunterschien. Sie war also da.

Hanna ging auf die Tür zu, hielt jedoch sogleich inne, da sie glaubte, im Club nebenan etwas wahrgenommen zu haben. Tatsächlich schien dort drinnen Bewegung zu sein, soweit sie es trotz der abgeklebten Fenster erkennen konnte. Sie wandte sich zum Eingang des *Golden Paradise*, in der Annahme, dass Lea sich womöglich dort aufhielt.

Die Tür war verschlossen, sodass Hanna einige Male klopfte. Erst tat sich nichts. Nach nochmaligem Klopfen wurde dann jedoch der Schlüssel von ihnen gedreht, und zu Hannas Überraschung blickte sie in Cords Gesicht.

»Hanna«, sagte er erstaunt. »Du bist es. Komm rein.«

»Hallo, Cord«, grüßte Hanna und betrat sogleich den Club. Cord schloss hinter ihr wieder ab.

»Ist Lea hier?«

»Nein.« Cord schüttelte den Kopf.

»Ruhe dahinten!« rief jemand ungehalten zu ihnen herüber, und Hanna sah Cord fragend an.

»Wir drehen«, flüsterte er ihr nun erklärend zu. »Komm. Du kannst zusehen.«

Eigentlich wollte Hanna widersprechen, hatte sie doch lediglich Lea hier vermutet und nicht die geringste Ahnung, dass sie in einen Dreh hereinplatzte. Doch da Cord bereits vorging und sie sich nicht traute, noch etwas zu sagen, folgte sie ihm einfach nur und setzte sich neben ihn auf einen der Stühle, den er ihr anbot.

»Solange hier noch die Baustelle ist, wollten wir die Gunst der Stunde nutzen«, flüsterte Cord ihr ganz nah an ihrem Ohr zu. »Die Story ist, dass er einer der Handwerker ist und sie die Tochter des Eigentümers«, fuhr er erklärend fort. Cord deutete auf einen weiteren Mann, der nur mit blauer Arbeitshose bekleidet war und noch am Rand der Szene stand.

»Das ist sein Kollege, der die beiden erwischt und erpresst. Damit er dem Vater der Kleinen nichts verrät, müssen sie ihn mitmachen lassen.«

»Verstehe«, sagte Hanna nur, die das Konzept der Handlung mehr als überschaubar fand. Dennoch war es ihr schon nicht mehr so peinlich wie beim letzten Mal, dabei zuzusehen, wie die beiden Darsteller, bei denen es sich nicht um Mia und Sven handelte, vor der Kamera agierten. Die Kulisse war denkbar einfach: Mehrere Folien, die eigentlich den Fußboden vor Farbklecksen schützen sollten, eine Leiter und ein Sessel, von dem die Folie zum Teil abgenommen war, sodass diese noch an der hinteren Lehne hing. Die junge Frau war einige Stufen die Leiter hinaufgeklettert und stützte sich ab, während der Mann davorstand und sie penetrierte. Hanna war von sich selbst überrascht, weil sie das Gefühl hatte, dass sie das Zusehen schnell langweilte. Das war beim letzten Dreh noch anders gewesen, es hatte sie neugierig gemacht. Doch wirklich anregend fand sie es dieses Mal nicht. Denn im Grunde geschah ja kaum etwas. Ja, die beiden hatten Sex. Na und? Es war doch nur ein einziges Rein-und-wieder-raus. Eine bestimmte Stimmung wurde nicht erzeugt, und zumindest bei Hanna sprang der Funke auch nicht über. Vielleicht waren solche Filme eher etwas für Männer. Doch irgendwie fragte sie sich, ob das wirklich so war und ob es nicht weit reizvoller wäre, eine gewisse Spannung zu erzeugen. Schließlich ging es doch vor allem auch darum beim Sex, oder nicht? Das Wechselspiel zwischen Forderung und Hingabe, Geben und Nehmen, Begehren und Befriedigung.

Der andere Mann trat an die beiden heran und ging langsam um die Leiter herum. Die junge Frau tat, als erschrecke sie sich, doch sie spielte das so unglaubwürdig, dass Hanna es geradezu peinlich fand.

»Wenn ich das deinem alten Herrn erzähle«, sagte nun der, der an die beiden herangetreten war. Der andere Mann hielt in der Bewegung inne.

»Mach, dass du wegkommst«, schnauzte dieser nun. »Das hier geht dich nichts an.«

Der andere trat an die Leiter heran, fuhr mit seinem Finger über den Busen der jungen Frau.

»Von mir muss niemand etwas erfahren«, raunte er nun. »Zumindest dann nicht, wenn ich auch mal randarf.«

»Verpiss dich!«, erwiderte der andere.

»Na ja«, gab nun die Frau zu bedenken, »wenn er uns dann nicht verpfeift …«

Hanna verdrehte die Augen.

»Was ist?«, fragte Cord, der es offenbar bemerkt hatte.

»Ach nichts«, gab Hanna so leise wie möglich zurück, ein wenig unsicher, weil Cord ihre Reaktion registriert hatte.

»Nun sag schon. Was passt dir daran nicht? Würdest du den Film also nicht gucken?«

Hanna sah ihn überrascht an. Legte er wirklich Wert auf ihre Meinung? Sie schüttelte den Kopf. »Nein, würde ich nicht«, antwortete sie leise.

»Und warum nicht?«, flüsterte er zurück.

»Es kommt keine Spannung auf. Es ist so …«, sie suchte nach den richtigen Worten, »so total platt und einfach doof.«

»Fünf Minuten Pause!«, rief nun der Regisseur und warf Cord einen genervten Blick zu. »Wir machen gleich mit der neuen Einstellung am Sessel weiter.«

»Also«, insistierte Cord. »Was gefällt dir daran nicht?«

»Keine Ahnung. Wirklich Cord, ich kenne mich ja nicht damit aus. Das wird schon alles richtig sein.«

»Ne, keine Ausflüchte«, entgegnete Cord. »Du bist schließlich unsere Zielgruppe. Also, was gefällt dir an der Darstellung nicht?«

Hanna überlegte. Ganz wohl war ihr nicht bei der Sache, doch irgendwie fand sie es andererseits auch ganz reizvoll, dass Cord ihre Meinung wissen wollte.

»Es ist irgendwie so stumpf«, urteilte sie dann. »Ich kann mir kaum vorstellen, dass eine Frau das reizvoll findet. Es ist mehr …« Sie brach ab.

»Es ist mehr was?«

»Es ist mehr so, als würden die Kerle sich nur an ihr befriedigen«, sprach sie dann ihren Gedanken aus, erschrak aber fast selbst ein wenig. Sie sah zu den Darstellern hinüber, die sich alle Bademäntel übergeworfen hatten.

»Und was würdest du anders machen?« Cord sah sie an.

»Ich bin nun wirklich nicht gerade die richtige Ansprechpartnerin für solche Dinge, Cord«, versuchte Hanna auszuweichen.

»Echt jetzt, Hanna, ich frage dich völlig im Ernst. Weißt du, noch vor etwas mehr als einem Jahr haben wir wirklich gutes Geld mit den Filmen gemacht. Natürlich im Geheimen. Doch inzwischen – und das, obwohl die Filme jetzt sogar unter gewissen Auflagen öffentlich gezeigt werden dürfen – stagniert das Geschäft, und wir wissen nicht, woran es liegt.«

Hanna zuckte die Schultern. »Du sagtest eben, ich sei genau eure Zielgruppe?«

»Ja. Junge, aufgeschlossene Frauen, die keine Lust haben, sich auf ihre Rolle als künftige Ehefrauen zu beschränken, die ausbrechen aus früheren Konventionen und sich eben auch sexuell ausleben wollen.«

Hanna fragte sich, wie Cord darauf kam, dass sie eine solche Frau war, doch natürlich sprach sie das nicht aus.

»Ich glaube, das was ihr dreht, sind Filme für Männer«, meinte sie dann.

Der Regisseur war hinzugekommen und verfolgte nun das Gespräch.

»Ne«, sagte er nun zu Hanna. »Männer mögen weit härtere Sachen.«

»Wenn das so ist, dann müsst ihr einfach mehr darauf eingehen, was Frauen wirklich wollen«, befand Hanna.

»Und das wäre?«, fragte nun der Regisseur.

»Etwas mehr Raffinesse, mehr Verführung.«

»Raffinesse und Verführung«, echote der Regisseur. »In einem Porno?«

»Wenn ihr ihn für Frauen machen wollt, ja? Sonst dreht etwas für die Männer.«

»Als ob es …« Weiter kam der Regisseur nicht, weil Cord ihn mit einer Handbewegung unterbrach.

»Wie würdest du es machen?«, wandte sich Cord an Hanna, offenbar wirklich interessiert.

Hanna schüttelte den Kopf. »Das weiß ich nicht. Wirklich Cord, vielleicht bin ich ja auch die Einzige, die es so nicht gut findet.«

»Dann würden wir besser verkaufen«, erwiderte Cord ein wenig zerknirscht und warf dem Regisseur einen fast strafenden Blick zu.

Hanna sah zu den Darstellern hinüber.

»Wieso macht ihr es nicht andersherum?«, schlug sie dann vor.

»Wie meinst du das?«, fragte Cord.

»Na, ihr könnt ja gern bei eurer Grundstory bleiben. Aber vielleicht sollte sie aktiv werden, erst den einen verführen und dann auch noch den anderen. Sie sollte agieren, und nicht aus der Angst heraus, dass sonst ihr Vater von der Sache erfährt, Sex haben.«

Cord nickte nachdenklich.

»Wir versuchen es«, sagte er nun.

»Was? Du magst ja der Produzent sein, aber ich führe hier die Regie«, beschwerte sich der Regisseur.

»Es tut mir leid, ich wollte wirklich nicht …«, versuchte Hanna zu schlichten.

»Wie du schon sagtest, ich bin der Produzent. Und der gibt nun einmal das Geld.« Cord stemmte die Hände in die Hüften und baute sich vor dem Regisseur auf.

Hanna hätte im Boden versinken können. Wenn sie nur den Mund gehalten hätte.

»Gut, wie du willst. Dann bin ich ja hier überflüssig.«

»Scheint so«, hielt Cord dagegen, worauf sein Gegenüber eine wegwerfende Handbewegung machte, an Cord vorbeitrat und kurz darauf mit seiner Jacke in der Hand wiederkam.

»Viel Spaß noch, mit Fräulein Neunmalschlau in Sachen Sex. Ihr könnt mich mal!« Damit ging er zur Tür, schloss auf und stapfte wütend hinaus.

Cord ging hinter ihm her, schloss wieder ab und kam zurück.

»Gut, dann wäre das geklärt«, stellte er fest, rieb sich die Hände und wandte sich dann Hanna zu. »Also, wie wollen wir's angehen?«

Die Darsteller, die den Streit verfolgt hatten, sahen Hanna ebenso erwartungsvoll an.

»Ich habe doch damit gar nichts zu tun«, wehrte sie ab.

»Er ist sowieso ein Arschloch und macht seinen Job nicht so, dass ich zufrieden bin«, meinte Cord nur. »Also los, Hanna. Was schlägst du vor?«

Hanna hatte das Gefühl, knallrot anzulaufen. Was sollte denn das hier? Was erwartete Cord von ihr? Dass sie Regie bei einem Pornodreh führte?

»Ich wollte eigentlich nur zu Lea«, versuchte sie, sich herauszureden. »Hätte ich doch bloß nichts gesagt.«

Cord sah sie herausfordernd an.

»Ich finde, dass du recht hast«, brachte sich nun die Darstellerin ein, die zusammen mit ihren Kollegen zumindest einen Teil des Gesprächs verfolgt hatte.

»Sieh an«, sagte Cord.

»Kriegt jetzt hier jeder ein Mitspracherecht, oder wollen wir drehen?«, mischte sich nun der Kameramann ein.

»Dann mach doch einfach mal, Sabine«, forderte Cord nun und legte den Arm um Hannas Schultern. »Und du siehst dir die Sache an und korrigierst, wenn was anders laufen soll.«

Hanna nickte stumm. Sie fühlte sich alles andere als wohl in ihrer Haut, doch andererseits hatte sie das Gefühl, jetzt nicht einfach von hier verschwinden zu können. Immerhin war durch ihr Einmischen der Regisseur gegangen.

»Okay«, stimmte sie zu, zog nun endlich ihre Jacke aus, weil ihr so langsam wirklich heiß hier drin wurde, legte diese über den Stuhl und stellte sich dann neben den Kameramann, um so besser sehen zu können, was dieser beim Filmen einfing.

»Zieht ihr noch mal eure Arbeitshosen an, in Ordnung?«, bat Sabine, die nun ihrerseits ihre knappen Shorts und ihr Trägershirt überzog. Ihre Kollegen befolgten ihre Anweisung.

»Kai, du siehst erst mal zu, und du, Jörn, kommst langsam ins Bild, während ich auf der Leiter stehe, okay?« Sie sah bei dieser Frage zu Hanna herüber.

»Ja«, traute Hanna sich nun zu sagen. »Und nimm dir eine der Malerrollen oder einen Pinsel, und tu so, als würdest du etwas an der Decke streichen wollen. Aber du kommst nicht ran und bist deshalb froh, dass einer der Handwerker dir zu Hilfe kommt«, schlug Hanna vor, der gerade nichts Besseres einfiel. Ein wenig schämte sie sich, fand sie doch die Story, die sie und die Darstellerin sich soeben erdacht hatten, fast ebenso schwach wie die zuvor. Doch vielleicht würde Sabine ja etwas daraus machen.

Diese kletterte nun auf die Leiter, ließ sich einen Pinsel geben und tat, als würde sie damit versuchen, die Decke zu erreichen.

Hanna sah zu dem Darsteller hinüber, den Sabine mit Jörn angesprochen hatte, und suchte dessen Blick. Dann gab sie ihm ein Zeichen, und er trat langsam ins Bild. Der Kameramann schwenkte kurz auf ihn, dann auf Sabines Po und wieder zurück.

»Kann ich helfen?«, fragte Jörn an Sabine gewandt. Sie blickte zu ihm hinunter, lächelte ihn herausfordernd an.

»Kommt drauf an, wobei«, antwortete Sabine in verführerischem Tonfall.

»Wobei auch immer du willst«, gab Jörn zurück und erwiderte ihr Lächeln.

Sabine stieg langsam die Leiter hinunter. »Dort oben ist eine kleine Stelle an der Decke, siehst du sie? Kannst du das in Ordnung bringen?«

»Na, sicher«, raunte Jörn, nahm ihr den Pinsel ab und stieg hinauf. Kurz berührte er mit dem Pinsel die Decke, dann sah er zu Sabine hinunter. »Gut so?«

Hanna bedeutete dem Kameramann, einen Schwenk von Sabine zu Jörn zu machen, damit es so aussah, als betrachtete der Kameramann ihn durch Sabines Augen.

»Ausgezeichnet«, sagte Sabine nun. »Da hast du dir auf jeden Fall eine Belohnung verdient.«

Jörn stieg die Leiter wieder herunter. Er war noch nicht ganz unten angekommen, da stoppte Sabine ihn, löste die Träger und ließ so Jörns Hose herunter. Dann beugte sie sich vor und begann, ihn oral zu befriedigen. Einen Moment machte Sabine so weiter, dann zog sie ihre Shorts aus, sodass sie nur noch mit dem knappen Shirt bekleidet war. Sie bedeutete Jörn, ihr zum Sessel zu folgen, wo sie ihn anwies, sich zu setzen, und ließ sich rücklings auf ihm nieder.

Hanna gab dem anderen Darsteller, den Sabine mit Kai angesprochen hatte, einen Wink, dass er zu den beiden gehen sollte, was dieser auch sogleich tat.

Als Sabine ihn hinzukommen sah, sagte sie: »Nicht so schüchtern, komm ruhig her. Hier ist genug für euch beide.« Sabine erhob sich, trat auf Kai zu und küsste ihn. Dann ging sie zur Leiter, setzte sich auf die fünfte Stufe, spreizte die Beine und sagte Jörn, dass er rüberkommen sollte.

»Und du«, sie zeigte auf Kai, »schaust zu, wie gut er das macht, und dann will ich, dass du noch besser bist, hörst du?«

Hanna war sich nicht sicher, ob es das war, was Frauen sehen wollten. Doch ihr gefiel die bestimmende Art, die Sabine an den Tag legte, und fast kam es ihr so vor, als hätte diese nun auch aufrichtig Spaß daran.

Nach einer Weile gab Cord die Anweisung, die Stellung und auch den Partner zu wechseln und erklärte den Darstellern, was sie tun sollten. Er warf Hanna einen kurzen Blick zu und nickte.

Hanna sah den dreien nur noch zu, während Sabine sich immer mehr in der Rolle derjenigen, die die Anweisungen gab, zu gefallen schien. Schließlich kamen Jörn und Kai zum Ende, und Hanna glaubte, bemerkt zu haben, dass auch Sabine einen Orgasmus gehabt hatte.

»Alles im Kasten«, stellte der Kameramann emotionslos fest und schaltete das Gerät aus.

»Das hat mir gefallen«, sagte nun Cord. »Sogar sehr. Du hast Talent, junges Fräulein.«

»Ich habe ja nichts gemacht«, entgegnete Hanna und hob sogleich abwehrend die Hände. »Und ich will auch nichts machen«, stellte sie klar.

»Zumindest ist durch dich der Dreh ganz anders verlaufen als geplant.«

»Mir hat's auch gefallen«, bemerkte nun Sabine und lächelte Hanna an. »Wenn du mal Lust hast dazuzukommen, lass es mich gern wissen.«

»Wohl eher nicht«, lehnte Hanna ab. »Aber danke.« Hanna wandte sich an Cord. »Ich gehe dann jetzt nach oben zu Lea.«

»Mach das. Und richte ihr noch mal meinen Dank aus, dass wir hier heute drehen durften.«

»Mach ich«, sicherte Hanna zu. »Dann tschüss.«

»Tschüss, Hanna«, grüßte Cord zurück, und auch die anderen verabschiedeten sich von ihr.

Hanna verließ den Club und hörte, dass hinter ihr wieder abgesperrt wurde. Dann ging sie zum Nebeneingang, klingelte bei Lea und wartete, bis das Summen ertönte.

Als sie oben ankam, war die Wohnungstür nur angelehnt, sodass Hanna eintrat und die Tür hinter sich schloss.

»Lea?« Sie ging über den Flur in Richtung Küche.

»Hier drüben«, hörte sie deren Stimme.

Hanna trat in die Küche. Lea stand mit einem Glas Wein an die Küchenzeile gelehnt und lächelte sie an. »Wie schön, dich endlich mal wiederzusehen«, bemerkte sie, machte einen Schritt auf Hanna zu und gab ihr einen Kuss. »Du hast mir gefehlt.«

»Und du mir«, erwiderte Hanna. »Ich habe es kaum noch ausgehalten.«

»Was macht die Hand?«

»Der Gips juckt furchtbar, doch Schmerzen habe ich nicht.«

»Und wie hast du es geschafft, dich wegzustehlen?«, fragte Lea ein wenig amüsiert, da Hanna ihr während der Telefonate der letzten Zeit davon berichtet hatte, dass ihre Mutter sie mit Argusaugen beobachtete und sie nicht aus dem Haus ließ.

»Ich habe ein neues Auto bekommen«, erzählte Hanna. »Also, ich habe überhaupt zum ersten Mal ein Auto bekommen«, korrigierte sie sich dann. »Und ich bin auch nicht bei dir, sondern bei meiner Arbeitskollegin, um ihr den Wagen vorzuführen.«

»Ich habe dich nicht gesehen«, sagte Lea mit diesem verführerischen Lächeln, das Hanna in den letzten Tagen so sehr vermisst hatte. »Wollen wir ins Wohnzimmer gehen?«

Hanna nickte.

»Einen Wein?«

»Nein danke. Nicht, wenn ich fahre«, lehnte Hanna ab. »Gern einfach ein Wasser.«

»Wie du willst.« Lea trank ihr Glas leer, schenkte sich selbst Wein nach und dann Wasser in ein weiteres Glas. Sie nahmen die Gläser und gingen damit zusammen zum Wohnzimmer hinüber.

»Ich muss dir was erzählen«, kündigte Hanna an und berichtete, kaum dass sie saßen, von dem, was sich soeben unten zugetragen hatte.

»Klingt doch recht amüsant«, urteilte Lea.

»Ich weiß, ich höre mich an wie eine Landpomeranze, aber ich wusste wirklich nicht, damit umzugehen.«

»Und doch hat es dir gefallen«, stellte Lea fest.

Hanna wollte widersprechen, doch sie wusste, dass Lea den Nagel auf den Kopf getroffen hatte. »Ja«, gab sie dann selbstbewusst zu, »es hat mir gefallen. Und zwar sehr.«

»Gut«, urteilte Lea. »Du bist noch ganz am Anfang, doch deine Neugierde ist geweckt. Die Reise, auf die du dich nun begibst, ist aufregend.« Lea rückte näher an Hanna heran, und sofort spürte Hanna die Erregung, die dies bei ihr auslöste.

»Hast du schon einmal einen solchen Film gedreht?«, fragte Hanna.

»Nein, und ich habe es auch nicht vor.« Lea betrachtete sie. »Möchtest du so etwas tun?«

Hanna schüttelte den Kopf. »Nein, natürlich nicht.«

Lea setzte sich wieder etwas aufrechter hin. »Wieso *natürlich nicht*? Was ist daran natürlich, der Natur zuwiderzuhandeln?« Lea gab ihr einen leidenschaftlichen Kuss. »Lass dir nie von irgendjemandem vorschreiben, wie, wann und wen du zu lieben hast. Wenn du begehren willst, begehre, wenn du führen willst, führe, wenn du genommen werden willst, dann zeig das. Sei alles, aber niemals nichts.« Damit beugte sie sich erneut vor, küsste Hanna erst zärtlich, dann fordernder, bis auch Hanna sich nicht länger zurückhielt und sie geradezu übereinander herfielen. Hanna dachte an Sabines Blick, als sie Jörn gesagt hatte, was er tun sollte. Ja, da war Begierde in ihrem Blick gewesen. Und genau diese Begierde spürte auch Hanna jetzt. Was hatte Lea gesagt? Die Reise, auf die sie sich jetzt begab, war aufregend? Ja – genau so war es. Hanna wusste nicht, wohin diese Reise sie am Ende führen würde. Doch sie wusste, sie würde sie genießen. Jeden Augenblick.

31. Kapitel

Wohnung von Lea Stern über dem *Golden Paradise*, Kurfürstendamm 201/202, Berlin-Charlottenburg

Freitag, 17. Dezember 1976

Die Luft ist noch immer geschwängert von Lust.
Das macht die Einsamkeit für mich schmerzlicher.

Lea Stern

Sie hatte noch eine Weile am Fenster gestanden und Hanna nachgesehen, als diese schon längst aus ihrem Sichtfeld verschwunden war. Diese junge Frau hatte etwas an sich, das Lea tief im Innern berührte. Es war diese Neugierde auf das Leben, auf die Liebe, auf das, was sie als Menschen ausmachen würde. Hanna war ein wenig wie sie selbst, damals, als sie noch jung gewesen war.

Bis vor Kurzem hatte Lea nie darüber nachgedacht, was einmal sein würde, wenn sie in die Jahre käme. Sie war nie ein Familienmensch gewesen, zumindest nicht seit sie wieder hier in Deutschland lebte. Von dem Moment an, in dem sie den Entschluss gefasst hatte, hierher zurückzukehren und das frühere Fotoatelier ihrer Mutter in ihren Besitz zu bekommen, hatte sie stets nur dieses eine Ziel verfolgt. Und es war ihr ganz gleich, was sie hierfür tun musste. Sie hatte die ersten Jahre als Gehilfin bei dem Fotografen Ernst Marquardt gearbeitet, der damals ihrer Mutter das Grundstück und das Gebäude zu einem Spottpreis abgekauft hatte. Und sie hatte eine Affäre mit ihm begonnen. Nur kurz hatte sie hinterfragt, ob sie wirklich bereit war, sich auf diese Weise herzugeben. Doch diese Bedenken hatte sie rasch beiseitegeschoben. Zu wichtig war es ihr gewesen, dass das, was nie hätte so billig verkauft werden dürfen, wieder in die Hand der Familie Stern gelangte. Sie hatte dann einige Jahre mit Ernst Marquardt zusammengelebt und das Geld, das ihre Mutter ihr mit nach Deutschland gegeben hatte, dafür genutzt, eine erste Wohnung zu kaufen und diese zu vermieten. Da sie selbst während dieser Zeit bei und mit Marquardt lebte, hatte sie keine Mietzahlungen zu leisten, sodass sie ihre monatlichen Einnahmen zurücklegen und mit dem Ersparten schon bald die nächste Wohnung finanzieren konnte.

Als Ernst dann erkrankte und nicht mehr in der Lage war, seiner Arbeit nachzugehen, hatte sie diese an seiner Stelle übernommen und ihn gebeten, ihr das Atelier und auch das gesamte Grundstück nebst Hotel zu verkaufen, obwohl sie erhebliche Zweifel hegte, dass die Bank ihr den Kredit für eine solche Investition geben würde. Doch Ernst hatte letztendlich nur einen Bruchteil dessen verlangt, was das Gelände samt Gebäude wert gewesen war. Kurz bevor er starb, hatte er ihr dann gestanden, dass ihn immer ein schlechtes Gewissen geplagt hätte, weil er ihrer Mutter damals in ihrer verzweifelten Situation so wenig dafür bezahlt hatte, und dass er nun seinen Frieden damit machen könnte. Tatsächlich hatte Lea um diesen Mann getrauert, wohl auch, weil er mit seinen letzten Worten Reue gezeigt hatte. Danach hatte sie alles an den Umbau gesetzt und war hohe finanzielle Risiken eingegangen. Und ihr Mut wurde belohnt: Der Club war vom ersten Tage an ein riesiger Erfolg. Zwar verdiente sie auch mit der Vermietung der Wohnungen und des Hotels gutes Geld, sodass sie allein hiervon die Kredite hatte abbezahlen können. Doch die Einnahmen aus dem Club übertrafen alles. Kein Wunder, wollten die Menschen sich doch amüsieren und nach dem anstrengenden Wiederaufbau Deutschlands und der kargen Nachkriegszeit einfach das Leben genießen. Auch Lea hatte es immer geliebt, in den Club zu kommen, das Vibrieren der wummernden Bassklänge in ihrem Magen zu spüren und das Gefühl zu haben, so in das volle, pralle Leben eintauchen zu können. Ja, der Club war wie ihr eigener Herzschlag, die Begegnungen dort machten, dass sie sich lebendig fühlte. Vor allem aber stand der Club für Freiheit. Hier konnten jede und jeder sich ausleben, wie immer es ihr oder ihm beliebte. In diesen Räumlichkeiten galten nicht die zwanghaften Konventionen, die die Menschen sonst überall in Ketten legten. Ja, nur hier konnten sie ihre Masken fallen lasen und ganz sie selbst sein.

Doch jetzt, da der Club das erste Mal für eine längere Zeit geschlossen war, wurde ihr klar, dass sie ohne ihn nichts hatte. Sie war immer froh gewesen über die Unabhängigkeit, in der sie all die Jahre gelebt hatte und das Gefühl, sich an nichts und niemanden binden zu wollen. Doch seit Kurzem hatte sich ihr Denken verändert. Sie wusste nicht genau, ob es an Hanna lag oder an der vorübergehenden Schließung des Clubs. Vermutlich an beidem. Doch sie war unsicher geworden, und das war etwas, was sie sonst über Jahrzehnte nicht mehr gekannt hatte.

Vor allem dachte sie in letzter Zeit immer öfter an ihre Mutter, die inzwischen auch schon auf die siebzig zuging und die sie gern in ihre Nähe geholt hätte. Doch ihre Mutter weigerte sich beharrlich, je wieder einen Fuß auf deutschen Boden zu setzen, und Leas einziger Trost, oder vielmehr, ihre Beruhigung war, dass Rachel, die Frau, die sie noch immer als die Liebe ihres Lebens betrachtete, sich um die Mutter kümmerte. Rachel wohnte gleich nebenan, und da Rachels eigene Mutter bereits vor vielen Jahren verstorben und Lea und sie zusammen aufgewachsen waren, schien es nun, dass sich ihre Mutter und Rachel wie Mutter und Tochter zusammengetan hatten, und ob sie wollte oder nicht, schmerzte Lea dieser Gedanke. Sie spielte in dem Leben der beiden einfach keine Rolle mehr, dabei war doch sie im Grunde das Bindeglied.

Ihre Mutter hatte nie erfahren, was Rachel und sie damals verbunden hatte. Nie hätte Lea es ihrer Geliebten angetan, jemandem davon zu erzählen, sosehr es sie auch verletzte, dass Rachel nie bereit gewesen wäre, zu ihrer Liebe zu stehen. Es war mehr als ein Jahrzehnt her, dass Lea zuletzt in Israel gewesen war, und inzwischen fragte sie sich auch, ob sie jemals wieder dorthin reisen würde. Vermutlich erst, wenn sie von Rachel die Nachricht erhielt, dass ihre Mutter gestorben war. Wieder ein Gedanke, der Lea schaudern ließ.

Sie wandte sich vom Fenster ab und ging zum Telefon hinüber. Ihr Blick fiel auf den Zettel, der daneben lag und auf dem sie heute Nachmittag, als sie den Anruf erhalten hatte, den Namen ihres Gesprächspartners notiert hatte. Der Anrufer hatte sich ihr als ein Albert Pointner von der Maximus Privatbank vorgestellt und sie um Auskunft zu dem Verkauf ihrer Grundstücke und Immobilien an Hanns Borchardt befragt. Zudem hatte er wissen wollen, wann damit zu rechnen sei, dass die Umschreibung erfolge. Offenbar war er fest davon ausgegangen, dass Hanns ihr nicht nur ein Angebot gemacht hatte, sondern sogar die Kaufpreiszahlung erfolgt sei. Lea hatte eigentlich keine große Lust gehabt, mit dem Mann zu sprechen. Andererseits hatte es sie aufhorchen lassen, wie falsch die Informationen waren, die diesem Pointner vorlagen. Zu guter Letzt hatte sie ihn darauf hingewiesen, dass sie ebenfalls Kundin seiner Bank sei und ausschließlich dort Konten unterhalte. Er könne sich ja einen direkten Einblick verschaffen, ob sie eine irgendwie geartete

Zahlung von Hanns Borchardt erhalten hätte. Als er sie dann fragte, ob sie bereit wäre, diese Aussage auch an anderer Stelle zu bestätigen, hatte sie nicht gezögert, ihm dies zu versichern, wenngleich sie nicht genau wusste, was er damit gemeint hatte. Dann hatte sie das Gespräch beendet. War Hanns wirklich so dumm gewesen zu behaupten, dass sie sein Angebot angenommen hatte? Eigentlich konnte sie es sich nicht vorstellen, musste doch eine solche Lüge unweigerlich auffliegen. Und wozu auch hätte er so etwas tun sollen? Sie nahm den Zettel in die Hand, zerknüllte ihn dann und warf ihn in den Papierkorb. Welche Schwierigkeiten Hanns Borchardt auch immer haben mochte – sie hatte nichts damit zu tun.

Lea setzte sich in den Sessel neben dem Telefon und wählte die Nummer ihrer Mutter in Israel. Es dauerte eine Weile, bis abgehoben wurde. Sie hörte ein Knacken, dann ein Rauschen in der Leitung.

»Hallo? Mama? Hier ist Lea«, meldete sie sich. »Hörst du mich?«

»Ich bin es, Lea, Rachel«, vernahm sie nun die Stimme ihrer früheren Geliebten in einem gebrochenen Deutsch. »Guten Abend.«

»Guten Abend«, gab Lea zurück. Sofort wechselte sie zu Iwrit, was sie nun schon seit längerer Zeit nicht mehr gesprochen hatte. Sie wusste, dass Rachel sich wohler fühlte, wenn sie nicht Deutsch sprechen musste.

»Ist mit meiner Mutter alles in Ordnung?«, fragte sie sogleich etwas besorgt, weil es schließlich einen Grund geben musste, weshalb Rachel am Abend noch bei ihr drüben war.

»Ja, es geht ihr schon wieder besser«, versicherte Rachel.

»Was meinst du mit *besser*? War sie krank?« Lea spürte einen Kloß im Hals.

»Hat sie dir nicht Bescheid gegeben? Sie ist die Treppe heruntergefallen und hat sich einen Oberschenkelhalsbruch zugezogen.«

»Was?«

»Ja, vor einer Woche schon. Ich hatte sie gefragt, ob ich dich anrufen soll, doch sie meinte nur, dass sie das selbst erledigen würde.«

Lea schloss kurz ihre Augen, um die aufsteigende Enttäuschung nicht zuzulassen.

»Sie hat dich also nicht angerufen?«, hakte Rachel nach.

»Nein«, antwortete Lea. »Vielleicht war ich auch gerade nicht zu Hause«, hörte sie sich dann selbst sagen. »Kann ich sie sprechen?«

»Sie schläft schon. Ich bleibe zurzeit immer über Nacht hier, falls etwas sein sollte. Soll ich sie wecken?«

»Nein, auf keinen Fall«, beeilte sich Lea zu sagen. »Ich will sie nicht stören.« Sie seufzte. »Eigentlich wäre es meine Aufgabe, die Stellung bei ihr zu halten, nicht wahr?«

»Du hast dein Leben in Deutschland und wir unseres hier«, stellte Rachel nüchtern fest. »Deine Mutter weiß das. Wir beide«, fügte sie dann hinzu, »wissen das.«

»Und wie geht es dir?«, fragte Lea nun, einfach um das Thema zu wechseln.

»Gut. Danke. Hier ist alles wie immer.«

»Und was macht die Arbeit?«, fragte Lea nach. Ihre Mutter hatte ihr davon erzählt, dass Rachel, die über viele Jahre als Journalistin umhergereist war, sich auf eine Stelle in einer Redaktion beworben und diese auch bekommen hatte. Warum sie sich dazu entschieden hatte, wusste Lea jedoch nicht.

»Beruflich ist es bei mir ruhiger geworden, seit ich vor allem den redaktionellen Teil mache und fast nur noch am Schreibtisch sitze.«

»Fehlt es dir gar nicht, rauszugehen und den Leuten auf den Zahn zu fühlen?«

Rachel lachte auf. »Ehrlich gesagt, ist das auf den Zahn fühlen so gar nicht mehr meine Sache. Nein, wirklich. Ich bin zufrieden. Ich versorge die Menschen hier mit den aktuellen Themen und bemühe mich immer, überall auch etwas Positives zu finden. Du kennst mich. Ich bin eben ein Harmoniemensch.«

»Ja, das stimmt.«

Einen Moment lang sagte keine von beiden etwas, und das Schweigen war Lea unangenehm. Es war eigenartig, wie verlegen sie wurde, sobald sie mit Rachel sprach. Aber vielleicht lag es auch einfach an der Gesamtsituation derzeit.

»Ich hatte hier übrigens einigen Ärger im Club«, durchbrach sie nun die Stille. »Mir wollte jemand richtig übel mitspielen und hat mir Ratten reingesetzt.«

»Wie bitte? Habe ich mich verhört, oder hast du wirklich gerade von Ratten gesprochen?«

»Es stimmt. Wir mussten für eine Weile schließen, doch jetzt renoviere ich gerade noch, und dann nehmen wir den Betrieb wieder auf.«

»Und warum? Ich meine, warum wollte dir jemand schaden? Dafür muss es doch einen Grund gegeben haben.«

»Ich hatte ein Kaufangebot, das ich abgelehnt habe«, erklärte Lea. »Und das hat dem betreffenden Herrn offenbar nicht gefallen.«

»Ich bewundere dich, dass du so ruhig bleibst. Es gibt wohl nicht viele Leute, die das einfach so wegstecken würden.«

»So einfach war es für mich auch nicht«, berichtigte Lea. »Aber zum einen ist ein sehr guter Freund von mir Rechtsanwalt, und zum anderen bin ich einfach nicht mehr bereit, mir von irgendjemanden Angst einjagen zu lassen.«

»Ich wäre gern ein bisschen mehr wie du«, sagte Rachel, und Lea meinte fast sehen zu können, dass sie bei diesen Worten lächelte.

»Ach ja? Weshalb?«

»Du warst schon immer die Mutigere von uns beiden und hast dich über Konventionen hinweggesetzt. Ich hätte es wohl auch machen sollen, doch damals …«

Lea schluckte. Sie war überrascht, dass die Worte nur so aus Rachel herausgesprudelt waren.

»Wir waren noch so unheimlich jung«, antwortete Lea nun.

»Wartest du bitte mal kurz?«, bat Rachel.

Der Telefonhörer wurde abgelegt, dann waren einige Schritte zu vernehmen und das Schließen einer Tür.

»Da bin ich wieder. Ich habe die Tür zugemacht, nur, falls deine Mutter womöglich wach wird«, erklärte Rachel. »Kann ich mit dir reden, oder bist du in Eile?«

»Natürlich können wir reden«, sagte Lea, die mehr und mehr von Rachels Verhalten überrascht wurde. Sie hatten über die Jahre immer mal wieder miteinander telefoniert oder einander Grüße über Leas Mutter ausrichten lassen. Doch jetzt hatte Lea das Gefühl, als ginge es Rachel nicht nur darum, ein wenig zu plaudern.

»Sag Lea, hast du es je bereut, nach Deutschland gegangen zu sein?«

»Nein, nie«, kam es sofort von Lea. »Ich wollte immer, dass unser früherer Besitz wieder in die Familie zurückkommt. Ich glaube, ich hätte nicht damit leben können, wenn mir das nicht gelungen wäre.«

»Und wenn ich mich damals anders verhalten hätte?«

Lea atmete tief ein und wieder aus. »Du meinst, auf uns bezogen?«

»Ja, genau. Wenn ich mich damals zu uns bekannt hätte, wärst du dann trotzdem gegangen, auch wenn ich nicht mitgekommen wäre?«

Lea räusperte sich. Sie wusste die Antwort auf diese Frage, hatte sie sich diese doch selbst schon so oft gestellt.

»Nein«, sagte sie dann mit gesenkter Stimme. »Nein, dann wäre ich nicht gegangen.«

Sie hörte, dass Rachel tief ausatmete.

»Kennst du das Gefühl, nicht zu wissen, ob du je dein eigenes Leben gelebt hast?«

»Rachel, geht es dir gut? Du klingst wirklich sehr nachdenklich.«

»Antworte mir bitte? Kennst du das Gefühl?«

»Ich will ehrlich sein, nein, das kenne ich nicht. Denn ich bin meinen Weg so gegangen, wie ich es für richtig hielt.«

»Tja, da bist du mir weit voraus. Ich habe das Gefühl, immer nur den Weg gegangen zu sein, den andere mir vorgegeben haben. Und nun sitze ich hier, mit siebenundvierzig Jahren, mache eine Arbeit, die ich früher vermutlich gehasst hätte und bin bis auf die Zeiten mit deiner Mutter allein.«

»Das tut mir aufrichtig leid.«

»Hast du jemanden in deinem Leben?«

Lea sah Hannas Gesicht vor ihrem geistigen Auge. »Ich habe viele Freunde und einen großen Bekanntenkreis.«

»Das meine ich nicht«, beharrte Rachel. »Gibt es jemand Bestimmten, einen Menschen, der für dich einzigartig ist und den du liebst?« Rachel räusperte sich. »Den du so liebst, wie du mich damals geliebt hast?«

»Nein«, gab Lea mit rauer Stimme zurück. »So jemanden gibt es nicht in meinem Leben.«

»In meinem auch nicht. Und ich frage mich immer öfter …«, sie unterbrach, »nein, ich weiß inzwischen, dass ich damals einen Fehler gemacht habe, weil ich nicht zu dir …, nicht zu uns gestanden habe.«

»Ich weiß nicht, was ich dazu sagen soll«, hörte Lea sich selbst erwidern, aufgewühlt und mitgenommen von dem, was Rachel ihr soeben anvertraut hatte. All das lag so viele Jahre, Jahrzehnte sogar, zurück. Sie beide waren auseinandergegangen, genau genommen, hatte Rachel sie damals regelrecht weggestoßen, als Lea ihr verkündet hatte, mit ihr leben und es ihren Familien sagen zu wollen. Schon damals war Rachels Mutter an Krebs erkrankt, und für sie war es vollkommen klar, keinesfalls nach Deutschland zu gehen und diese zu verlassen. Doch das hatte Lea ja auch zu keiner Zeit erwartet. Sie wäre in Israel geblieben und hätte den Gedanken verworfen, das zurückholen zu wollen, was ihrer Familie in Deutschland genommen worden war. Doch als Rachel ihr erklärt hatte, niemals mit ihr leben zu wollen, damit vor allem ihre Familie nicht erfuhr, was sie füreinander empfanden, war für Lea eine Welt zusammengebrochen. Natürlich wusste sie, dass ihre Beziehung nicht einfach ohne Hindernisse gelebt werden konnte. Doch sie war sicher, dass sie eine Möglichkeit gefunden hätten, wenn sie es nur gewollt hätten.

»Du musst gar nichts dazu sagen.« Rachels Stimme klang traurig. »Ich glaube, ich wollte es einfach mal ausgesprochen haben.«

»Ist denn etwas geschehen, dass du dir jetzt darüber klar geworden bist?«

»Nein, das ist es ja. Ich habe das Gefühl, meine Jahre plätschern so dahin. Du kannst das bestimmt nicht nachvollziehen, als Clubbesitzerin, die nächtelang durchfeiert. Doch mein Leben ist ruhiger, als es sein müsste. Zu ruhig, verstehst du?«

»Und warum hast du dann die Stelle in der Redaktion angenommen? Da bist du doch noch weniger unterwegs.«

Rachel räusperte sich. »Ich kann dir die Frage nicht beantworten.«

Lea glaubte zu hören, dass Rachel mit den Tränen kämpfte.

»Vielleicht weil ich dachte, dass sich dadurch meine Unruhe irgendwie legen würde. Doch tatsächlich hat es nichts genützt.«

»Das tut mir so leid«, brachte Lea stockend hervor.

Wieder atmete Rachel tief durch. »Weißt du was?« Sie klang verändert. »Schluss jetzt mit dem Selbstmitleid. Entschuldige, dass ich dir die Ohren vollgeheult habe.«

»Aber das hast du doch gar nicht. Du kannst immer …«

»Nein, schon gut«, unterbrach Rachel. »Du, ich glaube, deine Mutter hat nach mir gerufen. Ich sage ihr, dass du angerufen hast, ja? Mach's gut, Lea. Es war schön, mit dir zu sprechen.«

»Es war auch schön, mit dir zu sprechen«, erwiderte Lea mit belegter Stimme, genau wissend, dass Rachel ganz sicher nicht von ihrer Mutter gerufen worden war. Sie wollte nur den Schmerz nicht weiter zulassen, den sie wegen ihrer trüben Gedanken empfand.

»Dann mach's gut, Lea. Bis bald.«

»Bis bald«, sagte Lea, doch wahrscheinlich hatte Rachel das nicht einmal mehr mitbekommen, weil sie nach ihrer Verabschiedung sogleich aufgelegt hatte.

Nachdenklich betrachtete Lea noch den Telefonhörer, dann legte sie diesen zurück auf die Gabel und lehnte sich in ihrem Sessel zurück. Rachel hatte also noch immer mit der damaligen Trennung zu kämpfen. Damit hatte Lea nicht gerechnet. Vielmehr war sie davon ausgegangen, eines Tages von ihrer Mutter oder eben Rachel selbst zu erfahren, dass sie einen netten Mann geheiratet hätte. Natürlich hätte Lea diese Nachricht verletzt, doch andererseits wäre dies nur allzu verständlich gewesen, wollte Rachel doch unbedingt die Gefühle, die sie für eine Frau empfand, unterdrücken.

In den letzten Jahren hatte Lea in so mancher Nacht, in der sie Sex gehabt hatte, Rachels Gesicht in ihre Erinnerungen gerufen und sich der Illusion hingegeben, dass es ihre große Liebe wäre, in deren Armen sie lag. Doch danach war stets das Erwachen und damit die bittere Erkenntnis gekommen, dass sie nicht in Rachels Armen lag, nie wieder liegen würde.

Lea überlegte, wie sie damit umgehen sollte, dass Rachel sich offenbar noch immer genauso nach ihr sehnte wie sie sich nach ihr. Sie könnte den Club noch länger geschlossen lassen, zu ihrer Mutter nach Israel reisen und dort das Gespräch mit Rachel suchen, um herauszufinden, was noch zwischen ihnen war oder ob diese Sehnsucht nur einer wunderschönen, unwiederbringlichen Vergangenheit geschuldet war, die die beiden verband. Doch was, wenn sie feststellten, dass die Liebe in all den Jahren nicht verschwunden war? Wäre die Situation dann nicht schlimmer als jetzt? Denn Leas Leben war hier in Deutschland, Rachels in Israel. Schon wegen Leas Mutter würde Rachel nicht von dort weggehen. Und ganz sicher würde Lea das auch nicht wollen. Doch dass sie selbst nach Israel ginge, um dort zu leben, war ein geradezu absurder Gedanke. Nein, das konnte sie nicht. Um keinen Preis der Welt.

Eine Weile blieb sie noch dort sitzen, dann stand sie auf, nahm ihr leeres Weinglas, schaltete das Licht der gebogenen Stehlampe aus und verließ das Wohnzimmer. Sie ging in die Küche, wusch das Weinglas ab, trocknete es und stellte es in den Schrank. Bevor sie auch hier das Licht ausschaltete, sah sie einen Moment auf das Bild mit dem großen goldenen Apfel. Sie hatte es vor vielen Jahren bei einem Antiquitätenhändler entdeckt und sofort mitgenommen. Im Laufe der Zeit hatte sie ähnliche Bilder malen und zwei davon in ihrem Club aufhängen lassen. Sie hatte früher viel über Religionen gelesen, sowohl über das Judentum als auch über das Christentum und den Islam. Immer wieder war von verbotenen Früchten die Rede gewesen, besonders in der christlichen Bibel. Auch wenn sie selbst dem Glauben abgeschworen hatte, hatte sie diese Symbolik immer fasziniert. Schon damals hatte sie nicht verstanden, was daran falsch sein sollte, sich das zu nehmen, was man begehrte, warum man sich zurücknehmen und unglücklich sein sollte, nur weil andere das verlangten. Ihr Club sollte für das Gegenteil stehen. Deswegen hatte sie für die Wiedereröffnung des Clubs einen großen goldenen Apfel fertigen lassen, der nach der Renovierung über der Tanzfläche im Club aufgehängt und sich dort drehen würde, worauf sie sich jetzt schon freute. Ja, alles wurde so gemacht, wie sie es sagte und wollte. Doch das Telefonat mit Rachel hatte sie nachdenklich gestimmt. Wusste sie überhaupt, was sie wollte, oder erteilte sie nur Aufträge, von denen sie glaubte, dass deren Erfüllung sie glücklich machte? Sie blickte noch einmal auf den Apfel, schaltete dann das Licht aus und ging ins Bett. Doch in den Schlaf fand sie erst, als es schon fast wieder Morgen war.

32. Kapitel

Café Kranzler
Kurfürstendamm 18, Berlin-Charlottenburg

Freitag, 24. Dezember 1976

Wer als Wolf unter Wölfen Schwäche zeigt, wird von den anderen gerissen.

Hanns Borchardt

»Dieter!« Hanns ging auf ihn zu und schüttelte ihm die Hand. Dann setzten sich beide an einen der Tische.

»Tag, Hanns«, grüßte der ehemalige Polizist.

»Ich will nicht unhöflich sein, aber du hast dir einen ziemlich dämlichen Termin ausgesucht, um mal eben Kaffee mit mir zu trinken«, stellte Hanns klar. »Es ist Heiligabend.«

»Und dein erstes Weihnachtsgeschenk kriegst du von mir«, vermeldete Dieter. »Du wirst mir noch dankbar sein.«

Die Bedienung kam, und während Hanns eine Tasse Kaffee bestellte, orderte Dieter ein Bier und einen Schnaps.

»Also, was ist so wichtig, dass wir uns unbedingt hier und um diese Zeit treffen müssen? Du hättest auch einfach zu mir in die Firma kommen können. Ich habe noch einiges auf dem Schreibtisch liegen, und meine Familie erwartet mich am späten Nachmittag zu Hause.«

»Glaub mir, Hanns, wenn ich dir sage, was ich weiß, wirst du froh sein, dass ich dich von da weggeholt habe.«

»Du machst es aber spannend«, meinte Hanns, wenngleich er einigermaßen genervt war von dem Getue, das Lessing an den Tag legte. Vielleicht war es seiner früheren Aufgabe als Polizist geschuldet, oder aber er gefiel sich einfach in der Rolle des Geheimnistuers, der immer und überall ein Komplott vermutete. Doch andererseits hatte Hanns sich immer auf ihn verlassen können, ganz gleich, was es war. Auch die Sache mit den Ratten bei Lea hatte Dieter, ohne groß nachzufragen, erledigt. Dass es am Ende nichts gebracht hatte, dafür konnte dieser nun wirklich nichts.

Dieter wollte gerade ansetzen und etwas sagen, als die Bedienung mit den Getränken kam und diese vor den beiden abstellte.

»Danke«, sagte Hanns, während Dieter die junge Frau nur misstrauisch ansah und stumm blieb. Er wartete noch, bis sie wieder gegangen war, dann ergriff er das Bier, hob es an und trank einen Schluck. Danach kippte er den Schnaps in einem Zug herunter.

»Also«, forderte Hanns. »Was ist so wichtig, dass du unbedingt sofort mit mir sprechen musstest?«

»Ich habe noch immer gute Kontakte zur Dienststelle, wie du weißt.«

»Ja, ist mir bekannt.«

»Und nicht nur das. Es gibt da so zwei oder drei Leute bei der Staatsanwaltschaft, die mir was schulden. Bist nicht der Einzige, der mich anruft, wenn mal was zu erledigen ist, bei dem man sich nicht selbst die Finger schmutzig machen will. Du verstehst?«

»Ja, ich verstehe«, bestätigte Hanns, ungeduldig, wann Lessing nun endlich zur Sache kam.

»Und deshalb muss ich dir sagen, dass du nicht nur Freunde hast, Hanns.«

»Diese Erkenntnis ist aber hoffentlich nicht der einzige Grund, weshalb wir uns treffen, oder? Jemand in meiner Position hat Feinde, und zwar eine Menge. Das ist für mich nichts Neues.«

»Das ist mir schon klar«, erwiderte Dieter und senkte die Stimme. »Doch dieses Mal haben sie es wirklich auf dich abgesehen.«

»Wer?«, fragte Hanns nur.

Dieter beugte sich noch weiter über den Tisch. »Meine früheren Kollegen. Da ist wohl schon seit Monaten was im Gange. Ich habe erst jetzt davon erfahren.«

»Was meinst du mit *im Gange*?« Hanns spürte, dass er unruhig wurde.

»Es soll irgendwas wegen einer deiner Stiftungen sein. Mein Informant konnte nur kurz in die Akten gucken. Ist wohl ein ziemlicher Stapel.«

»Gibt es eine Anzeige gegen mich, oder wie?«, fragte Hanns und legte seine Stirn in Falten.

»Ja, aber es ist mehr als das, Hanns. Ich konnte nicht rauskriegen, wann die angefangen haben, gegen dich zu ermitteln. Nur, dass es wohl Nachfragen wegen irgendwelcher Spendengelder gab, die offenbar nicht angekommen sind. Und das war dann für König ein gefundenes Fressen.«

»Wer ist König?«, fragte Hanns.

»Sven König, Staatsanwalt. Ist ein Emporkömmling«, gab Dieter Auskunft. »Sehr ehrgeizig und verbissen. Will unbedingt ganz nach oben. Und ein Fall wie deiner bringt natürlich die nötige Presse mit sich, um ganz groß rauszukommen.«

»Was soll das heißen, *ein Fall wie meiner*?« Hanns blickte auf seinen Kaffee. Doch allein der Gedanke, diesen jetzt zu trinken, verursachte ihm Magenschmerzen. Die Kellnerin kam gerade am

Tisch vorbei. Hanns machte eine Handbewegung und bestellte sich dann ein Bier und gleich noch ein zweites für Dieter.

»Nun komm schon, Hanns.« Dieter hob die Augenbrauen. »Du musst mir nicht vormachen, dass es bei deinen Geschäften immer mit rechten Dingen zugeht.«

Hanns antwortete nicht, wartete nur ab, was Lessing als Nächstes vorbringen würde.

»Jemand, der so viel Erfolg hat, muss eben manchmal die Gesetze ein bisschen zurechtbiegen, damit es passt.« Dieter grinste schief. »Doch jetzt hat dieser König wohl wirklich was gegen dich in der Hand.«

»Was?«

»Das weiß ich nicht. Doch meine Quelle sagt, dass ein Haftbefehl gegen dich erlassen wurde.«

»Was?« Hanns riss die Augen auf.

»Deshalb wollte ich mich auch nicht in deiner Firma mit dir treffen. Wenn ein Haftbefehl gegen dich im Raum steht, dann haben die was Konkretes, Hanns.«

»Bitte sehr, zwei Bier«, sagte die Kellnerin, die von Hanns unbemerkt an ihren Tisch herangetreten war. Er zuckte zusammen.

»Danke«, murmelte er nur, nachdem sie die Getränke serviert hatte und sofort wieder ging.

»Wenn ich du wäre, Hanns, würde ich nicht in die Firma zurückfahren, sondern meinen Anwalt anrufen. Sonst verbringst du die Feiertage in einer Zelle.«

»Warum hast du mir das nicht am Telefon gesagt?«, schnauzte Hanns, der fieberhaft überlegte, was er nun tun sollte.

»Am Telefon? Bist du noch bei Trost? Ich kenne doch die Methoden. Wenn nicht unsere Leute die Telefone abhören, dann die von drüben. Und wenn die Stasi dann etwas von unseren BND-Leutchen will, benutzen sie genau solche Aufnahmen, um was zum Tauschen zu haben. Und sosehr ich dich auch mag Hanns, ich kann mir nicht leisten, in so was hineingezogen zu werden.«

Die Gedanken rasten durch Hanns' Kopf. Was sollte er jetzt bloß tun?

»Was mache ich jetzt?«, fragte Hanns und spürte, dass er die Verzweiflung nicht ganz aus seiner Stimme heraushalten konnte.

»Untertauchen«, riet Dieter. »Wenn sie dich finden, dann sitzt du. Und das ist nicht gerade gut für deinen Ruf. Wenn sie dich aber nicht sofort festsetzen, kannst du zu einem späteren Zeitpunkt mit deinem Anwalt auf der Wache auftauchen und zumindest einen Teil des Verfahrens zu lenken versuchen. Doch wenn König und seine Leute dich erst mal haben, werden sie dafür sorgen, dass du so schnell kein Tageslicht mehr siehst.«

»Aber wie soll das gehen? Ich bin bekannt wie ein bunter Hund.«

»Allerdings. Wenn du mich fragst, solltest du hier rausmarschieren und sofort aus Berlin verschwinden«, riet Dieter. »Die werden deine Firma durchsuchen, um weitere Beweise gegen dich zu finden, und auch deine Villa. Ich hoffe, du hast keine Unterlagen einfach so rumliegen, die ihnen noch weiteres Futter geben?«

Hanns bekam einen Schweißausbruch. Die Unterlagen? Wenn wirklich eine Durchsuchung anstand und die Polizei alles beschlagnahmen würde, wäre er geliefert.

»Du hättest mich früher warnen müssen!«, fuhr Hanns ihn an.

»Ich habe gerade vorhin davon erfahren und wollte dich auf jeden Fall sofort da raushaben«, verteidigte sich Dieter. »Die hätten keinen Haftbefehl gegen dich bekommen, wenn nicht schon genug Beweise vorliegen würden«, stellte er klar. »Selbst wenn du noch alles vernichtet hättest, was du an belastendem Material hast, hätte das nichts geändert. Du musst abhauen, Hanns. Das ist im Moment die einzige Möglichkeit.«

»Ich muss zur Bank und mir Geld von dort holen«, sagte Hanns mehr zu sich selbst.

»Lass das lieber sein«, mahnte Dieter. »Glaub mir, König ist nicht dumm. Der wird deine Konten eingefroren haben. Soweit ich erfahren habe, kam der entscheidende Hinweis auf irgendwelche illegalen Geschäfte sogar von einer deiner Banken. Aber das weiß ich nicht mit Sicherheit.«

»Pointner«, zischte Hanns und ballte seine Hand zur Faust.

»Pointner?«, fragte Dieter.

»Nicht wichtig«, urteilte Hanns und trank hastig einen Schluck Bier. Er fühlte sich wie ein Tier in der Falle, in die Enge getrieben von Großwildjägern, die ihn langsam umkreisten und zu fangen versuchten.

Lessing sah auf die Uhr. »Wir sollten gehen, Hanns. Sieh zu, dass du die Stadt verlässt und irgendwo unterkommst. Du wirst ja genug Immobilien haben. Wenn du eine Nummer hast, unter der ich dich erreichen kann, gib sie mir durch. Aber sag am Telefon nicht, wer du bist. Sag einfach nur Oskar, dann weiß ich Bescheid.«

»Oskar. Ist gut«, wiederholte Hanns fast abwesend. Er hatte das Gefühl, vollkommen neben sich zu stehen, fast so, als beobachtete er sich selbst.

»Sobald du mich wissen lässt, wie ich dich erreichen kann, werde ich dich auf dem Laufenden halten. Ruf mich morgen um elf Uhr an, in Ordnung? Ich werde bis dahin in Erfahrung gebracht haben, wie die Durchsuchung verlaufen ist und was König als Nächstes plant.«

»Morgen, elf Uhr«, echote Hanns wie benommen.

»Komm«, sagte Dieter, stand auf und legte das Geld für die Getränke auf den Tisch. Dann fasste er Hanns' Arm und bewegte ihn so mitzukommen. Hanns sah auf das Geld, das Dieter auf den Tisch gelegt hatte. Es war das erste Mal, soweit er sich erinnern konnte, dass Dieter und nicht er gezahlt hatte. Dann zog Dieter nochmals an seinem Arm, worauf Hanns sich in Bewegung setzte und ihm folgte. Schweigend gingen sie die Stufen der Wendeltreppe hinab und blieben, unten angekommen, noch kurz stehen.

»Also Hanns, verschwinde, und zwar sofort! Bist du mit dem Auto hier?«

»Ja.«

»Bestimmt werden sie das zur Fahndung rausgeben, wenn ihnen klar wird, dass du nicht auffindbar bist. Sieh zu, dass du den Wagen so bald wie möglich loswirst und mit anderen Verkehrsmitteln weiterkommst.«

»Ist gut«, sagte Hanns folgsam, dem die Magensäure bis in den Mundraum gekrochen war. Ihm war speiübel, und er hatte das Gefühl, als drehte sich alles um ihn herum.

»Danke«, brachte er knapp hervor und verabschiedete sich mit einem Handschlag von Dieter. »Ich werde dir das nie vergessen.«

»Sieh zu, dass du aus der Sache rauskommst. Berlin braucht einen Hanns Borchardt. Zeig es diesem Schwachkopf von Staatsanwalt, in Ordnung?«

»Das werde ich«, versicherte Hanns, machte kehrt und beeilte sich in die Uhlandstraße zu kommen, wo er seinen Daimler abgestellt hatte. Obwohl das Auto komplett ausgekühlt war, standen Hanns Schweißperlen auf der Stirn, als er den Motor startete. Wohin?

Er lenkte seinen Wagen auf den Ku'damm, fädelte sich in den Verkehr ein. Die Gedanken rasten durch seinen Kopf. Wenn es stimmte, was Dieter sagte, verfolgte die Staatsanwaltschaft also schon länger seine Geschäfte. Verdammt! Er hatte auch Leute dort, die ihm etwas schuldeten. Von diesem Sven König hatte Hanns noch nie etwas gehört. Sein Name war bisher überhaupt nicht gefallen. Oberstaatsanwalt Alexander Becker war schon oft bei den gleichen Veranstaltungen wie Hanns eingeladen gewesen. Einmal war er sogar bei Hanns zu Gast gewesen. Musste ein solches Vorgehen wie der Haftbefehl nicht mit dem Oberstaatsanwalt abgestimmt werden? Oder wusste dieser am Ende gar nichts davon? Hanns versuchte, sich an die wenigen Gespräche zu erinnern, die er mit Becker geführt hatte. Es war nur belangloses Gerede gewesen, nichts Besonderes. Hatte Becker ihn womöglich damals schon im Visier gehabt? Hatte Hanns ihm vielleicht sogar zugearbeitet, indem er gewisse Informationen preisgegeben hatte, ohne zu wissen, dass Becker diese gegen ihn verwenden wollte? Lessing hatte den jungen Staatsanwalt König, der die Sache offenbar betrieb, einen Emporkömmling genannt und als überaus ehrgeizig bezeichnet. Vielleicht war dieser Kerl auf Beckers Posten aus, und Hanns würde sich das zunutze machen können, indem er den Oberstaatsanwalt von dem übermotivierten Vorgehen seines Angestellten in Kenntnis setzte. Aber wie wahrscheinlich war es, dass Becker hiervon wirklich nichts wusste?

Jemand hupte laut, und Hanns zuckte zusammen. Er war offenbar aus seiner Spur und auf die andere Fahrbahn gekommen. Er hob drohend die Faust, als der Opelfahrer, der ihn angehupt hatte, nun an ihm vorbeifuhr.

Hanns sah auf die Straße, musste sich kurz orientieren, dann bog er ab und schlug den Weg zu seiner Firma in Richtung Haselhorst ein. Womöglich war es ein Risiko, doch vielleicht hatte Dieter ja übertrieben, und es war kein Mensch dort, um ihn zu verhaften. Zumindest musste er sich mit eigenen Augen davon überzeugen, ob dort wirklich die Polizei auf ihn wartete, jedoch aus sicherer Entfernung heraus.

Am Steinplatz bog er nach links in die Hardenbergstraße ein und fuhr bis zum Kreisverkehr am Ernst-Reuter-Platz. Dort bog er nach rechts in die Otto-Suhr-Allee ein, der er bis zu deren Ende folgte, und passierte den Luisenplatz. Immer wieder versank er ins Grübeln, sodass er, nachdem er die Schlossbrücke überquert und dem Tegeler Weg bis zum Kreisverkehr gefolgt war, fast den Jakob-Kaiser-Platz verpasst hätte, von dem aus er den Siemensdamm entlang in Richtung Nonnendammallee fuhr, die in die Straße Am Juliusturm überging.

Schließlich bog er An der Spreeschanze ein und stoppte abrupt den Wagen. Ein heißer Schauer lief über seinen Körper. Dieter hatte recht gehabt.

Vor Hanns' Firma standen insgesamt sieben Polizeiwagen und außerdem ein geschlossener Polizeitransporter. Es war kein Beamter zu sehen, offenbar waren alle im Innern des Gebäudes. Hanns nahm eine Bewegung am Eingang wahr und reckte den Hals. Frau Schneyder trat soeben mit einem Mann im Anzug vor die Tür, wo die Sekretärin sich eine Zigarette in den Mund steckte und der junge Mann ihr nun Feuer gab. Nervös strich sie sich die Haare zurück, dann blickte sie auf und sah genau in Hanns' Richtung. Auch wenn es auf diese Entfernung schwierig zu beurteilen war, so glaubte Hanns, dass ihre Blicke sich trafen.

Hanns hielt den Atem an. Würde seine Sekretärin dem Mann neben ihr sogleich Bescheid geben und auf Hanns zeigen?

Frau Schneyder stutzte, dann nahm sie einen Zug von ihrer Zigarette, warf diese auf den Boden, trat sie aus und bedeutete dem Mann neben sich, wieder hineinzugehen. Treue Frau Schneyder, dachte Hanns, als er die beiden im Eingang verschwinden sah. Dann legte er den Rückwärtsgang ein, wendete und fuhr wieder los.

Er überlegte, zur Villa zu fahren. Vielleicht kam er den Polizisten zuvor und könnte noch mit Maria sprechen, ja, sie vielleicht abholen, damit sie ihn begleitete. Andererseits würde er ihr irgendeine Erklärung bieten müssen, was hier eigentlich los war.

Und was sollte er dann sagen? Dass die Anschuldigungen richtig waren? Dass er ein Lügner und Betrüger war, ein Aufschneider, einer, der mit dem Geld aus Krediten für neue Bauvorhaben alte Verbindlichkeiten tilgte? Einer, der die Stiftungen nur dafür gegründet und benutzt hatte, Gelder zu sammeln, mit denen er wiederum andere Löcher stopfte? Wie sollte er seiner Frau, die zu ihm aufsah und ihn bewunderte, irgendwie plausibel machen, dass er niemandem hatte schaden wollen und einfach irgendwie und irgendwann den Überblick über all das verloren hatte? Vor allem aber, wie würde er ihr dabei in die Augen sehen können, wenn ihr klar wurde, dass ihr Mann sie über all die Jahre belogen hatte und nicht einmal ein Bruchteil von dem wahr gewesen war, was er sie immer hatte glauben lassen?

Hanns wurde erneut übel. Eilig lenkte er den Wagen an den Fahrbahnrand, stieg aus, rannte zu einem der Bäume, stützte sich mit einer Hand daran ab und übergab sich. Als er fertig war, lehnte er sich mit dem Rücken an den Baumstamm und versuchte, tief durchzuatmen. Die frische Dezemberluft drang in seine Lunge, und doch hatte er das Gefühl, fast zu ersticken. Er zog an seinem Schlips, löste den Knoten. Dann zog er seinen Fellkragenmantel aus, den er auch im Auto die ganze Zeit über angelassen hatte und war erleichtert über die Abkühlung. Einen Moment verharrte er so, dann hängte er sich den Mantel locker über seine Schultern und lehnte sich wieder an den Baum. Es war dämmrig geworden, und es würde nicht mehr lange dauern, bis es vollkommen dunkel war. Auf den Straßen war kaum noch was los. Die meisten waren bestimmt bereits zu ihren Familien heimgekehrt und würden gemeinsam mit ihren Lieben den Heiligen Abend begehen. Maria und Hanna hatten den Baum sicher längst geschmückt, und Monsieur Petit war in der Küche damit beschäftigt, ein Festessen zuzubereiten. In der Villa würden nur wenige Lichter eingeschaltet sein, weil Maria es liebte, in der Zeit vor und während der Weihnachtstage Kerzen anzuzünden, um für eine feierliche Stimmung in der Villa zu sorgen.

Holger war eingeladen worden, den Heiligen Abend ebenfalls in der Villa zu verbringen, doch er hatte abgelehnt und würde auch morgen und übermorgen nicht kommen, was Maria unendlich traurig gemacht hatte. Und Frau Kasper würde dieses Jahr bei der Familie ihrer Schwester feiern, deren Sohn gerade sein Abitur bestanden hatte und im nächsten Jahr für einige Monate ins Ausland gehen wollte. Eigenartig, dass ihm all dies jetzt einfiel. Schließlich hatte er der langjährigen Haushälterin sonst auch nie wirklich zugehört, wenn sie ihm etwas erzählt hatte.

Ein Lächeln umspielte seine Lippen, wenn er nun an den Anblick der Villa dachte, an die festlichen Lichter, die heimeligen Gerüche, die wohlige Wärme in den Räumen. Maria hatte sich ein neues Kleid für den Abend gekauft und es ihm gestern gezeigt. Sie war in letzter Zeit noch weit bemühter als zuvor, ihm zu gefallen. In diesem Moment kam es ihm eigenartig vor. Hätte nicht er derjenige sein müssen, der sich um sie bemühte und nicht andersherum? Sie war ihm immer treu gewesen und auch mit ihren fünfzig Jahren noch eine absolute Schönheit. Er hingegen, nun ja, er wusste, wie er aussah. Was also konnte er seiner Frau überhaupt noch bieten, wenn er Geld, Macht und Ansehen verlor? Was hatte Dieter vorhin gesagt? Dass seine Konten eingefroren sein könnten? Er zog sein Portemonnaie hervor und hielt es so, dass er im immer schwächer werdenden Licht den Inhalt besser sehen konnte. Knapp siebenhundert Mark. Nicht gerade viel, doch zumindest würde es reichen, um sich irgendwo ein Zimmer zu nehmen. Doch wo? Dieter hatte gesagt, dass er rausmüsste aus Berlin und seinen Wagen irgendwo abstellen sollte. Wäre es klug, seinen Daimler hier stehen zu lassen und sich ein Taxi zu rufen? Andererseits wusste er noch nicht, wohin. Ganz abgesehen davon, dass vermutlich, wenn sie wirklich vernünftig ermittelte, die Polizei eine Suchmeldung über Taxifunk rausgeben würde.

Er stieg wieder in sein Auto. Sollte er versuchen, Gerhard Lohmüller aufzusuchen? Er würde ihm bestimmt helfen und wie Hanns ihn kannte, arbeitete er sicherlich noch. Es war ein Risiko, schließlich hatte Pointner ihn wahrscheinlich an die Behörden verraten, doch Gerhard? Ihn würde Hanns überzeugen können, da war er sich sicher. Und dann würde er ein wenig Geld von seinem Konto abheben können. Nicht viel, nur genug, um etwas länger über die Runden zu kommen. Er gab Gas und hatte wenige Minuten später die Bank erreicht. Gerade wollte er sich einen Parkplatz suchen, als er einen leeren Polizeiwagen zwischen den parkenden Autos entdeckte. Schweiß rann Hanns den Nacken herunter. Zwar wusste er nicht, ob der Polizeiwagen ganz zufällig da stand, schließlich gab es in der Nähe einige Restaurants, und es war möglich, dass die Polizisten sich nur etwas zu essen geholt hatten, doch er konnte es nicht riskieren. Was, wenn sie da drinnen schon auf ihn warteten? Dann war alles vorbei. Er musste das Auto loswerden und Berlin verlassen, und zwar so schnell wie möglich. Eilig bog er um die Ecke und kam bei der nächsten Parklücke zum Stehen.

Er stieg aus und sah sich um. Der nächstgelegene Bahnhof war der am Savignyplatz. Sollte er dort in eine S-Bahn steigen und sodann mehrere Bahnen nehmen, bis sich seine Spur verlor?

Es begann wieder zu schneien, und dicke Flocken fielen auf sein Jackett, sodass er eilig seinen Mantel aus dem Auto nahm und diesen überzog.

Er sah sich um, ob er irgendwo eine Telefonzelle finden konnte. Wäre es nicht seine verdammte Pflicht, Maria wenigstens anzurufen und ihr zu sagen, dass er heute Abend nicht heimkommen würde? Dass er wahrscheinlich eine ganze Weile nicht nach Hause käme? Er sah auf die Uhr, es war schon nach halb sechs. Spätestens jetzt erwartete seine Frau ihn. Er reckte erneut seinen Hals, ob er wirklich keine Telefonzelle entdecken konnte. Als das nicht der Fall war, atmete er einmal tief durch, schloss seinen Wagen ab und ging dann auf direktem Weg zum Savignyplatz, wo er endlich eine Telefonzelle sah. Der Schneefall war stärker geworden, und Hanns zog sich seinen Mantel fester um seinen Bauch und ging dann zur Telefonzelle hinüber, um von dort aus seine Frau anzurufen.

Hanns schüttelte sich, als er in die Kabine trat, dann verzog er das Gesicht. Hier drinnen stank es, als hätte jemand die Telefonzelle als Toilette benutzt. Er griff in seine Hosentasche, zog sein Taschentuch hervor und legte es um den Hörer, um ihn nicht direkt berühren zu müssen. Widerlich, wie die Menschen sich benahmen. Dann hängte er noch mal ein, um in seinen Hosentaschen zu kramen, in der Hoffnung, darin einige Münzen zu finden, damit er überhaupt telefonieren konnte. Er war kein Mensch für Kleingeld und hatte nicht die geringste Ahnung, ob er überhaupt etwas bei sich trug. Entsprechend erleichtert war er, als er ein Markstück fand, das mit Sicherheit ausreichen würde, um das kurze Telefonat zu führen. Er nahm die Münze, umfasste erneut mit dem Taschentuch den Hörer, schob die Mark in den Schlitz und wählte die Nummer der Villa. Noch bevor er ein Freizeichen hörte, hängte er wieder ein, und das Geld fiel unten durch. Hanns' Hand ruhte noch immer auf dem Hörer. Was sollte er seiner Frau sagen? Er musste sie vorbereiten auf das, was kam, doch wie? Wie, wenn er nicht komplett sein Gesicht verlieren wollte? Andererseits hatte es doch gar keinen Sinn mehr, noch weiterzulügen, war doch das, was gerade geschah, eindeutig. Aber was könnte er Maria sagen, um es zu erklären? Dass er schwach geworden war, gierig? Dass er all das nicht gewollt hatte? Welches Leben würden sie künftig führen können? Was würde man ihnen alles nehmen? Er ging in Gedanken seine zuletzt geschlossenen Verträge durch. Ein Teil des Geldes war noch auf seine diversen Konten verteilt. Doch vieles war eben auch schon für seine Verbindlichkeiten draufgegangen. Er haftete mit allem, was er hatte: seinen Immobilien, den Autos, dem Hubschrauber, der Firma, allem. Was würden sie ihm noch lassen, was blieb am Ende noch? Würden sie aus der Villa geworfen? Wo sollten sie dann leben?

Er zögerte, dann nahm er die Mark unten aus der kleinen Schale, steckte sie erneut in den Schlitz und wählte die Nummer der Villa.

»Ja, hallo?«, hörte er die aufgeregte Stimme seiner Frau.

»Hallo, ist da wer? Bitte, sagen Sie etwas.« Er konnte hören, dass sie in Tränen aufgelöst war. Es war also bereits zu spät, sie noch warnen zu wollen.

»Hanns«, sagte sie nun. »Bist du das? Bitte Hanns, wenn du es bist, dann sag etwas. Komm hierher nach Hause. Die Polizei ist hier und …« Hanns vernahm eine andere Stimme. Offenbar war Maria der Hörer weggenommen worden.

»Herr Borchardt, sind Sie das?«, hörte er nun eine Männerstimme fragen.

Hanns hängte ein, drehte sich um und verließ die Telefonzelle. Der Schneefall war noch dichter geworden, und die dicken Flocken ließen ihn kaum mehr etwas erkennen. Mit schnellen Schritten ging er zum Eingang des Bahnhofs und auf direktem Weg zum Bahnsteig. Eine Karte würde er sich in der S-Bahn kaufen, oder auch nicht, wenn niemand kontrollierte. Noch immer rasten die Gedanken durch seinen Kopf. Was sollte er tun, wohin sollte er fahren? Er musste an diese Detektivserie denken mit diesem Tony Petrocelli, die er gern im Fernsehen sah. Was machten die Gangster dort, wenn sie verschwinden wollten? Die Gangster, ging es ihm durch den Kopf. Ja, so würde er künftig gesehen werden, als Gangster, als Lügner und Betrüger. Als Schwindler, der Millionen verdient und Millionen unterschlagen hatte. Wie lächerlich es ihm nun vorkam, dass er noch vor ein paar Tagen damit geliebäugelt hatte, in naher Zukunft ein Denkmal für all das zu bekommen, was er für Berlin geleistet hatte.

Eine S-Bahn fuhr soeben ab, er würde also auf die nächste warten müssen. Kurz sah er hinter sich, um zu prüfen, ob ihm womöglich jemand gefolgt war, doch das war nicht der Fall. Wie auch? Noch würde man nicht nach ihm suchen, noch dachten alle, dass er bald nach Hause käme. Doch das würde er für eine längere Zeit nicht können, womöglich auch nie mehr. Ob man Maria und Hanna die Villa lassen würde, wenn er sich stellen und alles zugeben würde? Dann könnten zumindest die beiden dortbleiben, und vor allem müsste Maria nicht die Villa aufgeben, die sie so liebevoll eingerichtet hatte. Nein, er würde sich nicht stellen. Der Plan, den Dieter ihm angeraten hatte, war gut, und so würde er es machen. Er würde untertauchen, sich dann mit Klaus Schröder in Verbindung setzen, diesen Akteneinsicht nehmen lassen und dann zur Polizei gehen. Ja, so und nicht anders. Doch erst einmal musste er aus Berlin raus. Und schon das war eine Herausforderung.

Die Flocken, die auf dem Weg hierher auf seinen mit Fellkragen besetzten Wintermantel gefallen waren, schmolzen gerade erst. Er fand, dass es kälter geworden war, doch er mochte sich auch täuschen.

Auf dem Bahnsteig waren für einen Heiligabend überraschend viele Menschen. Oder vielleicht war es auch normal, nur wusste Hanns es eben nicht besser, war er doch in den vergangenen Jahren um diese Uhrzeit stets zu Hause gewesen.

Ein Stück von ihm entfernt stand eine junge Frau mit einem Kind an der Hand. Der Junge mochte nicht älter als vier oder fünf

Jahre sein. Ein kurzes Lächeln kam über Hanns' Lippen. Sein eigener Sohn war längst ein erwachsener Mann, doch irgendwie erinnerte ihn der Kleine, der sich immer wieder vorbeugte, um zu sehen, ob der Zug kam, an Holger. War er damals auch so blond gewesen wie der Kleine hier neben ihm? Nein, wohl doch ein wenig dunkler, wie er meinte. Genau erinnerte er sich jedoch nicht daran. Wahrscheinlich, weil er zu wenig Zeit mit seinem Sohn verbracht hatte und ihm die Jahre, wie er nun erkannte, irgendwie durch die Finger geronnen waren. Er hatte gearbeitet, immer, unentwegt und fast rund um die Uhr. Alles andere hatte in seinem Leben dahinter zurückstehen müssen. Schließlich hatte er etwas erreichen wollen, und das war ihm gelungen. Er war wer, der Name Hanns Borchardt stand für etwas. Wer in Berlin und auch darüber hinaus seinen Namen nannte, verband damit Geld, Erfolg und Macht. Politiker, Bankiers, hochgestellte Persönlichkeiten und sogar der Adel gaben sich bei Hanns Borchardt die Klinke in die Hand und liebten es, an seiner Seite abgelichtet zu werden und ihr Konterfei neben dem seinen in der Presse wiederzufinden.

Hanns sah auf, als die Gleise zu vibrieren begannen und so die einfahrende S-Bahn ankündigten. Er trat weiter vor und sah in die Richtung des herannahenden Zuges, konnte sogar schon die Lichter erkennen. Nun musste er nicht mehr lange warten. Er blickte noch einmal zu der Mutter mit dem Jungen, die diesen nun ein Stück zurückzog, damit das Kind nicht zu nah an die Gleise geriet. Hanns lächelte sie an, was sie erwiderte. Dann sah er wieder in Richtung der S-Bahn. Gleich war sie da. Zum Glück! Hanns konnte die Ankunft kaum mehr erwarten.

Die S-Bahn näherte sich, Hanns beugte sich etwas vor. Dann nahm er eine Bewegung wahr und blickte zu der Treppe, die zum Bahnsteig führte. Zwei Polizisten eilten die Stufen herab, einer von ihnen zeigte auf ihn. Dann rannten sie los, und auch Hanns begann zu laufen, den Bahnsteig entlang in der Hoffnung, ihnen noch entkommen zu können. Er sah sich um, die Polizisten holten auf. Nur noch ein Stück dann würde Hanns das Ende des Bahnsteigs erreicht haben. Wieder sah er sich um.

»Halt! Stehen bleiben!«, rief nun einer der Polizisten, doch Hanns wusste, dass er es nicht tun würde. Er erreichte das Ende des Bahnsteigs. Ab dieser Mauer konnte er nicht weiter, es gab kein Entkommen. Sie durften ihn nicht kriegen, sonst war alles verloren. Wenn sie ihn schnappten, würde er im Gefängnis landen und wahrscheinlich das Tageslicht nicht mehr sehen. Die Scheinwerfer der S-Bahn erhellten den Tunnel, nur noch ein kleines Stück, dann würde sie da sein. Doch die Polizisten waren zu nah, als dass er in die Bahn springen und abwarten könnte, bis diese wieder anfuhr. Nein, hier gab es kein Entrinnen. Nicht für ihn, nicht dieses Mal. Für ihn gab es nur noch einen einzigen Weg, und der Moment, da ihm dies klar wurde, fühlte sich an wie eine Befreiung. Hanns sah zu dem Jungen an der Hand seiner Mutter, dann machte er zwei Schritte vor, stürzte hinab und prallte mit voller Wucht gegen die S-Bahn.

Den gellenden Schrei der Mutter, die eilig ihren Sohn an sich drückte, hörte er nicht mehr.

33. Kapitel

Villa Borchardt, Koenigsallee 75, Berlin-Grunewald

Freitag, 24. Dezember 1976

Ich weiß nicht, was hier los ist, und verstehe nicht, was geschieht. Und ich bin nicht in der Lage, auch nur einen einzigen klaren Gedanken zu fassen.

Maria Borchardt

Das Ticken der Uhr dröhnte in ihren Ohren. Maria und Hanna saßen zusammen auf der Couch, stocksteif und angespannt, und hielten sich an den Händen. Die Polizisten waren im ganzen Haus verteilt und durchsuchten alles, während der Staatsanwalt, dem ein gewisses Bedauern anzusehen war, immer wieder zwischen dem Wohnzimmer und dem Flur hin- und herging. Maria fuhr zusammen, als es klingelte, sprang sofort auf und rannte in den Flur.

»Klaus, Gott sei Dank bist du gekommen!« Sie eilte dem Rechtsanwalt entgegen und umarmte ihn. Sie hatte ihn in seinem Büro nicht erreicht, ebenso wenig wie in seiner Wohnung und letztendlich dann nur eine Nachricht auf dem Anrufbeantworter hinterlassen, sodass sie nicht sicher gewesen war, ob und wann er diese überhaupt abfragen würde.

»Was ist denn hier los?«, fragte Schröder.

Der Staatsanwalt, der sich soeben das Arbeitszimmer von Hanns ansehen wollte, machte kehrt und kam zu ihnen.

»Guten Abend, Kollege Schröder«, grüßte er und gab Klaus die Hand.

»Guten Abend, Kollege König. Frau Borchardt rief mich an und hat eine Nachricht hinterlassen, dass Sie eine Hausdurchsuchung vornehmen würden.«

»Das ist richtig.«

»Kann ich den Beschluss bitte sehen?«

»Selbstverständlich.« Der Staatsanwalt reichte das Schriftstück, das er vorhin auch Maria gezeigt hatte, an Schröder, der es las und sie nun ansah: »Wo ist Hanns?«, fragte er.

»Ich habe keine Ahnung, Klaus. Er wollte irgendwann zwischen fünf und halb sechs zu Hause sein. Ich habe in der Firma angerufen. Da war er auch nicht. Frau Schneyder hat mir gesagt, dass die Polizei auch dort alles auf den Kopf stellen würde.« Maria brach in Tränen aus. »Bitte, Klaus, sag mir, was hier los ist.«

»Ich weiß es nicht, Maria.« Klaus sah zum Staatsanwalt. »Kann ich bitte einen Moment mit meiner Mandantin allein sprechen?«

»Selbstverständlich.« Sofort wandte König sich ab und ging wieder in die Richtung, in der sich Hanns' Arbeitszimmer befand.

»Wurdest du zu etwas befragt, und hast du etwas gesagt?«, fragte Klaus nun und sah sie eindringlich an.

»Nein.« Sie schüttelte den Kopf. »Also ja, sie haben mich schon einiges gefragt, doch ich verstehe ja überhaupt nicht, was das Ganze hier soll.«

»Was wurdest du gefragt?«

»Es ging um Hanns' Geschäfte, um die Stiftungen, ich … ich weiß es nicht, Klaus. Ich verstehe davon doch überhaupt nichts, und ich …« Wieder brach sie in Tränen aus.

»Ganz ruhig, Maria. Alles wird gut.«

Sie zitterte und hatte das Gefühl, gleich die Kontrolle über ihre Beine zu verlieren.

Klaus schien es bemerkt zu haben, denn er fasste sie unter und sagte: »Komm. Setz dich erst mal hin, und dann reden wir.«

Er führte sie ins Wohnzimmer, wo Hanna noch immer wie erstarrt auf der Couch saß. Kurz begrüßten Klaus und Hanna sich, dann bat er Maria, Platz zu nehmen, und setzte sich selbst hin.

»Was hat das alles zu bedeuten?«, fragte nun Hanna.

»Die Staatsanwaltschaft vermutet Betrug und Unterschlagung«, antwortete Klaus knapp. »Die Durchsuchung ist rechtens. Hiergegen können wir zunächst nicht vorgehen.«

»Aber warum denn?«, fragte Maria voller Verzweiflung in der Stimme. »Ich meine, Hanns würde doch nie Geld unterschlagen. Wir haben doch nun wirklich mehr als genug.« Sie sah Klaus an. »Das ist doch alles ein riesiger Irrtum.« Sie sah den Rechtsanwalt erwartungsvoll an, doch etwas in seinem Blick verriet ihr, dass er ihr nicht zustimmen würde.

»Was weißt du darüber, Klaus?«

Der Rechtsanwalt sah hinüber zur Tür, ganz so, als vermutete er, dass jemand mithören würde. »Ich kann dazu überhaupt nichts sagen. Das Einzige, was ich tun kann und werde, ist zu prüfen, was konfisziert wird und dafür Sorge tragen, dass die Durchsuchung korrekt abläuft.« Er beugte sich weiter vor. »Hast du irgendeine Ahnung, wo Hanns sein könnte, Maria?«

»Nein.« Sie atmete tief durch. »Vorhin hat das Telefon geklingelt. Und als ich ranging, hat sich niemand gemeldet. Es war nur so ein Gefühl, doch ich glaubte, dass es Hanns wäre am anderen Ende.«

»Es hat sich also niemand gemeldet?«, wiederholte Schröder.

»Nein. Niemand. Der Staatsanwalt hat es mitbekommen, und

als er den Hörer nahm und den Anrufer mit Herr Borchardt ansprach, wurde eingehängt.«

»Hm«, machte Klaus nur. »Maria, denk mal nach. Für den Fall, dass Hanns Wind von der Sache hier bekommen hat, wohin würde er gehen, wenn er nicht nach Hause kann?«

Maria überlegte.

»Gibt es irgendeinen Ort, vielleicht ein abgelegenes Ferienhaus oder Ähnliches, in das er sich zurückziehen würde?«

»Nein.« Sie zuckte die Achseln. »So etwas haben wir nicht.«

»Gibt es entfernte Verwandtschaft, oder einen besonderen Freund oder irgendetwas in der Art?«

»Ich, ich weiß nicht. Hanns hat viele Freunde.«

»Jemand Besonderen, dem er vertrauen kann und der ihm auch in einer solchen Situation beistehen würde?«

Maria überlegte fieberhaft, doch ihr wollte beim besten Willen niemand einfallen. Also schüttelte sie nur den Kopf.

»Was geschieht denn jetzt weiter, Klaus? Ich meine, wenn die Polizei alles durchsucht, wie lange dauert das, und wann werden sie feststellen, einen Fehler gemacht zu haben?«

»Das weiß ich beim besten Willen nicht, Maria.«

»Ich würde gern in mein Zimmer gehen, doch die Polizei ist da auch zugange. Könntest du sie vielleicht fragen, wie lange sie noch brauchen werden?«, bat Hanna nun an Schröder gewandt. »Sicher«, sagte er. »Wartet hier, ja?« Damit ging er hinaus, und Maria und Hanna fassten sich wieder an den Händen.

Es dauerte nicht lange, bis der Rechtsanwalt zurückkam.

»Du kannst jederzeit wieder in dein Zimmer, Hanna.«

»Haben sie all meine Sachen durchwühlt?«, fragte Hanna, der das Unwohlsein hierüber ins Gesicht geschrieben stand.

»Das ist ihr Job«, erklärte Klaus. »Soll ich mit dir hochgehen, damit du da nicht allein reinmusst?«

»Gern. Danke.« Hanna ließ die Hände der Mutter los, stand auf, beugte sich zu ihr herunter und drückte sie kurz. »Wir kriegen das schon irgendwie alles wieder hin, Mama.«

Maria ergriff erneut die Hand ihrer Tochter und küsste sie. Dann verließen Hanna und Klaus das Wohnzimmer und gingen nach oben.

Marias Blick fiel auf die Standuhr, deren Pendel sich gleichmäßig hin- und herbewegte. Das Ticken kam ihr nicht mehr ganz so laut wie vorhin vor, doch statt das Geräusch als beruhigend zu empfinden, wie sonst immer, wenn sie hier im Raum war, hatte es jetzt etwas Mahnendes an sich.

Es dauerte nicht lange, bis Klaus zurückkam und sich wieder neben Maria setzte.

»Möchtest du etwas trinken?«, fragte sie, einfach weil sie nicht wusste, was sie sagen sollte.

»Nein. Danke. Die Polizei ist oben gleich fertig. Sobald sie die Kisten runterbringen, werde ich den Inhalt prüfen und …«

Es klingelte, und Maria fuhr sofort hoch. »Hanns!«, rief sie und eilte in den Flur. Klaus folgte ihr und erreichte sie, als sie gerade die Tür öffnete. Vor dem Haus standen zwei Polizisten.

»Ihre Kollegen sind drinnen«, sagte Maria nur, enttäuscht, hatte sie doch darauf gehofft, dass ihr Mann endlich nach Hause kam. Dass nur noch mehr Polizei käme, damit hatte sie nicht gerechnet.

»Sind Sie Frau Borchardt, die Frau von Hanns Borchardt?«, fragte einer der Polizisten nun, der seinem Kollegen nach Marias Begrüßung einen kurzen, fragenden Blick zugeworfen hatte.

»Ich bin Rechtsanwalt Klaus Schröder, Frau Borchardt hier ist meine Mandantin«, stellte sich Klaus den Polizisten vor. »Was möchten Sie von ihr?«

»Guten Abend«, sagte der eine Polizist und sah dann zu König, der hinter Klaus und Maria im Flur aufgetaucht war. »Herr Staatsanwalt«, grüßte der Polizist diesen nun.

Die Polizisten tauschten wieder einen Blick. Offenbar war ihnen nicht klar, aus welchem Grund sie den Staatsanwalt hier antrafen.

»Meine Herren, um was geht es hier?«, fragte nun König.

»Nun ja, wir müssen Ihnen, Frau Borchardt, zu unserem Bedauern die Botschaft überbringen, dass Ihr Ehemann Hanns Borchardt ums Leben gekommen ist. Er hat Suizid begangen.«

Maria vernahm zwar die Worte, konnte aber deren Inhalt nicht begreifen. Das Blut in ihren Ohren begann zu rauschen, und sie nahm alles um sich herum nur noch wie in einen dichten Nebel gehüllt wahr. Sie wollte etwas sagen, wollte, wollte … dann verlor sie das Bewusstsein.

Sechs Tage später

Maria zitterte, als sie gestützt von ihren Kindern an das offene Grab trat und eine Rose hinabfallen ließ. Hanna zögerte kurz. Dann warf auch sie eine Rose hinab, und Holger füllte die kleine Schaufel mit Sand, den er auf den Sarg rieseln ließ. Kurz blieben sie noch stehen, und Maria sprach einen leisen letzten Gruß. Dann stellten sich die drei an die Seite.

Direkt nach ihnen trat Frau Kasper vor, nahm einige der Blütenblätter aus der Schale neben dem Sandeimer und streute sie ins Grab. Frau Schneyder tat es ihr gleich. Als Letzter trat Klaus Schröder vor, der wie zuvor Holger die kleine Schaufel mit Sand füllte und diesen auf den Sarg warf. Das waren alle, die zur Trauerfeier von Hanns gekommen waren. Niemand der vielen Freunde und Bekannten war da, die sich früher nur zu gern in seinem Licht gesonnt und sich in den Zeitungen mit ihm hatten abbilden lassen. Selbst Monsieur Petit und Harald Flenske hatten es nicht für nötig befunden, dem Mann, für den sie viele Jahre gearbeitet hatten, die letzte Ehre zu erweisen.

Der Pastor sprach den Segen, dann schüttelte er Maria, Hanna und Holger die Hand und ging.

Maria rührte sich einen Moment nicht, dann sagte Holger leise: »Komm, Mama. Gehen wir.« Sie sah ihren Sohn an, nickte und ließ es zu, sich von ihm und Hanna führen zu lassen.

Ihr Blick fiel auf die Frau, die in einiger Entfernung stand und herübersah. Sie wusste nicht, wer sie war, doch irgendwie hatte

Maria das Gefühl, dass sie gekommen war, um Hanns die letzte Ehre zu erweisen. Kurz trafen sich ihre Blicke, doch dann sah Maria wieder zu Boden, bemüht, auf dem eisigen Grund nicht auszurutschen. Noch einmal wandte sie sich um, zu dem offenen Grab, in dem Hanns seine letzte Ruhe finden sollte. Würde er diese Ruhe finden? Sie wusste es nicht. Wie sie ohnehin nichts mehr wusste, vor allem eines nicht: Wer der Mann gewesen war, mit dem sie über Jahrzehnte verheiratet gewesen war.

ENDE

Nachwort

Wie immer in meinen Büchern habe ich auch in diesem Buch einige historische Fakten in die fiktive Handlung eingebaut, die ich gerne aufzählen möchte.

Zuallererst ist hierbei Hanns Borchardt zu nennen, den ich an den deutschen Unternehmer Manfred »Big Manni« Schmider angelehnt habe. Eine erste Parallele ist der Name, ich habe Hanns mit Absicht das zweite »N« in seinem Namen gegeben, um diese Ähnlichkeit zu unterstreichen. Ansonsten habe ich vor allem das Aussehen und Auftreten übernommen: Beide sind große, schwere Männer, die schöne, eher zierliche Ehefrauen haben. Beide sind durch betrügerische Geschäfte – wenn auch in unterschiedlichen Bereichen – zu Geld und Macht gekommen und zu Fall gebracht worden. Übrigens habe ich daher auch Hanns' Angewohnheit, mit dem Hubschrauber zur Arbeit zu fliegen, anstatt mit dem Auto zu fahren. Beide sind bemerkenswerte Rhetoriker, die viele Menschen in Politik und Wirtschaft von sich überzeugen konnten. Während Hanns jedoch, als er mit dem Rücken zur Wand steht, den Suizid wählt, wurde Schmider verurteilt, hat seine Haft verbüßt, das Insolvenzverfahren wurde 2020 abgeschlossen, und er lebt heute auf Mallorca.

Was Hanns bei Maria anwendet, als sie ihn einer Affäre verdächtigt, ist uns heute als *Gaslighting* bekannt, und dies ist rein auf Hanns, nicht auf Manfred Schmider gemünzt. In der Psychologie ist das Gaslighting eine Form psychischer Gewalt, um das Opfer gezielt zu manipulieren, ihm das Selbstbewusstsein zu nehmen und es an der eigenen Wahrnehmung und sich selbst zweifeln zu lassen. Hanns, der offensichtlich eine narzisstische Persönlichkeitsstörung hat, setzt seine Fähigkeit, glaubhaft lügen und täuschen zu können, mehrfach ein, um Marias Verdacht zu zerstreuen und im Gegenteil ihr vorzuwerfen, schwere Fehler begangen zu haben, die er ihr in seinem Großmut jedoch verzeiht.

Ich habe übrigens auch mehrfach beschrieben, wie Hanns nicht nur andere täuscht, sondern auch sich selbst, um sein Selbstbild des großen, erfolgreichen Mannes, Baulöwen und Philanthropen zu wahren. Das ist auch einer der Gründe, weshalb Hanns auf Kritik aggressiv reagiert; es ist eine Form von Selbstschutz. Einerseits will er das Misstrauen gegen sich zerstreuen und sein Gegenüber verunsichern, andererseits versucht er alles, um das Bild, das er von sich selbst hat, mit der Realität in Einklang zu bringen – und scheitert hierbei so, dass er keinen Ausweg mehr sieht.

Lea Stern ist ebenso wie das *Golden Paradise* frei erfunden. Die Geschichte ihrer Mutter beruht jedoch auf der Vita von Lili Baruch, einer deutschen Fotografin, die in den Zwanzigerjahren in ihrem Atelier am Kurfürstendamm 201 bekannte Künstlerinnen und Künstler, Schauspielerinnen und Schauspieler sowie Sportlerinnen und Sportler ablichtete. Als Jüdin musste sie Anfang der 1930er-Jahre mit Ehemann und Tochter in die Schweiz fliehen. Hieraus habe ich die fiktive Geschichte rund um die beeindruckende Lea Stern gesponnen, die mit ihrer Mutter aus Deutschland – wie viele Jüdinnen und Juden – ins damalige Palästina fliehen musste und die Gründung Israels miterlebte, ehe sie nach Deutschland zurückkehrte, um das Atelier ihrer Mutter wieder zurück in Familienhand zu bekommen und mit dem Club ein Zeichen für die Freiheit zu setzen.

Vorbild für das *Golden Paradise* war Rolf Edens Szeneclub *Big Eden*, der seinen Standort am Kurfürstendamm 202 hatte. Auch der Name *Golden Paradise* und der goldene Apfel als Erkennungszeichen des Clubs sind eine Anspielung auf das *Big Eden*, da beide mit dem Paradies konnotiert sind. Ich habe Ku'damm 201 und 202 und die damit verbundenen Geschichten zusammengefasst und zum Mittelpunkt der Handlung gemacht.

Der Studentenstreik, der zu Beginn von Holger unterstützt wird, fand tatsächlich zu der Zeit statt. Er begann wie beschrieben an der FU Berlin im Fachbereich Germanistik, nachdem die Hochschullehrer Gerhard Bauer und Friedrich Rothe wegen eines Wahlaufrufs für die KPD suspendiert worden waren. Am 24. November 1976 gab es die erste Vollversammlung, nach der sich die anderen Fachbereiche zum gemeinsamen Streik an der Uni zusammenschlossen und sich der Streik anschließend auf bundesweite Ebene ausweitete. Dabei kam es mehrfach zu Zusammenstößen zwischen Polizei und Studenten. Die Studenten fühlten sich in der Presse teilweise falsch präsentiert, worüber unter anderem der ebenfalls erwähnte *Streikkurier* berichtete, der vom Institut für Publizistik herausgegeben wurde und universitätsintern berichtete. Dabei ist zu erwähnen, dass es nicht bei bloßen Streiks blieb, sondern auch aktiv Vorschläge für Änderungen gemacht wurden, sodass Holgers Meinung, die Streiks würden keine Wirkung haben, nicht den Tatsachen entspricht, sondern eher zeigt, dass er sich zunehmend radikalisiert. Ein Beispiel für konkrete Neuorganisation ist der Unabhängige Studentenausschuss, dessen Gründung ursprünglich bereits bei der Versammlung am 6. Dezember geplant war, dann aber eine Woche später stattfand. Eine große Herausforderung war es für die Studenten, sich politisch abzugrenzen, weil ihnen besonders am Anfang ein starker Linksradikalismus unterstellt wurde, der auch tatsächlich zum Teil vorhanden war, allerdings bestand die streikende Studentenschaft nicht nur aus rein linken Kräften.

Den Protest, zu dem Thomas und Holger fahren, um sich mit den verhafteten Studenten Christoph Dreher und Peter Wietheger zu solidarisieren, gab es ebenfalls wirklich; er fand am 3. Dezember statt. Zuvor hatte es bereits eine Demonstration vor dem Ort des Haftprüfungstermins gegeben und eine Veranstaltung an der Technischen Universität Berlin sowie ein paar Tage später an der FU Berlin. Holger spielt während der Autofahrt einerseits auf die auch von Maria erwähnten Wahlen am 3. Oktober an, bei denen die CDU stärkste Kraft wurde, nachdem in der vorigen Wahlperiode die SPD vorne gelegen hatte, die Regierung jedoch letztlich wieder von SPD und FDP gestellt wurde. Die Vereidigung der neuen Regierung war im Dezember. Außerdem finden die Ausschreitungen an der Baustelle des Kernkraftwerks Brokdorf Erwähnung. Die Polizei ging damals tatsächlich mit Schlagstöcken, Tränengas und Wasserwerfern gegen die zahlreichen Demonstranten vor, um die Besetzung des Geländes zu unterbinden.

Der 30. November 1976, der für die polizeilichen Behörden so etwas wie einen finalen Trumpf im Kampf gegen den Terrorismus darstellte, wie sie zu der Zeit glaubten, hat sich wie beschrieben abgespielt.

Auf dem Weg von Kassel nach Frankfurt wurden auf der Bundesautobahn 5 zwei RAF-Mitglieder gefasst: Siegfried Haag, ein ehemaliger Rechtsanwalt aus Heidelberg, zu dessen Mandanten unter anderem der zwei Jahre zuvor bei einem Hungerstreik verstorbene Holger Meins gezählt hatte, und Roland Mayer, der am Steuer des gestohlenen grauen Opel Admiral saß. Die beiden waren mit Pistolen bewaffnet, ließen sich aber ohne Gegenwehr festnehmen. Siegfried Haag war ein paar Monate zuvor in einem palästinensischen Ausbildungslager der RAF zum Anführer gewählt worden und bildete gemeinsam mit Verena Becker die Führung. Bei sich hatten sie drei Taschen mit Dokumenten und strategischen Plänen der RAF für die »Offensive 77«.

Allerdings wurden diese Pläne falsch ausgewertet, und sie konnten zum Teil nicht entschlüsselt werden. Drei Codeworte für Aktionen waren: *Margarine*, *Big Money* und *Big Raushole*. *Margarine* war das geplante Attentat auf Generalbundesanwalt Siegfried Buback – dessen Initialen SB, der Name einer bekannten Margarinenmarke, ergaben. *Big Money* stand für das Kidnappen von Industriellen, um Lösegeld zu erpressen. Tatsächlich wurde das Geld später mit Banküberfällen beschafft. *Big Raushole* sollte die Befreiung von Andreas Baader, Gudrun Ensslin und weiteren inhaftierten RAF-Mitgliedern sein. Ergänzend dazu war die Entführung des Arbeitgeberpräsidenten Hanns Martin Schleyer und des Bankiers Jürgen Ponto geplant – Letztere bot sich an, weil Susanne Albrecht die Familie kannte.

Im Nachhinein konnten auch die Decknamen entschlüsselt werden:

Anton: Rolf Klemens Wagner
Bodo: Günter Sonnenberg
Ede: Christian Klar
Egon: Siegfried Haag
Hans: Stefan Wisniewski
Inge: Waltraud Boock
Käthe: Friederike Krabbe
Karl: Rolf Heißler
Michael: Roland Mayer
Olga: Sieglinde Hofmann

Paula: Verena Becker

Tim: Peter-Jürgen Boock

Wenn die polizeilichen Behörden mehr hätten entschlüsseln können, hätten sie auch Aufgabenbereiche zuordnen können; Boock war für das *Pappen basteln* zuständig, also Dokumente fälschen, verbündete Palästinenser waren *P's*, RAF-Anwalt Klaus Croissant wurde *Hörnchen* genannt.

So gelang es nur, die Attentate zu verzögern: Das Attentat auf Siegfried Buback sollte Ende 1976 stattfinden und wurde nun am 7. April 1977 durchgeführt.

Brigitte Mohnhaupt, die Ende 1976 von Gudrun Ensslin im Hochsicherheitstrakt instruiert wurde, ihre Nachfolge anzutreten, weil sie bald entlassen werden sollte, hatte den Decknamen *Nora*.

Paula, mit der sich Monika, Ede und Holger treffen, ist niemand anderes als Verena Becker, die zu dieser Zeit die Anführerin der RAF war. Becker hatte sich der Bewegung 2. Juni in Berlin angeschlossen. 1972 wurde sie wegen der Beteiligung an einem Bombenanschlag auf einen Yachtclub in Berlin, bei dem eine Person starb, verhaftet und zu einer Jugendstrafe von sechs Jahren verurteilt. 1975 wurde sie freigepresst und in die Demokratische Volksrepublik Jemen ausgeflogen. 1977 wurde sie nach dem Mordversuch an zwei Polizisten zu lebenslanger Haft verurteilt. Sie war währenddessen teilweise Informantin des Verfassungsschutzes und wurde 1989 begnadigt, allerdings 2012 wegen der Beihilfe zum Mord im Fall Siegfried Buback zu vier weiteren Jahren Haft verurteilt.

Ich habe das Aussehen von Becker beschrieben und ihr ihren tatsächlichen RAF-Namen *Paula* gegeben, das Treffen selbst ist aber natürlich frei erfunden.

Um Holgers Weg in die RAF darzustellen, habe ich mir typische Abläufe der Radikalisierung angesehen, sowohl bei der RAF als auch bei heutigen terroristischen Vereinigungen. Anhand von Holger lassen sich die vier Stufen der Radikalisierung, die in der Terrorismusforschung häufig genannt werden (1. Unmut, Präradikalisierung; 2. Identifikation; 3. Ideologisierung; Indoktrinierung, 4. Mobilisierung), gut nachvollziehen.

Mit der Teilnahme an den Studentenstreiks macht Holger den ersten Schritt in die Radikalität. Tatsächlich gab es eine gewisse Übereinstimmung in den Werten, ein Großteil der Befürworter des Streiks vertraten eine linke Ideologie, wenn auch nicht alle. Allerdings möchte ich ausdrücklich betonen, dass eine gewisse Solidarität linker Werte nicht gleichbedeutend mit Terrorismus und Extremismus ist und dass Studentenbewegungen keinesfalls ein direkter Weg in die RAF bedeuteten, auch wenn es Einzelfälle gab, in denen es sich so abspielte. Dadurch gerät Holger, der definitiv mit der Ideologie der RAF sympathisiert, aber selbst eigentlich einen gewaltfreien Wandel möchte, immer mehr in eine Zwickmühle: Er weiß, dass er mit Monika leben möchte, aber will sich nicht der RAF anschließen. Monika wiederum wird diese nicht seinetwegen verlassen. Er kann auch nicht verraten, was er weiß, ohne Monika in Gefahr zu bringen.

Für die Überzeugungen der RAF habe ich mich stark in der Szene eingelesen und mich sowohl mit theoretischen oder philosophischen Schriften rund um den Kommunismus als auch mit Briefen, Interviews und Pamphleten der RAF, die glücklicherweise weitestgehend gut dokumentiert sind, befasst. *Das Konzept Stadtguerilla* von Ulrike Meinhof stellte dabei eine sehr gute Quelle dar, einfach weil es meiner Meinung nach die Ideen konkret wiedergibt und ich hiermit einerseits die Unzufriedenheit mit dem System, andererseits die militanten Pläne, um die eigenen

Ziele zu erreichen, sehr gut veranschaulichen konnte. Ich habe auch Verschwörungstheorien im Roman verarbeitet, zum Beispiel die, dass Ulrike Meinhof hingerichtet wurde, wie Jan-Carl Raspe behauptete.

Die Pornofilmszene, die Hanna kennenlernt, ist 1976 ein großes Thema gewesen. 1970 erschien der erste *Schulmädchen-Report*, löste die Report-Welle aus und war mit über hundert Millionen Zuschauern die erfolgreichste deutsche Filmreihe aller Zeiten.

Erst 1975 wurde die Vorführung von Pornofilmen in der BRD teilweise legalisiert, woraufhin Sexkinos entstanden. Da die kommerzielle öffentliche Vorführung von Pornofilmen weiterhin verboten war, wurde ein Entgelt für Getränke, Speisen oder Striptease verlangt, oder der Film wurde nicht öffentlich, sondern in Einzelkabinen gezeigt. Kurz darauf setzten sich jedoch auch Videoformate durch, die den Heimvideokonsum ermöglichten. 1976 stellte zum Beispiel JVC das Format VHS (Video Home System) vor. Die Heimvideotechnologie setzte sich letztlich durch und sorgte für einen Rückgang der Sexkinos.

Hanns sitzt einen Abend vor dem Fernseher, schaut eine Talkshow und erwähnt die *Tagesschau*. Das genaue Abendprogramm ließ sich hier leider nicht nachverfolgen, ich habe mir aber das Fernsehprogramm aus den Jahren 1976 und 1977 angeschaut und davon abgeleitet, was Hanns sich angesehen haben könnte.

Die erwähnte Sonthofen-Rede wurde 1974 vom damaligen CSU-Vorsitzenden Franz Josef Strauß während einer Klausurtagung der CSU-Landesgruppe des Bundestages in Sonthofen gehalten und im März 1975 veröffentlicht. Der heute noch bekannte Begriff Sonthofen-Strategie beschreibt das Verhalten der Opposition, selbst keine eigenen Vorschläge zu bringen, um später – während der nächsten Wahl – auf die Verfehlungen der Regierung hinweisen zu können und sich selbst positiver dastehen zu lassen.

Maria spricht kurz von den Trümmerfrauen, ein Ansatz, der in dieser Form ein Mythos ist und wohl vor allem der Vergangenheitsbewältigung diente: (schuldlose) Frauen als heldenhaft darzustellen, um von der Kriegsschuld und den NS-Verbrechen abzulenken.

Maria erwähnt außerdem den *Karlslust*-Tanzhallenbrand, der sich am 8. Februar 1947 ereignete und insgesamt 81 Todesopfer forderte. Es war zu dieser Zeit extrem kalt, weswegen Kanonenöfen zum Aufheizen benutzt wurden. Die Tanzhalle war gegen Ende des Krieges als Gefängnis genutzt worden, sodass – wie beschrieben – die Fenster vergittert und Türen zugemauert waren. Durch die entstehende Panik wurden Menschen zu Tode getrampelt, außerdem kehrten einige, die es bereits rausgeschafft hatten, zurück zur Garderobe, um ihre Mäntel, in deren Taschen sie ihre Lebensmittelmarken verwahrten, zu holen. Lebensmittelmarken wurden während der Weltkriege und der Besatzungszeit von den Alliierten verteilt, um einerseits eine Grundversorgung zu gewährleisten und andererseits Güter zu rationieren.

Die Beschreibungen vom Kotti habe ich einer sehr interessanten Bilderreihe entnommen, die zum einen das Leben in den 70ern direkt am Kotti zeigt und zum anderen die starke Armut in den angrenzenden Straßen. Ich kann jedem nur empfehlen, sich die im Quellenverzeichnis angegebene Bilderstrecke anzuschauen. Immerhin ist Kreuzberg noch immer ein sozialer Brennpunkt, und die Probleme, die damals nicht angegangen wurden, belasten also noch heute. Unabhängig davon fangen diese Bilder meiner Meinung nach aber die Zeit unglaublich gut ein und zeigen zum Beispiel, wie gegensätzlich das Leben sein kann, obwohl man nur einige Straßen voneinander entfernt wohnt. Auch aus diesem Grund habe ich übrigens Straßen und Stadtteile am Anfang der jeweiligen Kapitel genannt. Einerseits soll dies der Orientierung dienen, andererseits drücken Grunewald, Charlottenburg und Kreuzberg auch einen eigenen Status, ein Selbstverständnis und ein Lebensgefühl aus.

Danksagung

Auch wenn auf dem Cover des Buches mein Name steht, sind immer viele viele Menschen beteiligt, die das Buch zu dem machen, das Sie, liebe Leserinnen und Leser, in den Händen halten. Dafür möchte ich mich einmal ganz herzlich bei allen bedanken, die an dem Projekt beteiligt waren. Nachfolgend möchte ich ein paar Menschen herausheben, die mich besonders unterstützt haben.

Anfangen möchte ich mit meiner lieben Freundin und Agentin Lianne Kolf, die mir – wie immer – unglaublich viel Halt gegeben hat, mit der ich mich austauschen konnte und die mir mit ihren unnachahmlich klugen Gedanken geholfen hat, das Buch zu schreiben.

Du weißt, ich sage es immer wieder, also:

Du, liebe Lianne, bereicherst mein Leben mit deiner unglaublichen Intelligenz, deinem Wissen über den Markt, deine schier unendliche Anzahl an Personen, die du kennst, und vor allem deinem wunderbaren Charakter. Ich kann dir gar nicht genug für all das danken, das du für mich getan hast.

Außerdem möchte ich ganz herzlich meiner Freundin und Filmagentin Isabel Schickinger danken. Meine liebe Isa, ich danke dir vielmals für deinen Einsatz bei jedem meiner Projekte. Vor allem aber danke ich dir für deine positive Art, mit der du die Sachen angehst und wie leidenschaftlich du für kreative Projekte, egal ob Buch, Film oder Serie, einstehst!

Ebenso bedanken möchte ich mich bei meinem wunderbaren

Verlag Blanvalet und ganz besonders bei Nicole Geismann, an die ich mich immer vertrauensvoll wenden kann, wenn mich eine neue Idee angefixt hat. Ich bin absolut begeistert von unserem Austausch und den Projekten, die wir verwirklichen können.

Du, liebe Nicole, hast immer ein offenes Ohr für mich, bist unglaublich engagiert und hast dich von Anfang an für mich eingesetzt. Es macht einfach Spaß, Mitglied der Blanvalet-Familie zu sein, so dass ich hier auch gleich Katharina Schleicher, Astrid von Willmann, Andrea Vetterle, Berit Böhm und »Jojo« Johannes Schöffmann erwähnen und für ihre Unterstützung und ihren Einsatz danken möchte.

Ein ganz großes Dankeschön möchte ich auch an meine Lektorin Diana Schaumlöffel geben. Liebe Diana, inzwischen drehen sich unsere Telefonate vergleichsweise wenig um die gemeinsamen Projekte, sondern viel mehr um unseren freundschaftlichen Austausch. Du hast die wunderbare Fähigkeit, mich mit deinem scharfen Auge, deinem unglaublichen sprachlichen Verstand und deiner unglaublich freundlichen Art zu unterstützen und aus dem Roman das zu machen, das er ist. Dafür vielen Dank, liebe Diana!

Auch Andreas Bareiss und Hansjörg Thurn, die dieses Projekt von Anfang an begleitet haben, möchte ich hier herzlich für ihre tollen Ideen danken. Ohne euch wäre dieses Buch nicht möglich gewesen!

Mein weiterer Dank geht an meine Verlegerin Britta Egetemeier. Ich freue mich auf viele weitere Projekte.

Und zu guter Letzt geht mein Dank an meine Familie, die immer für mich da ist, ganz egal, ob ich gerade einen Spiegel-Bestseller geschrieben habe oder ob ich in einem Projekt nicht so vorankomme, wie ich es mir wünschen würde. Ich danke euch von Herzen!

Wenn Sie mehr erfahren wollen, hier ein paar interessante Quellen, auf die ich bei meiner Recherche gestoßen bin (thematisch geordnet):

Bundeserstattungsgesetz und jüdisches Leben nach dem Zweiten Weltkrieg:
https://de.wikipedia.org/wiki/Deutsche_Wiedergutmachungspolitik
https://www.bgbl.de/xaver/bgbl/start.xav?startbk=Bundesanzeiger_BGBl&jumpTo=bgbl153s1387.pdf#__bgbl__%2F%2F*%5B%40attr_id%3D%27bgbl153s1387.pdf%27%5D__1649674411696
https://www.bpb.de/themen/holocaust/gerettete-geschichten/149156/juden-in-europa-nach-dem-zweiten-weltkrieg-1945-bis-1989-90/
https://www.bundestag.de/resource/blob/410502/23e348e9f5c6c046abd707258f284eae/wd-4-086-07-pdf-data.pdf

Fernsehprogramm 1976:
http://retro-media-tv.de/tvp/70.htm

Flucht nach Palästina:
https://www.bpb.de/themen/holocaust/gerettete-geschichten/149158/palaestina-als-zufluchtsort-der-europaeischen-juden-bis-1945/

Fotoreihen Kreuzberg in den 1970er-Jahren: https://flickr.com/photos/131765467@N06/albums/72157663143401420/page1
https://www.spiegel.de/geschichte/kreuzberg-in-den-siebzigern-die-bronx-berlins-a-1095202.html

Manfred Schmider:
https://www.dw.com/de/big-manni-big-money-die-wahre-geschichte-eines-milliardenbetrugs/av-52867536
https://www.focus.de/kultur/kino_tv/focus-fernsehclub/big-manni-big-money-in-der-ard-betrueger-manfred-schmider-welt-will-betrogen-werden_id_10656552.html
https://www.youtube.com/watch?v=Mr9wHWACNP4

Politjahr 1976:
https://www.was-war-wann.de/1900/1970/politik_1976.html

Radikalisierung:
https://www.bpb.de/themen/rechtsextremismus/dossier-rechtsextremismus/236720/radikalisierungspraevention-und-deradikalisierung-als-paedagogische-arbeitsfelder/
https://www.volkshochschule.de/medien/downloads/verbandswelt/projekte/praevention-und-gesellschaftlicher-zusammenhalt/DVV-PGZ-Handbuch-Kapitel-4.pdf

RAF und Kommunismus:
Karl Marx/Friedrich Engels: Gesammelte Werke. Köln: Anaconda Verlag, 2016
https://archive.org/details/TexteDerRaf/page/n7/mode/2up?view=theater
https://de.wikipedia.org/wiki/Offensive_77
https://www.bpb.de/themen/linksextremismus/geschichte-der-raf/
https://www.bpb.de/themen/linksextremismus/geschichte-der-raf/49235/die-raf-und-die-medien/
https://www.hdg.de/lemo/bestand/objekt/dokument-das-konzept-stadtguerilla.html
https://www.hdg.de/lemo/jahreschronik/1977.html
https://www.marxists.org/deutsch/index.htm
https://www1.wdr.de/archiv/deutscher-herbst/buback_ponto_schleyer_raf100.html

Lesen Sie hier, wie es weitergeht im zweiten Teil von »Club Paradies«

Prolog

Senioreneinrichtung Haus Abendfrieden, Ludolfingerplatz 7, Frohnau

Freitag, 1. April 1977

> *Zu spüren, dass die Körner der Sanduhr schneller rieseln, empfinde ich als Geschenk.*
>
> Gertrud Meiners

Sie wusste nicht, was sie ihm getan hatte, doch irgendetwas musste es sein, hatte er doch sonst während der Weihnachtsfeiertage zumindest angerufen. Früher, es war bestimmt schon zwei oder drei Jahre her, hatte er sie sogar noch besucht, um ihr Pralinen zu bringen und oft auch einen Schal oder eine andere Aufmerksamkeit.

Natürlich ging es ihr nicht um die Geschenke. Er war ihr Sohn und der einzige Angehörige, der ihr geblieben war. Doch Hanns war ein so viel beschäftigter Mann, dass es ihm nur selten möglich war, ihr einen Besuch abzustatten. Das verstand sie. Außerdem wohnte er weit weg in Mailand, und manches Mal hatte sie ihn gefragt, ob es dort nicht auch ein Seniorenheim gäbe, in das sie womöglich ziehen könnte, um ihn öfter zu sehen.

Ihr Hanns hatte ja nie geheiratet und auch keine Kinder bekommen, sodass er im Grunde auch nur sie hatte. Wäre es da nicht besser, wenn sie näher zusammenrücken würden, um einander durchs Leben zu begleiten?

Zwar ging ihres mit immer größeren Schritten dem Ende entgegen, doch noch wollte der Herrgott sie, obwohl sie morgen siebenundsiebzig Jahre alt wurde, offenbar nicht zu sich holen, denn wann immer der Arzt kam und sie untersuchte, versicherte er ihr, dass sie ein Herz wie eine junge Frau hätte und sich auch sonst bester Gesundheit erfreute. Seiner Meinung nach könnte sie hundert werden.

Gertrud wusste, dass der Mediziner es nur als Scherz meinte und lediglich freundlich sein wollte. Doch der Gedanke, dass sie noch viele Jahre in dieser Eintönigkeit verbringen musste, machte ihr Angst.

Früher hatte sie ein erfülltes Leben geführt, damals auf dem Bauernhof mit ihrem Mann Heinrich und ihrem Sohn Hanns. Auch wenn Letzterer sich nie für die Landwirtschaft hatte begeistern können und körperlicher Arbeit nur allzu gern aus dem Wege gegangen war, glaubte sie doch, dass er – umgeben von Tieren, mitten in der Natur und abgeschieden vom Lärm der Stadt – eine glückliche Kindheit hatte. Es war auch ein entbehrungsreiches Leben gewesen, ohne Frage, aber dennoch beseelt von der Gewissheit, sowohl für die Familie als auch die Tiere und die Felder gut zu sorgen. Ja, sie hatte stets viel zu tun gehabt und teilweise bis zur völligen Erschöpfung geschuftet. Heinrich und sie waren abends todmüde ins Bett gefallen und hatten morgens um fünf Uhr wieder aufstehen müssen, um ihr Tagwerk von Neuem zu beginnen. Sicher, manches Mal wäre sie am liebsten liegen geblieben. Einfach so. Gern hätte sie einmal nicht arbeiten müssen und freigehabt, ganz so wie andere Leute auch. Das wäre schon schön gewesen. Doch natürlich hätte sie nie einfach so ihre Arbeit

Arbeit sein lassen. Dafür war sie viel zu pflichtbewusst gewesen. Ganz abgesehen davon, war es den Tieren auf dem Hof gleichgültig, welcher Wochentag war. Ob nun Dienstag oder Sonntag – sie wollten versorgt werden. Und genau das hatten Gertrud und Heinrich getan, jeden Tag des Jahres und oft auch nachts, wenn eines der Tiere krank war oder eine Sau abferkelte.

Vielleicht fiel es ihr deshalb auch schwerer als manch anderen hier im Heim, nur rumzusitzen und im Grunde darauf zu warten, dass der Sensenmann kam und sie holte. Würde es eine Warteschlange geben, in die sie sich einzureihen hatte, sie hätte versucht, einen der vorderen Plätze zu ergattern. Wozu ein sinnloses Dasein fristen, das keinem anderen nützte und letztendlich ihren Sohn doch nur Geld kostete? Nein, das entsprach nicht Gertruds Denken. Sie war geboren worden und hatte ihr Leben gehabt. Nun kamen die anderen nach. Das war eben so. Doch was sie fürchtete, war, ihren Sohn, ihren Hanns, womöglich nicht wiederzusehen.

Morgen war ihr siebenundsiebzigster Geburtstag, und seit dem letzten Weihnachtsfest hatte sie nun jeden Tag darauf gewartet, dass es klopfte und ihr Hanns das Zimmer betrat, sich entschuldigend, dass er es nach Weihnachten dieses Mal nicht geschafft hatte. Sie wäre ihm nicht böse, keinesfalls. Sie kannte das ja, wie es war, wenn man vor lauter Arbeit nicht mehr wusste, wo einem der Kopf stand. Doch was, wenn er morgen auch nicht auftauchte? Was, wenn er nie wieder durch die Tür trat, einfach weil sie etwas falsch gemacht hatte und ihn nunmehr nicht interessierte, was mit ihr war und wie es ihr ging? Konnte das möglich sein? Ein beklommenes Gefühl machte sich bei diesem Gedanken in ihr breit und sie versuchte, ihn rasch zu verscheuchen. Nein, ihr Hanns würde kommen. Er war ein guter Sohn. Er würde kommen, ganz bestimmt. Es musste einfach so sein.

1. Kapitel

Holsteinische Straße 23, Berlin-Wilmersdorf

Freitag, 8. April 1977

Ich bin einfach nur müde und erschöpft.
Am liebsten würde ich überhaupt nicht mehr aufstehen.

MARIA BORCHARDT

Sie blickte einen Moment lang in den Spiegel, beugte sich dann hinunter zum Waschbecken und benetzte ihr Gesicht wieder und wieder mit kaltem Wasser. Dann trocknete sie es ab und sah erneut in den Spiegel. Frischer wirkte sie nicht.

Egal, wie man es drehte und wendete, sie war in den letzten Monaten um Jahre gealtert. Wenn sie in den Spiegel sah, erinnerte dort nichts mehr an die Frau, die sie noch kurz vor Weihnachten und damit vor dem Selbstmord ihres Mannes gewesen war. Jetzt hatte sie aufgequollene Tränensäcke unter ihren Augen, war blass und hatte gute zehn Kilo abgenommen, was bei ihrer zuvor schon schlanken Erscheinung alles andere als förderlich war. Außerdem war sie seitdem nicht mehr beim Friseur gewesen, sodass sie nun einen breiten grauen Haaransatz hatte, der in ihre ansonsten blonden Haare überging und sie einfach nur ungepflegt aussehen ließ.

Es war ein reines Trauerspiel, und sie überkam eine Gänsehaut, wenn sie ihr Spiegelbild betrachtete. Also wandte sie sich ab, verließ das Bad und ging über den schmalen Flur zum Wohnzimmer. Dort setzte sie sich auf die Couch und starrte eine Weile vor sich hin. Dann sah sie auf ihre Uhr. In zwei Stunden hatte sie eine Verabredung mit Klaus Schröder, der gestern Abend noch angerufen hatte, um ihr mitzuteilen, dass er nun endlich einen Teil der Akten der Staatanwaltschaft bekommen hatte und diese mit ihr durchsprechen wollte. Maria wusste nicht, ob sie sich darauf freuen oder davor fürchten sollte, obwohl damit vielleicht endlich etwas Licht ins Dunkel kam und sie so einige Antworten erhalten könnte auf die vielen Fragen, die seit Heiligabend in ihrem Kopf surrten wie Bienen in einer Honigwabe.

Auch wenn mehr als drei Monate vergangen waren, konnte sie nicht begreifen, was wirklich geschehen war. Wer war der Mann gewesen, mit dem sie verheiratet gewesen war und mit dem sie mehr als die Hälfte ihres Lebens verbracht hatte?

Seit die Polizei an Heiligabend an der Tür der Villa Borchardt geklingelt und der Staatsanwalt ihr den Durchsuchungsbeschluss präsentiert hatte, war nichts mehr in ihrem Leben wie zuvor. Sie hatte in dem Moment noch an einen großen Irrtum geglaubt, womöglich sogar an eine Verschwörung, war ihr doch bewusst, dass einem so wichtigen Mann wie Hanns viele nur zu gern ans Leder wollten, sei es aus Neid oder auch anderen Motiven. Sie hatte nicht glauben können, dass auch nur das Geringste dran sei an dem Verdacht, dass Hanns in betrügerische Machenschaften involviert war. Nein, nicht ihr Hanns. Sie hätte ihre Hand für ihn ins Feuer gelegt. Und nun wusste sie, dass sie sich dabei mehr als nur verbrannt hätte.

Alles, was sie in den letzten drei Monaten erfahren hatte, hatte sie den Glauben sowohl an ihren Ehemann als auch fast alle anderen Menschen, die sie kannte, verlieren lassen. Einzig ihr Rechtsanwalt Klaus Schröder hatte ihr sofort Hilfe angeboten, und auch Uschi Rebenstock, ihre Freundin, hatte ihr die Treue gehalten. Alle anderen jedoch sprachen nicht mehr mit ihr, und Maria war zu der überaus bitteren Erkenntnis gelangt, dass fast nichts an dem Leben, das sie über Jahrzehnte hinweg geführt hatte, echt gewesen war.

Sie hatte nur deshalb vermeintlich Freunde gehabt, weil sie beziehungsweise ihr Mann mit Geld um sich geworfen hatte. Und nun, da Hanns' Pleite, seine Betrügereien und in der Folge sein Selbstmord über Wochen das zentrale Thema der Zeitungen gewesen war, schien bis auf Uschi und Klaus sie niemand mehr zu kennen, geschweige denn den Kontakt zu Maria zulassen zu wollen. Sie kam sich vor, als hätte sie eine ansteckende Krankheit.

Klaus Schröder hatte sich in ihrer verzweifelten Lage als wahrer Freund erwiesen. Nicht nur, dass er, als die Polizei die Durchsuchung der Villa vorgenommen hatte, sofort gekommen war und dafür gesorgt hatte, dass alles mit rechten Dingen zuging. Nein, auch als klar war, dass Maria und Hanna aus der Villa ausziehen müssten, da diese genau wie die Autos, der Helikopter und sämtliche Wertgegenstände der Zwangsvollstreckung zum Opfer fiel, hatte Klaus nicht gezögert, ihr und Hanna eine seiner Wohnungen zur Verfügung zu stellen, damit sie erst einmal ein vernünftiges Dach über dem Kopf hatten, bis klar war, wie es weitergehen könnte.

Doch der Zustand, hier in einer von Klaus' Mietwohnungen zu hausen und nicht in der Lage zu sein, auch nur einen Pfennig dafür zu bezahlen, beschämte sie zutiefst.

Im Februar, nachdem sich abgezeichnet hatte, dass sich die Ermittlungen über viele Monate hinziehen würden und sie mindestens so lange keinen Zugriff auf ihre Konten haben würde und auch sonst keine Möglichkeit, irgendwie an ihr früher zustehende Gelder heranzukommen, hatte Maria sich überwunden und war beim Amt vorstellig geworden, um einen Antrag auf Sozialhilfe zu stellen. Was hätte sie auch anderes tun sollen?

Den Gesichtsausdruck der Sachbearbeiterin würde Maria ihr Leben lang nicht mehr vergessen. Es mochte ja sein, dass das Gesetz vorsah, dass alle Menschen ein Recht auf Unterstützung besaßen, damit eben jeder im Land ein würdiges Leben führen konnte. Doch die Realität, das hatte Maria nun am eigenen Leib erfahren, war eine völlig andere. Voller Verachtung hatte die Sachbearbeiterin sie gefragt, ob es wirklich ihr Ernst wäre, einen solchen Antrag zu stellen und damit nun auch noch den Steuerzahlern schaden zu wollen, nachdem ihr Ehemann zuvor schon halb Berlin betrogen hatte.

Maria hatte nicht gewusst, was sie hierauf hätte erwidern sollen. Also war sie nur aufgestanden und gegangen, ohne den Antrag zu stellen. Danach hatte sie Uschi angerufen, das erste Mal nach all den furchtbaren Vorfällen, und im Grunde hatte sie damit gerechnet, dass diese sofort auflegen würde, wenn sie hörte, wer am anderen Ende der Leitung war. Zwar hatte sie den Namen der Freundin noch nicht in einem der Kommentare der vielen vermeintlichen Freunde gelesen, die sich in den Zeitungen negativ über Hanns und dessen Familie geäußert und voller Häme auf das reagiert hatten, was geschehen war. Doch, so hatte Maria da noch gedacht, hatte womöglich auch nur niemand bei Uschi und der Familie Rebenstock angefragt.

Uschis Reaktion, als Maria deren Haushälterin ihren Namen genannt und die Freundin zu sprechen wünschte, hatte sie überrascht. Uschi hatte ihr sogleich gesagt, wie froh sie sei, dass Maria sich endlich bei ihr melde und ihr augenblicklich ihr Mitgefühl ausgesprochen für alles, was sie derzeit zu erdulden hatte. Und

Uschi hatte sich entschuldigt, dass sie und ihre Familie nicht bei Hanns' Beerdigung gewesen waren. Dafür gab es jedoch eine einfache Erklärung: Die Rebenstocks waren über die Feiertage und auch noch die zwei Wochen danach verreist gewesen, sodass Uschi von den fürchterlichen Geschehnissen erst erfahren hatte, als sie wieder nach Hause zurückgekehrt war. Da hatte Maria jedoch schon nicht mehr in der Villa gelebt und Uschi somit nicht gewusst, wo sie sie erreichen konnte.

Uschis ehrliche Anteilnahme hatte Maria zu Tränen gerührt, und sie hatte sich fast nicht mehr beruhigen können. Gleich nach dem Telefonat war Uschi zu ihr in die Wohnung gekommen, in der Maria und Hanna vorübergehend lebten, und hatte ihr auch noch mit Geld ausgeholfen, damit sie und ihre Tochter erst einmal über die Runden kämen. Maria hatte es als entwürdigend empfunden, das Geld nicht ablehnen zu können. Sie hatte Uschi versichert, es ihr irgendwie und irgendwann wiederzugeben, auch wenn sie noch nicht wusste, wie sie das anstellen sollte, und die Freundin hatte daraufhin nur erwidert, dass sie sich darüber keine Gedanken zu machen bräuchte. Doch das tat Maria, auch wenn sie wusste, dass es Uschi wirklich nicht wichtig war.

Kurt, Uschis Ehemann, war durch seine Eisenwarenfabrik zu einem vermögenden Mann geworden, und es fehlte der Familie an nichts. Nun ja, so war es Maria auch jahrzehntelang gegangen, und jetzt saß sie in einer kleinen Drei-Zimmer-Wohnung ohne Einkommen, ohne Perspektive und auch ohne jegliche Hoffnung, dass es je wieder anders werden würde.

Wieder sah sie auf die Uhr. Es war noch zu früh, sich für den Termin mit Klaus fertig zu machen. Doch andererseits hatte sie das Gefühl, wahnsinnig zu werden, wenn sie hier weiter herumsaß. Sie stand auf und trat ans Fenster. Dicke Wolken hingen über der Stadt, und bestimmt würde es nachher auch noch zu regnen beginnen. Sie wäre also gut beraten, einen Schirm mitzunehmen. Zwar war sie nur noch ein Schatten der Frau, die sie früher gewesen war, dennoch wollte sie nicht wie ein begossener Pudel aussehen, wenn sie die Kanzlei betrat.

Maria ging ins Schlafzimmer, öffnete die Tür des Kleiderschranks und zog ein gerade geschnittenes Chanel-Kleid hervor. Sie konnte nur einen kleinen Teil ihrer Garderobe hier unterbringen, wahrscheinlich nicht einmal zehn Prozent. Das meiste davon befand sich in Kartons, von denen drei hier im Schlafzimmer standen und noch zehn weitere in einem Lagerraum, der genau wie diese Wohnung Klaus Schröder gehörte. Auch von Hanna lagerten dort etliche Sachen sowie einige von Holgers Kleidungsstücken, die dieser bei seinem Auszug nicht mitgenommen hatte.

Wohin Hanns' Anzüge gekommen waren, wusste Maria nicht. Sie hatte Klaus gefragt, ob er wüsste, wo man so etwas hingeben könnte, damit es womöglich anderen Menschen helfen würde, und dieser hatte sich darum gekümmert.

Maria wusste, dass ihre Pelzmäntel genau wie der Rest ihrer Garderobe nicht von der Polizei beschlagnahmt worden waren, weil Klaus als ihr Rechtsanwalt dagegen Einspruch erhoben und damit Erfolg gehabt hatte. In den letzten Tagen hatte sie immer häufiger darüber nachgedacht, ob sie ihre Pelzmäntel nicht irgendwie zu Geld machen könnte. Genau wie ihren Schmuck, der gewiss einiges an Wert hatte. Sie war froh über diese Gedanken, war es doch das erste Mal seit Wochen, dass zumindest so etwas wie ein Plan in ihrem Kopf entstanden war. Denn seit den schrecklichen Ereignissen an Heiligabend, hatte sie sich einfach nur machtlos und ausgeliefert gefühlt.

Sie zog sich an, ging ins Bad und machte sich zurecht. Kurz überlegte sie, eine Sonnenbrille aufzusetzen, um so ihre geschwollenen Augen zu verstecken. Doch das kam ihr bei dem wolkenverhangenen Himmel da draußen absurd vor. Also legte sie Make-up auf, um so die Tränensäcke ein wenig zu kaschieren und mit reichlich Rouge auch ein wenig Farbe in ihr blasses Gesicht zu zaubern. Doch weder das noch die dick aufgetragene Mascara oder der Lippenstift halfen, ihr zumindest wieder eine gewisse Ähnlichkeit mit der Frau zu verleihen, die sie noch vor einigen Monaten gewesen war. Sie band ihre Haare zu einem straffen Knoten, auch wenn sie früher ihre Haare stets offen getragen hatte. Zwar wusste sie, dass sie diese Frisur vermutlich noch älter und verzagter erscheinen ließ. Doch so sah es wenigstens so aus, als hätte sie insgesamt graue Haare. Denn irgendwie war diese gerade Kante auf ihrem Kopf, die blond und grau trennte, so etwas wie ein Symbol für sie geworden, wie eine Abgrenzung, wann ihr Leben noch in Ordnung gewesen und ab wann alles aus dem Ruder gelaufen war. Und genau diesen Bruch wollte sie nicht sehen und schon gar nicht zeigen. Lieber sah sie aus wie ihre Lehrerin in der fünften Klasse, die einen ebenso strengen Knoten getragen hatte.

Sie seufzte, als sie fertig war und in den Spiegel blickte. Dann winkte sie ab, ging in den Flur, zog ihren Mantel über, nahm ihre Handtasche und verließ die Wohnung.

Es kostete sie Überwindung, auf die Straße zu treten. Auch wenn sie wusste, dass das vollkommener Unsinn war, hatte sie immer dann, wenn sie rausging, das Gefühl, als würden sie alle anstarren. Es waren nicht wirklich die Blicke der Passanten, denn tatsächlich schien sie überhaupt niemand zu beachten. Es war einfach ihr schlechtes Gewissen, weil ihr Mann mit seinem Handeln so vielen Menschen geschadet hatte. Sie schämte sich für alles, was geschehen war, so sehr, dass sie es nicht in Worte hätte fassen können.

Es begann zu regnen. Natürlich, sie war wieder einmal so in Gedanken gewesen, dass sie nun doch den Schirm vergessen hatte.

Also ging sie noch einmal zurück, holte ihn und setzte dann ihren Weg fort. Bis zur Pommerschen Straße, in der sich Klaus' Kanzlei befand, waren es gut zwölf Minuten zu Fuß. Ihren Audi besaß sie nicht mehr, ebenso wenig wie man Hanna ihren BMW gelassen hatte, waren doch diese und auch die anderen Fahrzeuge auf Hanns' Immobilienfirma zugelassen gewesen und somit gepfändet worden. Maria hatte keine Ahnung, ob auch Holgers Auto beschlagnahmt worden war, hatte sie doch sehr wenig Kontakt zu ihrem Sohn und wusste nicht einmal, wo dieser derzeit lebte. Hanna hatte nur Andeutungen gemacht, dass der Bruder die meiste Zeit inzwischen bei seiner neuen Freundin verbrachte. Wer genau diese war, hatte Hanna nicht gesagt. Doch etwas an der Art, wie ihre Tochter ihr das mitgeteilt hatte, hatte Maria aufhorchen lassen. Offenbar mochte Hanna die neue Freundin ihres Bruders nicht, auch wenn Maria den Grund dafür nicht kannte. Vielleicht hatte diese sich negativ über Holgers Vater oder eben auch den Rest seiner Familie geäußert. Das wäre durchaus möglich, wusste doch jeder in ganz Berlin von dem Skandal. Doch Maria hatte im Moment weder den Kopf, sich über Holgers Freundin Gedanken zu machen, noch die Nerven. Sie war schon froh, wenn sie einigermaßen durch den Tag kam.

Maria hielt den Kopf gesenkt, während sie durch die Straßen Berlins schritt. Der Schirm, den sie immer so hielt, dass sie nur knapp darunter durch auf den Gehweg sehen konnte, gab ihr ein gewisses Gefühl von Schutz. Denn es machte ihr zu schaffen, wenn die Leute ihr ins Gesicht sehen konnten, hatte sie doch immer den Eindruck, etwas Anklagendes in deren Blicken zu finden.

Sie schüttelte den Regenschirm aus, bevor sie die Kanzlei Schröder, Blumfeldt & Partner betrat und stellte ihn dann in den Ständer direkt am Eingang, damit er dort trocknen konnte und nicht den Boden durchnässte. Dann ging sie zum Empfangstresen.

»Guten Tag, Fräulein Meier. Ich habe einen Termin bei Herrn Schröder.«

»Guten Tag, Frau Borchardt«, grüßte die Angestellte freundlich, mit der Maria in letzter Zeit oft sowohl persönlich als auch am Telefon gesprochen hatte. »Bitte, nehmen Sie doch einen Moment Platz. Ich gebe Herrn Schröder Bescheid.«

»Danke.« Maria öffnete ihren Frühjahrsmantel und setzte sich. Im Grunde war der Mantel ein wenig zu dünn für das Wetter, doch zum einen waren die meisten ihrer Mäntel, die geeigneter gewesen wären, in den Kartons verstaut, und zum anderen hatten diese meist irgendwelche Pelzkragen oder ähnlich teuren Zierrat, sodass sie weit mehr nach Geld aussahen als dieser schlichte, helle Übergangsmantel. Und Maria widerstrebte es, die Kleidung, die ihrem damaligen Status gut zu Gesicht gestanden hätte, in ihrer derzeitigen Lage aber mehr als unpassend war, zu tragen. Sie war nun einmal keine reiche Frau mehr, ganz im Gegenteil. Sie hatte nichts Eigenes und musste sich das Geld, von dem Hanna und sie lebten, auch noch leihen. Zwar trug sie noch immer ihre teuren Chanel-Kleider und -Kostüme – schließlich musste sie ja irgendetwas anziehen – aber einzig aus dem Grund, dass sie einfach nichts Schlichteres besaß und keinen Pfennig erübrigen konnte, sich etwas anderes zu kaufen.

»Maria, wie schön.« Klaus war in den Wartebereich getreten, ging auf Maria zu, die sich erhob, und gab dieser rechts und links zur Begrüßung einen Kuss auf die Wangen.

»Ich freue mich, dich zu sehen, Klaus.«

»Komm bitte.« Er deutete in die Richtung, aus der er gekommen war und in der sich sein Büro befand. »Einen Kaffee oder lieber etwas anderes?«

»Ein Kaffee wäre wunderbar«, sagte Maria, und Fräulein Meier, die wieder an ihren Arbeitsplatz zurückgekehrt war, nickte sogleich.

»Schwarz, ohne Milch oder Zucker«, erinnerte sich die Rechtsanwaltsgehilfin und lächelte. Maria warf ihr einen dankbaren Blick zu. Sie beide hatten vor einigen Monaten keinen besonders guten Start gehabt, weil Maria an diesem Tag aufgebracht gewesen war und in der Absicht, mit Klaus Schröder über eine mögliche Scheidung von Hanns zu sprechen, unangemeldet in der Kanzlei aufgetaucht war. Sie hatte die Kanzleiangestellte seinerzeit recht grob zurechtgewiesen, was sie heute bereute. Doch tatsächlich hatte Fräulein Meier es ihr nicht nachgetragen und behandelte Maria auch heute mit einer absoluten Freundlichkeit, was Maria im Hinblick darauf, wie sehr sich ihre gesellschaftliche Position seit der damaligen Begegnung verändert hatte, hoch anrechnete. Ja, sie hatte sogar das Gefühl, dass Fräulein Meier sie mochte. Es sprach für die Rechtsanwaltsgehilfin, dass sie Maria nicht wie so viele andere die Verachtung darüber spüren ließ, wie tief sie doch gesunken war.

»Für mich bitte auch«, wandte sich Klaus nun an Fräulein Meier. »Und irgendwelche Kekse«, bat er dann noch, worauf Fräulein Meier nickte und dann über das Telefon die Bestellung an eine andere Mitarbeiterin im Büro weitergab.

»Bitte«, sagte Klaus und ließ Maria den Vortritt. Sie kannte den Weg ins Büro ihres Rechtsanwalts inzwischen wahrlich gut genug.

In Klaus' Büro angekommen, nahm dieser ihr den Mantel ab und hängte ihn an seine Garderobe. Dann rückte er ihr den Stuhl vor seinem Schreibtisch zurecht und wartete, bis Maria sich gesetzt hatte. Erst danach ging er selbst um seinen Schreibtisch herum und nahm Platz.

»Wie geht es dir?«, fragte er und lächelte sie an.

Maria senkte den Blick. »Gut, danke«, gab sie zurück. Klaus kannte sie inzwischen gut genug, um zu wissen, dass sie ihm bei dieser Lüge nicht in die Augen sehen wollte.

»Ich hoffe, dass bei dir auch alles in Ordnung ist?«, fügte sie höflich hinzu.

Er nickte nur, legte den Kopf schräg. Dann klopfte es, und eine Mitarbeiterin betrat mit einem Tablett das Büro. Sie grüßte, stellte einen Keksteller, Tassen und eine silberne Isolierkanne auf dem Tisch ab. Dann verließ sie wieder das Büro, nachdem sowohl Maria als auch Klaus ihr gedankt hatten.

Klaus schenkte erst Maria und dann sich ein. Dann hielt er ihr den Keksteller hin. »Bitte, greif doch zu.«

»Nein, danke. Ich habe keinen Appetit.« Sie lächelte Klaus an.

»Hast du heute überhaupt schon etwas gegessen?«, fragte er besorgt.

»Aber ja, gewiss doch«, log Maria, die noch keinen Bissen heruntergebracht hatte. Es fiel ihr von Tag zu Tag schwerer, überhaupt etwas zu essen. Genau genommen nahm sie nur dann etwas zu sich, wenn Hanna ausnahmsweise zum Essen zu Hause war. Doch das war nicht oft der Fall. Und wenn niemand zugegen war, sah Maria keinen Grund, sich zum Essen zu zwingen.

»Du weißt, wie sehr ich dich respektiere, Maria. Und ich möchte dir keinesfalls zu nahe treten. Doch allein in der Woche, die wir uns jetzt nicht gesehen haben, hast du noch einmal abgenommen. Ich mache mir wirklich große Sorgen um dich.«

»Das ist nicht nötig. Ich esse später etwas. Versprochen.«

Klaus senkte den Blick, seufzte und stellte den Keksteller wieder ab.

»Also«, begann er dann. »Ich habe, wie ich dir sagte, nun einige der Akten zur Einsichtnahme erhalten.«

Maria sah auf die rote Mappe, die zugeschlagen vor ihm lag.

»Ist sie das?«, fragte sie.

»Ja.« Klaus nickte. »Diese und«, er deutete auf die Stapel neben seinem Schreibtisch, »die dort auch. Und das ist nur ein Teil.«

»Wie bitte?« Maria war aufgestanden und beugte sich über den Tisch, um die Aktenberge in Augenschein zu nehmen. »In all den Akten geht es um Hanns?«

»Ja, und bei der Staatsanwaltschaft sind noch weit mehr. Es wird dauern, das alles durchzuarbeiten.«

Maria setzte sich wieder und legte die rechte Hand auf ihre Brust. Sie war froh, dass sie den Keks abgelehnt hatte, denn nach diesem Schrecken wäre er ihr bestimmt wieder hochgekommen.

»Ist das üblich in …«, sie zögerte, »in solchen Verfahren?«

»Ja, absolut üblich. Du musst dir darüber keine Gedanken machen.«

»Aber, wieso werden denn diese Fälle überhaupt noch bearbeitet?«, empörte sie sich. »Schließlich ist Hanns tot und«, sie zuckte die Schultern, »nun ja, ich meine, gegen wen wird denn jetzt noch ermittelt?«

Klaus seufzte. »Ich hätte es dir gern ein wenig schonender beigebracht, doch wenn du so direkt fragst, muss ich dir bedauerlicherweise mitteilen, dass die Ermittlungen sich nun gegen dich richten.«

Dieser zweite Teil von »Club Paradies« wird im Herbst 2023 bei Blanvalet erscheinen.